OTTO F. BEST

UNTER MITARBEIT VON
WOLFGANG M. SCHLEIDT

DER KUSS

EINE BIOGRAPHIE

S. FISCHER

© 1998 S. Fischer Verlag GmbH, Frankfurt am Main
Alle Rechte vorbehalten
Gesamtherstellung: Clausen & Bosse, Leck
ISBN 3-10-005208-0

Inhalt

DRITTER TEIL

VIERTER TEIL

FÜNFTER TEIL

SECHSTER TEIL

SIEBENTER TEIL

Unter der Nase liegt der Mund, der zwei Aufgaben erfüllt: eine ist die
   Rede,
die andere besteht darin, Nahrung dorthin zu schicken, wo sie gebraucht
   wird.
Waagrecht gespalten, ist der Mund von Natur begrenzt durch zwei Lippen
wie von feinster Koralle, wie Ränder der klarsten Quelle.
Der lieblichen Venus weihten die Alten diese Lippen, denn dort ist der Sitz
   der Liebesküsse,
die im Wechseltausch die Seelen von einem Körper
in den andern gelangen lassen können.
Agnolo Firenzuola, *Dialog über die Schönheit* (1541)

So große Wonne fühl ich,
Wenn ich küß und wieder küß,
Daß, küsse ich dich,
Ich mir wünsche, um ganz glücklich zu sein:
Wär ich doch selber ein Kuß!
Giambattista Marino, *La Galleria* (1620)

Eine Frauenstimme sagt: »Ich liebe es, geküßt zu werden.
Für mich gibt es nichts Erotischeres als einen Kuß.«
Und eine andere ergänzt: »Am schönsten ist der Moment,
wenn sein Mund sich dem deinen nähert.
Der Augenblick vor der Erfüllung.
Das vollkommene Glück.«
Jane Campion, *The Portrait of a Lady* (1996)

EINLEITUNG

Der Kuß – ein polyvalenter Superlativ?

»...jeden Morgen erhalte ich vom Autor des ›Faust‹ und des ›Werther‹ einen Kuß«, schreibt der zwölfjährige Felix Mendelssohn-Bartholdy seiner Schwester Fanny aus Weimar. Carl Friedrich Zelter hatte ihn dort mit Goethe bekannt gemacht. Wir wissen nicht, was für eine Art von Kuß das musikalische Wunderkind im Sinn hat. War es ein Kuß auf die Stirn, auf die Wange oder am Ende gar auf den Mund? Die Selbstverständlichkeit, mit der es heißt: »einen Kuß«, läßt darauf schließen, daß die »übliche Art von Kuß« gemeint ist. Ein Kuß auf Wange oder Mund also?

»*You kiss by the book*«, läßt in seinem nach wie vor ergreifenden Drama Shakespeare Julia zu Romeo sagen. Ein Kompliment. Wiedergegeben in der »klassischen« (romantischen!) Übersetzung von Schlegel / Tieck mit: »Ihr küsst recht nach der Kunst«. Die wörtlichere Wendung »wie es im Buche steht« war den beiden klassischen Romantikern offenbar zu nichtssagend. Kunst statt Buch, doch warum nicht Kunst wie im Buch? Praxis und Theorie, eines das andere erhellend. Wie Akt und Symbol – das weite Doppelfeld, auf dem die Geschichte des Kusses sich abspielt.

Wer küßt, berührt, denn Kuß ist Kontakt. Als Mundkuß sogar stets hüllenloser. Gemeinhin gehören zum Küssen zwei: ein Subjekt und ein Objekt. Zwei Subjekte sind es im Idealfall. »Aktiv« beide. Als intersubjektive Berührung versteht sich der moderne Kuß. Berühren als »in Anstoß versetzen«, »Bewegung, Aufruhr erzeugen«. »Küssen, daß die Funken fliegen?« Nach Meinung von Wilhelm Reich laden Küsse die Lippen elektrisch auf. Die Sache war dem Psychoanalytiker wichtig genug, daß er Labor-Tests anstellte. Als »Liebeslicht« erscheint das Funkenspiel dann in Botho Strauß'

Roman Der *junge Mann*. Inzwischen glaubt man sogar zu wissen, daß Küssen Immunsystem und Hormonfunktion stimuliert. Verdient es damit, als schöne »Übung« in die Fitneßprogramme aufgenommen zu werden?

In der Berührung von Lippen oder Zungen zweier Menschen findet der Kuß seine Grundform. Schon früh wurde sie definiert als »*duorum amantiorum inter mutua inhaesio*«: »wechselseitiges Aneinanderhangen zweier Liebender«. Ein Unbekannter des lateinischen Mittelalters dichtet zum »Lob der Geliebten«:

Deine Zähne / sind glänzendweiß,
deine Lippen schön geschlossen;
darf ich sie einmal / mit dem Mund berühren
schenken sie honigsüße Küsse.

Begrenzt ist die Zahl der Kuß-Varianten. Ob Epidermis oder Schleimhaut, an ihnen gerät der Kuß an seine Grenzen. Er wird dann, wie der Epikuräer Lukrez konstatiert, zur verlorenen Liebesmüh. Ganz anders liegen die Dinge beim übertragenen Gebrauch. Als Zeichen und »Ausdrucksaktivität« stehen dem Kuß (fast) alle Türen offen. Der bessere Küsser ist der an Phantasie reichere.

Küsse sind Zeichen. Als diese haben sie eine Bedeutung, sind sie Signale und Symbole. Band stiftend nicht weniger als Ausdruck von Hochachtung, Verehrung, Freundschaft, Liebe oder Versöhnung. Die Abgeordneten der Französischen Gesetzgebenden Versammlung vom 7. Juli 1792 waren gehalten, einander den *Baiser Lamourette* zu geben. Eine so unmißverständliche wie pathetische Geste. Auch Rituale sind Küsse: Sie bilden Teil »standardisierter individueller oder kollektiver Verhaltensweisen«. Der Fußkuß hat in deren System genauso seinen festen Platz wie der Handkuß oder jener Kuß, auf den der Teufel angeblich einen Anspruch erhebt: der Hinternkuß.

Wenn Küssen sich zum Ritual gefestigt hat, bildet es meist Teil des öffentlichen Lebens. Kaum mehr als die üblichen Hindernisse stellt sich seiner Dokumentation entgegen. Vor allem wenn der Kuß »Aggregationsritual« ist, d. h. als Gruß Willkommen, Abschied u. ä. zum Ausdruck bringt. Aber auch in die Privatsphäre spielt die Ritualisierung des Kusses hinüber wie im Falle des Liebeskusses. Als »Appropriationsritual« erscheint der Kuß jetzt. Wo er zuvor als Aggregationsritual verbindend gewirkt hat, kann er nun Trennung signalisieren. Das junge Paar, das sich dem Mundkuß hingibt, an das Zungenspiel sich verliert, errichtet eine Mauer der Intimität um sich. Für die Augenblicke der Selbstverlorenheit verneint es das Vorhandensein einer öffentlichen Sphäre. Sogar einen Skandal riskierte es einst damit wie in Georges Brassens' Chanson »Von den Liebenden, die auf öffentlichen Bänken schnäbeln«. Die Grenzen sind fließend: Auch beim Küssen ist die Einschätzung des Wie und Was eine Frage von Perspektive und Beleuchtung.

Selbst Körpersprache muß erlernt werden. Ihre Beherrschung ist unerläßliches Entréebillet zum Inner Circle eines Kulturkreises. Deshalb läßt schon eine so kursorische, bloß angedeutete Geste wie das Heben einer Braue oder das züngelnde Befeuchten der Lippen das Gegenüber aufmerken. Doch wie könnten wir die Geschehnisse des Alltags verstehen ohne Schlüssel, sprich: Kenntnis des Code? Jede Kultur verfügt über ein Inventar an Zeichen und Ritualen, stellt sich dar in ihnen. Bereits die Tierwelt kennt bandstiftende ritualisierte Gesten. Ihnen hat, wer nach dem Ursprung des Kusses fragt, sein Augenmerk zuzuwenden. Im Tierreich läßt sich oskulatorisches Verhalten fünf verschiedenen Situationen zuordnen: Begrüßung, Körperpflege, Paarung, Mund-zu-Mund-Fütterung der Jungen und Kampf. Ist in einer Tiergruppe einmal das Jungenfüttern entwickelt worden, dann liege es nach Meinung von Vertretern der Verhaltensforschung auf der Hand, daß dieses Betreuungsverhalten generell zur freundlichen Geste umgestellt wird. Ritualisierte Fütterungs- oder Putzgeste als Gebärde der Zärtlichkeit: Werbung. Von einem »Zärtlichkeitsfüttern« gar spricht Irenäus Eibl-Eibesfeldt. Bei den Säugern hätten sich aus der Mund-zu-Mund-Fütterung verschiedene Formen der »Schnauzenzärtlichkeit« entwickelt: Schnauzenreiben, Schnauzenlecken u. ä. Von hier zum Mund- und Nasenreiben der Menschen ist es nur ein Schritt. Freundliches Beschnuppern durch Riechkuß hier, ritualisiertes Brustsuchen dort. Das Brutpflegeverhalten der Mutter gilt zwar dem Kind, aber umworben werde der Mann. Ob nicht Freud die Dinge auf den Kopf gestellt hat?

Kußfüttern als menschliches Universale. Zur Illustration der engen Verbindung zwischen Kuß und Fütterung bezieht Eibl-Eibesfeldt sich auf einen ungarischen Brauch. An der mittleren Theiß finde am Sonntagabend des Aufgebots das »Küssen« zwischen den Brautleuten statt. Der Bräutigam bringt der Braut »ein Tüchlein voll winziger Äpfel«, die von beiden dann gemeinsam verzehrt werden. Dem Ritual zufolge geschieht dies so, »daß erst der Bursche ein Stück abbeißt, dann das Mädchen«. Worauf es aber ankommt: Jeder Bissen werde »mit einem Kuß gewürzt«. Ein Wechselspiel, bei dem die Liebenden ihren Hochzeitstag festlegen. Das besänftigende Signal der Mund-zu-Mund-Fütterung als Ritual: quadrolabiale Vereinigung. So haben im Zuge der Ritualisierung des Brutpflegeverhaltens auch die Lippen Signalcharakter entwickelt. Kußlippen sind Mann *und* Frau eigen. Eine Tatsache, deren »Tragweite« nicht überschätzt werden kann.

Wie läßt sich das Verhalten Küssender studieren? Auch wenn die Kußgeste im Reich der Menschen zu einer alltäglichen Erscheinung geworden sein mag, stellen sich ihrer Erforschung ungezählte Hindernisse in den Weg. Als intimes Unterpfand der Liebe sucht der Kuß nicht gerade das Scheinwerferlicht der Berichterstattung. Und schon gar entziehen sich Häuslichkeit und Schlafzimmer dem Blick visuell forschender Analyse. Was bekanntlich zur Mißdeutung gerade japanischer Kußsitten geführt hat. »Da diese Dinge sich nun einmal hinter verschlossenen Türen abspielen und des Menschen Geist unbeständig ist«, glaubt schon Vatsyayana Mallanaga, der Verfasser des *Kamasutra*, sich rechtfertigen zu müssen, »kann wohl niemand mit Bestimmtheit sagen, was dieser oder jener zu einer bestimmten Zeit treibt und warum.« Auch das »unter dem Siegel der Verschwiegenheit« in der Beichte Preisgegebene findet, anders als der Klatsch, *per definitionem* keinen unmittelbaren dokumentarischen Niederschlag. Solche Beschränkung hat zur Folge, daß wir primär auf literarische Zeugnisse angewiesen sind. Beschäftigung mit ihnen enthebt der Sorge, in das Privatleben anderer vorzudringen, »Persönlichkeitsrechte« zu verletzen. Auch wenn spätestens seit Kinseys Befragungen das Blatt sich gewendet hat und die Neigung zu Exhibitionismus zu wachsen scheint.

Eine Frage des Anstands also. Frank Wedekind, der unerschrok-
kene Provokateur, hatte guten Grund verärgert zu sein, als Gerhart
Hauptmann jene Grenze, die Privates von Öffentlichem trennt, zu
seinen Lasten überschritt. Freilich wußte er, welche Geschütze sich
auffahren ließen, um angemessen Rache zu üben. Denn nicht nur in
»Literaturkreisen« hatte die Kontroverse Wellen geschlagen. Während seines Zürcher Aufenthalts im Herbst 1888 war der junge
Hauptmann häufig mit Wedekind zusammengekommen. Bei einer
dieser Gelegenheiten vertraute ihm der Schriftstellerkollege intime
Details über persönliche und familiäre Schwierigkeiten an. Insbesondere scheint Wedekind sich über das Zerwürfnis mit seinem Vater geäußert zu haben. Manches von dem, was dabei zur Sprache
kam, ist dann offenbar eingeflossen in Hauptmanns Drama *Das Frie-
densfest*. Bausteine wurden zu Klatschmünze, weitergereicht von
Hand zu Hand. Solches unverfrorene Recycling war freilich nur der
erste Akt. Denn mit seinem nächsten Stück, *Die junge Welt*, schlug
Wedekind zurück und rächte sich für den Eingriff in sein Privatleben. Ziel seines Spottes ist die »Notizbuch-Methode« Hauptmanns:
Selbst bei einer so intimen Beschäftigung wie dem Küssen macht
sein dem (naturalistischen) Realismus verschworener Protagonist,
der Dichter Meier, sich hinter dem Rücken seiner Partnerin Notizen.
Alle seine Eindrücke will er so frisch und unverfälscht wie möglich
festhalten. Der Küssende als sein eigener Voyeur!

Vielfältig, traditions- und nuancenreich ist die Kußgeste. Von den
Alten konnte sie noch unbedenklich drei Rubriken zugeordnet werden: *Basium* hieß der Kuß unter Verwandten und Freunden, *osculum* der Kuß »der Ehrfurcht vorzüglich unter heiligen Leuten« und
s(u)avium der Kuß unter Verliebten. Letztere, die *s(u)avia*, kommentiert ironisch Carl Julius Weber, seien »die einzigen wahren Küsse,
wofür wir ein treffliches Wort haben: ›Mäulchen‹ *(smutjen)*, wie für
einen lautschallenden Kuß ›Schmatz‹, der klangvolle Seufzer und
nasse Flecke zur Begleiterin hat, auf dem Lande gehört wird und die
beste Theorie über den Schall geben kann«.

Inzwischen gehört der Schall zu dem, woran wir zuletzt denken,
wenn wir von Küssen sprechen. Viel eher beschäftigt uns die Frage
nach den Lebensaltern des Kusses: Kindheit, Jugend und Erwachse-

nenalter. Der Kuß als »technische Aktivität« wie »Ausdrucksaktivität«: Handlung und Zeichen – Zeichen, das selber wieder Handlung begründet. Was als Kußfüttern beginnt, im fütternden Kuß: »fütternd« in denkbar weitestem Sinn, erfährt täglich Erneuerung: Lippen-, Zungenschmeichel einst und jetzt. Kindheit, Jugend und Reifezeit schließlich in einem. Wie schreibt doch Goethe (»Ziblis«)?

Wartet nur. Es folgten Küsse
Hundertweis; sie schmeckten ihr,
Ja, die Mäulchen schmeckten süße.
Und bei Ziblis waren diese
Gar die ersten. Glaubt es mir.

Noch ehe das *Hohelied* jubelte: »Milch und Honig sind unter deiner Zunge«, hatte bereits eine babylonische Hymne zum Lobe Ischtars verkündet (ca. 1600 v. Chr.), die Lippen der Göttin seien süß, in ihrem Mund wohne Leben. Was heißt Leben? Nahrung. Aber auch Atem und nicht zuletzt Unio von Mann und Frau: Funke, d. h. Feuer, Wärme. Die Hauptrollen in der Geschichte des Kusses spielen denn auch Atem und Hauch (Heiliger Geist), Nahrung und Fütterung (Kommunion), Vereinigung (Liebesakt) und (Liebes-)Tod. Wenn Atem mit Seele gleichgesetzt werden kann, so bedeutet Vermischung der Atemströme, wie dies im Kuß geschieht, Seelenvereinigung. Damit ist die Grundlage für ein »Allzwecksymbol« gegeben. Der Verwurzelung im Herzen menschlicher Existenz verdankt es seine Überlebenskraft.

Als erster soll Plato sich der Metapher bedient haben. Sein Distichon ist uns im fünften Buch der *Griechischen Anthologie* überkommen:

Meine Seele war auf meinen Lippen, als ich Agathon küßte.
Arme Seele! Sie hatte gehofft, zu ihm hinübergleiten zu können.

Aber erst das Christentum bereitete dem Bild des »Seelenkusses« jenen Weg, der hinaufführen sollte auf die Höhen der Renaissance und gangbar bleiben bis in unsere Tage.

Als Hauch von Mund zu Mund, Vermischung der Lebensgeister, Einswerden der Seelen hatte der Kuß die Schwelle zur Reife überschritten. Konkrete, lebenserhaltende Beatmung wird platonisch und neoplatonisch überformt. Das Märchen von Dornröschen als seine Verbildlichung. Vom Christentum vertieft, gewinnt die Kuß-Metapher zentrale Bedeutung für das Heilsgeschehen. Daher das Neben- und Ineinander von Heiligem und Profanem, Spirituellem und Sensuellem, wie es charakteristisch ist für das Wirklichkeitsverständnis des mittelalterlichen Menschen. Das Kußsymbol, für den Himmel reserviert, strahlt aus auf die Erde: als weltlicher Liebeskuß. Ein Liebeskuß, der zugleich Lebenskuß ist. Als Tausch der Seelen, Tausch der Herzen: Einswerden im Kuß, Sterben mit- und ineinander. Aber auch Auferstehung der Liebenden ineinander, zu neuem Leben. Was das alles heißt, hat John Donne, der englische Dichter und Pfarrer, einmal zusammengefaßt. Eine seiner Predigten zum Pfingstsonntag handelt von der Bedeutung des Kusses.

»Im *Alten Testament*«, läßt der bedeutende Kanzelredner des 17. Jahrhunderts sich vernehmen, »küßte Gott zuerst den Menschen, hauchte ihm solcherart den Hauch des Lebens ein und machte ihn zum Menschen. Im *Neuen Testament* küßte Christus den Menschen und hauchte den Hauch des ewigen Lebens, den Heiligen Geist, in seine Apostel, um solcherart den Menschen zu einem heiligen Menschen zu machen. *Liebe ist stark wie der Tod:* Wie es im Tod ein Hinüberwandern der Seele gibt, so auch in dieser geistigen Liebe. Ausdruck davon ist der Kuß, denn auch bei ihm kommt es zu einem Hinüberwandern der Seele: Und wie wir bei Gellius ein Gedicht Platos finden, wo der Philosoph sagt, er kenne jemanden, der so überaus leidenschaftlich war, *daß er wenig darauf achtete, beim Kuß nicht zu sterben,* so gilt dies noch viel mehr für jene himmlische Vereinigung, die der Kuß ausdrückt. Der heilige Hieronymus faßt dies in Worte: ›Durch den Kuß hängt die Seele Gott an und wird der Geist des Küssenden übertragen‹. In diesem Kuß, wo *Eintracht und Friede* einander geküßt haben, in dieser Person, wo göttliche und menschliche Liebe einander geküßt haben, in dieser christlichen Kirche, wo Gnade und Sakramente, sichtbare und unsichtbare Mittel der Erlösung einander geküßt haben, ist *Liebe so stark wie der Tod.* Meine Seele ist vereint mit meinem Retter, hier im Leben wie im Tod, und ich bin bereits *ein Geist mit ihm geworden*: Und was im-

mer der Tod vermag, das vermag auch dieser Kuß: Und das heißt,
mir jetzt und sofort das Himmelreich zu öffnen.« Ein großes Wort:
Aufstieg der Seele zu Gott – nicht nur der Tod bringt ihn, auch der
Kuß.

Und doch war der Kuß nicht nur Himmel und Erde, Gott und
Mensch verbindende Metapher – stets wurde er auch hier und jetzt
geküßt. Also nicht nur verblassendes, verstaubendes Zeichen ist er,
auch mundfrische Tat. Darin gründet das Widersprüchliche, Polydi-
mensionale, das ihm eigen ist. Gut zwanzig Jahre vor Ausbruch der
Französischen Revolution beschreibt der Sittenchronist Restif de la
Bretonne ausführlich die Lebens- und somit auch Kußgewohnheiten der Bauern seines Geburtsorts Sacy (Yonne). Scharf werde dort
über die Trennung der Geschlechter gewacht. Die Mädchen miß-
trauten den Burschen, die hinter ihrer »Tugend« her sind, und
streng hüteten die Väter und Brüder diesen symbolischen Wert, an
dem die Ehre des Hauses hängt. »Wollte ein junger Mann einem
Mädchen den Hof machen, tat er gut daran, sich zunächst einmal für
ein paar Monate in der Nähe des Hauses herumzutreiben. Denn erst
so konnte sich Gelegenheit ergeben, mit ihr ins Gespräch zu kommen. Die Leute fangen an zu klatschen, und so erfährt das Mädchen,
daß Pierrot oder Jacques es auf sie abgesehen hat. Neugierig, wie sie
ist, findet sie eines Abends einen Vorwand, aus dem Haus zu gehen. [...] Die Eltern wissen natürlich längst, was gespielt wird. Gefällt ihnen der Bursche, sagen sie kein Wort, und das Mädchen kann
nach Belieben das Haus verlassen. Haben die Eltern jedoch Vorbehalte, vielleicht mögen sie den jungen Mann nicht, so erhebt sich Vater oder Mutter, stößt das Mädchen zurück auf Stuhl oder Bank und
sagt: ›Bleib sitzen, ich gehe selbst ...‹ Wurde dem Mädchen indessen
erlaubt, hinauszugehn, so nähert sich ihm der Bursche und streichelt
es [...]. Von da an geht sie jeden Abend aus dem Haus [...] Eines
Sonntags, als sie wieder einmal miteinander sprechen, ohne sonst irgend etwas zu tun, hält der junge Mann den Tag für gekommen, an
dem er sein Glück versuchen und sie küssen könnte.« Es geschehe
nur selten, daß ein Mädchen sich nicht empfänglich zeige für diesen
Schritt, schließt der französische Autor seinen Beitrag zu einer Geschichte des Kusses.

Mit dem erwachenden Individualismus der Renaissance, deren Forderung nach größerer Autonomie, mag auch der Kuß im privaten Bereich wachsender Offenheit begegnet sein; am Hof, in der »Voröffentlichkeit«, hat er sich jedoch zunehmend der Etikette zu unterwerfen. Immer stärker gerät er in den Sog jener »Affektmodellierung«, die im Mittelpunkt von Nobert Elias' umfangreichem Werk *Über den Prozeß der Zivilisation* (1939 bzw. 1969) steht. Um so variantenreicher florieren nun Hand- und Wangenkuß. Es sollte nicht wundernehmen, daß neben der »verfremdenden« Akkolade gerade der ritualisierte Wangenkuß sich inzwischen zunehmender Beliebtheit erfreut: als Symbol eines Symbols, dessen Bezeichnetes im »*Anything goes*« zwar völlig enttabuisiert wurde, zugleich aber einer offenem Voyeurtum zugänglichen Privatsphäre zugedacht blieb.

Der Kuß, Nähe wie Leben signalisierend, ein »geistiges Phänomen«? Scheinbar Unvereinbares, ja Widersprüchliches zeichnet seinen Lebensweg, prägt seine Geschichte. Mit geistigem (und geistlichem) Gehalt hatte die Geste des Küssens deshalb so überraschend leicht gefüllt werden können, weil nach traditioneller christlicher Vorstellung der Kuß im Eheleben praktisch keine Rolle zu spielen hat. Erst als nach Ende des 16. Jahrhunderts der »romantische Kuß« die Bühne betrat, konnte die Kußhandlung zu dem werden, was sie noch heute ist: eine so reizvolle wie flächendeckende Erscheinung.

Bedarf die Beschäftigung mit dem Kuß, einem auf den ersten Blick vielleicht banal und frivol anmutenden Thema, einer Rechtfertigung? Wohl kaum, denn nicht zuletzt vermochte Wesen und Form der Oskulatorik selbst große Philosophen wie Sören Kierkegaard zu faszinieren und zum Nachdenken zu bewegen. Oder Dichter wie Rilke zu kongenialen Nachdichtungen zu inspirieren:

Küß mich noch einmal, küß mich wieder, küsse
mich ohne Ende. Diesen will ich schmecken,
in dem will ich an deiner Glut erschrecken,
und vier für einen will ich, Überflüsse

will ich dir wiedergeben. Warte, zehn
noch glühendere; bist du nun zufrieden?
O daß wir also, kaum mehr unterschieden,
glückströmend ineinander übergehn.

In jedem wird das Leben doppelt sein.
Im Freunde und in sich ist einem jeden
jetzt Raum bereitet. Laß mich Unsinn reden:

Ich halt mich ja so mühsam in mir ein
und lebe nur und komme nur zu Freude,
wenn ich, aus mir ausbrechend, mich vergeude.

Louise Labé

Philosophieren über den »korrekten Kuß«

Betrachtungen zu unserem Thema finden sich bisweilen da, wo wir
sie am wenigsten erwarten. So bei Sören Kierkegaard, dem dänischen Philosophen. Verborgen wie ein Blatt unter Blättern harrt sie
in dessen erstem großen Werk, *Entweder – Oder. Ein Lebensfrag-
ment, herausgegeben von Viktor Eremita* (1843), der Aufmerksamkeit ihres geneigten Lesers. Der fiktive Herausgeber will die Papiere
»des A.« und »des B.«, um die es geht, in dem Geheimfach eines vor
Jahren von ihm erworbenen Sekretärs gefunden haben. Darunter
auch eine Analyse von Mozarts *Don Juan* in der Studie »Die unmittelbaren erotischen Stadien oder Das Musikalisch-Erotische« und
»Das Tagebuch des Verführers«.
    Das Tagebuch, angeblich eine heimliche Abschrift, berichtet von
einer Liebesbeziehung eigener Art: Der Verfasser hat sich in das
Mädchen Cordelia verliebt und sucht es für sich zu gewinnen.
Durch kluge Berechnung und auf raffinierte Weise gelingt es ihm,
Cordelia zu verführen. Kaum hat er sein Ziel erreicht, verläßt er sie.
Es zeigt sich, daß es dem Verführer um nichts anderes geht als um
den Genuß der Reflexion über den Genuß. Darin unterscheidet er
sich vom traditionellen Verführer, als dessen Inbegriff Don Juan gilt.

Während Kierkegaards Verführer mit höchster Bewußtheit »seine Pläne entwirft und listig die Wirkung seiner Intrigen berechnet«, um die Widerstände zu überwinden, bleibt Don Juan innerhalb des »unmittelbaren erotischen Stadiums«: Er verführt durch seine körperliche Unwiderstehlichkeit, die wahrhafte Macht der Sinnlichkeit. Hier die Unmittelbarkeit der Emotion, Befriedigung der Begierde, dort Distanz, Reflexion, die nur mehr sich selbst zu genießen vermag. Es wäre deshalb wenig sinnvoll, von Don Juan, dem Verführer und damit wohl auch versierten Küsser, theoretische Ausführungen über den Kuß zu erwarten. Theorie kommt mit der Distanz, sie ist eine Sache der Abstraktion. Wir zitieren abschließend Kierkegaards Betrachtung über den »korrekten Kuß«:

Ein alter Philosoph hat gesagt, man brauche nur alles genau niederzuschreiben, was man erlebt, und schon sei man, ohne es zu wissen, ein Philosoph. Nun habe ich längere Zeit in der Gemeinde der Verlobten gelebt: Sollte das nicht auch ein Erlebnis sein, das einen, ehe man sich's versieht, zum Philosophen machen kann? Eine Weile dachte ich daran, Material zu sammeln zu einer Schrift mit dem Titel: »Beitrag zur Theorie des Kusses, allen zärtlich Liebenden gewidmet von ...« etc. So etwas wäre wirklich ein gemeinnütziges Unternehmen. Zumal die Philosophen über dergleichen nicht nachdenken oder sich auf dergleichen nicht verstehen und eine Schrift über den Gegenstand meines Wissens nicht existiert. Ich habe leider gegenwärtig nicht die Zeit, das Buch auszuarbeiten, will mir aber für später einige Notizen machen:

Zu einem korrekten Kuß gehört vor allem, daß ein Mann und eine Frau die handelnden Personen seien. Ein Kuß unter Männern ist geschmacklos oder, was schlimmer ist, schmeckt schlecht.

Der Kuß kommt der Idee näher, wenn der Mann die Frau küßt und nicht umgekehrt die Frau den Mann.

Wo im Lauf der Zeit das Verhältnis zwischen Mann und Frau indifferent geworden ist, da hat der Kuß keine Bedeutung mehr. Hierher gehört der Handkuß, mit dem Eheleute sich in Ermangelung einer Serviette den Mund abwischen und sich ›Mahlzeit‹ wünschen.

Ist der Altersunterschied beträchtlich, so denkt man besser nicht an Küsse. (In der Mädchenschule einer Provinzstadt hatten die Schülerinnen der obersten Klasse einen eigenen Terminus für eine unangenehme Pflicht: ›den Justizrat küssen‹. Die Lehrerin hatte einen Schwager, der im

Hause wohnte. Er war ein pensionierter Justizrat und hielt sich kraft seines Alters für berechtigt, die jungen Mädchen zu küssen.) Der Kuß muß Ausdruck einer bestimmten Leidenschaft sein. Ein brüderlicher bzw. schwesterlicher Kuß ist daher kein richtiger Kuß. Dasselbe gilt einem Kuß, der einem beim Pfänderspiel zufällt; item vom gestohlenen Kuß.

Der Kuß ist eine symbolische Handlung, die nichts zu bedeuten hat, wenn das Gefühl, das sie bezeichnen soll, nicht vorhanden ist; und dieses Gefühl kann nur in bestimmten Verhältnissen vorhanden sein.

Klassifikation der Küsse nach verschiedenen Prinzipien:

1. Nach dem Geräusch.

Es gibt schmatzende, zischende, klatschende, knallende, dröhnende Küsse.

Manche klingen hohl, manche sonor, andere erinnern an das Geräusch, das beim Zerreissen von Kattun entsteht ... (Leider finde ich es unmöglich, alle meine Beobachtungen zu fixieren. Die Sprache ist zu arm. Ich glaube, man fände auf der ganzen Welt nicht genug Onomatopoetika, um allein die Verschiedenheiten zu bezeichnen, die ich in meines Onkels Haus festgestellt habe.)

2. Nach der Berührung.

Tangierende oder Küsse *en passant* und kohärierende.

3. Nach der Zeit.

Kurze und lange.

Was die Klassifikation nach der Zeit betrifft, so gibt es da noch eine zweite Möglichkeit, und zwar ist das die einzige Einteilung, die mich befriedigt: Man kann den ersten Kuß unterscheiden von allen übrigen. Es wird da auf etwas reflektiert, was zu den übrigen Kategorien in keinem Verhältnis steht; Geräusch, Berührung, Zeit sind hier irrelevant. Der erste Kuß ist qualitativ verschieden von allen andern, das ist's! Daran denken wohl nur wenige Menschen; es wäre eine Sünde, wenn nicht wenigstens einer darüber nachdächte.

Meine Cordelia!

Eine gute Antwort ist wie ein süßer Kuß, sagt Salomo. Du weißt, ich bin ein böser Frager; ich habe darüber schon viel hören müssen. Denn die Leute verstehen nicht, warum ich frage. Aber Du, nur Du allein verstehst, warum ich frage, Du und Du allein verstehst zu antworten, Du und Du allein verstehst eine gute Antwort zu geben; denn eine gute Antwort ist wie ein süßer Kuß, sagt Salomo.

Dein Johannes

ERSTER TEIL

Zur Naturgeschichte einer elementaren Verhaltensweise: Kuß und Küssende(r)

»Ganz allgemein wird eine starke Begierde empfunden, die geliebte Person zu berühren, und Liebe wird durch dieses Mittel deutlicher als durch irgendein anderes ausgedrückt. Wir verlangen daher danach, diejenigen in unsere Arme zu schließen, die wir zärtlich lieben. Wahrscheinlich verdanken wir diese Begierde vererbter Gewohnheit in Assoziation mit dem Warten und Pflegen unserer Kinder und den gegenseitigen Liebkosungen Liebender.

Bei niederen Tieren sehen wir dasselbe Prinzip tätig, daß sich Vergnügungen aus der Berührung in Assoziation mit Liebe herleiten [...]. Mr. Bartlett hat mir das Benehmen zweier Schimpansen, im Ganzen ältere Tiere als diejenigen, die gewöhnlich nach Europa importiert werden, beschrieben, als sie zuerst zusammengebracht wurden. Sie saßen einander gegenüber, berührten einander mit den weit vorgestreckten Lippen, und der eine legte seine Hand auf die Schulter des anderen. Dann schlossen sie sich gegenseitig in die Arme. [...]

Wir Europäer sind an das Küssen als Zeichen der Zuneigung so gewöhnt, daß man es für der Menschheit angeboren halten könnte. Dies ist indessen nicht der Fall. Steele irrte, als er sagte, ›die Natur war sein Urheber, und es begann mit der ersten Brautwerbung‹. Jimmy Button, der Feuerländer, sagte mir, daß diese Gewohnheit in seinem Vaterland unbekannt sei. Sie ist jedenfalls unbekannt bei den Neuseeländern, den Eingeborenen von Tahiti, den Papuas, den Australiern, den Somalis von Afrika und den Eskimos.«

Dieses Zitat aus Charles Darwins berühmten Buch *Der Ausdruck der Gemütsbewegungen bei Menschen und Tieren* (1872) macht anschaulich, wie problematisch es ist, menschliches Verhalten auf biologische Grundlagen zurückzuführen, ohne zugleich die Eigenständigkeit arteigenen oder einzelnen Kulturen eigenen Verhaltens zu relativieren.

Fraglos war Darwin sich völlig im klaren darüber, daß er in der »Begierde«, »die geliebte Person zu berühren« und in die »Arme zu schließen«, einen Ausdruck der Liebe sah, und daß er diese »Begierde« zurückführte auf »vererbte Gewohnheit in Assoziation mit dem Warten und Pflegen unserer Kinder und den gegenseitigen Liebkosungen Liebender«. Wir dürfen ihn mithin beim Wort nehmen.

Der britische Naturforscher war nicht selber Zeuge der Begrüßung zwischen zwei Schimpansen gewesen. Heute, nach vielen Beobachtungen dieser Art, wissen wir indessen, daß die Schilderung seines Gewährsmanns richtig ist. Dennoch fällt auf, daß Darwin sich scheut, die Wörter »Kuß« und »Umarmung«, d. h. spezifisch menschliche Bezeichnungen, für die Wiedergabe der »küssenden« Verhaltensweisen zu gebrauchen. Im Original heißt es: »*touching each other with their much protruded lips*« und »*they then mutually folded each other in their arms*«. Das ist sehr umständlich ausgedrückt, wenn auch nicht ohne Poesie. Wieviel einfacher wäre es doch gewesen zu sagen: »*they kissed and embraced each other*«.

Der nächste Absatz läßt uns dann wenigstens den Grund für die vorsichtige Ausdrucksweise erahnen: Nachdem Darwin von dem ihm persönlich gut bekannten Feuerländer Jimmy Button erfahren hat, daß in dessen Heimat der Kuß unbekannt sei, vertraut er auch den anderen Quellen, die vom Fehlen des Kusses in einzelnen Kulturen berichten. Dabei haben Darwin, Jimmy Button und ebenso die anderen Gewährsleute gewiß an die Verwendung des Kusses zur Begrüßung und im Liebesspiel gedacht, aber vergessen, den Müttern Rechnung zu tragen, die wohl überall auf der Welt ihre Babys küssen.

Vom biologischen »Stammbaum« des Kusses

Ist der Kuß auf biologische Grundlagen zurückzuführen? Wir antworten mit einem entschiedenen »Ja« und berufen uns dabei auf den allgemeinen Stand gegenwärtiger Wissenschaft. Gemeint ist die Annahme, daß die Menschheit, ebenso wie die menschliche Kultur, d. h. Philosophie, Literatur und dergleichen, Teil des Naturgeschehens sei. Wir gehen also nicht aus von einer Alternative: Kultur *oder* Natur. Vielmehr verstehen wir Kultur als Teil der Natur. Dies im Sinne der Auffassung Arnold Gehlens, wonach der Mensch von Natur ein Kulturwesen sei. Dabei bezweifeln wir keineswegs, daß die menschliche Kultur durch Eigenständigkeit und Eigengesetzlichkeit charakterisiert ist. Wie dies etwa Konrad Lorenz in die Worte gefaßt hat: Es sei keine Übertreibung zu sagen, daß das geistige Leben des Menschen eine neue Art von Leben ist.

Was wir indessen bezweifeln, ist die altehrwürdige Vorstellung, der Mensch stünde als Herrscher über der Natur, die Menschheit sei in einem einmaligen, göttlichen Schöpfungsakt geschaffen worden und im wesentlichen bis heute unverändert geblieben. Auch distanzieren wir uns vom Bild einer Gesellschaft, die im wesentlichen aus Individuen besteht: Einzelwesen, die zwischen Gut und Böse zu unterscheiden vermögen und deren Handeln auf freier Wahl, d. h. der freien Entscheidung für das eine oder das andere beruht. Nach dieser traditionellen Vorstellung, die sich auf die Bibel gründet, im Zentrum der Vorstellungen von Karl Marx steht und noch heute von nicht wenigen Geisteswissenschaften vertreten wird, ist die Vielfalt menschlichen Handelns genauso eine Folge von individueller Freiheit und zufälliger gesellschaftlicher Konvention wie die Vielzahl der Begriffe, mit denen sich in den verschiedenen Kulturen ein und dieselbe Handlung bezeichnet findet: Ob »Kuß«, *osculum, bacio* oder *kiss* – die vier Wörter meinen das gleiche.

So glaubte man wohl zunächst, die von Adam nach dem Modell der Namensgebung lebendiger Wesen (*Genesis* 2,20) gewählte Bezeichnung für Kuß sei in der Sprachverwirrung beim Turmbau zu Babel (*Genesis* 11,1–9) durch göttliche Intervention in viele verschiedene Bezeichnungen und vielleicht sogar Begriffe zerschlagen

worden. Oder man nahm an, die Vielfalt der oben genannten Wörter sei zu einem späteren Zeitpunkt der Menschheitsgeschichte in
den Sprachen der verschiedenen Gesellschaften aus zufälligen Lautkombinationen entstanden. Im Rahmen einer gegenwartsnäheren,
wissenschaftlichen Betrachtung der Lautfolgen, mit denen einzelne
Begriffe bezeichnet werden – in unserem Fall: *Kuß*, *kiss*, *baiser* oder
bacio –, hat sich nicht erst im Laufe dieses Jahrhunderts die Erkenntnis durchgesetzt, daß Sprachen und Sprachgruppen verwandt sind.
Ganz selbstverständlich sprechen wir heute von »germanischen«,
»romanischen« oder »slawischen« Sprachen. Die Vorstellung einer
Verwandtschaft aller menschlichen Sprachen hat dazu geführt, daß
aufgrund bestehender Ähnlichkeiten ein Stammbaum der Sprachen
der Menschheit entworfen wurde. Als Meilenstein in der Bemühung
um ein neues Sprachenverständnis gilt u. a. das Werk von L. Luca
Cavalli-Sforza und seinen Mitarbeitern (1988), das Daten aus
Sprachforschung, Archäologie und Genetik zueinander in Beziehung setzt. Erstmals wohl konnte gezeigt werden, daß der von den
Sprachforschern auf der Grundlage sprachlicher Beziehungen erarbeitete Stammbaum der Menschheit sich weitgehend in Übereinstimmung befindet mit dem biologischen Stammbaum, der sich auf
archäologische und genetische Befunde stützt.

Die Frage nach den biologischen Grundlagen des Kusses schließt
zwangsläufig die Anerkennung der Abstammung des Menschen aus
dem Tierreich ein. Sie geht aus vom Bild eines Stammbaums
menschlicher Verhaltensweisen, dessen Bestandteile sich, sprachlichen Begriffen gleich, je nach Kulturkreis voneinander unterscheiden und meist auf eine gemeinsame Wurzel zurückgeführt werden
können. Daß es auch bisweilen mehrere, verschiedene sein können,
braucht uns hier nicht weiter zu kümmern. So ist Küssen wohl dem
Beißen verwandt, das bei vielen Tieren eine unerläßliche Handlung
im Bereich von Nahrungsaufnahme und Kämpfen darstellt. Aber
damit nicht genug. Auch Saugen und Lecken der Säugetiere hat mit
dem Küssen zu tun. Eine wichtige Sonderform oraler Aktivität, das
sogenannte Kußfüttern, tritt bereits bei Menschenaffen auf. Daher
ist es naheliegend, die biologischen Wurzeln des Kusses im Tierreich
zu suchen.

Ein erster Ansatzpunkt für die Beantwortung der Frage nach der biologischen Grundlage des Küssens ergibt sich aus einer rein formalen Beschreibung des Verhaltensablaufs der »Oskulation«, sprich: »Bemundung«: Zwei Individuen nähern sich einander mit dem Mund, tastend die Lippen vorgeschoben, manchmal auch unter Beteiligung der Kiefer, der Zähne und der Zunge, berühren sich – meist wechselseitig – und halten über eine gewisse Zeitspanne den Kontakt aufrecht. Menschen hingegen küssen sich nicht nur gegenseitig auf den Mund, sie küssen als Ritual auch die Wange, den Kopf, die Hand, selbst den Fuß eines anderen Menschen. Im Liebesspiel gibt es keine Stelle des Körpers, die nicht mit einem Kuß bedacht, mit Küssen bedeckt werden kann. Der zeremonielle Kuß bezieht sogar Gegenstände ein, gilt zum Beispiel der Bibel.

Meist wird die Berührung mit den Lippen, der Zunge und den Zähnen von einem Kontakt mit den Händen und Armen begleitet: einem Festhalten bzw. einer Umarmung. Dies hat einen Niederschlag auch in der Umgangssprache gefunden. So übersetzt beispielsweise das *Englisch-Französische Wörterbuch* von Larousse *kiss* (Kuß) sowohl mit *baiser* (Kuß) als auch mit *embrassade* (Umarmung). Und wenn man sich vorstellt, wie viele Gesichter *der* Kuß aufweist und mit welchen Bewegungsweisen er jeweils verbunden ist, je nachdem der Geküßte ein Säugling, die eigene Mutter, eine Geliebte, ein Geliebter, ein geschätzter Berufskollege oder gar der Papst ist, so wird deutlich, daß hier ein breites Spektrum von Möglichkeiten vorliegt. Fassen wir »oskulatorisches Verhalten« noch allgemeiner auf, um es auf alle mehr oder weniger häufig beobachteten Berührungen von Artgenossen mit dem Mund auszudehnen – auch in Verbindung mit anderen Formen des Körperkontaktes, einschließlich der Umarmung –, so läßt es sich im Tierreich im wesentlichen fünf verschiedenen Situationen zuordnen: Begrüßung, Körperpflege, Paarung, Mund-zu-Mund-Fütterung der Jungen und schließlich Kampf.

Daß auch Kampf und das dafür typische Beißen mit dem Küssen zu tun haben könnte, mag zunächst absurd erscheinen, verdient aber doch, bedacht zu werden. Aus dem Tierreich gibt es nämlich zahlreiche Beispiele für mehr oder weniger fließende Übergänge und vielfache Verbindungen zwischen Kampfverhalten und Paarung. Bis tief in unsere Kultur hinein reicht diese Verbindung. So zum Beispiel als Koppelung männlicher Sexualität an Gewalttätigkeit. Wir finden dergleichen in frühen Quellen: bei Homer, im *Alten Testament* oder in Gedichten Ovids, nicht weniger als in unseren Tageszeitungen. Die Spitze hielt dabei für lange Zeit die Vergewaltigung, insbesondere der wehrlosen Frauen des bezwungenen Gegners. Auch der Sadomasochismus, die sexuelle Lust an der Schmerzbereitung und -empfindung, gehört hierher.

Eine in dieser Hinsicht besonders auffallende Eigenheit des Paarungsrituals vieler Säugetier-Arten ist der Nackenbiß: Das Männchen verfolgt das Weibchen, ergreift es unmittelbar vor der Kopulation am Nacken und hält es fest. Was hier recht gewalttätig, ja wie Vergewaltigung aussieht, ist in vielen Fällen nichts anderes als eine Orientierungsreaktion, die für den Vollzug der Kopula wesentlich und notwendig ist. Der Körperbau ist nämlich so beschaffen, daß es zur Begattung nur kommen kann, wenn das männliche Tier sich dem weiblichen von hinten nähert, d. h. ihm aufreitet und sich festhält, indem es ihm in den Nacken beißt. Aus dieser Einschränkung läßt sich eine der möglichen Erklärungen für die Bedeutung des Küssens im menschlichen Paarungs-Vorspiel ableiten. Denn Küssen begünstigt die Orientierung der Körper des Liebespaars *face à face*: Vorderseite gegen Vorderseite, und erlaubt damit die Berührung Scham zu Scham als Vorstufe zur Paarung in der »Missionarstellung«.

Auch während der menschlichen Paarung kann Beißen als eine Begleiterscheinung sexueller Erregung auftreten. Es heißt, zum Beißen in höchster Ekstase neigten vor allem Frauen. Wieweit die dabei entstandenen Male als »Botschaft« an eine Nebenbuhlerin verstanden werden können, ist eine andere Frage. Eibl-Eibesfeldt ist nicht der einzige, der erwähnt, alte japanische Quellen warnten die Männer davor, beim Liebesakt ihre Zunge in den Mund bzw. zwischen die Zähne der Partnerin zu schieben. Es sei vorgekommen, daß Frauen auf der Höhe der Gefühle ihrem Liebhaber die Zungenspitze abgebissen hätten. Hat »beißen« mit *baiser* zu tun? Auf diese Frage werden wir zurückkommen, wenn die sprachliche Seite zur Debatte steht.

Selbst ein eher pervers erscheinendes kannibalistisches Element durchzieht Geschichte, Symbolik und Pathologie des Menschen. Das gilt für den Bereich der Aggression nicht weniger als für den der Sexualität: »Könnten mich selber doch die Wut und der Zorn dazu treiben, roh abschneidend dein Fleisch zu verzehren, für all deine Taten«, sagt der finsterblickende, schnelle Achilles zum sterbenden Hektor in Homers *Ilias* (XXII).»Ich hab dich zum Fressen lieb«, ist eine durchaus akzeptable Form der Beteuerung besonderer Zuneigung, über die gleichfalls zu sprechen sein wird. Nicht wenige Einzelheiten der Umsetzung dieser, wie es zunächst scheint, eher harmlosen Phantasie in die Tat lassen sich Tageszeitungen und wissenschaftlichen Abhandlungen über die Sexualität von Lustmördern entnehmen.

So dürfte es gerechtfertigt sein, dem Beißen einen Platz an der Basis eines biologischen »Stammbaums des Kusses« zuzuweisen. Als Verhaltensweise, die nicht nur der Nahrungsaufnahme dient, sondern auch in Kampf und Paarung eine wesentliche Rolle spielt. In archaischen Motivationssystemen sind die Unterschiede zwischen diesen verschiedenen Funktionen noch kaum auszumachen. Wie bei manchen Fischarten Kampf und Balz durch fließende Übergänge verbunden sind, kann bei kämpfenden Hähnen feindliches Hacken nach dem Gegner unvermittelt übergehen in Futterpicken. Aus dem Beißen leiten sich weitere Verhaltensweisen ab, unter denen Saugen und Lecken für das Entstehen des Küssens wichtige Zwischenstufen bilden. Es handelt sich hier um neue Bewegungsformen von Kiefer, Lippen und Zunge, bei denen die Zähne keine Rolle spielen: Entweder sind sie noch nicht entwickelt oder sie bleiben im Hintergrund. Im Deutschen ist »Saugen« namengebend für die Klasse der »Säugetiere«, die sich auszeichnet durch differenzierte Brutpflege. Ernährung des »Säuglings« mit der Milch der Mutterbrust bildet für diese hochentwickelten Wirbeltiere den Mittelpunkt des Brutpflegeverhaltens. »Brust« heißt auf lateinisch »*mamma*«, daher »Mammalia«, d. h. »Brüstlinge« bzw. italienisch »*mammifero*«, d. h. »Brustträger«.

Beim menschlichen Säugling entwickelt sich schon während der ersten Lebensmonate aus dem Saugen an der Brust das sogenannte

»Lecksaugen«. Es erfolgt an der mütterlichen Brustwarze, ist aber später auch bei der Breifütterung mit dem Löffel zu beobachten. Aus dem Lecksaugen wird schließlich das Lecken, jene für den erwachsenen Säuger typische Verhaltensweise, die sowohl der Nahrungsaufnahme als auch der Körperpflege dient. Lecksaugen und Lecken sind eng verbunden mit dem Mund-zu-Mund-Füttern, dem »Kußfüttern« des Säuglings von Menschenaffen. In der Phase des Übergangs von der Ernährung durch Muttermilch zur Aufnahme fester Nahrung erfüllt die Mund-zu-Mund-Fütterung zwei wichtige Funktionen: Sie dient der Auswahl wie der Nahrungszerkleinerung. Die Auswahl der Nahrung fällt einem erfahrenen Individuum zu und wird später die Nahrungsvorlieben der Jungen prägen. Auch das Zerkleinern der Nahrung durch Vorkauen vor der Nahrungsübergabe im Kußfüttern bildet einen maßgebenden Teil mütterlicher Fürsorge. Dem Kind wird Kauarbeit erspart, die es überdies kaum selbst zu leisten vermag. Daß dies auch für menschliche Säuglinge gelten kann, läßt sich entsprechenden Beobachtungen entnehmen. Im Anschluß an eine Beschreibung des Kußfütterns kommt Detlev Ploog (1964) zu dem Schluß: »Das kann man auch bei Menschenkindern machen und wurde vor etwa 30 Jahren / d. h. ca. 1930 / noch in Holstein geübt, wo Großmütter dem Säugling Buttermehlklöße vorkauten! Kommt die Mutter ihrem dreimonatigen Säugling mit dem Mund nahe, so stülpt er schon bei Annäherung seine Lippen vor. Ist der Mund-zu-Mund-Kontakt vollzogen, schiebt das Kind seine Zunge vor und macht Leckbewegungen. Dieses Experiment wiederholten wir mit gleichem Resultat an unseren eigenen Kindern.«

Daß eine Verbindung zwischen Kußfüttern und Kuß besteht, wurde schon zu Beginn unseres Jahrhunderts vermutet. Der Gedanke daran tauchte auf, als in der deutschen Anthropoidenstation auf Teneriffa erstmals Schimpansen systematisch beobachtet wurden. Das Interesse galt dabei nicht nur deren bis dahin ungeahnten Intelligenzleistungen, auch auf deren Sozialverhalten richtete sich die Aufmerksamkeit. In dem ersten Bericht, den Rothmann und Teuber 1915 darüber verfaßten, heißt es: »Es wurde wiederholt beobachtet, daß die Tiere sich mit dem Mund kußartig berührten;

doch ließ sich nachweisen, daß sie dabei stets gekaute Obststücke aus dem eigenen Mund in den Mund des Freundes hinüberschoben. Es ist wohl möglich, daß hierin der Ursprung der Kußbewegung zu suchen ist.«

Irenäus Eibl-Eibesfeldt greift diese Erklärung auf, denn in allen von ihm untersuchten Kulturen konnte er Kußfüttern der Kinder feststellen. Er betrachtet den Kuß als ritualisiertes Kußfüttern und deutet ihn als elementare Verhaltensweise der Menschheit: menschliches »Universale«. Für die Tatsache, daß in einigen Kulturen nicht geküßt wird, hält Eibl-Eibesfeldt zwei Erklärungen bereit: Entweder sei der Kuß ausschließlich sexuell besetzt (wie z. B. in Japan) und werde so wenig in der Öffentlichkeit vollzogen wie, ganz allgemein, der menschliche Geschlechtsakt, oder er sei außerhalb des Kußfütterns von Kindern völlig tabuisiert und werde im Begattungsvorspiel durch »Beriechen« und »Atemtrinken« ersetzt.

Wie konnte aus einem Kußfüttern, das als typisches Element mütterlichen Verhaltens von Menschenaffen angesehen werden kann, bei Menschen und Schimpansen zusätzlich eine intime Begrüßungsgeste werden? Und darüber hinaus in vielen, aber sicher nicht in allen Kulturen der Menschheit eine sexuell motivierte Verhaltensweise, ja ein ganz wesentliches Element des Paarungsvorspiels? Aus der Sicht der vergleichenden Verhaltensforschung, die sich bekanntlich als erste wissenschaftliche Disziplin mit der Entstehung der stammesgeschichtlichen Entwicklung einzelner Verhaltensmuster beschäftigt hat, ist ein derartiger »Funktionswechsel« nicht ungewöhnlich. Meist geht er mit mehr oder weniger auffallenden Änderungen in den Verhaltensweisen selbst einher. Was nun als »neu« erscheint, läßt sich in vielen Fällen von stammesgeschichtlich älteren Verhaltenselementen ableiten. Zu den Verhaltensweisen im Funktionsbereich der Begrüßung, die gleichfalls von anderen Verhaltensweisen herkommt, gehören neben dem Kuß u. a. die Umarmung (vom gemeinsamen Ruhen), die Verneigung (von der Unterwerfung) oder das Winken (von der Erregung von Aufmerksamkeit).

Eine nicht weniger häufige Alternative zur Entstehung neuer Verhaltensweisen durch Funktionswechsel ergibt sich daraus, daß zwei Verhaltensweisen verschiedener Form, aber gleicher Funktion, zu neuer Einheit verschmelzen. Auf diese Weise entstehen im Bereich der Begrüßung Verbindungen wie z. B. von Umarmung und Wangenkuß (einer alten russischen Sonderform), von Handreichung und Kuß im Handkuß (die nahezu ausgestorbene »feine Wiener Art«) oder von Kniefall und Kuß im Fußkuß. Schon an diesen wenigen Beispielen von Begrüßungsformen wird deutlich, daß Funktion wie Form von Fall zu Fall variieren. Im Vergleich zum Kußfüttern, bei dem der Zunge eine zentrale Rolle zukommt, liegt beim Kußgruß die Betonung auf Berührung mit den Lippen; die Zunge ist allenfalls am Hervorbringen eines schnalzenden Geräuschs beteiligt.

Doch nach wie vor bedeutet Mund-zu-Mund nicht allein Kuß im Sinne von, wie auch immer gearteter, Kontaktaufnahme und Kontaktbestätigung, genauso kann es sich um »echtes« Kußfüttern handeln. Nur daß menschliche Liebespaare eben statt Bananenbrei oder Buttermehlklößchen eher Süßigkeiten und Konfekt von Mund zu Mund gehen lassen.

Beim sexuellen Kuß ist die führende Rolle meist der Zunge vorbehalten. Ob Cunnilingus oder Fellatio, die Zunge ist der Hauptakteur. Selbst wenn, formal betrachtet, diese Verhaltensweisen weniger mit Kußfüttern, als vielmehr mit den oben genannten Elementen Saugen und Lecken zu tun haben. Den Grußformen gleich sind die Kußformen sexueller Vorspiele unerhört vielfältig. Was die eine Kultur mit absolutem Tabu belegt und ächtet, kann für eine andere selbstverständlich sein. So wird zum Beispiel in manchen ozeanischen Kulturen das Küssen in seiner westlichen Form als »unappetittlich« empfunden. In der entsprechenden Phase des Vorspiels schmiegen die Liebenden Wange an Wange und »trinken« den Atem des oder der Geliebten. Solch ein »Atemtrinken« hat aber im Rahmen des Vorspiels gewiß die gleichen Funktionen wie in westlichen Kulturen das Küssen: Überprüfung der gegenseitigen Verträglichkeit, der »Fähigkeit zur Harmonie«, und »Synchronisierung der Erregung« als eine kulturell und biologisch definierbare Stufe auf dem Weg zum gemeinsamen Orgasmus. Noch eine weitere Funktion des Küssens bei der sexuellen Begegnung ist denkbar. Sie gilt genauso für das Nasenreiben wie für das Atemtrinken: die im Zusammenhang mit dem Nakkenbiß bei der Paarung von Säugetieren erwähnte frontale Orientierung. Wie wir hörten, ist sie Vorstufe der bevorzugten menschlichen Paarungsposition: Gesichter einander zugewandt, Brust an Brust, Bauch an Bauch, die Spitze des Penis bereit, in die Vagina einzudringen. Diese von »aboriginalen Kulturen« als »Missionarstellung« bezeichnete Form der Paarung verdient jedoch keineswegs, als eine Besonderheit »des« Menschen angesehen zu werden, die den »Zivilisationsträger« vom »stumpfen Tier« unterscheidet: Auch Zwergschimpansen paaren sich häufig *face à face*.

Nicht auf den Menschen beschränkt ist Küssen auch als Begrüßungszeremonie. Wenn die verschiedenen Säugetiere sich zur Begrüßung Mund-zu-Mund orientieren, sich mit den Lippen berühren und gegenseitig belecken, so sieht eine Begrüßung bei den Schimpansen schon unerhört menschlich aus. Der von Darwin wiedergegebene Augenzeugenbericht, den wir eingangs zitierten, spricht eine unmißverständliche Sprache. Trotzdem mutet es seltsam an, daß der britische Naturforscher die »Berührung mit weit vorgestreckten Lippen« nur als Liebesbezeigung, Zärtlichkeit, gelten ließ und nicht als »Küssen« bezeichnet hat. Konnte er sich zu dieser für uns heute so naheliegenden Interpretation, wie gesagt, vielleicht deswegen nicht entschließen, weil er die Begrüßung zwischen Schimpansen nicht aus eigener Erfahrung kannte? Oder weil er aus eigener Beobachtung und durch Befragung eines feuerländischen Gewährsmanns herausgefunden hatte, daß in dessen Kultur das Küssen – wohl im Zusammenhang mit Begrüßung und Liebesspiel – unbekannt ist? Zumal es nach Berichten ja auch in anderen Kulturen fehlt. Darwin erwähnt, neben den Feuerländern, die Neuseeländer, die Tahitianer, Papuas, Australier, Somalis und die Eskimos. Auch die Tatsache, daß der Kuß als Begrüßung in verschiedenen Kulturen auf so unterschiedliche Weise gegeben wird, mag dazu beigetragen haben, daß Darwin nur die »Begierde nach Berührung« für eine »vererbte Gewohnheit in Assoziation mit dem Warten und Pflegen unserer Kinder und den gegenseitigen Liebkosungen Liebender« hielt, nicht aber das Küssen selbst.

Gerade die wohl universelle Verbreitung des Küssens als Element des »Wartens und Pflegens unserer Kinder«, besonders in der Form des Kußfütterns, und dessen Vorkommen bei Menschenaffen berechtigt uns, es den »Universalien« im Verhalten der Menschen zuzurechnen. Sein Vorkommen bei Menschenaffen legt darüber hinaus den Gedanken nahe, daß diese Universalität nicht auf die Menschen beschränkt ist und für den gesamten Zweig der Menschenaffen zutrifft. Nicht weniger ist die allgemeine »Begierde nach Berührung« gewiß ein wesentliches vormenschliches Erbe, zu dem außer dem mütterlichen Kuß und dessen Erwiderung durch den Säugling ganz allgemein die tief im Verhalten des Kleinkinds verankerte Oralität gehört. Auch in der Oralität, die in der »oralen« Erforschung der kindlichen Umwelt ihren Ausdruck findet, sind Erfassen mit der Hand und Befühlen mit Lippen und Zunge auf das engste verbunden. Dies bedeutet, daß die Begrüßung mitsamt den jeweils dazugehörenden Verhaltenselementen – von der Berührung der Hand im Handschlag über vielerlei Zwischenformen bis hin zur innigen Umarmung mit Mundkuß – als Ritual wechselseitigen Erforschens zu sehen ist. Ein Ritual, versteht sich, das zwar durch die eigene Erfahrung und gemäß den Normen der Gesellschaft von jedem einzelnen Menschen (und wohl auch Menschenaffen) selbst erarbeitet wird, nichtsdestoweniger aber auf der frühkindlichen Oralität beruht. Erst wenn eine Mutter ihr eigenes Kind spontan küßt und herzt, brechen archaische, weitgehend angeborene Verhaltensmuster der Säugetiere durch. Der Kuß der Mutter, scheinbar von sekundärer instinktiver Tönung, erweist seine Säugetierhaftigkeit nicht allein in der »Begierde nach Berührung«, wie Darwin sagen würde. Augenfällig im wahrsten Sinne des Wortes wird dies letztlich auch dadurch, daß die volle Brust Milch spritzt, wenn die stillende Mutter auch nur an ihren Säugling denkt.

Diese Überlegungen führen uns zu dem Schluß, daß ein Stammbaum des Kusses sich kaum als aufsteigende Linie darstellen lassen kann, die in ein Geäst ausläuft. Viel eher erscheint er als netzartiges Gebilde, das aus dem »uralten« animalischen Beißen bei den Säugetieren eine ganze Reihe von Verhaltensweisen entstehen läßt: Beknabbern, lecken, saugen, mit den Lippen befühlen u. ä. Diese oralen Praktiken entstehen in mehr oder weniger enger Verbindung mit der Fähigkeit, Objekte mit Armen und Händen festzuhalten. So weit kann dieses Junktim gehen, daß sich die begriffliche Grenze zwischen Kuß und Umarmung verwischt, wie dies bei französisch *baiser* und *embrassade* der Fall sein mag. Bei den Säugetieren und nicht zuletzt bei den Primaten erfuhr die Oralität eine reiche Differenzierung. Sie hat genauso zu der besonderen Form der Brutpflege, dem Saugen und Belecken der Jungen, geführt wie zum Saugen und Lekken des Säuglings. Das Kußfüttern bei den Menschenaffen und in vielen Kulturen der Menschheit ist zu einem neuen Kristallisationspunkt der Oralität geworden. Und bei ihm beginnt eigentlich erst die Geschichte des Kusses. Mit dem Entstehen komplexer Gesellschaften gewinnen dann Verhaltensweisen der Begrüßung an Bedeutung, exploratives Betasten und Belecken wird zu Handschlag und Friedenskuß. Im sexuellen Bereich, wo sich zunächst das animalische Orientierungsbeißen im Nackenbiß weiterentwickelt, wird das Beißen schließlich durch den zärtlichen Kuß verdrängt. Wobei es unerheblich ist, welche Rolle hierbei anatomischen Veränderungen oder dem Wunsch nach Verlängerung des Paarungsvorspiels zukommt.

Mithin lassen sich für die Menschheit vier verschiedene Formen des Küssens unterscheiden: das im Rahmen des mütterlichen »Brutpflegeverhaltens« zu beobachtende Küssen des Säuglings, das damit aufs engste verwandte, aber erst später – beim Übergang vom Stillen zu fester Nahrung – auftretende Kußfüttern, die verschiedenen Spielarten des Küssens im Paarungsvorspiel und die zahlreichen Formen des Grußküssens sowie deren Verbindungen mit anderen Bewegungsweisen, von der Kußhand bis zum Fußkuß. Diese Viefalt ist Gegenstand der folgenden biologischen und literarischen Betrachtungen. Aber schon jetzt mag sich Zweifel regen, ob es überhaupt sinnvoll ist, von »dem« Kuß zu sprechen. Denn selbst wenn es um einen reinen, unzweideutigen Fall von Begrüßungskuß zwischen Vater und Sohn oder Römischem Kaiser Deutscher Nation und Römischem Papst geht, können zwischen dem an der Oberfläche beobachtbaren Verhalten und den verborgenen emotionalen Regungen der Küssenden Welten liegen.

Eine poetisch-wissenschaftliche »Vertierlichung« menschlichen Küssens

»Zwei Maulwürf küssen sich zur Stund / als Neuvermählte auf den Mund«, dichtet hintergründig Christian Morgenstern. Doppelter (Halb-)Wahrheitsgehalt: zwei wissenschaftlich belegbare Tatsachen, so poetisiert, daß ihre grotesk-phantastische Literarität sich der Meßbarkeit entzieht. Die Frage ist: wieso? Nun, erstens ist bekannt, daß Maulwürfe, wie auch Spitzmäuse und andere Mitglieder der zoologisch-systematischen Gruppe »Insektenfresser«, sich bei einer Begegnung intensiv an den Mundwinkeln beschnüffeln. Dies hat etwas von einer Begrüßungszeremonie und kann in der Dunkelheit unterirdischer Maulwurfslabyrinthe gewiß mit wechselseitigem Wangenkuß verwechselt werden. »Maulwurfsküsse«, so wir die Bezeichnung heuristisch akzeptieren wollen, gelten nun einmal besonderen Drüsenfeldern im Bereich der Mundwinkel, die vermutlich Geruchstoffe aussondern. Aber ob diese Zuwendung etwas mit Vermählung zu tun hat? Auch bei der Paarung der Maulwürfe steht die Schnüffelei im Vordergrund. Damit nicht genug.

Zweitens stellt ein Kuß bei uns, wie in den anderen »westlichen« Gesellschaften, das abschließende Symbol von Verlobungs- und Eheschließungsritual dar. Nach Römischem Recht wurde die Gültigkeit einer Verlobung durch einen symbolischen Kuß besiegelt. Tatsache ist aber auch, daß das Römische Recht, zumindest in formaler Hinsicht, für unsere Gesellschaft seine Verbindlichkeit verloren hat. Weshalb man gut daran tut, auf hypothetisches Verlobungsverhalten von Maulwürfen Gesetze unserer gegenwärtigen oder vergangenen Gesellschaftssysteme nicht anzuwenden.

Dem Maulwurfsbeispiel lassen sich andere hinzufügen. Etwa die Geschichte von den »küssenden Gurami«. Der Reiz dieser tropischen Fische, die nicht selten im Aquarium gehalten werden, besteht darin, daß sie aufeinander zuschwimmen, sich mit den Mäulern berühren und dann gegenseitig hin- und herschieben. Was liebevoll und drollig aussehen mag, hat weder mit Begrüßung noch mit Zärtlichkeit zu tun. Es ist Teil des Kampfrituals der Männchen. Oberkiefer gegen Unterkiefer verbeißen sie sich ineinander. Mit äußerster

Kraftanstrengung sucht jeder der beiden Antagonisten, Terrain zu gewinnen. Der rückwärtsgedrängte Gurami ist bemüht, sich loszumachen. Gelingt es ihm, ergreift er die Flucht. Sein Gegner stürmt zunächst hinter ihm her, kehrt aber bald zu seinem Standplatz zurück und erwartet weitere Eindringlinge. Die Geschichte kann wieder von vorn anfangen.

Gibt es überhaupt »echtes« Küssen bei Tieren? Einen Kuß, der dem unsrigen so genau entspricht wie Atmen oder Seufzen? Ist die Art, wie Hunde sich verhalten, wirklich menschlichem Verhalten vergleichbar? Wenn wir zum Beispiel an die zärtliche Fürsorge einer Hündin für ihre Jungen denken oder die liebevolle Begrüßung zwischen befreundeten Hunden, bei der das Belecken nicht fehlen darf? Oder gar das ausführliche Vorspiel bei der Begattung? Konrad Lorenz pflegte scherzend, aber doch mit tiefem Sinn, zu sagen, es gebe Tiere, Hunde und – Menschen. Lassen sich, wäre hier zu fragen, die zu Ende des vorigen Kapitels genannten vier verschiedenen Formen des menschlichen Kusses bei Hunden nachweisen? Gewiß, aber eben nicht als schnalzender Schmatz. Viel eher als Lecken, wenn auch emotional in ähnlicher Weise aufgeladen. Hundeliebhabern sei verziehen, wenn sie von »Kuß« sprechen, so ein Hund dem andern – oder auch einem befreundeten Menschen – mit der Zunge quer über das Gesicht fährt. In drei der typisch menschlichen Kußsituationen finden wir dieses freundliche Lecken: Begrüßung, sexuelles Vorspiel und fürsorgendes Belecken der Jungen.

Bei Menschenaffen (und damit auch bei den Menschen) hat die Mund-zu-Mund-Fütterung eine eigene Form: Sie setzt sich zusammen aus Aufnehmen eines Nahrungsbrockens, Durchkauen, Einspeicheln und mit der Zunge in den Mund des Jungen schieben. Anders bei Hunden und deren Verwandten. Der Verhaltensablauf besteht hier aus Jagen, Füttern und schließlich Hervorwürgen der Beute. Letzteres geschieht gewöhnlich für den oder die begünstigten Artgenossen, insbesondere die Jungen. Hunde, die ihre Jungen als Mitglieder der menschlichen Gesellschaft aufziehen, finden nur noch selten Gelegenheit zu diesem Verhalten, das funktionell der Kußfütterung entspricht. Für Wölfe, Schakale und Füchse in freier Wildbahn bedeutet es hingegen die Regel. Berichte über das »Hervorbrechen« dieser bei unserem Haustier archaisch anmutenden Fütterungsgeste gibt es allerdings nicht wenige in der Hundeliteratur. Es sei nur an den Bestseller *Das geheime Leben der Hunde* (1993) von Elizabeth Marshall Thomas erinnert. Höchst anschaulich beschreibt die Autorin darin das Verhalten ihres Huskey-Rüden Misha. Als dieser seine Gattin Maria, die vor kurzem geworfen hatte, erstmals wieder besuchen durfte, bot er ihr seinen Mageninhalt als Geschenk dar. Auch über die Ähnlichkeit mit menschlicher Fürsorge und die funktionellen Entsprechungen weiß die Autorin eine Menge zu sagen. Ihre Erfahrungen mit Hunden erlauben ihr, eine neue, verblüffende Erklärung für die alten, immer wieder aufgewärmten Berichte über Menschenkinder zu geben, die von Wölfen aufgezogen wurden. Als Alternative zu der im Stadtwappen von Rom verewigten Legende, die Romulus und Remus am Gesäuge der kapitolinischen Wölfin zeigt, hält sie es für denkbar, daß von Wölfen adoptierte Junge der Spezies Homo sapiens sich von erbrochener Jagdbeute ernähren können.

Küssen im menschlichen Sinn, d. h. ein Küssen, das in formaler oder funktioneller Hinsicht entsprechendem Verhalten des Menschen vergleichbar ist, findet sich vor allem bei Schimpansen. Nicht zuletzt die Veröffentlichungen von Jane Goodall haben die Aufmerksamkeit auf dieses Thema gelenkt. Was die Autorin über die noch in ihrer natürlichen Umgebung am Gombe-Strom lebende Schimpansen-Gruppe berichtet, hat erstmals deutlich gemacht, wie menschenähnlich sich diese Tiere verhalten. Nicht nur auf die Intelligenz bezieht sich ihre Menschenähnlichkeit, auch und ganz besonders auf die Emotionalität. Was heißt das?

In ihrem Buch *Wilde Schimpansen – Verhaltensforschung am Gombe-Strom* (1993) beschreibt Jane Goodall, wie beispielsweise eine Schimpansenmutter ihren kleinen Sohn tröstet. Sie zog ihn »augenblicklich an sich, beugte sich über ihn und küßte ihn auf den Kopf«. Über das Verhalten einer Gruppe von Schimpansen, die plötzlich viele Bananen entdeckt haben, heißt es: »Unter schrillen Begeisterungsschreien umarmten, küßten und beklopften sie einander und machten sich über den unerwarteten Festschmaus her.« Nach einem spektakulären Kampf haben sich zwei erwachsene Männchen wieder versöhnt: »Sie begrüßten einander überschwenglich, umarmten sich, beklopften sich gegenseitig und küßten einander auf den Hals, bevor sie sich niederließen und sich gegenseitig lausten.« Sogar von einem Handkuß ist die Rede: »So sah ich zum Beispiel, wie ein Weibchen, das zu einer Gruppe stieß, auf ein großes Männchen zueilte und ihm die Hand entgegenstreckte. Mit beinahe herrschaftlicher Geste ergriff dieses die Hand, drückte sie, zog sie an seine Lippen und küßte sie.« Natürlich ist hier auch noch an das im vorigen Kapitel erwähnte Kußfüttern zu erinnern. Als Geste inniger Freundschaft findet es sich schon 1915 beschrieben. Was uns dabei überrascht: Nicht etwa den eigenen Jungen wird es zuteil. Weder bei den »klassischen« Schimpansen (*Pan satyrus*) noch bei den auch »Bonobos« (*Pan paniscus*) genannten Zwergschimpansen, deren Menschenähnlichkeit bislang die Spitze hält. Zwar teilen die Mütter mit ihren Kindern feste Nahrung, aber sie reichen sie ihnen mit der Hand – nicht auf die archaisch-menschliche Art von Mund zu Mund.

Nicht vorzukommen scheint der Kuß dagegen im Paarungsverhalten der Schimpansen. Das mag damit zusammenhängen, daß bei dieser Affenart die Begattung eben keinen so hohen Stellenwert besitzt wie beispielsweise für die meisten Menschen. In Freilandgehegen lebende Bonobos hat Frans de Waal beobachtet. »Zur Vielfalt erotischer Kontakte«, schreibt er, »zählen gelegentlicher oraler Sex, Massage der Genitalien von Artgenossen und intensives Zungenküssen.« Bei genauerer Betrachtung erweist sich alles dies freilich als halb so spektakulär. Der »orale Sex« und die »Massage der Genitalien« ist offenbar nur neugierige Spielerei. Nie oder nur selten geht sie bis zu Samenerguß und Orgasmus. Den Bonobos fehlt einfach die dem zivilisierten Menschen eigene Hemmschwelle in der Berührung der *private parts*, wie es sich im Englischen so vornehm ausdrücken läßt. Auch scheint festzustehen, daß solches Verhalten sich in freier Wildbahn bisher nicht nachweisen ließ. Obwohl die Bonobos – im Gegensatz zu den Schimpansen und ähnlich den Menschen – Gesicht zu Gesicht kopulieren, fehlt der Kuß im unmittelbaren Vorspiel und bei der Paarung. Dies muß überraschen. Zumal wenn man sich vor Augen führt, wie sexbesessen uns die Schimpansinnen und die Bonoboweibchen erscheinen. Wie riesige rosa Blüten leuchten, einer Beschreibung von Jane Goodall zufolge, ihre Genitalschwellungen zwischen den Blättern der Urwaldbäume. Dazu die Männchen mit ihren riesigen Hoden und ihrer schier unerschöpflichen Fähigkeit, in völliger Promiskuität zu begatten.

Freilich dürfte dieses Bild der Sexbesessenheit von Schimpansen und Bonobos, zumindest zum Teil, auf Beobachtungen von Tieren in Gefangenschaft beruhen. Von Tieren also, die zwar im Nahrungsüberfluß leben, aber in einer verarmten Welt, wo sie danach »hungern«, Gegenstände zu manipulieren. Nur allzuoft bleibt ihnen außer ihrem eigenen Körper und dem ihrer Artgenossen so gut wie kein Objekt, diesen Hunger zu stillen. In freier Wildbahn verhält sich das ganz anders: Dort mangelt es zwar selten an Abwechslung, aber des öfteren an Nahrung. Sehen die Schimpansen am Gombe-Strom einen Haufen Bananen, geraten sie in einen Freudentaumel. Sie »beklopfen, küssen und umarmen sich gegenseitig, wie zwei Freunde sich umarmen können, wenn sie eine gute Nachricht erhalten«. Wie menschliche Freunde verhalten sie sich, gewiß, oder wie Liebende, die sich nach langer Trennung wiedersehen. Aber bei Schimpansen und Bonobos scheint der sexuellen Bindung nun einmal ein viel geringerer Stellenwert zuzukommen als der Freundschaft zwischen Gleichgeschlechtlichen oder gar zwischen Mutter und Kind. In der »freien« Natur steht die Nahrung, die Stillung des eigenen Hungers, an erster Stelle. Angesichts dieser Wertskala muß das »Kußfüttern« eines gleichgeschlechtlichen Freundes als hohe Auszeichnung angesehen werden. Wie die damit eng verbundene Umarmung schrumpft das Küssen ohne Futterübergabe zu einer reinen (leeren!) Geste.

Wenn wir uns daran erinnern, daß der menschliche Kuß in verschiedenen Situationen und Kulturen auf die unterschiedlichsten Weisen gegeben wird, so erscheint es kaum als Zufall, daß auch der Kuß eines Schimpansen eine eigene Qualität aufweist. Desmond Morris hat die freundliche Begrüßung durch einen Schimpansen in allen Einzelheiten beschrieben: »Er kommt dir entgegen, umarmt dich, preßt seine Lippen warm und feucht auf deinen Hals und macht sich daran, deinen Rücken rhythmisch mit seinen Händen zu beklopfen. Ein eigenartiges Gefühl, denn es ist so menschlich und doch irgendwie anders. Der Kuß ist nicht ganz so wie ein menschlicher Kuß. Er ist mehr ein weicher, offener Munddruck. Auch das Beklopfen des Rückens ist leichter und zugleich schneller als die menschliche Art, da die zwei Affenhände rhythmisch alternieren. Nichtsdestoweniger sind die Verhaltensweisen der Umarmung, des Küssens und des Beklopfens grundsätzlich bei beiden Arten die gleichen, wie auch die sozialen Signale, die sie übermitteln, die gleichen zu sein scheinen.«

Zu ähnlichen Schlußfolgerungen gelangt Jane Goodall. Es habe demnach den Anschein, als hätten »Menschen und Schimpansen ihre Gesten und Positionen in höchst bemerkenswerter Parallelität entwickelt«. Was darauf hindeute, daß wir mit den Schimpansen »einen Vorfahr gemeinsam haben, einen Vorfahr, der sich seinen Artgenossen durch Küssen und Umarmen, durch Berühren, Beklopfen und Handhalten mitteilte«.

Der Kuß als Interpunktion? Signal? Kommunikation?

Beginnen wir mit dem »Buch Ruth«. Dort sagt Naemi zu ihren beiden Schwiegertöchtern: »Gehet hin und kehret um, eine jegliche zu ihrer Mutter Haus; der Herr tut an euch Barmherzigkeit, wie ihr an den Toten und an mir getan habt! Der Herr gebe euch, daß ihr Ruhe findet, eine jegliche in ihres Mannes Haus! Und küßte sie. Da hoben sie ihre Stimme auf und weinten.« (I 8–9) Tränen, ein Kuß zum Abschied: Wir sprechen von »Abschiedskuß« und scheinen genau zu wissen, was gemeint ist. Oder?

Was drückt denn nun ein Mensch aus, wenn er einen andern küßt? Ganz im Sinne des Titels seiner oben zitierten berühmten Abhandlung sah Darwin im Kuß den »Ausdruck einer Gemütsbewegung«. Folgerichtig behandelt der britische Naturforscher den Kuß im Kapitel »Ausdruck der Freude« unter »Liebe, zärtliche Empfindungen usw.«. In der Vielfalt der bereits erwähnten Erscheinungen kann der menschliche Kuß natürlich auch mit Emotionen verbunden sein, die in keiner Beziehung zur Freude stehn. Denken wir nur an den Schmerz, wie der Verfasser des »Buchs Ruth« ihn so trefflich beschreibt, an die »List« des Judaskusses oder die Unterwerfung, wie der Fußkuß sie signalisieren soll.

Der Fußkuß gilt als alte afrikanische und orientalische Sitte. Seit dem 11. Jahrhundert, sei vorgreifend erwähnt, nahmen die Päpste dieses extremste Zeichen der Unterwerfung für sich in Anspruch. Noch 1520 lehnte sich Martin Luther entrüstet dagegen auf: »Es ist ein unchristlich, ja antichristlich Exempel, daß ein armer, sündiger Mensch sich lässet seine Füße küssen von dem, der hundertmal besser ist denn er. Geschieht es der Gewalt zu Ehren, warum tut es der Papst nicht auch den anderen, der Heiligkeit zu Ehren?« Der Protest des Reformators läßt die Ausdrucksstärke erahnen, die dem Fußkuß beigemessen worden sein muß. Zwei Jahrhunderte später sieht der renommierte Lexikograph Johann Heinrich Zedler die Sache in einem milderen Licht: »Dieser Ceremonie Grund setzen die Päpste auf das Exempel Käysers Justinian II., welcher aus großer Devotion zu dem alten Pabst Constanino I. anno 707 vor ihm niedergefallen und dessen Füße umarmte, welches aber mehr aus Liebe und Zuneigung zu diesem alten Geistlichen als aus seiner schuldigen Submission geschehen. Wiewohl es die Päbste also ausgeleget, und ungeachtet die folgenden Käyser hefftig dawider gesetzt, haben sie doch, um Friede zu haben, nachgegeben, und wird Pabst Gregorius VII. vor den Urheber gehalten.« Bekanntlich haben die Päpste schließlich doch auf dieses Zeichen »schuldiger Submission« verzichtet. Johannes Paul II. fällt nun selbst auf die Knie, wann immer er einen päpstlichen Fuß auf den Boden eines fremden Landes setzt, um als Teil seines persönlichen Begrüßungsrituals den Staub zu küssen. Antizipation des »Staub zu Staub«, Geste der Demut. Dem Fußkuß wird ein eigenes Kapitel zu widmen sein.

Allen vier der genannten Fälle: Naemis Abschiedskuß, Judaskuß, Fußkuß der Unterwerfung und nicht weniger die Geste von Papst Johannes Paul II., ist eine ganz wesentliche Eigenschaft gemein: die Funktion als Gruß. Diese Funktion bedarf einer näheren Betrachtung. Der Gruß gilt als wichtiges Element jener Verhaltensweisen, von denen die Form der Beziehung, das Ausmaß der Abhängigkeit, kurz: die Bindung zwischen zwei oder mehreren Mitgliedern einer Gruppe gesteuert wird. Dem Gruß kommt jedoch eine Sonderstellung zu, da er in der Regel längere Interaktionen zwischen zwei Individuen eröffnet. Eine Art grammatikalischer Konvention, die den Beginn – bei Menschen auch das Ende – einer einzelnen Interaktion markiert. Vergleichbar der Gewohnheit, beim Schreiben einen Satz mit einem Großbuchstaben zu beginnen und mit einem Punkt zu schließen. Auch im Tierreich sind Begrüßungszeremonien am Anfang einer Interaktion weit verbreitet. Überall dort finden sie sich, wo Individuen einander persönlich kennen: Bindungen entstehen und werden eine Zeitlang aufrechterhalten. Die stürmische Begrüßung, wie sie uns von unserem Hund geboten wird, ist uns Menschen gegenüber kaum weniger herzlich als im Umgang mit befreundeten Hunden. Genau das gleiche gilt für das Begrüßungsverhalten befreundeter Wölfe. Unter den Vögeln ist besonders ausgeprägt das Grußverhalten der Gänse.

Wie bei Schimpansen das Einander-Umarmen und Einander-Küssen auch als Zeichen emotionaler Entspannung auftritt, so ist das Begrüßungsgeschnatter der Gänse nicht auf diese Situation beschränkt. Wie wir durch die Untersuchungen von Konrad Lorenz wissen, dient das »Triumphgeschrei« als zentrales Bindungsritual innerhalb der Familie. Noch bevor ein Gänseküken die schützende Hülle seines Eis verlassen hat, piepst es in der Art des Grußlauts und erwidert einen Gänsegruß. Das Schnabelklappern der Störche ist nichts anderes als der Gruß, mit dem Brutpaar und Kinder einander am Nest begrüßen. Weil das Klappern und anscheinend auch das gegenseitige Sich-Erkennen ausschließlich auf den Bereich des Nests beschränkt bleibt, ist es so bemerkenswert. Die Tatsache, daß die Störche außerhalb des Nestes keinen Gruß kennen, legt den Gedanken nahe, daß sie nicht zwischen einzelnen Individuen unterscheiden. Offenbar erkennen sie einander nur als Artgenossen. So zum Beispiel, wenn sie im Herbst als Gruppe zu den afrikanischen Winterquartieren ziehen.

Wichtig innerhalb der menschlichen Gesellschaft ist nicht nur die Tatsache, daß gegrüßt wird; oft hängt nicht wenig davon ab, »wie« dies geschieht. Ein Gruß kann auf höchst unterschiedliche Weisen dargeboten werden: innig, herzlich, formal, kühl oder andeutungsweise, um nur einige Möglichkeiten zu nennen. Die Art des Grußes bestimmt meist bereits den weiteren Verlauf einer Interaktion. Dies mag einer der Gründe dafür sein, daß die Form eines Grußes nicht unbedingt die tatsächliche »Gemütsbewegung« ausdrücken muß. Sie kann absichtlich übertrieben oder natürlich auch untertrieben werden. Im sprachlichen Bereich handelt es sich dann um Hyperbel oder Ironie: Understatement. Vielleicht soll die Begegnung, das erstrebte Gespräch zugunsten des Grüßenden beeinflußt werden. Man denke an die Rolle der Rhetorik! Ob Verneigung, Händedruck, Umarmung oder Kuß: Stets geht es beim Gruß um eine Form der »Selbstdarstellung«.

Schon Grüßen bedeutet ein erstes gegenseitiges Sich-Messen. In unserer Kultur ist dies besonders beim Händedruck unter Männern offenkundig und für die Beteiligten spürbar. Aber auch Frauen dürften sich ihres Status bewußt sein: »Wenn ich Frauen einander küssen sehe, muß ich immer an Ringkämpfer denken, die sich die Hände schütteln«, sagt der amerikanische Schriftsteller Henry Louis Mencken. Ein formal höflicher Kuß kann genauso eine Auseinandersetzung eröffnen wie ein überschwenglich herzlich erscheinender. In beiden Fällen mögen die Beteiligten gewinnen oder verlieren. Begrüßen jedoch »alte« Freundinnen oder Freunde einander als Gleichgesinnte, die durch völlig symmetrische Beziehung verbunden sind, so wird die Begegnung selbst nach stürmischer Umarmung und mehrfachen Sich-Küssens von weiterem Austausch freundlicher Signale beherrscht sein. Auch in der weiteren Interaktion wird der Unterlegene hingegen wahrscheinlich ein Bittsteller bleiben, der vor dem Herrscher im Staub kriecht oder ihm die Füße umarmt und küßt. Zumal in manchen Gesellschaften gefordert wird, daß der Supplikant sich dann rückwärtsschreitend und unter Verneigungen entfernt. Zum Gebot der Respektbezeugung gehört, daß er dem Herrscher unter keinen Umständen den Rücken zuwendet.

Das genannte Beispiel weist auf eine Besonderheit menschlicher Grußrituale hin. In unseren Umgangsformen haben sich nämlich, zusätzlich zur Begrüßung am Anfang einer Begegnung, eigene Abschiedsrituale entwickelt. Nicht nur der Abschiedskuß in der anfangs zitierten Szene ist gemeint, auch die besonders herzliche letzte Umarmung am Bahnsteig und die Verlängerung des Sichtkontakts durch Winken. Häufig ist das Ritual des Abschieds ein ehrlicherer Ausdruck der Gemütsbewegungen von Beteiligten als das der Begrüßung. Dies ganz einfach deswegen, weil ersteres neben seiner Funktion als Interpretation des Begegnungsendes auch eine Art Zusammenfassung des »Ausmaßes« der nun beendeten Gemeinsamkeit bildet. Es stellt mithin so etwas dar wie eine »Abschlußerklärung«. Die Entstehung eigener Abschiedsrituale hängt damit zusammen, daß wir Menschen mehr als andere Lebewesen dazu neigen, uns Gedanken über die Zukunft zu machen. Beim Abschied drängt sich uns die Vorstellung der nun folgenden »Einsamkeit« auf. Wenn wir uns mit einem »Auf Wiedersehen« verabschieden, so heißt das im Grunde tatsächlich, daß wir Trost suchen in der Hoffnung auf ein Wiedersehen. Mithin spielt der Wunsch, einander wegen des zu erwartenden Trennungsschmerzes Trost zuzusprechen, eine Rolle bei der Entstehung menschlicher Abschiedsrituale. Auch das mütterliche Verhalten kennt die Grußrituale Kuß und Umarmung: Die Mutter nimmt ihr weinendes Kind in die Arme, berührt die schmerzende Stelle mit den Lippen und küßt Schmerz und Tränen hinweg. Ähnliche Formen spontanen Trostes lassen sich in Situationen des endgültigen Abschieds von einem Toten erkennen: im Bemühen der Hinterbliebenen, sich gegenseitig Trost zu spenden. Küssen als Form des Grüßens, sagten wir. Im Spannungsfeld von Willkommen und Abschied, Freude und Schmerz erfährt demnach auch der Kuß quantitative und qualitative Nuancierung.

Aber zurück zum Gruß im allgemeinen. Händedruck, Kuß oder Umarmung zu Begrüßung oder Abschied sind mehr als Interpunktionszeichen von Begegnung und Selbstdarstellung der sich Begegnenden. Gerade bei einer flüchtigen Begegnung »so im Vorbeigehen« kommt dem Gruß ein besonderes Gewicht zu. Begrüßung, Gespräch und Verabschiedung verschmelzen zu einer selbständigen Einheit: »Guten Tag!«, »Grüß Gott!«, dazu eine Winkbewegung mit der erhobenen Hand oder ein Kopfnicken, begleitet von einem freundlichen Lächeln. Auch der flüchtige Kuß, ein Hauch auf Mund oder Wange, kaum spürbare Berührung unter Liebenden oder Verwandten, ist noch immer Signal, wenn auch ein minimalistisches. Der Bedeutungswert solcher kaum beachteten Zeichen – das Kleingeld unter den Verhaltensweisen – kommt uns vielfach erst dann zu Bewußtsein, wenn wir uns fragen, was wäre, wenn wir auf sie verzichteten. Was würde man selber denken, wenn ein erwarteter Gruß ausbliebe?

Als Gedankenexperiment können wir uns fragen, was wir von einer bestimmten Person denken würden, wenn sie einen Gruß, den wir *en passant* entbieten, absichtlich nicht erwiderte. Gerade so, als hätte sie uns nicht gesehen. Selbst wenn diese Person bei direkter Konfrontation, sprich: so man gezielt auf sie zuginge, den Gruß erwidern, ja vielleicht sogar uns zuerst grüßen würde, falls sie von sich aus das Gespräch mit uns suchte, müßte unsere Beziehung zu dieser Person sich fraglos verschlechtern, würde unser Gruß immer wieder ignoriert. Dieses Beispiel weist auf eine der wichtigsten Funktionen des Grüßens hin: eine gegebene Beziehung durch gegenseitiges Beachten, durch »Beachtung schenken«, aufrechtzuerhalten. »Kleine Geschenke erhalten die Freundschaft«, heißt es. Damit nicht genug: Selbst kleinste Geschenke können sich in dieser Hinsicht als überaus wichtig erweisen. »Freundlichsein kostet nichts.« Warum fällt manchen Menschen Freundlichsein dennoch so schwer? Obwohl es gemeinhin nur Vorteile bringt? Die beiden erwähnten Redensarten bieten ein gutes Beispiel dafür, daß Regeln wie diese nur in einem begrenzten Bereich der Gesellschaft Geltung beanspruchen können. Bloß für den Kreis derer, mit denen wir immer wieder zu tun haben, trifft die Regel zu, daß kleine Geschenke die Freundschaft erhalten. Was die Bereitschaft, »Beachtung zu schenken«, der freundliche Gruß, im Vorbeigehen entboten und erwidert, ohne großen Aufwand bewahrt, ist letzlich der Status quo. Und dieser ist, was nicht vergessen werden darf, zugleich eine Bestätigung von Hilfsbereitschaft auch in der Zukunft, die allerdings »unter Umständen« sehr wohl »etwas kosten« kann. Somit bewährt sich die Regel »Freundlichkeit kostet nichts« als gute Strategie im Umgang mit noch Unbekannten. Sie ist ein geschickter Eröffnungszug in einer voraussichtlich einmaligen Begegnung, in der wir den eigenen Vorteil suchen und Konflikte vermeiden wollen. Wie beispielsweise in Fällen, wo wir um Auskunft bitten oder etwas verkaufen wollen.

Damit sind wir wieder beim Kuß. Denn auch er bewährt sich als Wert im täglichen Tauschgeschäft jener sozialen Gefälligkeiten, durch die wir in die Gesellschaft eingebunden sind. Genausowenig wie andere Formen des Grußes kann der Wert eines Kusses in handelsüblicher Währung benannt werden. Niemand käme auf den Gedanken, die Energiemenge, die bei der Mund-zu-Mund-Fütterung eines vorgekauten Mehlklößchens von der Mutter dem Kind übermittelt wird, in Kalorien, Joule oder Watt zu messen. Die Einheit bildet hier, wie gesagt, die Informationsmenge, die nötig ist, eine Bindung an einen bestimmten Menschen bis zur nächsten Begegnung aufrechtzuerhalten. Ein Sozialgefüge, das sich aufbaut aus dem komplexen System der Wechselbeziehungen seiner Glieder, bedarf nun einmal einer immer wiederkehrenden Bestätigung, einer Auffrischung der Erinnerung an bestehende Verbindlichkeiten. Grüßen und Küssen sind mehr als Interpunktion und Selbstdarstellung. Sie zählen auch zu jenen Signalen, die das Sozialgefüge unserer Gesellschaft bestimmen und bestätigen.

Wenn die Rede auf Signale kommt, denkt man in erster Linie an die einfachsten Formen menschlicher Kommunikation. »Rot« heißt »Halt«, »Gelb« steht für »Achtung« und »Grün« für »freie Fahrt«. Der Kuß hingegen ist, wie wir in den folgenden Kapiteln ausführlich darlegen werden, das Significans höchst emotionaler, »romantischer« Vorstellungen: sichtbarer Ausdruck unserer unsichtbaren Gedanken und Gefühle. Dieser erste Teil der Biographie des Kusses beschäftigt sich mit Signalen im Sinne der Kommunikationstheorie. Kommunikation sei eine Form der Aktivität, »a mode of action«, sagt Bronislaw Malinowski. Wenn sie von Vertretern der Geisteswissenschaften nicht selten als eine Sache des Geistes, eine glaubwürdige Form der Gedankenübermittlung bzw. Gedankenübertragung hingestellt wird, so dürfte dies auf einem Mißverständnis beruhen. Denn eine präzise Gedankenübertragung, eins zu eins und garantiert fehlerfrei, ist nun einmal nicht möglich. Zudem würde sie das Ende unserer Individualität bedeuten. Grundsätzlich ist Kommunikation belastet mit Fehlern: Fehlern der Übertragung. Es ist dabei relativ nebensächlich, ob diese Fehler auf dem Weg vom Mund zum Ohr zustande kommen, wie beim gesprochenen Wort, oder durch

Übersetzen, das sich vom Gedanken zum ausgesprochenen Wort und vom gehörten Wort zu dessen Bedeutung vorzutasten hat. Überdies wäre es töricht, stets ehrlich zu sagen, was man denkt (oder zu denken glaubt). Dergleichen kann kaum immer im Interesse des Individuums liegen.

Mit diesen Vorbehalten hängt wohl auch zusammen, daß wir unseren Mitmenschen oft ganz anders erscheinen, als wir nach eigener Vorstellung zu sein glauben. Dies teils wegen unserer Unfähigkeit, das wahre Ich zu zeigen, teils wegen unseres Bestrebens, einen ganz bestimmten Eindruck hervorzurufen. Eine wichtige Erkenntnis aus der wissenschaftlichen Erforschung der Kommunikation besteht darin, daß keineswegs alle Signale »Lug und Trug« sind. Wäre dem so, könnte man sich niemals auf eine gemeinsame Sprache einigen. Tatsache ist jedenfalls, daß die praktische Verwendung einer Sprache zu grundsätzlichen Gemeinsamkeiten führt, die der einzelne gelegentlich zu seinem persönlichen Vorteil abändern kann. Eine einzelne Lüge ist schwer zu entdecken; aber wer immer lügen würde, hätte seine Glaubwürdigkeit bald verwirkt. Das Erschreckende am Judaskuß ist, daß das Signal der Zuneigung in ihm zum Verrat mißbraucht wird. Ein Umstand, der von den Vertretern der christlichen Lehre sicherlich nicht nur zur Förderung der Brüderlichkeit genützt wurde wie beim demonstrativen Austausch des Bruderkusses. Jeder weiß, daß dieser auch zur Unterwerfung weltlicher Macht unter die geistige Hoheit der Kirche herhalten mußte. Ähnliches kommt in der päpstlichen Forderung nach dem Fußkuß zum Ausdruck. Denn »ehrliche Zuneigung« läßt sich gewiß nicht erzwingen.

Am Ende des ersten Kapitels hatten wir vorgeschlagen, vier Formen des Küssens zu unterscheiden: das im Rahmen des mütterlichen Brutpflegeverhaltens zu beobachtende Küssen des Säuglings, das damit aufs engste verwandte, aber erst später, beim Übergang vom Stillen zu fester Nahrung auftretende Kußfüttern, die Spielarten des Küssens im Paarungsvorspiel und die zahlreichen Formen des Grußküssens. Hinzu treten Verbindungen der Kußhandlung mit Bewegungsweisen, von der Kußhand bis zum Fußkuß. Daß diese vier Arten des Küssens sich ganz erheblich voneinander unterscheiden, liegt auf der Hand. Weshalb danach zu fragen ist, wie es über-

haupt zu dem einzelnen Kommunikationsereignis »A küßt B«
komme. Oder: Auf wen der Kuß als Signal wirke und wie nachhaltig.

Küßt eine Mutter ihren Säugling, so kann die Initiative dazu sowohl von der Mutter ausgehen als auch vom Säugling. Vielleicht findet die Mutter ihr Kind so lieb, daß sie es einfach küssen »muß«. Es
mag ihr ähnlich ergehen wie der stillenden Mutter: Denkt diese bei
»geschwellter Brust« an ihr Kind, beginnt ihr die Milch zu tropfen.
Oft genügt schon ein flüchtiger Blick, damit dies geschieht. Die
Milch kann aber auch zu fließen beginnen, wenn der Säugling Töne
von sich gibt, die andeuten, daß er zu weinen beginnt. Ebenso »au-
tomatisch« können die Töne des Säuglings bewirken, daß die Mutter plötzlich ein Verlangen überkommt, ihr Kind zu herzen und zu
küssen. Ganz gleich, ob der Kuß spontan gegeben oder ausgelöst
wird, stets hat er eine Wirkung auf den Säugling. Dessen Wohlbefinden wird genauso erhöht wie das der küssenden Mutter. Augenblicklich erfährt die Bindung zwischen Mutter und Kind eine Stärkung, die mindestens für eine gewisse Zeit aufrechterhalten bleibt.
Denn wenn das Kind wieder hungrig ist, wird es aufs neue der Mutter signalisieren, es wolle geküßt, gestillt, gewickelt werden. Kurz, alles will es haben, was sein Wohlbefinden erhöht. Und denkt die
Mutter wieder einmal daran, wie sehr sie ihr Kind liebt, so wird sie es
aus der »instinktiven« Spontaneität ihrer Mütterlichkeit küssen. Bei
der Kußfütterung eines dreimonatigen Säuglings sind »Stillen« und
»Küssen« zu einer Einheit verschmolzen. Zur Information tritt die
Übertragung von Energie (beispielsweise in Form der erwähnten
vorgekauten Buttermehlklößchen). Im übrigen sollte nicht vergessen werden, daß ein Säugling nicht nur von seiner Mutter geliebt, ge-
herzt, geküßt und gefüttert wird. Auch Vater, Geschwister, Großel-
tern, Verwandte und Freunde können ihm in entsprechender Weise
zugetan sein, ihn mit Liebe, Pflege und sogar mit Nahrung von
Mund-zu-Mund umsorgen. Von kußfütternden Vätern und Geschwistern berichtet Eibl-Eibesfeldt. Seine Bildserien über die Tro-
briand-Insulaner und Yanomami illustrieren das Gesagte. Natürlich
wäre auch auf die neue Situation in China hinzuweisen: Wie ein Ma-
gnet zieht dort das offiziell geforderte Einzelkind alle Gefühlskräfte

auf sich. Und auch an die holsteinischen Großmütter ist zu erinnern. Ihnen galt Ploogs bereits zitierter Bericht.

Wegen ihrer starken emotionellen Aufladung weisen die verschiedenen Spielarten sexuellen Küssens Ähnlichkeit auf mit der mütterlichen Kußzuwendung. Freilich küssen sich Liebespaare auch außerhalb des Paarungsvorspiels, gewissermaßen »unter der Hand«. Wann immer sie das Bedürfnis dazu überkommt, können sie ihrer wechselseitigen Zuneigung Ausdruck verleihen. Einen grundsätzlichen Unterschied zur Mutter-Säugling-Beziehung bedeutet die weitgehende Symmetrie des Küssens in Initiative und Ausführung. Denn beide Partner sind Küssende und Geküßte. Gehäuft tritt Küssen auf in einer bestimmten Phase des Paarungsvorspiels. So in der Mitte jener Kette von Verhaltensweisen, die, im Extremfall geschlechtlicher Vereinigung, mit einem »begehrenden Blick« beginnen und auf dem gemeinsam erstiegenen Gipfel enden. Während beim Grüßen der Kuß als Interpunktion an Beginn und Ende einer Episode, sprich: Begegnung, stehen mag, bildet in unserer westlichen Kultur das Küssen im Vorspiel Kernstück des Intimverhaltens. Sogar zum Selbstzweck kann es werden, wenn unter dem Druck sexueller Tabuisierung die geschlechtliche Vereinigung vermieden oder als verwerflich, ja »unzüchtig« gegenüber der »reinen« Liebe abgewertet wird.

Zu den Gemeinsamkeiten eines Liebespaars gehört nicht nur »das Bett«. Auch »der Tisch« oder das »zweisame« Mahl ist ihnen zuzurechnen. Dieses Element der »Gaumenfreude« schwingt gleichfalls mit im wechselseitigen Füttern und spielt gewiß eine Rolle in der formalisierten Geste des Zungenkusses, des *French kissing*. Die Nachhaltigkeit des Küssens, der zeitliche Ablauf, in dem ein Signal, ein Kuß auf den andern folgt, ist hier nicht vom Signal selbst bestimmt. Als entscheidend erweist sich der Verhaltensablauf, in den es eingebettet ist. Alles hängt davon ab, wann das nächste Tête-à-tête, das nächste Liebesspiel zu erwarten ist.

Beim Grüßen nun erscheint als Auslöser des einzelnen Kusses letztlich die Begegnung. Dabei ist es von geringer Bedeutung, ob diese Begegnung zufällig oder von langer Hand geplant, vorbereitet oder inszeniert ist. Im Gegensatz zu den Küssen zwischen Mutter und Kind oder zwischen Liebenden ist allerdings dabei nicht nur zu berücksichtigen, wer wen küssen darf oder muß, sondern auch die Tatsache, daß dann vielleicht beiwohnende Dritte zu Signalempfängern werden, und die Nachhaltigkeit eines Kusses ins Unendliche gesteigert werden kann. Dies gilt vor allem für den Vasallenkuß, mit dem der Küssende sich auf Dauer der Autorität eines Herren unterstellt. Oder für den einst von den Päpsten geforderten kaiserlichen Fußkuß: Er reichte aus, die Bevölkerung eines mächtigen Reiches für die Lebenszeit ihres Herrschers zu Untertanen des Papstes zu machen. So betrachtet, stellen Vasallenkuß und Fußkuß sich dar als Perversion der Kußfütterung. Der Küssende wird gezwungen, sich über das reine Signal der Verbindlichkeit hinaus dem Geküßten zu verpfänden. Ganz anders liegen die Dinge im Falle der Mutter: Ihr bleiben Auswege. Sie könnte eine Schwangerschaft vorzeitig beenden oder ein Kind unmittelbar nach der Geburt töten, wenn die Bedingungen für erfolgreiche Aufzucht nicht gegeben sind. Ähnlich liegen die Dinge für Liebende. Vermögen sie die Harmonie ihrer Beziehung nicht zu wahren, finden sie Wege, sich zu trennen. Aber mit dem Küssen ist es dann eben vorbei.

Als Teil menschlicher Kommunikation ist Küssen ein uraltes Signal aus dem Zeichensatz unserer menschenäffischen Vorfahren. Auch wenn es wahrscheinlich jünger ist als beispielsweise die Umarmung, dürfte es doch viel älter sein als Lachen und Weinen des Menschen. Der Kuß drückt ein weites Spektrum von Informationsinhalten aus. Als Zeichen der Liebe, mütterlicher und sexueller Zuneigung, ist er zum Bild geworden, zum Symbol von Bindung und Verbindlichkeit, aber auch als Zeichen von Unterwerfung. Verschiedene Küsse – verschiedene Bilder, Signale, Symbole. Eine Mutter tröstet ihr weinendes Kind, indem sie ihm die Tränen von der Wange küßt. Gustav Klimts »Der Kuß« als goldene Ikone. »Kratzig, aber liebevoll« ist ein Zeitungsbild überschrieben: »Mit einem Kuß auf die Stirn«, heißt es dazu, »begrüßte Palästinenserpräsident Yassir Arafat am Dienstag den russischen Staatschef Boris Jelzin«. Auch das vorverbale Signal hat sich in und mit unserer Sprache entwickelt. Und nie wurde das Bild vom Wort überflügelt: Ob nicht ein Bild, in unserem Fall: ein Kuß, mehr sagt als tausend Worte?

Verwandtschaft und Vertrautheit oder
»Wer küßt wen wie?«

Seid umschlungen, Millionen!
Diesen Kuß der ganzen Welt!
Brüder – überm Sternenzelt
Muß ein lieber Vater wohnen.

Das Angebot, das Schiller in seiner »Ode an die Freude« unter die
Leute bringt: Umarmung und Kuß, entspricht als Verhaltensweise
gewiß dem Wunschdenken vieler Menschen. Betrachtet man indessen die sozialen Gegebenheiten der menschlichen Gesellschaft, so
erweist sich dieses schöne Wort als ein völlig unrealistischer Vorschlag. Das Bild völkerverbindender Promiskuität aller Menschen
mag als Alternative zu Hobbes' Kampf aller gegen alle begeistern.
Nur: die Menschheit ist weder ein »einig Volk von Brüdern« noch
eine homogene Horde Namenloser. Auch sind ihre sozialen Beziehungen nicht beliebig austauschbar. Ihre höchsten Wonnen können
schon gar nicht von jedem beliebigen anderen Namenlosen vermittelt werden. Nicht die Summe identischer Teile, nicht ein Kollektiv
gleich erbberechtigter oder gar erbender Brüder ist die Menschheit.
Wir sind nicht Brüder, nicht Schwestern … Die Menschheit bildet
ein bio-soziales Gewebe von Beziehungen. Und diese Beziehungen
beruhen jeweils auf dem Gefälle der genetischen Verwandtschaft,
nämlich dem Grad der Blutsverwandtschaft, und auf gesellschaftlichen, vertraglich festgelegten Bindungen. Ob Ehe oder Gesellschaft des öffentlichen Rechts, um nur einiges zu nennen, sie legen
die Rechte, Pflichten und Haftungen des einzelnen Gliedes fest, zumindest für einen bestimmten Zeitabschnitt. Schillers idealistisch-
humanistische Hoffnung auf Weltverbrüderung bleibt ein Wunsch-
traum, »denn die Verhältnisse, die sind nicht so«.
Natürlich schießen solche ketzerischen Überlegungen, dies sollten wir nicht vergessen anzumerken, über das Ziel hinaus. Schillers
»Kuß der ganzen Welt« ist nichts anderes als ein metaphorischer
Kuß. Und »umschlingen« lassen Millionen sich gleichfalls nur im
uneigentlichen, hyperbolischen Sinn. Transportiert und auf den

Sockel gehoben wird hier nur eine Idee, himmelgreifend und als
»Ideal« reine Schwärmerei. Ist der Kuß als Handlung, Ritual gemeint, gilt er dem körperhaften Du. Einem Du also, das konkret wie
»die« Wahrheit ist und ebenso relativ. Küssende sind einmalige, hier
und jetzt agierende Individuen. Deren Kußverhalten ist definiert
durch gesellschaftliche Norm. Damit unterliegt es dem Wandel. Um
dies zu verdeutlichen, nehmen wir als Standard, »Norm«, den Kuß,
den eine Mutter ihrem Säugling gibt. Schon in dieser urtümlichsten
aller menschlichen Beziehungen erkennen wir, wie gesagt, verschiedene Arten von Küssen: Neben dem liebevoll spontanen, vielleicht
auf das Köpfchen gedrückten, findet sich der leckende, der in den
Bereich der primitiven Körperpflege hinübergreift, oder der trö-
stende, die Tränen wegküssende. Mit einem Mund-zu-Mund-Kuß
läßt sich der Schleim aus der Mundhöhle des Neugeborenen entfer-
nen: eine Gepflogenheit, die offenbar auch zur Entstehung des Bildes vom Schöpfungsakt, des Einhauchens von Atem beigetragen
hat. Hinzu kommt schließlich das zärtliche Spiel der Mutter mit dem
Penis ihres Sohnes. Nur hinter vorgehaltener Hand wird im allgemeinen von ihm erzählt. Von erfahrenen Ammen der guten alten
Zeit weiß man, daß sie das schreiende Knäblein mit dieser frühkindlichen Form der Fellatio zu beruhigen wußten. Kaum bekannt ist allerdings, daß es in »primitiven« Kulturen zu den Geboten der Rein-
lichkeit gehört, die Genitalien sauberzulecken und zu küssen. In Ha-
waii, zum Beispiel, war es üblich (und ist es vielleicht noch heute in
einzelnen Familien) als Teil einer täglichen Routine in den kleinen
Penis zu blasen. Mit dieser Fürsorge sollte einer Vorhautverengung
vorgebeugt und zur Entwicklung einer wohlgeformten Eichel beigetragen werden.

Wie auch immer Mütter ihre Säuglinge in den verschiedenen Kulturen küssen mögen, auch die Mutter-Kind-Beziehung ist der Veränderung unterworfen. Mit ihr der mütterliche Kuß. Zunehmende
Selbständigkeit des Kindes läßt das Kußfüttern schließlich fehl am
Platz sein. An seine Stelle tritt der Kuß als Gruß. Als Ausdruck persönlicher Bindung folgt er der jeweiligen Familientradition: In manchen Familien wird viel geküßt, in anderen kaum. Kulturgegründete
Erwartung legt im Spiel der Varianten die Grenzen fest. Sieht man

bei uns junge Mädchen einander liebevoll zum Abschied küssen, so wäre diese Demonstration von Zuneigung im Bereich des Islam undenkbar. Andererseits ist es für westliche Augen verwunderlich, wenn Männer einander mit Mundkuß begrüßen und verabschieden, wie dies bei den Muslimen häufig der Fall ist.

Bis ins hohe Alter ist die Beziehung der Mutter zu ihrem Kind höchst »unsymmetrisch«, d. h. einseitig. Selbst dann bleibt sie es, wenn die Mutter zum Kind wird und nun selber der Fürsorge ihrer einstigen Babys bedarf. Hat der Säugling jedenfalls die mütterliche Brustwarze ergriffen und daran gesogen, kann dies als sein erster Kuß gedeutet werden. Wir haben bereits zitiert, was D. Ploog über das Stadium der Mund-zu-Mund-Fütterung schreibt. Habe die Mutter den Mund-zu-Mund-Kontakt vollzogen, schiebe das Kind seine Zunge vor und mache Leckbewegungen. Mit zunehmender manueller Geschicklichkeit entwickle sich dann auch die Fähigkeit der Koordination von Augen, Händen und Mund, die als typisch für diese Altersstufe gilt. Was klein genug ist, werde in den Mund gesteckt, und größere Objekte, gleichgültig, ob belebt oder unbelebt, würden umarmt und beleckt oder besaugt. Hand oder Kopf der Mutter würden ebenso oral erforscht wie bloßes Spielzeug. Angesichts der vielen Übergänge und Zwischenformen würde einen Akt der Willkür begehen, wer zwischen dieser oralen Sinnlichkeit und Motorik und dem ersten »echten« Kuß eine scharfe Grenze zöge. Was allerdings feststeht: selbst die Oralität des Kindes gegenüber seiner Mutter wandelt sich. Wie eben auch die Beziehung zwischen Kind und Mutter schlechthin. Denn wir haben es nun einmal mit einem tiefgreifenden biologischen Prozeß zu tun, der durch Initiationsriten auf vielfältige Weise kulturell pointiert und ausgeschmückt wird. Daß auch S. Freud zum Thema »Oralität« Wesentliches, wenn auch zum Teil Fragwürdiges, gesagt hat, ist bekannt. In einem eigenen Kapitel kommen wir darauf zurück.

Nun, spätestens mit der Pubertät ändert sich das Kußverhalten des Kindes. Auch diese Seite seines Ichs wird in den Prozeß der Ablösung, Verselbständigung einbezogen. Manche Kinder vermeiden nun geradezu ängstlich, ihre nächsten Verwandten zu küssen. Andere küssen bei jeder Begrüßung, als ob man einander seit Jahren nicht zu Gesicht bekommen hätte. Am Ende spielt sich dieses bisweilen sogar verletzende Verhalten auf einen für alle Beteiligten annehmbaren Kompromiß ein.

Mit der Entstehung eines eigenen Freundeskreises kommen schließlich sexuelle Wünsche ins Spiel. Entsprechend dem Erwartungshorizont unserer Kultur gewinnt »der Kuß« neue Funktionen. Intimes Phantasiebild zunächst, Wunschvorstellung, wird er zum persönlichen Gruß der Liebenden, zum wechselseitigen Zeichen der Bindung und dessen Kundgabe an die Öffentlichkeit. Der Kuß als öffentliches Bekenntnis. Ein eigenes Spektrum entfaltet der Kuß nicht zuletzt auch im sexuellen Bereich. Vom Stimulans im Vorspiel bis zum Ausdruck höchster Ekstase reicht er. Wiederholung als Zeichen der Vertrautheit, sicherndes Ritual neben tastender Exploration, gezielte Variation.

Daß der Kuß als Zeichen von Verwandtschaft bzw. Vertrautheit gilt und nicht jedem beliebigen Fremden geboten wird, läßt sich schon in der Antike nachweisen. So beschreibt Homer in der *Odyssee* nicht weniger als fünfzehn Kußszenen. Stets geht es um Begrüßung. Da sie ohne jeglichen sexuellen Bezug zu sein scheinen, lassen sie sich der Kategorie »Begrüßung von nahen Verwandten oder Freunden« zuordnen. Was uns an ihnen heute als eigenartig berühren mag, ist die betonte Einseitigkeit. Allerdings findet sich auch hier eine (die Regel bestätigende) Ausnahme: die Stelle, wo Odysseus sich schließlich seinen beiden Oberhirten, Eumaios und Philoitios, zu erkennen gibt. Die folgende Beschreibung steht im einundzwanzigsten Gesang:

Als die beiden das sahen und alles deutlich erkannten,
da umarmten sie beide mit Weinen den klugen Odysseus
und begrüßten ihn mit Küssen auf Haupt und auf Schultern.
So auch küßte Odysseus ihnen das Haupt und die Hände. (222–225)

Fast immer wird »das Haupt« als Ziel der Küsse genannt. Odysseus' Schultern bleiben seinen Hirten und Dienerinnen vorbehalten: Sie zu küssen signalisiert Untergebenheit. Auf eine gewisse Intimität verweist das Küssen der Augen. Die Begrüßung des Telemachos,

Odysseus' Sohn, durch Eumaios, den Sauhirten und freudig ergebe-
nen Diener, beschreibt Homer wie folgt im sechzehnten Gesang:

> … er lief seinem Herren entgegen,
> küßte ihm das Haupt, und die schönen Lichter der Augen,
> und die Hände, die beiden, und weinte quellende Tränen. (14–16)

Auch bei der Begrüßung von Mutter und Sohn (Penelope und Telemachos) und Großmutter und Enkel (Amphithea und Odysseus)
werden die schönen Lichter der Augen als Ziel (groß-)mütterlicher
Küsse erwähnt. Dagegen erscheint die Begrüßung des Odysseus
durch seine Gemahlin im dreiundzwanzigsten Gesang eher distanziert:

> Weinend eilte sie hin zu ihm und schlang ihre Hände
> um seinen Hals und küßte sein Haupt und sagte die Worte:
> ›Zürne mir nicht, Odysseus, da du auch sonst von den Menschen
> der verständigste bist; die Götter bescherten uns Jammer,
> die uns beiden mißgönnt, daß, beieinander wir bleibend,
> wir der Jugend uns freuten und kamen zur Schwelle des Alters. (207–212)

Erst nach langer Wechselrede wird das eheliche Lager beim Schein
der Fackeln hergerichtet und bestiegen: Odysseus und Penelope
»erneuerten froh den Brauch des früheren Lagers«. Nachdem die
beiden sich der »ersehnten« Liebe hingegeben hatten, fährt der Erzähler fort, »freuten sie sich am Erzählten und sprachen noch lang
miteinander«. Bei diesen knappen Hinweisen läßt Homer die Sache
bewenden. Unsere Neugier bleibt unbefriedigt. Was wir nur allzu
gerne gewußt hätten: Ob sie sich dabei auch geküßt haben, und,
wenn ja, von wem die Initiative dazu ausging. Das aber, wie gesagt,
verschweigt der Sänger und Chronist. Als Kind seiner Zeit weiß er,
was sich gehört.

Wie streng die Römer es nahmen mit den »Kußgrenzen«, die den
Verwandtenkuß zum Privileg machten, soll ein Zitat aus einer Pro-
perz-Elegie (II, 15) illustrieren. Die Unterscheidung ist so folgen-
reich, daß wir später ausführlich darauf eingehen müssen.

Der Dichter erhebt gegen Phryne den Vorwurf:

[...] ja, du erdichtest sogar dir öfters gefälschte Verwandte:
Küsse bleiben nicht aus, die sie dir geben ›mit Recht‹.
Mich verletzen die Bilder von Jünglingen, selbst ihre Namen,
mich das Knäblein sogar, das in der Wiege noch lallt. [...]

Was ist nun biologische Wurzel, sprich: Natur, im weiten Spektrum
des »Wer küßt wen wie?« unserer Kußkultur? Der Mensch ist, wie
mehrfach hervorgehoben, von Natur ein Kulturwesen. Der wesentliche Teil seiner Natur, der in die menschliche Kultur eingebracht
wird, ist das Hierarchische, die Abstufung seiner Beziehungen zur
(Gesamt-)Hierarchie. Deren Gliederung reicht von der Abstammung (die gottgleiche Eva als Urahnin, Großmutter, Mutter, Tochter, Enkelin) über die an Kopfzahl zunehmenden Verbände, d. h.
über Familie, Klan, Dorf, und was immer sich an Zwischenschichten
wie Nation, Kulturkreis u. ä. einschieben mag, bis hin zur Menschheit als biologische Art Homo sapiens. Als »biologisch« läßt sich an
dem kulturellen Gewebe der Menschheit bezeichnen, daß uns die eigene Existenz, der eigene Leib, die Familie, die Freunde, alles dies
näher ist als »Fremdes«. Mit den Fremden, den »anderen«, stehen
wir im Wettbewerb um die Güter dieser Erde. Wie sie sind, wir eingebunden in den mehr oder weniger fairen Konkurrenzkampf dessen, was wir »freien Markt« nennen.

Was haben nun freie Marktwirtschaft, Politik, internationales
Recht noch mit der biologischen Natur des Kusses zu tun? Als Antwort wollen wir zurückkommen auf das weiter oben erwähnte Bild,
das um die Welt ging mit der Überschrift: »Mit einem Kuß auf die
Stirn begrüßte Palästinenserpräsident Yassir Arafat am Dienstag
den russischen Staatschef Boris Jelzin«. Zwei Männer – ein Kuß.
Nicht auf die Wange, nicht auf den Mund: auf die Stirn. Ein Kuß,
der keineswegs »der ganzen Welt« gilt. Er war konkreter, bescheidener und zugleich umfassender. Als Akt und Symbol verkündet er
Verbrüderung. Eine Verbrüderung freilich, in der das »mit dem einen« zugleich ein »gegen den andern« ist. Auch wenn er, »der andere«, nicht auf dem Bild erscheint, im Abseits bleibt, ist er eben
doch anwesend. »Biologisch« an Arafats Kuß ist die Verwendung
der oskulatorischen Geste im Kampf um Überleben. Als Demon-

stration von (vorausgesetzter) Solidarität wie Appell an die »Brüderlichkeit« der Unentschlossenen. Akt, aber gleichzeitig auch Symbol
– ein menschenverbindendes Zeichen. An dieser Stelle weiterzufra-
gen wäre Sache der Semiotik, der allgemeinen Zeichentheorie, denn
auch Küssen ist letztlich Austausch von Nachrichten. Deren Qualität hängt ab vom »kulturellen Raster« wie vom jeweiligen Code. Der
Kuß als Signifikant, dessen Signifikate Geschichtsbücher und Leben
füllen.

Küssen und Geküßtwerden –
Zweisamkeit und Intimität

Sexualität ist von eigenartigen Gegensätzen beherrscht. So steht Yin
gegen Yang: weibliches Prinzip gegen männliches. Polare Urkräfte,
Lichtvolles und Nächtiges: Weiß und Schwarz. In ihrer Form sind
die Symbole jedoch identisch. Ein Kreis umschließt sie beide. Ausdruck größter Einfachheit und höchster Harmonie. Erscheinungsbild und Verhalten von Frau und Mann mögen in vielerlei Hinsicht
äußerste Verschiedenheit aufweisen, in ihrem Streben nach Fortpflanzung, nach gemeinsamen Kindern sind die Geschlechter stets
aufeinander angewiesen. Der Beitrag eines jeden der beiden Eltern-
teile ist letztlich von gleichem biologischen Gewicht. Jeder Mensch
verdankt die eine Hälfte seiner Erbanlagen der Mutter, die andere
dem Vater. Auch tragen in den meisten Familien und Gesellschaften
Mann und Frau in vergleichbarem Ausmaß zu Ernährung und kultureller Eingliederung bei. Dies unbeschadet der Tatsache, daß seit
Entstehung des Patriarchats männliche »Herrlichkeit« Menschheitsgeschichte nur allzuoft zur »Männergeschichte« macht und in
schiefes Licht taucht. Deutsch als Männersprache: »Herrlichkeit«
geht auf »Herr« zurück.

Als Teil menschlichen Paar- und Paarungsverhaltens ist der Kuß
eines jener Rituale, die von den Liebenden nahezu spiegelbildlich
ausgeführt werden. Wir sprachen weiter oben von »symmetrisch«.
Mag der Mann in vielen Fällen der Drängende und die Frau die Begehrende sein, es könnte sich auch umgekehrt verhalten. Dramati-

scher Höhepunkt der Wiedervereinigung nach jahrelanger Trennung ist jene Stelle in der *Odyssee*, wo Penelope den endlich Heimgekehrten erstmals wieder küßt, bevor die beiden »froh den Brauch des früheren Lagers erneuerten«. Odysseus als der Begehrende und Penelope als die Gebende. Daß es, wie gesagt, auch anders geht, belegt nicht zuletzt Alex Comforts Darstellung *Freude am Sex* (1986). In *Matter-of-fact*-Prosa beschreibt der Autor Mittel und Wege, wie der Mann u. a. als »phantastievoller Küsser« zu den Freuden des gemeinsamen Lagers beitragen kann. »Wenn du ihr nicht zumindest Mund, Schultern, Nacken, Brüste, Armhöhlen, Finger, Handflächen, Zehen, Sohlen, Nabel, Schamteile und Ohrläppchen geküßt hast«, schreibt der Autor, »hast du sie nicht wirklich geküßt: Es ist ganz leicht, die Lücken auszufüllen und dies als berührendes Kompliment zu nutzen.« Aber warum überhaupt Küssen? Warum ergehen wir uns in hyperbolischen Wendungen wie »tausend Küsse«? Warum »verschenken« wir Tausende und aber Tausende von Küssen im Laufe eines Menschenlebens, erfreuen uns an zahllosen Liebesakten, wenn ein Menschenpaar unseres Kulturkreises gemeinhin doch nur zwei, drei Kinder großziehen kann? Reicht nicht jeweils einmalige »Saat in die Ackerfurche«, wie es bei Shakespeare heißt? Und schließlich: wozu die »geschlechtliche Vereinigung« von Mann und Frau? Könnten wir uns nicht auch ohne »Sex« vermehren, durch bloßes Wachstum? Durch Knospung vielleicht wie die Hefepilze? Durch Clonen und Erzeugen generationsversetzter Zwillinge, wie das kommende Jahrhundert es verspricht? Oder schlicht durch »Parthenogenese«: »Jungfernzeugung«, wie sie von den Blattläusen auf den Rosen im Garten geübt wird? Gab es – und gibt es – nicht auch die (Wunsch-)Vorstellung, daß Zeugen durch Küssen möglich sei? Es lohnt, bei der Parthenogenese und den Blattläusen kurz zu verweilen. Deren Gegenbeispiel macht deutlich, welch ungeheurer Liebesmühe es bedarf, um nur ein einziges Kind »herzustellen«: ganzer Kilometer Streicheleinheiten, tausender Küsse, hunderter Orgasmen! Und wozu dies alles?

Beginnen wir mit der Frage: Warum Sexualität? Warum müssen zwei ähnliche und doch so verschiedene Individuen sich geschlechtlich vereinigen, um ein neues Lebewesen entstehen zu lassen? Von

»müssen« kann keine Rede sein. Schneidet man von einem Baum einen Zweig ab und gibt dem Steckling Gelegenheit, eigene Wurzeln zu treiben, so kann daraus wieder ein ebenso starker Baum werden. Manche Pflanzen vermehren sich vorwiegend oder sogar ausschließlich durch Sprossung. Auch bei ihnen kommt es zu Mutation, Erbänderung und Evolution. Selbst neue Varianten kann solche rein »vegetative«, nur auf Wachstum beruhende Fortpflanzung hervorbringen. Viele unserer Edelobstsorten sind so entstanden. Doch auch bei Tieren gibt es ungeschlechtliche, vegetative Fortpflanzung, die »Parthenogenese«. Sie wird auch »Jungfernzeugung« genannt, obwohl sie meist gar keine »Zeugung« ist, keine Balz und keinen Geschlechtsakt braucht und damit fraglos auch weder Fütterung noch Kuß kennt. Was geschieht?

Ohne besonderen Reiz von außen, ohne Geschlechtsverkehr, entwickelte sich eine unbefruchtete Eizelle zu einem neuen Individuum. Bei Fischen ist dergleichen gar nicht so selten. Unter den »höheren Tieren« gibt es Parthenogenese bei Eidechsen und Truthühnern. Selbst bei Säugetieren und sogar bei dem Menschen kommt es vor, daß unbefruchtete Eizellen sich teilen und zu Embryonen entwickeln. Ein reifes Kind wird daraus so gut wie nie. Meist stirbt die »Frucht« nach wenigen Stunden oder Tagen ab. Das »Wunder« der »unbefleckten Empfängnis« wäre mithin im Rahmen biologischer Gesetzmäßigkeit möglich. Aber eben nur »möglich«. Denn bis heute ist offenbar kein Fall verbürgt. Wir lassen die Frage offen, inwieweit die »Kußlosigkeit« der Parthenogenese den Vorteilen zuzurechnen wäre. Als verdeutlichtes Beispiel wählen wir die Parthenogenese der Blattläuse. Haben Blattlausweibchen eine für sie geeignete Wirtspflanze entdeckt, so produzieren sie – man ist versucht zu sagen: »am laufenden Band« – parthenogenetisch junge Weibchen. Blattläuse sind gewissermaßen »Gebärmaschinen«. Kurz: Vorne werden Pflanzensäfte eingesaugt und hinten kleine Blattlausmädchen freigesetzt. Sofort beginnen diese ganz selbständig Pflanzensaft zu saugen und Tropfen von Blattlausnektar auszuscheiden, die von den Ameisen aufgenommen werden. Blattlausnektar, dieses Beiprodukt der Herstellung von Töchtern, ist auch das Entgelt an die Ameisen für ihr »Management« der Blattlausweibchen, insbesondere der Transportarbeit. Eine Form der Symbiose, die an die alpine Almwirtschaft erinnert: Die Ameisen halten sich die Blattläuse als Weidevieh.

So lange geht diese parthenogenetische Weidewirtschaft, wie die Wirtspflanze auf »Sommerbetrieb« eingestellt ist. Damit ist gemeint, daß sie in ihren Blättern Nährstoffe produziert, die in Wintervorräte und Früchte investiert werden. Die Blattläuse zweigen sich dann ihren Teil von ihnen ab. Wenn im Herbst die Pflanze auf »Winterbetrieb« umschaltet, die noch nützlichen Rohstoffe aus den Blättern auslagert und daran geht, nutzlos gewordenes Blattwerk abzuwerfen, geschieht allerdings Überraschendes: Die Blattläuse beginnen, auch Söhne zu gebären. Die geschlechtliche Phase nimmt ihren Anfang: Es kommt zur Paarung von Weibchen und Männchen. Eier entstehen mit neuen Kombinationen der elterlichen Erbanlagen. Haben sie überwintert, schlüpfen im Frühjahr kleine Weibchen aus, die wiederum nach geeigneten Wirtspflanzen suchen. Erfolgreich sind indessen nur jene, die eine zu ihren Erbanlagen passende Wirtspflanze finden können. Lebt eine Blattlaus nämlich in einer stabilen Umwelt und haben ihre Kinder die gleichen Nahrungsreserven zur Verfügung wie sie selbst: beispielsweise den jungen Zweig eines Holunderbusches, so kann kein Zweifel bestehen, daß die Parthenogenese die beste Überlebensstrategie bietet. Verändert sich hingegen die Umwelt – wer weiß, in der Nähe welcher potentiellen Wirtspflanze ein Individuum aus dem Winterei schlüpft –, dann können Neukombination und Erweiterung der Variationsbreite neue Wirtspflanzen erschließen. Diese »Strategie« der Variationsanreicherung durch sexuelle Fortpflanzung wurde schon relativ früh in der Geschichte des Lebens erfunden. Sie ist schließlich zu einem tragenden Lebensprinzip geworden. Vegetative und parthenogenetische Fortpflanzung entstehen also immer dann, wenn eine Art in einer besonders stabilen Umwelt lebt oder sich innerhalb eines Variationsbereichs ihrer Umwelt als erfolgreich erweist.

Wenn nun auch leicht einzusehen ist, weshalb geschlechtliche Fortpflanzung für »höhere«, äußerst spezialisierte Tiere von Vorteil ist, bleiben doch nach wie vor Fragen offen. Warum brauchen wir Menschen im Laufe eines Lebens so viele Geschlechtsakte, so viele

Spermien, hatten wir als Auftakt zu dem kontrastierenden Exkurs über das Liebesleben der Blattläuse gefragt, wenn das Menschenpaar gemeinhin nur zwei, drei Kinder großziehen kann? Die Antwort auf diese Fragen scheint sich von selbst anzubieten. Dennoch herrscht in diesem Punkt keineswegs Einigkeit unter den Fachgelehrten. Vielleicht berührt sich hier biologisches Wissen: Hypothesenbildung und Wahrscheinlichkeitsdenken, zu eng mit religiöser Überzeugung und politischem Machtglauben. Wir schließen uns der Auffassung derer an, die meinen, daß es keine einzelne »richtige« Erklärung für diesen Umstand gebe. Wie soft in biologischen Prozessen macht eine ganze Reihe von Faktoren, je nach Umweltbedingungen, ihren Einfluß geltend.

Einzelne Gruppen unserer Vorfahren haben sich einst höchst unterschiedlichen Lebensverhältnissen anpassen müssen. Für uns heute Lebende ergeben sich daraus völlig neue Kombinationen von Erbanlage und Tradition. Die Variabilität, zu der dies geführt hat, ist enorm groß. Sowohl im Hinblick auf individuelle Fähigkeiten, individuelle »Potenz«, als auch auf individuelle Bedürfnisse und die Möglichkeiten ihrer Befriedigung. Wenn etwa sexualpsychologische Untersuchungen in der westlichen Welt ergeben, daß 30 % der Männer beim Geschlechtsverkehr unter *ejaculatio praecox:* vorzeitigem Samenerguß, leiden und 30 % der Frauen nicht zum Orgasmus gelangen, so dürfte es doch absurd sein, diese Fälle als »krankhaft« einzustufen. Dies vor allem, wenn man bedenkt, daß weder der eine noch der andere Umstand einen Einfluß auf die Anzahl der Nachkommen oder auf die Qualität des Familienlebens haben muß. Wenn andererseits ein bereits seit Jahren verheiratetes Paar sich noch immer mit Wonne küßt, sich stets aufs neue über seine Liebe und den gemeinsam erlebten Orgasmus freut, so tragen Voraussagbarkeit und Erwartung dieser Wonnen bestimmt nicht wenig zur ehelichen Bindung bei. Die Stabilität eines solchen innigen Miteinanders schafft ihrerseits Rahmenbedingungen, die ein harmonisches Familienleben, auch in der Gemeinschaft mit den eigenen Kindern, wahrscheinlicher machen als das Bewußtsein, daß der Reiz gemeinsam und wiederkehrend erlebter Ekstase fehle. Es heißt, nicht weniger als 20 % unserer Bevölkerung mangele es in puncto Sex an aktivem Interesse.

Wer jedoch von diesem »Manko« auf Verurteilung zu Bindungslo-
sigkeit schließt, irrt sich. Denn auch andere Aktivitäten schaffen
echte Partnerschaft und dauernde Bindung. Im Idealfall freilich trägt
gemeinsames Erleben von Freude entscheidend bei zur Steigerung
der Wonnen der Liebe. Womit wir wieder beim Küssen wären.

Wodurch unterscheidet sich der sexuelle Kuß, das Küssen zweier
Liebender in all seiner spielerischen Mannigfaltigkeit, vom Kuß der
mütterlichen Zuneigung, der freundschaftlichen Begrüßung oder
des politischen Kalküls? Fragen, deren Beantwortung feinere Differenzierung verlangt. Als Teil des Vorspiels zur Liebesvereinigung
steht der Kuß im Zentrum sexueller Aktivität. Dies entspricht der
siebten Stufe der im folgenden erwähnten »Morris-Skala«, die vom
»ersten Blick« (durchaus im Sinne der oft zitierten »Liebe auf den
ersten Blick«) über den Kuß bis zum gemeinsam erlebten Höhepunkt aufsteigt. Die in Liebe Verbundenen – was immer das heißen
mag – küssen (und umarmen) einander aber auch aus reiner Freude
bei vielen anderen Gelegenheiten, wie beim Erwachen, bei Annähe-
rungen, Begegnungen oder nach Trennungen und vor dem Einschlafen. Sie küssen einander, ohne zuvor jeweils die Stufen eins bis fünf
durchwandert zu haben und ohne daß es dann innerhalb einer gewissen Zeitspanne zum Liebesakt kommen müßte. Ihr Kuß ist Ausdruck ungetrübter Freude über die Harmonie ihrer Zweisamkeit. In
der Öffentlichkeit kann diese Art von Kuß als Signal an die andern,
die Gesellschaft gedeutet werden: »Wir sind ein Paar.« Die Regen-
bogenpresse und ihre Leser wissen nun: X hat seine Frau betrogen,
schläft mit Y. Oder A und B sind peinlich darauf bedacht, sich nicht
in der Öffentlichkeit zu küssen, provozieren aber gerade damit Spe-
kulation.

Was verstehen wir nun unter Morris-Skala? Verweist der Name
auf die Messung von Windstärken? Oder von Erdbeben wie die
Richter-Skala? Nichts dergleichen. Von Desmond Morris (1972)
vorgeschlagen, dient die Morris-Skala des menschlichen Balzverhal-
tens dazu, die Stärke der sinnlichen Erregung, der »Liebesbewe-
gung«, zu »messen«. Durch den Orgasmus als Höchstwert nach
oben abgeschlossen, sieht sie wie folgt aus:

1. Auge auf Körper
2. Auge in Auge
3. Stimme zu Stimme
4. Hand in Hand
5. Arm um Schulter
6. Arm um Hüfte
7. Mund zu Mund
8. Hand zu Kopf
9. Hand zu Körper
10. Hand zu Brust
11. Hand zu Genitalien
12. Genitalien zu Genitalien

Um Mißverständnisse zu vermeiden, gilt es zu beachten, daß Stufe sieben nicht nur den Kuß »Mund-zu-Mund«, sondern auch die allumfassende, vollständige frontale Umarmung einschließt. Als wichtiger Schritt zu weiterer Intimität verfügt das »Mund-zu-Mund« wieder über eine eigene Skala. In einer Folge von Begegnungen stellt »der erste Kuß« eine Art Durchgangserlebnis dar. Es heißt, nur höchst selten komme es vor, daß Paare, so vertraut die Partner auch miteinander sein mögen, sich sozusagen »aus dem Nichts der Alltäglichkeit« über eine einzige der niedrigeren Stufen hinaufbewegten zur Endstufe zwölf.

Desmond Morris hat sein Stufenschema der menschlichen Balz schon 1968 in seinem Bestseller *Der nackte Affe* vorgestellt. Natürlich konnte er, wie wir später sehen werden, auf jahrhundertealte rudimentäre Vorformen zurückgreifen. Dennoch muß es überraschen, daß der Autor seine klassisch-ethologischem Ansatz folgende Skala bis heute beibehalten hat. Selbst wenn die von uns wiedergegebene Form auf Vereinfachung beruht, ändert dies nichts an der Tatsache, daß die Morris-Skala sich nicht einmal auf den Stichling anwenden läßt. Dieser Fisch ist, nebenbei bemerkt, die erste Tierart, mit deren Balzverhalten Desmond Morris sich beschäftigt hat. Er war, als er das tat, noch kein Fernsehstar, sondern Doktorand bei Niko Tinbergen. Nicht zuletzt angesichts ihrer zahllosen kulturellen und geographischen Varianten muß der Menschheit eine kompliziertere Balz-Skala zugebilligt werden als dem Stichling. In seinem

1994 erschienenen Buch *The Human Animal* (*Das menschliche Tier*) hat Morris dem Flirt, den Stufen zwei und drei, größere Bedeutung geschenkt und die Gemeinsamkeiten von Auge und Ohr, von nonverbaler und verbaler Kommunikation betont. »Arm um Schulter« und »Arm um Hüfte«, Stufen fünf und sechs, werden in wenigen Sätzen als Einheit abgehandelt, und Stufen zehn, elf und zwölf, »Hand zu Brust«, »Hand zu Genitalien« und »Genitalien zu Genitalien«, erscheinen, reduziert auf einen Satz, als »Zustand sexueller Intimität«.

Es fällt auf, daß der Mann erst nach gemeinsamem Erreichen dieser höchsten Stufen der Morris-Skala dazu neigt, seiner Partnerin vorauszueilen. Wie schon erwähnt, leiden 30 % der »westlichen« Männer unter vorzeitiger Ejakulation und neigen (folglich?) 30 % der Frauen dazu, nicht zum Orgasmus zu kommen. Manche Paare erleben den Zustand höchster Intimität deshalb in männlich-weiblicher Polarisierung, während der Kuß ihnen gerade die Abwesenheit geschlechtlicher Differenzierung signalisiert. Im Einklang mit unserer kulturellen Tradition sind wir gewohnt, den Mann als aktiv (beweglich, fordernd), die Frau aber als passiv (ruhend, gewährend) zu sehen. Lebenserfahrung lehrt indessen, daß gerade im sexuellen Bereich ein Mann nicht selten glaubt, er habe eine Eroberung gemacht, während es sich doch gerade umgekehrt verhält und er es war, der gewählt wurde.

Der Dichter erhofft sich ebensosehr den Kuß der Muse, wie die Debütantin den Kuß ihres Auserwählten ersehnt. Zwar mag ein Mann in vorauseilender Leidenschaft versuchen, einen Kuß zu »rauben«, aber Vergewaltigung mittels der Zunge kann zu einem gefährlichen Unternehmen werden. Alte japanische Weisheit rät, den Zungenkuß mit Bedacht einzusetzen. Überhaupt empfehle es sich, ihn unmittelbar vor dem Orgasmus zu vermeiden. Warum? Wir deuteten es bereits an: In der Ekstase könnte die Frau ihrem Partner die Zungenspitze abbeißen. Hier lauert die echte *vagina dentata*, deren Zähnen nicht nur die Zunge des Gewalttätigen, des »Kußräubers«, zum Opfer fallen kann. Fellatio zu fordern, gilt als Zeichen der Macht und Anmaßung, ja der Gewalt; sich ihr zu »unterwerfen« und die eigene Aktivität als Passivität zu inszenieren, schließt Risiken ein. Als Teil eines leichtlippigen Vorspiels sind Fellatio wie Cunnilingus jedoch, ganz im Sinne des einleitenden Zitats, Ausdruck von Vertrautheit, Vertrauen, höchster Intimität.

Warum also »geschlechtliche Vereinigung« von Mann und Frau? Mehr als nur eine Antwort bietet sich an. In erster Linie dürften wir das Mit- und Ineinander suchen, weil wir als Individuen, d. h. als Menschen und als Säugetiere, hoch spezialisiert sind. Wir leben in einer Umwelt, die sich ständig verändert und nur beschränkt Prognosen erlaubt. In ihrer Instabilität bietet geschlechtliche Fortpflanzung durch die erhöhte Variabilität der Nachkommen nun einmal bessere Überlebenschancen als beispielsweise die Parthenogenese. An solche Überlegungen anknüpfend mag sich auch eine Erklärung dafür finden lassen, weshalb Sex so angenehm ist. Wie uns, banal gesagt, das gute Essen schmeckt, weil es unserem individuellen Überleben förderlicher ist als ein leerer Magen, so hungert uns nach geschlechtlicher Vereinigung, weil sie uns erlaubt, in unseren Kindern weiterzuleben. Dies mag befremdlich klingen. Doch inzwischen wissen wir, daß Steuerungen dieser Art schon bei der Partnerwahl ihre Hand im Spiel haben.

Warum »hungert« uns dann so oft, wo doch ein einziger Geschlechtsakt zur Zeugung genügt? Auch auf diese Frage lassen sich mehrere Antworten finden. Selbst wenn die Fachgelehrten sich noch immer um eine allgemein anzuerkennende Lehrmeinung streiten, scheint festzustehen, daß wir es hier nicht nur mit einer einzigen »Ur-Sache« zu tun haben. Verglichen mit der »holzschnitthaften« Paarungshandlung von Schimpansen oder Bonobos, zeichnet sich der menschliche Liebesakt aus durch besondere Ausgestaltung und zeitliche Ausdehnung. Wie allein schon der Wunsch nach langem Vorspiel und oftmaliger Wiederholung signalisiert, hängt dieser »Aufwand« wohl mit der beim Homo sapiens ausgeprägten Neigung zur Paarbindung zusammen. Erfahrungsgemäß bietet eine stabile Familie, in der alle Glieder in Harmonie kooperieren, eine bessere, tragfähigere »Kinderstube«, als der Alleinerzieher eines Einzelkindes sie zu bieten vermag. Und diese Kooperation verlangt eben nicht nur ein gemeinsames Haus, die gemeinsame Sicherung des Lebensunterhalts, die gegenseitige Körperpflege »primitiver«

Kulturen – in manchen ländlichen Bevölkerungen Europas noch bis
heute –, auch die Vielfalt der Freuden geschlechtlicher Liebe zwischen den Eltern gehört dazu. Wegen der, im Vergleich zu anderen
Primaten, langen Abhängigkeit des Kindes von der elterlichen Fürsorge, der ausgedehnten Wachstums-, Entwicklungs- und Lern-
phase bis zur sexuellen Reife, ist eine Bindung, die über die Flitterwochen hinausgeht, durchaus im Interesse des Elternpaares.

Sprechen wir von ehelicher Bindung, so denken wir in den Normen unserer westlich-christlichen Kultur.»Denken« bedeutet »fest-
machen«, »fesseln«; »Ehe« hängt zusammen mit »ewig«. Schon
1843 hat Johann Nestroy formuliert:»Das Eheband ist das kürzeste
im Raum, das längste in der Zeit.« Nähere vergleichende Betrachtung kommt zwangsläufig zu dem Ergebnis, daß das gegenseitige
Versprechen »bis der Tod euch scheidet« zu keiner Zeit von allen
wörtlich genommen worden sein kann. Kaum nötig, dies zu erwähnen. Nach neueren Schätzungen von Helen Fisher hält eine Ehe im
Durchschnitt offenbar ca. vier Jahre: Mit Eintritt einer Schwangerschaft entstehe eine Bindung, die andauert, bis das gezeugte Kind
»aus dem Gröbsten« heraus ist. Im allgemeinen handele es sich dabei um ca. drei bis vier Jahre. Sei das Kind gesund und habe der Vater erwartungsgemäß zu seinem Gedeihen beigetragen, so werde
meist das nächste Kind gezeugt. Komme es nicht dazu, suche sich
die Mutter für das nächste Kind einen anderen Mann. Sie hoffe
dann, er werde ein besserer Vater für ihre Kinder sein. Dieses Fisher-
Modell will allerdings nicht als ein »Gesetz« aufgefaßt werden, das
in irgendwelchen Kulturen formale Umsetzung erfährt. Es ist abgeleitet aus der Beschaffenheit der Intervalle zwischen Eheschließung
und Scheidung. Dennoch scheinen Beobachtungen an »Naturvöl-
kern« seine Gültigkeit zu bestätigen: Erfahrungswerte aus jenen inzwischen so seltenen Gruppen, die noch in stabiler Harmonie mit
ihrer Umwelt und deren Hervorbringungen leben. Bei ihnen werde
häufig ein durchschnittlicher Geburtenabstand von vier Jahren festgestellt. Hinzu kommt, daß eine Paarbindung keineswegs monogam
sein muß. Auch in den polygynen und den eher seltenen polyandri-
schen Gesellschaften herrscht innerhalb der Familie zumeist ein hoher Grad von Kooperation und Loyalität. Andererseits kann die Bin-

dung nie allein auf der Vorstellung von den Freuden des gemeinsamen Lagers beruhen. Wie wir hörten, wirken ganz verschiedenartige Beziehungen und Abhängigkeiten zusammen. Nicht die geringste von ihnen ist die Fähigkeit der Partner, durch allseitige Fürsorge und Sicherung des Lebensunterhalts das Wohl des einzelnen innerhalb der Familie zu fördern und der Nachkommenschaft eine Zukunft zu verbürgen.

In diesem Sinn wirkt jeder Beitrag zum gemeinsamen Haushalt, jede Aufmerksamkeit, jeder Kuß und jede Umarmung als Bestätigung bestehender Bindung: als »Vorspiel zum nächsten Vorspiel«. Mag manchem von uns auch die eine oder andere Wonne sexuellen Erlebens vorenthalten bleiben, solange sie »eingebettet« bleiben in eine Partnerschaft, sind Kuß und Umarmung – nicht anders als kleine Aufmerksamkeiten oder gelegentliche exquisite Geschenke – mehr als bloße Rückversicherung des Status quo: Sie sind Vorgriff auf künftige Gemeinsamkeit und wirken damit stabilisierend.

Küssen ohne Kuß? –
Erotisches Mund- und Nasenspiel

Mensch wie Tier kennt den Kuß. Dennoch ist Küssen kein wirkliches Universale. Es gibt auch Völker, denen quadrolabiale Liebkosung fremd zu sein scheint. Schon Charles Darwin schreibt, »in verschiedenen Teilen der Welt« werde das Küssen »durch das Reiben der Nase aneinander ersetzt«. Und gegen Mitte unseres Jahrhunderts berichtet der Völkerkundler H. Bernatzik in seinem Buch *Akha und Meau* (1947), daß die Akha in Hinterindien ein Küssen im europäischen Sinn nicht kennen: »Wenn man dazu nicht die Küsse der Akha-Mutter rechnet, die mit den Lippen die Wangen ihres Kleinkindes berührt.« Ein Leben ohne Kuß? Dem Europäer oder Amerikaner mag weh ums Herz werden beim Gedanken an ein derartiges kulturelles Defizit. Aber stimmt es überhaupt, daß die Eskimos oder die Chinesen und Japaner ohne die Kußgebärde auskommen? Zumal doch gerade die Chinesen und Japaner über hochentwickelte Kultur und verfeinerte Liebeskunst verfügen. Wir wissen heute nur allzu gut, wie dringend Vorsicht geboten ist, wenn es um Äußerungen über Verhaltensnormen und -formen anderer Völker geht. Meist leiden sie an eurozentrischer Einseitigkeit. Zudem sind der Feldforschung, so sie durch Außenstehende, »Fremde«, betrieben wird äußerst enge Grenzen gezogen. Entscheidend bleibt die Frage, wie durchlässig die Wände sind, hinter denen der private, intime Teil des Lebens sich abspielt.

Einblicke in die Liebespraktiken einer der scheinbar »kußlosen« Gesellschaften verdanken wir vor allem den Arbeiten des britischen Ethnologen Bronislaw Malinowski. In seinem Buch *Sexual Life of Savages in North-Western Melanesia* (1929) zeigt der Begründer der modernen Ethnographie unter anderem, daß das, was der Europäer unter »Kuß« versteht, bei den Trobriandern, den Bewohnern der Trobriand-Inseln, unbekannt ist. Die der Küste Neuguineas im Osten vorgelagerte Inselgruppe ist im allgemeinen nur bekannt durch die Klippenbarre, die sich mit ihrem Namen verbindet. Sie gilt als die größte Rifflagune der Welt. Auf dem heute von Papua verwalteten Territorium herrscht nach wie vor das Mutterrecht. Weshalb vielleicht schon hier zu fragen wäre, ob die Rahmenbedingungen dieser Organisationsform von Einfluß gewesen sein mögen auf die Ergebnisse der ungewöhnlichen Forschungsarbeit, die Malinowski in dem einstigen britischen Protektorat vorgenommen hat.

Als »eigenständige Lustquelle«, berichtet der Wissenschaftler, fehle das Küssen bei den Trobriandern. Auch als Vorspiel zum Liebesakt suche man es vergebens. Nicht ein einziges Mal hätten die Eingeborenen ihm gegenüber diese Zärtlichkeit spontan erwähnt. Habe man sie ohne Umschweife danach gefragt, sei die Antwort stets verneinend ausgefallen. Allerdings hätten die Befragten Kenntnis davon gehabt, daß Weiße »sitzen, Mund auf Mund drücken – Freude daran finden«. Aber sie betrachteten dieses Verhalten als eine eher abgeschmackte und alberne Form des Vergnügens.

Auch als »kulturelles Symbol« im engeren Sinne fehle das Küssen. Sei es als Grüßen, als Zärtlichkeitsäußerung oder als magischer und ritueller Akt. Nasenreiben als Begrüßungsgeste komme ganz selten vor. Nur zwischen sehr engen Verwandten finde es sich. Eltern und Kinder oder Mann und Frau feierten auf diese Weise ihr Wiedersehen nach langer Trennung. Wenn eine Mutter ihr Kind längere Zeit liebkose, berühre sie es häufig mit der Wange oder den Lippen. Aber eigentliches Küssen gebe es zwischen Mutter und Kind nicht.

Abwesenheit der Kußgebärde, wie der Europäer sie kennt, kann natürlich nicht ohne Folgen auf den Liebesakt bleiben. Völlig anders spielt er sich ab. Es bestehe Grund zu der Annahme, schreibt Malinowski, »daß die Eingeborenen sich nie auf erotische Zärtlichkeiten um ihrer selbst willen einlassen. Das heißt, nie sind diese Teil einer Liebesbegegnung, die sich über einen längeren Zeitraum erstreckt und in der vollständigen körperlichen Vereinigung gipfelt.« Überzeugt sei er aber auch davon, daß bei anderen Stämmen Melanesiens Paare »beieinanderlägen und sich gegenseitig streichelten, ohne daß es dabei zum Beischlaf komme«.

Wie hätten wir uns ein solches Rendez-vous ohne Kuß vorzustellen? Der Ethnograph trägt dieser naheliegenden Frage Rechnung und beschreibt ziemlich ausführlich »das Verhalten zweier Liebender allein auf ihrer Schlafstelle« oder »an einem einsamen Ort im Urwald«. Gewöhnlich werde eine Matte über die Bretter oder auf die Erde gebreitet, und wenn sie dann sicher seien, daß niemand sie beobachtet, legten sie Hemd und Schamblatt ab. Vielleicht säßen oder lägen sie zunächst nebeneinander, streichelten einander, indem sie die Hände über den Körper des Partners wandern ließen. Bisweilen lägen sie eng beisammen, die Arme und Beine verschlungen. In dieser Stellung sprächen sie lange miteinander, erklärten sich mit zärtlichen Worten gegenseitig ihre Liebe oder neckten einander, was sie mit dem Wort *katudabuma* bezeichneten. Solcherart Körper eng an Körper geschmiegt, rieben sie die Nasen aneinander. Aber obwohl es zu ziemlich viel Nasenreiben komme, rieben sie auch Wange gegen Wange, Mund gegen Mund. »Allmählich werden die Zärtlichkeiten leidenschaftlicher, und dann ist vor allem der Mund in Aktion: Saugen, Lutschen der Zunge, Reiben von Zunge gegen Zunge. Sie saugen einander an der Unterlippe, beißen sich gegenseitig in die Lippen, bis das Blut heraustritt; Speichel fließt frei von Mund zu Mund. Großzügig wird von den Zähnen Gebrauch gemacht, um in die Wange zu beißen, nach der Nase oder

dem Kinn zu schnappen. Oder die Liebenden fahren einander mit
der Hand durch das dichte Haar, spielen mit dem Wirrwust oder
ziehen daran.«
Auch an Formeln für Liebeszauber fehle es nicht. Häufig fänden
sich Wendungen wie »trinke mein Blut« oder »reiß mir das Haar
aus«. Einer der jungen Männer habe seine Liebesleidenschaft mit
den folgenden Worten beschrieben (wir lassen den bei Malinowski
parallel laufenden Originaltext aus):

> Sie saugt untere Lippen, sie beißt; wir speien, sie trinkt. – Wir nehmen in
> die Arme, wir reiben Nasen, wir liegen zusammen; Frau sie kratzt am Rük-
> ken, an Schultern; sehr viel gut, wir wissen, sie liebt uns sehr viel tatsäch-
> lich.

Alles in allem, faßt Malinowski seine Forschungsergebnisse zum
Thema »Mundaktivität« zusammen, glaube er, daß bei den Trobriandern der weibliche Partner der leidenschaftlichere und aktivere
sei. Woher er das wisse, ohne sich dazu bereit gefunden zu haben,
den Voyeur zu spielen? Seine Antwort ist so schlicht wie überzeugend. An Männern habe er größere Kratzer und Flecken wahrge-
nommen als an Frauen. Die trobriandrischen »Wilden« machten
sich einen Spaß daraus, die Rücken junger Leute nach Erfolgsmel-
dungen aus dem Liebesleben abzusuchen. Je wilder das Schlacht-
feld, desto stolzer sein Träger. Daß in unserer Kultur ähnliches für
die »Kuß- und Knutschflecken« gilt, hätte eine vergleichende Studie
zu erhärten.
Allerlei erotisches Mundspiel also, aber kaum ein Kuß in europäi-
schem Verständnis. Mundreiben, wird fast ein halbes Jahrhundert
später Irenäus Eibl-Eibesfeld schreiben, sei im Grunde nichts anderes als »ritualisiertes Brustsuchen«. Nasenreiben firmiert für den
Vertreter der Vergleichenden Verhaltensforschung unter »Riechkuß«, »freundliches Beschnuppern«. Swinburne, der in seinem vik-
torianischen Heimatland wegen Verherrlichung »wilder« Erotik
heftig angegriffene englische Dichter, läßt in einigen Zeilen seines
Gedichts »Dolores« Erinnerung durchscheinen an urtümliches
»kämpferisches« Liebesspiel.

Mit Zähnen, gierig einander geschlagen
in das Blühen und Knospen der Küsse,
mit Lippen, so verbogen und zerbissen,
daß der Schaum schmeckt, als wär er Blut.

Wie ein Generalbaß wird dieser (Ur-)Aspekt die hochfliegende Polyphonie der Preislieder auf den Kuß durch die Jahrhunderte begleiten.

Mit welcher Vielfalt von Küssen wir es zu tun haben, brachte der Barockdichter Paul Fleming auf den Reim:

Wie er wolle geküsset sein

Nirgends hin, als auf den Mund,
Da sinkt's in des Herzens Grund;
Nicht zu frei, nicht zu gezwungen,
Nicht mit gar zu träger Zungen.

Nicht zu wenig, nicht zu viel,
Beides wird sonst Kinderspiel;
Nicht zu laut und nicht zu leise,
Beider Maß ist rechte Weise.

Nicht zu nahe, nicht zu weit,
Dies macht Kummer, jenes Leid;
Nicht zu trocken, nicht zu feuchte,
Wie Adonis Venus reichte.

Nicht zu harte, nicht zu weich,
Bald zugleich, bald nicht zugleich;
Nicht zu langsam, nicht zu schnelle,
Nicht ohn' Unterschied der Stelle.

Halb gebissen, halb gehaucht,
Halb die Lippen eingetaucht;
Nicht ohn' Unterschied der Zeiten,
Mehr alleine, denn bei Leuten.

Küsse nun ein Jedermann,
Wie er weiß, will, soll und kann;
Ich nur und die Liebste wissen,
Wie wir uns recht sollen küssen.

ZWEITER TEIL

Mutmaßungen im Garten der Lüste

»Sage mir, mit wem du umgehst, und ich sage dir, wer du bist.« Diese so triviale wie zutreffende Redensart gilt auch für die Beziehung der Wörter zueinander. Sie bilden Familien, Sippen, Stämme, Felder, fügen sich zu Reihen, Listen, Paragraphen. Als wären sie lebende Wesen stehen sie einander näher oder ferner, sind Bekannte und Verwandte, teilen Name und Gehalt. Wer die Bedeutung eines Wortes fassen will, muß es einzäunen, »festlegen«: es abgrenzen gegen gleiches oder ähnliches bedeutende Wörter. »Bestimmen« meinte ursprünglich »mit der Stimme festsetzen« und sagt mithin nichts anderes als »definieren«: »abgrenzen«. Wo liegen Kern und Grenzen des Begriffsfeldes »Kuß«?

Drei Bedeutungsbereichen ordnet der *Deutsche Wortschatz* von Wehrle / Eggers den Begriff »Kuß« zu: »Berührung«, »Höflichkeit« und »Liebkosung«. Zu »Befühlung« stellt ihn die Begriffsgruppe »Berührung« (»Betastung«). In der Gruppe »Höflichkeit« erscheint er neben »Gruß«, »Kopfneigen«, »Handschlag«, »Verbeugung«, »Umarmung« und »Kußhand«, während der unter dem Stichwort »Liebkosung« (»Liebeswerbung«) zusammengefaßte Paragraph ihm einen Platz zwischen »Liebkosung«, »Zärtlichkeit«, »Gehätschel«, »Getätschel«, »Gekose«, »Umarmung« und »Geschnäbel«, »Geschlecke« zuweist. Ein Feld, das kaum »weit« zu nennen ist. Und doch bietet es Spuren, die zum Fragen herausfordern und Rückschlüsse auf Geschichte erlauben.

Wie es der Eigenart des *Deutschen Wörterbuchs*, des »Grimm«, entspricht, gehen die Verfasser ausführlich auf »Kuß« und »küssen« ein. Das Stichwort »küssen« ist das ausführlichere. Es gliedert sich in sieben Teile, deren erster: der Kuß als Ausdruck von Freundschaft, Verehrung, Huldigung u. ä., noch zahlreiche Untergruppen aufweist. Sie handeln vom huldvollen Herrenkuß wie vom unterwürfigen Knechtskuß, gehen ein auf die Skala der Selbsterniedrigungsküsse, die von der Hand bis zum Pantoffel und darüber hinaus reicht, und vergessen weder den mißverstandenen Ellbogen- noch den obszönen Kuß des Teufels. Auf die »kühne« Verwendung des Wortes folgt die bildliche und übertragene. Eine Bestandsaufnahme, die nichts sein will als Materialsammlung und deshalb unsere Neugier nicht recht befriedigt. »In alten Zeiten«, lesen wir, »war das Küssen wichtig als Zeichen und Besiegelung der Versöhnung, des Friedens und der Freundschaft.« Der Kuß als Zeichen des Friedens? Gewiß, doch ist Friede nicht ein Zustand, der durch »Befried(ig)ung«, d. h. »Friedlichmachen« hergestellt wird? Das lateinische *pacificare* heißt »Friedenstiften«, sprich: »friedlich machen«. Das Wort lebt im Englischen weiter als *pacifier*: »Schnuller«, d. h. »Sauger«, »Lutscher« (17. Jh.). Die Spitze eines Eisbergs? Wir werden sehen.

Sollte jemand nicht wissen, was unter einem »Kuß« zu verstehen ist, kann er sich vertrauensvoll an den *Brockhaus* wenden. Dort heißt es, ein »Kuß« sei die »Berührung eines anderen Menschen mit den Lippen als Liebesbezeigung. Der Kuß auf die Hand gilt (Damen gegenüber) als Bezeigung der Ehrfurcht oder als gesellschaftliche Sitte. Die Kußhand ist ein mit der Hand zugewinkter Kuß.« Ein wenig mehr ins Detail geht der *Duden*. Für »Küssen« findet sich in dem Nachschlagewerk die folgende Bestimmung: »Seine Lippen auf jemandes Mund oder auch Wange drücken.« Sei ein anderer Kuß als der auf Mund oder Wange gemeint, so werde stets angegeben, wohin man jemanden küßt: »küssen« läßt offen, ob es sich dabei um einen oder mehrere Küsse handelt, ob sie aus Liebe, Überschwang, zum Zeichen der Verehrung oder zur Begrüßung gegeben werden«. Zu unterscheiden sei zwischen »einen Kuß geben« und »küssen«. »Einen Kuß geben« kennzeichne die einzelne abgeschlossene Handlung. Es klinge familiärer, weise »im allgemeinen auf eine weniger heftige, oft unverbindliche Art hin als Küssen«. Diese Differenzierung ist gewichtiger, als es den Anschein erwecken mag.

Die griechische Bezeichnung für Kuß ist *philéma*: abgeleitet von dem Verb *philein*, das »lieben«, »Liebe erweisen«, »bewirten«(!), »billigen«, »pflegen« u. ä. bedeutet. Im Griechischen hat es ursprünglich mithin kein eigentliches Wort für den Kuß gegeben. »Philema« findet sich auch als Frauenname, besonders von Hetären. Neben dem poetischen *philein* kennt die griechische Sprache das prosaische *kyneīn*, das bereits mit unserem *kus* verwandt ist und auch mit »saugen« in Zusammenhang gebracht wird. *Kyneīn* gehört einer niederen Sprachschicht an und wurde, anders als *philein*, nicht ins Neugriechische übernommen. Hierzu stimmt, wenn vorgeschlagen wird, *kyneīn* mit *kyōn* in Zusammenhang zu bringen. Jedenfalls geht schon unser »Hund« zurück auf ein indogermanisches *kuno[n]*, das in griechisch *kyōn*: »Hund« und lateinisch *canis* (vgl. »zynisch«: »bissig«!) fortbesteht. Der Hund gilt als das älteste Haustier der Indogermanen. »Küssen« als »Lecken«? Bisweilen signalisiert allerdings auch das griechische Wort für »begrüßen« oder »umarmen«, daß »küssen« gemeint ist. In solchen Fällen läßt sich jedoch keine völlige Klarheit gewinnen. Übersichtlicher werden die Verhältnisse bei den Römern, d. h. im Lateinischen.

Obwohl die lateinische Sprache gemeinhin als nüchtern und relativ wortarm eingeschätzt wird, verfügt sie über nicht weniger als drei bzw. vier verschiedene Bezeichnungen für den Kuß: *osculum, s(u)avium* und *basium*, dem das Latein der Christen noch einen uneigentlichen Gebrauch von *pax* (»Friede«): »liturgischer Kuß« (*osculum sanctum, osculum pacis*), Symbol der Versöhnung, hinzugefügt hat. Die Bedeutungsunterschiede zwischen den einzelnen Grundformen sind beachtlich. *Osculum* ist der Kuß der Freundschaft und Zuneigung, wie er unter Verwandten und Freunden üblich ist. Er gilt als korrekt, dezent und wird in Kinder- und Bruderkuß mit der Vorstellung von »Süßigkeit« verbunden: *osculum est dulcis*. Das Wort bedeutet eigentlich »Mündchen« – die Schweizer kennen die Bildung »Muntschi« – und meint im weiteren Sinn die Berührung der (gespitzten) Lippen. Unter *savium* (wie gesagt: auch *suavium* zu *suavitas*: »Süße«) verstand man den Kuß der Verliebten und Liebenden. Er wurde als niedrig und vulgär eingeschätzt, als »Kuß der *voluptas*« (»Hurenkuß«). *Basium*, das Nachfolgewort schließlich für *savium*, war gleichfalls der Liebeskuß im eher gewöhnlichen Sinn. Es fand

Eingang in die romanischen Sprachen. Wie das lateinische Verb *basiare*: »küssen« war es sehr volkstümlich und vom Gebrauch in der hohen Literatur ausgeschlossen. Dennoch – oder gerade deswegen? – sollten Substantiv und Verb sich in der Folge als äußerst lebenskräftig erweisen. Nur Nachfahren von *basium* kennt die Romania, die Welt der Nachfolgestaaten des Imperium Romanum.

Stellt *osculum* eine Diminutivbildung zu *os*: »Mund« dar, bedeutet es als »Mündchen« also »Mundkuß«, so geben *savium* und *basium* noch immer Rätsel auf. Dennoch ist in *savium* unschwer die Wurzel *sap-* und die Nähe zu *suavis*: »süß«, »wohlschmeckend« und *sapere*: »schmecken«, »riechen«, »Verstand haben« zu erkennen. In diesem Sinn kommt *savium*: »Süßes«, »Leckeres«, unserem »Schmatz«: »lauter Kuß« nahe. Denn »Schmatz« wiederum ist von »Schmecken« abgeleitet. »Behaglich laut essen« bedeutet hier zugleich »laut küssen«. Auch »schmecken« meint »riechen« wie »wahrnehmen«. *Suavium* bzw. *suave* und »schmackhaft« verweisen auf das gleiche. Ähnliches gilt für altindisch *ghra*: Es steht für »riechen«, »schnüffeln« und »küssen«.

Die französische Sprache unterscheidet streng zwischen *donner un baiser*: »einen Kuß geben«, und *baiser*: »küssen«. Letzteres gilt als nicht salonfähig, ja als obszön und wird besser durch ein euphemistisches *embrasser*: »umarmen«, ersetzt. Wir hörten bereits, daß lateinisch *basium*: »Kuß«, in den romanischen Sprachen weiterentwickelt zu *bagio* oder *bacio* (italienisch), *bais* (provenzalisch), *beso* (spanisch), *beijo* (portugiesisch), dem Wortschatz des (niederen) Volkes angehörte. Woher stammt nun dieses so wichtige Wort? Die Wurzel von *basium* wie *basiare* liegt im dunkeln. Einigkeit herrscht lediglich darüber, daß es sich um ein Lehnwort handelt. Die Frage nach dem Ursprung wird selten gestellt. So gibt es den Vorschlag, *basium* von *aba, abba*: »Vater«, abzuleiten und als »väterlicher Kuß« zu deuten. Der väterliche Kuß als erotischer Kuß? Das ist so wenig überzeugend wie die Ableitung von der indogermanischen Wurzel *bu*, die u. a. »Buss« bzw. »Busserl« zugrunde liegt und im Mittelirischen als *bus*: »Lippe«, in Erscheinung tritt.

Wie sich im folgenden zeigen wird, ist es kaum abwegig, *basiare* mit »beißen« in Zusammenhang zu bringen. Für »beißen« im strengen Sinn hat das Lateinische ein eigenes Wort: *mordere*, das mit dem deutschen »schmerzen« zusammenhängt. Unser Verb »beißen« geht hingegen zurück auf ein gemeingermanisches Verb, das als gotisch *beitan*, althochdeutsch *bizzan*, mittelhochdeutsch *biten*: »beißen«, »schneiden«, »verwunden«, englisch *bite* erscheint und von der indogermanischen Wurzel *bhi*- bzw. *bhei*-: »hauen«, »spalten« abgeleitet ist. Nicht überraschen dürfte, daß diese Wurzel neben »beißen« auch »picken« zugrunde liegt. In unserem »picken« sollen mehrere Verben zusammengefallen sein. So zum Beispiel lautmalendes »picken«: »pick machen«, und »bicken«: »stechen«, »hauen«. Es hängt mit (gallo-)lateinisch *beccus*: »Schnabel« (französisch *bec)* zusammen und verweist auf »schnäbeln«, das ein Synonym für »küssen« ist.

Das Veranlassungswort zu »beißen« ist »beizen«, das eigentlich »beißen machen« bedeutet. »Beizen« wiederum hat die Grundbedeutung »absteigen«, »das Pferd (unterwegs) füttern«(!), »einkehren«, d. h. »beißen lassen«, »beißen machen«. Als Jagdausdruck bezieht sich das Wort auf »Beizjagd« mit Falken und dergleichen. »Beizen« als ein »das Wild beißen lassen«. Später »beizt man mit dem Falken [auf] Vögel«. Von »Vogel« abgeleitet ist »vögeln«, das sich schon für die Zeit des Mittelhochdeutschen nachweisen läßt und für »begatten [vom Vogel]« steht. Das Bild ist eindeutig. In derber Redeweise konnte es leicht auf den Menschen übertragen werden. Tatsache ist jedenfalls, daß die lateinische Sprache zunächst über keine angemessene Bezeichnung für den rein erotischen Kuß verfügte. *S(u)avium* wie *basium* waren umgangssprachliche Ausdrücke, die sich großer Beliebtheit erfreuten. Nur daß *basium* populärer und vulgärer war.

Unser Wort »küssen« ist sehr alt und hat in seiner langen Geschichte kaum die Lautgestalt verändert. Es ist lautmalenden Ursprungs wie »Busserl« zu »bussen«, »pussen«: »küssen«, das Kinderwort für Kuß. Mit ihm verwandten Verben geht »Kuß« wie gotisch *kukjan* oder griechisch *kynein* zurück auf eine indogermanische Wurzel *ku*, die den Laut des Lippenkusses nachahmt. Das Substantiv »Kuß« gilt als Rückbildung aus der Verbform. Der Kuß als eine Art »Explosion«? In der »Zerknallen« sich mit »Entladung«

verbindet? Ob wir da nicht wieder bei der (Ur-)Geste des Fütterns angelangt sind? Denn außer Frage steht, daß die Sinne, die beim Küssen ins Spiel kommen, auf Füttern und Essen verweisen. Schon Havelock Ellis, der Zeitgenosse des Erzählers Dickens, sah diesen Zusammenhang: »Kein Menschenkuß ohne Tastsinn oder Geruchssinn.« Andere erinnerten an die Oralität, die Gewohnheit kleiner Kinder, Gegenstände, die sie besonders mögen, abzulecken oder in den Mund zu stecken. Die Liebesdichtung ist voll von Bildern, die den Bereichen von Tast-, Geschmacks- oder Geruchssinn entstammen. Es sei nur an das »Hohelied« erinnert. Dort lesen wir: »Deine Lippen, meine Braut, sind wie triefender Honigseim; Honig und Milch ist unter deiner Zunge, und deiner Kleider Geruch ist wie der Geruch des Libanon« (4,11). Geschmack und Geruch, eines so betörend wie das andere. »Ich bin gekommen, meine Schwester, liebe Braut, in meinen Garten. Ich habe meine Myrrhe samt meinen Würzen abgebrochen; ich habe meinen Seim samt meinem Honig gegessen; ich habe meinen Wein samt meiner Milch getrunken« (5,1).

Honig und Milch, Myrrhe und Würze – ihr Geschmack, Geruch ist Versprechen, Verheißung – Erwartung weckend im Vorgriff, Sehnsucht. Nähe also. »Zum Schmecken oder Riechen lieb« (wenn es die Wendung gäbe!) als das Gegenteil der Redensart: »Er stinkt mir«, wie das Bairische sie kennt: »Ich habe die Nase voll, habe genug von ihm«. Das lateinische Wort für »Geruch« ist *odor*, das mit *odi*: »hassen«, verwandt ist. *Odi* gehört zu den Abzweigungen der Wurzel *od*: »riechen«. Der Geliebte als der »gut Riechende«, der »Stinkende« als der zu Hassende.

Nicht nur als Symbol der Süße, des Reichtums, der Fülle, des Lebens und der Unsterblichkeit gilt der Honig. Auch Wissen, Weisheit, mystische Erkenntnis und Eingeweihtsein versinnbildlicht er. Vergil nennt den Honig »die göttliche Gabe des Taus«. Ein Symbol des Schutzes und der »Stillung« sieht Clemens von Alexandrien in ihm. Nach Vorstellung der Muslime stellt Honig das Augenlicht wieder her und erweckt selbst Tote zum Leben. Honig als Panazee: Sie öffnet die Augen zu neuem Leben. Wohlgeschmack und Erkenntnis!

Ähnliches gilt für die Milch, das Getränk des Lebens. Auch sie ist

Symbol der Fülle und Erkenntnis, der Unsterblichkeit. Von Maria an die Brust genommen zu werden, bedeutet Leben und Erkennen: Adoptivbruderschaft mit Christus, Initiation. Nach Ibn Omar hat Mohammed verkündet: »Wer von Milch träumt, träumt von Wissen und Erkenntnis.« Erneuerung aus Erkenntnis, Wiedergeburt.

Auch die Bibel kennt den Zusammenhang zwischen Honig, Milch und Erkenntnis. In der Immanuels-Weissagung (Jesaja 7,15) heißt es: »Siehe, eine Jungfrau ist schwanger und wird einen Sohn gebären, den wird sie heißen Immanuel. Milch[-speise] und Honig wird er essen, wann er weiß, Böses zu verwerfen und Gutes zu erwählen.« In diesen Versen ist der Zusammenhang zwischen Honig, Milch und Erkenntnis deutlich faßbar. Ein Assoziationsfeld, in dem auch der Kuß einen Stellenwert beansprucht. Er symbolisiert nicht nur Honig und Milch: Leben – er *ist* sie.

Wie wir im ersten Teil dieser »Biographie« hörten, reichen die Wurzeln des Kusses zurück bis in tierisch-menschliche Urgeschichte. Mund-zu-Mund-Fütterung, Kußfütterung, mütterliche Fürsorge, als Vorstufe. Keine Frage, die Lippenkontakte und Zungenbewegungen der quadrolabialen Fütterungstätigkeit erinnern auf frappierende Weise an moderne oskulatorische Praktiken. Schon im vorigen Jahrhundert überraschte der italienische Anthropologe Cesare Lambroso seine Zeitgenossen mit der These, der Kuß sei entstanden aus der Geste mütterlicher Zuwendung, der »Fütterung der Jungen«. Auf Feuerland, werde berichtet, flößten die Bewohner ihren Säuglingen Flüssigkeit »von Mund zu Mund« ein. Da den Feuerländern Trinkgefäße unbekannt seien, löschten die Erwachsenen ihren Durst, indem sie sich eines Halms oder Rohrs bedienten. Kleine Kinder müßten verdursten, tränkten die Mütter sie nicht von Mund zu Mund. Er sei fest davon überzeugt, schreibt der umstrittene Italiener, daß der Kuß seine Entstehung nichts anderem verdanke als dieser versorgenden Zuwendung. Sei sie nicht selbst bei Vögeln zu beobachten? Und übrigens auch noch immer, fügt Lambroso hinzu, bei Müttern und Liebenden seiner Zeit – als eine »Geste des Rückfalls«? War Darwin mit Lambrosos Schriften vertraut?

Es heißt, das Wort, das die Ägyptologen mit »küssen« übersetzen, habe bei den alten Ägyptern eigentlich »essen« bedeutet. Wir kennen die deutschen Wendungen »zum Fressen gernhaben« oder »ich könnte dich fressen!«. Ihnen entspricht englisch *good enough to eat*« oder »*I could eat you*«. Auch die Redensart »einen Narren an jemanden gefressen haben«: »für eine Person oder Sache in törichter Weise eingenommen sein«, wäre hier zu nennen. Gewiß, in der didaktischen Literatur des Mittelalters dient der Narr als Symbol für sittliche Gebrechen und charakterliche Schwächen. Aber in der zitierten Wendung geht es um anderes. »Essen«, »fressen«, »sich nähren« sind Synonyme. Desgleichen »nähren« und »füttern«. »Nähren« und »genesen« gehören derselben Wortfamilie an. Wie verwandte Wörter in anderen germanischen Sprachen entstammt »genesen« der indogermanischen Wurzel *nes*: »davonkommen«, »am Leben oder gesund bleiben«, »glücklich heimkehren«. »Nestor«, der Name des greisen Königs in der griechischen Sage, bedeutet eigentlich »der immer Heimkehrende«. »Nähren« ist Veranlassungswort zu »genesen«. Wer »genesen« soll, muß »genährt« werden. »Nähren« als »am Leben erhalten«, »retten«. Das verlorengegangene Substantiv althochdeutsch *nara*, mittelhochdeutsch *nar*, von dem »Nahrung« und »nahrhaft« abgeleitet sind, meinte zugleich »Heil«, »Rettung«. Hieraus ergibt sich zunächst einmal, daß mit »einen Narren an jemandem fressen« anderes gemeint sein muß, als Nachschlagewerke uns sagen. Hinter der volksetymologischen Umdeutung verbirgt sich die Vorstellung von »falscher Heilserwartung«. Eine Erinnerung daran, auf was für dünnem Eis wir uns mit unseren Überlegungen bewegen.

War es pathologische Neigung zum Grausamen, »Verwirrung der Gefühle« (Goethe), was Heinrich von Kleist ein Dichtwerk wie *Penthesilea* schaffen ließ? Oder gehörte der früh verstorbene Dichter zu jenen (wenigen) Menschen, deren Blick die äußere Geschehniswirklichkeit zu durchdringen vermag? Bis zu jenen Tiefen, die nicht zuletzt im Wort, seinem Wurzelwerk, bewahrt und, wenn auch kaum erkannt, lebendig sind?

»Küsse, Bisse, / Das reimt sich, und wer recht von Herzen liebt, / Kann schon das eine für das andere greifen.« Das eine für das andre: Küsse – Bisse. Diese tief in die Entwicklungsgeschichte menschlicher Verkehrsformen hinabgreifenden Sätze sind berühmt, aber auch an Deutlichkeit kaum zu überbieten. Um was geht es? In dem Frauenstaat, dessen Königin Penthesilea ist, gelten Männer nur als (natur-)notwendiges Übel. Nach dem Gesetz der Amazonen ist es nicht erlaubt, sich in freier Wahl einem von ihnen zu verbinden. Es sei denn, er sei im Sieg als Beute zugefallen. Als im Krieg um Troja Penthesilea und Achill, der Feind, im Schlachtengetümmel Gefallen aneinander finden, sucht die Königin den Sieg. Sie verliert. Fast wäre es Achill gelungen, sie glauben zu machen, er sei der Unterlegene. Der idyllische Zauber der Liebesszene ist kurz. Penthesilia erkennt ihre wahre Lage. Im Kampfgewoge werden die beiden voneinander getrennt. Nun fordert der Grieche die Amazone zum Zweikampf: zum Schein freilich nur, damit er unterliegen könne. Inzwischen weiß er, daß sie lieben nur den darf, den sie mit dem Schwert überwunden hat. Penthesilea verkennt diese Absicht: Sie zerfleischt den sich Ausliefernden mit den eigenen Zähnen. Dann stirbt sie dem Geliebten nach. Sie hat die wahren Zusammenhänge erkannt. Zu spät. Abscheu und Mitleid erfüllt ihre Gefährtinnen.

Alles nur ein »Versehen«? »Küßt ich ihn tot?« fragt Penthesilea. »Küßt ich nicht? Zerrissen wirklich?« Die rasende Amazone hat die Glieder des Achill in Stücke gerissen, die Zähne in seine weiße Brust geschlagen, so daß das Blut ihr von Mund und Händen triefte. Eine Irre? »Ich war nicht so verrückt, als es wohl schien.« Was ist geschehn? Bisse statt Küsse: Archaisches hat sich Bahn gebrochen. Biß hat den Kuß verdrängt. Keine Frage, eine Regression. Durch die Umstände bedingt, erfuhr im Tiefenkulturellen bewahrte Erinnerung erneut Aktivierung. Das kulturgegründete Rollenspiel ist zusammengebrochen. Die Metapher hat sich in die Sache verkehrt. Daß »sie vor Liebe gleich ihn essen könnte«, heißt es. Introjektion – Einverleibung.

Mit ihren Hunden fällt Penthesilea über Achill her. Sie selbst war zuvor von der Oberpriesterin »Hündin« genannt worden. Der Hund gilt als Symbol für Unbewußtes und Sexualität. Sexualhunger und hündische Freßgier werden in Analogie gesehen. Elefanten begleiten die Königin. Königliche Macht repräsentieren sie, aber auch Mißtrauen und Wachsamkeit. Schlüsselcharakter kommt selbst dem

Bild des unter dem Gezweige einer Fichte hervortretenden Achill
zu. »Ha! Sein Geweih verrät den Hirsch«, ruft die Verfolgerin.
Fichte und Hirsch, Bilder zyklischer Erneuerung, auf Tod und Auferstehung verweisend, auf Verdrängtes, Begrabenes, das wieder an
die Oberfläche tritt. Hieraus erklären sich dann die letzten Verse der
Tragödie: »Die abgestorbene Eiche steht im Sturm, / Doch die gesunde stürzt er schmetternd nieder, / Weil er in ihre Krone greifen
kann.« Tief in den Boden reichen die Wurzeln der gesunden Eiche.
Sie ist anfällig, weil mit dem Leben verbunden. Wie die Kultur, die
jederzeit Opfer der Natur werden kann. So daß auch im gepflegte-
sten Kuß noch der Biß wohnen mag. Wer freilich von der umfang-
reichen Sekundärliteratur über das Stück Erklärung zu Kuß und Biß
erwartet, geht leer aus. Immerhin verdanken wir Max Kommerell
die Sätze: »Daß derselbe Mensch hier eigentlich zwei Sprachen
spricht, eine Sprache, in der er seine Gefühle nach einer geprägten
Denkform auslegt, eine andere, die nicht mehr von ihm gewählt,
sondern ihm gegeben, die Ursprünglichkeit des Inneren auf-
schließt.« Ursprünglichkeit – Kindheit des Kusses: Biß.

Remy Belleau, der für seine zarten Verse bekannte französische
Anakreon-Übersetzer und Freund Ronsards, wird im 16. Jahrhundert mühelos Biß und Seele im lyrischen Teppich verknüpfen:

Wenn im Kuß ich mit kleinen Bissen mich an die Lippe dir schmiege,
Lebt ein Teil meiner Seele in deiner,
Ein Teil deiner Seele lebt in meiner,
Und ein und derselbe Seufzer belebt unser beider Herzen.

In der Höhle des Drachen:
»Lippenschmeichel« und anderes

Zu den Spielen, mit denen wir als Kinder uns die Zeit vertrieben, gehörte, neben anderem, was wir »Tracki« nannten. Noch heute frage
ich mich, wie wir auf diese seltsam klingende Bezeichnung gekommen sein mögen. »Tracki«: um eine verballhornte Form des Wortes

»Drachen« muß es sich handeln. Aber nicht nur mit geflügelten Ungeheuern hatte unser Spiel zu tun. Auch mit Löwen, Schlangen oder Fledermäusen. So einfach war die Sache, daß sie sich jederzeit und überall in Szene setzen ließ. Zuerst galt es, sich zu einigen, wer der »Trackimann« sein durfte: Der Mimiker und Grimassenschneider. Durch Verrenkungen und Übertreibungen mußte er uns Tierformen signalisieren. Unsere Aufgabe war dann, sie zu erraten. Ob Hand, Ohr oder Mund: worauf es ankam, war Konnotation und Assoziation. Leicht konnte der Mund da zu einer Höhle, die Zunge zu einem Drachen werden. Oder zur Schlange, eben noch am Boden sich windend, im nächsten Augenblick davoneilend. Aus dem Ohr wurde ein Fledermausflügel, die Lippen verzogen sich zu Schnecke oder Muschel. Wir mußten recht erfinderisch gewesen sein. Denn immer wieder waren wir zu dem Spiel zurückgekehrt. Aber wenn ich mich heute der Einzelheiten zu erinnern suche, läßt mein Gedächtnis mich im Stich. Worüber mögen wir wohl am lautesten gelacht haben? Denn, wie gesagt, wer die meisten Lacher auf seine Seite brachte, hatte gewonnen. Es hat gewiß kein Cliché gegeben, das wir nicht durchprobiert hätten.

Natürlich war das Bild vom Drachen, der aus seiner Höhle hervorschießt, nachdem die böse Fee das Falltor der Zähne hochgezogen hat, ganz harmlos gemeint gewesen. Erst viel später erfuhr ich, daß sich noch völlig anderes mit Mund und Zunge assoziieren läßt. Der Mund als Bauch, Höhle, Labyrinth; die Zunge als Walfisch, Drache, Hydra, Minotaurus, Jonas und der Walfisch: gynäkophobische Traumbilder, schwarze Legenden. Teil internationaler Folklore wie das Schreckgespenst der *vagina dentata*: »der Vagina mit Zähnen«. Abgeleitetes, Uneigentliches: Was aber ist das dazugehörige Eigentliche?

Nehmen wir einmal an, auf irgendeinem fernen Gestirn lebten menschenähnliche Wesen. Endlich wäre es uns gelungen, Kontakt mit ihnen aufzunehmen. Per Funk, vielleicht, aber ohne Bild. Wie würden wir dem Gegenüber unser Aussehen beschreiben? Gewiß, wir könnten sagen, wir hätten Nase, Augen und Ohren. Doch was heißt das? Welches Bild würde die Buchstaben- und Klangkombinationen »Mund« bei den fernen Nachrichtenempfängern heraufbeschwören? Was also ist ein Mund »eigentlich«? D. h. in nackter, unmetaphorischer Konkretheit. Oder Lippen? Sagen wir zum Beispiel: »die beiden wulstigen Ränder der Mundöffnung«, könnte sofort mit der Frage gekontert werden: Aber was ist denn ein Mund? Nun, Lippen sind paarige Hautfalten, die durch kreisförmig angeordnete Muskeln einander so weit genähert werden können, daß sie den Mund verschließen. Jenen Verschluß zustande bringen, dessen plötzliches Öffnen den »Schmatz« ermöglicht. Äußeres und Inneres der Lippen unterscheiden sich nicht wenig voneinander. Beide sind zwar höchst blut-, nerven- und drüsenreich: doch was hier Speicheldrüsen, sind dort Talg- und Schweißdrüsen. Schminken, wie man die Aktion des Anmalens nennt, läßt sich nur das Äußere, denn von innen sind die Lippen mit der Mundhöhlenschleimhaut überzogen. Je intensiver der Kuß, desto spürbarer wird ihre zarte Feuchte. Auch Tastorgane sind die Lippen. Werden sie vorwiegend zum Saugen benutzt, wie das bei »Säuglingen« der Fall ist, tragen sie innen einen feinen Zottensaum, der das Festhalten der Brustwarze erleichtert. »Zotte« und »Lippe« sind synonymisch verbunden.

Über Lippen sprechen, heißt bereits, den Mund beim Wort nehmen. Ein Kuß auf die Lippen ist nun einmal nichts anderes als ein Kuß auf den Mund. Der Mund als »Eingang zum Darmtrakt«, die Mundhöhle als »Erweiterung des Darms«. Leicht kann als Spielverderber gelten, wer dergleichen Statements macht. Keine Frage, der Mund hat sich aus dem »Ur-Schlund« entwickelt, den bereits ganz einfache Organismen aufweisen. Für sie stellt er die einzige Verbindung zur Außenwelt dar. Dennoch ist ein Mund mehr und anders als ein Lippenpaar. Die von den Lippen begrenzte Mundspalte öffnet sich zur Mundhöhle, dem Raum zwischen Zähnen und Rachenenge, die die Zunge und mancherlei Drüsen enthält. Wer Gaumen sagt, meint das Mundhöhlendach, so daß wir zwischen vorderem, hinterem und oberem Mund unterscheiden könnten. Den Mundhöhlenboden bildet die Zunge, »Hilfsapparat des Kauens« wie Werkzeug der Körperpflege.

Genügt der Lippenkuß sich in der Berührung des vorderen Mundes, so ist der Zungenkuß anspruchsvoller, ausgreifender: totaler. Seltsamerweise sieht sich, wer nach den »Leistungen« des »sekundären Geschlechtsorgans« Mund fragt, höchstens darüber belehrt, daß in ihm »die Nahrung gekaut« wird und er »am Vorgang des Sprechens beteiligt« ist. Ganz im Sinne des Sprichworts: »Unser Leben hängt am Ende unserer Lippen«. Zwar singt der Psalmist »holdselig sind deine Lippen« (45,3) und vergleicht das »Hohelied« die Lippen mit einer »scharlachroten Schnur«, in den »Sprüchen« heißt es jedoch ernüchternd: »Die Lippen der Huren sind süß« (5,3). Süße Lippen als – Hurenlippen? Für Jahrhunderte werden Verdikte dieser Art den Kuß begleiten. In der Fachliteratur von heute findet sich bisweilen der Hinweis, die Lippen, und eben damit auch der Mund, dienten »in vielen Fällen« als Tastorgane. Erfahrung verbietet, dies zu bezweifeln. Gleiches gilt auch für die Zunge, die der Psalmist »den Griffel des guten Schreibers« nennt (45,2).

Wird nach den Freuden des Flirtings und Pettings gefragt, kommt häufig das »Mundschmeichelspiel« zur Sprache. Genausogut könnte man natürlich von »Lippenschmeichelspiel« sprechen. Name steht hier für Programm. Denn es geht um »grenzüberschreitende« Begegnung von Zunge und Lippen. Zu spielen als Tast- und Ratespiel. Fühlen ist alles. Empfinden. Ob dialogisches Zweierspiel oder multipersonales *tâte de lèvres*, stets heißt es Augen und Lippen schließen, ganz Mund sein und sich auf das Wer und Wie der Berührung konzentrieren. Denn Identifikation ist gefragt. Eine Zungenspitze gewiß: aber wem gehört sie? Was sagt sie? Ist sie Lufthauch, Pinselstrich oder Streichelspur? Wir müssen es der Phantasie des Lesers überlassen, sich den Reichtum der Signale auszumalen, die im »Mundschmeichelspiel« übermittelt werden können. Auf so schöpferische wie erschöpfende Weise.

Der menschliche Mund gilt als reich an Ausdrucksvarianten. Schon feine Veränderungen fallen auf an ihm. Ein leichtes Verschieben des Mundwinkels nach oben oder nach unten, Kräuseln der Lippen, Andeutung eines Öffnens, Zusammenpressen – die Skala ist praktisch unbegrenzt. Das kommt daher, daß die Lippen des Menschen nicht wie die anderer Primatenarten in die Mundöffnung zurückgenommen, sondern stark nach außen gestülpt sind. Zudem heben sich die solcherart sichtbaren (schleimigen) Lippen, da sie glatter und dunkler sind, deutlich von der umliegenden Gesichtshaut ab. Bei erotischer Erregung schwillt das Lippenpaar, wie Desmond Morris darlegt, es wird auch röter und tritt, alles in allem, stärker hervor. Dies macht den Mund empfindlicher und damit empfänglicher für die Berührung mit der Haut des Partners. Zugleich erhöht es die Signalwirkung. Damit würde der Lippenstift neben der Verschönerung auch der visuellen Suggestion von Erregung dienen. Sollte man nach all dem nicht annehmen, das Lob der Lippen sei reich und vielstimmig? Irrtum. Eher begegnet man lebensfremden Statements, aus denen eher Berührungsangst zu sprechen scheint. So drechselt der patriotische Fichteverehrer E. M. Arndt: »Die Lippe ist der Wetzstein des Geistes; über die Lippe muß der Gedanke oft hin und her laufen, damit er Glanz, Farbe und Gewalt gewinne.« Ist das alles?

Wahrnehmen-Wollen geht häufig mit einem teilweise oder ganzen Öffnen des Mundes einher. Öffnet sich nicht auch beim Staunen der Mund? Wenn wir unter Küssen orale Hinwendung verstehen, die auf Sich-Vereinigen durch (wechselseitiges) Sich-Öffnen gerichtet ist, dann legt dies den Schluß nahe, daß Küssen mit geschlossenen, ja zusammengepreßten Lippen zwangsläufig die metaphorische Ausrichtung betont. Je weicher, offener, desto konkreter, auf das Du bezogener; je geschlossener, »verpreßter«, desto zeichenhafter, »neutraler« und abstrakter. Eine vielleicht extreme Form dieses sinnenhaften Sich-Öffnens ist das Züngeln. Eidechsen und Schlangen spüren damit die Beute auf. Bei leicht geöffnetem Mund wird kurz die Zunge vorgestreckt und in leckende Bewegung versetzt. Von Menschen ausgeführt, ist diese Geste mehr als eine Art ritualisierten Leckens. Sie signalisiert Bereitschaft, »sich zu vergessen« und gehört zur Sprache von Flirtenden und Freudenmädchen. In einem englischen »Dirnen-ABC« aus dem 17. Jahrhundert wird angeraten, darauf zu achten, daß die Zunge »lediglich den äußersten Rand der Lippen des Partners liebkost und die Zähne nur leicht berührt«. Der Autor nennt die Zunge einen »von den Lippen abgeschossenen Pfeil«, geeignet, das Blut in Erregung zu versetzen und die »Süße der Liebe« auszudrücken.

Überhaupt die Zunge! Dieser »Hilfsapparat« für das Kauen, Transportmittel des von den Zähnen Zerkleinerten, dient zugleich eigener und sozialer Körperpflege. Ihre Rolle beim Küssen scheint keiner lexikographischen Erwähnung für würdig gehalten zu werden. Aber Zungenfertigkeit ist nicht nur eine Sache des Sprechens. Zur überaus großen Beweglichkeit der Zunge kommt ihre Wandlungsfähigkeit. Sie vermag sich nach oben oder unten zu wölben, nach rechts oder links zu biegen, vor- und zurückzuschnellen und sogar ihre Spitze allseits zu krümmen. Mit ihrer Hilfe läßt sich, beim Küssen, versteht sich, das »blinde Loch«: die dreieckige Vertiefung hinten auf dem Rücken der Zunge des (Spiel-)Partners, genüßlich ausloten, die Haltefestigkeit von Zungenbändchen und Zungenbein überprüfen oder an den Schmeckbechern nippen. Welche Lust, beispielsweise, wenn sie die einzelnen Geschmackswärzchen abtastet! Abenteuerspielplatz par excellence.

Größe und Ausbildung des Mundes sei der Ernährungsweise angepaßt, informieren Nachschlagewerke. Hierzu mag die weitverbreitete Meinung stimmen, daß ein großer Mund Zeichen für Offenherzigkeit und Genußfreudigkeit sei. Und ein kleiner Mund dann offenbar für das Gegenteil: Sich-Abschließen, Introvertiertheit u. ä. Stimmt das? Kaum. Zudem: was heißt überhaupt »großer Mund«? Nichts anderes wohl als positiv quantitative Abweichung von der Norm, die der Modetrend setzt. Auch Münder lassen sich beliebig vergrößern und verkleinern. Der Lippenstift als unentbehrlicher Hebel – Korrekturstift. Selbst hier gilt die Feyerabendsche Devise: *Anything goes!* Kein grünes, blaues oder schwarzes Lippenpaar vermag uns noch zu schockieren. Aber wie steht es mit dem Kuß schwarzer Lippen? Gerät er zum – schwarzen Kuß? Wie auch immer: Einvernehmen scheint darüber zu bestehen, wie ein »schöner Mund« aussieht. Seine Schönheit ist »Schönheit in Bewegung«. Das letzte Wort liegt bei der Grazie, der Anmut. Liebreiz, der die Verschwommenheit von sich weist, in der klaren »harmonischen« Kontur wohnt. Wir verzichten darauf, Adjektive zusammenzutragen, die sich mit »Mund« verbinden lassen. Der Leser möge sich selber auf dieses Spiel der Überraschungen einlassen.

Meint das Wort »Mund« dann »überhaupt die Eingangsöffnung in einen hohlen Körper«, so »Lippen« die Falten, die eine Öffnung umgeben. Wie es neben »Mutterleib« und »Muttermord« auch ei-

nen »Muttermund« gibt, so findet sich neben »Lippenblume« und
»Lippenlapp« auch eine »Lippenblüte«. Gar nicht zu reden von den
»Schamlippen« u. ä. Jeder kennt Zusammensetzungen wie »Lippen-
andacht«, »Lippendienst«, »Lippenbekenntnis« oder »Lippenlaut«
und »Lippenlesen« und versteht, was wir meinen, wenn wir »jemandem den Mund wäßrig machen« oder uns »den Mund verbrennen«.
Natürlich könnten wir uns jetzt versucht fühlen und fragen, ob Küssen ein »Lippendienst« sei, das Geräusch, das es begleiten mag, den
»Lippenlauten« zuzurechnen ist. Wir widerstehen der Einladung
zur witzigen Kombination.

Als Luther daranging, die Bibel zu übersetzen, standen ihm zwei
Wörter für *labium* zur Verfügung: niederdeutsch-mitteldeutsch
»Lippe« und oberdeutsch »Lefze«. Der Reformator entschied sich
für »Lippe«. »Lefze« wurde abgedrängt und kam im Sinne von Tier-
lippe in gemeinsprachlichen Gebrauch. Grundbedeutung des west-
germanischen Wortes »Lippe« ist »schlaff Herabhängendes«, worauf auch »Lappen« und »Schlaf« zurückzuführen sind. Außerhalb
des Germanischen ist besonders an die Wortgruppe um lateinisch
labi: »schwanken«, »wanken« zu denken. Hierzu gehört »labil«
nicht weniger als *labor*: »Mühe«, »Last«, »Arbeit«. Die Lippe also
als das, was »labil« ist, »nicht festgemacht«, »hängend«. »Hän-
gende« Ober- und Unterlippe als Mundumrandung. Die Bezeichnung »Mund« ist freilich im Grunde tautologische Bildung. Denn
das Wort wurde früher auch im übertragenen Sinn von »Mündung«,
»Öffnung«, »Loch« gebraucht. Wessen Ursprungs es ist, gilt allerdings als ungeklärt. Hat es für die einen einst »Kinn«, »Kinnlade«,
bedeutet, so stellen andere es zu »Kauen«. »Mund« und »Kauer«
wären dann sozusagen Synonyme. Da Zunge verwandt ist mit lateinisch *lingua*, das wiederum mit *lingere*: »lecken« zu tun hat, ergeben
sich für den Mundbereich die Bedeutungselemente »Hängen«,
»Kauen« und »Lecken«.

Verweilen wir, zum Abschluß dieses Kapitels, noch einen Augenblick beim »Lecken«. Im siebten Kapitel des »Buch der Richter« erscheint »Lecken« als eine Art Erlösungskriterium. Gott fordert Gi-
deon auf, das versammelte Volk zu verkleinern, denn solche Massen
vermöge er nicht zu erlösen. Das Wie des Wassertrinkens wird zum

entscheidenden Kriterium. Denen, die auf die Knie fallen, um zu
trinken, stehen jene gegenüber, die »aus der Hand zum Mund« »lekken«. Ihnen, den »Schöpfenden«, die Hand als »Schaff« Benutzen-
den, ist die Erlösung sicher: den »Leckern«. Denn es geht um mehr
als eine Art zu trinken.

Vom Daumenlutscher zum Dauerküsser:
Was sagt Dr. Freud?

»Nicht gibt Küsse Neaera: Nektar gibt sie«, heißt es im vierten »Basium«, sprich: Kußgedicht, des Johannes Secundus, den Goethe den
»großen Küsser« nannte. Der Kuß als Götternahrung. Denn wie
Ambrosia ist Nektar das tägliche Brot der Himmlischen. Gäbe die
Geliebte viele solcher Küsse ihm zu »schlürfen«, fährt der Dichter
fort, werde er alsbald dadurch »unsterblich« werden und »das Fest-
mahl der hohen Götter« teilen. Der Kuß als das »wahre Himmels-
brot«, das, was das Christentum als Eucharistie feiert.
  Fünfundzwanzig Jahre war der gebürtige Niederländer Johannes
Secundus alt, als er »an einem Fieber« starb. Seine »Basium«-Ge-
dichte machten ihn unsterblich. Was bewegte ihn dazu, Kußge-
dichte zu schreiben, ja das ganze Genre zu schaffen? Mit achtzehn
Jahren soll er seine ersten lateinischen Liebesgedichte verfaßt haben,
Verse, die den Vergleich mit Catull oder Properz nicht zu scheuen
brauchen. »Lieber, heiliger, großer Küsser« wird, wie gesagt, Goethe
ihn nennen und die »Lieder«, die er schrieb, feiern als »ein warmes
Küssen heilender Kräuter«, die dem Jahrhunderte später Gebore-
nen belebend »unters Herz« sich gelegt hätten. War der frühverstor-
bene Kuß-Dichter ein »Kuß-Feinschmecker«? Im Sinne von Sig-
mund Freuds etwas über 130 Jahre nach Goethes Gedicht »An den
Geist des Johannes Secundus« entstandenen Abhandlungen zur
»Infantilen Sexualität«?
  Wüßten wir Genaueres über die frühe Kindheit des »Basium«-Dichters, vielleicht hätte gar Freud seinen »Fall« aufgegriffen,
um an ihm die eigenen damals bahnbrechenden Theorien zu exem-

plifizieren. Zwar werden die meisten von uns Opfer jener »eigentümlichen Amnesie«, die die ersten Jahre der Kindheit verhüllt, doch ist es seit Erfindung der Psychoanalyse möglich, frühkindliche Erinnerungslücken zu erforschen und, zumindest teilweise, zu schließen. Jedenfalls haben die Eindrücke, die uns längst entfallen sind, nach Freud, »die tiefsten Spuren« in unserem Seelenleben hinterlassen und wurden »bestimmend« für unsere ganze spätere Entwicklung. Was im Falle des »großen Küssers« zu der Frage führen könnte: Hatte sich der spätere »Kuß-Feinschmecker« in seiner Kindheit als »Lutscher« oder »Ludler« betätigt? Johannes Secundus ein »Wonnesauger«?

In seinen »hinterlassenen Papieren eines lachenden Philosophen« (1832 ff.) schreibt der Spätaufklärer Carl Julius Weber, der Kuß richte sich ganz nach der »Theorie des Saugens«. Hieraus erkläre sich, daß »junge Leute, die noch nicht so lange der Mutterbrust entwöhnt sind, am liebsten küssen (leiten ja einige selbst die Tafelfreuden von jener Liebe zum Saugen ab)«. Bereits im 16. Jahrhundert hatte die französische Dichterin Louise Labé, die »schöne Sailerin«, von labialer Partnerschaft träumend, die Verse geschrieben.

> Laß mich deine Küsse schlürfen, und schlürf du meine.
> Laß Wonne mit dem Mund uns saugen.
> Geliebte und Liebende beide wir zugleich:
> Zwei Leben – ich in dir und du in mir.

Schlürfen – Saugen: die Metaphorik hat nichts Überraschendes mehr für uns. Allerdings ist erst Freud der Sache wirklich auf den Grund gegangen.

Bekanntlich gliedert der Psychoanalytiker die Entwicklung des Kindes in verschiedene ineinandergreifende Phasen: orale Phase, anale Phase und, schließlich, phallische Phase. Im ersten Lebensstadium nach der Geburt, der oralen Phase (um die allein es hier geht!), tritt der Mensch vorwiegend durch den Prozeß der Nahrungsaufnahme, d. h. Aktivität des Mundes mit der Welt in Kontakt. Der Mund als die empfindlichste Körperzone: als Körperteil, der eine Quelle von lustvollen oder sinnlichen Empfindungen ist. Das ganze Leben hindurch behalte der Mund den Charakter einer erogenen Zone. Nie wieder aber erlange er die gleiche Bedeutung wie am Anfang.

Erkundung der Welt durch den Mund heißt nichts anderes als unentwegtes Feststellen, welche Objekte orale Befriedigung verschaffen können und welche nicht. Weshalb in diesem »oralen Saugstadium« (Freud) Objekte nach ihrem Wert als »orale Verstärker« (Ann F. Neel) unterschieden werden. Da das Kind jedoch Phantasie und Wirklichkeit noch nicht auseinanderhalten kann, erwartet es von der Phantasie die gleiche Befriedigung wie von der Wirklichkeit. Enttäuschung ist die Folge – und das »orale Beißstadium«.

Es ist kaum nötig, auf solche »Einverleibung« einzugehen, die nach Erik Erikson den Drehpunkt »einer ersten allgemeinen Annäherung an das Leben« bildet. Indem das Kind von einem Gegenstand etwas abbeißt und hinunterschluckt, nimmt es ihn in sich hinein und macht ihn zu einem Teil von sich selbst. Freud nennt dies »Introjektion« oder eben »Einverleibung«. Das Kind stelle sich vor, schreibt Ann F. Neel, genauso wie die Nahrung werde seine Mutter zum Teil von ihm selber, wenn es sie sich einverleibe. Und, was das Entscheidende ist, es brauche keine Angst mehr zu haben, von ihr verlassen zu werden.

Obwohl das Begehren, jemanden, den man liebt, im Wortsinn zu »fressen«, um ihn zu besitzen, »normalerweise« nach dieser Periode verschwindet, lassen sich viele Verhaltensformen von Erwachsenen unschwer als symbolische Formen des gleichen Vorgangs erkennen. Ganz besonders schwer, belehren uns Handbücher der Entwicklungspsychologie, falle dem Kind die Trennung von den oralen Befriedigungen der frühen Kindheit. Viele Menschen blieben ihnen teilweise verhaftet und dies selbst dann, wenn sich der Gegenstand, aus dem sich orale Befriedigungen ableiten lassen, verändere. Als solche partielle Fixation, d. h. Stehenbleiben auf frühkindlichen Stufen der Sexualentwicklung gilt das Rauchen, das Kauen von Kaugummi, von Bleistiften, Kernen und Knöpfen. Auch Beißen an Fingern, am Schnuller oder an verschiedenen Gegenständen über das erste Lebensjahr hinaus deute auf mangelhafte Bewältigung der oralen Phase hin. Die Frage erhebt sich, ob nicht auch Küssen als Kompensationserscheinung zu gelten hat. Arturo Toscanini soll gesagt haben, an dem Tag, da er seine erste Frau küßte, habe er auch seine erste Zigarette geraucht.

Jedenfalls sollen zwischen zehn und zwanzig Prozent aller Erwachsenen, amerikanischen Untersuchungen zufolge, regelmäßig an den Fingernägeln knabbern. Es besteht kein Grund zu der Annahme, daß Europa über weniger Nägelkauer verfüge. Eine Befragung, die von einer Heidelberger Psychologin vorgenommen wurde, soll ergeben haben, daß den stärksten Drang zum Nägelkauen Personen verspüren, die von Angst vor Ablehnung und Abwertung geplagt werden. Depressionen seien ihnen ständige Begleiter. Vermöchte Küssen hier Abhilfe zu schaffen und den Mangel auszugleichen? Oder ist Kußscheu gerade eines der Übel? Wie inzwischen nachgewiesen wurde, vermag lustvolles Küssen Hormonfunktion und Immunsystem zu stimulieren.

Niemand hat die Nähe, ja Fast-Identität, von Füttern und Küssen bzw. Gefüttert- und Geküßt-Werden vielleicht so eindringlich beschrieben wie der französische Romancier Stendhal in seinem autobiographischen Werk *Das Leben des Henry Brulard* (1890). »Meine Mutter, Madame Henriette Gagnon«, heißt es darin, nicht ohne Seitenblick auf Ödipus, »war eine reizende Frau. Ich war verliebt in sie [...]. Wie gern hätte ich ihren Körper mit Küssen bedeckt. Wenn es doch keine Kleider gäbe! Meine Mutter liebte mich leidenschaftlich und küßte mich oft. Stets erwiderte ich ihre Küsse mit einem solchen Feuer, daß sie mehr als einmal sich abwenden und fortgehen mußte. Ich verabscheute meinen Vater, wenn er kam und uns beim Küssen unterbrach. Am liebsten hätte ich meine Mutter auf die Brust geküßt. Ich war übrigens kaum sieben Jahre alt gewesen, als ich sie durch eine Niederkunft verlor.« Die Mutter auf die Brust küssen – ein Wunsch, der sich Ur-Sehnsüchten verdankt.

Da der Mund das Organ ist, durch das dem Kind Fürsorge, Liebe und Beziehung zum Leben zuteil wird, und Fütterung zunächst nicht getrennt ist von kindlicher Sexualtätigkeit, ergeben sich schon früh erste sexuelle Empfindungen. Ablösung der Sexualtätigkeit von der Nahrungsaufnahme, die bislang eins mit dieser war, bedeutet zugleich Aufgeben des fremden Objekts und Hinwendung zum eigenen Körper wie Fingern, Hautstellen, Zehen u. ä. Das Kind bediene sich zum Saugen nicht eines fremden Objekts, sondern lieber einer eigenen Hautstelle, weil ihm dies »bequemer« sei. Es mache sich solcherart unabhängig von einer Außenwelt, die es noch nicht zu beherrschen vermag. Hinzu komme, daß das Kind sich auf diese Weise »gleichsam eine zweite, wenngleich minderwertige, erogene Zone« schaffe. Die Minderwertigkeit dieser zweiten Stelle, schreibt Freud, werde das Kind »später mit dazu veranlassen, die gleichartigen Teile, die Lippen, einer anderen Person zu suchen«.

Lutschen als Vor- und Nebenform des Küssens. Natürlich lutschen nicht alle Kinder. Nach Freud ist anzunehmen, daß jene Kinder dazu gelangen, »bei denen die erogene Bedeutung der Lippenzone konstitutionell verstärkt ist«. Bleibe es bei dieser Verhaftung, so würden die Kinder als Erwachsene zu »Kuß-Feinschmeckern«. Liegt hierin die Erklärung für den unstillbaren Hunger Don Juans? In Lord Byrons gleichnamiger Dichtung wünscht sich der Held, daß die »Frauenwelt« *(womankind)* nur einen einzigen rosigen Mund hätte und er dann alle Münder zugleich küssen könnte. Wie Freud schreibt, neigt der »Kuß-Feinschmecker« nicht nur zu »perversen Küssen«, als Mann bringt er dazu noch »ein kräftiges Motiv zum Trinken und Rauchen« mit. Auch wenn Freud sich kaum bemüßigt fand, im einzelnen darzulegen, was unter »perversen Küssen« zu verstehen sei, hat er nicht versäumt, das »Ludeln« und »Lutschen« genau zu definieren. Diese »Sexualäußerung«, die schon beim Säugling auftrete und bis in die Jahre der Reife fortgesetzt werde, ja sich durchs ganze Leben erhalten könne, bestehe in einer »rhythmisch wiederholten saugenden Berührung mit dem Munde (den Lippen)«, wobei der Zweck der Nahrungsaufnahme ausgeschlossen sei. Ein bei dieser Art von Saugen auftretender »Greiftrieb« äußere sich »etwa durch gleichzeitiges rhythmisches Zupfen am Ohrläppchen« und könne sich »eines Teiles einer anderen Person (meist ihres Ohres) zu gleichem Zwecke« bemächtigen. Wenn es gar heißt, das »Wonnesaugen« sei »mit voller Aufzehrung der Aufmerksamkeit« verbunden, es führe zum Einschlafen oder selbst zu einer Art von Orgasmus, so spricht diese Charakterisierung für sich selbst. Gewiß hat Freud mehr in Frage gestellt als idealistische, realitätsleugnende Vorstellungen von der Kindheit des Menschen.

In seinen Ausführungen beruft der Wiener Psychoanalytiker sich übrigens auf das von einem Dr. Galant 1919 im »Neurologischen Zentralblatt« unter dem Titel »Das Lutscherli« veröffentlichte »Bekenntnis eines erwachsenen Mädels«, das »die Befriedigung durch das Lutschen als völlig analog seiner sexuellen Befriedigung insbesondere durch den Kuß des Geliebten, schildert. ›Nicht alle Küsse gleichen einem Lutscherli: nein, nein, lange nicht alle! Man kann nicht schreiben, wie wohlig es einem durch den ganzen Körper beim Lutschen geht; man ist einfach weg von dieser Welt, man ist ganz zufrieden und wunschlos glücklich. Es ist ein wunderbares Gefühl; man verlangt nichts als Ruhe, Ruhe, die gar nicht unterbrochen werden soll. Es ist einfach unsagbar schön: man spürt keine Schmerzen, kein Weh und ach, man ist entrückt in eine andre Welt‹.« Leider läßt die bekenntnisfreudige Zeugin ihren Zuhörer im ungewissen darüber, ob sie bei ihren Lutsch-Abenteuern auch die Augen geschlossen hält. Wir möchten annehmen, daß sie es tat.

So entbehrt es nicht die Ironie, daß das, was Freud als Grundlage späterer Krankheit (Neurose, Hysterie u. ä.) diagnostiziert, nämlich mögliche Verhaftung, d. h. Stehenbleiben: »Fixation«, in einer Entwicklungsphase, in unserem Falle der oralen Phase, fraglos zur Entstehung einer »Kußkultur« beigetragen hat. Wenn »Wonnesaugen« allerdings einst Ausdruck von Hörigkeit *einer* erogenen Zone gegenüber gewesen sein mag, so hat es sich längst davon befreit und zu echter flächendeckender Allseitigkeit gefunden.

Von der Gruß- und Kußgemeinschaft

»Versöhnung Jakobs mit Esau« ist das dreiunddreißigste Kapitel des »Ersten Buch Mose« überschrieben. Von Esau heißt es darin, er sei seinem Bruder entgegengelaufen »und herzte ihn, und fiel ihm um den Hals und küßte ihn«. Eine ähnliche Rolle spielt der Kuß in 1 Samuel 20, 41, wo David und Jonathan ihren Freundschaftsbund festigen. Auch hier sind Gruß und Kuß eins. Nicht zuletzt als »Ausdruck der Freude aneinander«, wie das *Deutsche Wörterbuch* schreibt. Doch weniger mit »Wortformeln« verbindet die Bibel den Kuß, meist sind es – Tränen. Menschliche Begegnung löst eine so intensive Empfindung aus, daß Lippenberührung mit Tränenguß einhergeht. Biblische Küsse also – aber wohin geküßt? Wir dürfen annehmen, daß Mund zum Mund fand.

Als »höhere Form« von Gruß ist auch der Kuß eine Handlung, die gesellschaftliches Miteinander regelt, Menschen zur Gemeinschaft bindet. Vereinigung im Zeichen küssender Berührung wird »Kußgemeinschaft« genannt. Wie »Grußgemeinschaft« umfaßt »Kußgemeinschaft« alle Küsser, die über den gleichen kulturgeprägten Code zur Entschlüsselung der Sprache von Gruß und Kuß verfügen. Ob Ordensverleihung, Übergabe der Promotionsurkunde oder Aufnahme in eine Gruppe (soziale Körperschaft), der Kuß, der die Zeremonie begleitet, ist Zeichen von Freundschaft, Kollegialität u. ä. Er »besiegelt« Dazugehören. Initiation steht nicht nur für »Zulassung«, auch für Einweihung in einen Code. Der Kuß als Schlüssel, Erkennungszeichen, Auszeichnung, von sozialer Stellung abhängig und diese begründend. Recht bedingt Verpflichtung. Joseph allein durfte den Pharao küssen. Was nichts anderes heißen kann als – auf den Mund. Gemeinschaft, ein Wort, das sich aus der indogermanischen Wurzel *mei-: »tauschen«, »wechseln« ableitet. »Gemeinsam« ist, was »abwechselnd zukommt«. Weshalb unter einem »Meineid« ein »verwechselter«, »vertauschter« und demnach »falscher« Eid zu verstehen ist.

Unser Gruß »meint« ein Gegenüber. In diesem Sinne ist er immer »intentional«: gerichtet, denn grüßen können wir uns nicht selber – höchstens unser Spiegelbild. Und noch weniger küssen. Bewegen wir uns in der Stadt, laufen wir gewöhnlich grußlos an unsern Mitmenschen vorbei. Erst wenn wir einem Bekannten begegnen oder in einen Laden eintreten, bieten wir (bewußt) ein Grußwort. Unbekannte grüßen wir nur, wenn der Zufall unsere Eigenintention unterläuft, dessen Regie uns »aussondert« in eine Grußsituation. Fast ist es Verlegenheit, was uns dann lächeln, eine Grußgeste beschreiben läßt. Es fiele uns schwer, stumm an dem Fremden vorbeizugehen. Jeder Bergwanderer kennt den »Grußzwang«, der vom plötzlichen *Face-à-face* (Auge in Auge) ausgeht.

Der Gruß sei ein wesentliches Element jener Verhaltensweisen, sagten wir weiter oben, von denen die Form der Beziehung, sprich: Bindung, zwischen Mitgliedern einer Gruppe gesteuert wird. Wichtig sei nicht nur die Tatsache, daß gegrüßt wird, oft hänge nicht wenig davon ab, »wie« dies geschehe. Denn die Art des Grußes bestimmt bereits den weiteren Verlauf der Interaktion. »Wie gegrüßt, so gedankt«, lautet ein Sprichwort. Oder, wie Goethe im »Westöstlichen Divan« rät: »Den Gruß des Unbekannten ehre ja! ... / Der erste Gruß ist viele tausend wert! / Drum grüße freundlich jeden, der begrüßt.« Eine freundliche, »warme« Begrüßung unterscheidet sich nicht wenig von einer unfreundlichen, »kühlen« und erlaubt, entsprechende Schlüsse zu ziehen. Steht die eine, oft von Lächeln begleitet, für Zuwendung, so die andere für »Rücken« und »kalte Schulter«. Weshalb Ovid in seiner *Ars amatoria* diesen Rat bereithält: »Jeglichen grüße zuerst – was verlierst du dadurch? – bei dem Namen; / Wie auch sich sträubte dein Stolz, drücke die dienende Hand.« Zu den ausgesprochen freundlichen Begrüßungsgesten gehören Umarmung, die verschiedenen Formen von Tätscheln und Streicheln und, natürlich, der Kuß mit seinen Varianten.

Grüßen heißt Wahrnehmung. Wahrnehmen bedeutet bereits (An-)Erkennung und Kontaktaufnahme. Verweigerung des Grußes oder Gegen-Grußes – wir haben dafür das Wort »Schneiden« – wird deshalb als Beleidigung aufgefaßt. In diesem Sinn meint der Koran: »Wenn ihr freundlich gegrüßt werdet, so erwidert mit noch freundlicherem Gruß oder wenigstens auf dieselbe Weise; denn Gott vergilt alles.« Im Lippenkuß als ritualisierter Mund-zu-Mund-Fütterung drückt sich zwangsläufig ein Maximum an Nähe, Kontakt und damit »Wärme« aus. Aber, nicht zu vergessen, auch Umarmung sowie Tätscheln und Streicheln leiten sich aus Brutpflegeverhalten ab. Franz Grillparzer, der selbstquälerische Melancholiker, der sich nie zur Heirat entschließen konnte, dichtet über die Bedingtheit des »Wie« durch das »Was«:

Kuß

Auf die Hände küßt die Achtung,
Freundschaft auf die offne Stirn,
Auf die Wange Wohlgefallen,
Selge Liebe auf den Mund;
Aufs geschloßne Aug die Sehnsucht,
In die hohle Hand Verlangen,
Arm und Nacken die Begierde,
Überall sonst hin Raserei.

Die Grußformen sind mannigfaltig. Gemeinsam ist ihnen die Funktion, ein Band zu stiften, bestehende Bindungen zu bestätigen, d. h. zu erhalten. Zugleich bauen sie möglicher Aggression vor und suchen sich andeutende zu beschwichtigen. Wer den andern wahrnimmt, bestätigt, wie gesagt, dessen Existenz. Erster Schritt in der Richtung, die wir »jemanden ernst nehmen« nennen. »Ernst« bedeutete ursprünglich »Kampfeseifer«, so daß die Wendung »jemanden ernst nehmen« zugleich auf jene (spätere) »Satisfaktionsfähigkeit« verweist, die bis ins 19. Jahrhundert Angehörige des Adels Vertretern der Bürgerklasse verweigerten. Es sei »ein Merkmal eines Mangels vornehmer Gesinnung«, schreibt Friedrich Nietzsche (Nachlaß), »wenn jemand auf der Straße einen Gruß eher erwidert, als er die Person, welche grüßte, erkannt hat: Gruß und Art des Grußes sollen ja Auszeichnungen sein«. Die Grußgeste schafft, bestätigt und wahrt Verbundenheit. Gleiches gilt für den Kuß.

Drei Wortgruppen ordnet Wehrle / Eggers *Deutscher Wortschatz* dem Begriff »Gruß« zu: »Anrede«, »Höflichkeit« und »Ehrerbietung«. Diese definierende Lokalisierung läßt bereits die zentralen Bedeutungselemente hervortreten: Gruß als Brücke zum Du, Eröffnung; Höflichkeitsbezeigung und, eng mit dieser verwandt und auf sie verweisend, Bezeugung von Respekt, Achtung. »Anrede« gehört zu »reden«, das auf eine indogermanische Wurzel verweist, die »fügen«, »zupassen« (von Bauhölzern!) bedeutet. Der Gedanke des Fügens, Ordnens, Einpassens liegt ihm zugrunde. Auch der Höfliche fügt sich ein, paßt sich an: Er verhält sich so, wie es »hofgemäß« und damit »gesittet« und »gebildet« ist. Auf die gleiche Wurzel geht das Adjektiv »hübsch« zurück. »Achtung« steht für »Anerkennung«, »Aufmerksamkeit«, »Beachtung« (»zauderndes Nachdenken«). »Respekt« indessen meint »Sichumdrehen«, »Rücksicht«. Grüßen als Ansprechen sowie als Herausfordern. Ein vielschichtiges Bedeutungsspektrum, das im heutigen Gebrauch des Wortes weiterwirkt. Noch immer ist Gruß ein Zeichen, durch das Menschen einander bei Begegnung oder Trennung ihre Achtung, Freundschaft, ja Liebe signalisieren.

Als älteste Begrüßungsform gilt das Sich-zu-Boden-werfen, unmißverständlicher Ausdruck völligen Unterworfenseins, Zeichen für Ergebung in die Macht des Begrüßten. Gemilderte Formen sind »momentanes« Knien, Verbeugen oder Knicksen (»Verbeugung durch Kniebeugen«). Sie lassen sich als paranomatische Reduktionsformen verstehen, die das *fait accompli* durch die Andeutung der Absicht ersetzen. Da die schützende Kopfbedeckung sich beim (wirklichen) Fußfall von selbst löst, nimmt man sie ab oder macht zumindest eine Handbewegung, als ob man das tun wollte. Ein Vertrauensbeweis, der einer »Preisgabe« gleichkommt und in der noch heute gebräuchlichen Aufforderung »Bitte, legen Sie ab!« mehr oder weniger unerkannt fortbesteht. Aus solcher »Halbwegigkeit« mag sich der militärische Gruß erklären. Entblößen des Hauptes durch Abnehmen (Lüften) des Hutes (Helms) scheint sich allerdings erst seit dem 16. oder 17. Jahrhundert als allgemeine Sitte durchgesetzt zu haben. Deren Fehlen beispielsweise in den USA spricht für sich selbst.

Wer küßt, küssend berührt, macht sich verwundbar, gibt sich preis. Kuß ist immer »hüllenlos«. Wendungen wie »mit Haut und Haar«, »mit heiler Haut« oder gar »seine Haut zu Markte tragen« gewinnen für ihn eine spezifische Bedeutung. Wir sprechen von »Hautnähe«, »Hautkontakt« und verbinden damit nicht nur die Vorstellung von Intimität, auch von Verletzlichkeit: »Offenheit für Schädigung«, Nähe als Gefährdung. Einer der Gründe dafür, daß Reduktionsformen (»der Reduktionsform Kuß«) sich auch hier finden. Die Akkolade, das Wange-an-Wange als (flüchtige: »fliehende«) Berührung, die Symbol eines Symbols ist. Gäbe es eine »Kuß-Skala«, an der sich Nähe, Intensität und (gesellschaftliche)

Höhe eines Kusses ablesen ließen, so wäre der niederste Wert auf ihr der Kuß auf den Boden vor dem zu Küssenden (Staubkuß), der höchste dagegen der Mund- oder gar Zungenkuß. Gleichrangige pflegten einander die »Höhengleichheit« durch Kuß auf den Mund zu bestätigen; war einer der beiden Kußpartner untergeordnet, küßte man einander auf die Wange. Gewährung des Mundkusses wäre in diesem Fall einer Aufwertung des niedriger Gestellten gleichgekommen. Der huldvolle Wangenkuß bestätigt hingegen den Status quo. Wir kommen hierauf zurück.

Kußgesten drücken im Prinzip das gleiche aus wie Grußformeln: Friedfertigkeit (hebräisch und arabisch »Friede sei mit euch!« u. a.), Anteilnahme (russisch »Sei gesund!« u. a.) oder den Wunsch, Sachen gemeinsam zu machen: ein partnerschaftliches Band zu stiften (Freundschaft, Liebe etc.). Sich Gutes wünschen, ist eine ritualisierte Form der Beschenkung. Der gute Wunsch als (Freundschafts-, Liebes-)Gabe. Und worin bestätigt der Gruß sein Wesen als Geschenk wohl hand- bzw. mundgreiflicher als im Kuß. »Leb wohl«, sagt der Angehörige des Volks der Massai, wenn er einen Gast verabschiedet, »mögest du beten zu Gott, nur mit Dingen reden, die sicher sind, und nur blinden Leuten begegnen.« Auf diese Wünsche antwortet der Gast so beziehungsreich wie schön: »Möge Gott dir immer Milch und Honigwein schenken« (nach K. Lang *Die Grußsitten*, 1928f.). Oder wie es in einem Gedicht des (wahl-)deutschen Spätromantikers Chamisso heißt:

Lebe wohl und denke mein,
Mein in Freuden und in Leiden;
Muß es denn geschieden sein,
Noch nur einen Kuß zum Scheiden!

Vom »Geschlecht« des Kusses: Geben oder Nehmen?

Auch wenn unser Wort »aktiv«: »tätig«, »wirksam«, erst im 17. Jahrhundert aus gleichbedeutendem lateinisch *activus* entlehnt wurde, muß das, was es bezeichnet, von früh an für die Menschen Bedeutung gehabt haben. Ähnlich verhält es sich mit seinem Gegensatz »passiv«: »duldend«, »untätig«, das über das Französische ins Deutsche gelangt sei. Zwei einander ergänzende Prinzipien, gleich hell und dunkel, kalt und warm. Sie wirken wie Pole, erlauben Ortsbestimmung, Definition – Weltorientierung. Es sei nur an die Rolle erinnert, die die beiden grammatischen Kategorien »aktiv« und »passiv« in der Verbalisierung unseres Erlebens spielen. Interessanterweise spricht die Sprachwissenschaft von diesen Kategorien als von *genus verbi*: »Geschlecht der Verben«. Die Verbalformen »ich küsse« und »ich werde geküßt« durch geschlechtsspezifische Merkmale geschieden? Die Erinnerung der Sprache reicht tief hinab in die Abgründe der Zeit.

Verweilen wir kurz bei der Polarität von »aktiv« und »passiv«. Welche Vorstellungen befördern die beiden Adjektive? »Aktiv« ist ein Synonym für »tatkräftig«, »energisch«, »rührig«, »angriffslustig«, »kraftvoll«, »stark«, ja »beißend«, »stechend«, »heiß«, während »passiv« dies alles verneint, für »tatenlos«, »willenlos«, »leblos«, »schlaff«, »lendenlahm«, »unbeteiligt« bzw. »teilnahmslos« steht. Tatkraft also, Stärke – Biß gegen Schlaffheit, Stumpfheit – Zahnlosigkeit (Abrundung). »Im Anfang war die Tat«, heißt es bei Goethe. Jeder versteht die Wendung, daß einer Sache »der Biß« fehle.

Worin besteht der Unterschied zwischen Wangenkuß und Mundkuß? Es scheint klar auf der Hand zu liegen, was ihn ausmacht. Am Wangenkuß sind *zwei* Lippen beteiligt, am Mundkuß sind es *vier*. *Nehmen* signalisiert der eine, *Nehmen* und *Geben*, Hinwendung auf Gegenseitigkeit der andere. Erinnern wir uns: Im Küssen findet u. a. die Grundgebärde des Fütterns (Futtergeben) und Fressens (Futternehmen) ihre Symbolisierung. In diesem umfassenden Sinn behauptet es sich als Zentralsymbol menschlicher Kulturentwicklung.

Welten trennen den Wangenkuß vom Mundkuß. Zwei Münder berühren im Mundkuß einander, beide gebend und empfangend. Die komplementären Grundgebärden des Fütterns und Fressens (Gefüttertwerdens), wie sie das seinserhaltende Verhältnis von Mutter und Kind kennzeichnen, verschmelzen zu einer einzigen Gebärde. Ein Miteinander, dessen An- bzw. Aufeinander zum Ineinander drängen mag. Ganz anders verhält es sich mit dem Kuß, der »einseitig« gegeben wird. Er ist sozusagen Fütterung ohne Gegenleistung, bloße orale Zuwendung. Parasitisch geforderte bisweilen. Denn der »Dienst«, den er darstellt und der nur in einer Richtung zu gehen scheint, wird »vergolten«: durch Huld, Vertrauen, Schutz o. ä. Meist gewährt sie der »Herr«. Ein komplizierter Sachverhalt.

Kuß ist Berührung mit den Lippen. Die Reize, die dabei auf die Nervenenden des sympathischen Nervensystems einwirken, und die den Geschlechtsorganen mitgeteilte Erregung gehören zu allgemein menschlicher Erfahrung. Der Lippenreiz, heißt es, habe wegbereitende Funktion. Natürlich mag der Weg weit sein bis zum Ziel. Der Wangen-, Hand- oder Fuß-Küssende dürfte sich seiner Windungen und Kehren kaum bewußt sein. Es steht freilich außer Frage, daß in der Geschichte des Küssens nicht zuletzt das Visuelle und Haptische die entscheidende Rolle spielt. Raumorientierung als Oben und Unten, Hoch und Tief sichert auch der oskulatorischen Zuwendung den sozialen Wertbezug. Je niedriger der Rang des Küssenden, desto tiefer hatte er den Kuß anzubringen. Mit dem Status des Küssenden stieg auch die zu küssende Stelle. Sie wanderte, wie gesagt, vom Staub und den Füßen über den Saum des Gewandes und das Knie bis hin zur Hand, Wange oder gar Mund. Annahme des Kusses, entsprechend der genannten Skala, als Huld; seine Erwiderung als doppelte Huld. Dialektik.

Bewegt der Mund sich übrigens tatsächlich tastend über das »Kußobjekt«, machen die Lippen sozusagen die Runde, d. h. küssen sie »in die Runde«, wie dies im Liebeskuß der Fall sein mag, so bietet unsere Sprache als Bezeichnung den Begriff »Kußrunde« an. Ob allerdings die Bildung »Kußreigen« die Sache trifft? Vielleicht, wenn wir dabei an Schnitzler denken.

Auf die kleinen Abweichungen kommt es an. »Eben« bedeutet »gleich«, »ebenbürtig« »von gleicher Geburt«. »Ebenbürtigkeit« läßt sich demonstrieren, indem man den anderen als »seinesgleichen« behandelt: »auf gleichem Fuß« mit ihm umgeht. Da der Fuß zu den Symbolen der Macht gehört, hat die Wendung »auf gleichem Fuß« auch den Sinn »mit gleicher Macht«. Würden zwei Ebenbürtige einander den Fuß küssen, vergäbe sich wohl keiner von beiden etwas dabei, ihre Ebenbürtigkeit bliebe unangetastet. Ganz anders, wenn der Fußkuß einseitig ist. Denn jemandem den Fuß küssen, heißt, sich seiner Macht beugen, seiner Herrschaft unterwerfen. Auch »Auge in Auge« signalisiert ein »auf gleicher Höhe Stehen«. Wie im Grunde selbst »Mund an Mund«. Mit dieser »Höhengleichheit« ist eine Art Ebenbürtigkeitsachse gegeben. So stellte bei der Vasallierung der Mundkuß durch den Lehnsherren die Gleichberechtigung, sprich: Ebenbürtigkeit, zwischen den Partnern her. Vom Nullpunkt dieser Ebenbürtigkeitsachse aus lassen sich Abweichungen bemessen und, was das Entscheidende ist, verstehen.

Je gehobener (in der Gesellschaft) der Status eines Küssenden, desto höher (im Raum) hat die zu küssende Stelle zu liegen. Wie jede Körpergeste und Körperposition ist der Kuß Träger verschlüsselter Information. Er teilt etwas mit über Stellung, Intention u. ä. der Kußpartner. Die Botschaft ist jeweils eine andere, ob ich Wange oder Brust meines Gegenüber küsse. Aber nicht allein durch die Lokalisierung auf der Landkarte des sozialen Raums ist der Informationswert des Kusses festgelegt, auch durch die physiologische Topographie. Denn jedes der mit dem Kuß »bezeichneten« Organe hat, unabhängig vom »Oben« oder »Unten« seiner Lage, einen eigenen Symbolwert. Küsse ich jemanden auf die Augen, tritt zum räumlichen Hinweis ein organspezifischer. Warum berühre ich mit den Lippen gerade diesen Körperteil? Das Auge ist das Symbol geistiger Wahrnehmung, steht schlechthin für Geistigkeit.

Kuß als Demonstration von Ebenbürtigkeit: Er verlangt, sich wechselseitig »möglichst hoch oben« zu küssen. Wie im Falle der Begegnung von Papst Stefan IV. und Ludwig I. dem Frommen am 5. Oktober 816. Das für dieses Zusammentreffen festgelegte Ritual sah nacheinander Küsse auf Augen, Lippen, Stirn, Brust und Hals vor. Aufs sorgfältigste war es durchdacht, da das Verhältnis von Papst und Kaiser sich von jeher und stets aufs neue als höchst problematisch erwies. Neben dem räumlichen Oben hatte das – ja, wie sollen wir es nennen? – Oben auf der Skala der körperlichen Symbolträger berücksichtigt zu werden. Da es um Demonstration von Ebenbürtigkeit ging, hatte die Anerkennung wechselseitig zu erfolgen, Zug um Zug. In räumlicher wie in organspezifischer Hinsicht.

Den Zeugen des von der Chronik Ermold le Noir verbürgten Schauspiels dürfte es nicht schwergefallen sein, die durch die umständliche Kußzeremonie übermittelte Information zu entschlüsseln. Ohne weiteres verstanden sie, daß Papst und Kaiser mit den fünf Küssen vor aller Welt fünffache Ebenbürtigkeit zu demonstrieren gedachten: in Geistigkeit (Augen), Klugheit (Stirn), Friedenswillen (Mund), Gefühl (Brust) und Tapferkeit (Hals). In einer völlig anderen Situation müssen sich allerdings gut 1100 Jahre später all jene befunden haben, die in der Wochenschau die Krönung Elisabeth II. von England sahen. Sie hatten fraglos ihre Schwierigkeiten, die Bedeutung der diversen Küsse zu erraten. Rechte Hand, linke Wange, Heilige Schrift – was soll sich der Zuschauer bei dieser Symbolik denken, hat er doch kaum noch eine Ahnung davon, worin der Symbolgehalt von »rechts« und »links« besteht.

Es heißt, die Königin habe nach Absolvierung der mittelalterlichen Zeremonie – auf ihre Beschreibung glauben wir verzichten zu können – Mitglieder ihrer Entourage gefragt, ob sie die kleine Abweichung bemerkt hätten. Ja, sie habe sich einen Schlenker erlaubt, versicherte die Monarchin. Bestanden habe dieser darin, daß sie den Kuß auf die linke Wange, mit dem Philipp von Edinburgh pflicht- und traditionsgemäß seinen Treueschwur begleitete, nicht nur einfach empfing, sondern – und darauf kommt es an – auch erwiderte. »Ganz allein für ihn habe ich es getan«, soll Elisabeth den kühnen Verstoß gegen das Zeremoniell kommentiert haben. Die Geste einer Frau, die ihrem Mann Ebenbürtigkeit signalisiert? Aktiv und passiv in einer »höheren« Einheit verschmilzt?

Nimmt oder gibt man beim Küssen, fragt Shakespeares Cressida (*Troilus und Cressida*). Vierhundert Jahre sind vergangen, seit das Drama entstand. Die Antwort von uns Heutigen ist eindeutig: Das kommt darauf an! Als Wunschziel gilt allerdings: beides! Wie die sexuelle Vereinigung mit ihren (übergeschlechtlichen) Grundvarianten kennt der Kuß einen »aktiven« und einen als »passiv« eingeschätzten Partner. So zumindest will es die Tradition. Im Mundkuß, mehr noch: im Zungenkuß, entfällt, wie gesagt, diese Trennung. Küssen und Geküßtwerden, aktives Verhalten und passives sind eins. Fraglos ein Idealfall, ein Non plus ultra. In ihm scheint das Ziel von Gleichberechtigung und Ebenbürtigkeit völlig verwirklicht zu sein.

Daß auf der Hand-Ebene Ähnliches sich erreichen läßt, ist vielfach dokumentiert. Wenn die Barotse in Südafrika einander begrüßen, achten sie (nach K. Lang) streng auf Symmetrie. Jeder der beiden Partner hält die ausgestreckte Hand des Gegenüber und küßt sie. Was solcherart entsteht, ist eine Art »doppelter Handkuß«. Küssen und Geküßtwerden erfolgen simultan, verschmelzen zur Einheit von Geben und Nehmen.

Blicken wir zurück auf Fundierung und Urgeschichte des Kusses, so ist der Küssende, d. h. der »den Kuß Gebende«, der Mutter vergleichbar, die dem Kind den Mund mit dem Vorgekauten zuwendet oder die Brust reicht. Als Kraft- und Lebensspenderin ist sie die Gebende schlechthin. Sie steht damit zugleich für das aktive Prinzip im Prozeß des Gebens und Nehmens. Mit der Entstehung von Herrschaftsstrukturen, der Ausformung von »materialer« Kultur sollte sich dieses scheinbar so eindeutige Verhältnis allerdings modifizieren, wenn nicht gar verkehren.

Wessen Position ist als »höher« zu bewerten: die des Gebenden oder die des Nehmenden? Der Nehmende als der Sich-etwas-geben-Lassende. Und damit Abhängige, Unfreie. Im Falle des Säuglings ist das Geben Tribut an das Leben, die Zukunft. Aber was geschieht, wenn diese Komponente entfällt? Zum Beispiel im einseitigen Wangen-, Hand- oder gar Fußkuß? Wer ist hier der aktive, wer der passive Partner? Um dies klar zu erkennen, müssen wir uns daran erinnern, daß die »Leckerotik« genau unterscheidet zwischen *Irrumator*: »zum Saugen, Lecken Darreichender, sprich: Gebender«, und *Fellator*: »Sauger, Lecker sprich: Nehmender«. Lateinisch *ruma* bedeutet »Brust« und ist verwandt mit *Rumina*, der römischen Schutzgöttin für Säuglinge. *Irrumatio* bedeutet demnach ursprünglich »Brustreichung«. Der Vorgang wurde dann auf den Penis übertragen. Unter *Fellatio* hingegen versteht man die männliche Entsprechung des Cunnilingus, die, wie es heißt, nach der sexuellen Revolution im Westen bei der jungen Generation in allen Ländern – ironischerweise, wie sich zeigen wird – den Vorrang vor dem Cunnilingus erreicht hat. Grundbedeutung von lateinisch *fellare* ist »nuckeln«,

»an der Mutterbrust saugen«. Beide Aktivitäten verweisen auf die Tätigkeit der Nahrungsaufnahme beim Säugling. Aber in der Einschätzung unterscheiden sie sich grundlegend. Im Altertum wird der (doch eigentlich aktive) »Lecker« (*lécheur*) als »infam« verurteilt, während der »Beleckte« als »ehrenhaft« gilt. Das heißt nichts anderes, als daß wir es mit einer Gleichsetzung von Brust und Penis einerseits und Vagina und Mund andererseits zu tun haben. Geben, Eindringen – Erobern (Besiegen) steht gegen Empfangen – »Unterliegen«. Der »Fütternde« als der Überlegene, derjenige, der »oben« ist – der Herr.

Wer in Rom eine Ehre hatte, konnte diese verlieren. Überschritten Witwen oder Töchter aus guter Familie die Moralvorschriften und »beschmutzten« ihr Blut, indem sie sich auf illegitime Sexualbeziehungen einließen, wurden sie des *stuprums* angeklagt. *Stuprum* war im wesentlichen »Beschmutzung« des Bluts, die aber nur den »passiven« Partner betraf. Der Mann konnte sich *per definitionem* nicht »beschmutzen«, denn im Liebesakt galt er als der »Geber«. Aber wenn dieser Mann sich zum »passiven« Partner eines andern Mannes machte, bedeutete das Verunreinigung. Alles mußte seine Ordnung haben. Natürlich konnte jemand, der, wie die Unfreien, keine Ehre hatte, diese auch nicht verlieren. Kein Gesetz stellt sich ihm in den Weg, fragt nach aktiv und passiv, oben und unten.

»Lecken« bedeutet »mit der Zunge entlangfahren«. Es ist verwandt mit lateinisch *lingua*: »Zunge«, sowie dem germanischen Substantiv *zunge* selbst. Was gern geleckt wird, gilt als »lecker«, »feinschmeckend«; der es leckt, der »Lecker«, als »Feinschmecker«, ein Wort, das umgangssprachlich auch den »Cunnilinctor« bezeichnet. Lateinisch *irrumare*, sagten wir bereits, heißt wörtlich »die Brust reichen«. Die gleiche Wurzel findet sich in dem Wort »Rom«, der »Mutterbrust der Römer«. Auch die Namen der Gründer der Ewigen Stadt, Romulus und Remus, weisen diese Grundsilbe auf. Obwohl die beiden männlichen Geschlechts waren, wurden sie als »Mütter der Stadt« gefeiert. Ein Widerspruch, der nicht nur in der Antike das Verhältnis des Mannes zur Frau als Mutter und Liebespartnerin verzerrt. Nicht überrascht es deshalb, daß er auch die Wahl des Vokabulars bestimmt, mit dem der Römer, um nur ein Beispiel zu nennen, die oralerotischen Tätigkeiten bezeichnete. Was auf »Mutterliebe«, »Mutterrechtliches« verweist, wird umgangen. Das letzte Wort haben selbst hier Umschreibung, Euphemismus.

Es ist heute eine bekannte Tatsache, daß griechische wie römische Gesellschaft eher »misogyn«, d. h. frauenfeindlich orientiert waren. Dementsprechend die Vorstellungen, die sich mit dem Kuß bzw. der Oral- und Leckerotik verbanden. Obwohl auch Griechen und Römer nicht umhin konnten, die stillende Tätigkeit der Brust als »aktiv« einzustufen, sahen sie in der Frau primär das »passive«, »vaginale« Prinzip. Man könnte auch sagen »Mundprinzip«. Es sei nur an den bildstarken Begriff »Muttermund« erinnert. So stand das »aktive« Penisprinzip gegen das »passive« Mundprinzip. Ein gleiches gilt nun für die Oral- und Leckerotik. Da er sich »passiv« gab, »unterwarf«, wird der Cunnilinctor als »ehrlos« eingestuft. Ähnliches läßt sich über vergleichbare homoerotische Praktiken sagen. Vertrat der Lustknabe das passive Prinzip, den »analen Mund«, so der Lustsuchende das aktive. Die Griechen nannten ihn den »Anhauchenden«(!) (im Gegensatz zu seinem Partner, dem »Aufmerkenden«). Diese Vorstellungen erwiesen sich als so gut wie unverwüstlich.

Was bedeutet dies alles für den Wangen-, Hand- oder Fußkuß? Zunächst: Er ist gemeinhin »einseitig«, stellt nur die Hälfte eines ursprünglich komplementären Vorgangs dar. Welche Hälfte? Steht sie für Geben oder für Empfangen? Orale Zuwendung wird hier meist nicht eingebunden in den »Lebensprozeß«. Als abgezogen, stilisiert, hat sie letzlich stellvertretende Funktion. Sie wandelt sich zum Ausdruck von »Dienstverhältnis«, wird materialisiert. Ganz im Sinne der Unterwerfung. Ein Herr-Knechts-Verhältnis deutet sich an. Der geküßte Körperteil übernimmt, unausgesprochen, paranomatisch die Rolle von Brust, Zunge oder Penis, deren Komplementärprinzip, wie gesagt, der Mund wäre. Nicht ohne Grund gilt der Penis, wie Säule oder Baum, als Symbol für Dauer und Kraft: »Wächter des Lebens«, während die Blüte, Bild für die Vagina, zugleich das passive Prinzip symbolisiert. Zudem steht die Hand für Synthese von Männlichem und Weiblichem: Sie ist passiv in dem, was sie »*ent*hält« (faßt), und aktiv in dem, was sie »hält« (erfaßt) im Sinne von »nimmt«. Nicht zu unterschätzen im Falle von Hand- und Fußkuß ist dann noch äußerlich die »Erniedrigung«, d. h. Verbeugung oder Kniefall. Gesten, die unmißverständlich sind, aber schon längst nicht mehr in den Tiefenbezügen erfaßt werden.

Eine »oskulatorische Wende«?

Kuß ist gemeinhin Ausdruck von Zuneigung. Doch nicht nur »Gebärde« der Zuneigung ist er, auch »Zuneigung« selbst. Das Verb »Neigen« ist ein Veranlassungswort zu dem im Neuhochdeutsch untergegangenen mittelhochdeutschen starken Verb *nigen*: »sich neigen«, »sich beugen«, »sinken«. Als eine Intensiv-Iterativ-Bildung zu diesem starken Verb gilt »nicken«, das demnach »heftig und wiederholt neigen« bedeutet. Wer »nickt«, gibt ein Zeichen, in unserem Kulturkreis ein Zeichen der Zustimmung, des Einverständnisses. »Geneigt« heißt »gewillt«, (Zu-)Neigung meint Gewogenheit – Liebe. »Und sie neigte sich seinem Kuß«, heißt es in einem Chanson.

Nur am Rande sei hier erwähnt, daß nicht nur im Pietismus die gegenseitige Annäherung von Gott und Seele gern unter dem Bild des Einander-sich-Zuneigens dargestellt wird. Schon in der Mystik haben Hinneigen wie Hinneigung einen festen Platz. Es handelte sich dabei meist, betont August Langen in seinem Buch *Der Wortschatz des deutschen Pietismus* (1954), um das zärtliche Entgegenkommen des Freundes oder des Geliebten. Er zieht die Seele an oder »in« (!) sich, gibt ihr seines »Mundes Liebeskuß«. Zusammenhänge, die immer wieder unseren Blick auf sich lenken werden.

Zuneigung als Hinneigung also, in unserem Fall von Mund zu Mund. Voraussetzung hierfür ist, kaum nötig, dies zu erwähnen, daß der Körperbau, das »anatomische Apriori«, dies zuläßt. Kein Problem, mögen wir Menschen geneigt sein zu sagen. Doch dem soll nicht immer so gewesen sein. Unter den Mythen und Märchen über die Urgestalt des Menschen ist Platos Beitrag der vielleicht bekannteste. »Kugelförmig« läßt der griechische Philosoph sie sein im *Symposion*, seinem großen Dialog über die Liebe. Der Mensch als ein Doppelwesen mit vier Armen, vier Beinen und zwei Gesichtern. Seines prometheischen Hochmuts wegen habe Zeus diesen Urmenschen dann entzweigeschnitten, um die Einzelwesen Mann und Frau aus ihm zu machen. Seit jenem göttlichen Eingriff suchen, Platos Mythos zufolge, die beiden Hälften durch Liebe sich wieder miteinander zu vereinigen und erneut ihre ursprüngliche Vollkommenheit zu erlangen. Was in Platos phantastischem Gedankenflug ungesagt bleibt: Die Tat der Götter, Strafe und Not-Lösung in einem, erwies sich letztlich als Segen. Denn ihr ist es zu verdanken, daß Mund sich mit Mund verbinden kann in – Zuneigung.

Auch bestimmte rabbinische Kommentare gehen übrigens aus von einer Androgyne: einem androgynischen »Ur-Adam«. Eva als »andere« (bessere?) Hälfte Adams? Die Vorstellung vom Menschen als männlich-weiblichem Doppelwesen scheint keineswegs so entlegen gewesen zu sein, wie wir heute zu denken geneigt sind. Auch Gestalten wie Adonis, Dionysos, Cybele oder Castor und Pollux sollen Spuren von Androgynie aufweisen.

Daß dieses möglich gewordene Hin- oder Zuneigen nicht unproblematisch ist, läßt sich vielleicht nirgendwo so deutlich erkennen wie an den drei der wohl berühmtesten Kußdarstellungen: Robert Doisneaus Photographie *Le Baiser at City Hall* (1950) und den Skulpturen *Le Baiser* von Rodin (1898) bzw. von Constantin Brancusi (1908 oder 1910). Hinneigung gewiß, aber eben doch als Hinunterbeugen. Geben und Nehmen mögen zwar miteinander verschmelzen, letzteres wird durch die Schräge jedoch zum Teil wieder zurückgenommen. Anders als Brancusi bringt gerade Rodins *Kuß* diese Ungleichheit zum Ausdruck. Doisneaus Photo und Rodins Skulptur wurden zu Kultobjekten. Brancusis *Kuß* indessen kaum.

Berühmtheit erlangte, was Rilke zum *Baiser* seines zeitweisen Brotgebers Rodin zu sagen hat. In der Abhandlung über »Auguste Rodin« (1902 bzw. 1907) schreibt der Dichter, der Betrachter habe das Gefühl, als gingen bei der Skulptur »von allen Berührungsflächen Wellen in die Körper hinein. Schauer von Schönheit, Ahnung und Kraft«. Überall auf diesen Leibern glaube man »die Seligkeit dieses Kusses« zu schauen. Er sei »wie eine Sonne, die aufgeht, und sein Licht liegt überall«. Die Faszination des Schönen ließ die sozialanthropologische Komponente unwesentlich erscheinen. Rilkes

Blick erwies seine Schärfe anderswo. Beispielsweise an dem, was dem Verfasser des *Cornet* zu »Berührung« einfällt. »Eine Hand, die sich auf eines anderen Schulter oder Schenkel legt, gehört nicht mehr ganz zu dem Körper, von dem sie kam: aus ihr und dem Gegenstand, den sie berührt oder packt, entsteht ein neues Ding, ein Ding mehr, das keinen Namen hat [...].« Gefühlsautarkie Küssender: Selbstvergessenheit zu zweit.

Ob (aktives, »gebendes«) Hinunterbeugen oder (passives, erwartendes, »empfangendes«) Aufblicken – Voraussetzung für solche labiale Zuwendung war nicht nur die Trennung der »Kugel« Mensch, wie besonders Platos Mythos sie kennt, auch die aufrechte Haltung des freigesetzten Einzelwesens. Um dies deutlich zu machen, müssen wir weiter ausholen. Die Griechen taten sich zunächst schwer damit zu bestimmen, was ein Mensch sei. Was lag da näher, als ihn, den *anthropos*, den Göttern zu kontrastieren. Der Mensch als das Wesen, das seinen Wohnsitz nicht im Himmel, sondern auf der Erde hat. Sterblichkeit gegen Unsterblichkeit. Der Mensch als »Eintagsgeschöpf«, den »Blättern im Wald« vergleichbar. Eine traurige Bilanz. Doch warum den Blick nicht auch den Tieren zuwenden? Ein Vergleich mit ihnen mußte ein anderes Bild ergeben. Zwar würde »der weiseste Mensch«, mit Gott verglichen, wie ein Affe erscheinen, schreibt Heraklit, aber eben auch der »schönste Affe« wirke häßlich neben dem Menschen. Warum gehen wir so gern in den Zoo? fragt Schopenhauer in den *Aphorismen zur Lebensweisheit*. Seine Antwort: Der Anblick der Affen erfülle uns mit Stolz: Wie weit hätten wir es doch gebracht! In geistiger wie in körperlicher Hinsicht, meint bereits der Anaxagoras-Schüler Diogenes von Apollonia, sei der Mensch den Tieren nicht nur nicht unterlegen, sondern er lebe im Vergleich zu ihnen geradezu wie ein Gott. Diogenes läßt es nicht bei der bloßen Behauptung bewenden, auch zu begründen sucht er sie.

So sei der Mensch das einzige Wesen, das aufrecht geht und mithin »das über ihm Gelegene« besser sehen kann, wie es bei Xenophon heißt. Die viel umrätselte Etymologie von *anthropos* wird gedeutet als *ano athrōn*: »der Hinaufblickende«. Allein er sei, da er als aufrecht Gehender zum Himmel hinaufblicke, der Götter bewußt und verehre sie. Ihm allein kommt nach Aristoteles die Aufgabe zu, zu denken und vernünftig zu sein. Das sei freilich nicht leicht: Denn die Schwere des Oberkörpers mache den Gedanken unbeweglich. Aber, mehr noch. Dem Menschen seien nicht nur Füße gegeben und Hände, die »sehr viel hervorbringen können«, auch Mund und Zunge. Allein die Menschen seien imstande, mit ihrer Zunge Laute zu artikulieren, miteinander zu kommunizieren. So ermahnt Sokrates, Platos Lehrer und Zeitgenosse, die Athener, sich zu bilden und im Reden zu üben, d. h. sich das anzueignen, »wodurch sich der Mensch vor dem Tier und der Grieche vor dem Barbaren auszeichnet«. Ähnliche Töne werden dann Cicero und, nach ihm, Petrarca anschlagen. Noch bei Herder heißt es: »Mensch: das Tier, das einen aufgerichteten Gang hat.«

Zweiheit, aufrechte Haltung, Sprache als Anruf, Brückenschlag zum anderen – alles das würde die quadrolabiale Hinneigung begünstigen. Aber noch ein Weiteres mußte hinzutreten: die Entdeckung der Verbindung von Kuß und *positio observa* (auch *Venus observa*: »betrachtete Venus«) als *facies ad faciem*: »von Angesicht zu Angesicht«. Erst diese »Zuneigung« der Gesichter als »ein Mund an Mund« in Kuß und Wort sichert menschlicher koitaler Begegnung nahezu Einmaligkeit. Mit ganz wenigen anderen Wesen auf dieser Erde teilt sie der Mensch. Wie es wohl zu dieser ersten Liebesvereinigung von Angesicht zu Angesicht gekommen sei, fragt Adrianne Blue. Die Autorin stellt sich vor, mit dem erotischen Kuß habe alles begonnen. Als unsere prähistorischen Vorfahren ihn entdeckt hätten, sei das eine Sternstunde der Menschheit gewesen. Habe Prometheus, der den Menschen das Feuer brachte, die Gewalten der Technik entfesselt, so der erotische Kuß den Sturm der Sinnlichkeit. Statt beim »flüchtigen Hintertür-Sex«, zu bleiben wie es bei anderen Primaten üblich sei, gelangten sie zur *»pleasure of face-to-face lovemaking«* (*Vom Küssen*, 1996).

Nun, ganz so einfach liegen die Dinge nicht. Im wahrsten Sinne des Wortes. Auch Schimpansen bedienen sich der »Missionarstellung«, d. h. sie kopulieren einander zugewandt. Seltsamerweise tun sie das häufiger in Gefangenschaft (70 %) als im afrikanischen Wald (40 %). Ob der Genius loci hier seine Hand im Spiel hat? Das ist kaum anzunehmen. Jedenfalls heißt es von den Bonobos, den Zwergschimpansen, sie liebten die Abwechslung. Aber es gibt noch andere Tiere, die einander zugewandt kopulieren. Unter ihnen Gorillas, Orang-Utans, Wale und Tummler. Wie Helen E. Fisher in *Anatomy of Love* schreibt, sei diese Einander-Zugewandtheit gar nicht so selbstverständlich. Denn sie ist an anatomische Voraussetzungen geknüpft. Das »Menschenweibchen« habe eine nach unten geneigte Vagina statt der nach hinten orientierten Vulva anderer Primaten. Wegen dieser »Hinneigung« sei die *Venus observa*-Stellung angenehm und lustvoll. In den meisten Kulturen genieße sie den Vorrang, obwohl es an Varianten natürlich nicht fehle.

Ob die dem frontalen Liebesakt und damit dem Mund-an-Mund geneigte Anatomie des »Menschenweibchens« freilich als ein Beiprodukt von *neotony* oder »Jüngerwerden« des Homo sapiens entstanden ist, wie verschiedentlich vorgeschlagen wurde (Ashly Montagu, Konrad Lorenz u. a.), ist eine andere Frage. »Neotonie« heißt nichts anderes als Bewahrung von Eigenschaften des Kindstadiums bis ins Erwachsenenalter. Der Mensch habe mehrere »neotonische« Züge, schreibt Montagu in *Growing Young* (1981), darunter »flaches Gesicht, gerundeter Schädel, Verspieltheit und dazu emotionale und physische Züge«. Nichtmenschlichen Primaten seien diese zwar in der Kindheit eigen, aber mit der Reife verlören sie sich. Die Kußgeneigtheit als neotonischer Zug am Menschen?

Der erotische Kuß von Angesicht zu Angesicht als Anfang, Wunsch nach Fortsetzung als Folge. Wie schon die Kirchenväter ahnten. Ihre Warnung vor dem Kuß war keineswegs unbegründet. Nur zu gut wissen wir dies. Mit einem Kuß begann es und wird es immer beginnen. Woran natürlich auch, wie wir als aufgeklärte Bürger des 20. Jahrhunderts zugeben müssen, der Austausch von *Sebum* beitragen mag. Dieses Körpersalz wird von den Hautdrüsen produziert, und zwar vor allem auf der Innenseite der Lippen. Offenbar liegen Beweise dafür vor, daß sich zumindest bei einigen Vogelarten das im Fütterungskuß übermittelte Sebum beziehungsfördernd auswirkt. Was immer es damit auf sich hat, für uns Menschen gilt, so wir Platos Mythos beim Wort nehmen wollen, daß ohne die segensreiche Urspaltung weder »Zuneigung« noch Mundkuß möglich gewesen wären. Und, wie wir als *Ceterum censeo* pflichtschuldig hinzufügen wollen, ohne das Brutpflegeverhalten. Auch dieses ist ein *face à face*, da die Fütterung von Mund zu Mund geschieht. Selbst wenn damit der Anspruch des Menschen entfallen mag, der Erfinder dieser oskulatorischen Grundbedingung zu sein.

Aber ist da nicht noch die sperrige Nase? In schöner Selbstverständlichkeit wird vorausgesetzt, daß das Know-how, das zur erfolgreichen Bewältigung des Unternehmens »Küssen« angeraten ist, auf der Straße liegt. Gäbe es da nur nicht die Höckersperre, die wie ein Bergmassiv die Landschaft des Gesichts beherrschte. Ironischerweise bedeutet »Mund« ursprünglich »Kinn«, während Grundbedeutung von »Nase« schlicht »Loch« ist. Wohin also mit der Nase beim Küssen? Für den Kuß seien »unsere Nasen und Augen genauso schlecht plaziert, wie unsere Lippen ungeeignet«, meint Marcel Proust. Ob der Romancier nicht ein wenig voreilig den Stab über unsere Lippen gebrochen hat? Es stimmt allerdings, daß die Nase, wäre der Mund nur zum Andocken an seinesgleichen gedacht gewesen, unter einer Fehlplazierung leidet. Die Lösung liegt wohl in dem Trick, dessen meisterhafte Beherrschung dem Ulmer Spatz nachgesagt wird: Ohne Drehung geht es nicht. Nur: wer dreht den Kopf? Und wie weit? Gibt der Klügere auch hier nach? Und nimmt damit das Risiko auf sich, der (im Kuß) Unterlegene zu sein? Wir lassen die Frage noch offen. Zumal wir den Weg zu ihrer Beantwortung bereits geebnet haben.

DRITTER TEIL

Der Kuß als »Gottesgabe«

Ist es Ironie, wenn der Verfasser des *Kāmasūtra*, Vatsyayana Mallanaga, sein Handbuch in sieben Kapiteln mit den Versen beschließt: Er habe das Werk »in Keuschheit und höchster Andacht« verfaßt? Nicht im geringsten. Mag das *Kāmasūtra* auch im Ruf des Anrüchigen, ja, fast, des Verbotenen stehen, indische Erotik ist verankert in Ethik. Die alte Lehre liegt ihr zugrunde, daß das Leben drei Ziele hat: *dharma* – Pflichterfüllung, *artha* – Gütererwerb, und *kāma* – Begehren, Lust, Liebe. Von ihnen gilt das westlichem Naturrecht und chinesischem Tao verwandte *dharma* als das wichtigste. Entstehe ein Konflikt zwischen *dharma* und *artha* oder *kāma*, so solle der Mensch nicht zögern, auf *kāma* zu verzichten. Dennoch heißt es im *Mahābhārata*, dem Nationalepos der Inder, auf die Frage, welches der drei Ziele den Vorrang haben solle: »Jemand ohne *kāma* wünscht sich nie *artha*. Jemand ohne *kāma* wünscht sich nie *dharma*. Jemand, der ohne *kāma* ist, kann nie fühlen und wünschen … Alles ist durchwaltet vom Prinzip des *kāma*.«

»Leitfaden von *kama*« bedeutet der Titel des über tausend Jahre alten Klassikers *Kāmasūtra*. Freilich kann *kāma* auch den indischen Gott der Liebe meinen. In vieler Hinsicht erinnert dieser an unseren Cupido oder Eros. Nur daß eben *Kāma* seine Blumenpfeile abschießt von einem Bogen aus Zuckerrohr, dessen Sehne aus einer Reihe Bienen besteht. *Sūtra* signalisiert, daß das Werk in aphoristischem Stil gehalten ist. Vatsyayana ist ehrlich genug einzugestehn, er habe Texte zu einem Kompendium vereinigt, die ihm überkommen waren. Dennoch stellt das *Kāmasūtra* eines der größten noch existierenden Bücher der Hindus dar. Als eine Textsammlung über *kāma* kennt es nichts Vergleichbares in der Literatur der Menschheit.

Wann genau Vatsyayana gelebt hat, ist noch immer nicht befriedigend geklärt. Mit Sicherheit wissen wir nur, daß sein *Lehrbuch der Liebe* im 3. Jahrhundert n. Chr. verfaßt wurde. Auch fehlen uns Informationen darüber, wie die Zeitgenossen das mit geradezu wissenschaftlicher Systematik und Akribie geschriebene Werk aufgenommen haben. Daß es als so wertvoller wie ergiebiger Spiegel häuslichen und gesellschaftlichen Lebens im alten Indien die Zeiten in bewundernswerter Jugendfrische überdauerte, hängt gewiß mit seinem ewig jungen Thema zusammen.

Das *Kāmasūtra* handelt von sinnlicher Liebe – Sex. *Kāma* sei die »Seele« von *dharma* und *artha*. Wie Nektar aus der Blüte gesaugt werde, so *kāma* aus jenen. Sei nicht der Trieb zur geschlechtlichen Vereinigung angelegt in allen Geschöpfen? Dies zu verneinen, müßte sich als schädlich erweisen. Sinnenlust sei nun einmal eine der wunderbarsten menschlichen Erfahrungen. Was den Ausschlag gebe, sei das Maß. Ein Gleichgewicht zu finden zwischen Fortpflanzungspflicht und Sinnenfreude, will deshalb das *Kāmasūtra* lehren. Es befindet sich damit im Einklang mit der Kunst und Architektur Indiens, in der das sexuelle Motiv Ausdruck von Lebensdynamik ist.

Leben heißt Heiraten. Und erst Heirat verspricht *kāma*. Heirat als heilige Pflicht. Drei Zwecken, heißt es, diene die Ehe. Erfüllung des »Generationenvertrags«, wie wir heute sagen würden, ist der erste. Schaffung eines Rahmens für Gastlichkeit und Erweis von Wohltaten, wie die Religion sie vorschreibt, der zweite. Der dritte Zweck der Ehe ist die »sinnliche Erfüllung«, die »richtige« Sinnenlust. Damit dieses Ziel in der Ehe auch tatsächlich verwirklicht werde, sei, wie gesagt, das *Kāmasūtra* verfaßt worden.

Es gibt ein indisches Sprichwort, wonach die Wahrheit wie ein Diamant ist, der viele Facetten aufweist. Kein Blick kann beanspruchen, ihn als Ganzes erfaßt zu haben. Ähnliches läßt sich, nicht zuletzt, auch vom Kuß behaupten. Um eine Annäherung an die »Wahrheit des Kusses« bemüht Vatsyayana sich in Kapitel III des Zweiten Teils seines Werks. Dieses Kapitel handelt von der »Mannigfaltigkeit der Küsse«.

Für »miteinander vertraute Liebende« gebe es weder Reihenfolge noch Priorität beim Küssen, schreibt Vatsyayana. Dergleichen sei aber zu beachten, wenn es darum gehe, überhaupt erst einmal Vertrauen zu erwecken. Die verschiedenen Arten von Küssen definieren sich »nach der Verschiedenheit der Stellen«.

Auf die Stirn, das Haar, die Wangen, die Augen, die Schultern, die Brüste, die Lippen und den Innenmund drückt man Küsse; bei den Bewohnern von Lata auch auf den Schenkelwinkel, die Armhöhle und die Gegend unter dem Nabel. In der Leidenschaft und je nach Landessitte küßt man diese und jene Stellen, aber nicht allen Leuten stehe es an, dies zu tun [...]. Das Küssen dieser acht Stellen gilt den alten Lehrern als erlaubt, da es nicht verboten ist.

Da nun als Stätte des Kusses in erster Linie der Mund in Betracht kommt, wird zunächst dieser Kuß betrachtet. Dabei gibt es drei Arten, je nachdem man die Oberlippe, die Unterlippe oder die ganze Mundknospe berücksichtigt. Mit Bezug auf die Unterlippe sagt der Verfasser zunächst:

Es gibt drei Mädchenküsse: den gemessenen, den zuckenden und den stoßenden.
Wenn ein Mädchen, mit Nachdruck aufgefordert, auf den Mund den Mund legt, aber ohne damit Bewegungen zu machen, so ist das der gemessene Kuß.
Wenn sie, nur wenig kühn, die in den Mund gedrängte Lippe zu fassen verlangt und ihre Unterlippe zucken läßt, dann ist das der zuckende Kuß.
Wenn sie, die Augen geschlossen und mit der Hand die Augen des Geliebten bedeckend, ein wenig zufaßt und mit der Zungenspitze stößt, so ist das der zustoßende Kuß.

Anschließend spricht Vatsyayana von den »besonderen Arten des Küssens auf die Unterlippe«:

Mit der Lippenknospe läßt sich die Unterlippe auf fünferlei Art fassen. Wird alles gefaßt, was sich darbietet, so ist dies das gleiche Fassen. Wird mit den seitwärts gewendeten Lippen alles im Kreise gefaßt, so ist dies das schräge Fassen. Werden im Umherirren Kinn und Mund gefaßt, so ist dies das irrende Fassen. In diesen drei Fällen findet kein Drücken statt, doch bei der vierten Art werden die Lippen unter Pressen gefaßt. Wenn beide drücken, so ist das das reine Drücken; wenn die Zungenspitze zu Hilfe genommen wird, dann ist dies das leckende Drücken. Es führt zwei Namen: ›Saugen‹ und ›Lippentrinken‹.

Die fünfte Art schildert jetzt der Verfasser:

> Nachdem man mit einem Krümmen der Finger die Lippe zusammenge-
> drückt hat, soll man sie ohne Zähne mit der Lippenrundung abpressen;
> dies ist der abpressende Kuß. Man soll also die Lippe mit Daumen und
> Zeigefinger zusammendrücken. Das Abpressen unterscheidet sich von
> dem vorigen Kuß durch das Festdrücken und Anziehen nach außen.

Auch auf das »Spiel beim Küssen« und mögliche Streitereien geht der Verfasser ein. Hierauf gibt er »Regeln für die Oberlippe« und für »beide Lippen zusammen«, um dann »die verschiedenen Weisen« zu nennen, »das Innere des Mundes zu küssen«.

> Wenn der eine mit seiner Zunge die Zähne, den Gaumen und die Zunge
> des anderen berührt, so ist das der Zungenkampf. ›Der eine‹ kann der
> oder die Geliebte sein, wer gerade dabei ist, diesen Kuß zu küssen. Er soll
> mit seiner Zunge oben und unten die Zähne berühren, d. h. reiben. Den
> Gaumen soll er mit der Zunge berühren, indem er sie nach oben streckt,
> und die andere Zunge berührt, indem er die seine geradeaus streckt. Der
> Zungenkampf ist eine gegenseitige Tätigkeit. – Sie ist von vierfacher Art:
> Küssen des Mundinnern, Zähnekuß, Zungenkuß und Gaumenkuß.

An den übrigen Körperteilen soll der Kuß, je nach der Stelle, auf die er gedrückt wird, »mäßig, gepreßt, gebogen oder sanft« sein, schreibt Vatsyayana.

> So sei der Kuß an der Vereinigungsstelle der Schenkel, an der Achsel und
> an der Brust mäßig, nicht gepreßt und nicht allzu sanft; ferner auf den
> Wangen, in der Gegend unterhalb der Achsel und des Nabels gepreßt; an
> der Stirn und dem Kinn und im Umkreis der Achsel sei er gebogen; auf
> der Stirn und den beiden Augen bestehe er nur in einer sanften Berüh-
> rung.

Je nach der Gelegenheit, bei der sie gegeben werden, haben die Küsse noch andere Namen:

Wenn die Geliebte, das Gesicht des Schlafenden betrachtend dabei zur eigenen Befriedigung küßt, ist das ›das Anzünden der Leidenschaft‹.

Wenn der Geliebte unaufmerksam ist oder streitet oder gar durch etwas anderes abgelenkt wird oder schlafen will, so nennt man den Kuß, der den Schlaf vertreiben soll, ›den antreibenden Kuß‹.

Wenn er spät in der Nacht kommt und die Schlafende auf dem eigenen Lager zur eigenen Befriedigung küßt, so ist das ›der erweckende Kuß‹.

Kapitel IX des Zweiten Teils, das von *Auparischtaka*: Penilinctio (und Cunnilinctio bzw. Phönizisieren) handelt, endet mit den hellsichtigen Worten: »Aber da diese Dinge sich nun einmal hinter verschlossenen Türen abspielen und des Menschen Geist unbeständig ist, kann wohl niemand mit Bestimmtheit sagen, was dieser oder jener zu einer bestimmten Zeit treibt und warum.«

Wenn es erlaubt ist, einem Werk wie dem *Kāmasūtra* Züge von »Modernität« zu bescheinigen, so gehört zu diesem gewiß nicht die Auflistung von über dreißig Kußarten. Was uns unmittelbar anspricht, ist vielmehr die Tendenz zur Gegenseitigkeit, die stets aufs neue durchscheinende goldene Regel: »Was immer eine(r) der beiden Liebenden dem/der anderen tut, das soll der/die andere ihm/ihr tun!« Kuß um Kuß. Knuff um Knuff. Das ins Praktisch-Sinnliche verallgemeinerte Ideal der *amicitia*? *Indem nolle et velle*: »Das gleiche nicht wollen oder wollen« (dem gleichen geneigt oder abgeneigt sein), lautet seine klassische christliche Fassung.

Kommt die Rede auf das *Kāmasūtra*, findet nicht selten noch ein anderes Buch der »Liebestechnik« Erwähnung: *Der duftende Garten des Scheichs Nefzawi*. Dieses Werk der arabischen Literatur, dessen Manuskript kurz vor 1850 in Algerien aufgefunden wurde, ist in ähnlichem Geist geschrieben und kompiliert wie sein großer Vorgänger aus dem ehrwürdigen Sanskrit. Entstanden wohl zwischen 1394 und 1433, ist *Der duftende Garten* von Scheich Umar ibn Muhammed al-Nefzawi eine der wichtigsten Informationsquellen zur *Ars amatoria* der Muslime.

Wir wissen heute, daß fast alles, was europäische Gelehrte in den Jahrhunderten vor der Renaissance über griechische Philosophie, Mathematik, Astronomie und dergleichen wußten, grob gespro-

chen, lateinischen Abhandlungen entstammt, die sich letztlich auf
arabische Originale stützten. Den Anstoß, sich mit diesen Wissenschaften zu beschäftigen, hatte den Arabern der Koran gegeben.
Nicht nur arabische Sitten und Luxusgüter fanden mit den Kreuz-
zügen ihren Weg nach Europa, auch Ideen. Die Caravellen, die in
Marseille, Pisa, Genua oder Venedig Lebensmittel, Waffen oder Soldaten aufnahmen und ins Heilige Land beförderten, kehrten nicht
leer in die Heimat zurück. Sie waren beladen mit Seide aus China,
Teppichen aus Persien und, nicht zuletzt, Porzellan, Musselin, Stof-
fen, Tuch, Gewürzen, Parfums und, kaum weniger wertvoll, Gedanken und Informationen aus Arabien. Die Veränderungen, zu denen
es in ihrem Gefolge kam, waren gewaltig, auch wenn ihr Schauplatz
zunächst nur die Schlösser gewesen sein dürften.

So zählte zur Kriegsbeute der Kreuzfahrer auch die Erkenntnis,
daß Lieben eine Kunst sein kann und die Liebesbegegnung eine
Wissenschaft, die dem Kuß ein eigenes Kapitel einräumt. Überkom-
mene Sitten erfuhren durch das importierte Wissen Mäßigung.
Liebe freundete sich mit dem Spiel an, Gebefreude und Selbstlosig-
keit, wie die Kirche sie, freilich ohne dabei an das Liebeslager zu
denken, unermüdlich predigte, wurden als Quelle der Freude erschlossen. Das sprichwörtliche »Faulbett« des Orients zeigte sich
von einer ganz neuen Seite. Die Kunst zu Lieben ist nun einmal verbunden mit kulturellem Anspruch. Und damit auch die Kunst zu
Küssen.

Der Inhalt von Nefzawis Buch ist in vieler Hinsicht jenem des *Kāmasūtra* vergleichbar. Beiden Werken gilt die Liebestechnik als eine
natürliche und notwendige Facette im göttlichen Schöpfungsplan.
Interessanterweise benutzt der Scheich zur Beschreibung der »verführerischen Art« der Frau die gleichen Kategorien wie das *Alte
Testament*. Weibliche Attraktivität beruht darin bekanntlich auf
Merkmalen wie weiße Haut, scharlachfarbene Lippen, feste Brüste,
gerundete Hüften, glänzende schwarze Augen, schwarzes oder mit
Henna gefärbtes Haar, gesunde aufrechte Haltung u. a. m. Kenner
waren sich sofort darin einig, daß die Atmosphäre des *Gartens* an die
des *Hohenlieds* erinnert. Vorstufe zur freien, entspannten, von
Schuldgefühlen freien Erotik der Griechen oder der Elisabethaner.

Nicht ohne Faszination sind selbst Nefzawis Traumdeutungen. Sie erinnern mehr als einmal an jene Freuds.

Welches Ziel verfolgt nun *Der duftende Garten?* Der Ehe das Beste abzugewinnen. Denn die muslimische Auffassung von Ehe unterscheidet sich nicht wenig von der des Christentums. »Für den Christen«, schreibt M. M. Pickthall, moderner Kommentator des *Koran,* »ist Zölibat das strengste religiöse Ideal; selbst Monogamie ist ein Zugeständnis an die menschliche Natur. Für den Muslim ist Ideal die Monogamie; Polygamie gilt ihm als Konzession an die menschliche Natur.« Dem ist nichts hinzuzufügen. In diesem Sinn präsentiert sich die Weisheit des *Duftenden Garten,* wie andere orientalische Leitfäden der Erotologie, gewissermaßen als Sakrament und »heilendes Vergnügen«. Orgasmus symbolisiert die Ekstase der von Gott besessenen Seele. Obwohl nach wie vor Gefangene des Fleisches, ist sie eins mit ihm. Auch wenn der hl. Augustinus Ehe und Mönchtum am liebsten in eins gesetzt hätte, gab es unter den Kirchenlehrern Stimmen, die dem orientalischen Standpunkt zuneigten. So Clemens von Alexandrien. »Wir sollten uns nicht schämen«, schreibt er, »beim Namen zu nennen, was Gott sich nicht gescheut hat zu schaffen!« Doch Ansichten wie diese waren zu gewagt, um nicht Ausnahme zu bleiben.

Mit gutem Grund wird *Der duftende Garten* ein »Lobgedicht auf die Liebe«, ein »Lied auf die Sinnesfreuden« oder ein »Ehrentempel« für den kosmischen Eros genannt. Allerdings findet er sich auch klassifiziert als ein Kompendium von seltsamen und merkwürdigen Ansichten über das Wesen der Erotik. Ob das, was der Autor über das Küssen sagt, als »merkwürdige Ansicht« gelten kann, muß freilich dahingestellt bleiben. Im sechsten Kapitel seiner Abhandlung läßt es sich nachlesen. Es ist überschrieben: »Dieses Kapitel handelt von allem, was sich günstig auswirkt auf die geschlechtliche Begegnung«. »Wisse, o Wesir (möge Gott dir gewogen sein!)«, beginnt der Text, »wenn du einen angenehmen Geschlechtsakt haben willst, der beiden Kombattanten gleichviel Glücksgefühl geben und beide befriedigen soll, mußt du vor allem mit der Frau spielen. Du mußt sie mit Küssen erregen, indem du an ihren Lippen knabberst und saugst, indem du ihren Hals und ihre Wangen streichelst. Drehe

sie um auf dem Lager, jetzt auf den Rücken, dann auf den Bauch, bis
du an ihren Augen siehst, daß die Zeit für das Vergnügen gekommen
ist, wie ich dies im vorhergehenden Kapitel darzulegen versucht
habe, und bestimmt kann mir niemand vorwerfen, ich hätte mit entsprechenden Hinweisen gespart.«

Ohne Küssen keine geschlechtliche Begegnung, der Kuß als eines
der mächtigsten Stimuli im Liebeswerk:

> Das schmachtende Auge
> stiftet Verbindung zwischen Seele und Seele,
> und der zärtliche Kuß
> trägt die Botschaft von Glied zu Schoß.

Der beste Kuß sei jener, der feuchten Lippen aufgedrückt, mit den
Lippen an der Zunge saugt und frischen, süßen Speichel fließen läßt.
Was der Mann dabei empfinde, sei betäubender, als Wein es je zu be-
wirken vermag.

Ein Dichter habe gesagt:

> Indem ich sie küßte, trank ich von ihrem Mund,
> wie ein Kamel, das aus der Zisterne trinkt;
> ihre Umarmung und die Frische ihres Mundes
> machen mich Schmachten bis tief ins Mark.

Der Kuß solle »klangvoll« sein; feucht von Speichel solle die Zunge
den Gaumen berühren.

Über den »äußerlichen« Lippenkuß schreibt der Scheich, er er-
zeuge ein Geräusch, »vergleichbar jenem, mit dem man seine Katze
herbeiruft«. Er sei »ohne Vergnügen und gut genug für Kinder und
Hände«. In dem sich daran anschließenden Gedicht heißt es:

> Du küssest meine Hand – mein Mund sollte es sein!
> O Frau, die du mein Abgott bist!
> Zärtlich war der Kuß, den du mir gabst,
> doch verloren ist er –
> Die Hand kann nicht würdigen das Wie von einem Kuß.

Nur der Tiefenkuß biete volle Lust. Wie ein Sprichwort sage, sei
»feuchter« Tiefenkuß besser als ein »eiliger Koitus«.

Denn nur in kußreicher zärtlicher Umarmung könne das »Herz der Liebe« Heilung finden. Kurz:

Der Kuß auf den Mund,
auf die Wangen,
auf den Hals,
das Saugen an feuchten Lippen,
oben,
unten –
eine Gottesgabe …

Honig und Milch unter der Zunge

»Er küsse mich mit dem Kusse seines Mundes; denn deine Liebe ist lieblicher als Wein«, lautet der berühmte erste Satz des *Hohenlieds Salomos* in der Übersetzung von Martin Luther. Wie die Perlen einer kostbaren Kette fügt Bild sich an Bild im Lied der Lieder, was soviel heißt wie »dem schönsten aller Lieder«. Kühn in der Wortwahl, souverän in den Übergängen, ausgreifend im Wechsel von Personen, Orten und Sinnbezügen, wartet es auf mit morgenländischer Fülle und Buntheit. Von Sehnsucht und Liebesglück singt es und appelliert dabei nicht weniger an Auge und Ohr als an Nase, Mund und Zunge.

»Siehe, meine Freundin, du bist schön! siehe, schön bist du!« beginnt das vierte Kapitel. »Deine Augen sind wie Taubenaugen zwischen deinen Zöpfen. Dein Haar ist wie eine Herde Ziegen, die gelagert sind am Berge Gilead herab. – Deine Zähne sind wie eine Herde Schafe mit beschnittener Wolle, die aus der Schwemme kommen, die allzumal Zwillinge haben, und es fehlt keiner unter ihnen. – Deine Lippen sind wie eine scharlachfarbene Schnur und deine Rede lieblich. Deine Wangen sind wie der Blitz am Granatapfel zwischen deinen Zöpfen. – Dein Hals ist wie der Turm Davids, mit Brustwehr gebaut, daran tausend Schilde hangen und allerlei Waffen der Starken. – Deine zwei Brüste sind wie zwei junge Rehzwillinge, die unter den Rosen weiden.« Preislied auf eine Körper-

lichkeit, die aus einem schier unerschöpflichen Assoziationsange-
bot schöpft.

Als »das Zarteste und Unnachahmlichste, was uns vom Ausdruck
leidenschaftlicher anmutiger Liebe zugekommen« ist, bezeichnet
Goethe das *Hohelied*. Wir seien »entzückt«, uns in seine »Zustände
hineinzuahnen«: in »glühende Neigung jugendlicher Herzen, die
sich suchen, finden, abstoßen, anziehen«. Als »trunkenen Flug«, ge-
paart mit »Kindeseinfalt« feiert Herder die Verse. Unter den Liedern, die der große Anreger sammelte und veröffentlichte, befinden
sich denn auch Minnelieder Salomos zu Ehren seiner Geliebten, die
ein unbekannter alemannischer Dichter um die Wende des 13./14.
Jahrhunderts verfaßte.

Es ist nicht einfach, diese lyrische Dichtung von der Liebe zweier
Menschen: einem Mädchen und seinem Freund, befriedigend zu
klassifizieren. Haben wir es mit einer Sammlung unzusammenhän-
gender Minnelieder zu tun? Oder bildet das *Hohelied* ein einheit-
liches Ganzes, das schlicht davon handelt, daß Salomo, bezaubert
von der Holdseligkeit Sulamiths, diese in sein Frauengemach bringen läßt und sie dort mit Schmeichelworten und Versprechungen für
sich zu gewinnen sucht? Was immer man darüber denken mag: paßt
ein solches Lied mit seinem Preis der Schönheit des Menschenleibs
und seiner Glieder in das Bild, das wir uns vom *Alten Testament* machen?

Die Aufnahme in den Kanon der alttestamentlichen Schriften verdankt das *Hohelied* fraglos seiner Zuschreibung an den nach David
populärsten israelitischen König. Bereits seit dem 8. Jahrhundert bildet es Teil der Passahliturgie. Möglicher weltlicher Deutung der
Liebe, die in den Wechselreden beschworen und gepriesen wird, begegneten seine Interpreten dadurch, daß sie es allegorisch verstanden: als Gleichnis für die Beziehung zwischen Jahwe und dem Volk
Israel. Im 3. Jahrhundert, als das Christentum seinen Weg gefunden
hatte, paßten Hippolytus aus Rom und Origenes die jüdische Alle-
gorese christlichen Bedürfnissen an. Von dem »großen Geheimnis
der Liebesverbindung des Herrn und seiner Gemeinde« kündet das
Lied jetzt. Es besingt die geistige Hochzeit des »Bräutigams« Christus mit der »Braut« Kirche. Der Logos und die Seele des Gläubigen

als Brautleute. Dabei blieb es für Jahrhunderte. In Predigten des hl. Bernhard von Clairvaux erscheint die Braut abwechselnd als Kirche oder individuelle Seele. Ähnliches gilt für den »Seelenbräutigam« Jesus Christus, das fleischgewordene Wort, Braut und Bräutigam vereinigen sich, werden eins. Wie eines der bekanntesten, Bernhard zugeschriebenen geistlichen Lieder des Mittelalters: *Jesu dulcis memoria* jubelt, verschmelzen sie in süßem Liebeskuß.

Herder hat das *Hohelied* 1778 als eine Folge weltlicher Liebesgedichte in seine Sammlung *Lieder der Liebe* aufgenommen. Ein erster Schritt, allegorischer Deutung den Boden zu entziehen. Sie trat in der nichtkatholischen Welt immer mehr in den Hintergrund. Ob es sich beim *Hohelied* allerdings um das Textbuch zu einer palästinensischen Hochzeit handelt, mit Aufzähl- und Preisliedern körperlicher Vorzüge, ist eine andere Frage.

Jedenfalls sollte uns nicht schwerfallen einzusehen, daß die Freude, die Sulamith äußert, Anstoß erregen mag, so es sich um eine wirkliche Braut handelte. Denn ihre Wünsche und »Gelüste« lassen sich nur schwer als »hochzeitlich« rechtfertigen. Außerdem gilt die Sehnsucht der Braut einem »menschlichen« Bräutigam, und das war sowieso unangebracht. Denn nur der Schöpfer hat Anspruch darauf, Ziel menschlicher Sehnsucht zu sein. Warum also nicht das Gedicht als Ausdruck des Verlangens der Seele nach Gott deuten? Würden sich im Licht des höheren Zwecks dann nicht auch die »sündigen« Phantasien menschlicher Liebesleidenschaft rechtfertigen lassen? Sie wären nichts anderes als Metaphern für den legitimen und heiligen Wunsch der Seele nach Vereinigung mit Gott. Laster erstrahlt im Glanz der Tugend.

Die tiefe Weisheit Salomos, des »Verfassers« des *Hohenlieds*, meint Gregor von Nyssa, der griechische Kirchenvater, zeige sich darin, daß er wußte, wie man Wörter verwendet, die das Gegenteil dessen bedeuten, was ihr wörtlicher Sinn zu besagen scheint. Nicht an den äußeren Menschen, an die äußeren Sinne wende sich das Lied, sondern an sein Inneres und die geistigen Sinne. Es lehre uns, daß Gott den Menschen mit zwei Arten von Sinnen ausgestattet hat: leiblichen und geistigen. Küssen, schreibt Gregor, geschehe durch Berührung. Zwei Lippenpaare begegneten und berührten einander.

Aber es gebe eben auch eine höhere Art von Kuß, ein »geistiges« Küssen. Und dieser geistige Kuß führe zur Berührung mit dem Wort. Zu einem Schema geordnet, sozusagen systematisiert, hat, nach N. J. Perella *The Kiss: Sacred and Profane* (1969), die Lehre von den geistigen Sinnen dann Gregor von Alexandria. Er stützte sich dabei auf den paulinischen Gegensatz von »natürlichem« und »geistigem« Menschen und auf verstreute Hinweise und Bilder im *Alten Testament*. So heiße es höchst eindrucksvoll im »Psalter«: »Schmecket und seht, wie freundlich der Herr ist. Wohl dem, der auf ihn baut!« (34,9). Geistliche Schriftsteller hätten diesen Text und das »Schmekken«, von dem er handelt, häufig mit dem Bild des Küssens, insbesondere dem Kuß von Honig in Zusammenhang gebracht. Sei dies nicht der gleiche Kuß von Honig, den das *Hohelied* suggeriert? »Deine Lippen, meine Braut, sind wie triefender Honigseim, Honig und Milch unter deiner Zunge«, singt es (4,11). Dazu die Myrrhe. Auch aus diesem Stoff kann der Kuß gemacht sein: »Seine Lippen sind wie Rosen, die von fließender Myrrhe triefen.« Lippen, Zunge: Honig, Milch, Myrrhe –! Muß es nicht überraschen, daß die Begegnung mit Gott, der Aufstieg zu ihm, sich löst von der traditionellen Hierarchie der Sinne, die das Sehen an die Spitze stellt? »Sehen« und »Hören«, die, aus späterer Sicht, »edlen« leibfernen Sinne, nehmen nun den niedrigsten Rang ein, während »Riechen« und, mehr noch, »Schmecken« und »Berühren« der höchste zukommt. Als angewandter Tastsinn rückt der Kuss auf zur höchsten Form von Ausdruck.

Anders als Brot oder Wein, die vom Menschen durch Backen bzw. Keltern »hergestellt« werden – was im Falle des Brotes zur Herausbildung der Begriffe *lord* und *lady* geführt hat –, kommen Milch und Honig »rein« aus den Händen der Natur. Sie sind sozusagen »mütterliche Gaben«. Auf die Symbolik von Milch und Honig und die mütterliche Liebe als (Ur-)Gabe geht in seinem Buch über *Die Kunst des Liebens* (1956) Erich Fromm ein. Nach Auffassung des Psychoanalytikers und Sozialphilosophen erschöpft sich mütterliche Liebe keineswegs in bedingungsloser Bejahung des Lebens und der Bedürfnisse des Kindes. Bemühung um Lebenserhaltung müsse getragen werden von der »Haltung«, die dem Kind »jene Liebe zum Leben« vermittle, die ihm »das Gefühl« gebe, es sei gut zu leben. Mütterliche Liebe vermittle diese Liebe zum Leben und nicht bloß den Willen, am Leben zu bleiben. Sie stellt einen »Mehrwert« dar, vergleichbar jenem, der das Füttern vom Küssen unterscheidet. Was er einflößt, ließe sich vielleicht als »Urvertrauen« bezeichnen. Wenn das gelobte Land beschrieben werde als »ein Land, wo Milch und Honig fließen«, so sei darin eine Anspielung enthalten nicht nur auf die Mutter – »Land« sei stets ein Muttersymbol –, sondern auch auf Fürsorge und Liebe. Denn symbolisiere Milch Fürsorge und Bestätigung (Fraglosigkeit), so Honig die Süßigkeit des Lebens: »das Glück zu leben«. Im *Hohenlied* erscheint als Spenderin der Urgaben Milch und Honig allerdings nicht länger die Mutter, sondern die Geliebte. Der Fütterungskuß ist zurückgenommen in sein »sprechendes« Objekt.

Nicht anders als im Arabischen gehören »Küssen« und »Riechen« im Hebräisch-Aramäischen zusammen. »Komm her und küsse mich, mein Sohn«, sagt Isaak zu Jakob. »Der trat hinzu und küßte ihn. Da roch er den Geruch seiner Kleider und segnete ihn.« Die Kleider, die Jakob trägt, sind die »köstlichen Kleider« seines älteren Bruders Esau. Küssen, Riechen und Wiedererkennen greifen hier ineinander. Was in unserem Bibelzitat ein Hintereinander ist, leistet im alten Indien auf Anhieb der »Schnüffelkuß«, der als die älteste Art des Kusses gilt. Sie war üblich zwischen Verwandten und Stammesangehörigen. Dreimal »beschnüffelt« der Vater den Kopf des Neugeborenen. Durch seinen Geruch verrät sich der Fremde, der nicht zur Familie gehört, er »stinkt«. Nicht zur Berührung (im Kuß) lädt sein Geruch ein: Er bewirkt Zusammenstoß. Denn »Stinken« bedeutet ursprünglich »stoßen«, »puffen«. Der »Stinkende«, sprich »Stänkernde«, stiftet »Unfrieden«, während der »Küssende«, der »den« und »im« Kuß Schmeckende, eben »Frieden« signalisiert. Auf vergleichbare Weise diente im nachhomerischen Griechenland der Kuß: *philēma* zu *philos*: »Freund, als (Wieder-)Erkennungszeichen unter »Freunden«, d. h. Eltern, Verbündeten und Gleichen.

Wir können uns nicht versagen, an dieser Stelle noch auf einen anderen, bislang wenig oder gar nicht beachteten Zusammenhang hin-

zuweisen. Das deutsche Wort »Geschmack« gehört zu »schmekken«, das nicht nur »kosten«, »wahrnehmen« bedeutet, auch »riechen«, »empfinden«. Ihm entspricht ein im Niederhochdeutsch
untergegangenes Substantiv *smac*, das im Englischen als *smack*:
»Geschmack«, »Geruch« oder »Hauch« begegnet. Von der Familie
her sind die englischen Wörter *smack*: »riechen«, »hauchen« und
smoke: »rauchen«, »stinken« miteinander verwandt. In ihrem Be-
deutungsumfeld hat »ersticken« seinen Platz. Interessanterweise bedeutet im englischen *smack* aber auch »Klatsch«, »Schmatz«: »lauter Kuß« u. ä. und geht unser »schmatzen«: »laut essen« und »laut
küssen« zurück auf Mittelhochdeutsch *smacken*, eine Nebenform
von *smecken*: »schmecken«. Faßt der Kuß, könnte nun gefragt werden, nicht alles dies zusammen?

Vielleicht noch interessantere Zusammenhänge ergeben sich,
wenn wir einen Blick auf den entsprechenden französischen Wort-
verhalt werfen. Die Franzosen haben zwei Wörter für »Geschmack«: *goût*: »Gust« (Geschmack von Speisen) und *saveur*:
Geschmack im allgemeinen, aber auch »Geruch« (Rose). Nur um
letzteres geht es hier. *Saveur* leitet sich ab von lateinisch *sapor* bzw.
sapere, das neben »schmecken« auch »einsichtig, weise sein«: »wissen« bedeutet. »*Sapere aude!*« formuliert Kant als Wahlspruch der
Aufklärung. »Wage zu wissen!« So gehen die Bedeutungsradien von
Geschmack, Geruch und Wissen, sprich: Erkennen, ineinander
über. Zufall? Keinesfalls.

Der Honig auf deinen Lippen, ein Bild, das prädestiniert ist, zum
Klischee zu werden. Der Weg zur endgültigen Einebnung ist von
Gedichtzeilen gesäumt. Kurz vor seinem Tod im Duell wird der
Franzose Vincent Voiture (17. Jh.), Klänge aus Italien und Spanien
im Ohr, sich wie folgt vernehmen zu lassen:

Ganz war meine Seele mir da auf den Lippen,
Um den Honig zu schmecken, der auf den deinen war;
Doch als ich mich löste von dir, blieb sie zurück,
So fest hielt von der süßen Lust sie die Verlockung.

»Vom Mund Ihm zu küssen der Worte zehn«

Grundlage der jüdischen Religion bildet der Glaube an den einen und einzigen Gott. Dieser Gott ist unkörperlich und rein geistiger Natur. Verehrt als Vater aller Menschen, als Inbegriff sittlicher Vollkommenheit, fordert er Liebe und Gerechtigkeit, Gehorsam gegenüber dem Gesetz. Aufgezeichnet ist die für Israel verbindliche Willenskundgebung des Herrn über Himmel und Erde in der *Thora* (Unterweisung), den fünf Büchern Mose: der sogenannten »schriftlichen Lehre«, die im *Talmud* (Studium, Belehrung): der sogenannten »mündlichen Lehre«, und deren 613 Geboten ihre Ergänzung findet. Die ganze Hierarchie jüdischer Gesetze und Sitten, »inklusive der Extralasten rabbinischer Vorschriften und vom jüdischen Volk freiwillig befolgten Bräuche«, schreibt der legendäre Rabbi Abraham Isaak Kuk, sei »im einzelnen Ausdruck der Liebe des Volkes von Israel zum Namen Gottes«. Denn der natürliche Weg, seinem religiösen Gefühl Ausdruck zu geben, bestehe nun einmal darin, »das Siegel von Liebe, Freude, Verehrung und frommem Vertrauen den Formen und Arten persönlichen und gemeinschaftlichen Lebens aufzudrücken«. Wir wissen nicht, ob Rabbi Kuk, als er sich das Bild von »Siegel« und »aufdrücken« einfallen ließ, dabei auch an die Gebärde des Küssens dachte, des Siegels *par excellence*.

Angesichts der großen Zahl von Küssen im *Alten Testament*: Küsse der Zuneigung, Verehrung und Besänftigung, Küsse des Abschieds oder Willkommens, um nur einiges zu nennen, ist es ein Wunder, daß dem Kuß bei den frommen Juden offenbar so gut wie keine rituelle Bedeutung zukam. Die einzige klare Erwähnung des Mundkusses findet sich im *Hohenlied*. Wir stellten bereits die Frage, ob diese Dichtung einmal Teil eines Hochzeitsrituals gebildet hat, Textbuch zu einer palästinensischen Hochzeitsfeier war. Wie inzwischen erwiesen zu sein scheint, gehörte zu den ländlichen Hochzeitsbräuchen in Syrien, daß die Heiratskandidaten in Beschreibungsliedern die körperlichen Vorzüge des jeweiligen Partners rühmten, dessen Mund und wohl auch seine Geschicklichkeit im Küssen. Schon früh wurde die von Rabbi Akiba (50–135) für »hochheilig« erklärte Dichtung allegorisch interpretiert und der Fluch über jene gesprochen, die sie »im Weinhaus trällern«. Das war nichts Ungewöhnliches. Denn fast die ganze jüdische Schriftauslegung folgt der allegorischen Auffassung. Der Kuß des *Hohenlieds* konnte gedeutet werden als Ehekuß, Ausdruck der Ehegemeinschaft von Gott und der Gemeinde Israel, und als Liebeskuß, Höhepunkt der Liebesbeziehung zwischen Gott und Individuum.

Andererseits erzählt ein pseudepigraphischer Midrasch, Mattitja ben Harasch habe den Rabbi Elieser b. Joseph auf den Mund geküßt. Eine Geste der Auszeichnung. Denn der Mundkuß bedeutet Erhebung zur Gleichstellung. Der Grund? Eine gute Antwort. Wie sagt doch Salomo? Eine richtige Anwort sei wie ein lieblicher Kuß. Luthers Kommentar zu der Bibelstelle, auf daß kein Mißverständnis sich einschleiche: »Eine treffende Antwort ist wie ein Kuß, den der Antwortende dem Fragenden auf die Lippen drückt.« Auf die Lippen?

»Er küsse mich mit dem Kusse seines Mundes«, heißt es im *Hohenlied*. Nach haggadischer Schriftauslegung ist dieser Satz so zu verstehen, daß Gott zum Menschen in der Offenbarung gesprochen hat wie einer, der seinen Nächsten küßt. Gottes Wort als Kuß, zu Wissen, Erkenntnis führend. Somit wurden die »zehn Worte« des Bundes, die Zehn Gebote, Gott »vom Mund weggeküßt«. Oder es heißt, die Engel hätten Israel während der Offenbarung der »zehn Worte« auf den Mund geküßt. Ein synagogaler Dichter singt:

> Vor Tausenden schreitend, die vor Ihm flehen,
> der Heilige, gerühmt in Himmelshöhn,
> zur Rechten die lohenden Flammen wehn,
> Gesichter verbinden sich Ihm, vergehn,
> vom Mund Ihm zu küssen der Worte zehn.

Enger noch vertraut ist dieser Gedanke der *Kabbala*, besonders dem *Sohar*, wie wir sehen werden. Der Kuß gilt als Medium, Geist mit Geist, niederen Geist mit höherem zu verbinden. Kundgabe Gottes an die Menschen, Hingabe des Menschen an Gott. Kundtun, Enthüllen als persönliches Sprechen Gottes, wie es den Propheten zuteil wurde. Kuß wird zum Synonym für »Wort«. Doch erst das Christentum scheint dem Kuß, sprich: *osculum*, einen festen Platz in Ritual und Alltagsleben eingeräumt zu haben. Ignatius von Antiochia bezieht das *osculum* im wesentlichen auf Christus: Gottes »aus dem Schweigen hervorgegangenes Wort«. Im 12. Jahrhundert wird Tobia ben Elieser, Rabbiner von Saloniki, Gott anflehen, er möge Elia, den Propheten, senden und Israel im Kuß erlösen.

Möglich gemacht wurde alles dies durch den Kuß der *Genesis*: »Und Gott der Herr machte den Menschen aus einem Erdenkloß, und er blies ihm ein den lebendigen Odem in seine Nase. Und also ward der Mensch eine lebendige Seele« (1 Mose 2,7). Erweckung zum Leben durch Gottes Kuß. Der Kuß als Tor zum Diesseits. Aber auch einen Kuß zum Jenseits kennt das Judentum: »Und ich will meinen Geist in euch geben, daß ihr wieder leben sollt«, heißt es beim Propheten Ezechiel (37, 14). Wer sich im Diesseits viel um die *Thora* bemühe, dem würden im Jenseits die Lippen geküßt, verheißen die »Sprüche der Väter«.

Gibt es einen eschatologischen Kuß? Des Frommen Seele nehme Gott im Kuß, lehrt die *Haggadah*. So sei Moses »durch den Mund Gottes«, d. h. durch Gotteskuß, gestorben. Herder hat den Gedanken aufgegriffen und das Zwiegespräch zwischen Gott und Moses nach dem *Midrasch* wiedergegeben. Mit den Worten: »da küßte der gnädige Gott seinen Knecht und nahm im Kusse seine Seele« endet es. Moses starb »am Munde Gottes«. Nicht nur Moses, auch Aaron und Miriam seien im Gotteskusse gestorben: in der Seligkeit ihres Gotterkennens, der Macht ihrer Gottesliebe. Das Christentum wird diese Vorstellung dann übernehmen, so daß auch christliche Heilige im Kuß des Herrn sterben. In einem Bericht über den Tod der hl. Juliana Falconieri heißt es: »Mit einer sanften und glücklichen Miene, als wäre sie in Verzückung, starb sie im Kuß ihres Herrn, wie die Anwesenden voller Erstaunen und Bewunderung bezeugen konnten.« Im gleichen Sinn solle nicht nur des Sterbens der hl. Theresa von Avila gedacht werden. Mit andern Worten: die Seele vereinigt sich mit Gott im Kuß und als Kuß. In der Mystik gewinnt diese Vorstellung zentrale Bedeutung. So geläufig wird sie, daß die Rede vom »Kußtod« später zum Stereotyp auf jüdischen Grabsteinen werden kann.

Makrokosmische Dimension gewinnt der Kuß schließlich, lange

vor seiner Apotheose bei deutschen Romantikern, im *Talmud*. Zwei Welten, Himmel und Erde, küssen einander. Als hätte »der Himmel die Erde still geküßt«, greift der an Motiven arme, aber an Tönen reiche ehemalige katholische Schulrat Eichendorff, wissentlich oder nicht, den talmudischen Faden auf. Einen Kuß der Sphären kennt die *Kabbala*. Wesentlich älter als er ist der »Sonnenkuß«. Das Bild liegt nahe. Wie das überaus folgenreiche vom Mondkuß. In seinem Werk über die Zeit Constantins des Großen schildert Jakob Burckhardt, wie die alten Ägypter den Sonnenkuß erlebten. In der weiträumigen mittleren Halle des Serapeums, schreibt der Historiker, habe das Standbild des Gottes gestanden, »überaus kolossal«. Der ganze große Raum sei dunkel, auf künstliche Beleuchtung berechnet gewesen. Nur an dem Festtag, da das Bild des Sonnengottes auf Besuch nach Serapis gebracht wurde, habe man in einem bestimmten Augenblick eine kleine Öffnung gegen Osten aufgedeckt. Überwältigendes sei nun geschehen, denn plötzlich fiel der glühende Sonnenschein auf die Lippen des Serapis-Bildes. Dieses Aufeinandertreffen von Strahlenbündel und Mund hätten die alten Ägypter den »Sonnenkuß« genannt. Ein Kuß also, mit dem die Sonne der Statue Leben einzuhauchen schien: Seele. In der Synagoge war für dergleichen handgreiflicher Konkretisierung kein Platz. Ganz anders dann im christlichen Gotteshaus. Wo der »Sonnen-« oder »Lichtkuß« den Himmel »öffnet« und »Transzendenz« zu lichter Sinneserfahrung zu machen vermag.

An Psalmen erinnern die Dichtungen Juda Halevis. Nicht wenige von ihnen gingen in die synagogale Liturgie ein. Die Zionslieder des größten hebräischen Dichters der nachbiblischen Zeit haben Heine angeregt zu den »Hebräischen Melodien«: In jedem Lied Juda Halevis bebe des (jüdischen) Gotteskusses »holder Nachklang«.

Loblied

Die Sonn' am Firmament
verneigt sich vor des Westens Fürsten,
ruht keinen Tag, zieht hin,
nach seinem Land scheint sie zu dürsten.
Dort thronen heil'ge Fürsten, Ziele ihres tiefsten Hangs,
und ihretwegen küsset sie die Hand des Niedergangs.

Der »heilige« Kuß

Grundlage des Judentums ist der Glaubenssatz: daß alles – Moral, Religion, die ganze Menschenwelt – von der Idee abhängt, wonach der Mensch als »Ebenbild Gottes« geschaffen wurde. »Und Gott schuf den Menschen ihm zum Bilde, zum Bilde Gottes schuf er ihn; und schuf sie einen Mann und ein Weib« (1 Mose 1, 27). Dies ist der Pfeiler, der den Judaismus trägt. Aber im Grunde ruht auch das Christentum auf ihm. Was dem Judentum Geheimnis, jedem Menschen ins Herz gelegt, wurde im Christentum offenbares Schicksal, eindeutige Aussage, fertig geprägte Münze. Das Christentum geht davon aus, daß Jesus Christus gelebt und gewirkt hat, am Kreuz starb und wiederauferstanden ist. Der »Erlöser« als eine Person, in deren Schicksal Gottes Offenbarung geschichtlich greifbar wird. Ein Liebender und Leidender, Modell und Symbol – Einladung zu allegorischer Deutung.

Schon um die Mitte des 2. Jahrhunderts gab es in allen Teilen des Römischen Reiches christliche Gemeinden. Da das Christentum zu den Religionen gehörte, deren Ausübung verboten war, sahen sich seine Bekenner gezwungen, ihre Zusammenkünfte und Gottesdienste geheim abzuhalten. Wie der Fisch, das Ineinander zweier wechselseitig mit der Fußspitze in den Sand geschlagener Bögen, konnte der Kuß zum Erkennungs- oder, besser, Wiedererkennungszeichen werden. Zur Zeit der Verfolgungen küßten die Märtyrer einander, ehe sie in den Tod gingen. Ihr Abschiedskuß war der in den christlichen Gemeinden übliche »Friedens-« oder »Versöhnungskuß«.

Die Christen verehren Gott als den allmächtigen Schöpfer, von dem der Mensch, seine Kreatur, getrennt ist durch eine Kluft, die unüberbrückbar erscheint. Oberste Tugend und eigentlicher Kern der christlichen Frömmigkeit ist daher Demut vor dem Herrn. Doch dieser so ferne Gott ist nicht ein unpersönliches »Es«, sondern ein ganz und gar persönlicher Gott. Ihm steht der Mensch gleichfalls als Person gegenüber. Von Angesicht zu Angesicht, Auge in Auge, sozusagen von Mund zu Mund.

In der christlichen Tradition spielt der Kuß offenbar eine wichtigere Rolle als in der jüdischen, wo er zwischen Eltern und Kindern,

Geschwistern, nahen Verwandten und Freunden genauso üblich war wie als Ausdruck bräutlicher Liebe. Im *Neuen Testament* dient der Kuß vor allem als Siegel auf die brüderliche Gemeinschaft mit Christus. Von Anfang an hatte er einen festen Platz in Verkehrsform und Ritual der Christen. So berichtet der Apostel Lukas von einer »Sünderin«, die Christus die Füße küßt. Er zitiert dabei die Worte, die Christus an seinen Gastgeber, den Pharisäer Simon, richtete: »Du hast mir keinen Kuß gegeben: diese aber, nachdem sie hereingekommen ist, hat nicht abgelassen, mir die Füße zu küssen« (7,45). Dort die Frage nach dem Bruder- und Friedenskuß, hier der Hinweis auf den Kuß als Zeichen von Ehrerbietung, huldigender Unterwerfung.

Vereinigung, Verbindung, Verschmelzung sind die am häufigsten mit küssen assoziierten Vorstellungen. Gewiß, auch das körperliche Einswerden leistet sie. Was den Kuß jedoch über dieses hinaushebt, ist die »Spiritualisierung«, um die er den Organkontakt bereichert. Eine zusätzliche Dimension. Die An- oder Einhauchung im Kuß vertritt das Lebensprinzip vielleicht »reiner« und »umfassender«, als andere Symbole dies vermögen. Gesagt werden muß zudem, daß die Partnerschaft im Kuß natürlich eine völlig andere ist als die im Liebesakt. Die Vereinigung im Mundkuß setzt sozusagen Gleichheit voraus: Sie bringt gleiches zusammen, erfüllt sich »transsexuell« und spiegelbildlich: symmetrisch.

Indische Weise waren nicht weniger mit dem »Hauchkuß« vertraut als römische Dichter. In Vergils *Aeneis* heißt es von der Sibylle, daß der Gott Apollo »ihr einen großen Geist und eine weite Seele einhauchte«. Und schon im *Gastmahl* sprach Plato von »jenem Mund, dem, wie Homer sagt, der Gott die Seelen von Helden einhaucht«. Der Kuß als Stärkung. »Belebung« durch Hauch: einseitig als Gabe, wechselseitig als Beschenkung, Austausch oder Vereinigung von Seele und Seele, Seele und Geist. Das Christentum brauchte nur zuzugreifen, die Symbolisierung zu übernehmen und zu vertiefen.

Allerdings ist die Vorgeschichte des Kusses als Zeichen von Versöhnung und Vereinigung reicher, als es scheint. Auch in der hellenistisch-jüdischen Philosophie, deren Vertreter die Auffassung vertraten, die »Bücher Mose« seien schon in alter Zeit in Griechenland bekannt und von Einfluß gewesen. Der Logos erscheint hier als »Gottes Sohn« (Philon), Vermittler Gottes zu den Menschen und Fürsprecher der Menschen vor Gott. Versöhnung also, die in »Kommunion«, Umarmung mit Liebeskuß Ausdruck findet. Versöhnung hatte auch bereits zum Programm des von Pythagoras begründeten religiösen Bundes der Pythagoräer gehört. Dessen Mitglieder mußten neben anderem geloben, jeden Abend ihr Gewissen zu erforschen, wo sie gefehlt hätten, um auf diese Weise wieder zur Versöhnung zu gelangen. In den *Moralia* fordert Plutarch den Leser auf, den Pythagoräern nachzueifern. Denn »obwohl nicht miteinander verwandt, sondern nur der gleichen Lehre anhangend«, bemühten sich diese, für den Fall, daß es zwischen ihnen einmal zu Verstimmungen käme, den Tag nicht zu Ende gehen zu lassen, »ohne einander die rechte Hand gegeben, einander umarmt und sich ausgesöhnt« zu haben.

Man solle nicht glauben, schreibt der hl. Cyrillus von Jerusalem, daß der Kuß, den die Christen einander geben, jenen Küssen vergleichbar sei, wie Freunde sie überlicherweise in der Öffentlichkeit tauschen. »Dieser Kuß verschmilzt Seelen miteinander, erbittet und gewährt Vergebung. Deswegen ist er ein Zeichen dafür, daß unsere Seelen vermischt sind und alles Falsche aus sich verbannt haben [...] Der Kuß bedeutet Versöhnung und ist aus eben diesem Grund heilig.« Habe nicht der hl. Paulus in seinen Briefen mehr als einmal verlangt: »Grüßet euch untereinander mit dem heiligen Kuß« (Römer 16,16)? Und habe nicht auch Petrus seine christlichen Brüder und Schwestern aufgefordert, einander zu küssen »mit dem Kuß der Liebe« (1 Petrus 5,14)?

Im Fortgang der kirchlichen Überlieferung wird das Christusgeschehen als geschichtliches Geschehen verstanden. Man unterscheidet (objektives) Heilsgeschehen, das Werk Christi, und (subjektive) Heilsaneignung, zu der die Vermittlung in den religiösen Institutionen gehört. Den Prinzipien des Heils: *principia salutis*, stehen gegenüber die Mittel des Heils: *media salutis*. Zu diesen zählt der sakrale Kuß. Nicht ohne Grund wird er »heilig« genannt. »Heilig« ist abgeleitet von »heil«, dessen Grundbedeutung »ganz«, »unversehrt«,

»vollständig« ist. Der »heilige« Kuß als der Kuß der Eintracht, des Gutmachens, der Versöhnung. Sühne und Versöhnung bedeuten das gleiche und darüber hinaus – Kuß. »Was ist heilig?« fragt Goethe. Seine Antwort: »Das ist's, was viele Seelen zusammen bindet, bänd es auch nur leicht, wie die Binse den Kranz« (»Jahreszeiten«).

Verschmelzen des Atems, sagten wir. Atem, Hauch als – Geist: Heiliger Geist? »›Er blies sie an‹, heißt es in der Schrift (Johannes 20,22)«, predigt Bernhard von Clairvaux. »Was besagt dies? Daß Jesus die Apostel, die Urkirche anblies; daß er sagte: ›Nehmet hin, den Heiligen Geist‹. Daß er ihnen tatsächlich einen Kuß gab. Wieso? War es der körperliche Atem *flatus*? Nein, eher der unsichtbare Hauch *spiritus*, der zurückgeht auf den Atemhauch des Herrn und uns die Erkenntnis vermittelt, daß er von Sohn und Vater gleicherweise kommt, wie ein wahrer Kuß, der Küssendem und Geküßtem gemeinsam ist.« Wir wissen, daß der christliche Kuß bis ins Mittelalter Mundkuß: *osculum oris* gewesen ist. Allein in ihm schließt sich der Kreis, wird die Gemeinde »ganz«. Mehr noch: der Friedenskuß war eng verbunden mit der Eucharistie, dem »Tisch des Herrn«.

Von der »Pax« zum »Instrumentum pacis«: »Symbol im Quadrat«?

Als »Friede« gilt die Zeitspanne zwischen zwei Kriegen. Sehnsucht der Menschheit ist es, diese friedvolle, krieglose Zeit ins Unendliche auszudehnen. Welterlöser und Friedensfürst meinen das gleiche: Befreier vom Krieg. Für den Christen ist der Friede die Achse, um die sich alles dreht. Das Wort »Friede« ist vielschichtig in seiner Bedeutung. Es gehört zu »frei« und hat mit »lieben«, »schonen« zu tun. Ursprünglich meinte »Friede« nichts anderes als »Schonung«, »Freundschaft« und war Synonym zu »Versöhnung«. »Versöhnung« wiederum hängt in anderen europäischen Sprachen, z. B. Niederländisch oder Norwegisch, mit »Küssen« und »Still-Machen«: »Stillen«

zusammen. Fest steht, daß unser Wort »Friede« ursprünglich religiös gemeint war im Sinne des biblischen »Friede auf Erden«. »Friede« als der Zustand, der in einem »eingefriedeten«, geschützten Bezirk herrscht. Wer dächte hier nicht an »Park«: »Einzäunung« oder »Garten«: »Umzäunung« und, nicht zuletzt, »Paradies«, das gleichfalls »Einzäunung« bzw. »Park« bedeutet. Der Friede als das »Zu-Hegende«, »Immer wieder zu Erringende« wie dessen Synonyme »Ruhe«, »Eintracht« und (das zu »Hag«: »Umzäunung«, »Umfriedung« gehörende) »Behagen«.

Auch wenn jüdisch-christlicher Friede als Schlüsselbegriff dient, reicht die Geschichte des Prinzips weiter zurück. Für Homer war Naturzustand der Krieg, Friede die von den Göttern verfügte Unterbrechung. Mit dem Wachsen der Einsicht in das Unwesen des Krieges, schwindender Bereitschaft, ihn als gottgegebene Notwendigkeit hinzunehmen, wurde der Friede aufgewertet. Hesiod rechnet ihn in der *Theogonie* zusammen mit »Eunomia« (Wohlgesetzlichkeit) und »Dike« (Recht, Ordnung) den Mächten zu, die das menschliche Tun umhegen. Auch die »Pax«, der »befriedete« Bereich römisch-griechischer Kultur zur Kaiserzeit, erfreute sich dieser Wertschätzung. Vergils Hymnen feiern den Frieden als Inbegriff einer umfassenden Lebensordnung.

Das jüdische Verständnis von Frieden: *schalom*, erhebt diesen zum Prinzip des Daseins und identifiziert ihn mit Jahwe: »Jahwe ist Friede«, und mit dem messianischen Friedenskönig der Endzeit. Friede als das, was dem Dasein Dauer, »Leben«, sichert. Ihre stärksten Impulse erhielt die Idee des Friedens, wie übrigens auch die der Freiheit, zwangsläufig aus der christlichen Heilsbotschaft. Nach dem Brief des Paulus an die Epheser versteht sich deren Wort insgesamt als Verkündigung des Friedens. »So stehet nun«, schreibt Paulus, »umgürtet an euren Lenden mit Wahrheit und angezogen mit dem Panzer der Gerechtigkeit und an den Beinen gestiefelt, als fertig, zu treiben das Evangelium des Friedens« (1,15). Friede wird zum Synonym von Wesensgeheimnis und Heilswerk Christi. Das Wort des Propheten Micha: »Und er wird unser Friede sein« (5,4) findet seine Entsprechung bei den Aposteln, wo es heißt: »Denn er ist unser Friede« (Eph. 2,14). Für den Christen ist denn auch der Beiname

»Friedensfürst«, wie er bei Jesaja (9,6) und Johannes (14,17) sich findet, ein anderes Wort für Christus.

Friede, Liebe und Einheit gehören zusammen. Denn Krieg ist die Macht, die teilt, die Einheit zerstört. Er ist böse wie die Zunge der teuflischen Schlange. Selber gespalten, spaltet sie. Damit wird Friede zu einer Aufgabe, die es immer wieder neu zu lösen gilt. Bekanntlich war eine der Hauptsorgen der Apostel, daß die Einheit der Kirche gewahrt, der Friede und die Eintracht, d. h. *concordia*: »das Eins der Herzen«, erhalten blieb: »Denn wir sind durch *einen* Geist alle zu *einem* Leibe getauft« (1 Kor. 12, 13). »Und so ein Glied leidet, so leiden alle Glieder mit« (1 Kor. 12, 26). Worte, mit denen Paulus die Brüder in Korinth ermahnte, um die Ordnung unter ihnen wiederherzustellen. Sein Brief enthält die dringende Bitte, den heiligen Kuß untereinander auszutauschen. »Grüßet euch untereinander mit dem heiligen Kuß« (1 Kor. 16, 20). Im 2. Brief an die Korinther wird Paulus deutlicher: »Zuletzt, liebe Brüder, freut euch, seid vollkommen, tröstet euch, habt einerlei Sinn, seid friedsam! so wird der Gott der Liebe und des Friedens mit euch sein« (13, 11). Der Kuß wird zum Zeichen von Verbundenheit, der Einheit von Friede und Liebe. Wenn die Kirche den Leib Christi darstellt, dann ist die Liebe die Kraft, die die Glieder dieses einen Leibes Christi zusammenhält. Das dritte Kapitel seines 1. Briefes an die Korinther widmet Paulus dem Preis der Liebe. Es beginnt mit den bekannten Zeilen: »Wenn ich mit Menschen- und mit Engelszungen redete, und hätte der Liebe nicht, so wäre ich ein tönend Erz oder eine klingende Schelle« (13,1–13). Die Liebe als Grundlage für die Gemeinschaft mit Gott. Deren Ausdruck: der Kuß.

Diejenigen, die einander küssen, sind der Leib Christi. Voraussetzung dazu ist allerdings die Gewißheit, daß sie den Geist des Herrn in sich tragen. Gemäß dem Wort: »Wer aber Christi Wort nicht hat, der ist nicht sein« (Römer 8,9). An anderer Stelle fragt Paulus: »Oder wisset ihr nicht, daß euer Leib ein Tempel des heiligen Geistes ist, der in euch ist, welchen ihr habt von Gott, und seid nicht euer selbst?« (1 Kor. 6, 19). Der Apostel ermahnt seine Gemeinde, »fleißig« zu sein, »zu halten die Einigkeit im Geist durch das Band des Friedens: *ein* Leib und *ein* Geist« (Eph. 4, 3–4).

Den »Eckstein« im neuen Tempel, der aus den lebendigen Bausteinen der Gemeinde zusammengefügt ist, nennt Paulus im Brief an die Epheser (2,20) Jesus Christus. In einer Pfingstpredigt greift der Apostel dieses Bild auf und überträgt es auf den Kuß. Wie Ecksteine zwei Wände zusammenhielten, so verbinde der Friedenskuß die Brüder. In diesem Sinn mag der Kuß des *Neuen Testaments* eine vertiefende Fortführung des alten jüdischen Brauchs sein, einander zu küssen und dabei Frieden zu wünschen. Es liegt jedoch auf der Hand, daß der Kuß, der Paulus vorschwebt, ein mystisches Symbol ist, das weit hinausgeht über das, was der (irdische) Kuß dem Judaismus bedeutete.

Andere Bezeichnungen für das *signaculum orationis*: »(Ausdrucks-)Zeichen«, wie es bei Tertullian heißt, sind *osculum pacis*, das lateinische Wort für »Friedenskuß«, oder *pacificale*: eigentlich »Friedensmacher«, »Friedensstifter«, ein Substantiv, das, wie früher erwähnt, alles in allem die gleichen Grundelemente aufweist wie die englische Bezeichnung für »Schnuller«: *pacifier* (*peacemaker*). *Pax*: »Friede«, der Begriff, mit dem in den ersten christlichen Jahrhunderten die *unitas*: »Einheit«, der Kirche: *ecclesia*, beschrieben wurde. Im Katholizismus steht dieser Ausdruck, dieses Sakrament, als das er später gedeutet wird, am Ende des Kanons, vor der Kommunion, als Zeichen, daß die Seelen jetzt aufs innigste miteinander verschmolzen sind.

So weit, so gut. Doch Theorie und Praxis sind zweierlei. Es konnte nicht ausbleiben, daß die Verantwortlichen der »Institution« Kirche eines Tages zu erkennen glaubten, daß die Intimität, die sich zwangsläufig im Friedenskuß ausdrückt, »Gefahr« für die Geschlechter barg. Konnte nicht teuflischer Einfluß von ihr ausgehen? Um der Versuchung zu steuern, verzichteten sie schließlich darauf, diese Praxis zu verlangen oder gar zu fördern. Clemens von Alexandrien zeigt sich geradezu empört über das Betragen zahlreicher Gläubigen. Denn küßten sie sich nicht mit heimlicher Begierde? Es sei zu bezweifeln, ob diese Art von Küsserei noch als Zeichen christlicher Liebe gewertet werden könne. Selbst wenn der Friedenskuß sich beim Volk dann allmählich verlor, wurde er bei den Klerikern in Chor und Kloster auch weiterhin geübt. Alles in allem bleibt es jedoch seit Jahrhunderten bei bloßer Andeutung der Pax. In der römischen Messe geschieht dies durch Umarmung und Annäherung der Wangen. Ein Winken mehr als ein Berühren.

Zunächst freilich hatte man die Gemeindemitglieder sich als eine Art Zwischenlösung die Pax nach Geschlechtern getrennt geben lassen. Auch hatte man gefordert, sich nur zu küssen, wenn zuvor ein Gebet gesprochen worden war. Der erwartete Erfolg blieb aus. Wirklich gelöst wurde das Problem: wie man den Friedenskuß tauscht, ohne dabei einander zu küssen, durch die Erfindung des »Osculatoriums« oder »Instrumentum pacis«. Es erlaubt sozusagen die »Weitergabe« des Kusses ohne unmittelbare Lippenbegegnung. Nachgewiesen zuerst im 13. Jahrhundert in England, besteht das Osculatorium oder Kuß- bzw. Paxtäfelchen aus Metall, Elfenbein, Marmor oder auch aus Holz. Von altar- oder monstranzähnlicher Form und mit Darstellungen des Gekreuzigten oder des Schmerzensmannes, auch Marias oder Heiliger geschmückt, enthält es bisweilen sogar Reliquien. Erzbischof Walter von York soll es als erster für den Friedenskuß unter den Laien in seiner Kirche gebraucht haben. Diese Ersetzung des direkten Kusses durch den indirekten, auf einen Gegenstand übermittelten, macht sich eine Tradition zunutze, die nach wie vor lebendig ist: die Tradition des »Adorationskusses«.

Bevor wir auf den Adorationskuß eingehen, ist es interessant zu wissen, daß sich in der christlichen Kirche offenbar eine Wiederbelebung des Friedenskusses andeutet. In katholischen wie protestantischen Gemeinden werden die Gläubigen aufgefordert, sich vor der Kommunion die Hand zu geben oder einander zu küssen. Als Geste der Versöhnung, »Reinigung«, dem Nächsten stellvertretend gewährt, Symbol umfassender Vergebung. Selbst wenn, wie sich später zeigen wird, auch der Kuß das Stadium des *Anything goes* erreicht hat, sind die Zeiten des Friedenskusses als Mundkuß wohl für immer vorbei.

Dem Adorationskuß: »Kuß der Anbetung, Verehrung«, liegt die Vorstellung zugrunde, daß Küssen auch eine Geste der »Einverleibung« (»An- bzw. Eingliederung«) ist, der geküßte Gegenstand zugleich eine Wirkung auf den Küssenden ausübt. Der Geber als Nehmer, den der Kuß stärkt wie das Brot den Essenden oder der Hauch den Sterbenden. Ja, daß der Adorant durch den Kuß in hautnahe Beziehung zu dem Heiligen zu treten vermöge. Götterbilder, Geräte oder Orte werden küssend verehrt. Es ist bekannt, daß auf der griechischen Insel Ägina die Besucher der heiligen Eiche ihre Verehrung durch Küsse bekundeten. Cicero erwähnt eine Erzstatue des Herkules zu Agrigent, deren Kinn und Lippen durch Küsse ganz abgerieben waren:»zerküßt«. Die Muslime küssen den schwarzen Stein der Ka'aba zu Mekka. Auch für den Kuß der Tempelschwelle fehlt es nicht an Beispielen. Eine Zeremonie der Sühne und der Buße nennt der römische Lyriker Tibull das Küssen von Schwellen. Ovid läßt Deukalion und Pyrrha an den Stufen des Tempels sich niederwerfen und den Stein küssen. Als die Truppen des Pompeius aus Rom abzogen, umlagerte das Volk am frühen Morgen die Tempel, rief die Götter an, brachte Gelübde dar und küßte den Boden des Vorplatzes.

Bei den Juden bestand und besteht zum Teil noch heute die Sitte, das Gebetbuch vor und nach dem Beten zu küssen. Für die Mesusa, das beschriebene Pergamentstreifchen am Türpfosten der Wohnung, war in ältester Zeit bloß das Berühren, nicht, wie heute, auch das Küssen vorgeschrieben. Ebenso wurden die Türpfosten der Synagoge geküßt. So dichtet Heine in »Prinzessin Sabbat«:

Sei gegrüßt, geliebte Halle
meines königlichen Vaters!
Zelte Jakobs, eure heil'gen
Eingangspforten küßt mein Mund.

Die schon in vorchristlicher Zeit geübte Sitte des Adorationskusses erwies sich mithin als überaus lebenskräftig. Statt der Tempelschwelle und der Tefillin wird schließlich die Schwelle von Basilika oder Gedächtniskapelle mit Küssen bedeckt.

Für die erste Hälfte des 7. Jahrhunderts ist bereits das Küssen von Marienbildern bezeugt. Noch heute ist es in Rußland üblich, die Heiligenbilder zum Kuß zu reichen. Der Fuß der Bronzestatue des Apostels Petrus in der Sankt Peter-Basilika wird nach wie vor von den Gläubigen unter den Besuchern aus aller Welt geküßt. Gleiches gilt für die Phiole mit dem Blut des hl. Gennaro in Neapel oder ein bestimmtes Band an der Statue der Schwarzen Madonna auf dem Montserrat. Das sind keine Ausnahmen. Auch in unseren Tagen liegen an vielen Orten Reliquien und Kruzifixe für den Kuß des Gläubigen bereit, küßt der römisch-katholische Priester das Evangelienbuch, die Patene, die Stola und die heiligen Öle, um nur einiges zu nennen. Was wären Lourdes, Fatima oder Santiago ohne ihre Kußrituale? In Fatima (Portugal) und Timos (Griechenland) kriechen die Pilger auf dem Bauch, die Hände fest gekreuzt, über den heiligen Boden. Sie lecken ihn hingebungsvoll mit der Zunge, küssen ihn mit dem Mund. Ein Akt der Fütterung: Absättigung eines Gefühlshaushalts, der sich nun einmal auch aus der Berührung nährt.

Nicht zuletzt durch die Reisen von Papst Johannes Paul II. konnte die alte Geste, die Erde zu küssen, erneut ihre (Publikums-)Wirksamkeit erweisen. Wer die Erde küßt, beugt sich nieder, bezeigt »Demut«, was einst »dienende Gesinnung« bedeutete. Besiegte küssen den Staub: Ein Zeichen, das Bitte um Gnade, Erbarmen signalisiert. Aber auch der Erde selbst kann die Geste gelten, der Erde, als Inbegriff des Weiblichen, Mütterlichen. Sie küssen heißt, *tellus mater* seine Liebe zu bekennen. So mag ein aus dem »Ausland«, sprich: »Elend«, aus Verbannung oder schlicht nach längerer Abwesenheit Zurückkehrender den Boden der Heimat küssen. Oder einer, der fortgeht, scheidet und solcherart »Abschied« nimmt. »Ich machte mich nicht auf den Weg, ohne zuvor die Erde und die Bäume zu küssen«, schreibt Rousseau über den Abschied von Charmettes (*Bekenntnisse*).

Dem Antäus des Mythos fließen im Kampf neue Kräfte zu, sobald er den Boden berührt. Deshalb mußte Herkules, um ihn zu besiegen, den Gegner hochheben und für einige Zeit in der Luft halten. Die Erde küssen bedeutet also auch, Kraft aus der Berührung mit ihr schöpfen. In mittelalterlicher Zeit sollen Soldaten vor der Schlacht niedergekniet sein, um dreimal hintereinander den Boden zu küssen und einen Schluck Erde in den Mund zu nehmen. Geste der Stärkung, die zugleich Beschwörung meint.

Das Christentum füllte den Staubkuß mit eschatologischem Inhalt. Antizipierendes Symbol für das »Staub zu Staub«. »Um zum Ausdruck zu bringen, daß sie sich als Staub und Asche sah«, berichtet die *Vita Hedwigis* von der Heiligen, »küßte sie andächtig den Staub. Sie zweifelte nicht, daß der Geliebte sie dafür mit dem Kuß des ewigen Friedens belohnen würde.« Der Staubkuß als Unterpfand des Friedenskusses.

Offenbar bestehe ein allgemeines Bedürfnis nach Hautkontakt auch in der Sphäre des Heiligen, meint der französische Historiker und Anthropologe Alphonse Dupont. Er verbucht dieses Begehren unter der Rubrik »Verlangen nach Sinnesnahrung«. Verständlich, gewiß. Nur: wer wagt zu bestimmen, wo hier der Fetischismus beginnt? Bekannt ist, daß die Frau des Potiphar Josephs Kleider geküßt haben soll. Weshalb wohl?

Den Leib des Herrn küssen?

Herzstück von katholischem Kult, katholischer Frömmigkeit ist die *Eucharistie* (griechisch »Dankbarkeit«). Sie gilt als »Zusammenfassung und Summe« der christlichen Religion. Eucharistie bedeutet Leib und Blut Christi unter den Gestalten von Brot und Wein. Dreifache Sinnbedeutung mißt ihr die katholische Kirche zu: Opfer, Mahl und Gegenstand der Anbetung. Als Opfer ist die Eucharistie Darstellung, d. h. unblutige Erneuerung des Kreuzesopfers Christi. In ihr hat der Friedenskuß, das *Osculum pacis* oder *Pacificale*, wie wir im vorhergehenden Kapitel darlegten, seinen Platz. Dem Anbetungskult liegt die Vorstellung zugrunde, daß Fleisch und Blut Christi nicht nur bei Opfer und Kommunion »gegenwärtig« sind, sondern auch so lange wie die Gestalten von Brot und Wein »bleiben«. Uns kann es hier nicht um das Geheimnis der Transsubstantiation gehen, sondern lediglich um die Sinnbedeutung von Eucharistie als »Mahl« oder Kuß. Als »Abendmahl«, »Kommunion« ist Eucharistie die geistliche und zugleich wirkliche »Speisung« mit Christus. Gott essen also?

Der Wortschatz des Pietismus schöpft aus mittelalterlicher Mystik und Lutherbibel. Die Vorstellung von Essen und Trinken Gottes beim Abendmahl als Ausdruck der *unio mystica* ist den Pietisten auf selbstverständliche Weise vertraut. Auch in den mystischen Strömungen der Barockzeit ist diese Bildlichkeit verbreitet. Bei Terstegen schmeckt Gott »gut und süß«: Er ist das »süßeste Gericht«. Der Hunger nach ihm ist so stark, daß Zinzendorf ein intensivierendes Verb »einessen« bildet. Der Mensch kann Gott verschlingen, und umgekehrt verschlingt Gott die Seele. Gleiches gilt für »Trinken«. Im »Gesangbuch der Gemeine in Herren-Huth« heißt es: »Seel und Geist ist trunken, und in ihn versunken, wenn mein Bräutigam mich beschenkt, und in seinem Keller tränkt.« Begegnung mit Gott wird zur »Genießung«: Die Seele »genießt« Gott.

Ob die Bezeichnung Gottes als »Amme« sich nur dem Reimzwang verdankt? »Unbefleckte Seelenamme«, beten die Herrenhuter, »dein Volk wartet deiner Flamme.« Und Zinzendorf dichtet: »Ach mein Herr Jesus«: »Das Herz will liegen nun und saugen an deinen Brüsten für und für.« In einem Brief spricht Teerstegen von den »vollen Brüsten« der Gnade. Auch die Zusammensetzung »Liebesbrust« findet sich. Der Mensch wird genannt »Gnadensäugling«, »Geistessäugling«. »Hier schmeck ich deine Süßigkeit, wenn sich der Mund anleget«, sagt Gottfried Arnold in einem geistlichen Lied. An Beispielen fehlt es nicht.

Wie steht es mit dem Kuß? Auch er wird bemüht, allerdings nicht in besonders auffallendem Maße. »Deine Liebes-Küsse sind vor Zucker süße«, dichtet Arnold. Küsse hin, Küsse her: »Da küßt dein Vater meine Seele« steht neben »Du bist's, den meine Seele küßt«. Weshalb solche Zurückhaltung? Wo doch Zusammensetzungen mit »Herz«, »Liebe« oder »Seele« sich häufen? Ist es wegen der erotischen Komponente der Gebärde? Wir wissen es nicht. Denkbar ist, daß die Vorstellung, Gott zu »essen« oder zu »trinken«, glatter, gängiger war als die, ihn zu »küssen«. Es ist müßig, diesen Faden weiterzuverfolgen, da die Vorstellungen von Küssen und Essen sich sowieso einander annähern, wenn sie nicht gar miteinander verschmelzen. Der französische Anthropologe Paul d'Enjoy berichtet, die Chinesen empfänden angesichts der europäischen Sitte des Mundkusses eine Art Grauen. Gerade so, als würden sie Zeuge einer kannibalistischen Handlung werden. Ganz anders die Ägypter. Sie benutzten, wie Robert Briffault in seinem Buch über *Die Mütter* erwähnt, für »Küssen« und »Essen« das gleiche Wort. Eine Sache mögen oder als gut beurteilen, bedeute nichts anderes, schreibt der Autor, als daß sie »gut zu essen« sei. Alle anderen Formen der Anziehung, des Verlangens seien Ableitungen dieses Grundwertes.

Jacques Bénigne Bossuet, wortmächtiger französischer Kanzelredner, pflegte seine Predigten, obwohl er sie in freier Rede vortrug, mit größter Sorgfalt und bis in die Feinheiten von Wort- und Bildwahl auszuarbeiten. Er achtete nicht weniger darauf, rhetorischen Prunk zu vermeiden, der Einladung zu preziöser Eleganz zu widerstehen, als banale Alltäglichkeit zu umgehen. Sein Ziel: so einfach, klar und überzeugend wie die Bibel zu sprechen. Als Höhepunkt geistlicher Eloquenz setzten Bossuets Predigten einen Maßstab. Wir dürfen mithin annehmen, daß der berühmte Mann wußte, was er sagte, als er in den »Meditationen über das Evangelium: Predigten über unseren Herrn, XXIV. Tag« davon sprach, daß der gläubige Christ den Leib Jesu Christi »ißt«. Vielleicht empfiehlt es sich, hier anzumerken, daß nach kirchlich-behördlicher Anweisung der »Leib des Herrn«, den der Priester dem »Kommunizierenden« als Hostie auf die Zunge zu legen pflegt, *nicht* geschluckt wird: Er soll zergehen, sich auflösen auf der Zunge. Fast ist man versucht, hinzuzufügen: wie ein »Taubenkuß«.

»Wer von uns will schon wahrhaben«, schreibt der Bischof von Meaux über die Kommunion, »daß wir in der Liebesekstase einander aufessen und verschlingen, daß wir uns danach sehnen, ganz und gar ineinander aufzugehen und, wie der Dichter sagt, den Gegenstand, den wir lieben, zwischen den Zähnen davonzutragen, damit wir ihn besitzen und uns einverleiben können, um eins mit ihm zu werden und von ihm zu leben? Was in der körperlichen Liebe Raserei, Ohnmacht sein mag, ist Weisheit in der Liebe zu Jesus: ›Nimm, iß, dies ist mein Leib‹: verschlinge, schlucke nicht einen Teil, ein Stück davon – iß das Ganze.«

Deutliche Worte. Ihr Sinngehalt gibt sich eindeutig, ohne es wirklich zu sein. Wir haben es mit einer Sprache zu tun, die Eigentliches: »verschlingen«, »schlucken« – das ist ja tatsächlich, was wir tun! – an Uneigentliches, im übertragenen Sinn des Wortes Gemeintes, bindet. Denn ist nicht die Hostie, das ungesäuerte Brot, Symbol für den Gottessohn? Könnte es sein, daß es gar nicht um »Anthropophagismus« geht, um »Gott essen«, sondern um »Gott küssen«? Um die Metapher einer Metapher? So daß Kuß zwar zunächst Fütterung (Erhaltung) meinte, aber Fütterung (Mahl) dann später wieder Kuß?

Ob nicht die Tatsache, daß der Friedenskuß einst auch als »Kommunionersatz« gewertet wurde, also aufs engste mit dem »Abendmahl« verbunden war, einen tieferen Grund hatte? Deutet der einstige Brauch, daß die im Namen des Herrn Versammelten einander den Friedenskuß als Mundkuß gaben, und zwar *vor* der Kommunion: dem Empfang Christi mit dem Mund, nicht vielleicht auf eine vergessene Beziehung zwischen den beiden Aktivitäten: Küssen und Gefüttertwerden hin?

In einer Osterpredigt sagt der hl. Augustinus über den Friedenskuß: »Nachdem das ›Friede sei mit euch‹ gesagt wurde, küssen die Christen einander mit dem heiligen Kuß. Er ist das Zeichen des Friedens; wie die Lippen es kundtun, so soll es in eurem Geist sein. Das heißt, wenn eure Lippen sich den Lippen eures Bruders nähern, soll euer Herz sich nicht seinem Herzen entziehn.« In dieser Passage sieht N. J. Perella nicht nur den Beweis dafür, daß der Friedenskuß ein Mundkuß war; er deutet sie auch als Hinweis auf eine bedeutsame Verbindung zwischen Friedenskuß und Kommunion als Teil der Messe. Während des ganzen Mittelalters galt der Friedenskuß als Vorstufe für das Sakrament, ja er konnte sogar, wie gesagt, an dessen Stelle treten. Ist dieses Sakrament, könnten wir fragen, vielleicht eine Steigerung des Friedenskusses, die aber dennoch das gleiche meint?

Als Öffnung, durch die Atem und Wort fließen, die lebenserhaltende Nahrung zum Körper findet, ist der Mund Symbol schöpferischen Vermögens und, nicht zuletzt, der Einhauchung der Seele. Denn letzteres geschieht nun einmal *mit* und *durch* den Mund. In seiner Eigenschaft als Organ des Wortes (*logos, verbum*) und des Atems, Hauch (*spiritus*) symbolisiert der Mund aber auch zugleich eine höhere Bewußtheit, eine vernunftgegründete organisatorische Kraft. Doch, sollten wir nicht vergessen, selbst der Mund ist doppelgesichtig: Dem Vermögen, aufzubauen, zu beleben, zu ordnen und zu erheben steht gegenüber jene andere Fähigkeit, zu zerstören, zu erniedrigen oder zu töten. Hier die Höllenpforte, das Maul des Monsters, dort der Eingang zum Paradies, die Lippen des Engels. Vom Apostel Paulus stammt die Vorstellung, daß der menschliche Körper ein Tempel Gottes sei. Diesen Gedanken greift der hl. Chrysostomos auf, wenn er schreibt: »Wir sind der Tempel Christi; wenn wir daher einander küssen, küssen wir die Vorhalle und den Eingang des Tempels. [...] Durch diese Türen und Tore kommt Christus zu uns, wenn wir an der Kommunion teilnehmen.« Und wo findet die Begegnung, Verschmelzung von ihm und mir statt? Auf der Zunge. Die Zunge gilt als Flamme, und die Flamme, als Seele des Feuers, versinnbildlicht Geist und geistige Liebe. Hostie und Zunge: ein Aufeinander, das eher Kuß ist als Einverleiben. Bedeutete lateinisch *victima* das »Dankesopfer«, sprich: Opfer für empfangene Wohltat, so war lateinisch *hostia* das »Sühneopfer«, ein Opfer mithin, das den Zorn der Götter besänftigen, »Versöhnung« herbeiführen sollte. Versöhnung und Friede sind, wie wir im vorigen Kapitel sahen, Synonyme. Die Bedeutungen von *pax* und *hostia* berühren einander. Auch der Hostie kommt die Aufgabe zu, zu »heilen« und zu »stillen«: zu »befrieden«. Sie symbolisiert den Leib des gestorbenen und wiederauferstandenen Christus, und ihre Austeilung (und Entgegennahme) ist zugleich eine Friedensgeste, ganz im Sinne von Pacificale und *pacifier*«. Dies berechtigt uns zu der (ketzerischen) Überlegung, ob der Eucharistie eine Dimension innewohnt, die sich als Zungenkuß klassifizieren läßt. Welche Gedanken, Empfindungen, wäre zu fragen, bewegen den Christen, der sich der Kommunionbank nähert? Erlebt er das Abendmahl als »Mahl«, »Fütterung«? Oder als Anrührung – intimen Kuß?

Zu jenen, die in der Eucharistie, diesem heiligsten der Sakramente, einen Kuß sahen, gehört der hl. Ambrosius. Nach Auffassung dieses Kirchenlehrers und Hymnendichters läßt sich der berühmte Satz aus dem *Hohenlied*: »Er küsse mich mit dem Kusse seines Mundes« auf zweierlei Weise deuten: entweder als Einladung Christi an den Kommunikanten oder als dessen Bitte an Christus. »Du bist zum Altar geladen, und der Herr Jesus Christus ruft dich (dich und die Kirche) und sagt: ›Er küsse mich mit dem Kusse seines

Mundes.‹ Würdest du dies auf Christus beziehen? Nichts ist angenehmer für deine Seele! Nichts ist süßer! Er küsse mich: Er sieht, daß du aller Sünden ledig bist, denn das Unrecht, das du getan hast, ist weggewischt. So hält er dich würdig des himmlischen Sakraments und lädt dich ein zum himmlischen Mahl: ›Er küsse mich mit dem Kusse seines Mundes‹. Und wenn dann deine Seele oder die Kirche sieht, wie gereinigt sie sind von allen Sünden und würdig, an den Altar zu treten – denn der Altar ist nichts anderes als Form und Gestalt des Leibes Christi –, und wie wunderbar die Sakramente, so sagen sie: ›Möge Christus einen Kuß auf meine Lippen drücken‹« (*Über die Sakramente,* V. 2).

Daß Kußsymbolik und Abendmahlsfeier sich noch enger aneinander binden lassen, geht nach Perella aus Schriften des Bischofs Theodoret (5. Jh.) hervor. In seinem Kommentar zum *Hohenlied* erklärt und rechtfertigt Theodoret den Gebrauch des Kusses als religiöses Symbol und setzt ihn zur Idee der »geistigen Hochzeit« in Beziehung. »Sollte jemand mit niedrigen Gedanken Anstoß nehmen an dem Wort ›Kuß‹, so tut er gut daran, sich zu erinnern, daß in dem Augenblick, da wir den Leib des Herrn empfangen, wir diesen küssen und umarmen.« Nach Auffassung des Kirchenmanns stellen wir uns eine Art »geistiger Hochzeit« vor, gehen wir davon aus, »daß wir uns mit ihm vereinigen, indem wir ihn umarmen und küssen«. Kein In-sich-Aufnehmen als Subjekt-Objekt-Beziehung, sondern eine Begegnung von Subjekt zu Subjekt, wie nur der intime Kuß sie zu leisten vermag. »Kußgemeinschaft« par excellence.

Die (christliche) Gemeinde als ein im Kuß vereinigtes Kollektiv. Deswegen war der Neophyte, wie wir von Hippolytus wissen, erst dann Vollmitglied der Gemeinde, wenn er vom Bischof den Initiationskuß erhalten hatte. Erst jetzt durfte er selber den Friedenskuß küssen, d. h. ihn mit anderen tauschen und sich solcherart als neues Glied einfügen in das Rund der Kette Gläubiger. Gehen wir davon aus, daß der Kuß die Gemeindemitglieder tatsächlich zu einer Einheit bindet, so läßt sich die Kommunion als kollektive Aktion und somit als Kuß von Braut (Kirche, Gemeinde) und Bräutigam (Christus) deuten. In diesem Sinn erinnert Bossuet in einer seiner Predigten daran, die »Kommunion erkläre uns alle Reden von Liebe, Übereinstimmung oder Einheit zwischen Jesus Christus und seiner Kirche, zwischen Braut und Bräutigam«. Die Hostie auf der Zunge – ein Kuß, Zungenkuß. Fütterungsgeste vertritt die Kußgeste, die wiederum für die Grundgeste des Liebesaktes steht. Ein Fall von vervielfachter Symbolisierung.

Der Kuß, hatten wir gehört, übermittelt den Heiligen Geist, neues Leben, ja er *ist* der Heilige Geist. Und wie wird er dargestellt? Als Taube. Der »Taubenkuß«, wir wissen es bereits, gilt als der »intime« Kuß. Damit nicht genug: Er erscheint auch als »feurige Zunge« (Apostelgeschichte 2,3). Die Fügung »feurige Zunge« ist im Grunde pleonastisch. Denn die Zunge wird, wie oben erwähnt, als »Flamme« dargestellt. Nicht allein unsere Kulturtradition deutet die Flamme als Symbol geistiger Erneuerung und Liebe.

Die römische Kirche fordert von dem Gläubigen, der an den Tisch des Herrn tritt, d. h. am Abendmahl teilnimmt, daß er »nüchtern« sei. »Nüchtern« – lateinisch *jejunus*: ursprünglich »gezügelt« – bezeichnet den Zustand des »Noch nichts gegessen oder getrunken Habens«. In den Klöstern wurde der erste Gottesdienst frühmorgens vor der Einnahme der Morgenmahlzeit abgehalten. Unser Wort »nüchtern« geht zurück auf *nocturnus*: »nächtlich«. Die Morgenfrühe als Zeit, da der Morgen noch »unschuldig« ist. Seine »Reinheit« ist Voraussetzung für den Empfang des Herrn, sprich: Bräutigams durch die Braut, die dann, wie es in der Sprache der Mystik heißt, (nach erotischem Liebesspiel) von Gott »schwanger« werden kann. Die Bezüge verschwimmen ineinander. Der hl. Bernhard von Clairvaux wagt in einer seiner Predigten dann den Schritt, Kuß und Empfängnis in eins zu setzen. »Meine Braut«, läßt er den Bräutigam sagen, »du fühlst dich schwanger – das beweist, daß du geküßt worden bist.« Im Volksglauben lebt diese Vorstellung weiter.

Warnung vor dem Kuß

Keine Frage, auch der Kuß will »gepflegt«, »modelliert«, zivilisatorisch »eingezäunt« sein. Als kulturelle Überformung läuft er, von Menschen praktiziert, stets Gefahr, wieder zu verwildern. Damit soll nicht gesagt sein, daß er zurückzufallen drohe in bloße Fütterungsgeste. Der Feind kommt aus anderer Richtung. Sinnliche Neigungen, wie sie Menschen nun einmal eigen sind, könnten sich seiner bedienen, um in Tabuzonen einzubrechen. Schon Sokrates fühlte sich bemüßigt, auf die Gefahren hinzuweisen, die hinter dem Kuß lauern. »Unglücklicher Mensch«, soll der Weise, wie Xenophon in seinen »Erinnerungen an Sokrates« (*Memorabilia*) berichtet, ausgerufen haben, »was, denkst du, daß du riskierst, wenn du jemanden küssest? Glaubst du nicht, daß du dich zum Sklaven machst? Und dem Drang nachgibst, einer Sache nachzujagen, für die nicht einmal der Verrückte einen Finger rühren würde?« – »Bei Herkules‹«, sagte Xenophon, »was für eine außergewöhnliche Kraft schreibst du dem Kuß zu!‹ – ›Wundert dich das?‹ fuhr Sokrates fort. ›Weißt du nicht, daß die Tarantel, selbst wenn sie mit ihrem Mund auch nur einen Körperteil berührt, soviel Schmerz zufügt, daß ihr Opfer zermürbt ist und nicht länger Herr seiner Sinne?‹ – ›Ja, gewiß‹, sagte Xenophon, ›aber die Tarantel flößt ihr Gift da ein, wo sie beißt.‹ – ›Und du glaubst nicht, du Tor‹, erwiderte Sokrates, ›daß auch der noch so schön geküßte Kuß etwas einflößt, was man nicht sieht?‹« Der Kuß als Tarantelstich. Man ist versucht, an Dracula zu denken. Doch derartige Phantasien lagen dem griechischen Philosophen noch fern. Aus ihm spricht eher die Vorsicht der Vernunft, die auch das schlimmste Ende für bedenkenswert hält.

Für den Christen lagen die Dinge anders. Er maß dem Kuß eine tiefe Bedeutung zu. Als Begrüßungsgeste und, natürlich, als Zeichen von Eintracht und Versöhnung. »Heilung« sollte ihm der Kuß sein, rein und aufrichtig. Dennoch bestand offenbar Grund, vor Mißbrauch und Pervertierung zu warnen. »Wir halten es für äußerst wichtig«, läßt der Kirchenlehrer Athenagoras sich vernehmen (*Ein Wort für die Christen*), »daß diejenigen, denen wir uns als Brüder und Schwestern verbunden fühlen, ihren Körper von Befleckung und Verderbtheit freihalten. Denn die Schrift warnt davor, den Kuß zu wiederholen und ein zweites Mal zu küssen, weil es so angenehm war. [...] Wir sollten deshalb ein wachsames Auge auf den Kuß als religiöse Begrüßung haben. Wenn er auch nur im geringsten durch unreine Gedanken befleckt wird, bringt er uns um das ewige Leben.« Im christlichen Liebeskuß sprechen die Lippen für das Herz. Sie sind eins mit ihm. Trifft dies nicht zu, suchen die Lippen die Lust oder ist ihr Kuß »gespalten«, so hat, wie der hl. Ambrosius sagt, das Küssen alle »Süßigkeit« verloren. *Per definitionem*, versteht sich.

Nicht nur dem »lustvollen« Küssen gegenüber hatte die Kirche Vorbehalte: Die »ganze Richtung« behagte ihr nicht. Für den hl. Hieronymus ist ein Mann, der seine Frau »zu leidenschaftlich liebt«, ein »Ehebrecher«. Es sei falsch, lediglich Liebe zur Frau eines andern als »skandalös« zu bezeichnen; das gleiche gelte für »übermäßige Liebe zur eigenen Frau«. »Der weise Mann liebt seine Frau auf überlegte, nicht auf leidenschaftliche Weise«, schreibt der militante Geistliche. Nichts sei abscheulicher, als wenn jemand mit der eigenen Frau umgehe wie mit einer Geliebten. Ein Ehemann, der ein so »lebhaftes Vergnügen« an seiner Frau findet, echot der hl. Benedikt, daß er sie, wäre sie nicht seine Frau, sich zur Geliebten wünschte, sei ein Sünder. Ähnliche Töne schlugen vereinzelt die Stoiker an. Es gebe Ehen, heißt es bei Seneca, »die im Grunde ehebrecherische Beziehungen sind. Wenn einer seine Frau mit brennender Leidenschaft liebt, ist das nichts anderes als Ehebruch.« Noch Montaigne und Brantôme (16. Jh.) werden sich zu dieser Art von Separatismus bekennen. Mehr als einmal sei er Zeuge gewesen, schreibt Brantôme, der Kolporteur von Skandalgeschichten, wie Eheleute so verliebt waren ineinander, daß sie vergaßen, was sie Gott schuldeten. Eheliche Liebe als Konkurrentin von Gottesliebe. Von nicht- oder gar außerehelicher Liebe ganz zu schweigen. Ein Antagonismus, in dem (sinnlicher) Liebeskuß und (geistlicher) Gotteskuß getrennt sind. Solche Rivalität zwischen der Liebe zum Partner und der Liebe zu Gott wird bis Mitte des 18. Jahrhunderts für Konfliktstoff sorgen. Erst die Französische Revolution schafft klare Verhältnisse. Wer kennt nicht das Gemälde, auf dem Marianne »oben ohne« zum Barrikadensturm auffordert.

Extreme »Vergeistlichung« des Kusses rief das Gespenst seiner (Wieder-)Verweltlichung auf den Plan. Wie sehr das frühe Christentum sich aus dieser Richtung bedroht fühlte, führt ein aus der 2. Hälfte des 1. Jahrhunderts stammendes Buch mit dem Titel *Poimen*: »Der Hirte«, vor Augen. Dieses »Denkmal des Alltagschristentums der kleinen Leute und der breiten Schichten« (M. Dibelius) soll eines der am weitesten verbreiteten, meist gelesenen Werke der frühchristlichen Zeit gewesen sein. Hermas, der Verfasser, war ein Freigelassener, der in Rom als Händler oder Kaufmann sein Auskommen suchte. Er erhebt die Stimme, um zu mahnen, aufzufordern zur Besinnung: Noch sei die von Gott gesetzte Frist zur Umkehr nicht abgelaufen. Das berühmte »Metanoeite«: »Denket um!«, das noch zu Beginn unseres Jahrhunderts der christliche Dichter R. J. Sorge an seine Mitmenschen richten wird. Aus dem Widerhall, den die Schrift des Hermas bei den Zeitgenossen fand, können wir schließen, daß sie einen Nerv getroffen haben muß. Eirenaios, Tertullian und Origenes standen nicht an, das heute fast vergessene Werk der »Heiligen Schrift« zuzurechnen.

In einer der beiden Visionen, aus denen *Poimen* besteht, berichtet der Erzähler, wie er von Hirten mit einer Gruppe von Mädchen, »Jungfrauen«, allein gelassen wird. Sie laden den Jüngling ein, bei ihnen die Nacht zu verbringen, als ein »Bruder«, wie sie ihm nachdrücklich versichern. Errötend vor Verlegenheit hat der junge Hirte alle Mühe, seine Schüchternheit zu überwinden. Die Mädchen beziehen ihn ein in ihr Spiel, tollen umher mit ihm und küssen ihn gar, so daß seine Zurückhaltung sich verflüchtigt. Am Abend, zur Schlafenszeit, entledigen die schönen Spielgefährtinnen des Helden sich der Kleider und fordern ihren Gast auf, sich ebenfalls zu entkleiden und in ihrer Mitte niederzulegen. Sie umschmeicheln ihn, nennen ihn aber immerfort »Bruder«. Doch wie der Erzähler betont, haben die jungen Frauen nichts anderes im Sinn als Beten. Und der Gast schließt sich ihrem Gebet an. Nackt, aber fromm, rein, heißt der Wahlspruch, Bewährung die Moral.

»Gesicht«, Gleichnis, Anweisung – alles dies ist die Geschichte von der Versuchung des jungen Hirten. Eines erhellt und erhöht das andere. Gelungene Kompilation, deren Inhalt den verschiedensten mündlichen oder schriftlichen Quellen entstammt. Das erotische Zwischenspiel, von dem weiter oben die Rede war, gilt als Adaptation eines alten heidnischen Themas zu einer christlichen Allegorie von Versuchung und Bewährung. Es heißt, in der Episode von Kußangebot und »Striptease« sei Erinnerung lebendig an Experimente früher christlicher Gemeinschaften, als Bruder und Schwester, d. h. »platonisch« zusammenzuleben. In den zwölf Jungfrauen, so zwielichtig ihr Verhalten auch sein mag, sind unschwer die traditionellen Gestalten der verführerischen Nymphen zu erkennen, deren sinnlichem Charme junge, unverdorbene Hirten zu erliegen pflegten. Hermas weist ihnen eine neue Rolle zu, ohne die alte ganz unberücksichtigt zu lassen. Als Allegorisierungen von Glaube, Liebe, Beherrschung, Geduld, Reinheit und ähnlichen christlichen Werten. Was als Versuchung erscheint, ist in Wirklichkeit nichts anderes als Bewährungshilfe. Ohne Bewährung kein Eintritt ins Himmelreich.

Um »Veredelung«, »Erlösung« eines Mannes durch Tugenden, die, wie bei Hermas, von Nymphen repräsentiert werden, geht es auch in Boccaccios idyllisch-allegorischer Erzählung *L'Ameto* (entstanden 1341). Dieses Mischwerk aus Pastorale, christlicher Allegorie und Kurzgeschichtensammlung genießt den Ruf, die erste in der italienischen Volkssprache verfaßte Hirtendichtung zu sein. Auch als »kleines Dekamerone« wurde sie gefeiert. Ihr Inhalt ist rasch wiedergegeben. Heimkehrend von der Jagd, vernimmt der in halbwilder Primitivität lebende Hirte Ameto lieblichen Gesang. Er geht den Tönen nach und findet eine Gruppe am Bach ruhender und sich erfrischender Nymphen. Auf den ersten Blick verliebt er sich in die schöne Lia. Welten liegen zwischen ihnen beiden. Ameto muß lernen, sich »bekehren«, d. h. »sich umkehren lassen«, wie das Verb zunächst gebraucht wurde. Dazu gehört, daß er seine Lüsternheit bezwingt: seinem »geistigen Auge« nicht erlaubt, sich Nacktheit auszumalen. Schluß mit der »Begehrlichkeit«! Statt dessen die Bemühung, zum »Wesen« vorzudringen.

In der Folge sucht der junge Hirte jedesmal, wenn er mit seinen Hunden auf Jagd geht, die sieben Schönen auf und erfreut sich an ihrer Gesellschaft. Während der Wintermonate, der Zeit erzwungener Trennung, steigert sich seine Liebe zur Leidenschaft. Als er im

Frühling den Nymphen aufs neue begegnet, willigen sie ein, die heißen Stunden des Tages mit ihm zu verbringen. Eine nach der andern
erzählt ihm die Geschichte ihrer Liebe. Er könne daraus lernen,
sagen sie. Noch weniger als zuvor vermag er die Schönheit an-
zuschauen ohne begehrliche Gedanken, d. h. ohne sich das jetzt
Verhüllte: Brüste, Geschlecht u. ä. in handgreiflicher Nacktheit vorzustellen. Großzügiger Umgang mit Entblößung tut ein übriges.
Ameto beneidet den Griechen Paris, der »drei Göttinnen nackt
sah«, denn »jeder Teil ihres schönen Körpers lag offen vor seinen
Augen«. Er malt sich aus, wie es wäre, wenn er die Schöne küßte,
seine Phantasie kennt keine Grenzen. »Immer wieder stellt er sich
vor, daß die Arme einer von ihnen ihn umfangen hielten. Oder daß
er den weißen Hals einer anderen umschlänge, und bei dem Gedanken an ihre süßen Küsse fühlt er, wie ihm der Speichel im Mund zusammenläuft. Aber als er seinen Mund weit öffnet, füllt ihn »nichts
als der leere Wind.« Mit andern Worten, uneingeschränkt beherrscht ihn nun seine »natürliche« Sinnlichkeit oder Lüsternheit.
Doch am Ende ist ein gewandelter Ameto völlig Herr seiner Sinne.
Er hat erkannt, daß die sieben Nymphen in Wahrheit die sieben Tugenden sind. Hatten die keuschen Verführerinnen zuvor »mehr seinem Auge als seinem Intellekt« gefallen, so erfreuten sie danach
»mehr seinen Intellekt als sein Auge«. Selbstbeherrschung und Bewährung führen zu Reinigung, Veredlung seiner Liebe. Die Erinnerung an seine lüsternen Gedanken, seine erotischen Phantasien, wie
wir heute sagen würden, erfüllen ihn mit Scham. Vergeistigung des
Eros als Aufstieg zum Paradies. Oder, bescheidener gesagt, ein
Lernprozeß, an dessen Ende zu Freude und Schmerz die Reue tritt,
voyeuristische *cupiditas* der *caritas* gewichen ist. »Kurz, er sah, daß
er aus einem wilden Tier zum Menschen geworden war.« Einem
Menschen, der einen anderen Kuß küßt als der wilde Hirte Ameto.

Nicht zuletzt die Bemühung um ihre Bewältigung bringt Körperlichkeit in den Blick. Auf diese selbst sollte erst die Renaissance sich
einlassen. Auch wenn die Vertreter dieser Epoche ein neues Körper-
gefühl proklamieren, auf »heidnische Unschuld« sich berufen: hinter Boccaccios Beschreibung lauert gleichwohl die Lüsternheit. Das
Leben als Bedrohung des Ideals.

Mystische »Ausschüttung« als Kußerfahrung

Mit dem Wort »mystisch« verbindet sich die Vorstellung von Rätsel und Geheimnis, Geheimnis als das, worüber die Lippen verschlossen, »versiegelt« bleiben. Der Begriff »Mystik« geht zurück auf das griechische Verb *mȳein*: »sich schließen (Lippen und Augen)«. Ein Mysterium ist das, worüber man nicht spricht: »Geheimlehre«, Geheimkult. Auch religiöses Geheimnis überhaupt. Derjenige, der dieses Geheimnis bewahrt, ist der »Eingeweihte«, der mit dem Heiligen, sprich: »Geweihten«, Vertraute. Das Heilige als der göttliche Bereich: lateinisch *fanum*, weshalb alles *vor* diesem Liegende *profanus* ist. Die Wurzel des dem Hebräischen entstammenden Wortes bedeutet »scheiden«, »absondern«. Dies macht den Eingeweihten, den »Mysten«, zum Nicht-Abgesonderten. Ziel und Kern aller Mystik ist nach K. Rosenkranz das »Streben nach Einigung mit der Gottheit«. Im mystischen Kuß wird sie verwirklicht. Eine neue Blütezeit der Kußsymbolik bringt denn auch das 12. Jahrhundert. Werfen wir zuerst einen Blick zurück.

Obwohl Küssen ein alter Brauch bei den Juden war, erlangte die Kußgeste offenbar erst spät Bedeutung für das jüdische Schrifttum. Wir hatten bereits von der Vorstellung gehört, die den Tod als göttlichen Kuß deutet. Eine Auszeichnung, vorbehalten Gerechten und Heiligen. Der Todeskuß wird hier zum krönenden Rettungskuß. Doch nicht nur die Hochzeit zwischen Gott und dem Volk Israel findet ihr Symbol im Kuß, auch die Liebesbeziehung zwischen Gott und dem gläubigen Individuum. Gotteskuß als Liebeskuß. Da in der jüdisch-christlichen Kulturtradition Gott männlichen Geschlechts ist, kann, ja muß es zu Komplikationen kommen, wenn Gottes Kußpartner eine Frau ist.

In seinem Kommentar zum »Pentateuch«, d. h. den »Fünf Büchern Mose«, glossiert Raschi, der berühmte Talmudist, die biblischen Worte »und Miriam starb dort« mit Fragen. Sei Miriam nicht an einem Kuß gestorben wie Moses und Aaron? Wie komme es, daß diese Tatsache unerwähnt bleibe? Nun, die Antwort liegt auf der Hand. Da es um eine Frau geht, wäre dies ein Zeichen von mangelnder Ehrfurcht gewesen. Eine ähnliche Geschichte wird von Michelangelo erzählt. Als der Künstler erste Entwürfe zur Erschaffung Adams machte, habe er mit dem Gedanken gespielt, den Akt der »Atemgebung« als Kuß im Bild festzuhalten. Zwei Männer, die einander küssen? Unmöglich. Es ist bekannt, für welche Lösung Michelangelo sich dann entschied.

Zentrale Bedeutung gewann die Kußsymbolik für die jüdische Mystik. Deren Vertreter suchten Stärkung des Herzens, nicht des Verstandes, Selbstvergessenheit, nicht Selbsterkenntnis, nicht Abstraktion, sondern Körperlichkeit: Fühl- und Faßbares. Auf uralte mündliche Tradition berief sich die neue mystische Lehre: die *Kabbala*, was soviel heißt wie »Überlieferung für die Eingeweihten«. Urheimat der *Kabbala* war die aragonische Stadt Gerona, ihre »Bibel« der *Sohar* (»Glanz«), ein geheimnisvoller Kommentar zum *Alten Testament*. Ihm zufolge liegt in den biblischen Erzählungen und Geboten der Schlüssel zur Enträtselung der tiefsten Weltgeheimnisse verborgen. Die »Einsichtsvollen« richteten ihr Augenmerk nicht auf das »Gewand«, sondern auf den von diesem verhüllten »Leib«. Damit gewinnt auch der Kuß eine erotische Tönung.

In seinem Kompendium *Die jüdische Mystik* (1980) schreibt Gershom Scholem, Schöpfer der wissenschaftlichen Grundlage des Studiums der Mystik, die Liebe zu Gott werde bei den Kabbalisten »noch in den überschwenglichsten Schilderungen stets als eine Liebe des Kindes zum Vater aufgefaßt«. Dies im Gegensatz zur christlichen Mystik und zu den deutschen Vertretern der jüdischen religiösen Verinnerlichungsbewegung des Chassidismus, wo sie auch als die Liebe »der Geliebten zum Liebenden« gedeutet werden könne. Am Ende des Aufstiegs der Seligen »in immer höhere Regionen« warte das »Gemach der Liebe«, wo die Seele, wie es im *Sohar* heißt, »wie eine Tochter« den Kuß des Vaters als Siegel der höchsten Seligkeit erhalte. Allerdings gebe es eine Ausnahme, schreibt der jüdische Gelehrte. Denn ein einziges Mal charakterisiere der *Sohar* die Beziehung eines Sterblichen zur Gottheit mit Sexualsymbolen. Gemeint ist die mystische Ehe des Moses mit der Schechina: der in die Welt eingegangenen Gottesherrlichkeit, »der Gegenwart Gottes unter den Menschen« (*gloria dei*).

Es ist interessant und gerade für den Leser von heute aufschlußreich, daß hier, im *Sohar*, erstmals von der Schechina als einem Element des Weiblichen in Gott die Rede ist. Nie zuvor war von ihr in weiblichen Bildern gesprochen worden. In der Symbolwelt des *Sohar*, führt Gershom Scholem aus, nehme »diese neue Idee der Schechina als das Symbol des ›Ewig-Weiblichen‹ unter zahllosen Namen und Bildern den größten Platz ein«. Der Kabbalist könne im Mysterium der Geschlechter nun ein Symbol für die Liebesbeziehung zwischen dem göttlichen »Ich« und dem göttlichen »Du«, dem Heiligen und seiner Schechina sehen. Da es mithin um Beziehungen der Gottheit zu sich selber, um Vorgänge innerhalb der göttlichen Manifestationen geht, spreche nichts gegen Rückgriff auf die Sprache der Erotik. Durch diese Auflockerung gewinnt auch der erotische Kuß eine neue, bis dahin nicht vorstellbare Bedeutung.

»Einheit«: »Vereinigung« – lautet unser Schlüsselwort. Das Einswerden im Kuß oder im Liebesakt spiegelt nicht allein die Einheit von Gott und Schechina, von Gott und Israel wider, es ist zugleich ein Beitrag zur endgültigen Vereinigung der oberen und der unteren Welt, zur Wiedererlangung der Ur-Einheit. Damit kann der Mensch zum Vermittler werden, sein Kuß erreicht kosmische Dimension, da er den Segen der oberen Welt herabzieht. Der Kuß als immerwährender, stets zu wiederholender »höherer« Ausdruck umfassender, liebesgegründeter Einheit: Pan-Sakralisierung der oskulatorischen Geste.

Im *Hohenlied*, kommentiert der *Sohar*, stimme Salomo einen Hymnus an, der alle andern übertreffe, ein Preislied »zu Ehren des himmlischen Königs, der Herr allen Friedens und aller Eintracht ist«. Die vollkommene Liebesvereinigung zwischen Bräutigam und Braut beschwöre Salomo in ihm, eine Vereinigung zwischen der oberen und der unteren Welt. Doch es gebe noch eine andere Deutung für den Satz »Er küsse mich mit dem Kusse seines Mundes«. Was habe König Salomo veranlaßt, mit den Worten »Er küsse mich« zu beginnen, als er diese Worte der Liebe aufzeichnete? Der Grund dafür gebe sich leicht zu erkennen: Keine andere Art der Liebe sei der Ekstase zu vergleichen, in die uns der Augenblick versetzt, da im Kuß Geist (*ruah*: »Atem«, »Hauch«) eins wird mit Geist. Dies besonders im Kuß auf den Mund, der Brunnen und Medium des Geistes sei. Wenn Mund den Mund berühre, vereine ein Geist sich mit dem andern »und wird eins mit ihm – eine Liebe.«

Aus Geist, der sich mit Geist im Kuß vereint, werde nicht zweimal, sondern viermal Geist. Denn ein jeder der Kußpartner hat nun auch noch den Geist des andern. »Der Kuß der Liebe breitet sich aus in *vier* Richtungen und damit in *eine* Richtung«, heißt es im *Sohar*. Dieses »Geheimnis des Glaubens« sei die Liebe, das Geheimnis der Vereinigung von männlichem und weiblichem Prinzip. Zwei, die einander küssen, bilden eine Einheit, in der sie eins und vier sind. Das Tetragramm A H B H: Liebe, deute solche an. Diese vier Buchstaben, schreibt der *Sohar*, seien »die vier [Geistes-]Richtungen der Liebe und der Freude aller Glieder des Körpers ganz ohne Traurigkeit«. »Vier [Geistes-]Richtungen gibt es im Kuß, und jede von ihnen erfüllt sich in Einheit mit der anderen. Und wenn Geist sich solcherart mit Geist verhakt, bilden sie zwei, die eins sind, und so bilden die vier ein vollkommnes Ganzes«. Auf eine Formel gebracht: »1+1=4« – die Apotheose des Mundkusses.

Ganz anders die christliche Mystik. Obwohl gerade sie berühmte Beispiele dafür bietet, was die Metapher von der Liebe zwischen Gott und der Seele zu leisten vermag. Ein Blick in August Langens *Wortschatz des deutschen Pietismus* öffnet erstaunliche Einsichten. Rückgriff auf die Sprache der bürgerlichen Liebeswerbung führt allerdings allzuoft auch zu Trivialisierung. Im Sinne von »Mit Jesus auf Du«. Ein Werk des 15. Jahrhunderts läßt Jesus den Bräutigam gar zu Gott Vater sagen: »So es dir gefällt, werde ich mich verheiraten und einen großen Haufen Kinder und Anhang haben.« Versinnlichung, nicht ohne Widerspruch. Sie fiel uns bereits auf, als von »Essen und Trinken Gottes« die Rede war.

Auch für die christliche Mystik, als deren Begründer Bernhard von Clairvaux gilt, gewinnt der Aufstieg zu Gott zentrale Bedeutung. Dante befand sich gewiß im Einklang mit seinen Zeitgenossen, als er in dem großen Kirchenlehrer den geeigneten Mann sah, um die Seele in die tiefsten Geheimnisse des Paradieses einzuweihen. In der *Göttlichen Komödie* verkörpert Bernhard die mystische Gottesschau, die nach Dantes Überzeugung die theologische Weisheit ergänzen muß. So tritt der Mystiker an die Stelle Beatrices und übernimmt es, dem Dichter die bekanntesten Seligen in der Himmelsrose zu zeigen. »Daß sich vollendet / Bis zum Ziele hin der Weg, der ganze. / Wozu Gebet und Liebe mich entsendet«, läßt der Dichter den »heiligen Greis« sagen. »Flieg mit den Augen durch des Gartens Schanze! / Sein Sehn bereitet deinen Blick zur Feier, / zu steigen höher in dem Gottesglanze. / Und von der Himmelsfürstin, drob im Feuer / Ich glühe, wird uns jede Gunst gereicht, / Da ich ja bin ihr Bernhard, ihr Getreuer!«

In der dritten seiner Predigten über das *Hohelied* geht der hl. Bernhard ein auf den »mystischen Aufstieg« zu Gott. Jedem seiner drei Phasen entspreche eine bestimmte Art von Kuß. Im Läuterungsstadium küßt die Seele Christus die Füße, im Erleuchtungsstadium sind es die Hände, und wenn es schließlich zur Vereinigung kommt, gilt der Kuß seinem Mund. Vom Fußkuß über den Handkuß zum Mundkuß: eine räumliche wie qualitative Steigerung, die traditioneller Vorstellung folgt. Erst wenn die Seele die ersten beiden Stufen hinter sich gebracht hat, ist sie fertig für das Einswerden mit Gott. Nur dann, sagt Bernhard von Clairvaux, könnten wir an das Wagnis denken, uns diesem segensreichen Mund zuzuwenden, um nicht länger über ihn nachzudenken, sondern ihn zu küssen.

Doch die Seele sollte nicht danach streben, heißt es in Bernhards Predigt, den Mund selbst zu küssen. Dieser sei Vater und Sohn vorbehalten, sozusagen für Vater- und Sohneskuß. Mit dem Mund geküßt zu werden, würde bedeuten, Gott »im Wesen« zu kennen, mit ihm auf die gleiche Weise vertraut zu sein wie der Vater mit dem Sohn. Deswegen bescheidet sich die Braut damit, mit dem Kuß des Bräutigams geküßt zu werden, nicht mit seinem Mund. Nicht Mund, sondern Kuß. Dunkle Worte? Haarspaltereien? Denn was ist dieser Kuß? Nichts Geringeres als die dritte Person der Trinität: der Heilige Geist. »Wenn es so ist«, heißt es nämlich in der achten Predigt, »daß der Vater derjenige ist, den der Sohn küßt, und der Sohn derjenige ist, der vom Vater geküßt wird, so dürfte es nicht falsch sein, den Kuß als solchen als den Heiligen Geist zu verstehn, den friedlichsten Frieden zwischen Vater und Sohn, ihre unauflösbare Bindung, ihre einzige Liebe und unteilbare Einheit.« Für den hl. Bernhard ist die höchste Gabe, die die Braut empfangen kann, nichts anderes als »die Eingießung des heiligen Geistes«. Und diese bedeutet zugleich Teilnahme an jenem großen Kuß, der Vater und Sohn im Heiligen Geist eins sein läßt.

Kein Mundkuß mit Gott also, dieser ist Gleichgestellten vorbehalten. Kein Geschöpf könne eine Beziehung zu Gott in Anspruch nehmen, wie sie zwischen Vater und Sohn besteht. Nur sie küssen als Ebenbürtige. So habe auch der große Paulus, als ihm die Auszeichnung zukam, in den dritten Himmel versetzt zu werden, nicht den Mundkuß erhalten, sondern nur den »Kuß des Kusses«. Wie groß der Apostel auch immer gewesen sei, seine Lippen habe er nicht zu denen des Allerhöchsten zu erheben vermocht. Als Folge dieses »Mangels« sei die Seele, die entsprechend dem weiter oben erwähnten Phasenmodell des Küssens, zwar von Dank erfüllt, aber kaum befriedigt von dem Privileg, die Füße und die Hände küssen zu dürfen: »Ich finde keine Ruhe, bis daß er mich mit dem Kusse seines Mundes küßt. [...] Ich bin nicht undankbar, aber ich liebe. Ich gebe zu, daß ich mehr empfangen habe, als ich verdiene, aber es ist zu wenig für mein Verlangen. Ich bin getrieben von meinem Begehren, nicht geleitet von Vernunft.« Nicht nur empfängt die Seele den Kuß mit Liebe, sie sehnt sich nach ihm und erfleht ihn vom Bräutigam. So heftig ist ihre Sehnsucht, ihr Wunsch nach Hingabe, daß einzig und allein der vereinigende Kuß ihr Friede zu geben vermag.

»Er küsse mich mit dem Kusse seines Mundes«, heißt es in der siebten Predigt. »Wer spricht so? Die Braut. Wer ist die Braut? Sie ist die nach Gott dürstende Seele. [...] Sie, die um einen Kuß bittet, ist von Liebe entbrannt. Von allen natürlichen Gefühlen ist das Gefühl der Liebe das vorzüglichste, besonders wenn es zurückkehrt zu seiner Quelle, die Gott ist ... Die Braut-Seele bittet um einen Kuß. Sie bittet nicht um Freiheit, nicht um eine Belohnung, nicht um eine Erbschaft, nicht einmal um Erkenntnis – sie bittet um einen Kuß.«

Auch dabei läßt der hl. Bernhard es nicht bewenden. Nach noch größerer Deutlichkeit strebt er. Dabei werden Zusammenhänge sichtbar, die der Biographie des Kusses einen zusätzlichen Angelpunkt sichern. Denn der im Kuß, in der mystischen Hochzeit übermittelte (Lebens-)Hauch führe auch zur Empfängnis. In der neunten Predigt heißt es schließlich: »Während die Braut vom Bräutigam spricht, ist dieser, wie ich gesagt habe, plötzlich anwesend: er erfüllt ihren Wunsch, gibt ihr den Kuß. Der Beweis dafür ist, daß ihre Brüste sich füllen.« So wirksam sei dieser Kuß, daß die Braut empfange, sobald sie ihn erhält. »Sie sieht, wie ihre Brüste schwellen und von Milch überfließen.« Weswegen der Bräutigam sagen könne: »Meine Braut, du hast, worum du batest, und der Beweis ist, daß deine Brüste besser geworden sind als Wein. Und Zeichen dafür, daß du den Kuß erhieltest, ist dein Gefühl, daß du empfangen hast.« Der Kuß als Bild und Gefäß der Verschmelzung von geschöpflicher Atem-Seele und schöpferischem Atem-Geist – Kürzel mystischer Erfahrung. Durch den Kuß ist der Mensch eins mit Gott und damit selber vergöttlicht. Doch der ihm erreichbare Gotteskuß ist nicht der Kuß Gottes, des Ganzen der Dreifaltigkeit, sondern der Kuß des Heiligen Geistes (als Heiliger Geist), der selber der Kuß von Vater und Sohn ist.

VIERTER TEIL

Der »gespaltene« Kuß

Ob Krokodilstränen, Lippenbekenntnis, Uriasbrief oder Judaskuß: jeder versteht, was gemeint ist, so wir uns dieser Begriffe bedienen. Gemeinsam ist ihnen das Signal der Falschheit. Der Falsche, Unwahrhaftige als der sich Verstellende, der Verschlagene. Die Tränen, die er weint, sind »unecht«, seine Bekenntnisse kommen nicht von Herzen, sind äußerlich, Sache der Lippen. Ähnliches gilt für Uriasbrief und Judaskuß. Beide entstammen der Bibel: Beschert jener dem Überbringer Unheil, so dieser dem Empfänger. Nach »Samuel« überbrachte Urias, Heerführer König Davids, dem Feldherrn Joab einen Brief, der ihn das Leben kosten sollte. Die Geschichte vom »heimtückischen Verräter« Judas Ischariot steht im *Neuen Testament* (Matth. 26,14 ff.). Verglichen mit dem, was Urias widerfuhr, ist das Schicksal des Jüngers Jesu dimensionsreicher, »abgründiger«.

Auch hier ist die Sache demnach älter als der Begriff. Das *Alte Testament* weiß, wie gesagt, zu berichten, daß Joab, einer der Befehlshaber Davids, sich der Kußgebärde auf hinterlistige Weise bediente. Als wenn er ihn küssen wollte, faßte Joab den Amasa mit der rechten Hand am Bart und durchbohrte ihn mit dem Schwert (2 Sam. 20,9). Auch bei der Ermordung Cäsars, fast hundert Jahre vor dem Verrat des Jüngers Jesu, spielte das, was später Judaskuß genannt werden sollte, bekanntlich eine wichtige Rolle. In seinen vergleichenden Biographien von Griechen und Römern geht der Historiker und Philosoph Plutarch aus Chaironeia auf die Sache ein. »Als Cäsar eintrat, erhob sich der Senat«, schreibt Plutarch. »Die Verschwörer warteten, bis der Diktator Platz genommen hatte, dann umringten sie ihn und ließen Tillius Cimber vor ihn hintreten, damit er für seinen in der Verbannung lebenden Bruder um Gnade bitten könne.

Als wollten sie seiner Bitte Nachdruck verleihen, ergriffen sie die Hand Cäsars und küßten den Diktator auf Brust und Kopf. Dieser versuchte, sich ihren Aufdringlichkeiten zu entziehen, und als er merkte, daß sie ihn nicht losließen, erhob er sich rasch von seinem Stuhl. Da zerriß Tillius ihm mit beiden Händen die Toga, und Casca, der hinter Cäsar stand, zog als erster den Dolch, um ihn dem Überraschten in die Schulter zu stoßen. Als Cäsar, nur leicht verwundet, nach Cascas Hand griff, um sich vor der Waffe zu schützen und die Worte schrie: ›Casca, Verbrecher du, was soll das?‹ rief Casca auf griechisch seinen Bruder zu Hilfe. Von mehreren Dolchstößen der Verschwörer getroffen, blickte Cäsar um sich, wohin er fliehen könne. Aber als er sah, daß Brutus den Dolch gegen ihn erhob, ließ er Cascas Hand los, zog die Toga über den Kopf und überließ seinen Körper den Mördern …«

Aber weniger um die Küsse der Cäsar-Mörder geht es uns, als um den Judaskuß, jenen scheinbaren Liebeskuß, der in Wirklichkeit ein Kuß des Verrats war. Ausdruck von Doppelzüngigkeit. Er gewinnt sein einmaliges Gewicht im Horizont des Friedenskusses. Wie ein Band, eine heilige Kette, hatten wir gehört, umschloß dessen Ritual die christlichen Gemeinden, verlieh ihnen Halt, begründete wechselseitiges Vertrauen, brüderliche Solidarität: Jede Kette ist so stark wie ihr schwächstes Glied. Deswegen die zahlreichen Ermahnungen, Lippen und Herz nicht voneinander zu trennen, nicht zuzulassen, daß der Friedenskuß zum »gespaltenen« Kuß wird, wie der Teufel ihn küßt. Mit dem systematischen Aufbau einer Kirchenorganisation, wie das vierte Jahrhundert ihn sah, der Kodifizierung von Glaubenssatz und Gesetzestext, häuften sich die Mahnungen, eines christlichen Lebenswandels sich zu befleißigen. »Streitet nicht miteinander«, predigt ein früher Kirchenlehrer, »seid ohne Heuchelei. Gebt einander den Kuß des Herrn, der Mann dem Mann, die Frau der Frau. Aber niemand soll es aus Falschheit tun wie Judas, der den Herrn verriet mit einem Kuß.« Judas erscheint als Personifizierung von Falschheit und Verlogenheit: eine Fratze, die jederzeit beschworen werden kann. Der hl. Augustinus, Kind seines bewegten Jahrhunderts, sieht im Judaskuß den Inbegriff der Spannung, ja des Gegeneinanders von Mund und Herz, was gleichbedeutend ist mit

Verneinung des Friedenskusses. Da der Friedenskuß ein heiliges Geheimnis ist, muß, wer ihn mit unlauterer Gesinnung küßt, ein Verräter sein. Sei nicht wie Judas, mahnt Augustinus. Der Verräter Judas küßte Christus auf den Mund, aber in seinem Herzen verriet er ihn. Sein Mund sprach eine andere Sprache als sein Herz. Mit zwei Zungen sprach er: doppelzüngig wie der Teufel, die Schlange.

In der *Odyssee* erzählt Homer, wie Proteus, der Meeresgott und Robbenhirte Poseidons, überfallen und gebunden wurde und sich dann, um sich zu befreien, nacheinander in einen Löwen, eine Schlange, einen Eber, in Wasser, Baum u. ä. verwandelte. Proteus teilt diese Wandlungsfähigkeit mit dem Wasser und dem Teufel. Thomas Mann hat das Motiv in seinem *Doktor Faustus* genutzt. Identität als Vertrauen darauf, daß die Dinge sind, was sie scheinen, ist ein Grundprinzip unserer Weltorientierung. Wir könnten geradezu von einem Urvertrauen sprechen. »Identität« als »Wesenseinheit« bedeutet »Echtheit«, das Gegenteil von Falschheit, sprich: »Wesensvielfalt«, wie sie dem Teufel eigen ist. Die Grundbedeutung von »Lüge« ist deshalb »Verborgenheit«, »Verheimlichung« – »Leugnen«. Das griechische Wort für »Wahrheit«: *alḗtheia*, bedeutet »Unverborgenheit«. In die gleiche Richtung weisen deutsch »Zweifel« oder englisch *doubt*. Bedeutet »Zweifel«, als Zusammensetzung aus »zwei« und »falten«, eigentlich »Ungewißheit bei zweifelnder Möglichkeit«, so *doubt* (aus *two* und *to be*), daß etwas zweimal vorhanden ist. In beiden Fällen geht es um Nicht-Festgestelltsein, wie es für die Wellen des Wassers und die »schwingende«, »sich windende« »teuflische« Schlange charakteristisch ist.

Falschheit, Verrat, für uns sind sie Alltagsbegriffe. Mit dem Drehen des Rads der Geschichte wechselt ihr Inhalt. Friedenskuß und Judaskuß sind nur noch einen Hebelgriff voneinander entfernt. Unsere Epoche definiert sich durch Doppelzüngigkeit, durch Zerrissenheit, Gespaltenheit oder Zwiefältigkeit, wie dies vielleicht keine frühere Zeit in solchem Ausmaß gekannt hat. Ursprünglich gab es Treue oder Untreue nur gegenüber einer bestimmten Person. Das altgermanische Wort »Rat«, Grundwort zu »Verrat«, wurde auf Gott und Herrscher angewandt und bezeichnete deren Fürsorge für ihr Reich. »Raten« umfaßte demnach alles, was der Herrschende dem von ihm Abhängigen zu leisten schuldig war: Schutz, Hilfe, Vorsorge, Förderung, Belehrung. »Verraten« meinte das Ausbrechen aus diesem Schutzbezirk, vormals im Sinne von »Irreleiten«, »falsche Unterstützung geben«, »Preisgeben«: »als Beute Überlassen«, »in die Hände liefern«. In dieser Urbedeutung kommt das Zweiseitige des Verhältnisses noch ganz stark zum Ausdruck: Auch der Herrschende kann den zum Gehorsam Verpflichteten verraten. Eine Einsicht, die später verlorenging. Auch in diesem Bezugfeld bestätigt der Judaskuß sich als Verkehrung, Pervertierung des Friedenskusses. Weshalb es Zeiten gab, da die Gläubigen an den letzten drei Tagen der Osterwoche völlig darauf verzichteten, den Friedenskuß zu tauschen. Sie gedachten in dieser Woche der »Klage«, »Trauer«, wie das Bestimmungswort »kar« sie signalisiert, des Verrats am Herrn eben dadurch, daß sie den Frieden »unbesiegelt« ließen.

»Verraten« bedeutet demnach »durch falschen Rat irreleiten«, »auf jemandes Verderben sinnen«. Schon bald habe sich dieser Wortinhalt zur Verstärkung hin gewandelt. »Etwas zu jemandes Verderben unternehmen« meint das Verb jetzt. Der Kuß des Judas steht für Verrat nicht nur durch seine Falschheit, Doppelzüngigkeit. Verrat ist er zugleich dadurch, daß er »erkennen läßt«, »verrät«, wer Christus ist: »Und der Verräter hatte ihnen ein Zeichen gegeben und gesagt: Welchen ich küssen werde, der ist's; den greifet. – Und alsbald trat er zu Jesum und sprach: Gegrüßt seist du, Rabbi! und küßte ihn.« »Innerer« und »äußerer« Verrat potenzieren einander im Judaskuß.

»Rat«, hatten wir weiter oben gehört, meint nicht zuletzt »Fürsorge«. Mithin signalisiert »Verrat« »falsche Fürsorge«, »falscher Rat«. Das lateinische Verb für »Sorge tragen« ist *curare*. Als »kurieren« wurde es ins Deutsche übernommen. Dort bedeutet es »pflegen«, »heilen«. Auch im Englischen *care*: »sich küssen«, »pflegen«, »anteilnehmen« u. a. lebt lateinisch *curare* weiter. Damit nicht genug: *caress*: »liebkosen«, »streicheln«, »zärtlich sein« hängt gleichfalls mit *care* bzw. *curare* zusammen. Die liebkosende Zuwendung als heilende. Wir werden darauf in dem Kapitel »Der heilende Kuß« zurückkommen. Der Verrat des Judas, seines Mundes, seiner

Lippen, seiner Zunge, als doppelter Verrat. Der gespaltenen Zunge entspricht der gespaltene Kuß.

Doch war Judas, der zwölfte Jünger Jesu, wirklich ein Verräter? Und der Judaskuß somit das, was er inzwischen symbolisiert? Als Motiv seiner Tat gilt, der kirchlichen Interpretation zufolge, die Habsucht. Passionsspiele stilisieren Judas zum Werkzeug des Teufels. Tatsache scheint zu sein, daß Judas den Zeloten, einer radikalen Partei, angehörte. Mit allen Mitteln bekämpften deren Anhänger die römischen Besatzungstruppen. Es war dem späteren Verräter und Selbstmörder nicht gelungen, Christus dazu zu bewegen, sich an die Spitze der Widerstandskämpfer zu stellen. Wie nicht wenige Christen unserer Tage verkannte er, daß der Religionsstifter es ernst gemeint hatte mit der Gewaltlosigkeit. So war es nur folgerichtig, wenn Christus sich festnehmen ließ. War der letzte Kuß von Meister und Jünger dennoch zugleich ein – Versöhnungskuß?

Verständlicherweise fand man sich im 18. Jahrhundert geneigt, die Judas-Gestalt neu zu interpretieren. So will in Klopstocks Epos *Messias* (1748 ff.) Judas durch seinen Kuß Jesus zwingen, sich in seiner Herrlichkeit zu offenbaren oder eben auch seine Ohnmacht einzugestehen. Scheinverrat im Dienst der Provokation von Christi Größe. Welche Ironie: Judas als derjenige, der Christus dazu auffordert, Farbe zu bekennen! Aber ließe sich der Judaskuß nicht auch als Teil des göttlichen Heilsplans vorstellen? Gegeben in »höherem Auftrag«? Dann hätte Judas unfrei gehandelt, als Werkzeug in Hegelschem Sinn. Oder überhaupt: Wenn Judas sich im Bewußtsein seiner welthistorischen Mission selbst zum Opfer gebracht hätte? Käme ihm dann nicht sogar mehr als ein bescheidener Platz im Erlösungswerk zu? Und seinem Kuß eine weitaus tiefere Bedeutung, als wir dies gemeinhin wahrhaben wollen.

Solange es Juden und Christen auf dieser Welt gibt, wird die Gestalt des Judas sie beschäftigen. Zu immer neuen Deutungen sie einladen. In seinem hintergründigen Buch *Bruder Judas* (1984) kommt der israelische Autor Shalom ben Chorin zu einem ganz und gar eigenwilligen Schluß. Er knüpft an bei der Kußsymbolik, die wir im Kapitel »Mystische Ausschüttung der Kußerfahrung« berührt haben. Judas sei der einzige gewesen, der den Herrn küßte, und sein

Kuß habe etwas vom Kuß des Gerechten. Es versteht sich, daß eine solche Behauptung eine Erklärung verlangt. Nach ben Chorin haben wir es zu tun mit einer Anspielung auf die Worte »*Mitha bi neshika*«, auf den Tod im Kuß, »aber auf eine verschleierte, abgewandelte, gewissermaßen karikierte Weise«. Der *Haggadah* zufolge sterbe der Gerechte in einem Kuß: im Kuß Gottes. Der Tod des Moses, sein einsames Sterben in den Bergen, entspreche dieser Vorstellung. Gott küßte die befreite Seele des Moses. Nicht der Schrecken einflößende Todesengel näherte sich hier dem Gerechten, sondern Gottvater selbst. Er beugt sich hinab zu seinem Sohn und nimmt ihm mit seinem Kuß die Seele. Eine Seele, die er ihm selbst gab. Habe nicht auch der Kuß des Judas etwas von einem todbringenden Kuß, den nur die Gerechten empfangen dürfen? »Denn mit diesem Kuß«, schreibt Shalom ben Chorin, »ist das Schicksal von Jesus besiegelt. Gott, der sich zur Verwirklichung seiner Pläne genausogut des Satans wie seines schlechten Schülers bedient«, habe seinen Kuß dem, der dem Tod geweiht war, als Erkennungszeichen geschickt. Demnach sei der Kuß des Judas »ein Zeichen nicht nur für die Schergen – auch für Jesus selbst«. Neben Bruder Jesus tritt Bruder – Judas.

Der Kuß als Heiltrank und Feuerhauch

Wie *salut*, seine Weiterentwicklung im Französischen, bedeutet das lateinische Wort *salus* »Wohlbefinden«, »Gesundheit« des Leibes und der Seele: »Heil«, »Friede«. Abgeleitet davon ist *salutare*: »grüßen«, »bewillkommnen«, das seinerseits zu *salutatio*: »Gruß«, führt. Neben dem Substantiv *salus* stehen das Adjektiv *salvus*: »unverletzt«, »wohlbehalten«, und deshalb »noch am Leben«, und die Ableitungen *salvare*: »gesund sein« bzw. »gesund bleiben«, wie *salvatio*: »Errettung«, »Heil«. Ähnliches gilt für das Französische, wo *salut* neben *salutation* steht, und die deutsche Wortfamilie »heil«. Wer »heil!« sagt, wünscht dem andern Gesundheit: daß er »heil«, sprich: »ganz«: griechisch *holos*, bleiben möge. Heilung ist demnach Wiederherstellung des Heils, d. h. des (gesegneten) Zustands des Ganz-, Gesundseins.

Auch im Kuß kann Begrüßungsgeste sich mit Heilgeste verbinden. Ein gutes Beispiel für solche Verdoppelung findet sich im bruchstückhaften *Tristan* des Thomas d'Angleterre. Der Kuß der Dame ist Heilbalsam. Gruß, Kuß und Medizin sind eins. Gern spielten provenzalische Dichter mit dem Doppelsinn des Wortes *salut*: »Gruß« und »Heil«. Sie wußten sogar den Sinn »Errettung« und »Glückseligkeit« mit einzubeziehen. Natürlich war mit »Heil« ursprünglich Wiederherstellung, »Heilung«, »Versöhnung« (»Befriedung«) des gefallenen, »kranken« Menschen gemeint. Der »Heiland« als »Heiler«. In diesem Sinn »sprechend« ist das englische Wort *atonement*: »Sühne«, »Genugtuung« – »Wieder-eins-Machung«.

Thomas, der Tristan-Dichter, spielt virtuos auf dieser Tastatur. »Bestellt ihr Grüße (*saluz*) von mir«, heißt es gegen Ende seines Epos, »daß nichts mich berührt ohne sie, sagt ihr. Von Herzen sende ich ihr soviel Heil (*salue*: Grüße), daß keines mehr bleibt für mich. Mein Herz grüßt (*salut*: heilt) sie mit Grüßen (*salus*: Heil), ohne sie werde ich nie wieder gesund; ich schicke ihr mein ganzes Heil (*salu*: alle meine Grüße).« Dieses Beispiel zeigt, daß es kaum möglich ist, die spielerische Vielschichtigkeit des Textes einigermaßen adäquat wiederzugeben.

Auch bei Shakespeare findet sich der Kuß als »Heilbalsam«. So beispielsweise in *König Lear* (IV.7). Cordelia preßt ihre Lippen auf die des mißhandelten und irre gewordenen Vaters und sagt: »Mein teurer Vater! O Genesung gib / Heilkräfte meinen Lippen; dieser Kuß / Lindre den grimmen Schmerz, mit dem die Schwestern / Dein Alter kränkten!« Die Heilkraft des Kusses (und des Speichels) – der Glaube an sie ist tief verwurzelt.

Können Küsse wirklich heilen? Neben Gesundbeten ein Gesundküssen? Wir kennen die heilende Geste der Handauflegung. Lassen sich auch durch »Auflegen der Lippen« Heilerfolge erzielen? Natürlich denken wir sofort an die Wiederbelebung durch Mund-zu-Mund-Beatmung. Schon das »Buch der Könige« weiß von ihr. »Und da Elisa ins Haus kam«, heißt es in der Bibel, »siehe da lag der Knabe tot auf seinem Bett.« Der Prophet sei hineingegangen und habe »sich auf das Kind gelegt«. Er »legte seinen Mund auf des Kindes Mund, und seine Augen auf seine Augen, und seine Hände auf seine Hände, und breitete sich also über ihn, daß des Kindes Leib warm ward« (2 Kön. 4:34f.). Inzwischen sind wir davon überzeugt, daß solche Prozedur nicht in den Bereich märchenhafter Hagiographie gehört. Selbst von »heiliger Berührung« berichtet die Bibel. Es ist, als ob ein Funke durch sie übergesprungen wäre. »Wer hat mich angerührt?« fragt Jesus, um den das Volk sich drängt. Was bewegt ihn zu dieser Frage? Er fühlt, daß »eine Kraft« von ihm »ausgegangen« ist (Lukas 8:34–35). Eine Kraft: Geist, Feuer auch. Funke, ein Wort, das von Feuer abgeleitet ist.

Als eines der berühmtesten Rituale gilt die »königliche Berührung«. Jahrhundertelang wurde sie praktiziert. Für die englischen und französischen Könige wurde sie zum Wahrzeichen der Heiligkeit ihres Auftrags und ihrer (gottgewollten) Funktion. Vor allem die an »Königsübel« oder Skrofulose, sprich: tuberkulöser Hauterkrankung, Leidenden hofften darauf, daß der König ihnen die Hand auflegte. Dabei war die Heilkraft der königlichen Majestäten nicht auf das eigene Territorium beschränkt. Sie bildete Teil von ihm, begleitete ihn, wohin auch immer er ging. So konnte Karl II. von England 1660 die Zeremonie der »königlichen Berührung« in der Hofkapelle von Den Haag vor den Augen der verwirrten, aber in dieser Hinsicht noch nicht völlig ungläubigen niederländischen Oberschicht absolvieren. Über Wilhelm von Orange, den späteren Wilhelm III. von England, der selber Niederländer war, wird berichtet, er habe das Ritual »einen dummen Aberglauben« genannt. Dennoch blieb seine Frau und Mitregentin Maria dem Brauch treu. Ähnliches wird deren Nachfolgerin, Königin Anna, nachgesagt. Noch auf dem Totenbett, 1714, soll sie die Überzeugung geäußert haben, daß königliche Berührung zur Heilung gereichte. Volkstümliche Nachschlagewerke wie Besolds *Thesaurus practicus* wollen wissen, in den Küssen der Prinzen des Hauses Habsburg habe eine solche Kraft gelegen, daß Stotternde dadurch genauso vollständig geheilt wurden »wie Kröpfige durch die Hand der Könige Frankreichs«. War dieser Gedanke der »Heilung« der tiefere Grund dafür, daß die römischen Juden gehalten waren, den Saum des päpstlichen Mantels zu küssen?

Wenn schon der Kuß imstande sei »Verwünschten Erlösung zu vermitteln«, belehrt das *Handbuch des Aberglaubens* den Benutzer, dann sei es kaum zu verwundern, daß Krankheiten und Gebrechen durch Küssen verhindert und geheilt werden konnten. Die Grafen von Alt-Rapperswil hätten in dem Ruf gestanden, Kinder vor Stammeln und Blindwerden zu bewahren. Küsse als Heilmittel gegen Husten, Gicht, Krämpfe u. ä. Da Krätze einen da befalle, »wo kurz vorher eine Hexe gesessen hat«, müsse man, um sie loszuwerden, mit fester Stimme sprechen: »Schlechte Frau, gute Frau, kamen auf neuen Wegen. Neunerlei Krätze geh' zur schlechten Frau. Reine Frau, bleibe rein und küsse du mich rein! Krätze in die Erde geh.« Gregor von Tours weiß zu berichten, daß er von einem Zungen- und Lippengeschwür befreit wurde, als er das Grabgeländer des hl. Martin ableckte und den Vorhang zur Gruft küßte. Hier gehen Heilkuß und Adorationskuß ineinander über. Auffällig, aber verständlich ist, daß es in der christlichen Literatur von Heilküssen wimmelt, während die Antike nur wenige Wunder dieser Art zu kennen scheint. Zahnschmerzen soll man übrigens loswerden können, indem man einen Esel küßt. Leicht gesagt: Wer hat heutzutage schon einen Esel zur Hand. Und überhaupt: Warum muß es gerade ein Grautier sein? Wen interessiert schon, daß der Esel auch Metapher für sinnlich-irdisches Leben ist.

Fast hätten wir den so unendlich wirkungsvollen Trost- oder Heilkuß der Kinderwelt unter den Tisch fallen lassen. Wieviel ärmer wären wir ohne ihn. Und wieviel lauter ginge es zu auf dieser Erde ohne seine besänftigende Wirkung. Eine Art Zauberspruch, Beschwörung, die sich höchst selten als ohnmächtig erweist. Ob echter oder eingebildeter Schmerz, auf den Trostkuß ist Verlaß. Besonders dann soll er als »*instant pain killer*« wirken, wenn er von Streicheln und dem folgenden Vierzeiler begleitet ist:

Heile, heile Segen,
drei Tage Regen,
drei Tage Schnee –
tut's dem Kindchen nicht mehr weh!

Noch im 18. Jahrhundert habe es Fälle von Heilung durch »Berühren« einer »heiligen Person« gegeben. Aufsehen erregte der Fall der fünfundvierzigjährigen wassersüchtigen Agatha Stouthandel. Sie wurde sofort geheilt, als sie das Chorhemd des Erzbischofs von Utrecht berührte. Dieses Wunder schien es deswegen in sich zu haben, weil der Himmel dadurch die Legitimität dieses »abtrünnigen« jansenistischen Kirchenmanns zu bestätigen schien. Noch heute berühren Rombesucher ein Gewand des heiligen Petrus. In beiden Fällen geht es darum, teilzuhaben an der Tugend, sprich: Kraft, des geweihten bzw. geheiligten Vertreters der Kirche bzw. Christi. Kleidung steht paranomatisch für Amt, Würde und Kraft. »Kraft meines Amtes ...« sagen wir noch heute.

Nähe und Berührung, fühlender Brückenschlag im Gebet. Auch in der Geschichte unseres Wortes »Kapelle« lebt dieser Gedanke fort. »Kapelle« meint kleines Gotteshaus wie kleinen abgeteilten Raum für Gottesdienste. Grundbedeutung des aus dem Lateinischen übernommenen Wortes ist »kleiner Mantel«. Bei *cappella* handelt es sich demnach um eine Verkleinerungsform zu *cappa*: »Mantel mit Kapuze«, eine Art Kopfbedeckung. Wie kommt es nun zu dem Bedeutungsübergang von »kleiner Mantel« zu »Kapelle«? Die fränkischen Könige pflegten den »Mantel« des hl. Martin von Tours als Reliquie in einem privaten Heiligtum aufzubewahren. Vom »Aufbewahrten« ging die Bezeichnung über auf den Ort der Aufbewahrung. Seit dem 7. Jahrhundert wurde dann jedes kleinere Gotteshaus ohne eigene Geistlichkeit »Kapelle« genannt. Der Ausgangspunkt, nämlich Anbeten und Berühren eines Amt und Kraft repräsentierenden Gegenstands, geriet in Vergessenheit, wie der »Kußpfennig«, den man dabei entrichtete.

Kommen wir an dieser Stelle noch einmal zurück auf das Symbol des Feuers. »Feuer« bedeutet »Licht« und »Geist«, »Mut« und »Seele«, »Liebe« und »Kraft«. Mit ihm werden Reinigung wie Regeneration assoziiert. Feier des »neuen Feuers« bildet Bestandteil der Osterliturgie der katholischen Kirche. Pfingsten ist nicht denkbar ohne die »feurigen Zungen«. Der Mund als Feuer, die Zunge als Flamme. Doch selbst hier geraten wir an Abgründe. Denn das Feuer hat auch eine sexuelle Bedeutung. Kein Feuer ohne »Feuermachen«, wozu einst die Technik des Reibens diente. Deshalb konnte das Feuer, wie Mircea Eliade bemerkt, als Produkt geschlechtlicher Vereinigung betrachtet werden. Man denke an das neudeutsche umgangssprachliche Verb »anmachen«. In zahlreichen Legenden erscheinen als Ort des Feuers die Geschlechtsteile. Hin-und-her, das übrigens auch die Grundbedeutung von »Spiel« ist, als Akt des Zeugens. Für Gustave Bachelard ist die Liebe »die erste wissenschaftliche Hypothese« für die objektive Reproduktion des Feuers. Bevor es zum »Sohn des Holzes« wurde, war es »Sohn des Menschen«. Die Methode des Reibens erscheine als »die natürliche Methode«. Sie sei »natürlich«, schreibt Bachelard, »weil der Mensch durch seine eigene Natur zu ihr gelangt«. Wir müssen darauf verzichten, diesen Faden weiterzuverfolgen. Jedenfalls markiert die auf die Reibungsidee sich gründende Feuersymbolik nach G. Durand »den wichtigsten Schritt in Richtung Intellektualisierung des Kosmos«, ein Schritt, der den Menschen immer mehr von seiner Tiernatur abzieht. Es bedarf keines detektivischen Scharfsinns, um zu erkennen, daß auch der Kuß als Hin-und-her von Lippenrund (Vagina) und Zunge (Penis) in diesem Bezugsfeld (Tiefen-)Bedeutung gewinnt. Wie das Bild von den »feurigen Zungen« des Pfingstwunders und das Cliché von den »feurigen Küssen«.

In dem »Winterlichen Liebeslied« eines lateinisch schreibenden Dichters (ca. 1200) heißt es:

So erstarrt vor Kälte jedes Ding.
Nur ich allein bin glühend heiß;
weil ich freilich im Herzen trage,
was mich erhitzt;
das Feuer aber ist ein Mädchen,
nach dem ich schmachte.

Von Küssen nährt sich diese Glut
und von des Mädchens leichtester Berührung;
in ihrem Auge strahlt
das Licht des Lichts,
und auf der ganzen Welt gibt's nichts,
was göttlicher wäre.

»... nicht schämen, den kleinen Fuß zu küssen«

In Bertolt Brechts letztem großen Stück, *Der kaukasische Kreidekreis* (1944/45), kämpft Azdak, der enttäuschte Revolutionär, ums Überleben. Seine einzige Waffe: Anpassung. Er unterwirft sich wie das »weiche Wasser«, dessen Gott der gestaltenreiche Proteus ist. Als *ultima ratio* leckt Azdak einem jeden die Hand oder gar den Stiefel. Ähnlich Schwejk. Dessen Kommentar, als der »Tapezierer aus der Quergasse« verhaftet wird und verschwindet: »Wahrscheinlich ein ungeschickter Mensch, der sich ihnen nicht unterworfen hat.« Eines von Brechts *Notaten* zu Szenen des *Galilei* ist folgerichtig »Hündisches« überschrieben. Der Hund, obwohl treuer Begleiter und Diener des Menschen, ist seiner Unterwürfigkeit wegen eine verachtete Kreatur. »Hündisch« meint »kriecherisch«, »unterwürfig«, »gemein«. Der den Stiefel, sprich: den Fuß leckende Hund. Das Bild könnte nicht plastischer sein.

Urverwandt mit unserem deutschen Wort »Hund« ist das gleichbedeutende griechische Wort *kyōn*. Wie Hunde, d. h. hündisch: *kynikós*, lebten die Anhänger der Philosophenschule der Kyniker: die *kynikói*. Aber nicht nur »bedürfnislos«, »gewollt arm« meint *kynikós*, auch »rücksichtslos« und »schamlos«. Überraschenderweise besteht eine Wurzelverbindung zwischen den indogermanischen Wörtern für »Hund« und »küssen« bzw. »lecken«. Daß unser »küssen« sich ableitet aus einer den Laut des Lippenkusses nachahmende Silbe *ku*, wie allgemein angenommen, ist unwahrscheinlich. Auch hier heißt es, wie gezeigt wurde, zurückzugehen auf elementarere Vorstellungen.

Der »Fußkuß« bzw. die »Fußlecke« ist häufig Teil der »Proskynese«: »demütige Kniebeugung«, »Fußfall vor dem Herrscher«. Wie diese ist er orientalischer Herkunft. Im alten Ägypten warf man sich vor dem Herrn auf den Boden und beroch oder küßte die Erde. Bei den Persern herrschte der Brauch, daß, wer sich dem König näherte, vor ihm anbetend niederfallen mußte. Wie vor den Bildern der Götter sollte sein Gesicht den Boden berühren. Ein Recht auf Proskynese machte nicht nur der König geltend. Sie war eine Form der Erniedrigung, die hohe Würdenträger nun einmal von ihren Untertanen verlangten. Nach dem Motto: Was den einen klein macht, macht den andern groß! In den Augen der Griechen war der Fußfall eine entwürdigende Gebärde. Alexander der Große scheiterte, als er sie an seinem Hof einzuführen versuchte.

Der Fußkuß ist dem *Alten* wie dem *Neuen Testament* bekannt. Vor allem aber das Bild, das dessen Steigerung darstellt: den Staub der Füße küssen bzw. lecken. »Und Könige sollen deine Pfleger, und ihre Fürstinnen deine Säugammen sein«, heißt es beim Propheten Jesaja (49, 23); »sie werden vor dir niederfallen zur Erde aufs Angesicht und deiner Füße Staub lecken«. Von ähnlicher Aussagekraft ist die Wendung »das Pflaster unter jemandes Füßen küssen« oder seine »Spur«, den »Ort« seiner Füße. Bei Jehuda Halevi huldigt die Dichtung der Weisheit:

Sie legt ihre Krone der Weisheit zu Füßen,
willig die Spur ihrer Füße zu küssen,
zu zaghaft, den Schuh ihr im Kuß zu begrüßen.

Der Geschichtsschreiber Polybios weiß zu berichten, daß im Jahre 202 karthagische Gesandte zu den Römern nach Tunis kamen, die nicht nur, wie es üblich war, den Göttern und der Erde ihre Verehrung bezeugt, sondern auch den Römern die Füße geküßt hätten. Dennoch kennt die frühe Kaiserzeit auch den Fußkuß. Bei seiner Umgestaltung der Reichsverfassung nahm Diokletian sich die persische Despotie zum Vorbild. In der Folge wurde die Proskynese zum festen Bestandteil der römischen Hofetikette. Die Zeremonie der kaiserlichen Audienzen war jetzt so geordnet, daß die Zugelassenen in der Reihenfolge ihres Ranges und Dienstalters eintraten und sich vor dem Herrscher niederwarfen. Dieser hielt ihnen einen Zipfel seines Purpurgewands hin, damit sie es ergreifen und an ihre Lippen drücken konnten. Daher wird dieser Akt auch *adorare purpurum*: »den Purpur anbeten«, genannt. Als religiöse Geste der Demut und Selbsterniedrigung noch im Mittelalter gepflegt, habe der »Bodenkuß« nicht selten zur Verformung der Nase geführt. Prominentes Opfer solcher Unnachgiebigkeit sei der hl. Stephan von Muret gewesen.

Nicht nur im Hofzeremoniell der byzantinischen Kaiser habe der

Brauch des Fußkusses eine Rolle gespielt, auch die Rabbiner und Päpste hätten sich die Geste dienstbar zu machen gewußt. Mittelalterlichen Herrschern wurde der Fuß oder das Knie geküßt Ausdruck der Ehrung, Huldigung und Unterwerfung. Allerdings bildeten weder Fuß- noch Kniekuß Teil des offiziellen kaiserlichen Herrscherzeremoniells. Sie erfolgten eher spontan, außerhalb institutionalisierter Rituale. Maximilian I. und Karl V. sollen sich nachdrücklich dagegen zur Wehr gesetzt haben. Lediglich der Papst erhob Anspruch auf das *osculum pedis*, den Fußkuß. Gregor VII. bezeichnet ihn in *Dictatus Papae* als das Vorrecht des Nachfolgers Petri. Die nachreformatorische Apologetik wird ihn mit dem Hinweis rechtfertigen, er gelte nicht dem Papst als Mensch, sondern nur als *Vicarius Christi* – dessen Stellvertreter.

Anlaß zur Erweisung des Fußkusses konnte die Papstwahl, die Bischofsweihe, eine Visitation, ein Fürstenempfang oder die Kaiserkrönung sein. Es war präzise festgelegt, wann und wohin geküßt wurde. Beim Papst war das Wohin definiert als »das Kreuz des rechten Pontifikatschuhs«. Seit Pius XI. (1922–1939) ist das *osculum pedis* nicht mehr üblich bei Audienzen. Gleiches gilt übrigens für Küsse auf Brust, Schulter und Arm, während der Kniekuß auf das rechte Kreuz der Stola nach wie vor geübt wird. Verteidiger des päpstlichen Fußkusses berufen sich im allgemeinen auf biblische Vorbilder. Hatten nicht auch Maria Magdalena oder die Frauen, die dem Auferstandenen begegnet waren, ihre Dankbarkeit und Huldigung dadurch zum Ausdruck gebracht, daß sie Jesus die Füße küßten? Nicht zuletzt an der Frage der Stellvertretung scheiden sich die Geister.

Daß die Geste der Maria Magdalena sich auch anders deuten läßt, geht aus einem als »Die Liebe der Magdalena« überlieferten französischen Sermon hervor. Rilke war so angerührt von ihm, daß er sich die Zeit nahm, den Text zu verdeutschen. »Ein wunderbares Schauspiel«, heißt es darin, »Magdalena in Jesu Gefangenschaft und Jesus in der Gefangenschaft Magdalenas. Wenn sie ihr Haupt Jesu zu Füßen legt, macht sie sich deutlich genug zu seiner Gefangenen; aber mit seinen Füßen nimmt sie zugleich ihn gefangen. Auf welche Weise hält sie die Füße Jesu? Sie hält sie mit ihrem Munde und küßt sie tausend- und tausendmal; sie hält sie mit ihren Augen und übergießt sie mit ihren Tränen; sie hält sie mit ihren Händen und umfaßt sie ... O zärtlichste Ketten, die Magdalena bereit hat, um ihren Besieger zu ihrem Gefangenen zu machen!«

Dann wäre der Kuß des Besiegten auch ein Siegerkuß. Als Zeichen der Ergebung wirkte er zugleich verbindend. In einer Dichtung Heinrichs von dem Türlin ergibt der Überwundene sich seinem Bezwinger mit den Worten: »Ihr könnt den Tod und das Leben / beide mir geben, wenn ihr wollt. [...] / Ich ergebe mich und küsse / euch als Herrn über mich.« Lebt in dem Kuß, den der Sieger von seinen Fans erhält, etwas von dieser archaischen Geste fort? Als Geste der Beschwörung, des *Good will*, ja des Opportunismus?

Ist der Fußkuß eine Zumutung? Dem Bittflehenden vorzubehalten? Diesen Standpunkt vertrat Johan Hus, der erste Rektor der tschechisch gewordenen Universität Prag, der als Ketzer verurteilt und 1415 verbrannt wurde. Der Anhänger des englischen Kirchenreformers John Wiclif hatte sich vehement gegen den vom Papst geforderten Fußkuß gewandt. Er sei Zeichen widerchristlicher Überheblichkeit. Wenn der Hauptmann Cornelius die Füße des Apostels Petrus geküßt habe, wie die »Apostelgeschichte« (10,25) berichtet, so keineswegs, um dem »ersten Hirten der Kirche« Ehre zu erweisen. Denn habe nicht Petrus gesagt: »Stehe auf, ich bin auch ein Mensch«? Diese Worte kämen eindeutig einer Zurückweisung des Fußkusses gleich. Der Anspruch des Papstes, sich als Diener Christi die Füße küssen zu lassen, sei daher nichts anderes als blasphemische Anmaßung. Die antipäpstliche Bildpropaganda der Hussiten wußte sich geschickt den Widerspruch zunutze zu machen, der die Fußwaschung, das Zeichen brüderlicher Liebe, vom Fußkuß trennt. Künde letzterer nicht auf geradezu schamlose Weise von ganz und gar weltlichem Herrschaftsanspruch?

Ein anderer berühmter Fußkußverweigerer war François Rabelais, der begeisterte Humanist. Als Sekretär und Leibarzt seines Gönners, des Kardinals du Bellay, kam er wiederholt nach Rom. Bei einer Papstaudienz soll der lebensfreudige französische Dichter seinen Brotgeber in nicht geringe Verlegenheit gebracht haben. Ganz wie es von ihm erwartet wurde, ging du Bellay auf den Papst zu, kniete nieder und küßte ihm den Schuh. Rabelais sah es, drehte sich um und verließ wortlos den Raum. Später nach dem Grund für diese Ungehörigkeit befragt, soll Rabelais dem Kardinal nicht ohne Witz geantwortet haben: »Wenn Ihr, der Ihr mein Herr seid, nur den Pantoffel küssen dürft – was soll dann ich erst küssen?«

»Wenn nur der Rücken nicht wäre!« Der Stoßseufzer des alten Konya Khan, wenn er sich niederzubeugen hatte, um seinem Herrn, dem Fürsten Potemkin, den Fuß zu küssen, ist ein wahres Wort. Denn ein Fußkuß ist mehr als ein Kuß: Mit ihm verbunden ist die konkrete Geste des Sich-Beugens bzw. Sich-Bückens, die nicht nur Erniedrigung *bedeutet*, sondern auch Erniedrigung *ist*. Selbst wenn, wie eingeschränkt werden sollte, der menschliche, besonders der weibliche Fuß, in Europa niemals so große sexuelle Bedeutung gehabt hat wie in den Ländern Asiens. Jedenfalls ist der Fußkuß als Unterwerfungsgeste erfüllt von hohem Symbolgehalt. Wohl gerade deswegen hatte er einst im Ritual der »Vasallierung« seinen festen Platz. Erinnern wir uns: Gewährung von Schutz als Gegenleistung für Dienstbarkeit ist die Grundidee des Lehnswesens. Ein Freier, besser: ein freier Mann, auch »Vasall« (*vasall*) genannt, verpflichtet sich, einem anderen Freien, auch »Herr« (*seigneur*) genannt, zu Gehorsam und Dienst, was damals vor allem »Waffendienst« hieß. Im Gegenzug dazu verpflichtete sich der Herr dem »Vasallen« gegenüber zur Gewährung von Schutz und Unterhalt. Wie es heißt, genügte der Herr seiner Unterhaltspflicht durch Verleihung eines Guts: des »Lehens« (*fief*) oder der »Wohltat« (*beneficium*). Das Wort »Vasall«, dem Lehnsherrn verpflichteter Gefolgsmann, stammt aus dem Keltischen und hat die Grundbedeutung »Diener«, »Knecht«.

Damit ein freier Mann in das »Patrocinium«, unter den Schutz und die Gewalt eines andern treten konnte, bedurfte es eines Rechtsakts, der einem Ritual zu folgen hatte. Wir verfügen über genaue Beschreibungen der »Kommendation« (später »Mannschaft«: *hominium* bzw. *hom(m)agium*), wie das abstrakte Substantiv lautet, das diesen Akt der »Dienstnahme«, sprich: »Unterwerfung«, bezeichnet. »Mit zusammengelegten Händen«, schreibt Ermaldus Nigellus über den Dänenkönig Harald, der 826 Vasall Ludwigs des

Frommen wurde, »übergab er sich aus freien Stücken«. Der Kaiser selbst habe »diese Hände in seinen ehrwürdigen Händen« empfangen. Zu dieser Aus- bzw. Einhändigung als Selbstübergabe trat später noch die Willenserklärung (*volo*) und der Treueid (*fides*: dt. »Treue«, »Huld«). Das durch einen Eid bekräftigte Treueversprechen, dessen Verletzung einem Meineid, d. h. einer Todsünde gleichkam, war begleitet von einem Anruf Gottes und der Berührung einer Reliquie, eines Evangeliars oder sonst einer *res sacra*, einem geweihten Gegenstand. Die Erinnerung an dieses Übergaberitual der Vasallierung lebt fort in der sprachlichen Wendung »in guten Händen sein«.

Zu Mannschaft (Kommendation), Willenserklärung und Treueid kam fast überall, vor allem aber in Frankreich, noch ein weiterer Akt: der Kuß (*osculum*). Es heißt, im 10. und vielleicht frühen 11. Jahrhundert sei er fester Bestandteil der »Vasallierung«, d. h. des Rituals der Schließung des vasallitischen Vertrags gewesen. Ein *ungekusset līhen* wurde als nicht vollständig angesehen. Nachdem der Vasall seine zusammengelegten Hände in die Hände des Herren gelegt und den Treueid geschworen hatte, beugte er sich nieder und küßte seinem Herrn den Fuß. Diese als demütigend empfundene Gebärde gehörte freilich wohl eher zu den Anfängen der Vasallität. Sie ist, wie gesagt, so ursprünglich wie eindeutig. In späterer Zeit habe der Lehnsherr den Vasallen aufgefordert aufzustehen und ihn auf die Lippen geküßt: zum Zeichen der neuen Ebenbürtigkeit. Weshalb kaum von ungefähr der Kommentar kommt, so möge ein Ritter auch einer Frau »sich ergeben«.

Sein Herz zu stählen und nicht zu weichlich zu sein, rät übrigens bereits Ovid dem Liebenden. Er müsse sich den Schmähungen, ja Schlägen selbst der Geliebten bequemen und dürfe sich, »ihren kleinen Fuß zu küssen, auch nicht schämen«. Der Fußkuß dennoch als Zumutung, Beschämung, »Schande« gar? Es lohnt, hier einen Augenblick zu verweilen. »Scham« ist nämlich auch verhüllende Bezeichnung für das *pudendum feminimum*: das weibliche Genital. Daß »Schande« auf »Scham« zurückgeht, ein Wort, dessen Ursprung als ungeklärt gilt, sollte zu denken geben. Überraschenderweise verhalten Fuß und Schuh sich zueinander wie Penis und Vagina. Ein altes Sprichwort, das den Mann vor Ehebruch warnt, hat diese Bedeutung von Schuh bewahrt: »Man soll nicht die Füße in fremde Schuhe stecken«. So war denn auch das Ausziehen der Brautschuhe in der Hochzeitsnacht ein symbolischer Akt. Ähnliches gilt für den bereits erwähnten Handschuh. Überließ das »Burgfräulein« des Mittelalters seinem Anbeter einen Handschuh, signalisierte es dadurch Bereitschaft, sich selber zu geben. Zu den mittelhochdeutschen Bezeichnungen für Vagina gehört die bildstarke Metapher *hāērin vingerline*: »haariger Fingerling«. Wenn bei den Langobarden im 10. und 11. Jahrhundert durch »Schwert und Handschuh« getraut wurde, so dürfte auch dieser symbolische Akt die Richtigkeit der erwähnten Ableitung bestätigen.

Doch kommen wir zurück zum Fußkuß. Noch Rollo, der erste Herzog der Normandie, huldigte mit dieser Unterwerfungsgebärde dem König. Dann trat an ihre Stelle mehr und mehr der Wangenkuß. Er pflegte auf die Mannschaft zu folgen und bekräftigte die von den Partnern vertraglich festgelegten Verpflichtungen. Hieraus mag es sich erklären, daß im Spätmittelalter Vasallen auch *hommes de bouche et de mains*: »Männer des Mundes und der Hände«, genannt wurden, man von *hommage de bouche et de mains*: »(Lehns-)Huldigung mit dem Mund und den Händen«, spricht. François Louis Ganshoff (*Was ist das Lehnswesen*, 1944), ein Kenner der Materie, schreibt hierzu, der Vasallenkuß lasse sich »etwa mit dem Handschlag vergleichen, der heute noch in manchen Gegenden beim bäuerlichen Viehhandel üblich ist«. Entscheidend sei der Zeremonialwert, die Demonstration: Als ein durch eine Gebärde dargestellter Akt habe das *osculum* aus demselben Grund wie die *immixtio manum* bei der Mannschaft auf den Betrachter Eindruck gemacht. Jeder verstand die Geste: Seine Hände in die eines andern legen, bedeutet nun einmal seine Freiheit aufgeben. Geben und Nehmen also: Der Vasall löscht sozusagen sein Ich aus, indem er es dem Herrn, seinem Über-Ich, wie wir heute sagen würden, überläßt. Nicht zuletzt deswegen kniet er, barhäuptig und waffenlos. Symbolisierung ist alles.

Für das Ritual des Ritterschlags gilt Ähnliches. Neben dem Treueschwur vor dem Lehnsherrn gehört der Ritterschlag zu grundlegen-

den symbolischen Gesten mittelalterlicher Feudalkultur. Einen
»ethisch und sozial ausgerichteten Pubertätsritus« nennt Johan Huizinga den Brauch. Es handelt sich bei ihm um ein Übergangsritual
(*rite de passage*), ein Zeremoniell, das die Überschreitung einer sozialen Grenze feiert. Um sich aus ihrem bisherigen Status herauszu-
lösen, legten die jungen Männer ihre Kleidung ab und wuschen, rei-
nigten sich. Ein Trennungsritus, der dem Initianden eine »zweite
Geburt«, d. h. einen neuen Status schenkte. Entgegennahme der
Waffen als Übernahme der neuen Rolle. Sie wird symbolisiert durch
einen Backenstreich auf die rechte Wange – wie er noch heute das
Firmungszeremoniell der katholischen Kirche begleitet – und einen
Kuß auf die linke Wange. Jeder der drei Schläge mit dem Schwert
auf den entblößten Nacken, die der neue Ritter erhielt, war von tieferer Bedeutung: Zur Ehre Gottes erfolgte der erste, zur Ehre des
Erzengel Michael der zweite, und der dritte ehrte den hl. Georg. So
zumindest scheint es, wenn wir zeitgenössischen Berichten glauben
wollen, unter den Nachfolgern Karls des Großen beim Zeremoniell
des Ritterschlags zugegangen zu sein.

Vom Fußkuß zum Wangenkuß – Fortschritt deutet sich an. Immerhin hatte man als Zeichen seiner vollzogenen Unterwerfung dem
Gegner früher den Fuß auf den Leib gesetzt. Dazu soll sich, wie der
Chronist berichtet, allerdings schon Papst Alexander III. nicht mehr
haben hinreißen lassen. Nach dem Friedensschluß von Venedig
begnügte er sich damit, sich von Kaiser Barbarossa die Füße küssen zu lassen. Diesem fiel es offenbar nicht allzu schwer, dem päpstlichen Verlangen zu willfahren. Hätte Barbarossa für den Fuß,
den er küßte, Bewunderung empfunden, würde dies nach Krafft-
Ebing auf den versteckten Wunsch nach Unterwerfung hingedeutet
haben.

Als Kuß der Erniedrigung hat der Fußkuß einen festen Platz in
masochistischen Ritualen. In seinem Roman *Venus im Pelz* (1870)
läßt der österreichische Erzähler Leopold von Sacher-Masoch, von
dessen Namen sich der Begriff »Masochismus« ableitet, als Spielart
perverser Erotik neben Pelz- und Peitschenfetischismus den Fuß-
fetischismus treten. Nachdem Gregor, der Held, sich von Wanda hat
auspeitschen lassen, befiehlt ihm diese, niederzuknien und ihr den

Fuß zu küssen. Seine »Herab-Würdigung« ist vollkommen. Ob dies der Grund dafür ist, daß gewisse Orden und Kongregationen den Fußkuß als wechselseitige Bußübung pflegen?

Unerreichbares erreichbar gemacht:
Vom Handkuß zur Kußhand

Auch Tiere kennen den Handkuß. Eine Tatsache, die solange überraschen mag, wie wir mit dieser Gebärde die Vorstellung von Formalisierung und Stilisierung verbinden. Jemandem die Hände zu küssen, ist nicht das gleiche, wie ihm einen Handkuß zu geben. Der Handkuß bedeutet Höflichkeit, Achtung, ja Liebe. Aber die ihn begründende Urgebärde meint Unterwerfung und Dankbarkeit. Priamus küßte dem Achill die Hände und umfing seine Knie, als er ihn beschwor, den Leichnam seines Sohnes Hektor zurückzugeben (*Ilias*, XXIV). Die gebende Hand als die fütternde? Die Hand, die einen füttert, beißt man nicht, heißt es. Ist damit gemeint, daß man sie küßt? Zum Zeichen von Dankbarkeit, Besänftigung, Verehrung? Daß die Hand beim Füttern eine nicht unbedeutende Rolle spielt, beweisen so gängige Bilder wie »offene«, »milde« Hand, »von der Hand in den Mund leben«, »mit vollen Händen« u. ä. Zudem: Wohin küßt man die Hand? Auf den Handrücken, gewiß. Aber auch auf die Handfläche, in die »hohle« Hand. Eine Fütterungsgeste?

Das Wort »Hand« bedeutet eigentlich »Greiferin«, »Fasserin«. Es ist eine Substantivbildung zur Wortsippe »fangen«, »greifen«. Wenn wir also »manifest« mit »handgreiflich« übersetzen, so ist dies eine pleonastische Bildung, da Hand, wie gesagt, ursprünglich gerade das Greifen meinte. Grundbedeutung von »manifest« ist »mit der Hand gestoßen«, sprich: so offenbar, augenscheinlich, daß man es gleichsam mit Händen greifen kann. In dem, was »offenbar«, »handgreiflich« ist, bestätigt die Hand ihre Macht. Hand ist denn auch Symbol von Herrschaft und Überlegenheit. Das hebräische Wort für »Hand«, *iad*, bedeutet zugleich »Macht«. Diese Manifestation der Macht zu »füttern«, sie zu küssen, heißt, sich gut mit ihr zu stellen.

Bis in die Antike läßt die Sitte des Handkusses sich zurückverfolgen. Schon den Menschen Homers ist sie geläufig. Xenophon führt sie zurück auf persischen Einfluß. Aus Dankbarkeit küßt das Volk dem Herkules die Hand, als er den Riesen Cacus erledigt hat. Auf dem Weg durch Italien war der Held an dessen Höhle vorbeigekommen. Cacus konnte nicht widerstehen und nutzte die Gelegenheit, um einen Teil von Herkules' Vieh am Schwanz in seine Höhle zu ziehn. Kurzerhand tötet Herkules den berüchtigten Dieb und erntet dafür den Dankeskuß der Bevölkerung der Gegend. Ob der Kuß auf die Hand des Halbgotts auch Bewunderung für dessen herkulische Kraft zum Ausdruck bringen sollte, läßt sich nur vermuten. Doch küssen in einem ähnlichen Zusammenhang die Knaben dem Theseus die Hand, als er mit bloßen Fäusten den Minotaurus erschlägt. An Beispielen fehlt es nicht. Wenn die Soldaten Alexanders des Großen ihrem sterbenden Feldherrn die Hand küßten, so war das wohl nicht weniger eine Geste der Verehrung als des Abschieds.

In der römischen *salutatio*: »Begrüßung«, zu *salutare*: »grüßen«, sprich: »›Heil dir!‹ sagen«, hat der Handkuß schon früh seinen festen Platz. Er wurde wohl, wie vieles andere, von den Griechen übernommen. Volkstribune, Konsuln und Diktatoren reichten ihren Untergebenen die Hand zum Kuß. Man nannte das *accedere ad manum*: »Zugang zur Hand gewähren«. Allerdings dürfte dies zunächst noch keine selbstverständliche Geste gewesen sein. So schöpfte, wie Sueton schreibt, der Kaiser Tiberius, als ihm der Arzt die Hand küßte, sofort den Verdacht, er wolle ihm den Puls fühlen. Zurückblickend auf die römische Geschichte verstehen wir, daß solches Mißtrauen begründet war. Von Caligula weiß der klatschfreudige Verfasser der *Cäsarenleben* zu berichten, der Despot habe die Hand, die er dem Chaerea zum Kuß reichte, *in obscenum modum*: »auf obszöne Weise«, geformt. Und als die Konkubine seines Vaters den von einer Reise heimkehrenden Domitian mit einem Kuß begrüßen wollte, soll dieser ihr die Hand hingestreckt haben. Eine eindeutige Gebärde.

Welche Hand soll es sein? Die rechte oder die linke? Keine Frage:

die rechte Hand. Denn diese ist die Hand der Segnungen. Aktivität, Zukunft symbolisiert sie. Die Kultur des Abendlands gilt als »dextrokratisch«. Freilich tendiert auch die »Dextrozentrizität« inzwischen zur Auflösung: *Anything goes.*

Dankbarkeit küsse des Spenders Hand, heißt es im »Buch Jesus Sirach« (29, 5). Jacob ergriff seines Vaters Hand, beugte sich darüber und küßte sie. Verehrung und Dankbarkeit auch hier. Und die Gebärde der Sänftigung. So küßt von zwei Athleten der eine die Hand des andern, als wollte er damit Gemeinsamkeit beschwören. Ein persisches Sprichwort rät: »Kannst du des Feindes Hand nicht abhacken, so küsse sie.« Zur Weisheit des Talmud gehört das Wort, die Söhne des Morgenlands küßten nicht den Mund, sondern die Hand. Wenn im *Sohar* dann Schüler ihrem Lehrer die Hand küssen, zur Bekundung von Dankbarkeit und Respekt, so gilt dies als Spiegelung spanischer Kultur des 13. Jahrhunderts.

Ob es wirklich stimmt, daß England im 15. und 16. Jahrhundert das Eldorado des Handkusses war? Sich, wer damals dorthin reiste, darauf gefaßt machen mußte, daß Handküsse von ihm erwartet wurden wie woanders Händeschütteln? Küsse bei jeder Gelegenheit, berichteten Englandreisende. Noch Anfang des 17. Jahrhunderts stellen nach Italien reisende Engländer erstaunt fest, daß in dem südlichen Land selbst bloße Bekannte einander mit einem (Wangen-)Kuß begrüßen.

Auch der Spanier bedient sich der Redensart »*beso sus manos*«, die dem alten Wienerischen »Küß die Hand« und dem polnischen »*Kalluje ronczski*« entspricht. Überhaupt war die Sitte des Handkusses an den Fürstenhöfen und in gebildeten bürgerlichen Kreisen Europas üblich. Unter dem 12. September heißt es in Goethes *Werther*: »Sie war einige Tage verreist, Alberten abzuholen. Heute trat ich in ihre Stube, sie kam mir entgegen, und ich küßte ihre Hand mit tausend Freuden.«

So küßt man vor allem Damen die Hand. Sprichwörtlich war dies in Österreich-Ungarn der Brauch. Von den Männern haben nur Geistliche einen Anspruch auf den Handkuß. Neben Königen, und natürlich, Kaisern. Auf dem Hofball mußte, wenn es zur Vorstellung kam, jeder dem König die Hand küssen. Von einer Bildungsreise nach Prag zurückgekehrt, beschreibt Wilhelm Raabe den unauslöschlichen Eindruck, den die goldene Stadt auf ihn machte. Dort feierte man gerade das Fest des hl. Nepomuk, den seine Feinde einst in die Moldau warfen und ertränkten: »Das Aufschlagen der Zelte und Buden. Das Kochen auf der Straße. [...] Das Volk in den Straßen. [...] Das Handküssen der Priester. Das Küssen des Türrings an der Wenzelkapelle. Das Bekreuzigen der Stirn mit dem Staub der Bilder.« Geschehen im »wissenschaftlichen« 19. Jahrhundert. Viel hatte sich offenbar nicht geändert im christlichen Europa. Denn wie Johan Huizinga in seinem *Herbst des Mittelalters* über das Stadtleben im 15. Jahrhundert schreibt, bewegte es sich zwischen »leidenschaftlicher Suggestion« und »inniger Rührung«. Habe beispielsweise der hl. Vincenz Ferrer gepredigt, sei die Stimmung kaum anders gewesen als bei englisch-amerikanischen Revivals, »aber ins Maßlose gesteigert und von viel breiterer Öffentlichkeit«. Wo der wortgewaltige Dominikaner die Stimme erhob, mußte ein »hölzernes Zimmerwerk ihn und sein Gefolge vor dem Andrang der Menge schützen, die ihm Hand oder Kleid küssen möchte«.

In seinen Betrachtungen über den Kuß (1920) bezieht sich der jüdische Gelehrte Immanuel Löw auf das Buch von O. Czernin *Im Weltkriege*, an das nur wenige sich noch erinnern mögen. Der Verfasser geht darin ins Gericht mit einem Byzantinismus, der in Berlin viel abstoßendere Formen angenommen habe, als dies je in Wien der Fall gewesen sei. Die Tatsache allein, meint Czernin, daß hohe Würdenträger des Staats dem Kaiser die Hand küßten, wäre in der Donaumetropole ganz undenkbar gewesen. Er habe nie erlebt, »daß bei uns jemand, und wäre er unter den Servilsten gewesen, sich zu einer solchen Handlung erniedrigt hätte – einer Handlung, die in Berlin etwas vollständig Alltägliches war«. So habe Kaiser Wilhelm II. beispielsweise bei der »Kieler Woche« nach einer Fahrt auf dem »Meteor« zwei deutschen Herren zur Erinnerung Krawattennadeln geschenkt. Er überreichte sie ihnen mit Gönnermiene, schreibt Czernin, um dann fortzufahren: »mein Erstaunen war groß, als die beiden ihm dafür die kaiserliche Hand küßten«.

Wie weit haben wir uns mit diesem »Untertanen-Kuß« von jener Art Handkuß entfernt, die ein französischer Leitfaden der Lebenskunst als Teil des feinen Tons beschreibt: »Der Handkuß ist nicht die schlechteste der Möglichkeiten, sich als ›Mann von Welt‹ zu zeigen. Allerdings muß man in der Jugend Gelegenheit gehabt haben, sich mit diesem Brauch vertraut zu machen. Entbehrt er der Spontaneität und Herzlichkeit, ist es besser, sich respektvoll zu verneigen. Merken Sie sich: Einer Dame gibt man keinen Handkuß auf der Straße. Der Grund liegt auf der Hand: Weshalb sich und seine Gefühle so zur Schau stellen? Genausowenig küßt man einem Mädchen die Hand.« Der Handkuß als galante Huldigung. Je angesehener der Huldigende, desto gewichtiger, achtungsträchtiger sein Kuß. Und die Mädchenhand soll ungeküßt bleiben? In einem seiner zeitoffenen Epigramme bietet uns der von Lessing wiederentdeckte deutsche Barockdichter Logau eine so überraschende wie zutreffende Erklärung:

> Mädchen, euch die Hände küssen,
> pflegt euch heimlich zu verdrießen,
> weil man läppisch zugewandt,
> was dem Mund gehört – der Hand.

Man küßt die fremde Hand, aber auch die eigene: Handkuß und Kußhand. Der richtige Kuß sei der Handkuß nicht, bemerkt der *Midrasch*. Wieviel weniger noch die Kußhand. »Die geküßte eigene Hand als Vertreterin eines gegebenen Körpers«, definiert das *Deutsche Wörterbuch* und stellt zu »Kußhand« ein sprechenderes »Kußwurf«. Beides ist Zeichen eines Zeichens. Als symbolische Darbringung eines Geschenks, »Fütterung«, war die Kußhand ursprünglich eine Geste der Unterwerfung. Schon bei Ägyptern und Griechen gehörte sie zum Alltag. Zugleich erscheint Unerreichbares im (Hand-)Kußgruß als erreichbar. Was für eine wunderbare Idee, den fern am Himmel wohnenden Göttern, sozusagen im Vorübergehn, eine Kußhand zuzuwerfen. Denn die Distanz bleibt auf eindeutige Weise gewahrt. Es sei für höchste Unbilligkeit gehalten worden, den Göttern ohne einen Kuß zu nahen. In der Kußhand wird der Kuß gewissermaßen vom Mund gelöst, als Sache für sich behandelt und wie eine Opfergabe dargereicht. In Peru verehrte man die Sonne auf diese Weise, bei den Juden Sonne und Mond. Bei Griechen und Römern gebührte die Kußhand den Gestirngöttern, dem Helios, der Selene, den Sternen, ja sogar den Winden. Auch bei Betreten oder Verlassen von Tempeln bedachte man die Götter nicht selten mit einer Kußhand. Selbst wer nur an einem Heiligtum vorbeiging, vergaß kaum diese Aufmerksamkeit. Ein Zeichen, das einem erlaubte, sich das Niederwerfen zu ersparen und trotzdem den Göttern seinen Tribut zu zollen. In Rom grüßte auf diese Weise der Sklave und Bettler den Vornehmen, der Schauspieler und Musiker beim Auftreten das Publikum, von dessen Gunst sein Erfolg abhing. Das gleiche wiederholte sich beim Abtreten, wenn die Künstler sich von den Applaudierenden mit einer Verbeugung verabschiedeten. Für vortragende Schriftsteller war es ein ungeschriebenes Gesetz, sich an diese Gepflogenheiten zu halten. Die Kußhand als die Gunst erbittende Hand. Nur scheinbar gibt sie. Tacitus tadelt das plebejische Benehmen Othos, der bei seiner Thronbesteigung, wie andere vor ihm, die Menge mit Kußhänden in Jubelstimmung versetzte. Selbst Altäre, Statuen, geweihte Steine, heilige Haine, ja sogar den Kaiserpalast grüßte man mit Kußhand. Das lateinische Wort für »anbeten« lautet, wie wir hörten, *adorare*: »die Hand zum Mund führen«. Relikt, könnten wir fragen, einer alten Fütterungsgeste, die besonders sinnfällig gewirkt haben mag, wenn Philosophen das Gebäude, in dem sie lehrten, beim Vorübergehn auf diese Weise ehrten. Oder, nicht zu vergessen, statt der »Kußhand« ein »Kußmaul« boten. »Kußmaul« oder, häufiger, »Kußmäulchen« nannte man den mit dem Mund zugeworfenen Kuß.

Natürlich läßt die eigene Hand sich auch als eine Art »Kußtäfelchen« benutzen. Auf den Fingerspitzen wandert der Kuß dann von Mund zu Mund. Ein indirekter Kuß, von hohem Demonstrationswert und hübsch anzusehen. (Einen indirekten Kuß ähnlicher und zugleich ganz anderer Art beschreibt Matthias Hermann in seinem Generationengedicht »Trennung in Ost-Berlin«. Vom Vater heißt es dazu: »Er küßte traumverloren / Mit dem Zeige- und / Mittelfinger der / Rechten / Ein Parteiabzeichen.«)

Wie so vieles andere ist auch die Sitte der Kußhand vom Christentum übernommen worden. Schon im *Alten Testament* verwahrt sich Hiob gegen den möglichen Vorwurf, sein Herz hätte ihn »heimlich

beredet«, »Licht« und »Mond« »Küsse zuzuwerfen mit meiner
Hand« (31,27). Jüdische Abgrenzung gegenüber heidnischen Bräu-
chen. In Spanien und in Italien wurden, wie erwähnt, früher Heiligenbilder auf die gleiche Art verehrt. Noch heute soll es in Bayern
fromme Bauersleute geben, die dem Kruzifix oder dem Heiligenbild
am Wege Kußhände zuwerfen. Offenbar beschert die tastende All-
offenheit unserer Zeit auch der Kußhand eine Wiederbelebung. Erlaubt ihr, sich zu etablieren als wohlfeile Münze, die mit vollen (leeren) Händen unter das Volk geworfen werden kann. Wo die wie die
Sterne am Hollywood-Himmel auf Unerreichbarkeit Bedachten ihren Fans gestenreich Erreichbarkeit, wenn nicht gar Erreichtsein
vorspiegeln. Ganz anders, anscheinend, der Handkuß. Auch wenn
dieser archaischen Gebärde nachgesagt wird, sie sei »eine europäische Angewohnheit«, die bereits in England auf »Unverständnis
und Widerwillen« stoße, in Amerika kaum bekannt sei und in Afrika
und Asien »Gelächter oder Bestürzung« auslöse (E. Bornemann),
sollten wir ihr nachdrücklich bestätigen, daß sie sich als Ausdrucks-
möglichkeit für Kenner und Liebhaber bewährt hat. Und wohl auch
immer bewähren wird.

Von einem unbekannten hebräisch schreibenden Dichter des Mittelalters sind folgende Verse überliefert:

Wie sollte ich mein Brieflein nicht beneiden!
Die Hand berührt es, die zu küssen mich verlangt.
Wenn schon mein Auge dich nicht sieht –
O daß mein Herz dich säh: In Liebe sich's verzehrt.

»Wie sehn ich mich nach deinen Küssen ...«
Vom Gotteskuß zum Geschlechterkuß

Im Jahr 1688 trugen die englischen Revolutionäre Wilhelm von Ora-
nien die Krone an. Auf dem Schiff, mit dem der neue König dann
den Ärmelkanal überquerte, befand sich, neben anderen prominenten Passagieren, ein Philosoph: John Locke, der Begründer dessen,

was später »Erkenntnistheorie« genannt werden sollte. Der künftige Herrscher wie sein aus dem Exil heimkehrender Untertan, der überlegene Diplomat und Feldherr wie der revolutionäre Denker waren Vertreter einer neuen Zeit. Bis heute wirken Lockes Erkenntnisse in der europäischen Philosophie fort. Gefeiert als Sieg des »gesunden Menschenverstands« und der »Wahrheit der Tatsachen«, wollen sie dem denkwilligen Menschen die Tür öffnen zu einem vernünftigen und glücklichen Leben. Massigster Stolperstein auf dem Weg dorthin ist für den englischen Empiriker die Unlust, häßliche Schwester der Sehnsucht. In dieser zählebigen, zyklopischen Seelenregung sieht Locke den Ursprung von Wollen und Handeln. In seinem Hauptwerk, dem mehrbändigen *Versuch über den menschlichen Verstand* (1690), heißt es: Jeder, der über sich selbst nachdenke, werde bald herausfinden, daß die Begierde »ein Zustand der Unlust« ist. Denn welcher von Unlust erfüllter Begehrender hätte nicht gefühlt, was der Weise von der Hoffnung sagt: Daß sie nämlich, wenn sie nicht befriedigt wird, das Herz krank macht (»Sprüche Salomonis« 13, 12). So zum Schmerz hin vermöchten die Unlustgefühle sich zu steigern, daß sie uns wie die biblische Rahel schließlich ausrufen ließen: »Gebt mir, was ich begehre, oder ich werde sterben.«

»Je weiter entfernt, desto größer die Sehnsucht«, sagt das Sprichwort. Leiden an der Abwesenheit, dem Nicht-mehr oder Noch-nicht. Unlust und Mißvergnügen aus Negation, Mangel, deren Überwindung als Wunschziel. Das Begehrte, Ersehnte? Meist ist es der andere Mensch, sein Herz: Nähe, Berührung – sein Kuß. Ein Kuß – und alle Sehnsucht ist gestillt, verspricht das Cliché in diversen Popsongs. Das Verb »stillen« evoziert das Bild des Säuglings, verweist auf Nahrung und Seinserhaltung. Ein Zusammenhang, der zurückführt zu den Grundüberlegungen früherer Kapitel dieser Biographie.

»Stille« – ein Wort, klar und rund, von heller Sanftheit. Auf Festtag und Entspannung deutet es, kündet von Andacht und Besinnung – Erneuerung. Ein Zustand, der freilich mehr auf-gegeben als ge-geben ist. »Still« bedeutet eigentlich »stehend«. Die notorischen »stillen Wasser«, das Stille als das »Unbewegte«, »Stehende«. Ein negativer Befund? Keineswegs. Denn »Stille« ist auch das durch

»Stillen« Erreichte. Ausdruck von »Ziel-«, »Endzustand« – Resultat. Wer »stillt«, macht »still«, »bringt zum Schweigen«, »beruhigt«. Seit dem 16. Jahrhundert findet sich die Wendung »ein Kind stillen«, es nähren (damit es nicht länger vor Hunger schreit). Auch Blut, Schmerz oder Sehnsucht wollen »gestillt« werden. Stille erweist sich als Indikator von Ruhe, Entspannung – Erfüllung.

Stillung von Verlangen, Bedürfnis: nicht nur des Verlangens nach Speise, Getränk – auch nach kaum weniger essentieller seelischer Nahrung. Tatsächlich ist der Begriff »Verlangen« entwickelt aus der Empfindung zeitlicher Länge (16. Jh.). Unlust, Mißvergnügen, da nichts sich bewegt, sich rührt. Rührung und Berührung. (Auch Dialog ist Berührung!) Ich fühlt sich, indem es den andern fühlt. »Ichvergewisserung« im Kuß. Lebenselixier. »Begehren« als Triebfeder. Wie »gern«, Adverb zu einem inzwischen verlorengegangenen althochdeutschen Adjektiv *gern*: »eifrig«, »(hab)gierig«, gehört das Verb »begehren« zu einer indogermanischen Wurzel, die »sich an etwas erfreuen«, »nach etwas verlangen« bedeutet. »Sich freuen« heißt im Griechischen *charenai*, ihm entspricht griechisch *charis*: »Anmut«, »Gunst«. Wen die Götter lieben! Von der Unlust, der Freudlosigkeit zu Lust und Freude. Eine alte Bildung zu »Freude« ist »froh«, das sich über »erregt«, »bewegt« aus »lebhaft«, »schnell« entwickelt hat. Nicht warten, sich gedulden müssen. »Geduld« geht auf eine Wurzel zurück, die »Steuer«, »Zoll« meint. Mühelos geben sich verborgene Zusammenhänge zu erkennen. Im Gedächtnis der Sprache sind sie als vielschichtige Erinnerung bewahrt.

So führt das »Stillen« einen Zustand herbei, der »angenehm« ist. Er wird »gern angenommen«: als »Annehmlichkeit«, »erwünscht«, »erfreulich« – »willkommen«. Oder als »Vergnügen«, worunter man einst verstand, was »zufriedenstellt«, »befriedigt« und somit »Freude« macht. Lust, eine Empfindung, in der sich spiegelt (entsprechend der Grundbedeutung des Wortes), was der »Neigung« entgegenkommt, die Differenz zwischen Begehren und Erlangen schwinden macht – die Sehnsucht stillt. Denn inniges, schmerzliches Verlangen nach Antizipiertem meint »Sehnsucht«. Bezeichnend die Vorstellung, etwas gebe der Sehnsucht »Nahrung«. Ähnlich geläufig

ist uns die Wendung »sich vor Sehnsucht verzehren«. »Friede er-
nährt, Unfriede verzehrt«, heißt es im Sprichwort. Zu dem, was verzehrt, gehört Gram nicht weniger als Leidenschaft, d. h. heftiges
Verlangen, eben Sehnsucht. Der verzehrende Blick ist der begehrende, verlangende. Essen und Trinken: Verzehren als Grundstoff
einer weitverzweigten Familie von Bildern, deren Ausdruckskraft
auch Kuß und Küssen zugute kommt.

Bis tief ins Mittelalter war das Leben des Christen durchdrungen
von religiösen Vorstellungen. Kein Ding, keine Handlung gab es, die
nicht ständig in Beziehung zu Christus und dem Glauben gesetzt
worden wäre. Folge solcher metaphysischen Unterfütterung war
nicht allein, daß europäische Kultur, tiefenkulturell gesehen, christliche Kultur blieb, auch daß der Verkehr mit Gott immer intimere,
vertrautere Formen annahm. Da alles gleichsam stofflich gedacht
wurde, unterlag der Glaube ständig materialisierenden Einflüssen.
Das Einströmen des Göttlichen ins Menschliche und das damit
verbundene Seligkeitsgefühl werden zunächst eher als Eß- und
Trinkphantasie gefaßt denn als erotische Erfahrung. Ganz im Sinne
des Bibelwortes, das da fragt: »Ist's nun nicht besser dem Menschen,
daß er esse und trinke und seine Seele guter Dinge sei in seiner Arbeit?« (»Prediger Salomo« 2,24). Der Leib Christi als Speise, sein
Blut als Trank: der Gedanke daran als Hunger und Durst. Aber der
Genuß wird als wechselseitig gedacht: Nicht nur verzehrt der Gläubige Christus, auch Christus verzehrt den Gläubigen. »Sehet«,
schreibt der flämische Mystiker Jan van Ruusbroec, »also werden
wir allzeit essen und gegessen werden, und in Minne auf- und un-
tergehen, und dies ist unser Leben in Ewigkeit«. Trinken des Blutes
aus der Seitenwunde Christi, der Milch aus Marias Brüsten. Profa-
nierung, Erotisierung, Sexualisierung als Folge. In der Musik wird
dieser Trend faßbar u. a. darin, daß in liturgische Texte Wörter
profaner Lieder Eingang fanden. Es fällt schwer, sich rückblickend
vorzustellen, daß der Chor im Gotteshaus, während der Messe gar,
einmal ein doppelsinniges *baisez-moi, rouges nez*«: »küßt mich,
rote Nasen«, erschallen lassen konnte.

Aus dem lebendigen Garten der Symbole wird immer mehr ein
versteinerter Wald, dessen Material sich beliebig verwenden läßt.

Gab es einen Ausweg aus solcher Veräußerlichung? Zumal das Symbol seinen Gefühlswert einzig durch die Heiligkeit der Dinge bewahrt und es doch gerade mit dieser Heiligkeit alles andere als zum besten stand? (Wieder-)Öffnung des Horizonts, horizontaler Raum- und Zeitbezüge, Hinwendung zu jener Art von handgreiflicher Sinnlichkeit, wie antike Vorbilder sie kannten, brachte Bewegung in die Dinge. Lebendigkeit, Einfachheit, heißt jetzt die Devise. Als Beispiel für den Durchbruch des neuen Geistes verweist Johan Huizinga auf das eigenwillige Auftreten des Philippe de Ternant bei einem Turnier in Arras (1446). Die damalige Sitte schrieb vor, ein Band mit einem frommen Spruch oder einer Heiligenfigur zu tragen. Philippe erscheint indessen mit einem Wahlspruch, wie er provozierender damals nicht sein hätte können: »Was ich mir wünsche? Daß meine Sehnsucht gestillt wird! Sonst nichts.« Stillung der Sehnsucht? Sehnsucht wonach? Stillung wodurch? Gewiß nicht durch Gotteskuß. Vielleicht durch den Kuß der angebeteten Frau? Sehnsucht – Ferne soll Nähe werden, hier und jetzt.

Sehnsucht kommt von »sehnen«, das im Mittelhochdeutschen »schlaff, matt sein« bedeutet. Vieles spricht dafür, daß die Grundbedeutung des Worts »bekümmert sein« ist. Das Kompositionselement »Sucht« gehört zu »siech« und deutet auf »Krankheit«: Unlustempfindung (Hunger, Durst u. ä.) hofft auf Abhilfe, als Sehnsucht ruft sie nach ihr. Der Stolperstein wird zum Startloch. Es gebe die Sehnsucht, schreibt Ernst Bloch, solange der Mensch »im Argen liegt«. Da sich daran wenig nur geändert hat, gilt nach wie vor Vergils Diktum, wonach »jeglichen« seine Sehnsucht »zieht«. Die Heimatlosigkeit des »Zwischen«, die sich daraus ergeben mag, hat der frühe Rilke in die Worte gefaßt: »Das ist die Sehnsucht: wohnen im Gewoge / Und keine Heimat haben in der Zeit.« So sehnt der Mensch sich nach Gott, der oder dem Geliebten, ist »krank vor Liebe«. »Liebeskummer«, der von (verzehrendem) Abschieds- oder Trennungsschmerz in Liebeserwartung Linderung sucht, Verlangen nach Berührung – Kuß. Verwandelnde Kraft der Antizipation. »Du hast mich umarmt und entflammt; und ich brenne auf deinen Kuß«, betet der hl. Augustinus. Ähnlich die Bitte eines Mystikers: »Verdopple deine Liebe, mit deines Mundes Liebeskuß.« Als ob es erforderlich wäre, eine Begründung zu geben: »Deine Liebes-Küsse sind vor Zucker süße« (Gottfried Arnold).

Am Anfang war die Gottessehnsucht. Der Christ als ein ewig Liebender. Zu keiner Stunde in diesem Leben wird seine Sehnsucht Erfüllung finden und zur Ruhe kommen. Und was ist mit jener Sehnsucht, die nach irdischen Dingen greift, Dingen, die »von dieser Welt« sind? Von »säkularisierter« Sehnsucht kann erst die Rede sein, seitdem der Horizont menschlicher Vorstellung Öffnung erfuhr und das Erwartungsangebot nicht länger allein der geschlossenen Welt des Glaubens anvertraut bleibt. Erst jetzt tritt weltliche Sehnsucht auf, ohne Grenzüberschreitung und, wie die Traurigkeit, »Sonderung«, d. h. Sünde zu sein. Mit Ausschließlichkeit hatte die Kirche auch die Sehnsucht und mit dieser den Kuß ganz für sich gefordert. »Du sollst keine fremden Sehnsüchte neben mir haben …« Ist Liebessehnsucht am Ende eine christliche Erfindung? Wer dies behauptet, setzt sich dem Vorwurf aus, gewissenlos zu übertreiben. Denn schon Sappho kannte diese Art von Sehnsucht, während sie Homer noch fremd war. Diese erste große Dichterin des alten Hellas pflanzte dem Denken der Griechen den Begriff »Liebe« ein. Von dort ging er dann allmählich in den Allgemeinbesitz der westlichen Menschheit über und wurde zum Ausdruck der (heterosexuellen) Leidenschaft. »Wie ein Berggipfel den Eichbaum packt, / Überfällt mich die Liebe, schüttelt / Blatt mir und Zweig«, dichtet die von Legenden umwobene Lyrikerin aus Lesbos.

Doch um die Einbringung der Liebessehnsucht in den menschlichen Alltag hat gerade das Christentum sich verdient gemacht. Vor allem Augustinus, von dessen Erbe die Jahrhunderte nicht aufhören werden zu zehren. Seine Sehnsucht nach Gotteserfahrung gründet sich auf die Gewißheit, daß der menschliche Geist in einem, wenn auch unbegreiflichen, Zusammenhang steht mit der göttlichen Wahrheit. »Das ganze Leben eines guten Christen«, schreibt der Kirchenvater, »besteht aus einem heiligen Sehnen« (»Über den Brief Johannis an die Parther«, Traktat V,6). Seine Brüder fordert er dazu auf, sich im Sehnen zu üben. Das Leben als eine »Schule des Verlangens«. Liebessehnsucht bringt die Seele des Christen auf den Weg zu Gott, macht den *homo viator* zu einem *homo amator*. »Bring mir einen, der liebt«, schreibt Augustinus an anderer Stelle (»Über das Johannes-Evangelium«, Traktat XXVI,4), »und er wird fühlen, was ich sage. Bring mir einen, der Sehnsucht hat, der hungert oder, weil er sich als Pilger auf dieser Welt fühlt, durstig ist, einen, der nach der Quelle seiner ewigen Heimat seufzt. Bring mir so einen, und er wird wissen, was ich meine. Aber wenn ihr zu einem sprecht, der kalt ist, dann wird dieser nicht verstehn, was ich sage.« Hunger, Durst – Sehnsucht. Erinnerung an Anfängliches: »Urerfahrung«, bewahrt in der Sprache. Noch im Wortschatz der Empfindsamkeit drücken Wörter wie »Wüste« oder »Kälte« die Unlustempfindung aus, die nach Linderung, Abhilfe verlangt. »Sich sehnen« wird zum Lieblingswort der Empfindsamkeit, nicht weniger als seine Synonyme »hungern«, »dürsten« oder »lechzen«. Verben wie »steigen« oder »hängen« und »kleben« mit allen ihren Zusammensetzungen (»anhangen«, »ankleben« etc.) bezeichnen das Streben zu Gott. Auch hier hat die Sprache des hl. Augustinus wegbereitend gewirkt.

Selbst zur Charaktersierung weltlicher Liebe gebraucht bereits Augustinus die Verben »anhangen« oder »ankleben«. Als man ihm die Geliebte von der Seite gerissen habe, bekennt er rückblickend, »wurde mein Herz, das ihr anhing, gemartert und verwundet, so daß es blutete«. Denn, wie es in der Bergpredigt heiße (Matth. 6,21): »wo euer Schatz ist, da ist auch euer Herz«. Von der »Caritas« der Bergpredigt oder der Schriften des Augustinus bis hin zur »Cupiditas« weltlicher Dichtung ist es nur ein Schritt, wenn auch ein erheblicher. Er rückt Transzendenz in die Immanenz. Christliche Geistigkeit wird säkularisiert, die Seele bricht auf ins mitmenschliche Du. Aber ehe Liebe und Herz, Sehnsucht und Verlangen ihre Strahlungskraft in der Dichtung entfalten und zu dem werden konnten, was sie noch heute sind, mußten sie einen sprachlichen Leib finden. Weshalb sogar die Bereitstellung des Vorrats an Vokabular, dessen es bedarf, intensive Liebesbegegnung und mithin Kußberührung zu fassen, sich religiösem Aufschwung verdankt. Von der Mystik führt der Weg zur Empfindsamkeit. »Mein Herz läßt nicht ab von der Sehnsucht nach dem, den ich liebe«, dichtet der Troubadour Jaufré Rudel. Der von Kürenberg beklagt die »schmerzliche Trauer«, die sein »sehnend

Gemüt« erfüllt. Heinrich von Ofterdingen und die Blaue Blume
kündigen sich an. »Sein Herz verloren haben« bedeutet nichts anderes, als daß das Herz woanders ist, vom Körper getrennt. Unmißverständlich bekennt Arnaut Daniel, der Meister der dunklen Dichtart:
»Ich wünschte, ich wäre bei ihr mit dem Körper, nicht nur mit der
Seele, und daß sie heimlich in die Kammer mich einließe.« Zunächst
aber heißt es in weltlichem wie geistlichem Sinn: »Aus zwei Herzen
mach eins!« Sehnsucht nach Vereinigung, Hoffen darauf, daß sie
Wirklichkeit werde. Nicht zuletzt als Kuß, deren Siegel.

Gleichwohl: keine Sehnsucht ohne Erinnerung. Denn wie kann
ich ersehnen, wovon ich überhaupt nicht weiß, was es ist? Plato be-
antwortet diese Frage mit der Anamnese-Lehre seines »Menon«. Erinnern ist für ihn Wiedererkennen des vorhergewußten Allgemeinen
im Besonderen. Ist Erinnerung denn nicht Erfahrung? Eine Erfahrung, die solcherart vor dem Vergessen bewahrt wird? Und auf Erneuerung drängen kann? Erinnerung an Küsse als Quelle der Sehnsucht nach Küssen? Als »Inne-Machen« ist Erinnerung, ein seit dem
15. Jahrhundert nachgewiesenes Wort, nichts anderes als die Fähigkeit, früher gehabte Bewußtseinserlebnisse in ähnlicher Weise wie-
derzubeleben. Bild und Wort lassen weiter existieren, was eigentlich
vorbei ist. Phantomschmerz. »Noch spüre ich …« Erinnerung als
Vergegenwärtigung, die »festhält«, dem Prozeß des Vergessens Halt
gebietet. Trostspenderin. Trost gehört zu »treu« und bedeutet eigentlich »innere Festigkeit«.

»Das Angedenken der Zuckerlust« wolle ihn in Angst versen-
ken, klagt der Barockdichter Christian Hoffmann von Hoffmannswaldau. Der Grund für das als »Kränkung« von ihm Empfundene?

Empfangne Küsse,
ambrierter Saft
verbleibt nicht lange süße,
und kommt von aller Kraft,
verrauschte Flüsse
erquicken nicht.
Was unsern Geist erfreut,
entspringt aus Gegenwärtigkeit.

Aber dennoch ist Erinnerung noch lange nicht gleichbedeutend mit Sehnsucht. Sie ist lediglich Teil von ihr. Sehnsucht will Entbehrtes wiederhaben, Spaltung überwinden. In seiner lapidaren Nüchternheit definiert Kant Sehnsucht als den »leeren Wunsch, die Zeit zwischen Begehren und Erwerben des Begehrten vernichten zu können«. Vielleicht wäre es besser, von »Wiedererwerben« zu sprechen. Denn, wie gesagt, ohne Erinnerungsbilder keine Sehnsuchtsbilder. »So wie die Erkenntnis die Sprache ahndet«, heißt es bei Hölderlin, »so erinnert sich die Sprache der Erkenntnis.« Sehnsucht als Verlangen, innere Außenwelt wieder äußere Außenwelt werden zu lassen, die Distanz zu überwinden zwischen sprachlichem Schein und erlebtem Sein. Sehnsucht ist mehr als Lösung der Ortsgebundenheit von Gedanke und Gefühl. Mehr als ein »Unsere Seelen sind eins, auch wenn der Raum sie entzweit«. Denn sie ist der fortbestehenden Entzweiung eingedenk und will, daß sie aufhöre. Hier soll wirklich dort, dort hier sein. »Denn Sehnsucht hält, von Staub zu Thron, / Uns all in strengen Banden«, heißt es in Goethes »An Hafis«.

Sehnsucht und Hoffnung: Beides ist Anleihe auf das Glück, beides »Zehrpfennig des Lebens« – »Verquickung von Wunsch und Erwartung«, wie Ambrose Bierce schreibt. Hoffnung, hatte bereits im 5. Jahrhundert Diadochus, der Bischof von Photice, geschrieben, sei die »von der Macht der Liebe betriebene Auswanderung des Geistes in das Land des erhofften Gegenstands«. In einem der frühen Lieder Walthers von der Vogelweide finden sich die Zeilen:

Ich weiß nicht, wie das ist:
Lange schon haben meine Augen sie nicht gesehn.
Sind wohl die Augen meines Herzens bei ihr,
so daß ich sie ohne Augen des Leibes sehe?
Ein Wunder muß geschehen sein:
Wer gab meinem Herzen die Macht,
sie allzeit ohne Augen zu schauen?

Wollt ihr wissen, was denn die Augen sind,
womit ich sie sehe über Länder hinweg?
Die Gedanken meines Herzens sind es:

die durch Mauern und Wände da sehn.
Man mag sie bewachen, wie immer man will:
Mein Herz, mein Wollen und all mein Denken schauen mit Augen
doch das ganze Bild der Frau.

Vorspiel oder Ausklang?
Nichts als die nackte Keuschheit

Alles schon dagewesen. Oft dient dieser Satz, begleitet von einer ab-
wehrenden Handbewegung, der Demonstration von Überlegenheit
oder Frustration. Nichts Neues also. Dennoch: das Bild vom alten
Wein in neuen Schläuchen trifft nun einmal die alltäglichste unserer
Erfahrungen. Was ist der Mensch? fragt A. L. Huxley. Seine Antwort: »Der Mensch ist eine in der Knechtschaft seiner Organe
lebende Intelligenz.« Fast achthundert Jahre liegen zwischen der
Publikation des sogenannten *Kinsey-Reports*, des Ertrags der sexu-
alwissenschaftlichen Ausgrabungsarbeiten des amerikanischen Zoo-
logen Kinsey, und der Verkündung der einunddreißig »Liebesregeln«, die Andreas Capellanus einem bretonischen Ritter vom Hof
des Königs Artus mitbringen läßt. Sind es wirklich fast achthundert
Jahre?
Manchmal seien die Partner des Liebesspiels »vollkommen nackt,
obwohl keiner von beiden willens ist, irgendeine Art von genitaler
Vereinigung zu akzeptieren«, stellt Dr. Kinsey fest. Sein Bericht gilt
dem Petting, dem »jugendlichen Liebesverkehr«. Das englische *to
pet* heißt »liebkosen«, »streicheln«, und hat wohl mit französisch *pe-
ton*: »Füßchen« oder der französischen Koseform *petit*: »Kleine(r)«,
zu tun. Auch als Euphemismus für *to make love*: »Liebe machen«
wird *to pet* gebraucht. Wie das Wort »Umarmen« für »Küssen« im
Französischen. Nicht zuletzt die sexuelle Revolution Amerikas, die
in den späten vierziger und in den frühen fünfziger Jahren vor allem
durch die Hippies und ihre Vorfahren, die Beatniks, ausgelöst
wurde, hat die Praktik des Petting überflüssig erscheinen lassen. Die
Verbindung von Küssen mit Nacktheit bei gleichzeitigem Ausschluß

des »Letzten« war freilich nicht neu. Fast wörtlich findet sich Kinseys weiter oben zitierter Satz in einem lateinischen Traktat »Über die Liebe«, der als eine Art »Grundbuch« der Literatur des ritterlichen Mittelalters gilt. Dennoch liegen Welten zwischen dem Geist, aus dem jenes folgenreiche Werk entstanden ist, und unserer Zeit.

Wir wissen fast nichts über Andreas Capellanus, den Autor dieses Gesetzbuchs der höfischen Liebe, das kurz vor 1200 in Nordfrankreich, am Hof der Marie de Champagne verfaßt wurde. Seine überaus systematische Beschreibung von Wesen und Wirkung der Liebe ist nach scholastischem Vorbild in drei Bücher eingeteilt und bietet sogar Modelle galanter Liebeskonversation. Im achten Dialog des sechsten Kapitels seines didaktischen Traktats, »Von der Liebe und von den Heilmitteln gegen die Liebe«, läßt Andreas Capellanus eine »Frau von höherem Adel« sich an einen »liebeserfahrenen« Mann der gleichen Klasse in einer »bestimmten Sache« mit der Bitte um Rat wenden. Da eine Frau von herausragendem Charakter zwei Verehrer hatte, erzählt sie ihm, ersann sie einen Weg, die »Tröstung der Liebe« zwischen ihnen zu teilen. Sie sagt zu ihnen: »Einer von euch soll die obere Hälfte haben und der andere die untere Hälfte.« Ohne zu zögern habe jeder der beiden »seinen Teil« gewählt; und jeder habe darauf bestanden, den besseren Teil gewählt zu haben. Von beiden habe jeder behauptet, ihrer Liebe würdiger zu sein als der andere, da er sich für den würdigeren Teil entschieden habe. Da nun die erwähnte Frau sich in dieser Frage nicht übereilt festlegen wolle, habe sie sich an sie, die Dame von hohem Adel, um Rat gewandt. »Ich frage Euch deshalb, welcher der beiden hat nach Eurer Meinung die lobenswertere Wahl getroffen?«

Wie angesichts der Umstände zu erwarten gewesen war, hebt die Antwort des gebildeten Mannes an den Tröstungen des unteren Teils das »Tierische« hervor. Erst die Tröstungen des oberen Teils machten den Menschen zum Menschen, denn sie seien »allen anderen Tieren versagt«. Deshalb solle, wer sich für den unteren Teil entscheidet, »aus der Liebe vertrieben werden, als wäre er ein Hund«. Vernünftig in der Liebe sei nur eine Stufenfolge, die, wenn überhaupt, den Trost der unteren Hälfte erst ganz allmählich auf jenen der oberen folgen lasse.

Außer den erwähnten einunddreißig »Liebesregeln« einer höfischen »Ars amatoria«, die Andreas Capellanus als eine Art Vermächtnis von König Artus deklariert, verkündet das Werk zwölf Gebote der Liebe, von denen das zehnte lautet: »Du sollst keine Liebesgeheimnisse ausplaudern«, und das zwölfte: »Gibst du dich den Tröstungen der Liebe hin, so sollst du die Wünsche deines Partners respektieren.«

In der Liebe zwischen einfachen Leuten ließen sich vier Stufen unterscheiden: Die erste bestehe im Erwecken von Hoffnung, die zweite im Gewähren eines Kusses, die dritte im Genuß einer Umarmung. Hingabe der ganzen Person schließlich bildet die vierte. Das Liebesschema, das der Autor hier entwirft und das Kuß und Umarmung der Mittelstufe zuordnet, weicht ab von der traditionellen Ordnung, die fünf Stadien kennt und sich bis in die Antike zurückverfolgen läßt. Auf »Anblick«, »Gespräch« und »Berührung« (Streicheln, Umarmung) läßt es »Kuß« und den »Rest« folgen. Als höchste Form der Liebe preist Andreas Capellanus die »reine Liebe«. Sie ist charakterisiert durch »Versenkung des Geistes und Zuneigung des Herzens«. Kuß, Umarmung und züchtige Berührung mit dem nackten Körper genügen ihr. Der Kuß als lustvolle Zelebration eines *amor interruptus*, wie wir vielleicht heute sagen würden.

Der Kuß der »reinen Liebe« ist der »reine Kuß«. Was aber ist »reine Liebe«? Bedeutet »rein« hier »höher«, »theoretisch« im Sinne des Gegenteils von »angewandt«? Dann wäre »reine Liebe« vergleichbar etwa mit »reiner Mathematik«. »Angewandte« Liebe als »gebrauchte«, sprich: »konsumierte« Liebe. Mit dem Begriff Reinheit verbindet sich die Vorstellung von Klarheit und Unvermischtheit: Trennung, Sonderung. Abwesenheit von »Mischung«: Promiskuität. Eine alte Bedeutung von »sauber« ist denn auch »keusch«, »enthaltsam«, »nüchtern«, »besonnen«. Unter »reiner« Liebe ist zugleich »keusche«, »hohe« Liebe zu verstehen, unter »gemischter«, »niederer« Liebe – »schmutzige«. »Schmutzig«, ein Wort, das mit »schmieren«, »rutschen«, ja »geifern« und »lutschen« verwandt ist. Da auch »schmausen«: »unsauber essen und trinken« zu dieser Familie gehört, führen uns diese Überlegungen wieder zurück zur »gemischten« Liebe als »konsumierter«.

»Reine« Liebe als idealisierte Liebe: so tugendhaft und unschuldig wie unkörperlich und entsinnlicht. Dies zumindest *per definitionem*. Da sie von Menschen praktiziert wird und nicht bloße Idee bleiben soll, muß sie sich wohl oder übel den Niederungen der Körperlichkeit anbequemen. Stets bedeutet dies Befleckung. Doch obwohl dem Anspruch höchstens annäherungsweise zu genügen ist, besteht er fort. Und selbst wenn die Forderung auf Entsagung, Askese, gerichtet ist, nimmt sie den Mund als das Organ von Hauch und Wort aus. Wegen der Doppeldeutigkeit des Mundsymbols kann der Mundkuß »höchster« Kuß sein, zugleich aber das Gegenteil davon.

Liebe versagt sich die letzte Tröstung, denn jenen, die »rein lieben wollen«, ist dergleichen nicht erlaubt. »Rein« verstanden in philosophischem, d. h. platonischem, nicht in moralischem Sinn. »Reine Liebe« als die Art von Liebe, der jeder Liebende sich mit ganzer Kraft hingeben sollte. Denn die Vereinigung der Seelen sei tausendmal wohltuender als die der Körper. Sie kenne keine Grenzen, kein Ende des Wachstums. Je mehr man von ihr habe, desto mehr wünsche man sich. Gott sei sie wohlgefällig: Sie bessere den Charakter und tue niemandem weh. Doch wäre es falsch anzunehmen, der Autor verurteilte die »gemischte Liebe«, wolle sie aus dem Leben der Menschen verbannt wissen. Er habe nur zeigen wollen, welcher der beiden Arten von Liebe der Vorzug gebühre. »Auch die gemischte Liebe ist wirkliche Liebe, und sie ist lobenswert, und wir sagen, daß sie die Quelle aller guten Dinge sei, obwohl sie auch ernste Gefahr birgt. Aber selbst wenn ich beide Arten von Liebe: reine wie gemischte, billige, trete ich ein für die Pflege der reinen Liebe.«

Keine Frage, Andreas Capellanus will es allen recht machen und neigt deswegen zu einer eher zwiespältigen Haltung. Denn auch das folgende Zitat stammt nun einmal aus *De amore*: »Die Liebe ist, so ich richtig nachgedacht habe, eine Geisteskrankheit. Sie rührt her von zügellosen Blicken zwischen zwei Personen unterschiedlichen Geschlechts, durch die sie darnach streben, sich zu umarmen und zu küssen und sinnliches Vergnügen aneinander zu finden. Nur dies eine hat der Liebende im Sinn, und der Gedanke daran verzehrt und erfreut ihn. Er denkt überhaupt nicht an die Frucht, die aus all dem entstehen kann, sondern sucht nichts als sein Vergnügen.« Und es ist ein Vergnügen von kurzer Dauer, wie der Verfasser an anderer Stelle sagt.

Die Liebesauffassung, die Capellanus vertritt, spiegelt das südfranzösische Troubadour-Ideal. Es gilt der hohen Liebe außerhalb der Ehe. Geradezu kategorisch erklärt der Autor, Liebe und Ehe seien unvereinbar. Denn zwischen Eheleuten vermöge Liebe sich nicht voll zu entfalten. Sie bedürfe nun einmal des »Außerhalb« und der – Eifersucht. Damit vertrat seine höfische »Schule des Verlangens« das genaue Gegenteil dessen, was die meisten der mittelalterlichen Epen Nordfrankreichs ihren Lesern predigten: daß nämlich die Gattenliebe den höchsten Wert darstelle. Eifersucht, nach christlicher Tradition eine schwerwiegende Sünde, wird erhöht zur »Mutter und Amme« der Liebe. Ohne die »bewahrende Kraft« der Eifersucht keine Liebe. Wer wissen wolle, wie hoch Treue und Zuneigung der geliebten Frau zu bewerten seien, solle so tun, als sehnte er sich nach der Umarmung einer andern. Aber es sei unumgänglich, dabei mit Umsicht und Fingerspitzengefühl zu Werke zu gehen. Aussparung der letzten Stufe der Liebesleiter, Verharren auf der vorletzten, gesteht dem Kuß mithin eine Bedeutung zu, die nahe an das »Letzte« heranreicht, sich aber eben doch als Ausdruck geistiger Liebe versteht. Der Kuß als Thema in der Melodie unerfüllten (und unerfüllbaren) Verlangens. Auch jetzt, im 11. Jahrhundert, ist noch immer der Einfluß Ovids spürbar.

In seiner *Liebeskunst* (1. Jh.) entwarf der glänzende Vertreter des Hellenismus ein »System der Liebe«, das zugleich ein Spiegelbild der römischen Gesellschaft liefert. Allerdings spricht der Dichter weniger von der Liebe als von der Kunst der Verführung im Dienst eines Ideals. Hier virtuose Unterhaltung, Spiel mit dem *sorplus*: »Rest«, dort wegweisende Belehrung, Werbung für »Ver-Halten«, Spiel. Dennoch ist die Entstehung eigener, mit neuem Geist erfüllter Form bei den Troubadours Südfrankreichs nicht denkbar ohne den fortwirkenden Einfluß der Liebeslyrik Ovids. Liebender Mann und geliebte Frau ergehen sich allerdings nicht länger im Spiel gegenseitiger Täuschung. Die Frau übernimmt die Rolle der unerreichbaren

Herrin, seiner Domina, steht als weibliches Idealbild hoch über dem männlichen Partner, den die Liebe zu ihr »erhebt«: also besser macht.

Alles spricht dafür, daß die Kunst der Troubadours von der Gnosis und der Kultur des muslimischen Spanien beeinflußt ist. »Gnosis« (2. Jh. n. Chr.) bedeutet »Erkenntnis« im Sinne von »Heilswissen«. Ein Wissen um göttliche Geheimnisse, das nicht Offenbarung sich verdankt, sondern als (innere) Schau den wenigen gegeben ist. Für die Anhänger und Vertreter der dualistischen gnostischen Kosmologie enthalten Mensch und Kosmos Teile einer jenseitigen und damit guten Lichtwelt, die aus der gottfeindlichen und damit bösen Materie erlöst werden müssen. Das Leben als Kampf zwischen gutem und bösem Prinzip. Zur vollen »Erkenntnis«, der Gnosis, gelangt nur, wer den »Geist« besitzt. Die Materie, das Leben, der Leib erweist sich als Hindernis bei der Erhebung zur Lichtwelt. Es gilt, sie zu überwinden: nicht durch Selbstmord, sondern durch Askese, Vergeistigung. Nicht jeder besitzt die Stärke, völlige Enthaltsamkeit zu üben, wie die Parakleten, die »Fürsprecher« und Priester des Gnostizismus, dies vermögen. Der Ausweg: »lichtgerichtete« Erotik, eine Art von Sex, die Zeugung ausschließt. Denn wenn Zeugung dem Bösen, Schlechten Dauer verleiht, bedeutet Verzicht auf Fortpflanzung Dienst am Guten. Das Erotische und mit ihm der Kuß gewinnt an Bedeutung und Freiraum. Hieraus mag sich der Vorwurf der »Perversion« erklären, den Gegner der Gnostiker immer wieder erhoben. Und Tatsache ist eben, daß von den mittelalterlichen Sekten, die als Häretiker verfolgt und ausgerottet wurden, die meisten zum Gnostizismus tendierten.

In der Lehre der Katharer bzw. Albigenser, die sich im 10. Jahrhundert von Bulgarien über Deutschland und Italien nach Südfrankreich verbreitete, wurde die Gnosis auf neue, überraschende Weise fruchtbar: Denn die Katharer galten als die theologischen Väter der Troubadours. Es erscheint allerdings zweifelhaft, daß die Troubadours »weniger als Dichter denn als Apostel einer gnostischen Sekte« betrachtet werden müßten, die ihr Gedankengut »in der verschlüsselten Form von Liebesliedern« verbreiteten, wie dies offenbar die Auffassung von Denis de Rougemont ist. Richtig dürfte sein, daß die Troubadourlyrik Inhalte bot, die in der westlichen Dichtung bislang unbekannt gewesen war. Mit ihr begann ein Kult der unglücklichen Liebe, dem ein latenter Masochismus innewohnt. Küssen als Übung von »masochistischer Bittersüße«?

Der Gott der Liebe, von dem Dichter wie Jaufré Rudel oder Bertran de Born singen, war weder der Eros der Griechen noch der christliche Gott der Nächstenliebe. Nach Auffassung von Ernest Bornemann war er niemand anderer als die »Domina«, deren Dienst Erniedrigung, Verzicht, Hingabe an den Kult der »Unbefriedigtheit« und Nichterfüllung verlangte. Sex als Verrat an der Liebe: Statt dessen das Ritual des Frauendienstes, zu dem die bereits erwähnte »keusche Nacktheit« gehörte. Dieser *fin' amors*: »wahre Liebe«, der dem Kuß einen ähnlichen Stellenwert zubilligt wie die christlichen Mystiker der Liebesfeier, ist dennoch so wenig »rein« wie »distanziert«. Als Liebe, die in den Wonnen von Umarmung und Kuß schwelgt, auch wenn sie sich in Anblick und Berührung des nackten Körpers der Geliebten genügt, ist sie sinnlicher Art. Wie, oft genug, die Versinnlichung übersinnlicher Liebeserfahrungen bei den Mystikern. Nicht erst seit Freud und seinen Einsichten in die Rolle der Sublimation wissen wir, daß ein nicht geringer Teil der Literatur des Abendlands sich aus dieser Wurzel nährt. Allem voran die Geschichten von Tristan und Isolde, Dante und Beatrice oder Petrarca und Laura. Nicht erstaunlich sei es deswegen, meint E. Bornemann, daß Dichtung und Musik der Troubadours mit den Albigenserkriegen zu Ende gegangen sei.

Zwei einander fast ausschließende Einstellungen kannten einst die Araber Südspaniens zur Liebe: Die eine schöpft aus einer »sinnlichen«, vielleicht schon vom Werk Ovids beeinflußten Tradition, die andere aus einer eher »geistigen«, die sich aus der Philosophie Platos speist. Kommentare arabischer Gelehrter haben deren Lehren weitervermittelt. Als ihr Anwalt gilt Ibn Hazm. In seiner Schrift *Das Halsband der Taube. Über die Liebe und die Liebenden* (ca. 1022), »einem der köstlichsten Bücher der arabischen Literatur« (A. Castro), erzählt der andalusische Muslim von den Ursprüngen der Liebe, der Hingabe an sie und dem Verzicht, den dieses höchste Gut von den Menschen fordere. Wie ernst es der Autor gerade mit letzterem meint, geht schon daraus hervor, daß er den Betrachtungen über das Thema der Entsagung breiten Raum gönnt. Mit feinem Einfühlungsvermögen analysiert Ibn Hazm die Wirkung der Liebe auf die Seele, seine eigene wie die anderer Menschen. Islam und Neoplatonismus verbinden sich zu einer Symbiose von Erotik und Religiosität, wie sie für den Christen undenkbar wäre.

Angesichts dessen mag es verständlich sein, daß *Das Halsband der Taube* durch eine merkwürdige Mischung von Sensualität und Askese charakterisiert ist. Wahre Liebe verschließe zwar nicht die Augen vor dem Körperlichen, doch die Vereinigung der Seelen sei etwas tausendmal Schöneres als die Verschmelzung von Körpern. Dies selbst dann, wenn unerfüllbare Sehnsucht zu Überwältigung durch Leidenschaft und zu Krankheit führen könne. Der Liebende als »Märtyrer der Liebe«, sein Tod als »Liebestod«. Biete eine schöne Frau ihre Liebe an und es geschehe lange genug und ungehindert, schreibt Ibn Hazm, so finde sich bestimmt kein Mann, den »die Sünden nicht in ihren Bann schlagen, die Begierde nicht in Erregung versetzt und das Verlangen nicht irreleitet«. Und genauso finde sich keine Frau, die, von einem Mann unter vergleichbaren Umständen in Versuchung geführt, sich diesem nicht hingibt. Kein Sterblicher vermöge sich dem von Gott gefaßten Beschluß zu entziehen.

»Rechtschaffene Männer und Frauen« sind nach Meinung Ibn Hazms »wie unter der Asche verborgenes Feuer, das einen in der Nähe Weilenden nur dann verbrennt, wenn es entfacht wird, während schlechte wie ein loderndes Feuer sind, das alles verbrennt. Eine vernachlässigte Frau und ein Mann, der sich den Gefahren der Sinnlichkeit aussetzt, sind verloren und erledigt. Deshalb ist es dem Muslim untersagt, dem Gesang einer fremden Frau zu lauschen. Der erste Anblick erfolgt zu deinem Nutzen, der spätere aber zu deinem Schaden! Der Gottgesandte hat gesagt: ›Wenn einer als Fastender eine Frau so eingehend betrachtet, daß er ihre Körperformen erkennt, hat er das Fasten gebrochen‹. Wahrlich, was der Text der göttlichen Offenbarung über das Verbot der Leidenschaft enthält, das sagt uns genug.«

Mit solchen Ansichten stand Ibn Hazm unter den Arabern keineswegs allein. Die Menschen hätten die unterschiedlichsten Auffassungen über das Wesen der Liebe vertreten und ausführlich darüber diskutiert, schreibt der Autor. »Ich bin der Meinung, daß sie eine Vereinigung jener Seelenteile darstellt, die einst getrennt wurden, eine Wiedervereinigung zur ursprünglichen erhabenen Form.« Die Anspielung auf Platos Mythos von der Androgyne ist unüberhörbar. Wir wissen, daß es unter den Dichtern jener Zeit eine regelrechte Schule gab, die für »platonische Liebe« eintrat: eine Form der Liebe, die bei Andreas Capellanus als »reine Liebe« erscheint. Reine Liebe als »keusche« Liebe, die sich die »letzten Tröstungen« versagt, im Gegensatz zur »gemischten Liebe«. Ist der Kuß hier »Präludium«, »Versprechen«, so dort »Endstadium«, ohne ein »*del plus*«: »mehr«, wie es bei Bernart de Ventadorn heißt. Liebe wird solcherart zu unstillbarem Verlangen, ewiger Sehnsucht. »Minne, möge Gott mich an dir rächen«, dichtet Friedrich von Hausen. »Wieviel du meinem Herzen Glück entwandest! / [...] / Und wärst du tot, ich dürfte reich mich achten. / Doch so muß ich in deiner Knechtschaft schmachten.« Der zweite Bestandteil des Substantivs »Sehnsucht« behält das letzte Wort. Und in dem »Vereinigung« überschriebenen Kapitel von Ibn Hazms *Halsband der Taube* steht zu lesen:

Eine Herrin hatt' ich einst,
die überall mich floh,
bis manchmal heimlich
zum Kuß die Lippen sie mir bot.

Ich küßte sie,
denn Ruhe gedacht ich zu finden,
doch die Unruhe ließ mich nicht los,
tief in der Brust aufs neue der Schmerz.

Welk lag mein Herz,
verdurstend wie Grünzeug und trocken –
dranlegen wird flüchtige Hand
den tödlichen Feuerbrand.

Das »Kußblümlein« pflücken: Der *Rosenroman*

Auch im christlichen Mittelalter lebte das »Heidentum« fort. Vor allem in den erotischen Kulturformen dieses Zeitraums zwischen Antike und Neuzeit bleibt es faßbar. Als »Bibel« der spätmittelalterlichen erotischen Kultur gilt der *Rosenroman*. Vor 1240 begonnen und vor 1280 vollendet, gibt er den Modellen der höfischen Minne neuen Inhalt. Mit seinem enzyklopädischen Reichtum an Abschweifungen auf alle möglichen Gebiete ist das Werk eine »Schatzkammer profaner Liturgie, Lehre und Legende«, aus der sich die gebildeten Laien die Bausteine für ihre geistige Entwicklung holten. Es heißt, die herrschende Schicht einer ganzen Epoche habe ihre Lebenskenntnis und ihr Grundwissen der »Ars amandi« aus dem 22 068 Verse umfassenden allegorischen Liebesroman bezogen.

Zwei Dichtern verdankt sich das Liebesbrevier des *Rosenromans*: Guillaume de Lorris und Jean de Meun, Männern, wie sie verschiedener nicht sein könnten. Hatte Guillaume de Lorris, der Erfinder und Planer des Ganzen, noch dem alten höfischen Liebesideal gehuldigt, so redet der Fortsetzer und Beender des Romans, Jean de Meun, der sinnlichen Liebe das Wort. Grundlage und Vehikel des Werks ist der Traum von einem Rosenschloß, von dessen Belagerung und Eroberung. Was an einem Maimorgen als Spaziergang begann, endet mit dem Pflücken oder Brechen der Rose. Amour und seine Bundesgenossen, zu denen nicht nur die höfischen Tugenden gehören, sondern auch »füchsische«, der Seinserhaltung, sprich: »Wahrheit dieser Welt« dienende Eigenschaften wie Verstellung und Betrug, tragen schließlich den Sieg davon. Die Frauenverehrung der »reinen Liebe« (1. Teil) weicht dem Lustprinzip der »gemischten Liebe«. Jean de Meun glaubt nicht länger an treue Liebe und weibliche Ehrbarkeit. Er weiß, daß das Leben eine andere Sprache spricht, als die Entsagung sie lehrt. An die Stelle der beflügelnden Sehnsucht nach dem Unerreichbaren tritt wieder der natürliche erotische Liebestraum: Reiz und Lockung der »Rose«.

Der Gang der Handlung entspricht den traditionellen fünf Stufen der Liebe: Anblick, Gespräch, Berührung, Küssen und *factum*. Guillaume de Lorris führt die Liebenden vier der fünf Stufen hinauf, den Rest besorgt Jean de Meun. Der *gradus amoris* dient der Erzählung als Ordnungsprinzip. Zum Kuß tritt das *factum*: »die Sache«. Aber ist wirklich »die Sache«, d. h. der Liebesakt bzw., genauer, die Defloration hier gemeint? Oder doch vielleicht eine »andere Art« von Kuß?

Annäherung von erotischem und religiösem Fühlen verleiht auch der Sexualität den Schein von Heiligkeit. Selbst »unehrbare Körperteile und schmutzige und häßliche Sünden« werden mit heiligen Ausdrücken bezeichnet. Eine ärgere Herausforderung des kirchlichen Liebesideals läßt sich kaum vorstellen. Denn die Tugenden und Sünden, die der Roman in menschlicher Gestalt auftreten läßt, wurden ja vom zeitgenössischen Leser ganz konkret erlebt. Für ihn waren Gefahr, Furcht, Scham, demütige Anfrage oder Eifersucht lebendige, d. h. wirkliche Wesen. Hieraus erklärt es sich, daß eine der Romanfiguren, *danger*: »Gefahr«, die dem Liebhaber bei seiner Werbung droht, im Jargon der Liebe schließlich den zu betrügenden Ehemann selbst bezeichnen konnte. Mit dem Aufkommen der Renaissancekultur verbleicht und verschwindet freilich die einst so lebendige Allegorie.

In dem literarischen Streit, den die Veröffentlichung des *Rosenromans* nach sich zog, gingen Verehrer wie Tadler auf die Barrikaden. Jean Gerson, der berühmte Theologe und Kanzler der Pariser Universität, verfaßte 1402 eine Abhandlung gegen das Werk. Er wirft dem (Zweit-)Autor, Jean de Meun, darin vor, die erhabenen christlichen Symbole mit obszönen Allegorien verseucht zu haben. Für ihn handelt es sich um die gefährlichste Pest, die man sich denken kann. Das »lästerliche« Opus verbreite »überall ein Feuer, das glühender und stinkender ist als griechisches Feuer oder Schwefelfeuer«. »Woher«, ruft Gerson aus, »woher die Bastarde, woher die Kindsmorde, die Abtreibungen, woher der Haß und die Vergiftung der Eheleute?« Das alte Lied! Wenn er ein Exemplar des Werks besäße, versichert der einflußreiche Gelehrte, würde er es eher verbrennen als weiterverkaufen. Dies selbst für den Fall, daß es das einzige wäre und man ihm tausend Pfund dafür böte. Habe der Autor nicht gerade die guten Gestalten des Romans von der Erde verbannt? Gestalten wie »Scham, Furcht und Tugendwacht, den guten Türhüter, der nicht einmal einen bäurischen Kuß oder einen unkeuschen Blick oder ein verführerisches Lächeln oder ein leichtfertiges Wort zu bewilligen gewagt oder geruht hätte«. Paradies, Ruhm und Belohnung verspreche der Roman allen denen, »die fleischlichen Lüsten frönen, und dies sogar außerhalb der Ehe«. In eigener Person und durch eigenes Beispiel rate der Autor, »beliebig Frauen auszuprobieren«. Wie könne man nur so gewissenlos sein, ereifert sich Gerson. Daß der von ihm Angegriffene gegen die höfische Kultur rebellierte, um im Namen der Natur eine Bresche in die Mauern der Konvention zu sprengen, war ein ihm fremder Gedanke.

Ganz anders natürlich die Schar der Verehrer und Verteidiger des kritisierten Werks. Jean de Montreuil, der Propst von Lille, beispielsweise, schloß sich jenen gebildeten und gelehrten Männern an, die den Roman geradezu in den Himmel hoben und lieber auf ihr Hemd verzichtet hätten als auf ihr Buch. Je weiter er in das »tiefe und berühmte Werk von Meister Jean de Meun« eindringe, desto mehr erstaune ihn die Mißbilligung, der es begegne. Bis zu seinem letzten Atemzug werde er es verteidigen, schreibt Jean de Montreuil im Vorhof des französischen Humanismus.

Als vierte Stufe des *gradus amoris* hat der Kuß einen festen Platz im *Rosenroman*. Auch als Fußkuß erscheint er darin. Als der Erzähler zu Amours Vasall avanciert, beugt er sich nieder, um seinem Herrn in Demut den Fuß zu küssen, sprich: den Vasallenkuß zu geben. Amour nimmt ihn bei der Hand und fordert ihn auf, ihn »auf den Mund zu küssen, dorthin, wo noch kein gemeiner Kerl ihn berührt hat«. Er erlaube keinem »Metzger«, d. h. rohen Menschen, ihm dort nahezukommen. Der Erzähler kommentiert: »Ich empfand großen Stolz, als sein Mund den meinen küßte.«

Im Vorwort zu seiner Übersetzung von Boethius *Trost der Philosophie* sagt Jean de Meun selbst, im *Roman de la Rose* sei es ihm darum gegangen zu lehren, »wie man die Burg nimmt und die Rose pflückt«. Durch kaum verschleierte Symbole gibt der Erzähler zu verstehen, daß es um Eroberung der begehrten Frau und »Vereinigung« geht. Was ihn an ihr anzieht, ist ihr *bouton précieux*, ihre »kostbare (Blüten-)Knospe«. Es handelt sich also um ein junges

Mädchen, das, wie uns die Forschungsliteratur versichert, »ungefähr
fünfzehn Jahre alt, schön und reich« sei.

In dem Augenblick, da der Blick des jungen Mannes auf dem *bouton* verweilt, schießt Amour nacheinander fünf Pfeile auf ihn ab:
Schönheit, Einfachheit, Höflichkeit, Gesellschaft und Schöner
Schein. Durch die Augen dringen sie ihm ins Herz. Von nun an ist
der Erzähler, der schon nach dem bloßen Anblick der Rosenknospe
Sehnsucht empfunden hatte, von Leidenschaft erfüllt: Er wird zum
Liebenden. Die Wunden, die Amours Pfeile ihm zugefügt haben,
machen seine Liebe »*doux-amer*«: »bittersüß«. Es ist jene Bittersüße, der auch Rousseaus »romantischer Kuß« seinen Geschmack
verdanken wird. Der mittelalterliche Roman ist bekanntlich einer
der »Väter« dessen, was wir als »Romantik« bezeichnen.

»Amour, der dich in seinen Netzen hält«, heißt es im Text, »führt
dir seine fleischlichen Wonnen vor, so eindringlich, daß du an nichts
anderes denkst. Deshalb willst du die Rose sehen.« – »Als sich die
Sache so gut machte und ihr Ausgang nicht länger zweifelhaft war«,
fährt der Dichter an anderer Stelle fort, »erging ich mich in hundert
wohlschmeckenden Küssen und sagte dabei zehn oder zwanzig Mal
Amour und Venus meinen Dank. Ich dachte nicht länger an die Ermahnungen der Vernunft: Sie beunruhigte mich nicht länger.« Bevor er diesen Ort, an dem er gern noch länger verweilt hätte, verließ,
habe er freudig die Blüte des Rosenstrauchs gepflückt und nun die
»rosige Rose« gehabt. Alsdann habe es getagt, und er sei aus seinem
Traum erwacht. Der *bouton précieux* als »rosige Rose«? Der Erzähler sagt leichthin, er habe sie »gehabt«. Was heißt das? Meist wird
das Epitheton »rosig« auf die Lippen bezogen. Welche Lippen sind
hier mit der »Rose« gemeint?

Die Rose gilt als das im Okzident am häufigsten gebrauchte Blu-
mensymbol. Es spielt eine ähnliche Rolle bei uns wie der Lotus in
Asien. Dem Lotus gleich ist die Rose Symbol der Jungfräulichkeit,
der Reinheit und, wie die Blume überhaupt, der Seele. Aber die beiden Blüten sind auch metaphorisches Synonym für das weibliche
Genitale. Es ist nicht wenig, was Jean de Meun wagt. Aber die Mehr-
schichtigkeit der Symbolik schützt ihn. Sogar auf das Evangelium
(Lukas 2, 23) bezieht er sich, um zu beweisen, daß die Vagina, die

Rose des Romans, ehemals heilig gewesen sei. Ein Fall von Blasphemie? Vielleicht. Nur, wie gesagt, kaum erkennbar, da allegorisch verhüllt. Außerdem durfte der Autor auch deshalb eine solche Beschreibung riskieren, weil er sich auf die große Tradition des Epithalamiums oder Hymenaeus, sprich: Hochzeitslieds, berufen konnte. Ob freilich das Pflücken der »rosigen Rose« als Defloration zu deuten ist oder eher als Cunnilingus, läßt sich nicht mit Sicherheit ausmachen. Angelus Silesius war nicht der einzige, dem die Rose als Bild für die Seele diente. Seltsames Zusammentreffen. Das Wort »Psyche«: Seele, hat im Griechischen (Zauberpapyri) auch den Sinn von Vagina. Zufall? Bedeutet die Rose zu brechen das »Kußblümlein« zu pflücken? Im *Deutschen Wörterbuch* steht zu lesen, »Kußblümlein« bezeichne: »küsse als blümlein zum pflücken, in einem garten, dem Rosengarten gedacht«. Daß »Rosengarten« ein im Mittelalter oft gebrauchter Euphemismus für Bordell ist, verdient kaum, bloß als Fußnote erwähnt zu werden.

Im gleichen Jahr, da in England das »Lange Parlament« zu tagen begann, 1640, vollendete Thomas Carew sein Gedicht »Verzükkung«. Der Dichter war Parteigänger der vorwiegend aus der alten Grundaristokratie stammenden »Kavaliere« (später Tories genannt) und somit Anhänger des fünf Jahre später hingerichteten Karl I. Seine Verse gelten als Mutbeweis. Sie singen das Lob jener »schönen Region«, die »in zwei glatte Bahnen« sich teilt. An ihrem milchigen Weiß will er seine Lippen entlanggleiten lassen. Bis zu dem »schwellenden Apennin« mit seinem »Hain aus wilden Rosen«, um dort »all die entrissene Süße zu destillieren«. Thomas Carew konnte es wagen, die Rosen-Metapher unverhüllter zu gebrauchen. Vierhundert Jahre waren inzwischen vergangen. Daß Oliver Cromwell seine Verse gebilligt hätte, ist allerdings nicht anzunehmen, obwohl seit Ende des 16. Jahrhunderts auch in der Römischen Kirche Stimmen zu hören waren, die dafür eintraten, Streicheln und Küssen der »Schamteile« als »Liebesbezeugung« zu erlauben. Die Stimme des vielleicht kühnsten dieser Neuerer gehörte Thomas Sanchez, dessen Name unseres Wissens nirgendwo eingemeißelt ist. Paul Verlaine der *prince des poètes*, hingegen ist noch heute berühmt – trotz oder wegen seiner »Pensionsfreundinnen«?

Pensionsfreundinnen

Sie waren zwischen fünfzehn, sechzehn Jahren
und schliefen Bett an Bett in der Pension.
Da, eines schweren Abends, Herbst wars schon,
da lösten, erdbeerrosig wie sie waren,

die beiden Mädchen, zart, mit offnen Haaren,
ihr Hemd, ein Duft von Amber flog davon.
Die jüngste streckt und reckt sich, müde schon,
die Freundin küßt sie, lüstern und erfahren.

Dann stürzt sie ihr zu Füßen, dann wie toll
und taumelnd taucht sie, blind und wollustvoll,
den Mund in ihren blonden goldnen Schoß

bis in die grauen Schatten; und das Kind
zählt an den Fingern, lächelnd, ahnungslos,
die Walzer ab, die ihr versprochen sind.

Paul Verlaine
(Deutsch von G. v. d. Vring)

Oscular cum gaudio:
Lob des »gemischten« Kusses

»Reine Liebe« und *»del plus«*, hatten wir weiter oben gehört, ergeben sozusagen die »gemischte Liebe«. Der Dauer von jener kontrastiert die Kürze von dieser: *parvo tempore durat.* Andreas Capellanus kennt beide Arten der Liebe. Nur daß eben in seinen Augen die »gemischte Liebe« »niedriger«, »minderwertiger« ist. Ganz anders die Vaganten oder Fahrenden, die seit der Entstehung weltlicher Wissenschaften auf den Schulen und Universitäten im 12. Jahrhundert auftreten. Ob (vorübergehend) fahrende Schüler (Scholaren) oder ziellos Umherziehende *(vagi)*, sie gelten als gesellschaftliche Außenseiter. Ihre Dichtung, die sogenannte Vagantendichtung, mittellateinische weltliche Lyrik, ist Ausdruck der Frontstellung einer jugendlichen Bohème gegen etablierte Mächte. Doch, ob Liebes- oder

Tanzlied, Trink-, Spiel- oder Buhllied, Bettel- oder Scheltlied, die
Dichtung der europäischen Gelehrten-*dropouts* verrät Vertrautheit
mit der klassischen antiken Dichtung und, ebenso wichtig, geistlicher literarischer Tradition. Was den Troubadours die Domina,
war ihnen das junge Mädchen. Doch: nicht nur besingen wollten sie
die Rose, auch sie brechen.

Als Inbegriff der mittelalterlichen Vagantendichtung gelten die
Carmina Burana: »Lieder aus Beuren«. Diese im 13. Jahrhundert zu-
sammengestellte Anthologie mit überwiegend lateinischen Texten,
von denen die meisten im 12. oder im frühen 13. Jahrhundert entstanden waren, wurde erst 1803 im bayerischen Kloster Benedikt-
beuren entdeckt. Bekanntlich hat Carl Orff eine Auswahl davon
1937 vertont. Seine Musikfassung behauptet inzwischen einen festen
Platz im bürgerlichen Konzertprogramm. Natürlich interessieren
uns aus dieser dreihundert Lieder umfassenden buntscheckigen
Sammlung einzig die Liebeslieder, die amouröse Poesie des Klerus,
die auch die Quadrolabialität des Kusses gebührend feiert.

> Meine Arme schlug ich da um die teuren Glieder,
> tausend Küsse gab ich ihr, tausend gab sie wieder,
> immer neu und immer neu ich ihr wiederholte:
> »Ja doch, ja doch, dieses ist's, was von dir ich wollte!« (Nr. 77)

Welten liegen zwischen Troubadour und Vagant. Dennoch kommen
auch die Fahrenden nicht los vom *Hohenlied.* Ihr Denken und Fühlen folgt ganz der christlichen Tradition. In deren Horizont ist ihr
Verhältnis zum Kuß zu sehen. Der Vagantenkuß bietet sich als Variation des christlichen Kusses. Er ist geprägt und eingezäunt von
den traditionellen Wertvorstellungen. Doch tiefenkulturell und als
Grundlage christlicher Überformung trägt ihn ein Liebesverständ-
nis, wie es für die Welt Ovids charakteristisch war. Sinnliche Liebe
wird geistig überhöht. Überhöhtes nochmals überhöht, so daß am
Ende ursprünglich Überhöhtes wieder sichtbar wird. Ovidisches
christlich, Christliches ovidisch überformt: Parodie oder Travestie,
alles ist erlaubt. Zumindest scheint es so.

Das »Hohelied« als unverwüstlicher Prägestempel. Bekanntlich
beginnt dieses Gedicht mit der leidenschaftlichen Bitte um Küsse.

Später, im achten Kapitel, heißt es im Wechselgespräch zwischen den Liebenden: »Wer ist die, die heraufsteigt von der Wüste und lehnt sich auf ihren Freund? Unter dem Apfelbaum weckte ich dich…« Der Apfel, Frucht irdischer Lüste und deren Befriedigung. »Ich will sterben, beim Kopf des heiligen Gregor«, dichtet Guillaume IX., der allererste Troubadour, »wenn sie mich nicht küßt in ihrer Kammer oder unter einem Baum.« Und in den *Carmina Burana* stehen die Verse:

> Ach, käm sie doch, die mein Begehr,
> im grünen Wald allein daher,
> wie küßt ich sie so sehr, so sehr!
>   O Seligkeit!
> Wer dein entbehrt im grünen Hain,
>   vergeudet Zeit. (Nr. 159)

Der Kuß, Zeichen der Einheit, unter dem Baum: Symbol des Lebens, der Erneuerung – Vereinigung aller Elemente.

Weder Cunnilinctio noch Penilinctio kennen die *Carmina Burana*. Aber Anspielungen finden sich. Als Kuß unter dem Baum beispielsweise. Nicht nur für Vertikalität steht der Baum, auch für kosmischen Kreislauf: Tod und Auferstehung (Erneuerung) – Auf und Ab, Priapisches. Der Penilingus als Kuß, der (stellvertretend) dem Leben bestimmt ist. Vor allem die französische Folklore kennt unzählige Bräuche, die mit Baum- und Phalluskuß zu tun haben. So das Küssen von Megalithen und Menhiren (»Langer Stein«), wie es aus der Gegend von Luchon oder Dax überliefert ist.

»Nihil est exclusum«: »Alles ist erlaubt«, dichtet Peter von Blois in unserer Sammlung. Ein anderer ruft aus: »Machen wir's den Göttern gleich […]. Tun wir, was uns gefällt.« Wer so spricht, nimmt den Mund zu voll. Auch hier bestehen die bekannten Grenzen fort. »Doch der Liebe / warme Triebe«, heißt es in Lied Nr. 69, »nicht müssen die Gewalt und kalten Winterhauch sie scheuen, / sie trachten zu erneuen, / was der starre Frost zerstörte. Bittre Schmerzen dräuen, / martern mich, / seliglich / sterb an deiner Wunde ich. / Ach, ließ sie mich gesunden / durch nur einen einzigen Kuß, / die mich mit süßen Pfeiles Schuß / wußte zu verwunden!« – »Ihr Froh-

sinn und ihr Lachen, / allen kann es Freude machen. / Schwellend war / ihr Lippenpaar / mir immerdar / der Spender scheuer Vorgenüsse / solcher Süße, / doch die Küsse, / die sie mir endlich beut, wie Honig schmecken / und der Unsterblichkeit Gefühle wecken.«

Neben dem schmachtenden Sehnsuchtslied steht das Lied, das die Liebeswerbung mit einem Kampf vergleicht: »Ein Lächeln und ein Gruß, / ein Streicheln und ein Kuß, / solches war erlaubt bei ihr, / doch fehlte mir / jenes allerbeste Teil, / das höchste Heil / der Liebe. / Daß man mich nicht mißversteht, / worum es geht: / ich vermiß die Quintessenz / vom Liebeslenz / der Triebe« (Nr. 72). Später heißt es nicht ohne Ironie:

Weil ein Kuß, von Tränen feucht,
drin verhaltnes Feuer glüht,
mich viel inhaltsreicher deucht,
wirkt er lockend aufs Gemüt.
Um so mehr entbrenne ich
und sehe mich
in hellen Flammen stehen.
Der Coronis ganzer Schmerz,
ihr volles Herz,
schluchzt und seufzt mit arger List:
vergebens ist
mein Flehen.

Dann folgen Bitten auf Bitten, und es regnet Kuß auf Kuß:

Das gefiel uns beiden sehr,
und sie schalt mich auch nicht mehr,
wurde stiller und gab nach
mit Küssen, ach,
so trunken.

Neben dem Preis der Liebesvereinigung spielt die Verkündung der Bereitschaft zum Verzicht auf »das Letzte«, wie es den Forderungen der höfischen Minne, dem *fins' amor*, entspricht, nur eine bescheidene Rolle. Immerhin enthält Lied Nr. 88 die Verse: »Bei ihr sein will ich allein, / Blicke auf sie wenden, / mir ihr sprechen, zärtlich sein, / süße Küsse spenden; / doch das Fünfte: nein, o nein, / so solls jetzt nicht enden!«

Im Vordergrund steht eher der körperliche Genuß. So darf man ohne Übertreibung behaupten, daß die *Carmina Burana* überwiegend aus »unbedenklicher Dichtung« bestehen. Auch hier läßt sich das fünfstufige Schema ausmachen, das »Ordnung« in die Annäherung der Geschlechter bringen soll. Am ausführlichsten ist der *ordo* bzw. *gradus amoris* beschrieben in Text Nr. 154. Dort heißt es:

Denn auch mit fünffachen Banden macht uns die Liebe zuschanden:
Blicke, Gespräch, Berühren, der Lippen holdsüßes Verspüren,
Die da, wenn sie sich vereinen, der Absicht so förderlich scheinen,
Welcher das fünfte gelingt, das Venus im Bette vollbringt.

Die fünfte Stufe wird gewöhnlich *factum* oder *actus* genannt oder mit dem Verb *agere* umschrieben. Freilich findet sich das strenge Schema, in dem der Kuß auf die Berührung folgt, nur in einzelnen Gedichten angewandt. Sonst herrscht, was Einstellung und Haltung anbelangt, eine außerordentliche Vielfalt.

Es reißt des Selgen Hoffnung, zarten Mundes süßes Beben,
  tut er sich zum Kusse auf,
  aller Trübsal Wolken Hauf
entzwei; und sie entschweben,
wenn wir dank der Vereinigung nach hartem Kampf in Frieden leben.
(Nr. 68)

An Ovids Dichtungen erinnert der wiederkehrende Gebrauch von Vokabeln wie *tener*, das »jung«, »zärtlich«, »empfindungsoffen« bedeutet, oder von *ludere*, das nicht nur »spielen« heißt, auch »unernst sein«, »scherzen«, »Zärtlichkeiten austauschen«. *Ludere*: »spielen«, als Schlüsselbegriff, der »die ganze junge, unbedachte, verliebte, genußbegierige in Dichtungen strömende Lebensart« umfaßt (Günter Bernt). Die vierte Strophe von Lied Nr. 88 lautet:

Gratus super omnia
  ludus est puelle,
et eius precordia
  omni carent felle;
sunt, que prestat basia
  dulciora melle.

In der Übersetzung von Carl Fischer liest sich dies so:

Über alles schätze ich,
   sanft mit ihr zu kosen,
nichts an ihr bekümmert mich,
   nichts kann mich erbosen;
ihre Küsse, inniglich,
   duften süß wie Rosen.

Nennt Lied Nr. 117 »Stirn und Hals und Kinn und Lippen« »*alimentum amoris*«: »Liebesnahrung«, so wartet Lied Nr. 78 mit den Zeilen auf: »Welch ein süßes Bangen in dem Bangen, / darf der Mund vom Mund den Kuß empfangen!« Nur dann vermöge der Kuß zu heilen, wenn er aus zwei Herzen eines mache.

Christliches mischt sich mit Heidnischem: Bilder, Namen, Gestalten. Die Landschaft ist mit Frauen und Nymphen bevölkert, Gebete gelten antiken Göttern, um nur einiges zu nennen. In einem Gedicht wird Jupiter zum Eichmaß für Seligkeit erhoben (Nr. 116):

Selig wie Jupiter dürfte ich sein,
wär die Geliebte, die herrliche, mein,
dürfte ich küssen die Lippen so rein;
ließ in ihr Kämmerlein sie mich hinein,
      gält es mein Leben,
      dem Tode ergeben
      nicht wollte ich beben
      und fügte mich drein,
würde solch Wonne beschieden mir sein!

Neben dem Motiv des Sterbens im Kuß, eines Sterbens vor Glück versteht sich, begegnet das Bild der Liebeswunde, die bescheidenerweise nur ein Kuß zu heilen vermöge:

Da ich rasch gesunden muß,
   leben möchte ohn Verdruß,
   mache ich mit raschem Fuß
mich auf zu der Corinna Haus,
   hoff auf einen frohen Gruß
und bitte ihre Gunst mir aus:
   Heilung brächte mir ein Kuß. (Nr. 164)

Daneben Christliches, als Grundlage, kultureller Mutterboden, pro-
faniert, säkularisiert: Gefühle, Bilder, Wörter. Himmelssehnsucht
erscheint als Liebessehnsucht, *gaudium* wird zu Sinnenlust: Wonne.
Dazu Märtyrertum im Dienst der Liebe. Parodie – spielerische Pro-
fanierung:

> Eine, ach, so hoffe ich,
>   hab ich mir gefunden,
> die mit ihren Küssen mich
>   läßt vom Tod gesunden.
> Ihr gibt meine Liebe sich
>   williglich gebunden;
> süßer Liebespfeile Stich
>   dank ich süße Wunden! (Nr. 139)

Der Kuß des »Hohenlieds« auf die Gasse getragen? Ja. Aber immer
wieder mit einem Glanz, der auf die Himmelsgefilde verweisen, an
das Versprechen paradiesischer Wonnen erinnern soll. Sinnenfreude
steht im Vordergrund. Als eine Freude freilich, die Erfüllung und
»Tröstung« auch für das Herz fordert. Was uns zu der Frage führt,
wer überhaupt die *Carmina Burana* sang? Zunächst natürlich jene,
denen die sich verdanken. Ein internationales Publikum. Menschen,
die in Frankreich wie in England, Spanien, Italien oder Deutschland
zu Hause waren. Der Bedarf an Liedern war ungeheuer, das Verlangen der Studenten nach ihnen unstillbar. Wort und Melodie gingen
von Mund zu Mund, wurden erlernt und auf der Gasse gesungen.
Dadurch überlebten sie. Und damit natürlich auch die Vorstellungen, die sich in ihnen mit Kuß und Küssen verknüpften.

FÜNFTER TEIL

Der Kuß als Fallstrick:
Was der Ritter de la Tour-Landry
seine Töchter lehrt

Wenn es heißt, Literatur liefere Informationen über die Formen einer Zeit, die Inhalte müsse man der eigenen Vorstellung entnehmen
und hineinprojizieren, so gilt dies auch für die Geste des Küssens.
Deren Einschätzung bzw. Würdigung oder Ablehnung erfolgt innerhalb eines ganzes Systems fest umschriebener Formen. Was wir
über die Umgangsformen der Liebe wissen, stammt nicht nur aus
deren Niederschlag in der Literatur. Wir können davon ausgehen,
daß der Kodex auch Anwendung verlangte im wirklichen Leben der
Aristokratie. Theorie und Praxis standen in einem Wechselverhältnis, wirkten, direkt oder indirekt, aufeinander ein. Musterbeispiel
hierfür ist die Konversation.

In diesem Horizont gewinnt das *Buch des Ritters de la Tour-
Landry zur Belehrung seiner Töchter* Bedeutung. Der Verfasser war
kein Dichter, der selber liebte, sondern ein Vater, der Erinnerungen
aus seinen jungen Jahren, Anekdoten und Geschichten vorlegte, um
seinen Töchtern die gesellschaftliche Form in Liebesangelegenhei-
ten beizubringen. Was dabei herauskommt, ist alles andere als romantisch. Denn die Beispiele und Ermahnungen, die der besorgte
»alte Herr« gesammelt und arrangiert hat, sollten seinen Töchtern
zur Warnung dienen vor den Gefahren eines romantischen Flirts:
Nehmt euch in acht vor den Leuten, die immer bei der Hand sind
»mit falschen, langen und schmachtenden Blicken, mit kleinen Seufzern und sonderbaren affektierten Gebärden und denen an Zungen-
fertigkeit die andern nachstehn«. Gesellschaftlicher »Schliff« als
praktisches »Lebenswissen«. Unprätentiös, *down to earth*.

An erster Stelle denkt unser Ritter an eine gute Partie für seine Töchter. Er präsentiert eine umständliche Debatte zwischen sich selbst und seiner Frau über das Erlaubte in der Liebe. Gewiß könne ein Mädchen in Ehren lieben, aber eben nur in bestimmten Fällen. So zum Bespiel »in der Hoffnung auf Ehe«. Seine Frau denkt anders. Es sei besser, wenn ein Mädchen sich nicht verliebt, auch nicht in seinen Bräutigam. Verliebtsein halte nur ab von der wahren Frömmigkeit. »Denn ich habe viele, die in ihrer Jugend verliebt gewesen waren, sagen hören, in der Kirche habe die nachdenkliche und düstere Stimmung sie öfter an jene innigen Gedanken und Wonnen ihrer Lieben denken lassen als an den Gottesdienst.« Wir kennen diese Töne. Sie sind alt. Der erhobene Zeigefinger, mit dem solche Belehrungen vorgetragen werden, hindert den gestrengen Vater allerdings nicht daran, immer wieder Geschichten einzubeziehen, die sich kaum anders als schlüpfrig nennen lassen. Unter anderem erzählt de la Tour-Landry von vergnügungssüchtigen Damen, die nur deshalb auf Turniere und Pilgerfahrten gingen, weil sie dies als Vorwand für heimliche Zusammenkünfte mit dem Geliebten benutzten. Gerade an den heiligen Stätten fänden sich nach Meinung kritischer Zeitgenossen stets Kuppler, um die jungen Mädchen auf die schiefe Bahn zu bringen.

1372 lag das Manuskript der »Belehrungen« fertig vor. Daß der Ritter de la Tour-Landry damit von Anfang an nichts anderes im Sinne hatte, als seinen Töchtern eine Art Leitfaden an die Hand zu geben, um sie zu erziehen, gilt inzwischen als widerlegt. Nichts als ein Vorwand. Von vornherein soll es seine Absicht gewesen sein, mit diesem Traktat über die häusliche Erziehung der Frau an die Öffentlichkeit zu treten. Wahrscheinlich reichten seine Pläne sogar noch weiter. Denn wie der Verfasser in dem vorliegenden Buch erwähnt, hatte er bereits ein ähnliches Werk für seine Söhne zusammengestellt. Jedenfalls scheint sein »Mädchen-Knigge« zu einem Erfolgsbuch geworden zu sein. Fast ein Dutzend Abschriften des Originals sind bekannt. Überraschenderweise wurde erst 1514 in Paris eine erste Ausgabe des französischen Textes gedruckt. Übersetzungen ließen nicht auf sich warten. Die zwei frühesten erschienen fast gleichzeitig in Deutschland und England. Die deutsche Ausgabe kam 1493

in Basel auf den Markt. Ihr Titel: *Der Ritter vom Turm, von den Ex-*
empeln der Gottesfurcht und Ehrbarkeit.
Im 133. der 144 Kapitel geht der Autor auch auf das Küssen ein.
Zwei Arten von Liebe gebe es. Wie es heiße, sei die eine besser als
die andere. Die erste Art von Liebe sei die ritterliche Liebe. Einzig
aus Verehrung und Ehrenhaftigkeit werde sie erwiesen. Des Guten
wegen, das sie bewirkt, sei sie gut, was auch heiße, in ihr gebe es kein
Bitten und Fordern.»Wenn er aber, Dame«, sagt der Ritter zu seiner
Gesprächspartnerin, »geküßt oder umarmt werden will, bläst der
Wind dies alles davon!« – »Langsam, Herr, ich pflichte Euch bei,
daß sie gut für ihn kochen soll. – Aber mehr noch: Auch küssen sollen sie sich, sonst verlieren sie an Wert füreinander. Was allerdings
meine Töchter anbelangt, die gerade hier anwesend waren, so ver-
biete und versage ich ihnen das Küssen und alle diese Spiele. Denn
die weise Lady Rebecca, die recht freundlich und edel war, sagt
doch, Küssen sei Vorläufer und Vetter schlechter Taten. Und Sybille
sagt, daß das erste Zeichen oder Symbol der Liebe der Blick oder die
Wahrnahme sei; und nachdem die Verliebten einander ins Angesicht
geblickt haben, gehen sie ans Küssen. An Taten denken sie, die der
Liebe zu Gott Abbruch tun. Eines führt schließlich zum anderen.
Und ich sage Euch, sobald unsere Töchter sich küssen lassen, begeben sie sich unter die Herrschaft des Teufels, der nur allzu spitzfin-
dig ist. Zunächst glaubt man, man hätte ihn im Griff und sei stark,
was er aber durch Spitzfindigkeit und Machenschaften und solches
Küssen hintertreiben kann. Und so führt ein Kuß zum andern. Und
wie das Feuer einen Strohhaufen in Brand setzt, und von diesem aus
dann einen anderen Strohhaufen in Brand setzt und zuletzt das
ganze Bett und auch das Haus in Flammen steht, so geht es auch mit
solcher Liebe. Und so verlange ich von Euch, meine lieben Töchter,
daß ihr vom Spielen abseht. Denn oft führt solches Spielen zu tö-
richten Blicken und zu einem Verhalten, von dem Mißbilligung und
schlechter Ruf kommen mögen. Schon manche tugendhafte Frau ist
durch üble Nachrede um ihren guten Namen gekommen wie zum
Beispiel die Herzogin von Bayern.« Sie soll sich aufs Spielen eingelassen und Geschenke angenommen haben von denen, die sie liebten. Darüber sei sie schließlich in Verruf gekommen. Mit andern

Worten, könnten wir hinzufügen: Wer den Schritt zum Küssen tut, muß wissen, was er aufs Spiel setzt.

Ist es wirklich schon hundert Jahre her, seit Guillaume de Lorris, der Erfinder und Planer des *Rosenromans*, vor dem Ränkespiel Amors warnen zu müssen glaubte? Daß der Beender des Werks die Warnungen dann ganz und gar in den Wind schlug, hat bestimmt nicht wenig zur weiten Verbreitung des Romans beigetragen. »Amour, der dich in seinen Netzen hat«, lesen wir in den Frühkapiteln, »führt dir diese fleischlichen Wonnen vor, so daß du an nichts anderes mehr denkst. Deshalb willst du die Rose haben. Du bist noch weit davon entfernt, und deshalb magerst du ab und läßt den Mut sinken. Du nimmst einen bösen Gast auf, wenn du Amour Einlaß gewährst. Ich rate dir, ihn hinauszuwerfen; erlaube ihm nicht, bei dir zu verweilen, denn er lenkt dich ab von allen nützlichen Gedanken. Liebestrunkene Herzen sind der Katastrophe nahe: Du merkst es erst, wenn es zu spät ist und du deine Jugend an diese traurigen Freuden verschwendet hast.«

Wenn es stimmt, was der Ritter de la Tour-Landry seinem Leser eröffnet, muß es sehr strikt zugegangen sein in seinen Tagen. Es ist, als hätten die Sitten sich dem Ideal angepaßt. So berichtet der auf eigene Erinnerungen zurückgreifende Schreiber, daß er als junger Mann einmal von seinem Vater auf ein Schloß gebracht wurde, wo er ein Mädchen in Augenschein nehmen sollte, das ihm als Frau zugedacht war. Das Mädchen empfängt ihn überaus freundlich und zeigt sich aufgeschlossen für seine zahlreichen Fragen. Als das Gespräch auf Gefangenschaft kommt, läßt sich der Besucher, wie sich das für einen wohlerzogenen jungen Adligen gehört, ein artiges Kompliment einfallen. Müßte er Gefangener sein in fremder Hand, sagt er, »dann lieber bei Euch als bei irgendwem sonst. Euer Gefängnis wäre bestimmt nicht so schwer zu ertragen wie das der Engländer«. Was antwortet die junge Dame? Erst kürzlich sei sie dem begegnet, von dem sie sich wünschte, er wäre ihr Gefangener. »Und da fragte ich sie, ob sie ihm ein schlimmes Gefängnis bereiten würde, und sie sagte: ›Keineswegs.‹ Vielmehr würde sie ihn genauso hegen wie ihren eigenen Leib. Und ich sagte zu ihr, der Betreffende wäre bestimmt glücklich, wenn sie ihn in ein so süßes und edles Gefängnis aufnähme. Aber was soll ich sagen? Sie besaß ziemlich viel Zungen-fertigkeit, und nach ihren Worten zu urteilen, war sie recht gut be-schlagen, und dazu hatte sie ein sehr lebhaftes und bewegliches Auge.«

Zum Abschied bittet die redefreudige Tochter des Hauses den Be-sucher wohl zwei- oder dreimal, er möge doch bald wiederkommen, gerade er und gerade so, als ob sie ihn schon lange gekannt hätte. »Und als wir auf dem Heimweg waren, sagte mein Vater zu mir: ›Was hältst du von der, die du gesehen hast? Sag mir deine Mei-nung.‹« – »Herr Vater«, gibt der Sohn zur Antwort, »sie scheint mir schön und gut, aber ich möchte doch lieber nicht näher bekannt werden mit ihr, wenn Ihr erlaubt.« Die Lust zu näherer Bekannt-schaft ist ihm offenbar gründlich vergangen. Ist das Schloßfräulein ihm etwa um den Hals gefallen, hat ihn gar geküßt? Nichts Unziem-liches dieser Art. Sie hat ihn allzu eifrig dazu ermuntert wiederzu-kommen. Die Form wurde verletzt. Das junge Mädchen hätte sich mit der ihr als Frau vorbehaltenen Rolle der Passiven, Hinnehmen-den bescheiden müssen. Auf den ausnehmend freundlichen Emp-fang (Anblick) ist rasch das Gespräch mit dem Hinweis auf den »Leib« (Berührung) gefolgt. Als nächstes wäre es, dem Schema von den »fünf Stufen der Liebe« entsprechend, wohl zum Kuß gekom-men. Und an den ist, nach all dem, was die besorgten Eltern dazu zu sagen haben, kaum zu denken. Weshalb als Fazit bleibt: die kluge Frau hält sich zurück. Aufs Küssen läßt sie sich schon gar nicht ein. Es sei denn, sie kann nicht anders. Denn wer sich aufs Küssen ein-läßt, begibt sich in Gefahr und kommt nur allzu leicht darin um.

»… an deinen Lippen sterben!«

Liebesblick, Liebeglut, Liebesspiel – alles dies hält das *Deutsche Wörterbuch* für erwähnenswert. Liebestod sucht man vergebens. Je-der vermag sich etwas vorzustellen unter dem Wort. Mit und ohne Wagner und dessen romantisches Musikdrama *Tristan und Isolde*. Bedeuten Liebestod und Orgasmus dasselbe? Ist letzterer »der

Höhepunkt der sexuellen Lust«, »die Endbefriedigung des Sexual-
akts«, wie in Ullsteins *Enzyklopädie der Sexualität* zu lesen steht,
dann läßt sich diese Frage wohl, alles in allem, bejahen. Doch machen wir zunächst die Gegenprobe und befragen ein weiteres Nachschlagewerk, Wehrle/Eggers *Deutschen Wortschatz*, auf das Stichwort »Orgasmus«. Was wir finden, ist ein Verweis auf die Artikel
»Erschütterung« und »Unreinheit«. Im ersten steht unser Wort zwischen »Aufregung« und »Anfall«, im zweiten zwischen »Wollust«
und »Geschlechtsgenuß«. Der Artikel »Lust« scheint weder »Orgasmus« noch »Liebestod« zu kennen. Aber von »Wonne« weiß er,
einem Wort, das nicht allein mit »Weide(platz)« zusammenhängt,
sondern auch Pastoralwelt evoziert. Sind Liebestod und Orgasmus
am Ende doch nicht das gleiche? Weil das eine »wirklichen« Tod
»vor Liebe« meint, den Nichtvollzug der »letzten Tröstung«, Orgasmus aber eben gerade das Gegenteil davon. Liebestod als Folge von
(erzwungener) Entsagung, *amor interruptus*, Sehnsucht, die uner-
füllt bleibt.

In *Das Halsband der Taube* geht Ibn Hazm, der arabische Religi-
onshistoriker und »Theoretiker« der höfischen Liebe, ausführlich
ein auf »Tod« und »Liebestod«: »logisches Endstadium in der Lebensgeschichte der Liebe«. Dort heißt es:

So heiß hab ich mein Liebchen
bestürmt um seine Huld,
daß Gott nach solchem Flehen
mög tilgen meine Schuld.

Bät ich der Wüste Löwen
mit gleicher Innigkeit,
so würden alle Menschen
von ihrem Grimm befreit.

Drauf Kuß um Kuß sie schenkte,
nachdem sie mir gewehrt.
Das Leid erst still verborgen,
nun wild mein Herz verzehrt.

Gleichwie ein Durstger trinket,
zu löschen seine Pein,
am Wasser dann ersticket
und sinkt ins Grab hinein.

Nur selten geschehe es, schreibt unser arabischer Gewährsmann, auf
zuverlässige Quellen sich berufend, daß die »Angelegenheit«, gemeint ist die »Liebe«, »ernstere Formen« annehme, »daß das Wesen
des betreffenden Menschen eine Schwächung erfährt und seine Besorgnis in starkem Maße wächst«. Komme es dennoch dazu, könne
dies »zum Tode und zum Abscheiden aus dieser Welt führen. In der
religiösen Überlieferung heißt es: ›Wer sich verliebt, ohne sich erotisch zu betätigen, und dann stirbt, ist ein Märtyrer.‹ Wenn ich aus
Liebe sterbe, geh' ich als Bekenner. Bist du aber huldvoll, bleib' ich
leben froh und gern.« Liebestod als Sterben in der Liebesumarmung
– oder aus Mangel an letzterem.

»Tot« ist eine inzwischen untergegangene Partizipialbildung zu
dem althochdeutschen Verb *touwen* und meinte »betäubt«, »bewußtlos« werden. Die Wortgruppe, der es angehört, schließt
»Hauch«, »Haupt«, »Atem«, »Geist« ein. Aushauchen also. Was
uns daran erinnert, daß die Griechen und Römer glaubten, der Seelenhauch der Sterbenden lasse sich im Kuß auffangen. In Griechenland sei diese oskulare Fanggebärde mit einer großen Zeremonie
verbunden gewesen. Abschiedskuß als letzte Vereinigung. So in der
Aeneis, wo Vergil die Schwester sich über die sterbende Dido beugen und den letzten Atem von deren Lippen saugen läßt. Auch
Ovid, Seneca und andere kennen die Geste. Es heißt, die Römer hätten den Müttern zum Tode Verurteilter gestattet, bei der Hinrich-
tung die entweichende Seele im Kuß aufzufangen. In Ariosts Epos
Der Rasende Roland wo eine chaotische Ritterwelt dem Liebeswahn-
sinn verfallen ist, verdient höchste Bewunderung die Stelle, wo Isa-
bella ihren sterbenden Geliebten Zerbino den Lebensatem von den
Lippen küßt: »Schmerzbeklommen«, übersetzt J. D. Gries 1843,
sammelte sie »den letzten Rest des Lebens, das entschwebt, / von
seinem Munde mit begier'gen Lippen, / um auch den letzten Hauch
noch einzunippen«. Zum Liebestod gehört freilich mehr.

Die Sage von Tristan und Isolde gilt als berühmteste tragische Liebesgeschichte des Mittelalters. Rund 9500 Verse umfaßt sie im Epos *Tristant und Ysalde* des Eilhart von Oberge, dem eine Schlüsselstellung innerhalb der Gestaltungen dieses Stoffes in Europa zukommt. Wir verzichten auf den Versuch, das Geschehen im einzelnen nachzuzeichnen. Jedenfalls ist immer wieder die Rede von Küssen: Versöhnungskuß, Friedenskuß, Wangenkuß, Mundkuß und natürlich der Kuß, auf den es hier ankommt. Bekanntlich trinken Tristan und Isolde aus Versehen den Liebestrank, der für die Hochzeitsnacht von König Marke und Isolde bestimmt war. Wer »miteinander« davon trinkt, wird sich von ganzer Seele und für immer lieben, im Leben wie im Tod. Unheilbare Leidenschaft ist die Folge: »Und ihre vier Lippen wurden zu einem brennenden Mund«, heißt es in A. Ch. Swinburnes Nachgestaltung der Tristan-Sage. Das Minnegeschick des Paares nimmt seinen Lauf. Am Ende – Tristan hat an einem fernen Hof die zweite Isolde geheiratet, was dazu führt, daß der Name der Gattin ihn ständig an die Trennung von der Geliebten erinnert – empfängt unser Held im Kampf eine giftige Wunde. Er sendet nach der heilkundigen ersten Isolde, die schon einmal mit Wundbrand und Gift fertig geworden war und ihn gesundgepflegt hatte. Als ihr Schiff auftaucht am Horizont, meldet die Gattin dem Todkranken fälschlich, daß ein Schiff mit schwarzem Segel sich nähere. Es war verabredet worden, ein weißes Segel solle Isoldes Ankunft, ein schwarzes Tod und Trennung signalisieren. Tristan stirbt, ein Verzweifelter. Unterm Geläute der Glocken eilt die inzwischen gelandete Geliebte in die Kathedrale, wo Tristans Leichnam aufgebahrt liegt. Sie legt sich neben den ihr noch immer Verbundenen, küßt seinen Mund und sein Gesicht, umarmt ihn leidenschaftlich und stirbt Körper an Körper, Mund an Mund mit ihm. Ohne Tristan kann Isolde nicht leben. Nicht zuletzt Wagners suggestive Musik mit ihrer »unendlichen Melodie« verhalf dem mystischen Paar zu immer neuer Bestätigung seiner Unsterblichkeit.

So war Tristan in Eilharts Fassung des Stoffes bereits tot, als Isolde eintraf. Damit hat die Kuß-Symbolik erheblich an Suggestivkraft verloren. Erschöpfender geht man, wie Perella darlegt, jenseits des Rheins an die Sache heran. In französischen Prosabearbeitungen trifft Isolde den Geliebten noch lebend an, wenn auch dem Tode nahe. Tristan fordert sie auf, mit ihm zu sterben. »Es wäre eine Schande«, heißt es in einem Manuskript, »wenn Tristan stürbe ohne Isolde, da sie ein Fleisch, ein Herz und eine Seele waren. Und da du, meine liebe Dame, tatsächlich mit mir zu sterben wünschst, ist es richtig, daß wir zusammen sterben.« Als Isolde sich auf ihn gelegt hat und die beiden Liebenden in einer Umarmung und einem Mund-zu-Mund-Kuß verbunden sind, preßt Tristan die Geliebte mit aller ihm noch verbliebenen Kraft an sich, so daß »ihre Seele entweicht« und sie beide im gleichen Augenblick sterben: »*bras à bras et bouche à bouche*«. Liebe und Tod: Liebestod.

In ihrer Autobiographie erinnert Agatha Christie sich eines Besuchs der Wagner-Oper *Tristan und Isolde* und des Nachhalls, den die Sterbeszene bei ihr fand. »Endlich jener große Sopranschrei, der von hinter der Bühne kommt: ›Tristan!‹ – Saltzman Stevens war Isolde. Sie stürzte – ja, stürzte wie man fühlen konnte – die Uferböschung hinauf auf die Bühne, rannte mit weitausgebreiteten weißen Armen, um Tristan an sich zu ziehen. Und dann ein trauriger, fast vogelhafter Schmerzensschrei. – Sie sang den Liebestod ganz wie eine Frau, nicht eine Göttin; sang ihn neben Tristans Körper kniend, hinunterblickend auf sein Gesicht. Und unter ihrer Willens- und Einbildungskraft schien er zum Leben zu erwachen. Schließlich, während sie tiefer und tiefer sich beugte, die letzten drei Wörter der Oper: ›mit einem Kuß‹. Sie kamen, als sie seine Lippen mit den ihren berührte und dann plötzlich über seinen Körper sank.«

Das Liebestod-Motiv im Sinne von Thomas Manns »er glaubte gen Himmel zu fahren« *(Felix Krull)* ist natürlich viel älter. Schon im *Satiricon*, einer Parodie der *Odyssee* aus der Feder des römischen Schriftstellers Petronius, findet es sich. Wenn auch ohne mystische Aura, da es sich nun einmal um frivole, doch geistreiche Schelmengeschichten handelt. Peinliche Strafen verhängt darin die hartnäckige Ungnade des phallischen Gottes Priapus. Sie lassen die amourösen Exzesse an ihre Grenzen geraten. Der Autor war ein Mann, der sich, wie Tacitus berichtet, selbst beim Vollzug des von Nero über ihn verhängten Todesurteils als ein Lebenskünstler erwies. Die folgenden Verse zieren allerdings nicht das Testament des *arbiter elegantiarum:* »Schiedsrichter des guten Geschmacks«, Petronius, sie stehen in seinem *Satiricon:*

> Götter, Göttinnen, welche Nacht genoß ich,
> welch ein wonniges Lager!
> Heißumschlungen
> tauschten Kuß wir um Kuß,
> sanken selig einer unter im andern.
> Fahret wohl denn, Erdensorgen!
> Ich wollte jetzt vergehen.

»[...] *sic perire coepi*« klingt der Text aus. *Perire:* »vergehen in Liebe«, »sterben«.

Um Schilderung der Sitten ging es auch, fast anderhalb Jahrhunderte später, dem mit Tizian befreundeten, vielgefürchteten und nicht weniger gehaßten Pietro Aretino. Er hatte eine Nase für Skandalgeschichten und nahm nur selten ein Blatt vor den Mund. Sofort als obszön verschriene Schriften gingen ihm so gut von der Hand wie Erbauungsbücher. »An dem Mund der Geliebten sterben« gewinnt bei ihm höchst eindeutigen Sinn. Dem Ruf, Pornographie produziert zu haben, brachten Aretino seine *Gespräche* (»Hetärengespräche«) ein. Der Verfasser, eine der schillerndsten Gestalten des Cinquecento, erweist sich in dieser Dialogsammlung auf der Höhe seiner Zeit. »Woraufhin sie einander zärtlich mit dem Geist fütterten, den das Vergnügen ihnen auf die Lippen drängte«, heißt es im Text. »Und indem sie voneinander tranken, schmeckten sie die süßen Wonnen des Himmels, und der erwähnte Geist bekundete ihnen Freude, während die Ohs oder Ahs mit Ausrufen wie ›mein Leben‹, ›meine Seele‹, ›mein Herz‹, ›ich sterbe‹, ›wart auf mich‹ abwechselten. Bis schließlich beide niedersanken und ihre Seelen dabei mit einem Seufzer ineinander verhauchten.« Das Zeitbild des unbequemen Dichters, den die einen, wie Ariost, »Geißel der Fürsten«, andere ein Schandmaul und Hans-Dampf-in-allen-Gassen nannten, zeigt die Welt in geistigem Aufbruch. Es konnte nicht ausbleiben, daß auch der Umgang mit dem Kuß davon betroffen wurde.

An Aretinos Gedanken- und Bildwelt erinnern mag das in Andeutung folgende Madrigal von Tasso. Thyrsis fühlt die »Stunde des Todes« nahen und hebt den Blick zu Cloris: »Meine Seele«, sagt er, »stirb selig nun.« – »Weh ist mir«, seufzt sie, sanft keuchend. »Lieber Freund, wart auf mich. Grausamer du, willst du ohne mich sterben?« – »Ich hab versprochen, mit dir zu gehn, und ich bedaure es nicht. Der Tod ist mir nahe, schon fühl ich seine tödlichen Begleiter. O komm, laß uns zusammen aufbrechen!« Er hält sie zärtlich umschlungen und antwortet nur traurig auf ihre Worte der Freude. »O glückliches Paar! Einer verlöschend in des anderen Mund, süßer Todesschatten verdunkelt ihre zitternden Augen; und wie ihnen die gebrochenen Stimmen versagen, fühlen sie ihre brennenden Küsse auf den Lippen erstarren.«

Ein halbes Jahrhundert trennt die beiden italienischen Dichter, von denen freilich Tasso mit dem Epos *Das befreite Jerusalem* der größere ist. *Aminta*, das Hirtendrama des übersensiblen, unter Verfolgungswahn und religiösen Zwangsvorstellungen leidenden Tasso, gilt als das schönste Werk der Hirtendichtung. Goethe war wohl der einzige, der den genialen Italiener zum Dramenhelden machte, aber kaum sein einziger Bewunderer. Auch Voltaire und Byron priesen ihn. Vor allem sein Epos um das Vordringen der Türken nach Europa und die Auseinandersetzungen zwischen Christentum und Islam hatte es ihnen angetan. Unter den zahlreichen Beispielen für die Verbindung von Seelenkuß und Liebestod, die gerade die Literatur des 16. Jahrhunderts bietet, verdienen die Anfangszeilen des zweiten Gesangs von *Das befreite Jerusalem* hervorgehoben zu werden:

O wie gesegnet und vollkommen mein Los!
Dürft ich, Brust an Brust,
meine Seele in die deine hauchen:
und würdest du, sterbend mit mir,
deine letzten Seufzer mir spenden.

Martyrium der Liebe? Es kennt keine Transzendenz, aber Heiligung durch eine Symbolik, die bis hinunter in die Tiefen von Zeit und Leben reicht.

Nachfolger Tassos als Hofdichter in Ferrara und künstlerischer Vorläufer Marinos war der Wortführer der italienischen Barockdichtung Battista Guarini. *Pastor fido*, der Schäferroman des vielgereisten, so verletzlichen wie streitsüchtigen Weltmanns, soll das am häufigsten zitierte Buch Europas sein. Dazu dürfte nicht wenig der elegante, aber freilich zur Manieriertheit neigende Stil und die Freigiebigkeit des Autors in erotischen Wortspielen beigetragen haben. In vielen Schäferdichtungen wurde die tragikomische Liebesgeschichte zwischen dem Schäfer Mirtillo und der schönen, vom Hirtengott Pan abstammenden Amarillis nachgeahmt. Das Kußerlebnis mit der Nymphe wirkt so stark in Mirtillo nach, daß er es dem Freund Ergasto als köstliches Sinnenfest schildert. Sein schwärmerisches Loblied endet:

An diesen Lippen, Ergasto,
brach meine ganze Seele auf;
mein Leben, begriffen
in so kleinem Raum,
war nur mehr Kuß,
wie ohne Kraft, zitternd und matt,
blieben meine Glieder.

Übrigens sagte man Guarini nach, er habe der Kirche mehr geschadet als die Lehren Luthers und Calvins zusammengenommen. Weshalb? Indem er den Konflikt zwischen der Stimme der Natur und den Geboten der Kirche auf die Bühne brachte und dort auf die Spitze trieb.

Als tasteten wir uns an einer Kette entlang, bei der ein Glied in das andere greift, führt der Weg von Ariost, für den Raffael Bühnendekorationen schuf, und dem großen Tasso fast zwangsläufig zu Gambattista Marino, dem »Dichter der fünf Sinne«. Der von seinen beiden Landsleuten beeinflußte Marino hält unter den dichtenden Kußvirtuosen die Spitze. Böse Zungen behaupten, dies hänge damit zusammen, daß der Neapolitaner acht Jahre in Paris gelebt habe. Die Diesseits- und Sinnenfreude der Renaissance kühlt bei dem unter anderem von Ludwig XIII. bewunderten Dichter bekanntlich ab zu dem, was »Marinismus« genannt wird: Preziöse Sprachalchimie, raffinierter Formenprunk verbinden sich darin leichthändig mit Kalkül, Esoterik und, gleichwohl, Realistik.

Zur Begründung von Marinos Ruhm dürfte nicht zuletzt ein Gedicht beigetragen haben, das den bezeichnenden Titel *Kanzone der Küsse* trägt. Nicht ohne Anzüglichkeit sagt der Dichter darin, beim Liebeskuß finde »mehr als eine Seele« Zuflucht im Mund: »Und mit dem Kuß gibt und nimmt sie mir das Herz, aber mit dem Herz stiehlt und schenkt sie mir das Leben.« Beginnend mit »O glückliche Küsse«, klingt Marinos Kußlied aus in einem eindeutigen »Sterben ist Leben«. Christliche und neoplatonische Liebesmetaphern überlagern, ergänzen einander.

Um die Liebesgeschichte von Venus und Adonis geht es in Marinos mythologischem Epos *Adone*. In seinen 45 000 Versen nimmt die Schilderung raffinierter Erotik breiten Raum ein. Zu Verschmelzung und Austausch von Seelen und Herzen tritt jetzt das Eins der Körper:

Wenn du mein Herz nimmst
und mir dafür das deine gibst,
warum kannst du dann nicht auch
aus zwei Körpern einen machen?

Seele, Herz, Zunge, Körper – *rien ne va plus!* Der Seelenkuß als Zungenkuß – Sterben an deinem Mund kann jetzt auch heißen: Sterben in deinem Schoß – Orgasmus. Küssen als oskulare Fanggebärde für die Seele gewinnt damit noch andere Bedeutung. Marino dichtet:

Du stirbst, und deine Seele flieht.
Sterbend in dir, fang ich sie im Kuß.
In diesem belebenden Sterben, das nicht zerstört,
Geb ich dir meine zurück, während du die deine mir gibst.

So folgt auch der Kuß der Tendenz zu immer größerer Nacktheit, sprich: Körperlichkeit und Sinnlichkeit. Da auch die Religion sich mehr und mehr versinnlicht und »vermenschlicht«, wird es zunehmend schwieriger, zwischen religiöser und sinnlicher Liebe zu unterscheiden. Die Geschichte des Kusses ist hier allerdings alles andere als zu Ende. Wie könnte sie. So wenig abgeschlossen ist sie wie der Mensch »fertig«.

Was in der Literatur an Kußvariationen folgt, gibt sich mehr als Wiederholung denn als Erfindung, Betreten von Neuland. Natürlich könnten wir hier noch die Dichter der französischen *Pléiade* (16. Jh.) erwähnen. Schon vor Guarini und Marino schwelgten sie verbal in den Wonnen des Kusses. Verse von ihnen werden uns noch mehrfach begegnen. Mit den *Pléiade*-Dichtern befreundet war Jean Vauquelin. Manches seiner Gedichte wirkt wie eine vorausgenommene Variation von Diderots Satz: »Neige deine Lippen mir zu, damit ich dir meine Seele schicken kann«:

> Laß unsre Seelen noch einmal sich küssen,
> damit Frieden sie finden:
> Amor, der mächtige, der zusammen sie bringt,
> kann auch zusammen sie binden:
> Ein Handwerker, der schmiegsam sie macht,
> zwei Seelen verschmilzt zu einer,
> die hinfort, o Iolle, du Schöne,
> einen Geist nur hat, ein Wort.
> Wenn Ihr mich küßt, küßt Ihr Euch selbst,
> und Ihr werdet Salmacis mir sein.

Letzte Verschmelzung im Kuß: eine einzige Seele soll es sein. Damit »Ich Du bin«, »Du Ich bist« – mein Kuß dein Kuß ist: Ich küßt sich selbst. *Salmacis rediviva.* Als Hermaphrodit die Liebe der Salmacis verschmähte, soll die Nymphe das Problem auf ihre Weise gelöst haben: Sie wartete, bis er ein Bad nahm, warf sich auf den Badenden und klammerte sich so hartnäckig an ihn, daß sie eins mit ihm wurde – eine neue Androgyne.

Eine andere schöne Variation verdanken wir Jeduha Halevi. Bereits im 11. Jahrhundert hat der jüdische Dichter sie aus dem Arabischen übersetzt:

> Da sie auf meinen Knien spielte,
> spiegelt mein Auge ihr Gesicht:
> Sie sieht's, küßt scherzend auf das Auge mich –
> ihr Bild sie küßt, mein Auge nicht.

Vier Lippen, zwei Münder – eine Seele. Der Mundkuß als Seelenkuß: »Kuß der Seelen«, aber auch als »Tiefenkuß«: »Kuß der Zungen«. Die Metapher wird mehrdeutig, gewagt. Bekenntnischarakter gewinnt sie. Ungewollt entsteht Provokation, an der die Geister sich scheiden. Ein berühmtes Beispiel für diese Art des Mißverstehens wird später die berühmte Kontroverse zwischen G. A. Bürger, dem »Leonore«-Dichter, und Schiller sein.

Bürger gilt als Begründer der deutschen Kunstballade. Seine Gedichte fehlen in keiner Anthologie, die auf sich hält. Kraft, Tiefe und Originalität wird seinen Versen bescheinigt. So dichtet der »unbesoldete a. o. Professor der Ästhetik«:

Dürft' ich dich rund umfangen!
Dürftest du, Geliebte, mich!
Dürften so zusammenhangen
unsre Lippen ewiglich.

Dann verschmäht' ich alle Mahle,
wie ich sie auf Erden sah,
dann sogar im Göttersaale
Nektar und Ambrosia.

Sterben wollt' ich im Genusse,
wie ihn deine Lippen beut,
sterben in dem langen Kusse
wollustvoller Trunkenheit.

Bürgers Gedicht gehört zu einer Sammlung, von deren zweiter Auflage der Dichter ein Exemplar dem von ihm verehrten Schiller schickte. Er tat dies mit den Worten: »Die Beilage biete ich Schillern, dem Manne, der meiner Seele neue Flügel und einen kühnen Taumel schafft, zum Zeichen meines Dankes und meiner unbegrenzten Hoffnungen von Ihm, mit der wärmsten Hochachtung, an.« Wie reagierte Schiller auf diese Widmung? Zunächst mit Schweigen. Dann schrieb und publizierte er eine (anonyme) Rezension, deren Schonungslosigkeit auf viele befremdend wirkte. Bürger sperrte sich, solange es ging, der für ihn allzu bitteren Wahrheit. Auf seine Antikritik antwortete Schiller mit einer Replik, in der es unnachsichtig heißt: »Wenn H. B. es für eine so unmögliche Sache hält, daß

einer seiner poetischen Mitbrüder sich sosehr habe vergessen können, ein Ideal der Kunst aufzustellen, welches den selbsteigenen Pro-
dukten desselben das Urteil spricht, so beweist H. B. dadurch bloß,
wie sehr *sein* Kunstideal unter dem Einfluß der Eigenliebe steht,
wenn er es nicht gar selbst aus seinen eigenen Geistesgeburten abgezogen hat.« Ein Dokument der Intoleranz? Das *ex cathedra* von Schillers Absolutheitsanspruch muß Bürger nicht wenig verletzt haben.

Was vermißte Schiller an Bürgers Gedichten? »Idealisierkunst«,
den »immer hellen, männlichen Geist«, der zum Volk »bildend«
herniedersteigt, ohne sich mit ihm zu vermischen, »sich ihm gleich
zu machen«. Von Bürgers »Plattheit«, »Üppigkeit«, der fehlenden
Distanz fühlt der Olympier sich abgestoßen. Die Muse des Dichters
der *Lenore* scheint ihm »überhaupt einen zu sinnlichen, oft gemein-
sinnlichen Charakter zu tragen«, so daß Liebe für ihn »selten etwas
anderes als Genuß oder sinnliche Augenweide« sei. Schiller rügt den
»Zusammenwurf von Bildern, eine Kompilation von Zügen, den üp-
pigen Farbenwechsel«, der den »zweideutigen Beifall des großen
Haufens« suche, wo, statt des »unmännlichen, kindischen Tons«,
»männlicher Geschmack« zu fordern wäre. »Eigenliebe« also,
»Plattheit« (Schiller), ja »Gemeinheit« (Goethe). Was ist gemein?
Was »kein anderes als ein sinnliches Interesse erregt«, dekretiert
Schiller. Sind Küsse »gemein«? Was für ein Interesse erregen sie?
Aus dem Vergleich von Schillers Verhältnis zu Kuß und Kuß-Metapher mit dem, das an Bürgers Gedichten abzulesen ist, ergibt sich
eine klare Antwort auf diese Frage. Ihre Eindeutigkeit liefert zugleich eine schöne Illustration des Wortes vom Spatz in der Hand
und der Taube auf dem Dach. Seid umschlungen, Millionen – geküßt!

Im Jahre 1826 widmete Heinrich Heine den Zyklus »Die Heim-
kehr« im ersten Teil der *Reisebilder* Rahel Varnhagen, »der schönsten und herrlichsten aller Blumen«. Was als Ausdruck der Huldigung, der Zugehörigkeit: *j'appartiens à Madame Varnhagen*, gedacht
war, empfand die so Erhöhte, wie Carola Stern in ihrem Buch *Der
Text meines Herzens* schreibt, als »Schlag«, als »Attentat« gar.
Warum? Nicht allein verübelte sie dem jungen Dichter, daß er versäumt hatte, sie zuvor um ihre Zustimmung zu bitten. Vielleicht

auch, meint Carola Stern, »fürchtete sie, ihr Name könne durch die
Verbindung mit einigen frivolen, besonders sinnenfreudigen Versen
kompromittiert werden. In der Folge schloß Heine dann jene Lieder
aus dem Zyklus aus, »die den Schwachen im Lande als anstößig erscheinen könnten«. Unter dem, was des Streichens für notwendig
erachtet wurde, befanden sich nicht nur Wendungen wie »sündige
Begier« oder »zärtliches Pressen«. Auch so traditionsreiche Bilder
wie »wundgeküßte Lippen« erhielten ihren Abschied.

Mehr als »auch ein Kuß«:
Vom »Entblättern der Rosen«

Den Kenner (und Liebhaber) läßt der zweite Teil der Kapitelüber-
schrift natürlich sofort an *Götz von Berlichingen* denken. So bekannt
ist das Wort, auf das es hier ankommt, daß es paronomatisch durch
den Namen des Helden ersetzt werden kann. Ganz anders Goethes
Faust. Auch dort ist von Anilinctus oder Lambitus: Hinternlecken
oder Hinternkuß, die Rede. Wer aber erinnert sich dessen? Für solchen Mangel gibt es Gründe. Erst in unseren Tagen ist man ihnen
nachgegangen.

Seine 1808 veröffentlichte *Faust*-Szene »Walpurgisnacht« hat
Goethe in einer sehr anderen Fassung als ursprünglich geplant in
das dichterische Hauptwerk eingebracht. Wir wissen heute, daß
der Dichter sich gehalten sah, Texte seines »Walpurgissacks« aus
Rücksicht auf zu erwartendes Unverständnis des zeitgenössischen
Publikums zu unterdrücken. In den Aufzeichnungen, die Johannes
Daniel Falk als »gewissenhafte Auszüge aus meinem sorgfältig ge-
führten Tagebuch« nach dem Tode des Weimarer Ministers (1832)
veröffentlichen ließ, heißt es, auf die Frage, um was es sich bei diesem »Walpurgissack« denn eigentlich handele, habe Goethe diese
ungewöhnliche Zusammensetzung verdeutlicht als »eine Art von in-
fernalischem Schlauch, Behältnis, Sack, oder wie Ihr's sonst nennen
wollt«. Er sei ursprünglich zur Aufnahme einiger Gedichte bestimmt gewesen, »die auf Hexenszenen im ›Faust‹ wo nicht auf den

Blocksberg selbst, einen näheren Bezug hatten«. Anfang der achtziger Jahre hat der Literaturwissenschaftler Albrecht Schöne in seinem Buch *Götterzeichen, Liebeszauber, Satanskult* (1982) gezeigt, daß die ausgeschiedenen Bruchstücke der »Walpurgisnacht«-Szene und ihre für den Druck zugelassenen Passagen ein Sinngefüge bilden, das dem in der Ketzer- und Hexenliteratur vorgezeichneten Schema des Sabbat-Rituals entspricht: Mit dem (pervertierten) Hommagialkuß nimmt der auf dem Blocksberg thronende Satan die huldigende Unterwerfung der Sabbatgemeinde entgegen. Wie Schöne darlegt, hat Goethe mit den unterdrückten Texten »nicht weniger als eine in das *Faust*-Drama integrierte poetische Summe des Ketzer- und Hexenwahns hinterlassen«. In ihr findet auch der »Gesäßkuß«, jener »schandbare Kuß«: *osculum infame*, dessen verdächtigt zu werden einer Stigmatisierung gleichkam, einen festen Platz.

Wie Lektüreauszüge in Goethes Nachlaß, Titelhinweise in seinem Tagebuch und die Ausleihbücher der Weimarer Bibliothek bezeugen, hat der Dichter für die Arbeit am *Faust* zahlreiche Schriften über Zauberei und Aberglauben, Gespenster- und Geistererscheinungen, Teufel- und Dämonenwesen, Hexenprozesse und Ketzerverfolgungen benutzt. So beispielsweise Johannes Praetorius *Blockes-Berges Verrichtung* (Leipzig / Frankfurt a. M. 1668) oder Henning Groß *Magica, Daß ist: Wunderbarliche Historien von Gespenstern und mancherlei Erscheinungen der Geister* (Eisleben 1600). Um einen großen, schwarzen Bock, heißt es bei Praetorius, mußten die Hexen tanzen und »ihm den Hintern küssen«. Auch einen spanischen Geistlichen führt Praetorius an, der »seinen Nachbarn, einen Zauberer« zur Versammlung der Zauberer habe begleiten dürfen. »Dasselbigmal nun stiegen alle, die bei der Versammlung waren, um gewisse Stunde in der Nacht über etliche Staffel hinauf zu dem Thron und küßten diesen Bock im Hintern.« In einem von Groß wiedergegebenen Bericht schließlich ist von einer Frau die Rede, die ihren Mann in die »Versammlung der Zauberer« führt, wo er Zeuge wird, wie diese einen Bock anbeten und ihm den Hintern küssen. Der obszöne Kuß als Teufelshuldigung. In den Protokollen von den Vernehmungen der Beschuldigten wird denn auch das Eingeständ-

nis des obszönen Kusses nicht fehlen. Denn, wie es heißt, indem dieser vollzogen ist, lösche der Teufel das Licht aus und gebe damit das
Zeichen zu freier, widernatürlicher Koitalbetätigung.

Auch im Prozeß gegen die Templer spielt der Hinternkuß eine
Rolle. Wegen ihrer Geheimhaltung hatten die Einführungsriten des
Templerordens tatsächlich immer wieder Anlaß zu Gerüchten und
Verleumdungen gegeben. Da die Zeremonien gewöhnlich hinter
verschlossenen Türen stattfanden und Teilnehmer zu strengstem
Stillschweigen über die Vorgänge verpflichtet waren, blühten Vermutung und Klatsch. Aller möglichen Verstöße gegen die Sittlichkeit beschuldigte man die Templer. Darunter selbstverständlich
auch »obszöner Küsse«. Der neue Bruder hatte sie angeblich dem
Meister »in« und »auf« den Hintern, auf den Mund, den Nabel und
den Penis zu geben. Es waren die bekannten Anschuldigungen, zuerst gegen Ketzer, dann gegen Hexen vorgebracht.

Im Jahre 1303 wird der Erzbischof von Coventry angeklagt, er
habe »dem Teufel gehuldigt und ihn *in tergo* geküßt«. Was geschah
bei einer solchen »Huldigung«? Eine Bulle des Papstes Gregor IX.
weiß genauestens Bescheid. »Wenn ein Neuling aufgenommen wird,
so erscheint ihm eine Art Frosch, den man auch Kröte nennen kann.
Einige geben ihm einen schmachwürdigen Kuß auf den Hintern, andere auf das Maul und ziehen die Zunge mit dem Speichel des Tieres
in ihren Mund.« Dann erscheine ein Mann von wunderbarer Blässe,
abgezehrt und mager, nur noch Haut und Knochen. Küßt ihn der
Neuling, fühle er sich kalt wie Eis an. Nach diesem Kusse schwinde
dann jegliche Erinnerung an den »katholischen Glauben bis auf die
letzte Spur in seinem Herzen«. Durch die Erscheinung des Teufels
würden Neulinge so verblendet, daß sie glaubten, einem großen
Fürsten die Hände zu küssen. Statt mit einer Kröte wird der Teufel
des öfteren auch mit einem Bock oder Kater in eins gesetzt. Weswegen man Ketzer bisweilen kurzweg »Katzenküsser« nannte. Nicht
nur im Buddhismus und Judentum wird die Katze mit der Schlange
assoziiert: als Inbegriff der Sünde, des Mißbrauchs der Güter dieser
Welt. Zu denen zweifellos der Kuß gehört.

In einer 1610 im spanischen Navara verfaßten Anklageschrift steht
zu lesen, das Opfer habe gestanden, an Zusammenkünften mit dem

234

Teufel teilgenommen zu haben. Sobald der Hexennovize den Teufel als seinen Gott und Herrn angenommen habe, bete er ihn an, drücke ihm einen Kuß auf die linke Hand, auf die Brust und die Genitalien. Alsogleich vollziehe der Teufel »eine Wendung nach links«, hebe seinen Schwanz und entblöße »jene Körperteile, die sehr häßlich und bei ihm immer sehr schmutzig und stinkig sind, um sie sich küssen zu lassen«. Die sechzehnjährige Jeannette d'Abadie sagt aus, daß der Teufel sie »öft sein Gesicht, dann seinen Nabel, dann sein Glied, dann seinen Hintern« habe küssen lassen. Sie habe gesehen, wie »alle sich auf inzestuöse Weise und gegen alle Ordnung der Natur miteinander vermischten«.

Linke Hand, linke Seite! Schon das Adjektiv »links« verweist mit seiner Grundbedeutung »matt sein«: »hinken« auf den »Hinkenden«, »Krummen« – den Teufel. Dieser stellt denn auch bei Goethe (»Satans Rede«) folgerichtig die Böcke zur Rechten, auf den Platz der Seligen, und die Schafe zur Linken, jenen der Verdammten. Der Hinternkuß als »linker«, sprich: falscher, Huldigungskuß. Teufelskult als Gottesverehrung unter umgekehrten Vorzeichen: Perversion. Teil eines Gegenrituals: Gegenkirche. Das von Goethe wohl geplante und wieder verworfene Arrangement des »Walpurgisnacht«-Materials sollte »die satanische Epiphanie als Kontrafaktur der göttlichen sinnfällig machen«. Satan erscheint als häretischer Gegengott. In der »Einzelne Audienzen« überschriebenen fragmentarischen Huldigungsszene heißt es bei Goethe (nach Schöne):

x
                und kann ich wie ich bat
Mich unumschränkt in diesem Reiche schauen
So küß ich, bin ich gleich von Haus aus Demokrat
Dir doch Tyrann voll Danckbarkeit die Klauen.

CEREMONIENMSTR.
Die Klauen! das ist für einmal
Du wirst dich weiter noch entschließen müssen.

x
Was fordert denn das Ritual.

CER. MSTR.
Beliebt dem Herrn den Hintern Theil zu küssen.

X
Darüber bin ich unverworrn
Ich küsse hinten oder vorn.

Scheint oben deine Nase doch
Durch alle Welten vorzudringen,
So seh ich unten hier ein Loch
Das Universum zu verschlingen
Was duftet aus dem kolossalen Mund!
So wohl kanns nicht im Paradiese riechen
Und dieser wohlgebaute Schlund
erregt den Wunsch hinein zu kriechen.

Was soll ich mehr!

SATAN
                    Vasall du bist erprobt
Hierdurch beleih ich dich mit Millionen Seelen.
Und wer des Teufels Arsch so gut wie du gelobt
Dem soll es nie an Schmeichelphrasen fehlen.

Es soll uns hier nicht weiter bekümmern, wen Goethe mit der als X bezeichneten Figur in dieser Unterwerfungsrede eines Satansdieners im Auge hatte. Entscheidend ist die unverkennbare Nähe des Rituals zur Belehnungszeremonie, mit der wir uns bereits früher beschäftigt haben. Hier wie dort das Homagium, der Treueeid. Doch nicht der Fuß- oder, später, Wangenkuß als Homagialkuß, sondern der obszöne Hinternkuß. Er besiegelt das Vasallentum zum Satan, die Unterwerfung als »Arschlecker«: (passiver) Fellator, der dem Teufel die (aktive) Rolle als Irrumator zubilligt. Nicht nur widerruft sie die christliche Erlösungsvorstellung; der radikale Vorstoß gegen die dogmatisch eingezäunten Moral- und insbesondere Koitalvorschriften bestätigt den Teufel als, wie es lateinisch heißt, *diabolus*: »Verleumder«, »Widersacher«. Das griechische *dia-ballein* bedeutet

»durcheinanderwerfen«. Der Teufel als derjenige, der das als Schöpfung Geordnete (wieder) durcheinanderwirft. Als Unruhestifter – Entzweier und Gegenprinzip zu dem »durch Zauberwort angerufenen Wesen« – Gott.

Ironischerweise setzt der geschlechtlich besiegelte Satansbund, dessen Hexen und Häretiker beschuldigt werden, gerade die Annahme eines dualistischen Weltverständnisses voraus, wie man es doch in den Inquisitionsprozessen lautstark und erbarmungslos bekämpfte. Zwar huldigte das verketzerte Katharertum (Manichäismus) einer dualistischen Theologie, die Konsequenzen, die es daraus zog, waren aber alles andere als die von den christlichen Verfolgern unterstellten. Eros und Sexus lehnten die Manichäer bekanntlich überhaupt ab. Sie sahen darin die Auslieferung des Menschen an den satanischen Gegengott, wie wir im Zusammenhang mit der »hohen Minne« hörten. So ergibt sich zwangsläufig das Paradox, daß die Kirche, indem sie die dualistische Theologie verfolgte, zugleich die eigene Position als »dualistisch« bestätigte. Als Gegenprinzip zu Wangen- oder Mundkuß findet der Hinternkuß in diesem Dualismus auf ähnliche Weise seinen Platz wie die Finsternis als Gegengott zum Licht in Goethes *Farbenlehre*. Erst in der »Bergschluchten«-Szene, schreibt Albrecht Schöne, »wenn Faust als der ›Nicht mehr Getrübte‹ erscheint, wenn seine Entelechie ›in die Klarheit‹ geführt hat«, werde die der uralt-häretischen Askeselehre entsprechende Scheidung dieser »Ingredienzen der menschlichen Natur« vollzogen, falle die Entscheidung zwischen dem Licht und der Finsternis. Goethe habe deren Polarität als »die kardinale Strukturformel« seines Dramas dadurch sichtbar gemacht, daß er den im »Prolog« erscheinenden »Herrn« des Himmels in den geplanten Satansszenen mit dem »Herrn« der Walpurgisnacht konfrontierte. Mit dem Teufels- und Hexenwesen habe er sich »nur einmal« beschäftigt, wird Goethe 1826 (16. Februar) Eckermann anvertrauen: »Ich war froh, mein nordisches Erbteil verzehrt zu haben, und wandte mich zu den Tischen der Griechen.«

Es heißt, die außerordentlich weite Verbreitung der Hexenliteratur mit ihrer Erwähnung des Hexenkusses im 16. und 17. Jahrhundert lasse sich auch aus ihrer spezifischen Anziehungskraft für eine breite Leserschaft verstehen. Indem sie vorgab, der Bekehrung und Abschreckung zu dienen, vermochte sie die Zensoren zu beschwichtigen oder gar die Zensur überhaupt zu umgehen. Als einzige Gattung der Zeit konnte sie sich praktisch unbehindert dem tabuisierten Sexualbereich zuwenden und mit einem geradezu pornographischen Detailinteresse aufwarten. Alles dies, ohne der Forderung nach »Vorbildhaftigkeit« und »positivem Heldentum« Genüge zu tun. Die Abwehrgeste der Zuweisung des als »teuflisch« Angesehenen an die »andern«, Fremden, Besiegten hat eine lange Tradition. Die Götter der gestern »überwundenen« Religion sind die Teufel von heute. Das Wort »Beelzebub« erzählt eine unmißverständliche Geschichte. Ehe der »Herr der Fliegen« zum »Teufel« wurde, war er eine phönizische Gottheit. Und »Hölle« meinte in vorchristlicher Zeit schlicht »Totenreich«.

»Phönizisieren«: »aus Phönizien kommen«, d. h. »es wie die Phönizier treiben« – so nannten die Griechen oralerotische Praktiken wie Cunnilinctio oder Anilinctio. Obwohl die Praxis des Hinternkusses bzw. des Lambitus ani und der Anilinctio (Analverkehr) bis in die frühesten Anfänge der Geschichte zurückzugehen scheint und mithin eine weit in die Heldenzeit hineinreichende Tradition hat, bestand bei den Griechen die Tendenz, Analerotik (Pedicatio) fremdländischen Einflüssen zuzuschreiben und sie mit Städtenamen wie Chalkis in Euboia, Phikis oder Klazomenai und Namen von Volksgruppen wie Kydonen, Eutresier oder Lakonier zu verbinden. Dabei soll den Griechen der Reiz, der von Hüftregion und Analzone ausgeht, als der höchste beim Menschen gegolten haben. So erklärt es sich, daß sie der Aphrodite Kallipygos, der Venus mit dem schönen Gesäß, Tempel errichteten. Wie es zum Kult der »Schönhintrigen« kam, haben Kerkides wie Athenaios berichtet.

Einst habe unweit der Stadt Syrakus ein armer Bauer gelebt, der zwei Töchter sein eigen nannte. Da diese arm waren wie Tempelmäuse, aber von der Göttin Aphrodite ausgestattet mit den schönsten Hinterteilen in ganz Sizilien, habe man sie in der Stadt »Kallipygoi«, die »Schönhintrigen« genannt. So sehr wetteiferten die beiden Schwestern miteinander, daß sie sich nicht genug darin tun konnten, einander ihren schönen Hintern vorzuführen. Jeden Passanten auf der Straße baten sie um sein Urteil, wer von ihnen beiden die »Schönerhintrigere« sei. Zwei Brüder aus der Stadt waren von dem, was sie zu sehen bekamen, so begeistert, daß der Ältere die Ältere, der Jüngere die Jüngere heiratete. Da beide Mädchen jetzt reiche Männer hatten, stifteten sie der Aphrodite einen Tempel, und zwar eigens dem schönen Hintern der Liebesgöttin. Solcherart ist, wenn wir Athenaios glauben wollen, die Aphrodite zu ihrem Namen als »Schönhintrige« und zu ihrem Tempel in Syrakus gekommen.

Auch wird berichtet, von der berühmten Legende des Paris-Urteils gebe es eine Urfassung, in der das schöne Gesäß der Aphrodite den Richter dazu bewog, den Apfel der Eris nicht Hera oder Athene, sondern ihr zuzuerkennen. Nicht nur auf Statuen, auch im Alltagsleben wurde der Hintern bei den Griechen deutlich akzentuiert. Eine Gesäßbinde, ein »Hinternhalter«, würden wir heute sagen, trug dazu bei, den Eindruck der »Vollhintrigkeit« zu erwecken. Dies ganz im Gegensatz zur Brustbinde, dem »Büstenhalter«, bei den Griechen, dessen Funktion gerade die Verkleinerung, Zurückdrängung war. Wenn die Rundung hinten fehle, hieß es, der polstere besser nach, wenn ihm an der Schönheit seiner Hinteransicht gelegen sei. Kurz, das Epitheton »flachhintrig« soll bei den Griechen das Nonplusultra an Reizlosigkeit gemeint haben. Und zwar bei Frauen wie bei Knaben. Daß dem Hintern »Grübchen« besondere Attraktivität verliehen, versteht sich fast von selbst. »Lachender Hintern« – ein für uns heute schwer nachvollziehbares Bild.

Hinternkuß als Metapher für *coitus per anum*? Noch heute ist die Pedicatio (lat. *podex*: »Gesäß«) in manchen Ländern, z. B. in England und in verschiedenen Staaten der USA, gesetzlich verboten. Darin bestätigt sich eine jahrhundertealte christliche Moraltradition. Daß bei den Griechen sogar die Götter den Hinternkuß und mehr noch pflegten, gehe aus einer Vielzahl von Sagen und Mythen hervor. So war der Spitzname von Dionysos, dem griechischen Gott des Weines und der Friedfertigkeit, dessen Erscheinungsbild von Einfluß auf die christliche Teufelsvorstellung gewesen sein soll, *glutes*: »Glutäer«, ein Wort, das sich mit »Hintriger« übersetzen läßt und auf analerotische Neigungen des Gottes hinweist. Die griechische

Vasenmalerei kennt als Motiv einen Silen, der sich nach Dionysos umblickt und ihm dabei herausfordernd sein wohlgerundetes Hinterteil hinhält. Zeus, dem Göttervater, wird nachgesagt, er habe den Jüngling Ganymed geraubt, weil er von dessen »Schönhintrigkeit« bezaubert war. Und Dioskorides berichtet, daß Eros, um Zeus von Ganymed hinwegzulocken, dem Knaben Sosardos eigenhändig ein Hinterteil formte, das von so unwiderstehlicher Schönheit gewesen sein soll, daß Zeus sich von Ganymed abwandte.

Wie nachdrücklich das Thema Hinternkuß die Gemüter einst bewegen konnte, mag daran abzulesen sein, daß in Rom eine eigene Ableitung des Wortes *osculum* die Runde machte. Ihr Erfinder ist der witzige Martial, Meister des römischen Epigramms, dessen Einfluß bis ins 18. Jahrhundert wirksam blieb. »*Quae dedit os, culum non minus dabit*«, dichtet der zu Obszönität neigende Freund Senecas. Zu deutsch: »Bot sie den Mund (*os*), wird sie auch den Hintern (*culum*) bieten.«

Nachschlagewerke informieren, die Analzone sei ähnlich wie die Lippenzone durch ihre Konstitution und Lage geeignet, »erogen«, also erotisch reizbar zu wirken. Mithin dürfte es kein Zufall sein, daß in der Literatur der Griechen immer wieder die Schönheit der weiblichen Hinterbacken, der »Gluäen«, beschworen wird, kaum aber der weiblichen Brüste. Und von den weiblichen Genitalien ist so gut wie nie die Rede. In seiner *Lysistrata* läßt Aristophanes die Lakonier ausrufen: »Ganz unsagbar schön ist ihr Hintern!« Und nicht weniger begeistert sagt im *Frieden* der Knecht: »Das Mädchen ist gebadet, schön, und blank ist sein Hintern!« Nach Bornemann geht aus »Hunderten von Zeilen« hervor, daß die Griechen, zumindest die herrschende Klasse der Athener, zwei bis drei Jahrhunderte lang versuchten, die Analerotik so darzustellen, als wäre sie »besser«, »edler«, ja sogar »tugendhafter« als »Genitalerotik«. Eine Variante des alten Gegeneinanders von (künstlicher) Kultur und (gegebener) Natur? Auch hier gilt, was bereits zum Mundkuß gesagt wurde: Aktives Prinzip steht gegen passives, »ehrenhaftes« gegen »ehrloses«, Unterwürfigkeit signalisierendes. Abwertung des Passiven, den »Mund« im Gegensatz zur »Brust« Repräsentierenden. So daß bei Griechen und Römern das »priapische« Prinzip nicht nur als

»männlich«, sondern auch als »göttlich« galt. Was ergibt sich aus solchem Wertgefälle? Im *osculum a tergo*, das dem Teufel dargebracht wird, verbindet sich die Geste der Unterwerfung mit jener der Vergöttlichung. Der Teufel als Empfänger höchster Lust. Denn wie Stekel von der *Effeuille des roses*: der »Entblätterung der Rosen«, sagt, entsteht der »höchste Reiz«, nämlich jener der Analschleimhaut, durch »Lecken mit der Zunge«. Menschen, die »diese Art der Befriedigung« suchten, würden »leicht Sklaven ihrer Leidenschaft, weil die Reize so außerordentlich stark sein sollen«. Die Sünde *per se*? Zumindest nach traditioneller christlicher Vorstellung.

Der Kuß als – Strafe?

Das Paar verdankt seine Berühmtheit Dantes *Göttlicher Komödie*. Sein Kuß sollte der berühmteste des Mittelalters werden. Ehebrecher beide, treiben sie wie Minos, Paris, Tristan oder Semiramis, Kleopatra, Helena oder Dido dahin im Zug der in der Hölle Gepeinigten »Fleischessünder«, »die die Vernunft dem Trieb zulieb entweihen«: Francesca und Paolo. Von ihrem Mann, Gianciotto dem Hinkenden, war Francesca zusammen mit dessen jüngerem Bruder Paolo dem Schönen, ihrem Geliebten, ermordet worden. Ohne kirchliche Absolution wurden sie aus dem Leben gerissen. Hätten sie nicht deswegen mildernde Umstände verdient, vielleicht sogar Begnadigung? Aber besteht ihre Strafe nicht gerade im Verurteiltsein zu ewiger Treue, einem Kuß, sozusagen, der kein Ende nimmt?

Kaum einige Dutzend Zeilen beansprucht Dantes erschütternde Vision im Fünften Gesang. Sie reichten dennoch aus, das Paar für die Nachwelt lebendig zu machen. Warum sind sie in der jenseitigen Welt dem Ort der Verdammnis überantwortet? Mitfühlend läßt Dante Francesca selbst berichten. Liebe sei es gewesen, was sie und Paolo zusammengeführt habe:

Liebe, die edlen Herzen schnell sich lehrt,
Ließ ihn sich in den schönen Leib verlieben,
Den ich verlor, daß noch die Art mich sehrt.

Liebe, die den Geliebten zwingt zu lieben,
ließ mich an seiner Schönheit so entzünden,
Daß sie, wie du ersiehst, mir noch geblieben.
Liebe ließ uns das gleiche Sterben finden. […]

Aber sinnliche Liebe ist noch kein Grund für Höllenstrafe. Anderes mußte hinzukommen: der Ehebruch. »Ach, wie sprang aus *den* Gedanken, *diesem* süßen Sehnen«, fragt der Wanderer, »für diese beiden dieser Todesgang?« Was habe in der Zeit »der süßen Seufzer« »die dunklen Wünsche zum Entscheiden« gebracht? Francesca antwortet:

> […] Kein größeres Leid,
> Als sich erinnern in den Unglückstagen
> Der guten Zeit; dein Lehrer weiß Bescheid.
> Doch drängt es dich so mächtig, zu erfragen,
> Wie einst die Liebe kam in unsre Brust,
> So will ich unter Tränen es dir sagen.
> Wir lasen eines Tages, uns zur Lust,
> Von Lanzelot, wie Liebe ihn durchdrungen;
> Wir waren einsam, keines Args bewußt.
> Obwohl das Lesen öfters uns verschlungen
> Die Augen und entfärbt uns das Gesicht,
> War eine Stelle nur, die uns bezwungen:
> Wo vom ersehnten Lächeln der Bericht,
> Daß der Geliebte es geküßt, gibt Kunde,
> Hat er, auf den ich leiste nie Verzicht,
> Den Mund geküßt mir bebend mit dem Munde;
> Galeotto war das Buch, und der's geschrieben:
> Wir lasen weiter nicht in jener Stunde.«

Sie haben sich vergessen über eine Stelle in einem Buch, wurden im Kuß zusammengeführt durch die Beschreibung eines Kusses. Die Rede ist von der Liebesgeschichte zwischen Lanzelot und Guinevere. Lanzelot der Minneritter, der »wîpsaelige« Verführer, eine der glänzendsten und beliebtesten Gestalten der mittelalterlichen Artus-Epik, hat Artus' Frau Guinevere aus der Hand eines Entführers befreit und ist darüber selber zum Geliebten der Königin geworden. Wie das geschah, ist wert, berichtet zu werden.

Verliebt in die Königin, hatte Lanzelot sich einen Kuß erbeten. Obwohl Guinevere ihm gewogen ist, zögert sie. Sie fürchtet, jemand könne sie beim Küssen überraschen. Ein Vertrauter Lanzelots ersinnt eine List: Sie werden alle drei so tun, als unterhielten sie sich, und dabei die Köpfe zusammenstecken. Dann wird er die Augen schließen, damit die Liebenden ungestört einander küssen können. Und so geschah es denn auch. Die zupackende Königin faßt Lanzelot am Kinn und gibt ihm einen langen Kuß. Da Lanzelot keine Worte zu finden scheint, ergreift dessen Vertrauter das Wort: »Herrin«, sagt er, »seid bedankt. Ich bitte Euch, ihm Eure Liebe zu schenken, ihn für immer als Euren Ritter zu betrachten und ihm alle Tage Eures Lebens eine treue Herrin zu sein. Ihr habt ihn reicher gemacht, als wenn Ihr ihm die ganze Welt geschenkt hättet.« Die Königin schwört daraufhin, »daß er ganz mein und sie ganz sein« sein solle. Ein Kuß als Auslöser für eine folgenschwere Leidenschaft. Er erweist sich damit als »fataler« Kuß, Vorläufer jener Art von Kuß, der als »romantischer« gefeiert werden wird. Obwohl der fiktionalen Binnenwelt eines Romans angehörend, greift der Kuß von Lanzelot und Guinevere in das Leben hinein. Beweis dafür, was Literatur anzurichten vermag. Man denke nur an Don Quijote. Wir sollten darauf zurückkommen.

In der französischen Fassung des Romans übernimmt Galahaut (Galeotto bzw. Galahad) die Rolle des Vertrauten und Vermittlers. Er ist für Lanzelot und Guinevere, was das Buch für Francesca und Paolo. Auf seine Fürsprache hin gewährt die Königin dem Ritter und Befreier einen Kuß. Es wäre übertrieben, Galahaut unter die Kuppler einzureihen. Als Katalysator hat er sicher gewirkt. Da er dem enthemmenden Kuß die Wege geebnet hat, ist er mitverantwortlich dafür, daß die Dämme gebrochen sind. So bewegt ist Dantes Erzähler von dem, was er zu hören bekam, daß er »vor Not die Sinne fühlte wie beim Tod sich trüben, und fiel, wie Körper fallen, wenn sie tot«. Mitleid raubt ihm die Besinnung, Trauer verwirrt ihn. Weshalb er die Geschichte an dieser Stelle enden läßt, das verlorene Glück und das blutige irdische Ende mit Schweigen übergeht. Damit rückt der Kuß ins Zentrum. Es ist, als wären die beiden »Fleischessünder« ihres Kusses wegen in der Hölle.

So beeindruckt war John Keats, der wehmutsvolle englische Romantiker, vom Schicksal des Liebespaars, daß es ihn bis in seine Träume verfolgte. In einem Brief äußert sich der Dichter darüber: »Dantes V. Gesang gefällt mir mehr und mehr – es ist der, in welchem er Paolo und Francesca begegnet. Seit Tagen schon hatte ich mich niedergeschlagen gefühlt, als mir unversehens träumte, ich befände mich in jener Gegend der Hölle. Der Traum wurde für mich zu einem der wunderbarsten Vergnügen, die ich je gehabt habe. Mit einem herrlichen Wesen wirbelte ich durch jene Atmosphäre, die Dante beschrieben hat. Unsere Lippen waren im Kuß vereint, für eine Ewigkeit, wie mir schien.« Dieser Stimmung verdankt sich die Entstehung von Keats' Sonettenfolge »Ein Traum. Nach der Lektüre der Episode von Paolo und Francesca in Dantes *Göttlicher Komödie*«. Wir geben das dritte Sonett »annäherungsweise« wieder:

Vorbei der Tag und all die Süße!
Süße Stimme, süße Lippen, weiche Hand und weichere Brust,
warmer Atem, sanftes Flüstern, zarten Halbtons Schritt,
glänzende Augen, vollendeter Wuchs und gleitender Schnitt!

Dahin die Blume, all ihr knospender Reiz;
dahin aus den Augen mir der Schönheit Bild,
dahin aus den Armen mir der Schönheit Gestalt,
dahin die Stimme, Wärme, Weiße, Paradies –

Verschwunden zu früh mit des Abends Schließe,
wenn trüb der Feiertag – als Feiernacht duftverhangner Liebe
zu verweben beginnt das Garn aus Dunkel dicht zu geheimer Lust.

Doch, da der Liebe Missal ich durchlesen heut,
wird den Schlaf mir der Tag nicht versagen: Wissend faste ich und bete.

Worin besteht nun die Strafe der beiden Frevler? Sie befinden sich zwar in der Hölle, wo »kein Hoffen« sie stärkt, »jemals zu erjagen den Frieden, selbst auch nur ein kleineres Leid«. Auf ewig sind sie vereint, als Schatten, »die nie sich trennen«, von Liebe getrieben. Besteht ihre Strafe darin, daß das Wort »Ehe«, das von »ewig« sich ableitet, gerade an ihnen, den Ehebrechern, Rache nimmt, indem es sich bewährt in einem so paradoxen wie absoluten Sinn? Das »bis daß der Tod euch scheidet« als Grenze, die unüberschreitbar ist, als Todesurteil, da ihr Herzensbündnis nun eine Lebendigkeit beweist, die schlimmer ist als der Tod? Dante vergoß Tränen über das Schicksal von Francesca und Paolo wie der hl. Augustinus einst über das Schicksal der Dido. Zugleich spricht aus dem mitfühlenden Ton des Dichters natürlich auch Dank an die Neffen Francescas, die dem des Landes Verwiesenen Zuflucht gewährt hatten.

In den Jahren, da er an seiner Skulptur *Der Kuß* arbeitete, soll Rodin übrigens stets ein Exemplar der *Göttlichen Komödie* mit sich herumgetragen haben. Warum? Um wieder und wieder die berühmten Zeilen nachzulesen, die in dem Bekenntnis gipfeln: »[...] hat er [...] den Mund geküßt mir mit dem Munde [...]«. Trotzdem kann wohl nur Naivität zu der Annahme verleiten, dieser und kein anderer sei der Augenblick, den der Meister in seinem Werk festzuhalten gesucht habe.

Wer dächte in diesem Zusammenhang nicht an die Liebesgeschichte von Abälard, dem angesehenen Kanonikus, und seiner zehn Jahre jüngeren Schülerin Heloise. Im Brief an einen Freund hat der Philosoph sie später »Die Geschichte von Abälards Unglück«: *Historia calamitatum Abaelardi* genannt. Wie der Zufall es will, geriet dieser Brief in die Hände Heloises und wurde zum Anlaß für einen Briefwechsel, der als *Epistolae* Berühmtheit erlangte. In ihm spiegelt sich das Schicksal der schließlich für immer getrennten Liebenden noch einmal auf ergreifende Weise. Heloise ist inzwischen Äbtissin des Klosters Paraklet, wo Abälard, der große Gelehrte, eine Art geistlicher Aufsicht ausübt.

So wir Abälard glauben wollen, begann alles als die eher banale Geschichte einer Verführung. Erfolg und Wohlstand hätten ihn, den jungen Intellektuellen, arrogant werden lassen und in ihm den

Wunsch nach »Eroberungen« geweckt. In der jungen Heloise, der Nichte des Kanonikus Fulbert, begegnete ihm das passende Objekt. Später wird Abälard sich bemüßigt fühlen zu erwähnen, »*Chansons d'amour*«, wie Pariser Studenten sie auf der Straße sangen, hätten ihn zu seiner Liebe inspiriert. Die Frau, in die er sich verliebt hatte, war zwar nicht gerade hübsch zu nennen, aber so wohlerzogen und gebildet, daß ihr Verführer davon ausgegangen sei, sie würde die Vorzüge des gelehrten und berühmten Meisters zu würdigen wissen. Offenbar hat Abälard keinen Augenblick daran gezweifelt, daß sie seinen Wünschen entgegenkommen werde. Was einzig ihn beschäftigte, war die Frage, wie er Verbindung mit ihr aufnehmen könnte. Zynische Kalkulation?

Wie wir wissen, fand Abälard einen Weg, nicht nur in Fulberts Haus, sondern auch in Heloises Bett. Heloise soll keine Umstände gemacht haben. »Unter dem Deckmantel des Unterrichts konnten wir uns ungestört unserer Liebe hingeben [...] Schlugen wir die Bücher auf, so beschäftigten uns mehr die Worte der Liebe als die Worte der Lektüre: Küsse waren zahlreicher als Sätze. Hände fanden öfter den Weg zu ihrem Busen als zu den Seiten der Bücher. Die Liebe sorgte dafür, daß unsere Blicke öfter einander als das Geschriebene in den Büchern suchten. Um keinen Verdacht zu erregen, schlug ich sie ab und zu [...] und diese Schläge übertrafen allen Balsam an Süßigkeit. Kurz, unsere Leidenschaft war so groß, daß wir keinen Schritt ausließen. Und wenn wir die Möglichkeit sahen, uns auf ungewöhnliche Weise zu lieben, so ließen wir uns auch darauf ein. Und je weniger Erfahrung wir in diesen Freuden hatten, desto mehr brannten wir darauf, uns ihnen zu überlassen und desto weniger empfanden wir die Mühen der Umstände.« Was dann folgte, läßt sich in wenige Worte zusammenfassen: Abälard verfiel Heloises Küssen und Umarmungen. »Ich war dir so verfallen, war von einem so brennenden Verlangen nach dir erfüllt, daß ich den Freuden mit dir den Vorzug gab vor Gott und mir selbst.«

Wir versagen es uns, die Geschichte zu Ende zu erzählen. Angemerkt sei lediglich, daß Heloise schwanger wurde und Abälard sie daraufhin zu seiner Schwester entführte. Heimliche Heirat schien den Kampf zwischen Leidenschaft und Tugend zugunsten der Tugend zu entscheiden. Ein Mißverständnis führte jedoch dazu, daß Heloises Onkel die Ehre seiner Nichte verletzt sah und eines Nachts Abälard überfallen und entmannen ließ. Am Ende zogen beide sich ins Kloster zurück. In dem erwähnten Briefwechsel, der im Anschluß an Abälards Rechenschaftsbericht entstand, versicherte Heloise den einstigen Lehrer und Verführer ihrer fortdauernden Liebe. Ja, sie deutete den Wunsch an nach Wiedervereinigung. Abälard, Lehrer noch jetzt, verwies sie auf den Weg der Gottesliebe.

Abälard starb 1142, Heloise 1163. Seit 1817 haben beide, der Abt und die Äbtissin, zeit ihres Lebens geistig und seelisch miteinander verbunden, auf dem Pariser Friedhof Père-Lachaise ihre gemeinsame Ruhestätte gefunden. Später wird Heloise, als Inbegriff schrankenloser Liebe den Zeitgenossen lebendig geblieben, von Jean Jacques Rousseau als Urbild seiner *Nouvelle Héloïse*, der »Neuen Heloise«, Julie d'Etanges, empfunden werden. Abälards Schülerin, Geliebte, Ehefrau und Schwester in Christo gewann damit doppelte Unsterblichkeit.

Es wäre ein Wunder, wenn sich um ein so großes Liebespaar der Geschichte wie Abälard und Heloise nicht auch Legenden gerankt hätten. In einem Manuskript noch aus dem 13. Jahrhundert heißt es denn auch von Heloise: »Als sie mit ihrer letzten Krankheit darniederlag, hat sie angeordnet, man solle sie nach ihrem Tod zu Abälard ins Grab legen. Und als ihr Leichnam sich dem geöffneten Grab näherte, streckte ihr Mann, der lange vor ihr gestorben war, die Arme nach ihr aus und drückte sie dann fest an sich.« Von einem letzten, die Liebenden vereinenden Kuß wird nichts erwähnt. Das wäre vielleicht auch zuviel verlangt von einer Chronik, als deren Verfasser der hl. Martin von Tours zeichnet.

Aber vielleicht wollte der deutsche Barockdichter Christian Hoffmann von Hoffmannswaldau hier Abhilfe schaffen. In einem Abälard und Heloise gewidmeten Heldenbrief, einem fiktiven Briefgedicht, läßt er die Einleitung mit einem Epitaph ausklingen, in dem es heißt:

Ein edles Leben macht auch einen edlen Tod
Getreue Liebe will auch aus dem Grab entspriessen
Zum Zeugnis, daß sie nun besiegen Tod und Not
So wollen sie sich hier auch in der Asche küssen

Hoffmannswaldau überläßt dann Heloise das letzte Wort:

Die Seelen werden sich auf eine Weise küssen
Die man empfinden kann / doch nicht zu nennen weiß.

Wandern von Mund zu Mund: Der Zungenkuß

Im Grunde ist Kuß ein Sammelbegriff. Er faßt in eins, was Variation zu einem kaum ermessenen Thema ist. Neben Fußkuß, Handkuß und Wangenkuß der Mundkuß, neben dem zweilippigen der vierlippige Kuß, neben dem (einfachen) vierlippigen Kuß das *osculum quadrolabiale*, an dem der Zusatz »cum lingua« die Tiefendimension hervorhebt. Der Mundkuß als der intime Kuß. Er gilt als Zeichen von Vertrautheit, »Familiarität«, wie gerade die Kußkultur im Alten Rom zeigt. Fingerspitzengefühl und rechtes Timing verlangt er. Wann der Mundkuß in Europa endgültig den Bannkreis des religiösen Bereichs verließ und allgemein praktiziert wurde, läßt sich schwer feststellen. Andererseits machte schon der französische Philosoph Montaigne in seinen *Essais* deutlich, daß er von der allzu großzügigen Küsserei nur wenig hielt: »Je teurer das Fleisch, desto besser schmeckt es. Das gleiche gilt für den Kuß. Je wohlfeiler er wird, desto mehr verliert er von seiner ursprünglichen Kraft.« Daß »unsere Damen« ihre Lippen selbst dann darbieten müssen, wenn der andere ihnen gar nicht gefällt, ist für Montaigne »eine widerwärtige, beleidigende Sitte«. Wenn nach dem 16. Jahrhundert die Kußgewohnheiten sich wandelten und der Mundkuß aus der Mode kam, so ist dies neben der Angst vor ansteckenden Krankheiten vor allem der Umorientierung im Gefolge der Erneuerungsbewegungen zuzuschreiben.

Auch in diesem Fall scheinen Ausnahmen die Regel zu bestätigen. In den *Bekenntnissen* erinnert Jean-Jacques Rousseau sich nicht ohne Ironie an den ländlichen Morgenkuß bei Madame Lard: »Teil der natürlichen Lebhaftigkeit von Madame Lard bildete ein Wesenszug, den eigentlich ihre Tochter hätte haben sollen. Jeden Morgen, wenn ich ins Zimmer trat, wartete bereits mein *café au lait* auf mich, und die Mutter versäumte nie, mich mit einem Kuß mitten auf den Mund willkommen zu heißen.« So selbstverständlich und ungekünstelt sei es dabei zugegangen, daß auch die gelegentliche Anwesenheit von Monsieur Lard nichts an dem Ritual änderte.

Von dem »einfachen Kuß«, gegen den Monsieur Lard offenbar nichts einzuwenden hatte, zu unterscheiden ist der »tiefe Kuß«. Er firmiert auch als »Seelenkuß«, »Zungenkuß«, »Taubenkuß«, »französischer Kuß« oder italienischer Kuß. Andere Bezeichnungen sind »florentinischer Kuß«, »Maraichinage«, »Kataglossismus« oder »Seraphinenkuß«. Wie Kinsey schreibt, kann diese Art von Kuß Kontakte einschließen von Zunge zu Zunge, Saugen der Lippen und der Zunge, Berührung der Zunge mit der inneren Fläche der Lippen und den Zähnen und ähnliches mehr. Kurz, Zungenkuß ist das Eindringen der Zunge eines Menschen in die Mundhöhle eines andern oder das gegenseitige Eindringen der Zungen bei der Kußbegegnung. Alle die damit verbundenen spielerischen Akte lassen sich auch bei den »niederen« Säugetieren feststellen. Nur daß die menschlichen Individuen sie eben über jenen Punkt hinaus auszugestalten vermögen, der den anderen Säugetierarten Schranken setzt. Als »Meisterin« des Zungenkusses gilt Kleopatra, die ägyptische Königin, die in dem Ruf steht, zur Erreichung ihrer politischen Ziele hemmungslos die Liebe und deren Accessoires ins Spiel gebracht zu haben.

Nicht nur bestimmte Hut- und Flaschenformen verbinden sich mit dem Namen der Stadt Florenz. Schon im 13. Jahrhundert hatte die Vaterstadt Dantes dank der Tuchindustrie und ihres florierenden Bankwesens eine führende Stellung im westeuropäischen Wirtschaftssystem erlangt. Unter den Medici avancierte sie zum geistigen Mittelpunkt von italienischem Humanismus und Renaissance. Der florentinische Kuß wurde, wie später der französische Kuß, zum In-

begriff des »Gewagten«, am Rande des Verruchten sich Bewegenden. Denn die römische Kirche betrachtet ihn als schwere Sünde
selbst in der Ehe. Ein frühneuhochdeutsch belegtes Verb, »florenzen«, bedeutete allerdings »der Knabenliebe frönen«. Deutsche
Schriftsteller der Reformationszeit, wie Folz, Hutten, Luther oder
Sachs, verbanden mit Florenz die Vorstellung von »widernatürlicher
Unzucht«. Dürers berühmtes Bild »Ariel erst als Buseron« verweist
auf den Sachverhalt. Ein altes *buzzerone*, dem das florentinische
Verb *buggerare* entspricht, meint »Buhlknabe«, ein Wort, das sich
bei Fischart als »Bukeron« findet. Erinnert sei auch an das englische
bugger: »Scheißkerl« und das gleichlautende Verb, das »florenzen«
meint.

Die Bezeichnungen »Maraichinage« und »Maraichinieren« leiten
sich angeblich von den »Maraichins« ab, den Bewohnern des Pays
de Mont in der Vendée. Diese hätten nämlich in dem Ruf gestanden,
dem Zungenkuß zu besonderer Popularität verholfen zu haben.
Eine Erklärung, die wenig Überzeugendes hat. Näher liegt es, Maraichinage von *marée*: »Gezeiten« abzuleiten. Im Sinne von Ebbe
und Flut, Kommen und Gehen von Zungen und Speichelfluß. Handelt es sich bei Maraichinage wohl eher um eine Scherzbezeichnung,
so ist »Seraphinenkuß« sicher abschätzig gemeint. Die Grundbedeutung von »Seraph« ist »Schlange«. Doch wurden die Seraphim,
die sechsflügeligen Wesen, die dem *Alten Testament* zufolge Jahwe
umschweben, später unter die Engel eingeordnet. Für die Anhänger
des Dionysios Areopagita, der Christentum und heidnische Philosophie zu verbinden suchte, bildeten die Seraphim den höchsten der
neun Engelchöre und waren Träger höchster Liebesglut. Dieses
Schillern mag dazu eingeladen haben, den Begriff »Seraph« mit negativen Vorstellungen zu besetzen, wie das beispielsweise bei den
»Muckern«, den heuchlerischen Frömmlern, der Fall gewesen sein
soll.

Einigkeit herrscht offenbar darüber, daß ein erheblicher Unterschied besteht zwischen »einfachem Kuß« und »tiefem Kuß«. Man
könnte geradezu behaupten, mit dem »tiefem Kuß« werde eine entscheidende Grenze überschritten. Der ohnehin schon fragwürdige
Satz vom »Küßchen in Ehren«, das »niemand verwehren« könne,

erweist sich an ihm als nackter Zynismus. Vielleicht läßt sich sogar darüber streiten, ob der Zungenkuß überhaupt noch dem Küssen »im eigentlichen Sinn« zuzurechnen ist. Denn nicht länger gibt er sich mit der Begegnung der Lippen zufrieden, sondern sucht den Kontakt »innerer« Organe. Während der Kuß als Berührung zweier Hautflächen der Berührung zweier Hände nachgebildet sei, schreibt E. Bornemann, stelle der Zungenkuß eine Analogie zum Liebesakt dar. Dies rückt ihn in die Reihe der Intimissima. Auf Ähnliches mag Ibn Hazm anspielen, wenn er sich auf eine »lange Überlieferung« bezieht, derzufolge der »Gottgesandte« gesagt habe: »›Wen Gott vor dem Übel zweier Dinge bewahrt, der geht in das Paradies ein.‹ Auf die Frage, worum es sich dabei handele, sagte er: ›Was zwischen seinen Kiefern und zwischen seinen Beinen ist‹«. Das »Zwischen« als Ort der Intimität.

Um die höchste, »intimste« Begegnung mit Gott auszudrücken, wofür das Bild des Liebesaktes selbst wohl doch zu gewagt gewesen wäre, vertraut der Benediktiner Rupert von Deutz (12. Jh.) einem Brief die folgenden Sätze an: »Ich hielt ihn, umarmte ihn, küßte ihn lange. Ich spürte, wie zögernd er diese Liebkosung zuließ – da öffnete er selbst beim Küssen seinen Mund, damit ich tiefer küssen könne.«

Schon der uns ganz »natürlich« erscheinende Kuß auf den Mund wird bei Homer nie erwähnt. Wo Homer von Kuß auf den Kopf spricht, mag er die Stirn meinen. Doch bei Aristophanes oder Plautus findet sich der Zungenkuß: das Kataglottisma bzw. der Kataglottismus. Der des Liebeszaubers angeklagte römische Schriftsteller Apuleius geht großzügig um mit dem Zungenkuß. In seinem Roman *Der goldene Esel* heißt es: »Ich umfing Fotis und drückte den Spitzen ihrer Haare, wo sie sich über der Stirn in einen Knoten verschlangen, den honigsten Kuß auf. – Sie bog den Hals zurück, sah mich seitwärts mit durchtriebenen Augen an und sprach: ›He, kleiner Lecker, das ist bittersüße Ware! Lassen Sie die Näscherei, oder Sie werden sich mit dem zu vielen Honig endlich den Magen vergällen!‹ – ›Wenn's weiter nichts ist, immerhin!‹ versetzte ich. ›Für einen einzigen Kuß von dir, du allerliebstes Mädchen, laß ich mich wohl lebendig auf diesen glühenden Kohlen braten.‹ – Mit diesen Worten drückte ich sie fester an mich und küßte sie. Und schon umschlang sie mich, von gleichen Trieben hingerissen und wie ich schmachtend von lechzendem Verlangen; schon sog ich ihren Zimtatem aus halbgeöffnetem Munde ein, saugte Nektar von ihrer der meinen begegnenden Zunge und fühlte mich unwiderstehlich zum völligen Genusse der Wollust hingerissen, als ich ausrief: ›Ich sterbe, Fotis; erbarme dich, ich sterbe!‹ – Unter wiederholten feuervollen Küssen antwortete sie: ›Sei guten Muts! Dein Wunsch ist auch der meine.« Honig und Nektar als Grenzsteine auf der Skala der Wollust.

Doch auf den Weg in die europäische Kultur brachten den Zungenkuß Catull und Ovid, die grundlegenden römischen Lyriker. Vor allem die Liebeslyrik der neolateinischen Dichter ist letztlich nicht denkbar ohne Catull und die römischen Elegiker.

Wenn Ovid in seinem Erstlingswerk *Amores* auch dem Zungenkuß seine Reverenz erweist, ist dies gewiß nicht jugendlichem Überschwang zuzuschreiben. Die fünfzig, einer Geliebten unter dem Pseudonym Corinna gewidmeten Gedichte schöpfen allerdings sonst eher aus dem traditionellen erotischen Motivarsenal. In *Amores* (III, 7) heißt es, der »Liebeskampf« habe in einem solchen Fiasko geendet, daß nicht einmal der Zungenkuß eine Reaktion zu bewirken vermochte. »Und tatsächlich schlang sie ihre Elfenbeinarme, weißer als thrazischer Schnee, um meinen Hals und drängte, mit leidenschaftlichen Zungen kämpfend, mir Küsse auf und schob mir lüstern Schenkel unter Schenkel.«

Ovids Liebeselegien gelten als Abgesang der Gattung, die u. a. von Catull in die römische Literatur eingeführt und in Ovids Jugend von Properz und Tibull zur Vollendung gebracht wurde.

An Lesbia

Laß uns leben, Lesbia, und lieben
Und der runzelstrengen Alten Kritteln
Nicht für einen leichten Heller achten!
Sonne sinkt und glänzt geboren wider;
Doch wenn uns das kurze Licht geschwunden,
Kommt die Nacht mit ihrem ew'gen Schlafe.

Gieb mir tausend Küsse, darauf hundert!
Darauf andre Tausend, zweites Hundert!
Haben wir gezählt nun viele Tausend,
Löschen wir, um's selber zu vergessen,
Und weil schmälen könnte sonst der Neidhart,
Wüßt' er um der Küsse Myriade.

Catull (Deutsch v. Karl Immermann)

So schöpft der Dichter Catull weniger als die beiden Klassiker aus persönlicher Empfindung und privater Erfahrung. In der späten *Ars amatoria*, dem von graziöser Leichtigkeit, tändelnder Ungezwungenheit getragenen Lehrgedicht Ocids, wird dann persönliche Erfahrung geschickt eingebracht in konventionengesicherte, distanzierende Abstraktion. Unterweisung in der »Kunst« der Erotik, des vollkommenen Genusses als Beitrag zu einer Liebeskultur, in der auch der (Zungen-)Kuß einen prominenten Platz behauptet. Es konnte nicht ausbleiben, daß gegen den Autor der Vorwurf der Leichtfertigkeit erhoben wurde. Wir wissen, daß er die Konsequenzen zog und auf die Kunst der Verführung mit den *Remedia amoris*, den »Heilmitteln gegen die Liebe«, einen Widerruf folgen ließ.

Wer werde, fragt Ovid im ersten Buch der *Ars amatoria*: »Wie Liebe zu erwecken sei«, »sofern er Kenner ist, beim Kosen nicht auch küssen? / Den Kuß geschenkt bekommst du nicht; du wirst ihn rauben müssen.« Der Dichter rät zu »Gewalt«. Es küßten sich »nach dem Kampf«, heißt es im zweiten Buch, »die Tauben auf dem Giebel, / Sie schnäbeln, und ihr Girren klingt wie zärtliches Geliebel«. Und als wollte Ovid das Bild vom Kampf wieder zurücknehmen, schreibt er einige Seiten später, daß er die Umarmung hasse, »die nicht alle zwei beglückt«. Der »erkämpfte« Kuß als der in die Intimität (gewaltsam) eindringende Zungenkuß. Dennoch war das Bild des Zungenkusses damals gewagt. In einem andern Gedicht bezeichnet Ovid es selber als »unschicklich«: *»improba«*. Er zieht sich deshalb zurück auf die Position des Beobachters und schafft die Fiktion kritischer Distanz:

Dann sah ich sie schamlos sich küssen mit Küssen
(war diese Zunge mein eigen gewesen?), wie nicht
die Schwester dem strengen Bruder sie gäbe,
doch willfähriges Mädchen feurigem Mann.

Tibull steht dem kaum nach, wenn er dichtet: »Und gib dem lechzenden Geliebten die feuchten Küsse kämpfender Zungen, zeichne
den Nacken ihm mit schlagendem Zahn.«

Allerdings sollten die neolateinischen Dichter der Renaissance
nicht nur rein sinnliche Gedichte bei den von ihnen verehrten Autoren der Antike finden. Auch das Bild von Vermischung bzw. Austausch von Geist oder Seele im Kuß war dort bereits vorgege-
ben. Claudius Claudianus, Dichter am Hof des Kaisers Honorius in
Mailand, der schon zu Lebzeiten mit einer Statue auf dem Forum
Traianum bedacht wurde, feiert die Heirat seines Herrn mit einem
Gedicht, das an Deutlichkeit nicht zu wünschen übrig läßt. Das
Hochzeitspaar wird aufgefordert, häufig Küsse zu tauschen, süß wie
die der Tauben. »Und während die Lippen die Seelen vereinen«,
dichtet Claudianus, »überwältigt der Schlaf ihren lechzenden
Atem.« In dem schwer datierbaren anonymen Gedicht »*Lydia, bella
puella candida*« wird es dann heißen: »Reich deine Lippen, deine
korallenen Lippen; / gib den sanften Kuß mir der Tauben; / ein
saugst du des Geliebten Seele; / deine Küsse durchbohren mein
Herz.« Der Zungenkuß als der Kuß der sanften Taube. Dennoch
Küsse wie Messer, Schwerter? Vertreter der verfeinerten Renaissancekultur liebten solche Bilder.

Die Bereitschaft, sich auf den »tiefen Kuß« einzulassen, ist nicht
zuletzt, wie wir kaum erst seit Kinseys Befragungen wissen, eine
Frage der Bildung. In den höheren Bildungsschichten herrschte offenbar größere Bereitwilligkeit »gesellschaftlich tabuisierte Techni-
ken« anzuwenden. Und dies gilt für Männer wie für Frauen. Natürlich spielt auch die Generationenfrage eine Rolle. Je mehr wir uns
der Gegenwart und ihrem *Anything goes* nähern, desto größer wird
der Kreis der »Eingeweihten«. So vermag der hochgebildete und
weitgereiste Neapolitaner Giovanni Pontano, der neben dem itali-
nischen Griechen Marullus, sprich: Michele Marullo Tarchaniola,

als Zwischenglied zu den »Basia« des »großen Küssers« Johannes
Secundus gilt, dem Zungenspiel noch neue Nuancen abgewinnen.
Leidenschaftliche, Seele und Geist mischende Beißküsse tauscht
sein lyrisches Ich mit der Geliebten, und der Wunsch überkommt es
zu sterben. Die Zunge der Geliebten in seinem Mund erhält es
jedoch am Leben: Sie wirkt wie ein Riegel, erlaubt der Seele kein
Entkommen:

> Wenn auf beißenden Lippen erschnappte Küsse hallen
> und vermischter Atem unsre Münder füllt,
> verlassen mich Farbe, Seele und Sinn,
> und ich sinke ohnmächtig an deine Brust.
> Doch mich küssend schiebst du die Zunge mir zwischen die Lippen
> und hältst sie warm in meinem Mund,
> damit kein Durchgang sei für die Seele,
> keine Zunge kalt ersteife.

Die Seele als Vogel, der Körper als Käfig, die Zunge als Riegel, als –
Knebel. Küssen als Knebelung, ein Gedanke, der an den Brauch der
Geheimgesellschaften erinnert, den Novizen bei den Initiationsriten
symbolisch zu knebeln. »Verriegelung des Mundes« durch die Ge-
meinschaft, Einübung von Verschwiegenheit zur Bewahrung des
Geheimnisses. Kein Fluchtloch soll ihm offenbleiben.

Allegorisches Spiel gewinnt bei Pontano geradezu handgreifliche
Form. Von Mund zu Mund läßt er die Zungen wandern, den Atem
sich bald hier, bald dort mischen. »Hätte der Orkus die Liebenden
gleichzeitig aufgenommen, es wäre nur eine Seele gewesen – und nur
ein Schatten.« Noch weniger an Einfällen fehlte es Marullus, dem
vielbewunderten neolateinischen Dichter der Renaissance. Seine
Nachahmer, vor allem unter den volkssprachlichen Dichtern, sind
Legion. Hundert Jahre später wird Joachim Du Bellay, der Verfasser
des 1. Manifests der *Pléiade*, in einem seiner dem »Kuß« gewidmeten Gedichte schreiben:

> Wenn meine Lippe ich der deinen
> nähere und so nahe dir bin,
> daß die Blume deines ambrosischen
> Atems ich pflücken kann:

Wenn das Seufzen dieser Düfte,
wo unsere Zungen spielen,
im Feuchten tollen und schmollen,
meine zärtliche Glut fächelt,
bin ich so glücklich,
als säß mit den Göttern zu Tisch ich,
tränke in tiefen, köstlichen Zügen
ihr liebliches süßes Gebräu.

Eine »Schule des Zungenkusses« *in nuce* bietet Anaïs Nin in *Die kleinen Vögel* (1982). »Ihre Lippen waren ungeübt«, heißt es von einer jugendlichen Ausreißerin, die bei einem jungen Mann Unterschlupf gefunden hat. »Aber gerade diese Unerfahrenheit hatte für Jean etwas Erregendes. Er schob seine Zunge ein wenig tiefer in ihren kleinen weichen Mund. Mit der gleichen Fügsamkeit, die sie auf der Straße gezeigt hatte, als sie ihm gefolgt war, ließ sie ihn gewähren.« Sie ist nicht die erste Frau, die ihm begegnet ist und nichts von Küssen versteht. »Er machte sich daran, ihr das Küssen beizubringen. Er sagte: ›Gib mir deine Zunge, wie ich dir meine gegeben habe.‹ Sie gehorchte. ›Gefällt dir das?‹ Sie nickte. Als er sich dann ausstreckte und sie betrachtete, stützte sie sich auf den Ellbogen und ließ die Zunge zwischen den Lippen hervorschnellen. Mehrere Male tat sie das und ganz ernst, als wollte sie ein Ritual einüben. ›Du hattest noch nie einen Mann geküßt?‹, fragte er überrascht. – ›Nein‹, antwortete das junge Mädchen fast feierlich. ›Aber gewollt habe ich es schon immer. Ist das etwa kein Grund davonzulaufen?‹«

Ihr Kuß
ein warmes Gleiten,
Fühler, die Wände betasten,
die nasse Wurzel meiner Zunge.
Glühende Schlange, Fragezeichen,
Florettblume, schlüpfriger Drache,
Saugen, schlürfen: zwei fiebrige Zecher.
Ringer im Bad des Nektars.

Naomi Fletcher

Zungenkuß als Kuß der Intimität. Willkommen geheißen oder abgewehrt. Verstärkt sich die Tendenz zur Abwehr? Sexuelle Befreiung als Abwendung von (fragwürdig gewordenem) Sex? In Anne Dudens Prosaband *Übergang* (1982) heißt es: »Vor dem Haus, im Wagen mit laufendem Motor, als ich mit letzter Kraft den Versuch einer normalen Verabschiedung machte, indem ich mich an die Gesten und Worte vom letzten Mal und an frühere Verabschiedungsmuster genau zu erinnern suchte, schob sich plötzlich eine feste, wie mit kühlem Öl eingeriebene Zunge durch meine leicht geöffneten, wahrscheinlich lächelnden Lippen in den Mund wie in einen dunklen Tunnel, um sich dort, schwerfällig und galant zugleich, herumzuwälzen und zu aalen. Ich hatte das dringende Verlangen, den Kehldeckel zu schließen, undurchlässig zu werden für bestimmte Dinge.« Einzelfall oder Trend? Rückzug als Korrektur?

Das Vermächtnis des »großen Küssers«: Der Siegeszug des Taubenkusses

»*Basium*«: »Kußgedicht« nannte sich das neue Genre. In Nachschlagewerken wird man die Bezeichnung gleichwohl vergeblich suchen. Fanden deren Verfasser es zu zeittypisch, zu sehr verspieltes Tagesprodukt? Als Erfindung wie Ausdruck der Renaissancekultur preist das Basium alle wirklichen und vorgestellten Freuden des Küssens. Vollender und wohl auch Schöpfer der Gattung ist Johannes Secundus d. i. Jan Nicolai Everard (1511–1536). Der Dichter wird heute mit Catull und Properz auf eine Stufe gestellt. Goethe, den der *Basia*-Zyklus des Niederländers schon früh beeinflußte, notiert sich in sein Tagebuch für den 2. November 1776 ein Gedicht, »An den Geist des Johannes Secundus«. Wir geben es im folgenden in voller Länge wieder:

Lieber, heiliger, groser Küsser,
Der du mir's in lechzend athmender
Glückseligkeit fast vorgethan hast!

Wem soll ich's klagen? klagt ich dir's nicht!
Dir, dessen Lieder wie ein warmes Küssen
Heilender Kräuter mir unters Herz sich legten,
Dass es wieder aus dem krampfigen Starren
Erdetreibens klopfend sich erhohlte.
Ach wie klag ich dir's, daß meine Lippe blutet,
Mir gespalten ist, und erbärmlich schmerzet,
Meine Lippe, die so viel gewohnt ist
Von der Liebe süsstem Glück zu schwellen
Und, wie eine goldne Himmelspforte,
Lallende Seeligkeit aus und einzustammeln.
Gesprungen ist sie! Nicht vom Biss der Holden,
Die, in voller ringsumfangender Liebe,
mehr mögt' haben von mir, und mögte mich Ganzen
Ganz erküssen, und fressen, und was sie könnte!
Nicht gesprungen weil nach ihrem Hauche
Meine Lippen unheilige Lüfte entweihten.
Ach gesprungen weil mich, öden, kalten,
Über beizenden Reif, der Herbstwind anpackt.
Und da ist Traubensaft, und der Saft der Bienen,
An meines Heerdes treuen Feuer vereinigt,
Der soll mir helfen! Wahrlich er hilft nicht
Denn von der Liebe alles heilendem
Gift Balsam ist kein Tröpfgen drunter.

Unter dem Titel »Liebesbedürfnis« wurde das Gedicht dann, auf siebzehn Zeilen reduziert, in Goethes Werke aufgenommen. Die Herkunft aus dem weiter unten zitierten »Basium 8« ist in dieser reduzierten und abgewandelten Form allerdings kaum noch zu erkennen. Für Herder, den frühen Mentor Goethes, war die Beziehung des Dichters zu Johannes Secundus eng genug, den Vergleich der *Römischen Elegien* mit den *Basia* zu rechtfertigen und von Goethe 1789 als Johannes dem Dritten zu sprechen.

Sanct Johannes der zweite (den ersten erschlugen die Mörder,
ob er gleich sterbend noch: Liebt euch, ihr Kinderchen! sprach);
also Joannes Secundus Evangelista vertraut dir
aus Elysium heut küssend den holdesten Gruß.

> Bruder, Tertie, spricht er, du nimmst an Weisheit und Alter,
> nimmst an der Grazie zu, wie sie den Göttern gefällt,
> und den Menschen. Wohlan! statt meiner weih' ich dich heute;
> krönen am Ende des Buchs wird dich ein andrer, ein Gott.

Im Haag geboren und deswegen oft auch »Haganus« oder »Hagenis« genannt, übernahm Johannes Secundus, sprich: Johannes der Zweite, den Vornamen eines vor ihm verstorbenen Bruders. 1528, als Johannes siebzehn Jahre alt war, zog die Familie nach Mecheln. Einem anderen seiner Brüder verdanken wir eine Beschreibung des Familienlebens dort. »Wenn du ankommst, wirst du erfahren, daß alle Türen sich dir plötzlich öffnen und große Freude im ganzen Hause herrscht. Und zuerst wird dir Mutter Elisabet zögernden Schrittes sich nähern, mag sie auch gerade spinnen oder über einer Nadelarbeit sitzen. Aus anderer Richtung werden rasch meine Schwestern herbeieilen, um dich zu umarmen, und sie werden kaum Platz lassen für die Küsse ihrer Mutter. Zwischen ihrem Hausrat und ihrer Hausarbeit wird eine um die andere mit ihrem Kuß deine lieben Wangen suchen. Und beide Brüder werden dich auf den Mund küssen [...]. Und achte du darauf, daß du pflichtschuldig reichlich Küsse zurückgibst von ihrem Bruder, der dich schickt.«

Nach allem, was wir inzwischen wissen, dürfte es dem wie seine kußfreudige Familie oralorientierten Johannes Secundus nicht schwergefallen sein, dem Bruder den Wunsch zu erfüllen. Hier in Mecheln, »wohin in schlängelndem Lauf der reiche Dyle seine gelben Wasser bringt, wo Kathedralen in den Himmel ragen und Paläste von Prinzen; wo nie die Mauern zertreten wurden unter feindlichem Angriff«, hatte er die erste seiner vielen Liebesbegegnungen. Wie andere, spätere, vor allem in Spanien erlebte, fand sie unmittelbaren Niederschlag als graziöse Liebeslyrik von intimem Charme. Hugo Grotius, der große Landsmann des Dichters, der als einer der Begründer des modernen Naturrechts gilt, erklärte jeden für »hartherzig, einfältig und ganz und gar bäurisch«, der kein Vergnügen an den *Basia* fände. So machte Mirabeau, als er zu Vincennes inhaftiert war, kein Hehl aus seiner Begeisterung für den »Küsser« und übersetzte ihn in rhythmische Prosa. Daß er dies Sophie Ruffey zuliebe tat, ist angesichts der Materie nur allzu verständlich.

Wie seine Bewunderer und Nachahmer wurde Johannes Secundus von Frauen inspiriert. In Toledo, wohin er 1533 als lateinischer Sekretär des Kardinal-Erzbischofs Tavera gegangen war, begegnete er der Kurtisane, die er als »Neaera« in seinen Kußgedichten besingt. Sie ist wahrscheinlich die ungenannte dritte in der Reihe derer, die der Dichter in Skulpturen verewigte. Aber die Liebe zu ihr war qualvoll. Er nennt die Geliebte »härter als Marmor«, beklagt sich über ihr »grausames Verhalten, das Lächerlichkeit auf sein Haupt häuft«. Wo er doch nichts wolle »als nur dich küssen« und von ihr geküßt werden, wie wir hinzufügen möchten. »Basium XI« lautet (in der überaus gelungenen Übersetzung von Harry C. Schnur):

Allzu sinnliche Küsse soll ich, behauptet man, tauschen,
    wie griesgrämiger Ahn   niemals erlernte dereinst.
Wenn ich also den Hals mit verlangendem Arm dir umschlinge,
    wenn unter deinem Kuß,   Liebste, ich schier will vergehn,
soll ich ängstlich erforschen, ›Was mögen die Leute wohl reden?‹ –
    weiß ich selber doch kaum,   wer ich und wo ich dann bin.«
Lächelnd hört' es Neaera, die Schöne; die schneeweißen Arme
    wand um den Nacken sie mir,   eng ihn umfangend, herum.
Gab einen Kuß mir dann, wie nie die schmeichelnde Venus
    lüsterner je den Mars,   ihren Geliebten, geküßt;
sprach dann: »Fürchte doch nicht Moralistenurteil: es kommt ja
    zur Entscheidung allein   vor *mein* Gericht dieser Fall.

Wenn er sie »Neaera« nannte, so dies im Anschluß an Horaz' treulose Schöne (15. Epode). Obwohl er sie letztlich »seiner Muse unwürdig« findet, ist er ihr verfallen. Ihre Launen, ihre an Dimensionen à la Rubens gemahnende Gestalt sind von bittersüßer Allgegenwärtigkeit im zweiten Buch seiner Elegien. In den 19 *Basia* gelten allein die Wonnen einer zwar zeitlich begrenzten, aber voll ausgelebten Leidenschaft. So geist- wie kunstreich variieren sie die Arten, Motive und Empfindungen beim Küssen. »Basium X« zählt, wie wir sehen werden, die verschiedenen Küsse auf, die sich auf Augen, Wangen, Nacken und Schultern geben lassen, und kommt zu dem Schluß, daß Mund- und Zungenkuß alle anderen Arten von Küssen übertreffen. Johannes Secundus gibt sich nicht damit zufrieden,

Form und Stimmung zu variieren, auch das Metrum wird einbezogen in das Spiel. Neunzehnmal wechseln die Gedichte ihr metri-
sches Gewand. Und immer wieder Neaera! Bald entzieht sie
schmollend ihm die Lippen; bald ist ihr Kuß ein Sommerregen, bald
ein Frühlingshauch. Empfängt sie ihn heute mit tausend Liebkosungen, so mag sie ihm morgen die kalte Schulter zeigen: Ein Handum-
drehen nur trennt Himmel und Hölle, die Wonnen der Lust von den
Qualen der Verweigerung. »Basium VIII« gipfelt in der Klage, die
Geliebte habe den Dichter in die Zunge gebissen. Lallend werde er
nun weitersingen, der Macht der Schönheit gehorchend.

Welch Rasen hat, Neaera,
du Törin, dir geboten,
so anzufallen, so zu
verletzen meine Zunge
mit grausam-wildem Bisse?
Genügt's nicht, daß im Herzen
so viele deiner Pfeile,
die es durchbohrten, ich nun
allein muß tragen? Mußt du,
mit dreisten Zähnen frevelnd,
vergehn dich an *dem* Gliede,
womit ich oft frühmorgens,
womit ich oft spätabends,
womit ich lang am Tage,
in bittersüßen Nächten,
dein Lob zu singen pflegte?
Dies ist (weißt du's nicht?), Böse,
dies ist dieselbe Zunge,
die deine Ringellocken,
die dein verschwimmend Auge,
die deine weißen Brüste,
die auch den zarten Nacken
der reizenden Neaera
in weichem Vers erhoben
zu Sternen, höher noch als
zum sonnenwarmen Himmel,
der diesen Ruhm dir neidet;

die dich, mein Heil und Leben,
die dich, mein ganzes Dasein,
du Blume meiner Seele,
und dich, du meine Liebe,
und dich, du mein Entzücken,
und dich, du meine Venus,
und dich, du meine Taube,
mein weißes Turteltäubchen,
zu Venus' Neid besungen.
Vielleicht ist's grade dieses,
was, Stolze, dich erfreuet:
die Zunge zu verwunden,
die (wie du weißt, du Schöne)
du nie so kränken konntest
noch so in Zorn versetzen,
daß nicht sie diese Äuglein,
daß nicht sie diese Lippen
und selbst die geilen Zähne,
die ihr so Böses taten,
in eignem Blut gebadet
selbst stammelnd noch besänge?
O stolze Macht der Schönheit!

Johannes Secundus verstand es, das Studium der Rechte mit dem der Poesie zu verbinden. 1534 begleitete er den Kaiser nach Tunis, später wurde er Sekretär des Bischofs von Utrecht. Daß er, selber ein feuriger, leidenschaftlicher Liebhaber, sinnliche Liebeslyrik verbreitete, stellte offenbar kein Hindernis dafür dar, ihm das ehrenvolle Amt eines kaiserlichen Sekretärs anzuvertrauen. Auf dem Weg nach Italien starb der Dichter an einem Fieber. Sein relativ schmales Werk ist charakterisiert durch die so lebensnahe, empfindungsstarke wie formvollendete Paarung von Resignation und Lebenslust.

Obwohl die Liebeslyrik des Niederländers oft deutlich verrät, daß ihr als Vorbilder Catull, die römischen Elegiker und die frühen italienischen neolateinischen Dichter, besonders Pontano und Sanazarro, dienten, ist »der große Küsser« unübertroffen in der Verwendung der »Seelenkuß«-Metapher. Nur daß bei ihm die seelische Dimension fast völlig in der sinnlichen aufgeht. Zwar feiert auch er im »tiefen« oder »Seelenkuß« das Mischen und Austauschen der Seelen, doch worauf es hinausläuft, ist die todesähnliche Auflösung in der Liebesekstase (»Basium X«).

> Es erregt mich zutieft nicht *eine* Art nur von Küssen.
>   Feuchte Lippen drückst auf   feuchte du? Feuchte entzückt.
> Aber auch trockene Küsse entbehren nicht jeglichen Reizes,
>   oft floß von diesen mir auch   Hitze ins innerste Mark.
> Süß auch ist's, im Halbschlafe sich nur küssen zu lassen
>   und, die dich so überfiel,   fest zu umschlingen sodann,
> auf ihre Wangen sich ganz, ihren Hals sich rächend zu stürzen,
>   schneeweißen Schultern sich dann,   schneeweißen Brüsten zu nahn,
> ihr die Wangen, den Hals, mit Kußmälern ganz zu beflecken,
>   schneeweiße Schultern und auch   schneeweiße Brüste dazu;
> auch mit gurrender Lippe bewegliche Zunge zu saugen:
>   Mund an Mund werden zwei   Seelen zu einer vereint.
> So ergießen wir beide uns in des anderen Körper,
>   wenn die Liebe, dem Tod   nahe, in Wollust erstirbt.
> Ob die Küsse kurz oder lang, ob lässig, ob drängend,
>   ob du sie gibst oder ich,   Liebste, sie reißen mich hin.
> Doch so wie ich dich küsse, sollst niemals zurück du mich küssen:
>   andersgeartet soll uns   beiden das Liebesspiel sein.
> Und wer als erster von uns nicht neue Methoden erfindet,
>   höre gesenkten Blicks   diese Bestimmung sich an:
> So viele Küsse, wie beide zuerst gewechselt, so viele
>   geb er dem Sieger zurück   und auf so vielfält'ge Art.

Zurück zum Mythos der Einheit in der Zweiheit, wie Plato ihn erzählt hat? In »Basium II« versetzt Johannes Secundus die Liebenden, gestorben im Kusse vereint, in ein Elysium für Liebende. Sie werden nun für immer zusammenbleiben.

> Wie an benachbarter Ulme sich üppig die Rebe emporrankt,
>   und wie den hohen Eichenstamm
> Trauben des Efeus geschmeidig mit tastenden Armen umschlingen,
>   so sollst, Neaera, wenn du's kannst,

mir umrankend den Hals du mit zärtlichen Armen umwinden;
so will auch ich, wenn ich es kann,
dir mit beständiger Fessel den schneeweißen Nacken umfassen,
in ewigem Kuß mit dir vereint …

Man hat Betrachtungen darüber angestellt, ob dieser »elysische Dauerkuß« eine Respons darstellt auf den »höllischen Dauerkuß« von Francesca und Paolo. Eine solche Entsprechung würde sicher zur Verdiesseitigung der Kußwonnen passen. In »Basium III« erscheint denn auch der Wunsch, noch im hohen Alter die erregende Empfindung des Küssens zu haben. Wenn es dann Zeit wäre zu gehen, vielleicht könnte die Seele des Sterbenden als Kuß auf den Lippen seiner Dame verweilen. Womöglich ein schönerer Aufenthaltsort als das Elysium: Denn er wäre lokalisierbar. Trotzdem weiß die Kuß-Panegyrik des Frühvollendeten auch von »Überdruß und Unlust« und schwingt sich auf zur Warnung vor ihnen:

Nicht immer feuchte Küsse nur schenke mir,
noch schmatz mich ab und kichere kosend dann,
auch häng nicht immer engumschlungen
mir um den Hals, als ging's ans Sterben.

Auch süße Wollust füge dem Maße sich:
so sehr der Sinne Lust uns Entzücken schenkt,
so schnell bringt Überdruß und Unlust
sie uns alsbald und auf schnellerm Pfade …

Wenn man sich vorstellt, daß der niederländische Dichter starb, als er kaum ein Vierteljahrhundert alt war, ist sein Nachlaß überraschend reich. Nur wenige der Gedichte wurden zu Lebzeiten des Verfassers publiziert, aber sie machten fraglos als Abschrift die Runde. So ist es verständlich, daß Johannes Secundus in Spanien bereits als literarischer Geheimtip galt, als der Tod ihm die Feder aus der Hand nahm. Dennoch sollte sein Eigentliches der Nachruhm werden. Nicht zu vergessen die unübersehbare Nachfolge, die der Dichter in vielen Ländern Europas fand. Durch kunstvolle Nachahmung trugen vor allem die Vertreter der *Pléiade* (Ronsard, du Bellay,

Belleau u. a.) zu seiner Unsterblichkeit bei. Als Herzstück jener bedeutenden Dichterschule der französischen Renaissance gelten die
Dichtungen des *Basia*-Bewunderers und -übersetzers Pierre de Ronsard.

> Nicht gibt Küsse Neaera: Nektar gibt sie,
> gibt süßduftenden Tau aus ihrer Seele,
> Narden gibt sie und Thymian und Zimt mir,
> Honig auch, wie ihn auf Hymettushängen
> oder in den Athener Rosengärten
> Bienen bergen im Stock aus Weidenflechtwerk
> und in Zellen aus reinstem Wachs ihn speichern.
> Gibt sie viel solcher Küsse mir zu schlürfen,
> werd alsbald ich dadurch unsterblich werden
> und das Festmahl der hohen Götter teilen.
> Doch sei sparsam mit deiner Gabe, sparsam,
> oder werde mit mir, Neaera, Göttin.
> Ohne dich will ich nicht mit Göttern tafeln,
> zwängen selbst mich die Göttinnen und Götter,
> anstatt Zeus übers goldne Reich zu herrschen.

Wie die Tauben auf dem Giebel: Vom »Schnäbeln«

Das vielleicht bekannteste Synonym von »Zungenkuß« ist »Taubenkuß«: Kuß, wie die Taube ihn küßt. Selbst Lessing erwähnt ihn.

Die Küsse

> Ein Küßchen, das ein Kind mir schenket,
> Das mit den Küssen nur noch spielt,
> Und bei dem Küssen noch nichts denket,
> Das ist ein Kuß, den man nicht fühlt.
>
> Ein Kuß, den mir ein Freund verehret,
> Das ist ein Gruß, der eigentlich
> Zum wahren Küssen nicht gehöret:
> Aus kalter Mode küßt er mich.

Ein Kuß, den mir mein Vater gibet,
Ein wohlgemeinter Segenskuß,
Wenn er sein Söhnchen lobt und liebet,
Ist etwas, das ich ehren muß.

Ein Kuß von meiner Schwester Liebe
Steht mir als Kuß nur so weit an,
Als ich dabei mit heißerm Triebe
An andre Mädchen denken kann.

Ein Kuß, den Lesbia mir reichet,
Den kein Verräter sehen muß,
Und der dem Kuß der Tauben gleichet:
Ja, so ein Kuß, das ist ein Kuß.

Als Vogel der Aphrodite war die Taube Inbegriff höchster Liebeserwartung und Liebeserfüllung. Nicht nur Zärtlichkeit und Treue macht deren Liebesglück aus, auch »Sinnenfreude«. Es gibt griechische Grabvasen, auf denen dargestellt ist, wie die Taube aus einem Gefäß trinkt, das die »Quelle der Erinnerung« symbolisiert. Das Bild hat dann auch Eingang in die christliche Ikonographie gefunden. In Legenden um den hl. Polykarp wird von einer Taube berichtet, die den Körper des Heiligen und Märtyrers nach dessen Tod verlassen haben soll. Auch in der Lebensgeschichte des hl. Benedikt erscheint die Taube. Der fromme Mann sah die Seele seiner toten Schwester Scholastica in Gestalt einer weißen Taube zum Himmel auffliegen. Die Taube als Lebensprinzip, sprich: geflügelte Seele. Der Wortschatz von Mystik und Pietismus kennt das Bild der »Taubenflügel der Seele«, ja der »geistlichen Turteltaube«. Es heißt, die Seele erhebe sich »auf Taubenflügeln« über die Erde: als »geflügeltes« Wesen, Vogel, den Gott »beflügelt«.

In der jüdisch-christlichen Tradition symbolisiert die Taube Reinheit. Sie erscheint bisweilen an der Spitze von Josephs Stab, um anzudeuten, daß der Zimmermann auserwählt war, sich der Jungfrau Maria zu verbinden. Auch Verkörperung von Einfachheit und, da sie den Ölzweig zu Noahs Arche trägt, selbst des Friedens, der Harmonie, der Hoffnung und des wiedergefundenen Glücks ist die

Taube. Wie von den meisten Vertretern geflügelter Tierarten heißt es von der Taube, sie repräsentiere die Sublimation des Instinkts und, insbesondere, des Eros. Nicht zu vergessen natürlich den Heiligen Geist, zu dem das Taubensymbol in der neutestamentlichen Tradition sich erweitert. Wir begegnen ihm zum ersten Mal in der Geschichte von Christi Taufe. Im Evangelium des Johannes heißt es: »Und Johannes zeugte und sprach: Ich sah, daß der Geist herabfuhr wie eine Taube vom Himmel und blieb auf ihm« (1, 32).

Was macht die Taube so geeignet für die Verkörperung all dieser Vorzüge? Wir erwähnten bereits ihre »Reinheit«, derentwegen man sie für besonders geeignet hielt, nach der Geburt eines Kindes als Opfergabe dargebracht zu werden. Hinzu kommt ihre Schönheit, die makellose Weiße, die, wie es heißt, »Süße ihres Girrens«, die freilich in der Kabylei, bei den Berbern Nordmarokkos, als Klage leidender Seelen gedeutet wird. Und je näher die Seele dem Licht kommt, sagt Gregor von Byzanz, desto schöner und taubengleicher wird sie. Auch der Liebende nennt die Geliebte »mein Täubchen« und zugleich »meine Seele«. In der niederen wie der hohen Sprache, im Gassenjargon wie im »Hohenlied« gehört die Taube aber auch zu den universalen Metaphern für Frau. Gleichwohl mußten Wort und Bild zur Verspottung herhalten. »Columbarium«: »Taubenhaus«, nannten die fränkischen Könige das Mädchen- bzw. Mägdehaus auf ihren Landgütern. Offizieller Name war allerdings »Genecium«: »Frauenwohnung«. Vom 6. bis zum 9. Jahrhundert soll es sich von selbst verstanden haben, daß der Herr mit der hörigen Magd, der »Columba«: »Taube«, tun konnte, was ihm beliebte. Das Wort »Columbarium« ist im Namen mancher Städte und Stadtteile enthalten. So in Colmar, Colombe, Colombelle u. a.

»Befried(ig)en« gehört zu »Frieden«. Schon bei Ovid findet sich der nachdrückliche Hinweis auf die »befriedende« Wirkung des Kusses. Küssende, sprich: schnäbelnde Tauben sind friedliche Tauben. »Küß sie, die weint«, heißt es in *Ars amatoria* (II, 16), »und ihr, die weint, gewähr der Liebe Freuden, / Dann löst mit einem sich der Groll und: Friede mit euch beiden!« Und dann das Bild der einträchtigen Tauben: »Es küssen nach dem Kampfe sich die Tauben auf dem Giebel, / Sie schnäbeln, und ihr Girren klingt wie zärtliches

Geliebel.« Der zärtliche Kuß des Taubenpaars, das liebevoll die Schnäbel aneinanderreibt.

Aber wenn du doch so aneinander mit Ketten uns fesseln
wolltest, daß niemals uns künftig ein Tag wieder trennt!
Laß dir ein Beispiel sein die in Liebe verbundenen Tauben:
Männchen und Weibchen sind ganz innige Einigkeit stets.

Properz

»Schnäbeln«, das Wort wird seit dem 16. Jahrhundert im Deutschen auch auf das Küssen von Liebespaaren angewandt. In einem Brief berichtet Goethe von den »zuckenden, krinsenden, schnäbelnden und schwummelnden Mägdlein«. Es ist der Rokoko-Goethe der Leipziger Zeit, der hier spricht.

Der Taubenkuß als Friedenskuß wie ihn die römische erotische Dichtung kennt? Eine Abhandlung des älteren Plinius liefert die naturwissenschaftliche Grundlage. In seiner dem Kaiser Titus gewidmeten *Historia naturalis*, die das enzyklopädische Wissen seiner Zeit erfaßt, geht der Autor auch auf die Tauben ein. Wir erfahren nicht nur, daß die Tauben vor dem Liebesakt einander zu küssen pflegen. Auch der friedenstiftenden Funktion des Liebeskusses bei den Tauben tut Plinius Erwähnung. Damit bestätigt der Polyhistor, was bereits Ovid, der Dichter, sagte. Tauben übten Keuschheit, Treue bis in den Tod, schreibt Plinius. Doch seien die Männchen herrisch und zu Eifersucht neigend. Den Weibchen geschehe deswegen häufig Unrecht. Sie würden immer wieder eines Verhaltens verdächtigt, das ganz und gar nicht ihrer Natur entspreche – Untreue. Wenn das Männchen mißmutig sei, stoße es grausam mit dem Schnabel zu. Dann aber, um Besserung zu demonstrieren, gebe es dem Weibchen Küsse, dränge sich an es, um von ihm neue Beweise seiner Liebe zu erhalten.

Was Ovid oder Plinius nicht erwähnen, wahrscheinlich noch nicht erwähnen konnten: Wenn wesentliche Komponente des Tastsinns, des Sinnes, der die größte Rolle in der Erotik spielt, der Sinn für Bewegung ist, so gewinnt der »Taubenvogel« noch eine weitere Bedeutung. Tauben »hören« mit dem Tastsinn, indem sie Vibrationen aufnehmen. Schmecken und Hören werden eins.

Wir wissen es längst: Vor allem im Christentum hat das Motiv des friedenstiftenden Liebeskusses Bedeutung erlangt. Auch hier verhalten sich Liebe, Küsse und Taube ähnlich zueinander wie in der »heidnischen« Tradition. Nur daß zu ihnen noch die Vorstellung vom Heiligen Geist tritt, der Friede sich nicht sinnlicher, sondern »geistiger« Befriedung verdankt. Die Legende will wissen, daß dem hl. Georg dem Großen die Taube des Heiligen Geistes sich auf die Schulter setzte, wenn er schrieb. Damit erscheint die Taube zugleich als Verkörperung von Atem, Hauch, Geist und Seele. »So kam der Heilige Geist als Taube«, schreibt im 3. Jahrhundert der hl. Cyprianus, »sie ist ein einfaches und glückliches Tier, nicht bitter mit Galle, nicht grausam mit seinen Bissen, nicht gewalttätig mit verletzenden Krallen.« Tauben verbrächten ihr Leben in intimem Umgang, signalisierten das friedliche Einvernehmen durch den Kuß des Schnabels, sie erfüllten das Gesetz der Einmütigkeit auf jede nur denkbare Weise. Dies sei die Art der Einfachheit, mit der die Kirche den Gläubigen vertraut machen, die Art der Liebe, die sie als erstrebenswert dartun solle. Kurz, die Liebe der Brüder (und Schwestern) solle dem Beispiel der Taubenliebe folgen.

Auf ähnliche Weise sagt es der hl. Augustinus: Küssende Tauben seien ein Bild der Eintracht und des Friedens, wie die Brüder im Umgang miteinander sie verwirklichen sollten. Ob Heide oder Christ: Die Taube erscheint als Vogel der Liebe, ihr Kuß bedeutet Eintracht, Friede – Lebenshauch. In seiner Arbeit zum Thema hebt N. J. Perella zwei Kußdarstellungen hervor: Die eine »Thron der Gnade«, eine Miniatur aus einem Missale (Meßbuch) des 12. Jahrhunderts, plaziert den Heiligen Geist als Taube – und damit Kuß – zwischen Vater und Sohn. Einem ganz anderen Kulturkreis gehört die zweite an. Sie stammt aus dem präkolumbianischen Mexiko und hat die Kopulation zweier Götter, vielleicht aber auch des ersten Menschenpaares, zum Inhalt. Nicht als unmittelbarer Lippenkontakt erscheint der Kuß. Er wird vielmehr angedeutet durch etwas, was offenbar ein von Mund zu Mund gehender Atemhauch ist. Und woran noch zu denken wäre: Wie kam der Heilige Geist an Pfingsten über die in Christi Namen Versammelten? In Gestalt von feurigen Zungen. Taube, Schnabel, Zunge, Feuer, Kuß – Assoziationen, die so weit wie tief reichen. Zwei Traditionen leben in ihnen fort: eine »heidnische« und eine »jüdisch-christliche«. Nur daß die heidnische heute lediglich »tiefenkulturell« noch von Bedeutung zu sein scheint.

Es bedeutet keineswegs Ausschweifung, wenn wir an dieser Stelle fragen: Was haben »Pickelhaube« und »Schnabel« gemein? »Schnabel« heißt im Italienischen *becco*, im Französischen *bec*, und beide gehen auf das lateinische *beccus* zurück. Zu *beccare*: »hacken« gehört das Substantiv »Picke«: »Spitzhacke«. Durch Anlehnung daran ist die volkstümliche Bezeichnung für den mit einer Spitze versehenen preußischen Infanteriehelm entstanden. Von »picken«: »mit schnellen Schnabelhieben Futter aufnehmen«, »pflücken« u. a., wurde dann »pickieren« abgeleitet. Das Verb gehört in die französische Gärtnersprache und meint »junge Pflanzen vertopfen«. Aber auch für »aufreizen«, »anstacheln« stehen das französische *piquer* und das (ältere) englische *pickeer*. In diesem Sinn ist »pikant« Synonym für »prickelnd«, »reizvoll«, und »pikiert« im Sinne von »befremdet«. Nicht ohne Frivolität dichtet der Engländer John Cleveland: »*Yet that's but a preludious bliss / Two souls pickeering in a kiss*: »Zwei Seelen einander aufreizend im Kuß«. Ein vielschichtiges Bild. Der Kuß als (Vor-)Geplänkel im Krieg der »glitschigen Seelen«.

Lassen wir zum Abschluß Werther zu Wort kommen. In seinem Brief vom 12. September berichtet Goethes so wenig heldischer Held von einem Ereignis, das wie eine Illustration zum weiter oben Gesagten anmutet. Werther ist zu Lotte in die Stube eingetreten und hat »ihre Hand mit tausend Freuden« geküßt, als folgendes geschieht:

Am 12. September.
[...]
Ein Kanarienvogel flog von dem Spiegel ihr auf die Schulter. – »Einen neuen Freund,« sagte sie und lockte ihn auf ihre Hand, »er ist meinen Kleinen zugedacht. Er tut gar zu lieb! Sehen Sie ihn! Wenn ich ihm Brot gebe, flattert er mit den Flügeln und pickt so artig. Er küßt mich auch, sehen Sie!«

Als sie dem Tierchen den Mund hinhielt, drückte es sich so lieblich in die süßen Lippen, als wenn es die Seligkeit hätte fühlen können, die es genoß.

»Er soll Sie auch küssen.« sagte sie und reichte den Vogel herüber. – Das Schnäbelchen machte den Weg von ihrem Munde zu dem meinigen, und die pickende Berührung war wie ein Hauch, eine Ahnung liebevollen Genusses.

»Sein Kuß«, sagte ich, »ist nicht ganz ohne Begierde, er sucht Nahrung und kehrt unbefriedigt von der leeren Liebkosung zurück.«

»Er ißt mir auch aus dem Munde.« sagte sie. – Sie reichte ihm einige Brosamen mit ihren Lippen, aus denen die Freuden unschuldig teilnehmender Liebe in aller Wonne lächelten.

Ich kehrte das Gesicht weg. Sie sollte es nicht tun, sollte nicht meine Einbildungskraft mit diesen Bildern himmlischer Unschuld und Seligkeit reizen und mein Herz aus dem Schlafe, in den es manchmal die Gleichgültigkeit des Lebens wiegt, nicht wecken! – Und warum nicht? – Sie traut mir so! sie weiß, wie ich sie liebe!

Daß das Bild noch heute lebendig ist, zeigen die folgenden Zeilen. Sie entstammen dem Gedicht *Lockung* von Erwin Jaeckle:

du sollst die küsse
mir in die scham schütten
da flattert die taube des mundes
im ginster davon

»Begehrenswerter noch als Saft von Trauben«: Die *»lubricatio osculi«*

Er sei »begehrenswerter noch als Saft von Trauben«, lösche »den brennendsten Durst«, heißt es in den *Märchen aus 1001 Nacht*. »Er«? Die Rede ist vom Speichel, der *lubricatio osculi*, die der römische Kaiser Vitellius als Allheilmittel betrachtet und aus dem Mund seiner Geliebten getrunken haben soll. *Kāmasūtra* wie *Duftender Garten* wissen das Lied von dem salzigen Naß zu singen. Der »beste Kuß« sei jener, heißt es im *Duftenden Garten*, der, feuchten Lippen aufgedrückt, so nachhaltig an der Zunge saugt, daß »süßer und frischer Speichel« fließt. Es sei Sache des Mannes, durch leichtes und sanftes Knabbern an der Zunge seiner Partnerin den Speichel zum Rinnen zu bringen. Köstlich wie reiner Honig und berauschender als junger Wein, trage die *lubricatio osculi*: der Fluß der Saliva, das ihre dazu bei, daß jene Empfindung entsteht, die »durch Mark und Bein« geht.

»Feuchte Lippen drückst auf feuchte du? Feuchte entzückt«, dichtet Johannes Secundus. Die Feuchte – sie ist der Speichel, der im klangvollen lateinischen »Saliva« eine sprachliche Entsprechung hat. Und in einem Basium von Janus Dousa dem Älteren, neolateinischer Dichter und Johannes Secundus-Nacheiferer, stehen die Verse: *»Tu vero dulces mecum coniunge salivas oris …«* Nichts Geringeres als die Bitte sprechen sie aus: »süßen Speichel des Mundes zu vermischen«.

Ein Sekret, balsamisches Gleitmittel, das die Münder, Lippen und Zunge, ja selbst die Zähne »gängig«, »glitschig« macht. Küssen »wie geschmiert«? Die Sprache ist erfinderisch. »Glitschig«, ein Wort, klangarm und doch irgendwie sperrig, das den Lippen gleichsam entschlüpft. Ein unsympathisches Wort. Es verweist auf Unsicherheit, »Fall«, zischelnde Schlange. »Glitschig« bzw. »glitschen« gehört zu »gleiten«: »rutschen« und geht zurück auf eine indogermanische Wurzel, die »glänzend«, »gelblich«: »gelb« bedeutet. Auch an Adjektive wie »glatt« wäre zu denken. Ein Bezugsgeflecht, dessen Zusammenhänge wir natürlich nur streifen können. Daß der Symbolwert von Gelb in unserem Kulturkreis überwiegend negativ besetzt ist, weiß jedes Kind. Gelb ist die Farbe von Falschheit und Eifersucht, wird aber zugleich mit dem »Männlichen«, dem Licht, dem Leben und der Ewigkeit in Zusammenhang gebracht. Ambivalenz bestimmt das Bild. Wie im Falle des Speichels: Symbol des Schöpferischen und der Zerstörung. Ein über magische Kräfte verfügendes Sekret: Es verbindet und trennt, heilt und verdirbt, besänftigt und beleidigt. »Er hat mich zum Sprichwort unter den Leuten gemacht«, klagt Hiob, »und ich muß mir ins Angesicht speien lassen« (17,6). Und wie Markus (7,32) und Johannes (9,5) berichten, heilte Jesus mit Speichel Blinde und Taube. Woran entfernt die Geste erinnert, mit der Mutter oder Amme noch immer dem »Wehweh« auf den Leib rückt.

In Afrika, Amerika und im Orient gibt es unzählige Mythen, die dem Speichel die Eigenschaft eines fruchtbaren Saftes zuerkennen. Nicht wenige Helden sollen mit dem Speichel eines Gottes oder Halbgotts gezeugt worden sein. Was hat es nun auf sich mit diesem Wasser, das uns gelegentlich »im Munde zusammenläuft«? Oder auch ausbleibt, wenn wir Angst haben, so daß »der Mund trocken« wird? Als Absonderung vieler kleiner, in der Mundschleimhaut verstreuter Drüsen ist Speichel »eine farb- und geschmacklose, schwach alkalische fadenziehende Flüssigkeit«. Dennoch enthält er wie die Tränen, die der Mensch aus gegebenem Anlaß vergießt, auch Kochsalz, zu dem noch Rhodankalium und insbesondere Kalziumkarbonat kommen. Die Tagesmenge wird im Durchschnitt auf 1–1,5 Liter geschätzt. Sollte der Speichelfluß sich als hemmend erweisen beim Küssen – ein Fall, der in der Oskulatorik nicht vorgesehen ist –, so läßt er sich durch Atropin reduzieren. Ausfließender Speichel wird bekanntlich »Geifer« genannt. Das dazugehörige Verb bedeutete ursprünglich »den Mund aufreißen«, »nach Luft schnappen«. Aus dem Niederländischen in die Umgangssprache übernommen, wurde die Form »Gieper« oder »Jieper«, wie es in Berlin heißt. Der ausfließende Speichel als Zeichen von Zorn, Wut wie Verlangen – Gelüst.

Erhöhter Speichelfluß also. Aber was geschieht außerdem noch, wenn zwei Menschen einander küssen? Es heißt, der Puls steige an: von 75 auf 150 Schläge, die Schleimhaut-Aktivität erhöhe sich und auch, nicht zuletzt, der Kalorienverbrauch. Genaueres weiß eine französische Zeitschrift zu berichten: Nach Beendigung ihres Unternehmens hätten die Küsser ungefähr zwölf Kalorien verbraucht und 0,7 mg Albumin, 0,45 mg verschiedene Enzymsalze und fast 250 verschiedene Bakterienarten ausgetauscht. Daß der vielbesungene Seelentausch zugleich ein höchst prosaischer Bakterientausch ist, muß ernüchternd wirken. Wir versagen es uns, auf weitere Details einzugehen und belassen es bei der Feststellung, bereits beim Küssen könne »Hören und Sehen vergehen«.

Schließen wir beim Küssen die Augen am Ende deswegen, weil wir diesen Zustand des »Hören und Sehen-Vergehens« heraufbeschwören wollen? Ein Trick à la Pawlow? Jedenfalls wird der Liebeskuß im allgemeinen mit geschlossenen Augen geküßt. Warum? Die Antwort scheint, wie gesagt, auf der Hand zu liegen. Weil der Kuß eine Vereinigung darstellt, die die Außenwelt ausschließt. Ich und Du sind eins: in gemeinsamer Innenwelt. Aber mehr noch. Wer »innig« küßt, sieht mit den Augen der Seele. Das Schließen der Augen als Blick nach innen. Die Griechen haben dafür das Wort *myein*. Äußere Blindheit, die inneres Sehen ermöglicht. In einem früheren Kapitel gingen wir ausführlich auf das Thema ein. Vereinigung mit Gott zur *unio mystica*. Auch hier stoßen wir auf eine Tiefendimension der Kußerfahrung. Liebeskuß als Gotteskuß.

Die Metapher vom Auge der Seele, mit dem der Liebende sieht, hat ihr Vorbild in Epheser 1,18, wo von »erleuchteten Augen des Verständnisses« gesprochen wird. In der mittelalterlichen Mystik ziemlich häufig gebraucht, erscheint das Bild anschließend in überraschenden Variationen. Die Rede ist von Auge der Seele, Auge des Geistes, Auge des Gemüts, Auge des Glaubens u. ä. Sogar ein »Auge des Herzens« gibt es. Mit den inneren Augen zu sehen heißt, das äußere Auge zu schließen. Konzentration und – Blindheit. Der Satz von der Liebe, die »blind« macht, gewinnt eigene Bedeutung.

Allgemein werde angenommen, schreibt Dr. Kinsey, der sexuell erregte Mensch entwickle eine größere Sensibilität für taktile und andere Sinnenreize. Dies sei jedoch ein Irrtum. Erinnern wir uns: Mit den Sinnen greifen Tier wie Mensch hinaus in die Außenwelt, nehmen Reize, Empfindungen oder Wahrnehmungen auf. Wenden wir den Blick nach innen als Sehen mit dem inneren Auge, sei es nun Seele, Geist oder Gemüt, führt dies zwangsläufig zu Minderung des Sinnenkontakts. Trifft Kinseys Beobachtung wirklich zu, verliert in besagtem Zustand der Reduktion offenbar jenes Gesetz seine Gültigkeit, wonach Ausfall eines Sinnes Kompensation durch einen andern nach sich zieht. Jedenfalls weiß der Sexualmorphologe zu berichten, erotische Begegnung könne zu einer so starken Konzentration der Aufmerksamkeit führen, daß gar »eine echte Anästhesie« der Sinnesorgane eintrete. Einige Personen würden mit sich steigernder sexueller Erregung so blind, daß sie »weder Lichter, die unmittelbar vor ihnen bewegt werden, noch andere visuelle Stimuli wahrnehmen können«. Ein Blinder, der nichts sieht? Wen überrascht das schon.

Aber von alldem hatten die Panegyriker des Speichels, in deren Zeichen wir dieses Kapitel begannen, natürlich noch keine Ahnung. So dichtet der Autor des *Duftenden Garten*:

> Heilung bringen
> dem Herzen der Liebe
> nicht Zauber und Amulett,
> nicht zärtliche Umarmung ohne Kuß
> und auch nicht Kuß – kohne des Speichels Saft.

Heilung, wäre zu folgern, verspricht allein ein Kuß, dem der Speichel zum Balsam wird. Oder, wie es an anderer Stelle heißt: »Wenn ich sie küsse, trinke ich aus ihrem Mund wie ein Kamel aus dem Brunnen der Oase.«

SECHSTER TEIL

»Mundraub« als Privileg?

Kuß ist Berührung. Berührung bedeutet »Grenzüberschreitung«. Soweit diese nicht durch Konvention sanktioniert wird, ist sie »Eingriff«, Eindringen in den Bereich des andern. Entsprechend den Steigerungsformen von »intim« nähert sich dieses Hinein immer mehr dem Privatesten. *»Private parts«* nennt das Englische die »Genitalien«. Was heißt »privat«? Ursprünglich bedeutete es »der Herrschaft beraubt«, »für sich seiend« und damit »nicht öffentlich«. Als »privat« gilt das, was »einzeln«, »eigentümlich« ist. »Eigentümlich« ist mir, was mir »als Mensch eigen« ist. Je mehr »Herrschaft«, desto weniger »Privates«. Da Sünde mit »sondern« zusammenhängt, verweist das Private als das Gesonderte auch auf Sünde. In dieser Verflechtung gewinnen die Begriffe »aktiv« und »passiv« spezifischen Sinn. Der Herr als Nehmer, der Sklave als Geber, passiv, abhängig, ohne Herrschaft über sein Privates.

Und der Kuß? Auch er unterliegt dem Persönlichkeitsschutz. Kann als Teil des Persönlichen gegeben – oder auch verweigert werden. Heute. Das war nicht immer so. Die, wie es heißt, recht fortschrittliche Regelung des Verhältnisses zwischen (freiem) Mann und (freier) Frau kennt offenbar wenig Nachsicht, wenn es um »geraubte« Küsse geht. So rät Ovid in seiner *Liebeskunst*: »Gebrauche – mit Verlaub – Gewalt! Der Zwang wird gern ertragen, / Zu ihrem Glück gezwungen sein, das will dem Weib behagen.« Schränken wir ein: Vielleicht gibt es Fälle, wo diese Behauptung zutrifft – Konvention und Gesetz vertreten zu Recht andere Ansichten. Für sie war der »geraubte Kuß« zunächst nichts anderes als *»stuprum violentum implicitum«*: »unentwickelte Notzucht«.

Vom Fall eines gewissen Publius Maenius berichtet Pierre Grimal in seinem Buch *Liebe im Alten Rom*. Der Römer Maenius hatte einen jungen Freigelassenen, den er sehr mochte. Nicht zuletzt deswegen und weil er ihm vertraute, übertrug er ihm die Aufgabe, seine Tochter zu unterrichten. Nun, eines Tages vergaß sich der frischgebackene Lehrer so weit, daß er seiner Schülerin einen Kuß gab. Sie war noch jung, wohl ungefähr zwölf Jahre alt, und hatte somit gerade das Heiratsalter erreicht. Wir können davon ausgehen, daß es sich um einen eher unschuldigen Kuß gehandelt hat. Der junge Mann wollte wahrscheinlich ganz einfach seine Zuneigung zum Ausdruck bringen. Trotzdem stand der Vater nicht an, den unvorsichtigen Lehrer auf der Stelle töten zu lassen. Streng hielt er an der Forderung fest, daß die Tochter ihrem Ehemann »nicht nur als Jungfrau in körperlicher Hinsicht, sondern auch unbeschmutzt von jeglichem Kuß« entgegentreten sollte. In einem anderen Fall sprach der Vater sogar der eigenen Tochter das Todesurteil: Sie war die Geliebte ihres Lehrers geworden. Wie später Heloise die »Lieblings«-Schülerin Abälards.

Nicht nur die Forderung nach »Ungeküßtsein« als Teil der Jungfräulichkeit wurde von den Römern hochgehalten. Auch das »Recht auf Kuß«, ein »Kußrecht«: *ius osculi*, nahmen sie für sich in Anspruch. Alte Texte bezeugen, daß die Eltern und Alliierten, sprich: Blutsverwandten, Verwandten und Freunde einer römischen Dame diese jedesmal, wenn sie ihr begegneten, mit einem Kuß begrüßen durften, ja, wie es heißt, sogar mußten. Dieses *officium*: »Verpflichtung«, »Liebesdienst«, wurde freilich nur erwartet von Verwandten bis zum sechsten und von Geschwisterkindern bis zum zweiten Grad. Wie Plutarch hält Festus diesen Brauch für sehr alt. Schon vor Gründung der Stadt habe es ihn gegeben. Bis zum Ende der Republik und unter den Julio-Claudiern sei er lebendig geblieben. Properz wurde von Cynthia und Sueton von Agrippina beschuldigt, das Kußrecht für wenig moralische Zwecke genutzt zu haben. Dieser protokollarische und familiäre Kuß (*osculum*) unterscheidet sich nicht weniger vom Liebeskuß wie vom Begrüßungskuß, den einfache Freunde und Bekannte zu erwarten hatten. Was den für das Ende der Republik und im Kaiserreich nachgewiesenen Begrüßungskuß anbelangt, so war er nur unter Männern üblich. Es ist bekannt, daß Tiberius ihn einzuschränken suchte, da er, wie es hieß, eine ansteckende Hautkrankheit übertragen könnte. Für römische Satiriker vom Schlag eines Martial war dieses Verbot der *oscula quotidiana* ein gefundenes Fressen. Aber auch andere schienen die Sache für berichtenswert gehalten zu haben, wie wir von Sueton oder Plinius wissen.

Die Besonderheit des *ius osculi*, des Rechts auf den (unerotischen) Mundkuß zwischen Männern und Frauen, hat unterschiedliche Erklärungen gefunden. Die wohl am weitesten verbreitete geht dahin, dieser Kuß habe den Männern zu kontrollieren erlaubt, ob ihre (weiblichen) Verwandten das Verbot überschritten, Wein zu trinken. Gegen diese Begründung wurde vor allem von M. J. André eingewandt, es gelte zu unterscheiden zwischen dem *temetum*, dem Frauen verbotenen Wein erster Pressung, und all den »sekundären Weinen«, deren Genuß den Römerinnen gestattet war. Wer annehme, die Römer seien imstande gewesen, ihren Verwandten im (Mund-)Kuß die diversen Weingerüche »abzuschmecken«, billige ihnen einen übertrieben entwickelten Geruchs- oder Geschmackssinn zu. Eine andere, eingängigere Erklärung bietet Plutarch. Er setzt das *ius osculi* zum Verwandtschaftsgrad der Kußpartner in Beziehung. Demnach würde es sich um eine ganz konkrete familiale Geste handeln: demonstrative Anerkennung der Blutsbindung, d. h. Unterscheidung zwischen den *cognati*: »Blutsverwandten«, und fernerstehenden Angeheirateten.

Großzügiger im Umgang mit dem Kuß dürfte das Mittelalter gewesen sein. Zumindest in der Liebesdichtung, d. h. auf dem Papier. Von der Unbekümmertheit der Vagantendichtung, wie sie uns schon beschäftigt hat, unterscheidet sich nicht wenig die höfische Liebeslyrik. Am Hof gelten andere Maßstäbe als in der Welt der Fahrenden und der gesellschaftlichen Außenseiter. Ob der Satz »Gelegenheit macht Diebe« auch für das Küssen gelte, wird Ende des 19. Jahrhunderts der französische Dramatiker Edmond Rostand in seinem von romantisch verklärter Liebe handelnden Meisterwerk *Cyrano de Bergerac* fragen. Seine beschwichtigende Antwort, ausgebreitet wie eine Litanei, sollte Berühmtheit erlangen. Sie macht den Kuß, in der Übersetzung Ludwig Fuldas, zu »Gelübde«, »Bekenntnis«,

»Schwur«, »Mundbeichte«, »Bienenschwarm« oder »duftigem Verstummen«: Die Seele schwebe zum Lippenrand empor, gebe als »ein süßes Naschwerk« sich hin. Hätte Rostand seine Frage nach dem Dieb siebenhundert Jahre früher stellen können, wäre ein Mann wie Walther von der Vogelweide kaum um die Antwort verlegen gewesen.

Um einen geraubten Kuß geht es, unter anderem, in dem berühmten Dichterstreit zwischen Reinmar von Hagenau und Walther von der Vogelweide. Das Verhältnis der beiden großen Dichter war von jeher durch Rivalität und Gegensätze bestimmt gewesen. Höchste Stilisierung gilt als entscheidendes Merkmal der Reinmarschen Lyrik. Ihr »hoher« Minnesang sublimiert in der Reflexion innere Regung, ist eher leidenschaftslos, während die erlebnishafte Liebesdichtung des Reinmar-Schülers Walther Gefühlsechtheit sucht und auch die »niedere« Minne einbezieht. Um was es in dem Streit zwischen selbstbewußtem Hofpoeten und jungem draufgängerischen Fahrenden im einzelnen ging, ist hier Nebensache. Jedenfalls soll der Meister seinen Schüler zurechtgewiesen haben, und zwar ziemlich von oben herab. Warum? Weil er eines seiner Lieder darin gipfeln ließ, daß der lang ersehnte Anblick der Geliebten den Liebenden um Sprache und Besinnung bringt:

Wenn ich bisweilen bei ihr sitze,
sie mir erlaubt, mit ihr zu reden –
umnebelt ihre Nähe mir ganz die Sinne,
daß alles sich im Kreis mir dreht.
Eben konnt ich wunders was noch reden,
doch sieht sie mich nur einmal an,
ist mir entfallen alles,
was ich wollte, als ich zu ihr mich setzte.

Walther schlug zurück. Er wendet sich seinerseits gegen ein Lied Reinmars, in dem der Dichter sich rühmt, mit dem Lobpreis seiner Dame all das übertroffen zu haben, was andere zur Feier der ihren gedichtet hätten. Sofort erkannte Walther die schwache Stelle des Liedes: schäferlich-spielerischen Kußraub. Was tut der Dichter? Keck geht er auf das Thema des Kußraubs ein und läßt Reinmar

durch den Mund der gekränkten Dame entrüstet als Dieb zurecht-
weisen:

Stets war ein *wîp* ich, geachtete Frau,
charakterfest, überzeugt, daß auch
in Zukunft vor Diebesschaden ich retten mich könne.
Wer einen Kuß von mir gewinnen will,
der soll werben darum in Anstand und mit anderen Spielen.
Doch nimmt er ihn schnell vorher,
so nenn ich immer ihn Dieb;
er soll behalten, was er gestohlen,
hier und wo immer er will.

Ein starkes Stück, diese Zeilen. Zumal es nicht das erste Mal war,
daß Walther den Rivalen in Verlegenheit brachte. Früher einmal
hatte er die Behauptung eines von Reinmars unentwegten Liebha-
bern, er habe seiner Dame schon »so lange« gedient, mit der bösen
Frage gekontert: Wie alt denn die Dame eigentlich sei.
    Natürlich kann man den gestohlenen Kuß auch aus einem ande-
ren Blickwinkel betrachten, wie es zum Beispiel Guy de Maupassant
tut. »Wahre Liebe«, schreibt der schwermütige Autor, »braucht gewisse Hindernisse so nötig wie einen gewissen Freiraum. Erzwun-
gene, gesetzlich anerkannte, vom Priester abgesegnete Liebe, ist das
überhaupt Liebe? Ein legaler Kuß kann einem geraubten nicht das
Wasser reichen.« »*Stolen kisses are always sweeter*«, dichtet Leigh
Hunt, »*stolen kisses are much completer*«: Gestohlene Küsse seien
immer süßer als »rechtmäßige«, vollkommener obendrein. Ein Folgeverhältnis, über das selbst ein Dichter »magischer Traumwirklich-
keit« wie Novalis sich im klaren gewesen zu sein scheint. Nur daß
der deutsche Frühromantiker, dessen Todessehnsucht als geradezu
sprichwörtlich gilt, sich nicht scheut, durch Steigerung des Diebes-
zugriffs zur Gewaltanwendung bis an die äußerste Grenze des Nach-
vollziehbaren zu gehen.
    Was stiehlt derjenige, der – wenn auch vielleicht unabsichtlich –
am Kuß zum Dieb wird? Einen Schlüssel? Kaum. Eine Illusion?
Vielleicht. Ganz sicher eine Erinnerung. Sie mag verfremdend wirken, Perspektiven öffnen – auf jeden Fall bedeutet sie Veränderung.

So erzählt Anton Tschechow, kaum übertroffener Meister der Kurz-
geschichte, von einem Unteroffizier Riabowitsch, der mit seinem
Regiment von Kaserne zu Kaserne zieht. Er ist glanzlos wie sein ein-
förmiges Leben, in dem die Zeit stillzustehen scheint. Bis ihm eines
Tages Ungewöhnliches widerfährt. Bei einem Empfang, den ein
Gutsbesitzer zu Ehren von Riabowitschs Regiment gibt, verliert der
Eingeladene die Orientierung und irrt durch das Haus seines Gast-
gebers. Als er aufs Geratewohl eine Tür öffnet, führt diese in ein
dunkles Zimmer. Riabowitsch tritt ein und bleibt unschlüssig stehen.
»In diesem Augenblick hörte er hastige Schritte, das Rascheln eines
Kleides, und eine Frauenstimme flüsterte ›endlich‹. Zwei weiche,
duftende Arme, Frauenarme offensichtlich, umschlangen ihn; eine
warme Wange schmiegte sich an die seine, und dann war das Geräusch eines Kusses zu hören. Aber schon stieß die, die ihn gegeben
hatte, einen kleinen Schrei aus und wich, jedenfalls kam es Riabowitsch so vor, mit Abscheu zurück. Auch er hätte fast aufgeschrien
und floh durch den Lichtspalt von Tür.«

Wer war diese Frau? Nie wird Riabowitsch es erfahren. Dennoch
hat die Begegnung sein Leben verändert, der ungewollt »gestohlene« Kuß sich ihm aufgeprägt wie ein Siegel. Das Grau-in-Grau seines Alltags lichtet sich. »Endlich hatte sich etwas ereignet in; seinem
Leben, etwas, was ihm gut und glückverheißend erschien.« Doch
niemand will seine Geschichte hören, will wissen von dieser Erinnerung an einen Kuß, der nicht einmal für ihn bestimmt gewesen war,
aber nun doch sein Eigentum geworden ist. Schließlich verblaßt,
was dem glanzlosen Unteroffizier inzwischen Traum war. Ein
Traum, neben dem das Leben ihm »ärmlich, kümmerlich und grau«
vorkam. Ist sein Fall eine Illustration dessen, was Kierkegaard über
den »gestohlenen Kuß« sagt? Daß dieser nämlich kein »richtiger«
Kuß sei, da ihm die Leidenschaft fehle? Getreu dem Diktum des
Philosophen: »Der Kuß muß Ausdruck einer bestehenden Leidenschaft sein.«

Oder sollten wir unter »gestohlenem« Kuß im Gegensatz zum
»geraubten« jenen Kuß verstehen, der schlicht »ohne Erlaubnis« gegeben oder genommen wird? Hingegebensein an den Schlaf, »Weg-
getretensein« mögen als »Einladung« genommen werden. Es sei nur

an Kleists Novelle »Die Marquise von O.« erinnert. Allerdings geht es darin um mehr als nur um Küsse. Mag diesen auch ein selbstverständlicher, von der Logik des Stoffes geforderter Platz zukommen. Im Mythos von Amor und Psyche heißt es mit den Worten des Apuleius von Psyche: »Sie warf sich keuchend auf ihn, verzweifelt in ihrem Verlangen, und überschüttete ihn offenen Mundes mit Küssen. Ihre einzige Furcht war nur, daß er zu früh aufwachen würde.« Ihre Küsse – »gestohlen« oder »geraubt«? Sie sind weder das eine noch das andere und doch beides. Wir kommen darauf zurück.

Zwischen den beiden Arten des Wegnehmens besteht erheblicher Unterschied. »Stehlen«, ein Verb, das auf einen indogermanischen Stamm zurückzugehen scheint, der »rauben« bedeutet, meint heimliches Wegnehmen einer Sache. Wir finden diese Bedeutung des Heimlichen auch in »sich davonstehlen«: »unbemerkt weggehen«, oder in dem Adjektiv »verstohlen«. Handelt es sich um Mund- oder Zungenkuß, berührt Küssen sich fast mit Vergewaltigen. Das französische Wort *robe* bezeichnete denn auch ursprünglich »erbeutetes Kleid« und entstammt dem Germanischen, wo es für »Beute«: *rouba*, steht. Das althochdeutsche *roub* indessen gehört zu *roubon*, das eigentlich »rauben«, »die Kleidung, Rüstung entreißen« bedeutet. Das Geraubte ist demnach das Ab-, Weggenommene. Und der gestohlene Kuß der heimliche, d. h. ungefragt gegebene (aufgedrängte) bzw. genommene.

Eingebracht in rechtliche Absicherung, wird aus »Abnehmen« ein »Abgeben«. Der Kuß als »Abgabe«? Es sei nur an Pfänderspiel und dergleichen erinnert. Und was ist die Kußpflicht der Verwandtschaft gegenüber anderen? Anzunehmen ist auch, daß die bereits erwähnten Rechte des Grundherrn ein Recht auf Küsse miteinschlossen. Selbst wenn es ein Kußrecht im »offiziellen« Sinn nicht gegeben zu haben scheint. Ähnliches dürfte für das »Recht auf die erste Nacht«, das *ius primae noctis*, gelten. Dem Grundherrn stand demnach das Recht zu, mit einer neuvermählten Hörigen die Brautnacht zu verbringen. Aber das sind Extremfälle. Die traditionellen Rechte auf Kuß bewegen sich wohl eher im Rahmen nachvollziehbarer menschlicher Kulturgeschichte. Reichlich Material dazu bietet das *Handbuch des Aberglaubens*.

Der Gedanke liegt nahe, daß das Recht auf einen Kuß, das an bestimmten Tagen geltend gemacht werden durfte, auch Ausdruck von Freude, Dankbarkeit, Verehrung und ähnlichem sein konnte. So bestand der Brauch, daß das Mädchen, das im Frühling die erste Patenrebe fand, das Recht hatte, den ersten ihm entgegenkommenden Mann zu küssen. An Ostermontag und -dienstag sei es in England erlaubt gewesen, jemandem, den man zuvor im Tragsessel oder auf Armen emporgehoben hatte, Küsse zu geben. Im Elsaß sollen Mädchen, die bei Erntefesten auf einem Kissen niederknieten, damit ihre »Kußoffenheit« signalisiert haben. Bekannt ist der englische Brauch des Mistelkusses an Weihnachten. Jedes Mädchen, das unter einem aufgehängten Mistelzweig angetroffen wird, muß sich küssen lassen. Statt des Mistelzweigs können es auch zwei Kränze sein. In der Küche angebracht, sind sie mit Immergrün, Äpfeln und Orangen geschmückt: der *kissing bush*. Es gehörte zu dem Brauch, des Nachts ein brennendes Licht hineinzusetzen.

In Megara, der einst bedeutendsten Stadt Mittelgriechenlands, sei es üblich gewesen, die Ankunft des Frühlings durch einen Wettkampf der Jünglinge im Küssen zu feiern. Ob wirklich noch heute in den angelsächsischen Ländern am Valentinstag regelrechtes Wettküssen veranstaltet wird? Die Siegespalme falle dem zu, der innerhalb eines bestimmten Zeitraums die meisten Küsse zu geben vermöge. Es wird behauptet, sogar Weltrekorde würden bei diesen Wettkämpfen erzielt. Ob sie auch »verbucht« sind? Bekannt sind die Kußorgien der Kölner Weiberfastnacht. Daß bei dieser das Recht auf Kuß seine Apotheose feiert, weiß jeder, der mit ihrer so lautstarken wie handfesten und mundsicheren Repräsentanz in Berührung gekommen ist.

Selbst in einer so freizügigen Zeit wie der unseren kann eine so unschuldige Geste der Zuneigung wie der Kinderkuß in ein Minenfeld geraten. Dies mußte vor nicht allzu langer Zeit im amerikanischen Bundesstaat North Carolina ein Erstklässler erfahren. Der Kuß, den er seiner Klassenkameradin auf die Wange zu drücken gewagt hatte, wurde vom Schulleiter als »sexuelle Belästigung« gedeutet und entsprechend gebrandmarkt. Jonathan Prevette, der sechs Jahre alte Delinquent, erhielt als Disziplinarstrafe einen Tag Schulverbot. Zu beklagen ist, daß es sich offenbar nicht um einen Einzelfall handelte. In New York soll ein siebenjähriger Grundschüler vom Rektor für fünf Tage nach Hause geschickt worden sein, weil er ein Mädchen auf die Wange geküßt hatte. Und was dem Faß den Boden ausschlug: Sogar einen Knopf hatte der Übeltäter vom Rock der Angebeteten abgerissen. Weshalb solche Unbeherrschtheit? Der Grund, den der Missetäter vor der Untersuchungskommission nannte: Dem Bär in seinem Lieblingsbuch habe gleichfalls ein Knopf gefehlt. Leider ging den Damen und Herren jegliches Verständnis ab für diese Motivation. Hätte es sich wenigstens um einen Fall von Fetischismus gehandelt ...

»Als ich einen süßen Kuß von deinen Lippen stahl, keusche Neaera«, variiert Marullus unser Thema, »ließ ich versehentlich meine Seele auf deinen Lippen zurück.« Für lange Zeit »seelenlos«, habe er sein Herz ausgeschickt, die Seele zu suchen. Doch von den schönen Augen der Geliebten gefangen, sei auch das Herz nicht zurückgekehrt. Hätte er von jenem süßen Kuß nicht eine Flamme zurückbehalten, die ihn auch ohne Seele erhalte, seine letzten Tage wären gekommen.

»Flug durch den Himmel«: Der englische Kuß

Es wird berichtet, der Kreis der Dichter, Künstler und Denker, der sich um Lorenzo von Medici vereinigte, habe dem schon in seiner Jugend hochberühmten Giovanni Pico della Mirandola den besonderen Glanz verdankt. Schon als Vierundzwanzigjähriger hatte der italienische Humanist das Ziel verfolgt, die von ihm aufgestellten neunhundert Thesen öffentlich in Rom zu verteidigen. Damit dies unter würdigen Umständen geschehe, lud das von den Zeitgenossen *princeps concordiae*: »Fürst der Eintracht« genannte junge Genie die Gelehrten der Welt dazu ein, auf seine Kosten in die Ewige Stadt zu kommen. Der Papst trug Sorge, daß die Disputation nicht stattfand. Die für diesen Anlaß verfaßte Rede »Über die Würde des Menschen« erwies sich auch ohne öffentliche Darbietung als wirkungsmächtiges Dokument.

Im Menschen sei die ganze Welt auf einzigartige Weise noch einmal verwirklicht. Durch seinen Körper sei der Mensch mit den materiellen Elementen verbunden; mit den Pflanzen habe er das vegetative Leben gemeinsam, mit den Tieren das sensitive, und zum »Menschen« mache ihn die Vernunft. Adam als Synthese des Universums. »Du bist durch keine Schranke eingeengt«, sagt in der nicht gehaltenen Rede Pico della Mirandolas Gottvater zu Adam. Er könne seine Natur selber bestimmen, sich als sein »freier und ehrenhafter Bildner und Gestalter« in jede gewünschte Form bringen. Als Träger der »Keime eines allartigen Lebens« habe er den Vorrang vor allen Geschöpfen. Dank dieser Proteusnatur vermöge der Mensch die schöpferische Tätigkeit Gottes aus eigener Kraft zu vollenden. Es mag überraschen, daß in diesem »Zentraldokument« der Epoche auch der Kuß eine Rolle spielt.

Der Mensch habe die Freiheit, Engel oder Dämon zu sein. Zum Engel werde er, indem er ein aktives und zugleich kontemplatives Leben führt. Um zur Kontemplation zu gelangen, müsse er die Leiter Jakobs erklimmen. Zuerst wasche er sich die Füße (Begierde), dann die Hände (Zorn), anschließend steige er mit Hilfe der Philosophie hinauf bis zur höchsten Stufe der himmlischen Schönheit. Liebesvereinigung in schauender Liebe und liebender Schau erfolgt dann als – Kuß.

Fast alle italienischen Schriftsteller der Renaissance, die Betrachtungen anstellten über die Erneuerung der Kultur ihres Landes, haben die Zeit Dantes und Giottos als die Wende, den großen Anfang bezeichnet. Obgleich das Neue in Italien ungefähr um dieselbe Zeit eingesetzt hat wie im Norden, verfügte es hier über völlig andere Startbedingungen, begegnete es einer viel aktiveren Aufnahmebereitschaft. So gut wie beseitigt waren Rittertum und Feudalismus; die beiden »christlich-germanischen Dummheiten«, wie Schopenhauer es nennt: der *point d'honneur* und die »Dame«, sind abgetreten. Zwei große, grundsätzlich verschiedene Erscheinungsformen kennt die Liebe jetzt: Entweder genügt sie sich im bloßen sinnlichen Genuß, oder sie ist »höhere« Gemeinschaft. Als Sache der Sentimentalität erscheint die Liebe nie. Entsprechendes gilt für den Kuß.

Nur bei den Wesen, die über Erkenntnisfähigkeit verfügen, kann es nach Pico della Mirandola Liebe geben. Ihre Seele besitzt die Kraft der Erkenntnis, eine Kraft des Sehens: Liebe ist »Sehnsucht« oder Hinneigung, sprich: Zuneigung. Selbst den Pflanzen und den Sternen sei sie eigen. Alle Dinge strebten einem Ziel entgegen: Erfüllung. So sei der ganze Kosmos durchwaltet von Liebe. Drei Arten von Liebe kennt der universal gebildete Autor: die Strebekräfte Appetit, Wille und Wahl. Als Wesen, das die ganze Welt in sich vereinigt, besitzt der Mensch alle drei Potenzen. Geweckt werden sie durch die ihnen gemäßen Güter. Kein anderes Gut locke die Strebekräfte stärker als die Schönheit: Liebe als Schönheitsverlangen. »Mutter« der Liebe, nennt der Sonette schreibende Italiener die Schönheit. Philosophieren über sie entsprach einem tiefen Bedürfnis der Renaissancezeit.

Die Bereiche von sinnlicher und von idealer Schönheit: *bellezza sensibile* oder *vulgare* und *bellezza ideale*, stellen in ihrer lückenlosen Verbundenheit eine Treppe oder Leiter dar. Bis zum »Quell aller Schönheit« kann der Mensch auf ihr hinaufsteigen. »Die Schönheit ist die Pförtnerin zur innersten Behausung der göttlichen Güte« sagt ein Zeitgenosse von Pico della Mirandola. Zugleich ist die Schönheit, sinnliche wie ideale, ein Ruf, der an den Menschen ergeht und auf den er mit seiner Liebes- und Kußfähigkeit antwortet.

Als philosophischem Theologen und mystischem Denker stand Pico della Mirandola das ganze Wissen eines mit der Kabbala vertrauten Rabbi zur Verfügung. Dennoch läßt er sich als »Schönheitsmystiker« charakterisieren. Dreiundzwanzigjährig schreibt er einen »Kommentar zur ›Canzone d'amore‹« seines Freundes Girolamo Benivieni. Was er darin über die Seelenvermischung im Kuß sagt, erinnert an Vorstellungen mittelalterlicher Mystiker und der Dichter des *fin' amors*. Auch Pico spricht vom Aufstieg des Geistes zur höchsten Stufe der Kontemplation und verdeutlicht dies im Rückgriff auf den neoplatonischen Mythos von der »himmlischen Venus«. Nur wenn der Liebende sich von Last und Beschränkung der Leibessinne befreit, vermöge er die Göttin, die ideale Schönheit, zu schauen und zu küssen, d. h. zu besitzen. »Tod« nennt der Philosoph diesen Höhepunkt von Ekstase und Entzücken. Gemeint ist freilich ein Tod, der rein geistiger Natur ist.

Zwischen zwei Arten oder, besser, Abstufungen von Tod sei zu unterscheiden: dem erleuchteten und dem vereinigenden. Sie entsprechen den zwei höchsten Stufen mystischer Kontemplation. Es versteht sich, daß nur die zweite Art von Tod die Stufe des Sehens und Hörens überschreitet und zur Umarmung und Vereinigung mit der himmlischen Venus führt: im Kuß der Seelen – dem Seelenkuß.

»Es ist mithin möglich für den Liebenden«, heißt es im erwähnten Kommentar, »durch die erste Art von Tod, die lediglich die Trennung der Seele vom Körper und nichts anderes bedeutet, die geliebte himmlische Venus zu schauen und, von Angesicht zu Angesicht mit ihr, sich in Kontemplation über ihr geliebtes himmlisches Antlitz zu ergehen.« Wer nicht zufrieden sei damit, sie zu schauen und zu hören, »ihrer intimen Umarmungen und leidenschaftlichen Küsse würdig« zu sein, kurz: wer sie »noch intimer« besitzen wolle, der müsse sich durch die zweite Art von Tod völlig von seinem Körper trennen. Dann werde er die himmlische Venus nicht nur schauen und hören, sondern auch auf unauflösbare Weise umarmen. Mehr noch: ergössen ihre Seelen sich ineinander im Kuß, wäre es nicht so sehr Austausch als vielmehr vollkommenes Einswerden. So daß man sagen könnte, die Liebenden hätten nur mehr eine Seele oder jeder von ihnen besitze derer zwei.

Wie die christlichen Mystiker vor ihm hat Pico della Mirandola Sprache und Bildwelt körperlicher Liebe benutzt, um von rein geistiger Liebe zu handeln. Ob ihm ganz wohl bei der Sache war? Denn offenbar glaubt er sich rechtfertigen und gegen Mißverständnisse absichern zu müssen. Man solle gefälligst zur Kenntnis nehmen, wendet er sich an seinen Leser, »daß die vollkommenste und innigste Vereinigung, die der Liebende mit der himmlischen Geliebten erreichen kann, durch die Vereinigung im Kuß bezeichnet wird. Jede andere, darüber hinausgehende Art von Verschmelzung oder Paarung, wie die körperliche Liebe sie kennt, ist im Falle dieser geweihten und allerheiligsten Liebe als Metapher abzulehnen.«

Daß der italienische Humanist ein universal gebildeter Mann war, läßt sich auch daran ablesen, daß er, der Christ, wie gesagt, auf selbstverständliche Weise aus der jüdischen Überlieferung schöpft. Er bezieht sich auf die gelehrten Kabbalisten, die davon ausgingen, daß viele der alten Patriarchen in »geistiger Verzückung« gestorben seien und in ihren Schriften daher die Wendung »Tod durch den Kuß« gebrauchten. Ganz wie dies von Abraham, Isaak, Jakob, Moses, Aaron und einigen andern berichtet werde. Von dem selbstbewußten Denker für die (christliche) Literatur entdeckt, wird das Thema des *mors osculi* von nun an fester Bestandteil des abendländischen Themenkanons bilden. Ob J. Reuchlin, H. C. Agrippa oder Giordano Bruno, stets meint Verzückungstod eines Heiligen das gleiche wie mystische Verzückung auf der höchsten Stufe der Versenkung: »Flug durch den Himmel«, der den Körper zurückläßt. »Fliegen« – das uralte Symbol des Seelenaufschwungs.

Selbst wenn Pico della Mirandola sich nicht auf die christliche Kußsymbolik bezieht, die Metapher von den zwei Toden des Liebenden ist ihm geläufig. Vor ihm hatte sich ihrer bereits der hl. Bernhard bedient, um die Verzückung der Seele zu veranschaulichen. »Niemand soll mich für albern halten, wenn ich die Ekstase der Braut einen Tod nenne, einen Tod freilich, der nicht ihrem Leben ein Ende setzt, sondern sie vor den Gefahren des Leibes bewahrt.« Auch Bernhard spricht von den zwei Toden und nennt den zweiten einen Liebesakt, der als einziges dem Menschen erlaube, die Gottheit zu berühren und zu schmecken. Allein in ihm vermöge er sie zu »erkennen« durch eine Art von Besitz, der menschlicher Vernunft unerreichbar ist.

Auch bei den ekstatischen Mystikern entsprechen die Tode den zwei Graden mystischer Versenkung, dem »illuminativen« und dem »unitiven«. Bei beiden Autoren, französischem Kirchenmann und italienischem Philosoph, erscheint das zweite Sterben als übersinnliche Erfahrung, möglich allein als Akt der Liebe. Nur er vermag zum Schmecken und Berühren des Göttlichen zu führen. Womit sich erneut das Paradox bestätigt, daß nicht die höchsten Körpersinne, die Fernsinne Sehen und Hören, die sich auf die Vernunft beziehen, der Begegnung der Seele mit der Gottheit den Weg bereiten, sondern die niedrigsten, die Nahsinne Schmecken und Berühren. Eine Kühnheit. Denn nicht allein ist der Tastsinn der »erotischste« der Sinne des Menschen; der Gebrauch der Kußmetapher bestätigt auch, daß die Begegnung mit dem Göttlichen bzw. der »himmlischen Venus« sich nur »anthropomorph« fassen läßt. Als ein »Herabziehen«.

Liebe als »Zuneigung«, »Hinneigung«, sagten wir. »Neigung«, »Neigen«: *acclinatio* und *acclinare* erweisen sich als Schlüsselbegriffe mystischer Gefühls- und Seelensprache. Der Mensch neigt sich vor Gott und, nicht weniger, hin zu Gott; Gott neigt sich erhörend zum Menschen hinab. Ein Thema, dessen Variation Legion ist. Neigen, um zu berühren und eins zu werden. Grundwort zu »berühren« ist »rühren«. Dessen indogermanische Wurzel bedeutet »mischen«, »mengen«, »vermischen«. An die Grundbedeutung des Verbs erinnert noch die Verwendung im eigentlichen Sinn. Wer einen Kuchen »rührt«, »vermengt« (durch drehende Bewegung) die Zutaten. »Berühren« berührt sich mit »Streicheln«, das »leicht berühren« meint. Die dem neuhochdeutschen »streicheln« zugrundeliegende indogermanische Wurzel verbindet »Strich«, »Strahl« und »Strähne«. Und sie bedeutet »ausstreuen« – »übereinanderlegen«. Ob dann der »Flug durch den Himmel« letztlich doch nichts anderes ist als Gleitflug zur Nähe, wie der Kuß ihn ermöglicht?

Die Seele auf den Lippen:
Baldassare Castiglione und die Folgen

Wer wissen will, wie die weltliche Hofgesellschaft der Hochrenaissance sich den idealen Kuß dachte, der wendet sich am besten an Baldassare Castiglione. In seinem *Buch vom Hofmann*, erschienen 1517, dem Geburtsjahr der Reformation, unterrichtet der dichtende Weltmann »über das, was man tun muß, um in Verkehr und Umgang mit Leuten wohlgesittet, gefällig und von feinen Manieren« zu sein. In Form von Gesprächen am Hof von Urbino wird das Bild eines »Hofmanns« entworfen: eines Gentleman, wie die damalige Zeit ihn sich vorstellte und wünschte. Ein vollendeter Kavalier, der sich vom Prinzip der »goldenen Mitte« leiten läßt. Er ist voll Grazie, Heiterkeit und Unbeschwertheit, aber auch peinlich auf seinen guten

Ruf bedacht. Nie überschreitet er verheirateten Frauen gegenüber die Grenzen platonischer Seelenliebe.

Zusammen mit Ariosts *Rasendem Roland* und Machiavellis *Fürst* zählt Castigliones Traktat zu den Werken, die typisch sind für Lebens- und Kunstauffassung der Hochrenaissance. Als repräsentativ und eine Art »Knigge« jener Tage kann *Das Buch vom Hofmann* auch deswegen gelten, weil es in ganz Europa ein ungewöhnlich starkes und nachhaltiges Echo gefunden hat. Es begründet ein Standesideal, das zum gesellschaftlichen Leitbild des 17. Jahrhunderts werden sollte. Castiglione kannte sich aus. Als Gesandter hatte er zahlreiche Reisen in Europa unternommen, war hervorragenden Zeitgenossen begegnet und unterhielt zeit seines Lebens ausgedehnte Beziehungen. Kein Geringerer als Raffael malte ihn. Und wir wissen mit Sicherheit, daß Castiglione sich zur gleichen Zeit am Hof von Urbino aufhielt wie Bembo. Was lag also näher, als den italienischen Dichter, der die klassische Tradition Petrarcas erneuerte, an den fiktiven Gesprächen des *Buch vom Hofmann* teilnehmen zu lassen. Bembo wird es vorbehalten sein, dabei ein Bild der platonischen Liebe zu entwerfen. Castiglione überläßt ihm das letzte Wort gegenüber dem »Realisten« Morello, der für die sinnliche Liebe eintritt. Was uns im folgenden vor allem interessiert: In den Ausführungen des Humanisten findet sich auch die berühmte Passage über den Kuß als Ausdruck geistiger Liebe.

Ein »platonischer« Kuß? Ist das nicht ein Widerspruch? Da Kuß nun einmal aus Berührung besteht und »platonisch« doch »unsinnlich«, »rein geistig« oder »freundschaftlich, das Sinnliche übersteigend« bedeutet. Gewiß. Aber Castiglione gelingt es, der strengen Spiritualität platonischer Liebe sozusagen einen »*human touch*« zu geben, sie aufzulockern: zu »vermenschlichen«. Im Einklang mit der *doctrina pietas*: »der wissenden Religion«, und dem christlich-philosophischen Ideal des Marsilio Ficino, der, wie sein Zeitgenosse, der Humanist Angelo Poliziano, es bildhaft formuliert, als »Orpheus« die wahre Euridike, d. h. die platonische Philosophie aus der Unterwelt herausgeführt habe, hält Bembo fest an der Idee, daß die Schönheit von Körpern nur ein Reflex der Schönheit von Seele und, letztlich, von Gott ist. Die des Menschen würdige Liebe kann demnach nur die Liebe der Seele und des Geistes sein. Je weniger die Schönheit am Körper teilhabe, desto vollkommener sei sie. Und am vollkommensten sei deshalb vom Körper völlig getrennte Schönheit. Wie es sich mit dem Gaumen nicht hören oder mit den Ohren nicht riechen lasse, so könne man auch die Schönheit nicht durch Berühren genießen, um solcherart das Verlangen zu stillen, das sie in unserem Herzen weckt. Allein mit jenen Sinnen, deren wahrer Gegenstand die Schönheit sei, nämlich mit Seh- und Hörvermögen, ist dies nach Bembo möglich.

»Verwerfen wir also das blinde Urteil der andern Sinne«, fordert Bembo den Leser auf. Genießen wir mit den Augen Glanz, Anmut, Liebesfunken, Lächeln und alle andern lieblichen Zierden der Schönheit oder mit dem Gehör die Süßigkeit der Stimme, den Wohlklang der Worte und die Harmonie des Gesanges; und so werden wir die Seele vermittels dieser beiden Sinne, die wenig Körperliches an sich haben und Diener der Vernunft sind, mit der süßesten Speise laben, ohne durch ein auf den Körper gerichtetes Verlangen irgendeiner unehrenhaften Begierde zu verfallen.«

Bembo spricht dann über die Wanderung der Seelen Liebender mittels der Schönheit von Stimme und von Körper. Augen und Ohren seien Durchgänge der Seele, Tore, die Zutritt gewähren zu den Liebenden. »Die Frau gibt kleine Zeichen der Liebe, wenn sie dem Liebenden die Schönheit schenkt, die etwas so Köstliches ist, und wenn sie durch Gesicht und Gehör, die Blicke ihrer Augen, das Bild ihres Antlitzes, Stimme und Worte entsendet, die in das Herz des Liebenden vordringen und ihm Zeugnis ablegen für ihre Liebe.« Zwei Arten von Liebe zwischen Mann und Frau unterscheidet der Sprecher im weiteren Verlauf des Gesprächs: sinnlich die eine, vernünftig die andere. Allein wenn es um letztere geht, möge die Dame erwägen, einen Kuß zu gewähren:

> »Und damit Ihr noch besser erkennt«, heißt es im Text, »daß die vernünftige Liebe glücklicher als die sinnliche ist, sage ich, daß dieselben Dinge bei der sinnlichen zuweilen verwehrt, bei der vernünftigen aber gewährt werden müssen, weil sie bei jener unehrenhaft, bei dieser jedoch ehrbar sind. Daher kann es die Dame, um ihrem guten Liebhaber zu willfahren, außer ihm freundliches Lachen, vertrauliche und heimliche Gespräche,

Späße, Scherze und Berühren der Hände zu verstatten, auch billigerweise und ohne Tadel bis zum Kuß kommen lassen, was bei der sinnlichen Liebe nicht erlaubt ist. Denn da der Kuß die Vereinigung von Körper und Seele bedeutet, besteht die Gefahr, daß der sinnliche Liebhaber mehr nach der Seite des Körpers als nach der der Seele neigt, während der vernünftige Liebhaber erkennt, daß der Mund, obwohl ein Teil des Körpers, nichtsdestoweniger den Worten als Dolmetschern der Seele und jenem inneren Hauch, der ebenfalls Seele heißt, eine Pforte bedeutet. Es beseeligt ihn daher, seinen Mund mit dem der geliebten Frau im Kuß zu vereinigen, nicht um sich zu irgendeinem unehrenhaften Begehren treiben zu lassen, sondern weil er fühlt, daß dieses Band den Seelen einen Weg eröffnet, auf dem sie sich, von Sehnsucht getrieben, wechselseitig von einem Körper in den anderen ergießen und so miteinander mischen, daß jeder von ihnen zwei Seelen hat, und andererseits nur eine einzige, aus beiden zusammengefügte Seele gleichsam beide Körper beherrscht. Der Kuß kann daher eher eine Vereinigung der Seelen als der Körper genannt werden, weil er eine solche Macht auf jene hat, daß er sie an sich zieht und vom Körper trennt; alle keuschen Liebenden ersehnen daher den Kuß als eine Vereinigung der Seelen, und der göttlich liebende Plato sagt, daß beim Kusse seine Seele auf die Lippen trete, um aus dem Körper herauszugelangen. Und weil man den Kuß als eine Trennung der Seele vom Sinnlichen und als ihre völlige Vereinigung mit dem Geistigen bezeichnen kann, sagt Salomo in seinem göttlichen Hohen Liede: Oh, daß er mich küßte mit dem Kusse seines Mundes –, um die Sehnsucht zu bezeigen, daß seine Seele von der göttlichen Liebe zur Betrachtung der himmlischen Schönheit derart hingerissen werden möchte, auf daß sie durch die innigste Vereinigung mit ihr den Körper verlassen kann.«

Vermischung der Seelen im Kuß, der Mund als Durchgang für die Seele von einem Körper zum andern, so daß jeder Liebende zwar nur einen Körper, aber *zwei* Seelen hat. Sind die beiden Seelen miteinander verschmolzen, ist es, als ob *eine* Seele *zwei* Körper belebe. Ein Thema, das in der Literatur, die von Liebe und Freundschaft handelt, nur allzu bald zum Gemeinplatz werden wird. Denn praktisch jeder gebildete Mensch hatte die »Renaissancebibel« des *Buch vom Hofmann* gelesen und war demzufolge mit deren platonischer Kußauffassung vertraut. Daß der philosophische Bezug über kurz oder lang verlorengehen würde, war zu erwarten gewe-

sen. Verständlich ist auch die sich daran anschließende Trivialisierung.

Noch ganz dem Ideal platonischer Liebe huldigt der angesehene
Liebestheoretiker und Dichter Benedetto Varchi in der ersten Hälfte
des 16. Jahrhunderts. Unter den fünf Arten menschlicher Liebe erkennt er der Seelenliebe das höchste Prädikat zu:

> Was ich empfand, wie könnt ich es beschreiben:
> Ich weiß nur allzu gut, daß meine Seele ich ließ
> und dafür erhielt, was größer als alles auf Erden.
> O heiligste Liebe, der Hoffnungen letzte
> ist der keusche Kuß, denn andres gehört sich nicht,
> bleibt versagt dem höfischen Jünger der Liebe.

Das Diktum von den zwei Seelen in einem Körper läßt die Frau als
gleichberechtigte Partnerin erscheinen. War sie es wirklich? Standen nicht auch hier Klischee-Vorstellungen im Wege, die sich mit
den Begriffen »aktiv« und »passiv« verbinden? Wir waren hierauf
bereits eingegangen und zu dem Schluß gelangt, daß einzig der
»Zungenkuß« die Dichotomie wirklich zu überwinden vermöge. Es
heißt jedenfalls, mit Castigliones Ausführungen über den Kuß habe
die Bemühung um »Erhebung« der Frau zur wirklichen Gefährtin
und Partnerin des Mannes einen frühen Höhepunkt erreicht. Un-
terbaut werde die Würde der Frau nunmehr auch durch die Macht,
als Partnerin des Mannes die Segnungen des Kusses, das mit ihm
verbundene Glücksgefühl, jederzeit gewähren oder versagen zu
können. Gewiß, der Kuß, wie er Castiglione vorschwebt, soll einzig
der Lohn »vernünftiger« oder »reiner« Liebender sein. Was jedoch
nicht unterschätzt werden darf: Auch als Mittel der Seelenvereinigung aktiviert der Kuß den Tastsinn und verlangt das Mitspiel
höchst erogener Teile des menschlichen Körpers. Kurz gesagt, er
»liefert« mehr, als er »verspricht«! Denn von den fünf Sinnen des
Menschen spielt nun einmal die bestimmende Rolle im erotischen
Bereich der Tastsinn. Ein Meer an Empfindungsbereitschaft kon-
kretisiert sich in einem Heer von Tastern und Lustbereitern. Die
Vertreter der Kirche wußten genau, was sie taten, als sie dem leib-

haftigen Friedenskuß durch das Osculatorium einen Riegel vorschoben. Es macht eben einen Unterschied, ob die Lippen einen warmen Körper berühren oder totes Holz, Metall. Hier Ernüchterung, Distanzierung, dort der Reiz der Nähe, Aufforderung – »Mobilmachung«.

Interessanterweise kamen die Gegner der platonischen Liebe und ihres Kusses, des »reinen« oder »Seelenkusses« – der Begriff »Seelenkuß« wird mithin in zwei diametral einander entgegengesetzten Bedeutungen verwendet! –, nicht nur aus den Reihen der Befürworter der »gemischten Liebe« und des sinnlichen Kusses, sondern auch aus Kreisen der Gegenreformation. Dennoch war das *Buch vom Hofmann* der katholischen Kirche wichtig genug, daß sie Ende des 16. Jahrhunderts eine gereinigte Fassung veröffentlichen ließ. Alles, was sich nicht im Einklang befand mit der kirchlichen Morallehre, wurde eliminiert. Mit ihm die Texte, die von platonischer Liebe handeln. Überraschenderweise blieb die Passage über den Kuß aber unangetastet. War es deswegen, weil sie ein Herzstück des Werks darstellt? Die Erklärung, die der Herausgeber, Antonio Ciccarelli, sich für die schonungsvolle Behandlung einfallen läßt: Die Stelle, wo Castiglione als erster den Kuß zwischen platonisch Liebenden rechtfertigt, sei nichts weiter als ein – »Scherz«.

So mag die Geistigkeit von Castigliones platonischem Kuß sich letztlich weder in der Theorie noch in der Praxis bewähren. Er ist vor allem eine schöne, »hehre« Idee. Erinnern wir uns: Dem Wort »hehr«: »erhaben«, »vornehm« u. ä. liegt die Vorstellung des »Grauhaarigen«, »Altersgrauen« zugrunde. Nun nennt Bembo den Tastsinn auch den niedrigsten aller Sinne, da er außerstande sei, den Zugang zur Schönheit zu erschließen oder das Verlangen der Seele zu stillen: Das Tast- bzw. Berührungs-Versprechen, das der Kuß einlöst, ist gleichwohl kaum denkbar ohne die Assoziation von Wärme, Nahrung, Umarmung, Sättigung und Befriedigung. Überflüssig zu wiederholen, daß unseren Lippen als Grenzbezirk zwischen Haut und Schleimhaut eine Struktur eigen ist, die in hohem Maß den Gegebenheiten im Vulvo-Vaginalbereich entspricht.

»You kiss by the book«: Shakespeare

In Siena liebten sich einst der Jüngling Mariotto und die Jungfrau Gianozza. Doch öffentlich zu ihrer Liebe sich zu bekennen, blieb ihnen versagt. Die Umstände erlaubten es nicht. So ließen sie sich heimlich von einem Mönch trauen ... Der Anfang einer Geschichte des Italieners Masuccio. Knapp fünfundzwanzig Jahre später wird sie sich unter der Feder Luigi da Portos in eine Novelle verwandeln, deren Hauptfiguren sich Romeo und Julia nennen. Die Feindschaft ihrer Familien, deren Namen der Autor aus Dantes »Fegefeuer« (VI) kannte, läßt die beiden nicht zueinander kommen. Mehr und mehr Neuerungen traten hinzu. Es entstanden französische, spanische, englische, ja sogar deutsche Fassungen des Romeo und Julia-Stoffs. Knapp einhundertzwanzig Jahre nach der ersten Gestaltung durch Masuccio schrieb Shakespeare sein Stück. Mit ihm greift das englische Universalgenie zurück auf Arthur Brooks gelehrte Verserzählung *The Tragicall History of Romeus and Juliet*. Das Werk, das er dichtete, gilt als die Krönung der frühen Schaffensperiode des souveränsten und leidenschaftlichsten aller Charakterschöpfer. Mit der Gartenszene und der Balkonszene enthält das Stück, Hochgesang wie Schmerzenslied der Liebe, zwei der schönsten Liebesgespräche der Weltliteratur.

Küsse markieren Anfang und Ende der tragischen Geschichte, die Shakespeare als einen blendenden, jäh zündenden und ebenso jäh wieder verlöschenden Blitzstrahl sah. Zwischen beiden Polen entfaltet die Liebe der Kinder der beiden vornehmen, tödlich miteinander verfeindeten Veroneser Familien Montague und Capulet ihre ganze verhängnisvolle Schönheit. Romeo, Sohn der eher versöhnlichen Montegues, nimmt maskiert teil an einem Fest im Hause der rücksichtslosen und harten Capulets. Er, der bis dahin in die schöne Rosalinde verliebt war, erfährt beim Anblick Julias, was wahre Leidenschaft ist. Das erste Zwiegespräch zwischen den beiden ist in Sonettform gehalten. Wenn Romeo im Kostüm eines Pilgers auftritt, so liegt darin eine Anspielung: Im Italienischen bedeutet »Roméo« »(nach Rom) wallender Pilger«. Und was den Kuß der beiden einander erstmals Begegnenden anbelangt, so war diese Zuwendung zu

Shakespeares Zeiten nichts Außergewöhnliches. Erasmus von Rotterdam, der gerade achtundzwanzig Jahre tot war, als Shakespeare geboren wurde, soll uns als Zeuge dienen.

Was Erasmus als junger Gelehrter in England sah, beschäftigte ihn so sehr, daß er einem Freund darüber berichtete. »Hättest Du Kenntnis von den Segnungen Britanniens«, schreibt Erasmus, »Du eiltest mit großem Flügelschlag hierher. Um Dir von vielen Attraktionen nur eine zu nennen: Es gibt Nymphen hier, deren Gesichtszüge göttlich sind, so liebenswürdig und gütig, daß Du ihnen bestimmt den Vorzug gäbest. Außerdem besteht eine Sitte, die nicht genug empfohlen werden kann. Wo auch immer Du hingehst, wirst Du von allen mit Küssen empfangen. Wenn Du fortgehst, wirst Du mit Küssen verabschiedet. Wenn Du zurückkehrst, werden Deine Begrüßungsküsse erwidert. Wenn ein Besuch abgestattet wird, ist der erste Akt der Gastfreundschaft ein Kuß, und wenn die Gäste fortgehen, wird die gleiche Geschichte wiederholt. Wo auch immer eine Begegnung stattfindet, gibt es Küsse in Fülle; glaub mir, wo immer Du Dich hinwendest, Du bist nie ohne sie. O Faustus, hättest Du nur einmal Gelegenheit gehabt zu schmecken, wie süß und duftend diese Küsse sind, Dein Entschluß stünde fest, ein Englandreisender zu werden, nicht für zehn Jahre, wie Solon, sondern für die Dauer Deines Lebens.«

Ähnliches weiß ein griechischer Reisender, Nicander Nucius, zu berichten. Er besuchte England im Jahre 1545 und will bemerkt haben, daß Männer und Frauen, die sich offenbar nicht einmal näher kannten, einander mit Mundküssen begrüßten. Wir dürfen annehmen, daß solche Berichte übertrieben sind. Sollten sie zutreffen, dürfte spätestens die Glorreiche Revolution dieser Offenherzigkeit Grenzen gesetzt haben.

Jedenfalls scheint festzustehen, daß der Mundkuß nicht allein zulässig war zwischen den Geschlechtern, sondern die Regel und somit keine Seltenheit. Es handelt sich offenbar um einen geselligen Brauch. Daher die Charakterisierung »recht nach der Kunst« oder, wie es im Original heißt, »nach dem Buche«.

ROMEO *(tritt zu Julien).*
Entweihet meine Hand verwegen dich,
O Heil'genbild, so will ichs lieblich büßen.
Zwei Pilger, neigen meine Lippen sich,
Den herben Druck im Kusse zu versüßen.

JULIA
Nein, Pilger, lege nichts der Hand zu Schulden
Für ihren sittsam-andachtvollen Gruß.
Der Heil'gen Rechte darf Berührung dulden,
Und Hand in Hand ist frommer Waller Kuß.

ROMEO
Hat nicht der Heil'ge Lippen wie der Waller?

JULIA
Ja, doch Gebet ist die Bestimmung aller.

ROMEO
O, so vergönne, theure, Heil'ge, nun,
Daß auch die Lippen wie die Hände thun.
Voll Inbrunst beten sie zu dir: erhöre,
Daß Glaube nicht sich in Verzweiflung kehre.

JULIA
Du weißt, ein Heil'ger pflegt sich nicht zu regen,
Auch wenn er eine Bitte zugesteht.

ROMEO
So reg dich, Holde, nicht, wie Heil'ge pflegen,
Derweil mein Mund dir nimmt, was er erfleht. *(Er küßt sie.)*
Nun hat dein Mund ihn aller Sünd' entbunden.

JULIA
So hat mein Mund zum Lohn sie für die Gunst?

ROMEO
Zum Lohn die Sünd'? O Vorwurf, süß erfunden!
Gebt sie zurück. *(Küßt sie wieder.)*

JULIA
Ihr küßt recht nach der Kunst.

Nach dem Fest, auf dem die beiden jungen Leute sich ineinander verliebt haben, hört Romeo, in der berühmten Balkonszene unter Julias Fenster stehend, wie diese der Nacht das Geheimnis ihrer Liebe anvertraut. »O wie sie auf die Hand die Wange lehnt! / Wäre ich der Handschuh doch auf dieser Hand / Und küßte diese Wange!« geht es ihm durch den Kopf.

Romeo erwirkt Julias Zustimmung zu einer heimlichen Heirat. Am nächsten Tag traut der Franziskanermönch Bruder Lorenzo die beiden. Dennoch nimmt das Verhängnis seinen Lauf. Der letzte Akt beginnt mit einem Traum. Sucht Romeo die böse Ahnung zu verdrängen?

> ROMEO
> Darf ich des Schlafes Schmeichelbilde traun,
> So deuten meine Träum' ein nahes Glück.
> Leicht auf dem Thron sitzt meiner Brust Gebieter;
> Mich hebt ein ungewohnter Geist mit frohen
> Gedanken diesen ganzen Tag empor.
> Mein Weibchen, träumt' ich, kam und fand mich todt,
> (Seltsamer Traum, der Todte denken läßt!)
> Und hauchte mir solch Leben ein mit Küssen,
> Daß ich vom Tod erstand, und Kaiser war.
> Ach Herz! wie süß ist's, Liebe selbst besitzen,
> Da schon so reich an Freud' ihr Schatten ist.
> (Balthasar tritt auf.)
> Ha, Neues von Verona! Sag, wie stehts?
> Bringst du vom Pater keine Briefe mit?

Also flackert doch wieder der mühsam beschwichtigte Zweifel auf. Provokation und Ungestüm wirken zusammen: Romeo, schließlich schuldig geworden, wird bei Todesstrafe aus Verona verbannt. Nachdem er sich heimlich des Nachts mit Julia verabredet hat, verläßt er die Stadt. Da der Bruder Lorenzo noch keine Gelegenheit fand, die Trauung der beiden jungen Leute bekanntzumachen, Julia in den Augen ihrer Familie also noch immer als »verfügbar« gilt, sucht der Vater sie zu zwingen, den Grafen Paris zu heiraten. Zum Schein willigt sie ein. Um sie zu retten, verschafft Bruder Lorenzo der verzweifelten Julia einen Trank, der sie in einen todesähnlichen Schlaf versenkt. Zwei Tage später werde Romeo sie aus der Familiengruft entführen. Doch der Bote kann seinen Auftrag nicht erfüllen: Er gerät in ein pestverdächtiges Haus und wird festgehalten. Als Romeo von Julias Tod erfährt, beschafft er sich Gift und eilt zu ihrem Grab, um sie ein letztes Mal zu sehen und Abschied von ihr zu nehmen:

> O, hier bau' ich die ew'ge Ruhstatt mir,
> Und schüttle von dem lebensmüden Leibe
> Das Joch feindseliger Gestirne. – Augen,
> Blickt euer Letztes! Arme, nehmt die letzte
> Umarmung! und o Lippen, ihr, die Thore
> Des Odems, siegelt mit rechtmäß'gem Kusse
> Den ewigen Vertrag dem Wuchrer Tod.
> Komm, bittrer Führer! widriger Gefährt'!
> Verzweifelter Pilot! Nun treib auf Einmal
> Dein sturmerkranktes Schiff in Felsenbrandung!
> Dieß auf dein Wohl, wo du auch stranden magst!
> Dieß meiner Lieben! – *(Er trinkt.)* O wackrer Apotheker!
> Dein Trank wirkt schnell. – Und so im Kusse sterb' ich.
> *(Er stirbt.)*

Wie erwartet, erwacht Julia. Wie kam Romeo an ihre Seite? Sie begreift, was geschehen ist, und ersticht sich mit seinem Dolch. Wir müssen einschränken: Ganz trifft das nicht zu. Keineswegs nimmt Julia sich »ohne langes Überlegen« das Leben. Sie ist anspruchsvoller. An einem Kuß möchte sie sterben, von dem Gift an den Lippen Romeos. Dessen Traum von Julias Leben einhauchenden Küssen findet eine makabre Entsprechung in der Hoffnung auf den Tod am Mund des Geliebten:

> Was ist das hier? Ein Becher, festgeklemmt
> In meines Trauten Hand? – Gift, seh' ich, war
> Sein Ende vor der Zeit. – O Böser! alles
> Zu trinken, keinen güt'gen Tropfen mir
> Zu gönnen, der mich zu dir brächt'? – Ich will
> Dir deine Lippen küssen. Ach, vielleicht
> hängt noch ein wenig Gift daran, und läßt mich
> An einer Labung sterben. *(Sie küßt ihn.)* Deine Lippen
> Sind warm. –

So stirbt Julia nicht an der giftigen »Labung« vom Mund des Geliebten, sondern von eigner Hand mit Romeos Dolch. Wie haben wir
uns den allerletzten Akt vorzustellen? Gewiß nicht anders als im
Falle von Tristan und Isolde: »Sie fällt auf Romeos Leiche und
stirbt« lautet die Szenenanweisung. Wir könnten ergänzen: »Ihre
Lippen auf die seinen pressend.«

Wie Hamlet und Othello sind Romeo und Julia zu Symbolfiguren
geworden. Dem Zauber ihrer schwermütigen Leidenschaft in einer
»aus Blumenduft, Mondschein und Nachtigallenschlag« (E. Friedell) gewobenen Atmosphäre vermag sich selbst in unserer Gegenwart kaum jemand zu entziehen. Noch heute bewegt ihre Geschichte die Gemüter.

Im Werk von Shakespeare fehlt es nicht an Küssen. Sie erscheinen
in reicher Vielfalt. Das abgemessene Gewicht legt den Gedanken
nahe, die Menschen- und Lebenskenntnis des Engländers schließe
auch die Finessen des Oskulatorischen mit ein. Zwei weitere Beispiele sollen dieses Kapitel beschließen. Zunächst *Othello*, die Tragödie der Eifersucht aus Ehrliebe. Von Leidenschaft verzehrt, bringt
Othello die geliebte Desdemona nach zahllosen Küssen um. Als er
seinen Fehler begreift, ersticht er sich. In einem letzten Kuß stirbt
er:

> Ich küßte dich,
> Eh' ich dir Tod gab – nun sei dies der Schluß:
> Mich selber tötend sterb' ich so im Kuß.

Ganz in der Tradition der großen Liebespaare stirbt Othello auf
dem toten Körper der geliebten Frau. Er richtet sich selbst, gewiß;
aber vor allem sucht er den Tod, weil er diejenige nicht überleben
will, die er liebt.

Im zweiten Teil von *Heinrich VI.* nimmt Suffolk, des Verrats angeklagt, schweren Herzens von seiner Herrin, Königin Margaretha, deren Günstling und heimlicher Geliebter er war, Abschied, um in die
Verbannung zu ziehen. Nur einen Wunsch bewegt ihn: zu sterben,
die Seele auszuhauchen als Kuß in den Mund seiner Dame:

Ich kann nicht leben, wenn ich von dir scheide;
Und neben dir zu sterben, wär' es mehr
Als wie ein süßer Schlummer dir im Schooß?
Hier könnt' ich meine Seele von mir hauchen,
So mild und leise wie das Wiegenkind,
Mit seiner Mutter Brust im Munde sterbend;
Da, fern von dir, ich rasend toben würde,
Und nach dir schrein, mein Auge zuzudrücken,
Mit deinen Lippen meinen Mund zu schließen:
So hieltest du die flieh'nde Seel' entweder,
Wo nicht, so haucht' ich sie in deinen Leib,
Da lebte dann sie in Elysium.
Bei dir zu sterben, hieß' im Scherz nur sterben,
Entfernt von dir, wär' mehr als Todesqual.
O laß mich bleiben, komme was da will!

»Das grüne Paradies der jungen Liebesfreuden«: Über den ersten Kuß

Hinweise und Anspielungen auf unser Thema finden sich zuweilen da, wo wir sie am wenigsten erwarten. So in Sören Kierkegaards *Entweder – Oder*, dem ersten großen Werk des dänischen Philosophen (und Dichters). Wir haben bereits ausführlich daraus zitiert. Denn in seiner Betrachtung über den Kuß, die Teil des »Tagebuchs eines Verführers« bildet, erwähnt Kierkegaard mögliche Klassifikationen der Küsse: 1. Nach dem Geräusch, 2. Nach der Berührung, 3. Nach der Zeit. Was die Klassifikation nach der Zeit betreffe, d. h. die Einteilung in kurze und lange Küsse, so gebe es da noch eine zweite Möglichkeit: Man könne den ersten Kuß unterscheiden von allen übrigen. »Es wird da auf etwas reflektiert«, schreibt der Philosoph, »was zu den übrigen Kategorien in keinem Verhältnis steht; Geräusch und Berührung, Zeit sind da irrelevant. Der erste Kuß ist qualitativ verschieden von allen andern, das ist's! Daran denken wohl die wenigsten Menschen; es wäre eine Sünde, wenn nicht wenigstens einer darüber nachdächte.«

Nun, unser Fast-Autor einer Kußtheorie hat recht. Über den ersten Kuß, über diese erste verzückte Berührung, von der ein eigener Zauber ausgeht, eine Faszination, der nur wenige Menschen sich zu entziehen vermögen, wurde seltsamerweise zunächst kaum nachgedacht. Erst mußte es zur Romantisierung der Liebe kommen. Von Herder stammen die eindeutigen, wenn auch eher bescheidenen Verse:

Ach, daß uns ewig bliebe
    Der Augenblick
Im ersten, holden Kuß der Liebe
    Das reinste Glück.

Wenn ein Autor den Ehrentitel »Dichter des ersten Kusses« verdient, so ist es Jean Paul. Mindestens dreimal geht der Schöpfer des »Schulmeisterlein Wuz« in aller Behaglichkeit auf das oskulatorische Initiationserlebnis ein: In den *Mumien*, wo er die Küsse seines Helden in den buntesten Farben aufscheinen läßt, in *Siebenkäs* und in der *Selbsterlebensbeschreibung*. Mit letzterer scheint allerdings Vorsicht geboten. Wir wissen, daß Jean Paul, kaum daß er mit der Niederschrift seiner Lebensbeschreibung begonnen hatte, die Lust an diesem Geschäft wieder verlor. Dem Freund Emanuel Osmund klagt er, durch seine Romane sei er so sehr ans Lügen gewöhnt, daß er zehnmal lieber jedes andre Leben beschriebe als sein eigenes. Ist das schöne »Der Kuß« überschriebene Kapitel aus Jean Pauls *Selbsterlebensbeschreibung* nun eher der »Dichtung« zuzurechnen oder der »Wahrheit«? Wir geben im folgenden, nicht zuletzt auch wegen der Rarität von Kußbildern bzw. –szenen in der deutschen Literatur, dieses Kapitel möglichst ausführlich wieder:

»Kuß« (aus *Selbsterlebensbeschreibung*)

Wie früher dem Kirchenstuhl gegenüber, so konnt' ich nicht anders als zur erhöhten Schulbank hinauf – denn sie saß ganz oben, die Katharina Bärin – mich verlieben, in ihr niedliches rundes rotes blatternarbiges Gesichtchen mit blitzenden Augen und in ihre artige Hastigkeit, womit sie sprach und davonlief. Am Schulkarneval, das den ganzen Fastnachtvormittag ein nahm [und] in Tänzen und Spielen bestand, hatt' ich die Freude, mit ihr den unregelmäßigen Hopstanz zu machen und so dem regelrechten gleichsam vorzuarbeiten und vorzutanzen. Ja bei dem Spiele »wie gefällt dir dein Nachbar« – wo man auf das Bejahen des Gefallens zu küssen befehligt wird und auf das Verneinen einem Hergerufnen unter einigen Ritterschlägen des Klumpsackes laufend Platz zu machen hat – trug ich letzte häufig neben ihr davon; eine Goldschlägerei, durch die meine Liebe wie das edelste Metall größer wurde, und ein unterhaltendes Abwechseln wie sie mir immer den Hof verbot und ich sie immer an den Hof rief, waltete ob.

Alle diese böslichen Verlassungen (desertio malitiosa) konnten mir die Seligkeit nicht abschneiden, ihr täglich zu begegnen, wenn sie mit ihrem schneeweißen Schürzchen und Häubchen über die lange Brücke dem Pfarrhause entgegenlief, aus dessen Fenster ich schauete. Sie freilich zu erwischen, um ihr etwas Süßes nicht sowohl zu sagen, als zu geben, z. B. einen Mundvoll Obst – dies war ich, so schnell ich auch durch den Pfarrhof eine kleine Treppe hinablief, um die Vorbeilaufende unten im Fluge zu empfangen, meines Wissens nie imstande. Aber ich genoß genug, daß ich sie vom Fenster aus auf der Brücke lieben konnte, was, hoff' ich, für mich nahe genug war, da ich gewöhnlich immer hinter langen Seh- und Hörröhren mit meinem Herzen und Munde stand. Ferne schadet der rechten Liebe weniger als Nähe. Wäre mir auf der Venus eine Venus zu Gesicht gekommen: ich hätte das himmlische Wesen mit seinen in solcher Ferne so sehr bezaubernden Reizen warm geliebt und es ohne Umstände zu meinem Morgen- und Abendstern erwählt zum Verehren.

Inzwischen hab' ich das Vergnügen, alle, welche in Schwarzenbach bloß ein wiederholtes Joditz der Liebe erwarten, aus ihrem Irrtum zu ziehen und ihnen zu melden, daß ich es zu etwas brachte. An einem Winterabende, wo ich meine Prinzessinsteuer von Süßigkeiten schon vorrätig hatte, der gewöhnlich nur die Einnehmerin fehlte, beredete der Pfarrsohn, der unter allen meinen Schulkameraden der schlechteste war, mich zum verbotenen Wagstücke, während ein Besuch des Kaplans meinen Vater beschäftigte, im Finstern das Pfarrhaus zu verlassen, die Brücke zu passieren und geradezu (was ich noch nie gewagt) in das Haus, wo die Geliebte mit ihrer armen Mutter oben in einem Eckzimmerchen wohnte, zu marschieren und unten in eine Art von Schenkstube einzudringen. Ob Katharina aber zufällig da war und wieder hinaufging, oder ob sie der Schelm mit seiner Bedientenanlage unter einem Vorwande herunterlockte, auf die Mitte der Treppe; oder kurz wie es dahinkam, daß ich sie auf der Mitte fand; dies ist mir alles nur zu einer träumerischen Erinnerung auseinandergeronnen; denn eine plötzlich aufblitzende Gegenwart verdunkelt dem Erinnern alles was hinter ihr ging. So stürmisch wie ein Räuber war ich zuerst der Geber meiner Eßgeschenke, und dann drückt' ich – der ich in Joditz nie in den Himmel des ersten Kusses kommen konnte, und der nie die geliebte Hand berühren durfte – zum ersten Male ein lange geliebtes Wesen an Brust und Mund. Weiter wüßt' ich auch nichts zu sagen, es war eine Einzigperle von Minute, etwas, das nie da war, nie wiederkam; eine ganze sehnsüchtige Vergangenheit und Zukunft-Traum war in einen Augenblick zusammen eingepreßt; und im Finstern hinter den geschloßnen Augen entfaltete sich das Feuerwerk des Lebens für *einen* Blick und war dahin. Aber ich hab' es doch nicht vergessen, das Unvergeßliche.

Ich kehre wie eine Hellseherin aus dem Himmel auf die Erde zurück und bemerke nur, daß diesem zweiten Weihnachtsfest der Ruprecht, da er ihm nicht vorlief, nachlief und ich nach Hause kommend schon unterwegs den Boten fand und zu Hause stark gescholten wurde über mein Auslaufen. Gewöhnlich fällt immer nach zu heißen Silberblicken der Glücksonne ein solcher Schlossen- und Schlackenguß. Was tat es mir? Mein Paradies war durch nichts zu ersäufen; denn blüht es nicht noch heute fort bis an diese Feder heran?

Es war, wie gesagt, der erste Kuß, und zugleich, wie ich glaube, der letzte dazu, wenn ich nicht absichtlich, da sie noch lebt, nach Schwarzenbach fahren und da einen zweiten geben will. Wie gewöhnlich nahm ich während meines ganzen Schwarzenbacher Lebens mit meiner telegraphischen Liebe vorlieb, welche noch dazu ohne einen antwortenden Telegraphen sich erhalten und beantworten mußte. Aber wahrlich, niemand tadelt die Gute weniger als ich, wenn sie damals schwieg oder jetzt noch – nach ihres Mannes Tode –; denn ich mußte mich später in fremdes Lieben und Herz immer erst langsam hineinreden; es half mir nichts, daß ich sogleich mit fertigem Gesicht und allem Außen schon dastand; allen diesen körperlichen Reizen mußte später erst die Folie der geistigen von mir unterlegt werden, bevor sie genugsam glänzten und blendeten und zündeten. Aber dies war eben das Fehlerhafte in meiner unschuldigen Liebeszeit, daß ich, ohne Umgang mit der Geliebten, ohne Gespräche und Einleitung, ihr bei meiner dürren Außenseite die ganze Liebe auf einmal hervorgefahren zeigte und kurz daß ich ordentlich als der Judenbaum vor ihr stand, der ohne den Umschweif von Ästen und Blättern die weiche feine Blüte aus der unansehnlichen Rinde hervortreibt.

Wir hatten weiter oben Kierkegaard und seine Beschäftigung mit dem Kuß erwähnt. In dem gleichen Werk, wo sich die Kuß-Passage findet, also *Entweder – Oder*, ist auch ausführlich die Rede von Mozarts *Don Juan*. Don Juan und Küssen – die Verbindung bietet sich an. Aber denken wir an erste Küsse, wenn Don Juans Name fällt? Oder, anders gesagt, war Don Juan »ein Fanatiker des ersten Kusses«, wie der Don Juan-Forscher Selim Lanzenstroem meint? Sicherlich nicht, wenn wir an die frühen Bearbeitungen des Stoffes denken. Als brutaler Schurke erscheint darin der Held, im Sturmschritt nähert er sich den Frauen. In der Folge mausert sich der zielstrebige Verführer zum Idealisten, den die gelungene Eroberung ernüchtert. Wie ihn nach gewonnener Schlacht das Opfer nicht mehr interessiert, so lebt er nur für den Augenblick der Liebe. Da er die Frauen von vornherein als Episode einsetzt, kennt er nur erste Küsse. Aber auch das ist nur *eine* Deutung der Don Juan-Figur. Daneben gibt es andere.

Direkt auf Kierkegaard bezieht Max Frisch sich in seinem *Don Juan oder die Liebe zur Geometrie* (1953). Der Dramatiker bescheinigt dem Philosophen, die »beste Einführung zu Don Juan« verfaßt zu haben. Don Juan als Intellektueller, von Schwermut gequält, narzißhaft gejagt, ein Mann, der nicht an Kuß und Verführung denkt, sondern an die Geometrie, seine Lieblingsbeschäftigung. Um die Verführerrolle loszuwerden, inszeniert er gar die eigene Höllenfahrt. Ganz anders Montherlands Drama. Fünf Jahre später entstanden, steigert es das Verführungsspiel zur Besessenheit. Don Juan tritt auf als »Möchtegern-Frauenheld«, dessen Lippen sich unaufhörlich bewegen, zur klappernden Mühle geworden sind. Er ist ein so amüsanter wie unerträglicher Schwätzer: »Ein Mann sagt, was ihm gerade einfällt.« Schwätzen als Ersatzhandlung für Küssen oder ähnliches? Im Sinne von Freuds Überlegungen zur frühkindlichen Sexualität? Der Gedanke ist keineswegs so abwegig, wie es im ersten Moment erscheinen mag.

»Wir küssen gern«, schreibt die englische Autorin Adrienne Blue, »weil Küssen in unserer ersten großen Liebesaffäre eine Rolle spielt.« Die erste große Liebesaffäre? Sie gilt der Brust unserer Mutter. Näheres zum Thema steht, wie wir weiter oben hörten, bei

Freud. Die Lippen des Gegenüber wären demnach immer nur das zweitbeste. Don Juan als der ewig Unbefriedigte, Hungrige? Wie Casanova? Ein Sisyphus eigener Art. Das erste Mal ist das letzte Mal: »Es gibt keine Wiederkehr.« Was daraus folgt? Max Frisch verkündet es nicht ohne Ironie – der Handkuß. Don Juans Ruhm als Verführer, schreibt der Schweizer Autor, sei »ein Mißverständnis seitens der Damen«.

Der erste Kuß – Schlüssel zum »Paradies der Liebesfreuden«. In Baudelaires Gedichtzyklus »Die Blumen des Bösen«, als »die Sittlichkeit gefährdend« einst verurteilt, stehen die Verse:

Das grüne Paradies der jungen Liebesfreuden,
die Spiele, Lieder, Küsse und der Blumenstrauß,
der Geigen hinterm Hang erregendes Vergeuden,
die Krüge Weins vor Nacht im kleinen Gartenhaus –
das grüne Paradies der jungen Liebesfreuden,
unschuldig Paradies, verstohlenen Glückes Hag …

Angesichts dieser prägenden Vorgeschichte erübrigt es sich wohl, der Frage nachzugehn, ob Küssen »gelernt« werden muß. Jeder von uns ist, zumindest *per definitivum*, eine oskulatorische Naturbegabung. »Voll Zärtlichkeit richtete sie den Blick auf mich«, dichtet Marcel Proust in *Das Bekenntnis eines Liebenden* (1932), »ich beugte mich nieder zu ihr und berührte ihre Lippen mit den meinen. Es war das erste Mal. Wie lange dieser Kuß gedauert hat, weiß ich nicht. Ich konnte einfach nicht aufhören, ich fürchtete, diese alles durchdringende Süße werde nie wiederkehren, wenn unsere Lippen sich erst einmal getrennt hätten. Wer noch nie in einem solchen Augenblick die erschreckende, beängstigende Lust empfunden hat, zu einem einzigen, von nun an unteilbaren Wesen zu verschmelzen, weiß nicht, was lieben heißt.«

Dennoch gibt es Abstufungen. Von dem ersten Kuß eines »unerfahrenen Mädchens« erzählt Ernest Hemingway in *Wem die Stunde schlägt*: »›Ich kann nicht küssen‹, sagte sie. ›Ich versteh einfach nichts davon.‹ – ›Du brauchst mich nicht zu küssen.‹ – ›Doch. Ich muß küssen. Alles muß ich tun.‹« Anschließend das Geständnis, sie habe noch nie einen Mann geküßt. Seine Reaktion: »›So ist es Zeit, daß du mich küßt‹ – ›Das wollte ich ja auch‹, sagte sie. ›Aber ich weiß doch nicht, wie.‹« Nun das Versprechen, sie wolle wirklich versuchen, ihn sehr gut zu küssen. »›Küß mich ein wenig‹. – ›Ach ich weiß doch nicht, wie?‹ – ›Küß mich einfach.‹« Sie küßte ihn auf die Wange. »›Nein, so nicht.‹ – ›Wo sollen bloß die Nasen hin? Ich hab mich immer gefragt, wo die Nasen hinkommen.‹ – ›Schau, dreh den Kopf zu mir.‹« Was dann geschah, ist rasch gesagt: Seine Lippen preßten sich auf die ihren, sie schmiegte sich an ihn, und ihr Mund öffnete sich ein wenig.

Freilich, die Nasen. Das Wohin mit ihnen als Problem. Auch Ingrid Bergman soll diese Frage gestellt haben, als sie mit Humphrey Bogart den Film *Casablanca* drehte. Ob der griesgrämige Bogart wirklich kommentiert hat, mit ihrem Hitlergruß hätten die Deutschen doch gezeigt, wie solche Probleme sich lösen lassen? Wir melden Zweifel an.

Kehren wir, um das Kußerleben zu runden, zurück zu Sören Kierkegaards »Tagebuch eines Verführers«. »Nichts Schöneres gibt es«, lesen wir darin, »als die erste Periode der Verliebtheit, wo jedes Zusammensein, jeder Blick dir eine neue Freude nach Hause mitgibt.« »Sie küßt mich«, ließe sich mit einer Stelle aus einem anderen Werk Kierkegaards ergänzen, »unbestimmt wie der Himmel das Meer, mild und ruhig wie der Tau die Blume, feierlich wie das Meer des Mondes Bild.« Erste Küsse: »Blinkfeuer der Erinnerung«, schreibt Jean Giraudoux, um dann, lächelnd wohl, fortzufahren, nicht alles, was blinkt, ist Gold – auch Schlußlichter blinken.

»You may now kiss the bride«:
Der »verpfändete« Kuß

Ehe dem Kuß, dessen biologisch-physiologische Basis das Kußfüttern ist, Symbolwert zukam, war er schlicht Liebeskuß: Ein (An-)Zeichen von Liebe, wie Weinen ein (An-)Zeichen von Trauer, Schmerz ist. Ausdrucksform. Wer dächte hier nicht an das Bild der Mutter, die mit den Lippen die Wangen ihres Babys berührt. Aus dem statischen, deskriptiven Zeichen wurde dann ein Symbol. Als solches »bedeutet« der Kuß Liebe. Die Information, die er übermittelt, bedarf keines Kommentars. Der kulturelle Horizont sichert ihm die Basis, fixiert seinen Stellenwert im Code. Ob »Kußjahr« als »das erste Jahr der Ehe« oder »Kußmonat« als »Flitterwochen«, die Botschaft war eindeutig. Kuß und Küssen gewinnen eine Bildkraft, die weit über den Index innerer Zuneigung hinausreicht. »Indem Liebende sich küssen«, kann der hl. Ambrosius (4. Jh.) jetzt schreiben, »hängen sie sich gegenseitig an und ergreifen gleichsam voneinander Besitz ›durch die Süße inneren Wohlwollens‹. Liebende begnügen sich gemeinhin nicht mit der Berührung ihrer Lippen, sondern schenken sich gegenseitig ihre Seele, ihre Gesinnung, ihren Willen.« Ein gewaltiger geistiger Zusammenhang erscheint ins Bild gedrängt. Auf ihm beruht die theologische wie rechtliche Legitimität des Küssens. Besitzergreifen durch Küssen: Der Kuß wird zum Gegenstand von Sachherrschaft und Rechtsbeziehungen.

Wir wissen nicht, wann der Kuß als Siegel oder Abschluß einer Heiratszeremonie bei den Römern gebräuchlich wurde. Es ist fraglich, ob die frühen Jahre der Republik, die für ihre Strenge bekannt sind, einen solchen Brauch geduldet haben würden. Dennoch dürfte der Hochzeitskuß eine Rolle gespielt haben, wenn auch weniger als erotisches Symbol. Er war viel eher eine Art Zauberritual, das seelisch-körperliche Einheit stärken, vielleicht sogar bewirken sollte. In dieser Funktion könnte er sehr alt gewesen sein.

Die früheste Erwähnung dieses Kusses durch einen Christen findet sich bei Tertullian, wenn er von der »Anverlobung« heidnischer Frauen spricht. Sie verbänden sich mit den Männern in Körper und Geist durch den Kuß und indem sie einander die rechte Hand reichten. »Wenn sie dann für die Verlobung verschleiert werden, weil sie durch Kuß und Rechte nämlichem Körper als Geist verbunden sind [...].« Es ist anzunehmen, daß diese Sitte noch zu Lebzeiten des griechischen Kirchenschriftstellers Origenes (185–251) fortbestand.

In der Gesetzgebung der Kaiserzeit spielte das Küssen allgemein eine bedeutende Rolle. Der Kuß, den der Mann der Frau bei der Verlobungszeremonie gab, räumte dieser nicht unwesentliche Rechte ein. Denn sie wurde durch ihn eine *quasi uxor*, was nichts anderes heißt, als daß ihr Status nun »so gut wie der einer Gattin war«. Kam es dann trotzdem nicht zur Heirat, drohten schwere Strafen. Man ging davon aus, daß der Kuß ein Zeichen geistig-leiblicher Gemeinschaft sei und daher rechtmäßig nur in der Ehe seinen Platz haben dürfe. Ohne zu übertreiben, könnte man sagen, daß der Kuß hier die Funktion eines »Pfands« der Ehe erfüllte. Das »Kußrecht« regelte auch die Frage, was mit den Verlobungsgeschenken zu geschehen hätte, falls einer der beiden Partner vor der Hochzeit stürbe. Waren sie von einem Kuß begleitet gewesen, so hatte beim Tod des Bräutigams die Hälfte davon an die Braut oder deren Erben zu fallen. Der Kuß als *delibatio pudicitiae*: »Verminderung der Keuschheit«.

Das »Eheverlöbnis« zwischen Albrecht von München-Bayern und Elisabeth von Württemberg, Tochter des Grafen Eberhard IV., sah für den Fall eines Zerwürfnisses ein »Reuegeld« und die Verpfändung der Stadt Göppingen vor. In Hebbels Trauerspiel *Agnes Bernauer* heißt es dann: »Nothafft von Wernberg: Ja, und ich sollte dem Württemberger die Schlüssel von Göppingen abfordern, weil die Heirat durch die Flucht seiner Tochter unmöglich geworden sei, und also das Reuegeld herausgezahlt werden müsse!« (I, 14)

Handelt es sich mithin um eine Bevorzugung der Braut vor dem Bräutigam? Ja und nein, auch wenn dieser im gleichen Fall leer ausging. Die Begründung, mit der die Rechtsgelehrten aufwarteten: Ein Opfer sei der Kuß, zu dem die Partnerin sich aus Liebe herbeigelassen habe. Das Kußrecht regelte also den Schaden, der durch den ersten Männerkuß entstanden sein könnte. Eine Form von »Kranzgeld«, wie es später (nach § 1300 BGB) als Schadenersatz für die »Versehrung« der »Geschlechtsehre« einer unbescholtenen Verlobten zu zahlen sein würde. »Geküßtes Weib – geheiratetes Weib« hieß es. Und nach diesem Anspruch richtete sich alles Weitere. So daß, unter Juristen, allen Ernstes die Frage diskutiert werden konnte, ob ein Mädchen, das sich küssen läßt, noch den Jungfernkranz tragen dürfe. Ob sie dadurch eines Legats mit der Klausel: »*si pudice vixerit*« – »wenn sie züchtig gelebt hat« verlustig gehe. Oder gar, ob »*actio repudii*« – »ein Scheidungsprozeß« stattzufinden habe, wenn Verlobte einander mit Bissen traktierten.

Kuß als Pfand und – Opfer. Wie genau man es damit nahm, geht auch daraus hervor, daß eine Frau, die sich von einem andern als ihrem (gesetzlichen) Verlobten bzw. Ehemann küssen ließ, nach derselben alten Gesetzgebung ihre ganze Mitgift einbüßen konnte. Der ältere Cato soll gar ein Gesetz durchgebracht haben, das dem Ehemann verbot, seine Frau im Beisein der Kinder zu küssen. Daß der für seine Hartnäckigkeit bekannte Konsul tatsächlich auf die Einhaltung des Gesetzes bedacht war, bewies er nicht zuletzt dadurch, daß er den Bürgermeister von Rom, Manitius, seines Amtes enthob. Die Begründung: Dieser habe »am hellichten Tage« seine Frau vor den Augen seiner Tochter geküsst und solcherart gegen das Gesetz verstoßen.

In seinen Lebenserinnerungen erzählt der Schauspieler Henry Fonda eine Anekdote, die »Der unfreiwillige Verlobungskuß« überschrieben werden könnte. Ein Freund hat ihn zu einem Wochenendausflug nach Princeton eingeladen. Mit von der Partie sind zwei Mädchen und deren Mutter, eine Mrs. Davis. Ehe sie aufbrechen, macht der Freund den Vorschlag, die Reise mit einem geheimen Wettbewerb zu verbinden. Jedesmal, wenn einer von ihnen es schaffe, eines der Mädchen zu küssen, solle ihm ein Punkt gutgeschrieben werden. Wer die meisten Punkte zusammenbringe, habe gewonnen. Unter dem Vorwand, ihren Töchtern die Sportarena von Princeton zu zeigen, gelingt es den beiden jungen Männern am nächsten Abend, Mrs. Davis abzuhängen. Kaum seien sie an ihrem Ziel angelangt gewesen, berichtet Henry Fonda weiter, habe sich der Freund mit einem der Mädchen aus dem Auto davongemacht. Er selbst sei mit dem andern auf dem Rücksitz zurückgeblieben. »Ich wußte, ich würde nicht gewinnen, aber ich wollte mir die Demütigung ersparen, vor mir selber als Versager dazustehn. So redete ich mir gut zu und sagte zu mir: ›Du mußt, du mußt sie küssen!‹ Als ahnte das Mädchen, was in mir vorging, blickte es mich erwartungsvoll an. Was hatte ich schon zu verlieren. So beugte ich mich schließlich vor und hauchte ihr einen Kuß auf den Mund.« Doch wie groß muß die Überraschung des schüchternen Küssers gewesen sein, als er am nächsten Morgen, kaum daß er zusammen mit dem Freund Mutter und Töchter zum Zug gebracht hatte, einen Brief von »seiner« jungen Davis erhielt. Und was für einen Brief! »Ich habe meiner Mutter von unserem schönen Mondscheinerlebnis erzählt«, hieß es darin. »Sobald wir zu Hause sind, wird sie die Verlobung bekanntgeben.« Als Schreiberin firmierte niemand geringerer als Bette Davis. Jahrelang habe er einen Bogen um sie gemacht, bekennt Henry Fonda.

Aber was heißt eigentlich »Verlobung«? Ihr kam in der Vergangenheit weit größere Bedeutung zu als heute. Manches, was dieser Zeremonie Glanz und Gewicht gab, ist inzwischen in Vergessenheit geraten. Nicht die bis ins 8. Jahrhundert bezeugte Hochzeit, sondern die Verlobung war der eigentliche Akt der Eheschließung. Verlobt zu sein bedeutete bereits, miteinander schlafen zu dürfen. Die Hochzeit zelebrierte ein *fait accompli*. Bis zur Gründung des Bismarckschen Reiches hielt das Allgemeine Landrecht Preußens an dieser Regelung fest. Das heißt nichts anderes, als daß die Verlobten nun zur wechselseitigen Gestattung der »Beiwohnung« verpflichtet waren. Einen anderen Standpunkt wird dann das Bürgerliche Gesetzbuch vertreten. Wie dem auch sei, nicht anders als Griechen und Römer maßen die Germanen der Verlobung keine geringere Bedeutung bei als wir heute der Hochzeit. »Gemahl« nannten sich die Partner nach der Verlobung. »Gemahl« hängt zusammen mit dem englischen *to meet*: »treffen«, »begegnen«, und gehört zu einem inzwischen untergegangenen mittelhochdeutschen Verb *gemahelen*: »zusammensprechen«, »durch Vertrag aneinanderbinden«. So war die Verlobung zweier Menschen in alter Zeit kaum anderes als ein Vertrag, den zwei Sippen vor der Volksversammlung abschlossen.

»Verloben« indessen gehört zu »loben« und dieses wiederum zur Wortfamilie von »lieb«. Deutlicher macht die oben erwähnten Zusammenhänge die englische bzw. französische Entsprechung zu »Verlobung«: *engagement*, ein Wort, das eigentlich »Hinterlegung eines Pfandes« bedeutet. »Pfand« meint bekanntlich die zur Sicherung einer Verpflichtung gegebene Sache. Auch wenn wir heute kaum noch an diese materielle Seite denken. Angetan hat es uns eher das »Unterpfand«. Von »Unterpfand« der Liebe sprechen wir gern. Aber das Unterpfand war gerade das, was der Pfandempfänger dem Verpfänder (Pfandgeber) beließ. Wir schätzen es offenbar höher als die Pfänder selbst, zu denen, wie wir sahen, auch der Kuß sich rechnen läßt.

Wo konnte die junge christliche Religion einst anknüpfen? Gewiß nicht bei einem Kuß, der sich als »Pfand« verstehen ließ. Aber daneben gab es die tiefverwurzelte Vorstellung vom Kuß als Mittel der Lebenseinhauchung und der Seelenverschmelzung. Die magisch-religiöse Tradition also. Zudem hatte bereits der »heilige Kuß« seinen Platz im religiösen Leben. Es galt nur eine Brücke zu finden vom Gedanken der mystischen Einheit von Christus und seiner Gemeinde zur Verbindung zweier Menschen »in einem Fleisch«. Mit der Deutung der Ehe als Symbol für das mystische Einswerden von Christus und Kirche, wie der Apostel Paulus es tut, war dieses Ziel erreicht.

Zum festen Bestandteil der Heiratszeremonie wurde der Kuß im Christentum. Einbezogen in das »Brautamt«, d. h. den Hochzeitsgottesdienst, vermochte sich der Brauch des Kußtauschs bis ins späte Mittelalter zu halten. Bisweilen wurde der Hochzeitskuß auch mit dem liturgischen Friedenskuß verschmolzen. Dies mag unter dem Einfluß des Sittenwandels geschehen sein. Vielleicht war aber der Wunsch ausschlaggebend, die eigentlich christliche Bedeutung des Kusses hervorzuheben. Denn es darf nicht vergessen werden, daß die Haltung, die die Kirche der Heirat gegenüber einnahm, in den frühen Jahrhunderten und noch im Mittelalter alles andere als ermunternd war. Die Theologen sahen in Jungfräulichkeit und absoluter Keuschheit wohl auch deswegen höchste Ideale, weil sie eine Art Bollwerk gegen den Abfall von Gott darstellten. Heirat galt bestenfalls als notwendiges Übel, als rechtmäßiges Zugeständnis an die menschliche Schwäche: notwendig für die Erhaltung der Spezies.

Bei den frühen Christen fand ein Echo weniger Christi Billigung der Ehe als vielmehr deren widerwillige Tolerierung durch den Apostel Paulus: »Ich wollte lieber, alle Menschen wären, wie ich bin; aber ein jeglicher hat eine eigene Wahl von Gott, einer so, der andere so. Ich sage zwar den Ledigen und Witwen: Es ist ihnen gut, wenn sie auch bleiben wie ich. So sie aber nicht mögen sich enthalten, so laß sie freien; es ist besser freien denn Brunst leiden« (1 Kor. 7,7–9). Stimmen dieser Art gab es viele. Am nachdrücklichsten äußert sich der hl. Hieronymus in *Adversus Iovinianum.* Im Mittelalter erfreute sich dieses Werk größter Beliebtheit.

Hieronymus, neben Tertullian Hauptvertreter asketischen Frauenhasses und -schimpfs, erinnert seinen Leser daran, daß es einen großen Segen bedeute, nicht an eine Frau gebunden zu sein: Denn solcherart sei man frei, Christus zu dienen. Wer bereits verheiratet sei, begegne seiner Frau besser nicht als Geliebter, sondern als Ehemann. Für den Kuß bedeutet solche Abwehr, daß er keine große Chance hatte. Im Grunde blieb sein Platz frei und ließ sich leicht mit dem Gottes- und dem Friedenskuß besetzen. Aus dieser Zurückhaltung mag sich erklären, daß »Hochzeit ohne Priester« im Volksmund »Küssfest« genannt wurde.

Es ist deswegen nichts Ungewöhnliches, wenn es im *Handbuch des Aberglaubens* lapidar heißt: »Verlobungs- und Hochzeitskuß sind lediglich Symbol geschlechtlicher Vereinigung.« Deutlich zeige sich dies an einem Brauch der Oberpfalz. Vor der Hochzeit werfe der Bräutigam vor allen Anwesenden, die schon neugierig warteten, die Braut auf das soeben aufgestellte Brautbett. Dann lege er sich neben sie und gebe ihr einen Kuß. Dieser Akt sei als symbolische Ablösung des früheren öffentlichen Beilagers zu deuten. Zeremonieller Verlobungs- und Hochzeitskuß könnten mithin nur als »sublimierte Form des ehelichen Einswerdens« gelten. Nenne nicht Thomas Murner, der vielseitige Satiriker des 16. Jahrhunderts, die Flitterwochen gar »Kußwochen«?

Inwieweit der Volksglaube, daß Küssen zu Empfängnis führen könne, echter Glaube ist oder schlicht aitiologischer, d. h. »zweckmythologischer« Vorbeugung dient, mag dahingestellt bleiben. Einer späten mittelalterlichen Legende zufolge wurde die Jungfrau Maria *ex osculo,* d. h. durch einen Kuß empfangen. Natürlich wirkt in dieser Geschichte auch die Vorstellung von der unbefleckten Empfängnis weiter. Zudem: Ist die Zahl der Optionen nicht sowieso äußerst begrenzt? Jedenfalls waren Joachim und Anna nach zwanzig Ehejahren noch immer kinderlos. Als seine Opfergabe vom Hohenpriester zurückgewiesen wird, zieht Joachim sich beschämt mit seinen Schafen in die Einöde zurück. Doch der Herr hat Erbarmen mit ihm. Der Erzengel Gabriel verkündet erst ihm, dann der in Jerusa-

lem zurückgebliebenen Anna, daß sie ein Kind haben werden. Nach
Hause eilend begegnet Joachim an der Goldenen Pforte von Jerusalem Anna, seiner Frau, und sie grüßen einander mit einem Kuß. In
dieser Mund-zu-Mund-Begegnung wurde die Jungfrau Maria empfangen. Ob bei dieser Empfängnis die »Samenkraft« des Speichels
eine Rolle gespielt hat, ist nicht überliefert.

Bekanntlich hat Giotto (gest. 1337) als erster den Kuß an der Goldenen Pforte gemalt. Diese Berührung in quadrolabialer Vertrautheit war damals noch ein recht gewagter Vorwurf für einen Maler.
Nicht zuletzt in der sakralen Kunst. Im Mittelalter hatte der Kuß
eben eine viel intimere Bedeutung, als wir uns heute vorstellen können. Gewiß, die Umgangsformen der Liebe kennen wir (fast) nur
aus ihrem Niederschlag in der Literatur. Jedoch diente der Kodex
höfischer Begriffe, Regeln und Formen nicht ausschließlich dazu,
der Kunst eine moralische Grundlage zu sichern. Er verlangte auch
deren Anwendung bzw. Beachtung in einem durch die Aristokratie
repräsentierten Alltagsleben, in dem Liebe und Religion keineswegs
einander ausschließen. Selbst dann, wenn es ums Küssen geht. Im
allgemeinen benutzt die mittelalterliche Ikonographie das Motiv des
sich küssenden Paares zur Verbildlichung des Lasters der *luxuria*:
»Üppigkeit«. »Üppig« ist verwandt mit »über«. Es bedeutet ursprünglich »über das Notwendige hinausgehend«, »überflüssig«.
Nicht nur auf reichliches Wachstum: Pflanze, Haar, Busen, beziehe
sich das Wort, auch und vor allem auf »den sinnlichen Genuß dienende Dinge«. Ein »üppiges Leben« ist ein »der Wollust geneigtes«,
»lasterhaftes« Leben, wie Schiller in *Maria Stuart* (I, 1) bestätigt.

Biß oder Kuß? Dracula und kein Ende

Johannes Secundus, »der große Küsser«, läßt sein Kußgedicht »Basium VIII« mit der Frage beginnen: »Welch Rasen hat, Neaera, / du
Törin, dir geboten, so anzufallen, so zu / verletzen meine Zunge
mit grausam-wildem Bisse?« In »Blut gebadet« habe die Zunge des
Geliebten ihr Biß. Fast hätte das Beißen in einem Bissen geendet.

Johannes Secundus verzichtet darauf, die Grenzen zur Glossophagie zu überschreiten. Nicht Blut sucht der Bißkuß, sondern Lust.
Einen Teil des »normalen menschlichen Geschlechtsverkehrs« sieht
E. Bornemann im Biß. Angelegt in der »phylogenetischen Struktur
des Menschen«, möge er die Urform des Kusses darstellen. Gebe es
nicht in den indischen Lehrbüchern der Liebe sechs klar definierte
Formen des Liebesbisses? Dennoch bewegt Johannes Secundus sich
an der Grenze zu sadomasochistischer Lusterfüllung. Diese Grenze
wirklich zu überschreiten, wird Dracula vorbehalten sein, einem
Vampir. Die Faszination, die von Vampiren ausgeht, beruht nicht zuletzt darauf, daß sie Verkörperung sind der nicht- oder vorgeschlechtlichen, potentiell »nichtbinären« Sexualität.

In dem Vampirroman, der zum berühmtesten der Gattung werden sollte, Bram Stokers *Dracula* (1897), bittet der Titelheld den jungen englischen Rechtsanwalt Jonathan Harker zu sich nach Transsylvanien, um mit ihm über den Ankauf eines Grundstücks in England
zu verhandeln. Stokers Leser begegnet Harker erstmals am 3. Mai in
Budapest, wo er, unterwegs zu Draculas Schloß, Rast zu machen gedenkt. Ursprünglich hatte der Autor anderes im Sinn gehabt. Nicht
Budapest sollte dem Roman Eröffnungs- und Einstimmungsbilder
liefern, sondern ein Ort in der Nähe von München. Statt am 3. Mai
hätte der Vorhang über dem Vampirdrama sich am Vorabend des
1. Mai geöffnet, in der Walpurgisnacht, jener Nacht also, da, der
Überlieferung zufolge, auf dem Blocksberg die Hexen zusammenkommen. Der junge Engländer, neugierig und unternehmungslustig,
ist aufs Land hinausgefahren und hat sich dort in ein verlassenes
Dorf verirrt. Unversehens findet er sich am Grab der »Gräfin Dolingen von Gratz in der Steiermark«, letzte Ruhestatt einer Selbstmörderin, die in dem Ruf stand, Vampir zu sein. Dracula selbst, in der
Gestalt eines grauen Wolfs und eines Telegramms im richtigen Augenblick, rettet den verzweifelten Harker aus seiner Bedrängnis.

Was uns an dieser Geschichte interessiert, kann wohl kaum Bram
Stokers Verbeugung vor seinem Landsmann Sheridan Le Fanu sein.
Denn es ist kein Zufall, daß die Grazer Gräfin an die Heldin von Le
Fanus meisterhafter Vampirerzählung *Carmilla* erinnert. Uns beschäftigt vielmehr die Frage, weshalb der englische Autor die Wal

purgisnacht wichtig genug fand, um sie mit einer Anspielung zu bedenken. Angekündigt wird »Walpurgis« in Goethes *Faust* bekanntlich von Mephisto mit den Worten: »Ein bißchen Diebsgelüst, ein bißchen Rammelei. / So spukt mir schon durch alle Glieder / Die herrliche Walpurgisnacht. / Die kommt uns übermorgen wieder.« Zeit also für die Unholden, sich zu rüsten für das nächtliche Treiben auf dem Blocksberg. Auch Beelzebub, der Höllenfürst, ist unter den Herbeieilenden. »Teufel«, wollen wir gleich hier wiederholen, der Name des von Gott abgefallenen und zu dessen Widersacher gewordenen Engels, bedeutet »Unruhestifter«, »Verursacher von Unordnung«, sprich: »Durcheinanderwerfen«. Nicht allein »in Bewegung« bringt er das »Ordentliche«, auch »durcheinander«. Dracula als ein Teufel, den es vom Blocksberg nach Transsylvanien verschlagen hat?

Dracula ist ein Spitzname. Der wirkliche Name des historischen Dracula, eines wallachischen Prinzen bzw. Woiwoden aus der 2. Hälfte des 15. Jahrhunderts, war Vlad, genannt »Tepes«: »der Pfähler«. Die Namen »Dracul« und »Dracula«, der Diminutiv, wie die Variationen dazu in verschiedenen Sprachen, sind Beinamen mit zwei Bedeutungen: »Teufel« bzw. »Sohn des Teufels«, wie noch heute im Rumänischen, und »Drache« bzw. »Sohn des Drachen«. Ein Zufall? Kaum. Auch der Drache ist Symbol des Luziferischen und in Familiennähe zu Schlange, Ratte, Fledermaus und Vampir. Wie Proteus und Teufel vermag Dracula seine Gestalt zu wandeln: Er verläßt, auf dem Weg nach England, die Schiffswerft zu Whitby als Hund (!) und löst sich gar im aufsteigenden Nebel auf. Draculas Kuß ist mithin ein »Teufelskuß«, Pervertierung dessen, was wir gemeinhin »Kuß« nennen. Aber nicht als »Hinternkuß«, »Anilinctio«, sondern als eine Art von »Lambitionsakt«, an dem Lippen, Zähne und Zunge gleichermaßen beteiligt sind. Wandel, »Fließen« erscheint als Grundprinzip von Bram Stokers Roman: Wie Verfolger und Verfolgte eines sind, die Geschlechterrollen ihre Stabilität verlieren, so nimmt der Kuß mythisch-archaische Form an: Küssen, Nähren und Zeugen fallen in ihm zusammen. Wie in jener Art von Schlangenbiß, über die im 5. Jahrhundert die *Hamartigenzia* des Aurelius Prudentius aus Saragossa berichtet.

Obwohl Jonathan Harker, der wackere englische Jurist, auf dem düsteren Karpatenschloß sich bald als Gefangener fühlt und an den Rand des Wahnsinns gerät, als sich ihm drei weibliche Vampire nähern, um ihn mit ihrem blutsaugerischem Biß heimzusuchen, spürt er ein so perverses wie brennendes Verlangen, von ihren roten Lippen geküßt zu werden: »Alle drei hatten glänzende weiße Zähne, die sich wie Perlen vom Rubin ihrer sinnlichen Lippen abhoben« heißt es über den Besuch der jungen Damen im Mondschein. Und dem Heimgesuchten wird vom Erzähler bescheinigt, er habe sich unbehaglich gefühlt, so etwas wie Sehnsucht und Todesangst in einem erfahren. »Das blonde Mädchen kam näher und näher, so daß ich schließlich seinen Atem spüren konnte. Süß war er, honigsüß, und verursachte mir den gleichen Nervenkitzel wie ihre Stimme. Aber unter dem Süßen verbarg sich etwas Bitteres, Anstößiges wie im Geruch von Blut [...]. Das blonde Mädchen ließ sich auf die Knie nieder und beugte sich über mich, ganz genüßlich. Eine nachdrückliche Sinnlichkeit ging von ihm aus, erregend und abschreckend. Ich spürte ein Kribbeln an der Kehle [...]. In einer wollüstigen Ekstase schloß ich die Augen und wartete.« Wieder einmal ist es Draculas Dazwischentreten, das Harker vor dem Äußersten bewahrt.

Der Glaube an blutsaugende Nachtgespenster, Vampire, zählt zu den universalen Erscheinungen. Aus dem alten Babylon, aus Ägypten, dem Römischen Imperium, Griechenland ist er nicht weniger überliefert als aus China. Darstellungen von Vampiren finden sich bereits auf babylonischen und assyrischen Vasen, die Tausende von Jahren vor Christi Geburt entstanden. Vorfahren der Vampire des neuzeitlichen europäischen Aberglaubens sind die Lemuren, Strigen und Harpyen der griechischen Dämonologie. Zum Thema von Dichtung werden Vampire – ein Wort ungarisch-türkischer Herkunft – in Geschichten und Erzählungen der Romantik, selbst wenn es meist bei Andeutungen bleiben mag. Goethe hat das Motiv aufgegriffen in seinem »vampyrischen Gedicht«, wie er zu Schiller sagt, »Die Braut von Korinth«. Eine Romanze, deren Stoff einer antiken Gespenstergeschichte entstammt. Goethe hat ihn mit dem Vampirmotiv: »zu saugen seines Herzens Blut« verbunden.

Mit seinem Meisterwerk *Dracula* schöpft Bram Stoker aus der in ganz Europa und besonders in Serbien verbreiteten Überlieferung, wonach es Menschen gibt, die zwar »verstorben« sind, paradoxerweise aber nie zu sterben brauchen, weil sie sich vom Blut anderer (Verstorbener) nähren. Diese Vampire oder »Untoten«, »Nachseher« entsteigen nachts ihrem Grab und begeben sich auf die Suche nach Blut. Ob nur der Geist sich erhebt oder der Körper selbst, läßt die Überlieferung offen. Durch einen Biß in die Kehle saugen sie ihren Opfern das Blut aus und machen diese dadurch selber zu Vampiren. Aber Bram Stoker geht weit über die europäischen Volksüberlieferungen hinaus. Denn er scheut sich nicht, sein Legenden- und Motivmaterial mit den Berichten über den historisch verbürgten blutrünstigen Tyrannen Dracula zu verbinden. Am Ende des spannenden Duells zwischen dem Über-Dämon Dracula und seinem unmittelbaren Gegenspieler, dem niederländischen Über-Wissenschaftler van Helsing, ist viel Blut geflossen. Einige Menschen haben ihr Leben verloren und andere sind nicht länger »untot«, sondern wirklich tot. Nacht und Grauen wurden endlich bezwungen, die Särge stehen verriegelt und die Totengewölbe versiegelt. Der »untote«, schatten- und spiegelbildlose Dracula, der nur zwischen Sonnenuntergang und Sonnenaufgang seinen Sarg verlassen darf, um sich Nahrung und Blutgefährten zu sichern, hat endlich den »erlösenden« Pfahl im Herzen.

Blut sei Leben, heißt es. Bei manchen Völkern ist Blut Sitz und Träger der Seele. So steht im *Alten Testament* (5 Mose 12, 13) der Satz: »Allein merke, daß du das Blut nicht essest, denn das Blut ist die Seele.« Wer Blut aussaugt, saugt die Seele aus. Er sät anderen Tod und stiftet sich selbst Leben. Auch als Prinzip der Zeugung gilt Blut. Das Blut, das aus der Wunde Christi quillt und im Gralsbecher aufgefangen wird, ist, mit Wasser vermischt, der Unsterblichkeitstrunk *par excellence*. In der Geschichte von Dracula hat Blut viele Bedeutungen: Es ist Nahrung, Samen und dient gar der Parodierung der Eucharistie, des Blutes Christi, das ewiges Leben verheißt. Als Inbegriff des Lebens steht Blut zugleich für Fließendes schlechthin und erweist sich damit als janusgesichtig. *Panta rhei*: das heraklitische Prinzip. Ein Blick auf die Wortgeschichte von »Blut« ließe die gründende Bedeutung des Begriffs einleuchtend zutage treten.

Im Sinn von »Fließendes« gehört »Blut« zum Wortfeld von »Ball« und einer indogermanischen Wurzel, die »schwellen«, »quellen«, »sprudeln« bedeutet. Auch »Bulle«, »Phallus« und »Blüte« haben ihren Platz in diesem Umkreis. Und natürlich gehört *ballein*: »werfen« hierher. In seiner Zusammensetzung mit dem Präfix *dia-* ist es, wie erwähnt, die Grundlage für das Wort »Teufel«: »Durcheinanderwerfer«.

Haben wir es in *Dracula*, könnten wir fragen, mit einem »schwarzen Abenteuerroman« zu tun? Oder, besser noch, mit einem »schwarzen Liebesroman«? Erscheint nicht der zum blutsaugerisch-sadistischen Biß pervertierte Liebeskuß als Anti-Sakrament, das der »sexuellen Revolution« der Vampire die Weihe gibt? Dracula und seinesgleichen nehmen, in Verkehrung der bekannten Wendung, das Wort bei der Sache. »Zum Fressen lieb«, gewöhnlich uneigentlich gemeint, gerinnt in ihrer Welt zum Eigentlichen. Zugleich aber gewinnt die Sache einen neuen sexualmetaphysischen Bezug. Der Zungenkuß wird darin in den Schatten gestellt. Denn hebt bereits der Zungenkuß, wie wir gesehen haben, als »demokratischster« aller Küsse, das Geschlechtsspezifische auf, so der sexualisierende vampirische Bißkuß nicht nur dieses, sondern auch die Verwandtschaftsspezifik. Die Geliebte wird zur Tochter, zum »eigenen Blut«. »Zeugung« nicht durch »(Weiter-)Geben«, sondern durch Nehmen, im Rückfluß – als institutionalisierte Fellatio. »Als das Blut zu sprudeln begann«, läßt Bram Stoker eines der Opfer sagen, »preßte er meinen Mund an die Wunde, so daß ich entweder ersticken oder das Blut trinken mußte. O mein Gott, was habe ich getan? Das Bild, das sich bot, erinnerte auf schreckliche Weise an ein Kind, das seinem Kätzchen die Nase in den Milchnapf stößt, um es zum Trinken zu zwingen.« Draculas Ausrufe: »Fleisch von meinem Fleisch«, »Blut von meinem Blut« oder »Verwandte meiner Verwandten« sprechen, wie auch das Bild des zwangsgefütterten Kätzchens, für sich selbst.

Nicht nur eine Bedrohung der Seele geht von Vampiren aus, auch eine des Körpers. Er habe die »Stärke von vielen in seiner Hand«, wird von Dracula gesagt. Attribute wie diese betonen die perverse Körperlichkeit der Vampire, eine paradoxe Vitalität, die sie von luftigen Gespenstern unterscheidet. Ein Fuhrmann beschreibt Dracula als »den stärksten Kerl, dem ich je begegnet bin, und dabei ist er ein alter Bursche, mit einem weißen Schnurrbart, einer, der so dünn ist, daß man denkt, er kann nicht einmal einen Schatten werfen«. Männliche Aggression, die selbst in weibliche Form zu schlüpfen vermag: Gerade durch diese Kombination erreichte die Provokation eine unerhörte Potenz.

Es trifft den Nagel auf den Kopf, wenn Graf Dracula bekennt, er brauche Frauen, damit er »essen« könne. Wie der Ethnologe Claude Lévi-Strauss schreibt, gibt es traditionelle Gesellschaften, die »Essen« und »Zeugen« mit dem gleichen Verb bezeichnen. Auf Zusammenhänge dieser Art haben wir bereits mehrfach verwiesen. In James Joyce' Roman *Ulysses* findet sich eine Stelle, wo Stephen Dedalus über das Liebesleben der Vampire nachgrübelt und auf die Formulierung »Brautbett, Kindbett, Totenbett« verfällt. Später beschreibt Stephen verschiedene von der Natur nicht vorgesehene Empfängnisarten, unter ihnen die bei den Vampiren übliche »von Mund zu Mund«. »Mund zu Mund« meint jetzt nicht mehr »Lippe an Lippe«. Kuß heißt Biß, der ins bzw. ans Blut geht und eine Wunde sowie einen anderen Kuß bzw. Biß erzeugt. Eine Kette, ein »Schneeballsystem«: denn indem der Vampir seine Liebesgier befriedigt, überträgt er sie auf andere. Nur der ins Herz getriebene Pfahl vermag dem ein Ende zu machen. Draculas Kuß als eine Art »Universalkuß«? Kürzel für eine Entwicklungsgeschichte, die den Zusammenhang zwischen »Fressen« und »Lieben« nur als ferne Erinnerung und Bild kennt? Ein Kuß, »untot« wie der, der ihn küßt. Ohne Seele, aber weiterdrängend. Parodie und damit Pervertierung wie der eigentliche Teufelskuß. Daß dieser Vergleich nicht (teuflisch) »hinkt«, hat Stoker selbst deutlich gemacht. »Schweigend gingen wir zurück zur Bibliothek«, heißt es in seinem Roman, »und ein oder zwei Minuten später suchte ich meine eigenen Zimmer auf. Das letzte, was ich von Graf Dracula sah, war der rote Triumph in seinen Augen, als er mir eine Kußhand zuwarf, ein Lächeln, auf das Judas in der Hölle stolz hätte sein können.« Bruder Judas als ein Bruder Draculas? Falschheit – ins Universale gesteigert?

So ist Draculas Kuß ein Fütterungskuß, Hunger stillend (den eigenen) und Hunger stiftend (den fremden). Pervertierung auch hier.

Draculas Blutlust als Entsprechung sadomasochistischer Schmerz-
lust? Dann wäre die Angst vor Dracula zugleich die Sehnsucht nach
ihm – nach seinem Biß.

> Keine Treue ist echt, die man nie zu erzürnen vermöchte:
> Mädchen, geduldig und kühl, wünsche ich nur meinem Feind.
> Mögen die Freunde nur sehn am gebissenen Halse die Wunden!
> Zeige der bläuliche Fleck, daß mich mein Mädchen besucht.
> (Properz)

Vom Musenkuß zum Erlösungskuß

Nicht nur ein »Musenroß« gibt es, auch einen Musenkuß. War Pe-
gasus, das geflügelte Pferd, ein Liebling der Musen, der durch einen
Huftritt die Quelle Hippokrene auf dem Berg Helikon entspringen
ließ, so symbolisiert der Kuß der singenden und tanzenden Musen
die Inspiration, die Quelle künstlerischen Schaffens. Inspiration bedeutet Einblasen von *spiritus*: »Geist«. Auch hier geht es um
»Atem«, »Hauch«, die »eingeflößt« werden. Das Bild des Kusses
bietet sich mithin von selbst an.

Die neun Musen, Töchter des Zeus und der Mnemosyne, waren
Göttinnen, die im Olymp das Herz des Göttervaters erfreuten. Be-
kanntlich rufen Hesiod und Homer zu Beginn ihrer Epen (*Theogo-
nie* und *Ilias*) die Musen an und lassen sich von ihnen inspirieren.
Seitdem sind sie die Schutzgöttinnen der Künste, besonders der
Dichtkunst und Musik. Bei Catull finden sich die Verse:

> Daß du, von herbem Geschick und Unglück niedergeworfen,
> Mir dieses Brieflein schickst, mit deinen Tränen verfaßt,
> Daß ich dich, der du Schiffbruch erlittest, aus schäumenden Wogen
> Reiße empor und dich rette vom Rande des Todes,
> Dich, dem zu sanftem Schlummer die hehre Venus nicht Ruhe
> Gönnt, da du bist allein, einsam im liebleeren Bett,
> Und den auch nicht mit süßen Gedichten die Musen der alten
> Dichter erfreun, wenn nachts ruhlos sein Geist sich zerquält,
> Lieb von dir, daß du mich als Freund hast bezeichnet und von mir
> Dir der Musen Geschenk, Gaben der Venus dir wünschst!

Inspiration und Begeisterung gelten als die zentralen Begriffe, die sich mit dem Wirken der Musen verbinden. »Be-geisterung« als »Ein-gebung«, sprich: »Einhauchung« von Geist. Dies im Unterschied zu »Intuition«, »Erschauen des Bildes auf der Oberfläche des Spiegels« oder dessen Ergebnis: »das, was wir anschauen«, »der Anblick«. Zunächst stand das Wort »Inspiration« für göttliche »Eingebung« und Ergriffenheit des Menschen durch eine überwältigende Macht. Gott als »Inspirator«: »Einhaucher« der biblischen Schriften. Schon bei Ägyptern und Indern findet sich der Vorschlag, daß die heiligen Texte von der Gottheit selbst geschrieben oder gedichtet seien. Ähnliches läßt sich von den Griechen sagen. Auch sie kannten den Glauben, wonach die Götter ihre Offenbarung auserwählten Menschen eingeben. In diesem Sinn verstand Hesiod, der erste »faßbare« europäische Dichter, sich als Götterliebling.

Im Sprachgebrauch der christlichen Theologie bezeichnet der Begriff der Inspiration die Einwirkung des Heiligen Geistes auf die Propheten und Apostel, dessen Mithilfe bei der Abfassung der biblischen Texte. Spiritus Sanctus als Muse? Wir hörten bereits, daß die christliche Tradition ihn als »Kuß« von Vater und Sohn deutet. Hauch, Leben hier wie dort. Wesentliche Folge der »Einhauchung«: Die Schrift zeichnet sich aus durch »Inspiriertheit«, wird menschlichem Zugriff entzogen. Die Theologen sprechen von »Theopneustie«. Deuten wir den Begriff »Musenkuß« im Horizont christlichen Pneuma-Verständnisses, verdankt sich die Entstehung der christlichen Bücher gleichfalls einem Kuß.

Ein anderes Wort für Inspiration, sagten wir, sei »Enthusiasmus«. Im Griechischen bedeutet es, »von einem Gott inspiriert sein«. Nicht die Muse als »Einhaucher«, sondern Gott. Die archaische Theorie des Enthusiasmus läßt den Dichter »Gefäß« sein, ihn seine Dichtung »bewußtlos« aus göttlicher Eingebung vortragen. Nach Plato, der mit Sicherheit über den Begriff des Enthusiasmus nachgedacht hat, läßt der Dichter, auf dem Dreifuß der Muse sitzend und seiner Sinne nicht mächtig, das auf ihn Einströmende willig aus sich herausfließen. In der Renaissance werden Denker und Dichter sich dann vor allem auf Plato und Aristoteles berufen und in den Dichtern der heidnischen Antike folgerichtig »*die* Dichter« sehen. Scaliger, der italienische Dichter und Humanist, der zu den unermüdlichen Vermittlern der antiken Theorie gehört, ist davon überzeugt, daß der Dichter ohne Museninspiration, sprich: Musenkuß, bloßer Versemacher bleibt. Ihn »Dichter« nennen heiße, ihm zuviel der Ehre zu tun. Im 18. Jahrhundert wird Lessing in seinem 51. Literaturbrief dem bloßen »*versificateur*«: »Versemacher« oder »Reimeschmied«, das »poetische Genie« entgegensetzen. Vorbehalten ist der Musenkuß letzterem. Nur daß das Werk der Musen jetzt von der Natur, der originellen Begabung, besorgt wird. Da Lessing das »poetische Genie« in Deutschland, den »Verseschmied« jedoch in Frankreich lokalisiert, kann die »geniale Inspiration« zu einem Unterscheidungsmerkmal zwischen deutscher und französischer Literatur bzw. Kultur werden. Das Volk der Dichter und Denker: »Mit den Musen auf Du«. Und ihrem Kuß, versteht sich. Über ihn hatte, eine halbe Ewigkeit früher, Properz noch gedichtet:

> Staunen ergriff mich, was heut in der Frühe die Musen denn brächten,
>   standen sie doch um mein Bett, rot von der Sonne bestrahlt.
> Zeichen gaben sie mir, Küsse: gedenk deiner Liebsten Geburtstag:
>   dreimal zu ihrem Heil klatschten sie laut in die Hand.

Der Musenkuß als Sinnbild göttlicher Einhauchung. In der Lippenberührung wird der Geist als Hauch vermittelt. Eine andere Form des Kusses reicht den Lebenshauch weiter, als Opfer von Mund zu Mund. Nicht als Göttergeschenk, sondern als menschliche Liebesgabe. Wir sprechen vom Aussätzigenkuß. Der Kuß als Geste des Mitleidens mit dem seiner Krankheit wegen Ausgestoßenen, der, in Lumpen gekleidet, abseits von seinen Mitmenschen sich zu bewegen hatte. Die Leprakranken als eine Gesellschaft von Parias. Gibt man einem dieser Alleingelassenen einen Kuß, gerät diese Berührung mit den Lippen zu einer Demonstration christlicher Nächstenliebe, wie sie handgreiflicher und schlagkräftiger sich kaum vorstellen läßt. Nicht nur erneuernde Weitergabe des Lebenshauchs bedeutet sie oder christliche Solidarität, auch Bereitschaft, sein Leben aufs Spiel zu setzen: Das Gebot der Nächstenliebe über (egoistische) Selbstbewahrung zu stellen. Deshalb bieten die Heiligenleben nicht wenige

Beispiele für »Lepraküsse«. Es sei nur erinnert an die *Vita Martini*, die *Vita Radegundis* oder die *Blümlein des hl. Franziskus.*

Als der hl. Franz von Assisi den Entschluß gefaßt hatte, sein Leben ganz in den Dienst der Nachfolge Christi zu stellen und so zu leben, wie es die Armutsbewegung vorschrieb, bedeutete dies auch Hinwendung zu den Aussätzigen. Die ersten Jahre seines Priesterlebens verbrachte der heilige Mann damit, Aussätzige zu pflegen. So soll er eines Tages, als er irgendwo in der Umgebung von Assisi unterwegs war, den leisen, dumpfen, aber allen wohlbekannten Ton vernommen haben, der die Nähe eines Aussätzigen ankündigte und die Menschen die Flucht ergreifen ließ. Doch statt sich wegzuwenden, sei der Heilige unerschrocken zugegangen auf den Kranken, der, seine Klapper schwingend, in einiger Entfernung verharrt hatte. Ihm ins Gesicht blickend, einer einzigen klaffenden Wunde, habe er seine Hand ergriffen und sie geküßt. Der hl. Bonaventura wird schildern, wie Franz von Assisi, der »seraphische Vater«, im Haus der Aussätzigen die Kranken vom verfaulten Fleisch befreite, ihnen den Eiter abwischte und die Wunden küßte. Ja, sogar auf die von der Krankheit zerfressenen Münder habe er seine Lippen gepreßt. Warum er dies alles tat? »Was ihr nicht getan habt einem unter diesen Geringsten, das habt ihr mir auch nicht getan«, heißt es im *Neuen Testament* (Matth. 25,46). Wir spürten, schreibt Julien Green in seinem Roman *Bruder Franz*, daß wir hier an die Grenzen unserer Vorstellung gelangt sind, an den Punkt, wo der »mystische Schrekken« beginnt, wo die Liebe zu Gott, abstrakt, risikolos letztlich, zur bürdevollen, Opfer fordernden Liebe zum Menschen wird. Wagnis und Grenzerfahrung, wie sie in unserem Jahrhundert im Denken der Existenzphilosophie Ausdruck finden mag. In seinem Mysterienspiel *Verkündigung* (1912) macht Paul Claudel einen Aussätzigenkuß zum zentralen Motiv. Das Mädchen Violaine, unschuldig und »rein«, küßt in dem Drama Pierre, den Erbauer gotischer Kathedralen, der sie in einer sinnlichen Aufwallung begehrt hatte und um dieser Sünde willen von Aussatz befallen wurde, verzeihend auf den Mund. Damit nimmt sie die Krankheit, die Sünde, im Nachvollzug der Erlösung auf sich: Sie, die Reine, trägt die Sünde, die Bürde des Kreuzes – tut den Willen des Herrn, erfüllt das Gebot der Nachfolge. Noch heute kennt die französische Sprache den Ausdruck *baiser au lépreux*: »Aussätzigenkuß«. Er meint nicht nur den Kuß, der einem von ansteckender Krankheit Befallenen gegeben wird. Im Grunde versteht man darunter jeden Kuß, in dem Mitleid den Widerwillen überwindet.

Im Leprakuß ist der Wunsch lebendig, dem Kranken »Leben einzuhauchen«, »Lebensatem« zu übermitteln. Er sollte nicht verwechselt werden mit den (Wunsch-)Vorstellungen vom Heilkuß. Heilküsse stehen in dem Ruf, Krankheiten und Gebrechen zu verhindern oder gar zu heilen. Die heilende Geste zielt jetzt auf Übertragung, das Auf-sich-Nehmen der Krankheit. Deswegen ist die Heilkraft dieser Art von Kuß in der Regel auf bestimmte Personen beschränkt: »Starke« Personen, die als gegen Krankheit gefeit gelten und das fremde Übel deshalb auf sich nehmen können, ohne Schaden zu erleiden. So will die Legende, wie früher erwähnt, daß die Grafen von Habsburg stammelnde Kinder durch einen Kuß zu heilen vermochten. Die christliche Literatur ist voll von Berichten über Heilungswunder durch Verabreichung von Küssen.

SIEBENTER TEIL

Vom Zauber des Kusses zum »Zauberkuß«

»Dornröschenschlaf« – »Zauberschlaf«, belehrt uns das Wörterbuch. Hundert Jahre dauert er bei den Brüdern Grimm. Ein Kuß setzt ihm ein Ende: Bedrohung und Erlösung, Tod und Auferstehung. Jeder kennt die Geschichte von Dornröschen, weiß von der Faszination, die von diesem Märchen ausgeht. Gewiß, »erzähl mir keine Märchen!« sagen wir abwehrend; zugleich aber werden wir immer großzügiger im Umgang mit Adjektiven wie »fabelhaft«, »wunderbar« oder »märchenhaft«. Was geschieht in *Dornröschen*, einem der bekanntesten Märchen aus der Sammlung *Grimms Kinder- und Hausmärchen*, die 1812 und 1815 erstmals erschien und lange Zeit in vielen Ländern das meistgedruckte deutsche Buch war? Der einleitende Abschnitt lautet:

Vorzeiten war ein König und eine Königin, die sprachen jeden Tag: »Ach, wenn wir doch ein Kind hätten!« und kriegten immer keins. Da trug sich zu, als die Königin einmal im Bade saß, daß ein Frosch aus dem Wasser ans Land kroch und zu ihr sprach: »Dein Wunsch wird erfüllt werden: ehe ein Jahr vergeht, wirst du eine Tochter zur Welt bringen.« Was der Frosch gesagt hatte, das geschah, und die Königin gebar ein Mädchen, das war so schön, daß der König vor Freude sich nicht zu lassen wußte und ein großes Fest anstellte. Er ladete nicht bloß seine Verwandte, Freunde und Bekannte, sondern auch die weisen Frauen dazu ein, damit sie dem Kind hold und gewogen wären. Es waren ihrer dreizehn in seinem Reiche, weil er aber nur zwölf goldene Teller hatte, von welchen sie essen sollten, so mußte eine von ihnen daheim bleiben. Das Fest ward mit aller Pracht gefeiert, und als es zu Ende war, beschenkten die weisen Frauen das Kind mit ihren Wundergaben: die eine mit Tugend, die andere mit Schönheit, die dritte mit Reichtum, und so mit allem, was auf der Welt zu wünschen ist. Als elfe ihre Sprüche eben getan hatten, trat plötzlich die dreizehnte herein. Sie wollte sich dafür rächen, daß sie nicht eingeladen war, und ohne jemand zu grüßen oder nur anzusehen, rief sie mit lauter Stimme: »Die Königstochter soll sich in ihrem fünfzehnten Jahr an einer Spindel stechen und tot hinfallen.« Und ohne ein Wort weiter zu sprechen, kehrte sie sich um und verließ den Saal. Alle waren erschrocken, da trat die zwölfte hervor, die ihren Wunsch noch übrig hatte, und weil sie den bösen Spruch nicht aufheben, sondern nur ihn mildern konnte, so sagte sie: »Es soll aber kein Tod sein, sondern ein hundertjähriger tiefer Schlaf, in welchen die Königstochter fällt.«

Wie gesagt, die Königstochter fällt in einen Zauberschlaf; ein Prinz durchdringt die Dornenhecke, die das Schloß umgibt, und erlöst das Mädchen durch einen Kuß.

Inzwischen ist bekannt, daß die von der »Marie« im Wildschen Haus zu Kassel erzählte Geschichte ziemlich genau zu Perraults *La belle au bois dormant*: »Die schlafende Schöne im Walde« paßt. An einer Entlehnung des mündlich Vermittelten ist also kaum zu zweifeln. Doch auch wenn das Märchen von Dornröschen bei Perrault seine »klassische«, d. h. abschließende, auch für Deutschland endgültige »Formel« fand, geht es darin im zweiten Teil um mehr und anderes als einen Kuß: Um das Pflücken »der Früchte der Liebe«. Statt des Kusses der Liebesakt und nach neun Monaten ein Zwillingspaar, das der Mutter an die Brust gelegt wird. Und erst dessen Lippen führen die Erlösung herbei. Die durch die Brüder Grimm und Bechstein bei den Deutschen volkstümlich gewordene Fassung ist somit geradliniger, einfacher, aber auch zeichenhafter.

Grundlage bildet die *Edda*, der Komplex ihrer mythischen und heldischen Stoffe, die speziell aus dem nordischen Altertum überliefert sind. Für Jacob Grimm ist »die Jungfrau, die in dem mit einem Dornenhag umgebenen Schloß schläft, bis der rechte Königsohn sie erlöst«, niemand anderes als die von Flammen umwallte schlafende Brunhild der altnordischen Sage. Allein Sigurd vermag zu ihr vorzudringen. Statt der Spindel ein Schlafdorn. Von hier zu Perrault ist es ein weiter Weg, mit mehr als einer Zwischenstation. In einem arabischen Märchen bittet eine Frau um eine Tochter, und dies selbst für den Fall, daß diese am Geruch des Flachses zugrunde gehen sollte.

Sie bekommt wirklich eine Tochter. Als diese sich, herangewachsen, von einer alten Frau dazu verleiten läßt, Flachs zu putzen, dringt ihr eine Faser in den Finger, und sie fällt wie tot hin. In der Unzugänglichkeit eines Flusses wird ein Säulenpalast erbaut und die Schlafende darin zur Ruhe gebettet. Dort findet sie der Prinz, dem die Alte den Besitz des Mädchens versprochen hatte. Er beweint die vermeintlich Tote, betrachtet ihren Finger und entdeckt die Faser. Kurz entschlossen zieht er sie heraus. Kaum hat er dies getan, kehrt die Ruhende ins Leben zurück. Entzauberung als technisches Problem. Von Kuß ist keine Rede.

Eine bezeichnende neue Wendung bringt das berühmteste italienische Märchenbuch, das *Pentamerone*, fünfzig Geschichten, die der neapolitanische Dichter Giambattista Basile zu Beginn des 17. Jahrhunderts zusammentrug. Die fünfte Geschichte des fünften Tages ist »Sonne, Mond und Talia« überschrieben. Sie entspricht unserem »Dornröschen«-Märchen. Ihr Anfang lautet:

Es war einmal ein vornehmer Herr, der bei der Geburt einer Tochter alle Weisen und Wahrsager des Königreichs zusammenkommen ließ, damit sie ihr Lebensgeschick prophezeien sollten. Nach mehrfachen Beratungen nun sagten sie aus, daß ihr durch eine Flachsfaser große Gefahr drohe; weshalb ihr Vater, um jedem Unfall vorzubeugen, ein strenges Gebot erließ, daß weder Flachs noch Hanf noch irgend etwas Ähnliches jemals in seinen Palast gebracht würde. Als jedoch Talia herangewachsen war und eines Tages am Fenster stand, sah sie eine alte Frau vorübergehen, welche spann, und da sie niemals weder Kunkel noch Spindel zu Gesicht bekommen hatte, sie auch an dem Hinundherdrehen derselben großen Gefallen fand, wurde sie von so großer Neugier ergriffen, daß sie die Alte heraufkommen ließ und, den Rocken in die Hand nehmend, anfing den Faden zu drehen; unglücklicherweise jedoch stach sie sich dabei eine Hanffaser unter den Nagel eines Fingers, und sogleich fiel sie tot zur Erde. Sobald die Alte dies sah, eilte sie die Treppe hinunter, der arme Vater aber, von dem Unfall unterrichtet, bezahlte erst mit ganzen Fässern Tränen diesen Becher Wermuttrank, ließ dann die tote Tochter in dem Lustschloß, in welchem er sich eben befand, auf einen Samtsessel unter einem Thronhimmel von Brokat setzen, worauf er alle Türen verschloß und den Ort, welcher die Ursache eines solchen Unglücks gewesen war, verließ, um gänzlich und für immer das Andenken daran aus seinem Gedächtnis zu verbannen.

Wie später bei Grimm führen gerade die Bemühungen, dem Schicksal zu entgehen, das Verhängnis erst recht herbei. Doch Basiles Märchen kennt weder den weissagenden Frosch noch die Wünsche der Feen. Dafür aber, wie gesagt, ein Motiv, das man bei den Grimms vergeblich sucht.

> Es geschah nun aber eines Tages, daß der König auf die Jagd ging und ein Falke, der ihm von der Faust entschlüpfte, in ein Fenster jenes Schlosses flog. Da der Vogel nicht auf die Lockpfeife hörte und der König davon überzeugt war, daß das Gebäude bewohnt sei, ließ er an das Tor pochen. Nach langem und vergeblichen Klopfen befahl der König, eine Winzerleiter herbeizuholen, um selber hinaufzusteigen und sich ein Bild machen zu können. Nachdem er das Schloß ganz durchwandert hatte, war er außer sich vor Staunen, keiner lebenden Seele darin begegnet zu sein. Schließlich gelangte er jedoch in das Zimmer, wo die bezauberte Prinzessin sich befand, und da er sie im Schlaf wähnte, rief er sie an. Doch allem seinem Schreien und Rütteln zum Trotz wollte sie nicht erwachen. Von ihrer Schönheit entflammt, trug er sie in seinen Armen auf ein Lager und pflückte dort die Früchte der Liebe. Hierauf ließ er sie auf dem Bett liegen und kehrte in sein Königreich zurück, wo er dieses Vorfalls lange Zeit nicht mehr gedachte. – Nach neun Monaten gebar Talia ein Zwillingspaar, einen Knaben und ein Mädchen, die einem zweifachen Juwelenschmuck glichen. Zwei Feen, die sich im Palast eingefunden hatten, legten sie der Mutter an die Brust und oblagen auch sonst aufs sorgfältigste ihrer Pflege. Da die Neugeborenen nun einmal saugen wollen, aber die Brustwarzen nicht finden konnten, griffen sie nach einem Finger und saugten daran so lange, bis die Faser heraus war. Talia schien nun wie aus tiefem Schlaf zu erwachen und reichte den kleinen Engeln, die sie neben sich sah und sofort liebgewann wie das eigene Leben, die volle Brust. Je deutlicher sie wahrnahm, daß sie sich mit zwei Säuglingen ganz allein in einem Palast befand und von unsichtbaren Händen mit Speise und Trank versorgt wurde, desto weniger hätte sie zu sagen vermocht, was mit ihr vorgegangen war.

Jacob Grimm soll den Zug, daß einer der beiden Säuglinge der schlafenden Mutter die Flachsfaser aus dem Finger saugt, »besonders schön« gefunden haben. Nur: Warum läßt er ihn dann ungenutzt? Warum erlöst in seiner Fassung ein Kuß Dornröschen? So daß das Ineinander von Ursache und Wirkung, Stich der Spindel und Zauberschlaf, durchbrochen ist. Mangel an Verständnis für tiefenkulturelle Zusammenhänge? Da es eben doch nur um ein zeit- und raumenthobenes Märchen gehe? Der Italiener Basile trägt Sorge dafür, daß die Flachsfaser, die Talia in Schlaf fallen läßt, auch bei der Erweckung wieder ihre Rolle spielt. Was aber noch wichtiger und für unsere Überlegungen bedeutsamer ist: Der Fütterungsappell der Kinder, ihr Saugen bewirkt die eigentliche Erlösung der schlafenden Schönen. Gerade dieses Motiv mit seiner Verbindung von künstlerischer Ökonomie und Lebensbezug kommt der heutigen Märchendeutung besonders nah: Im Märchen symbolisiert der Erzählverlauf die geistig-seelischen Entwicklungsschritte des Menschen überhaupt. In scheinbarer Stagnation verrinnt das Leben der jungen Prinzessin zwischen Neugier, Rastlosigkeit und apathischem Nichtstun. Die Wiedererweckung durch die Kinder versinnbildlicht, wie leicht einzusehen ist, einen Übergang, den Grimm zum Kuß abstrahiert und damit verfremdet. Will man sich freilich einer Freudianischen Deutung anschließen, erscheint der Spindelstich als Symbol der Defloration und der Befreiungskuß als Zeichen für Überwindung der Deflorationsphobie. In der lebensnahen Fassung von Basile folgt auf den Stich die Fütterungsgeste: Sie wird zur Erfüllung und – Lohn. Wie sagte doch Goethe? »Jedes Märchen sei ein Rätsel, und sein verborgener Sinn, der durch des Dichters zeugende Kraft unsere Phantasie aufs Lebhafteste anregt, ist seine Wahrheit.«

Geist oder Leib?
Amor und Psyche als »theurgische Epiphanie«

»Amors Geschichte mit der Psyche« sei »der vielseitigste Roman, der je gedacht ward«, schreibt Herder in *Briefe über die Humanität* (VI, 64). So hoch stehe sie, daß man zweifeln müsse, ob sich Höheres überhaupt ausdenken lasse. Ähnlicher Auffassung war der Kreis um Goethe. Schwerlich sei jemals in eines Menschen Geist »etwas Lieblicheres und Zarteres aufgestiegen«, meint der Goethe-Freund Meyer in den *Propyläen* (I, 2). Der Verstand sei befriedigt, das Gemüt erfreut und das Herz entzückt. Froh schlage es »dem Werke entgegen, welches reizt, ergreift und unsre schönsten Empfindungen aufregt«. Die Kunst überschütte uns »mit ihren Wohltaten«. Solche Äußerungen muten übertrieben an. Dennoch scheinen die Anregungen, die von dem Märchen auf Dichter und Künstler ausgingen, dem Mentor und Freund Goethes rechtzugeben. Die Geschichte von Amor und Psyche hat die Phantasie der Menschen nie wieder losgelassen und zu den verschiedenartigsten Deutungen herausgefordert. Handelt es sich um Ausarbeitung eines Schöpfungsmythos aus dem Alten Iran? Um Nachklänge des Platonismus, Zeugnis von Gnostizismus? Eine theurgische, sprich: künstlich bewirkte, Epiphanie? Oder gar um ein Volksmärchen, um nur einige der Vorschläge zu nennen. Gelehrte Kontroversen haben sich an die Deutungsversuche geknüpft, zu denen immer neue hinzukommen. Seit der Renaissance fanden auch Maler und Bildhauer dankbare Motive in der auf Apuleius zurückgehenden Fassung des Märchens. Raffael griff auf sie zurück für seine Fresken in der Villa Farnesina, im Louvre lockt Canovas bekannte Gruppe Amor und Psyche den Besucher zum Verweilen. Unsterblichkeit bedeutet Nachwirken.

Apuleius, der Verfasser unserer Geschichte, kommt aus Madaura, einem numidischen Kleinstädtchen an der fernsten Küste des Römischen Weltreichs. Um die Mitte des 2. Jahrhunderts n. Chr. soll er sich in Rom niedergelassen haben. Redner, Dichter, Philosoph und Prophet, ein hellhöriger Virtuose, in dem eine bildungsstolze und schaffensarme, lustgierige und glaubenshungrige Zeit Sprachrohr und Spiegelbild fand. Ein Mann aus dem Volk, schrieb der Afrikaner Apuleius für das Volk, dem Vorbild des Cornelius Sisenna folgend, der seiner Zeit als Muster leichter Erzählkunst galt. Das Märchen von Amor und Psyche bildet das Mittelstück seines Romans *Der goldene Esel*. Man hat den »leichtfüßigen Tiefgang« des Apuleius mit »der geistreichen und ungezwungenen Art Perraults« verglichen, eines Perraults freilich, »der für große Kinder schreiben würde«.

»Es war einmal ein König und eine Königin, die hatten drei Töchter«, beginnt die Erzählung. Die jüngste, Psyche, war die schönste unter ihnen. So groß war ihre Schönheit, daß Venus eifersüchtig auf sie wurde und Amor bat, den göttlichen Schmerz zu rächen. Während Psyches Schwestern Könige heiraten, findet kein Freier sich dazu bereit, um die Hand der von Mißgunst Verfolgten anzuhalten. Als die Eltern sich an das Orakel des Apollo in Milet wenden, erhalten sie die erschreckende Antwort, ihre Tochter sei dazu verurteilt, ein Ungeheuer in Gestalt eines geflügelten Drachen zum Mann zu bekommen. Angetan mit dem Brautschmuck wird Psyche in der Folge auf einem Felsen ausgesetzt. Doch, o Wunder, kein Dämon greift nach ihr, kein Dracula erscheint. Statt dessen trägt sanfter Westwind die Einsame in einen blumenreichen Wald, wo am »grünen Ufer« ein Palast winkt. Ohne Zögern tritt Psyche ein in das, was jeder, wie es im Text heißt, »für eines Gottes Lustwohnung erkennt«. Sofort wird sie aufs prächtigste von unsichtbaren Händen bedient. Den Stimmen, die zu ihr sprechen, merkt Psyche an, »daß sich irgendeine Gottheit ihrer annimmt«. Sie folgt dem Rat, der ihr gegeben wird, und zieht sich schließlich in eines der Schlafzimmer zurück. Im Dunkel der Nacht weckt sie ein leises Geräusch: Es ist der ihr unbekannte Bräutigam. »Er besteigt das Brautbett, macht Psyche zu seinem Weib und eilt noch vor Anbruch des Tages von ihr.« Auch in den folgenden Nächten teilt der Unbekannte mit Psyche das Lager. Die Königstochter gewöhnt sich an die neue Lebensart, ja sie findet sogar Gefallen daran. Die nächtlichen Gespräche mit ihrem unsichtbaren Liebespartner ersetzen ihr alle Gesellschaft. Zunächst.

Allzubald schon erweckt Langeweile in Psyche den Wunsch, ihre Schwestern wiederzusehen. Der nächtliche Gefährte erlaubt ihr, sie einzuladen auf das Schloß. Seine Bedingung: Nie dürfe Psyche sich von ihnen dazu verleiten lassen, nach seiner Gestalt zu forschen. Ein solcher sträflicher Vorwitz werde sie »ohne Rettung von dem Gipfel des Glücks in das äußerste Elend hinabstürzen und auf ewig seinen Umarmungen entreißen«. Doch nach dem dritten Besuch der neidischen Schwestern ist Psyche bereit, sich deren neugierige Fragen zu eigen zu machen und sich dem Zweifel zu öffnen: Hat sie, die Schöne, zum Mann wirklich ein scheußliches Ungeheuer, das sie eines Tages auffressen wird? Obwohl Psyche inzwischen weiß, daß sie ein göttliches Kind erwarten kann, wenn sie ihr Versprechen hält, dem Gefährten nie bei Licht ins Gesicht zu blicken, übertritt sie das Verbot. Wie groß ist indessen ihre Überraschung, als die Lampe, die sie über den schlafenden Bettgenossen hält, ihr nicht das Bild eines Monsters enthüllt, sondern den unbeschreiblich schönen Körper des geflügelten Cupido: »Der süße Gott der Liebe ist es!« Was nun? Überdies stellt sich heraus, daß Cupido, also Eros oder Amor, mit seinen Pfeilen auch sich selbst verwundet hat. Statt den Befehl seiner Mutter zu befolgen und Psyche »durch Liebe und Ehe dem aller- nichtswürdigsten der Menschen zu verbinden«, ist er selber ihr Liebhaber geworden. »Dich aber strafe allein meine Flucht«, sind die letzten Worte des Erwachten, ehe er sich in die Lüfte erhebt.

Jetzt ist es an Psyche, Rache zu nehmen und die Schwestern ins Verderben zu schicken. Aber was soll aus ihr werden? Ist ihr der Ha- des bestimmt? Aus dem Göttersitz ihrer stillbeglückten nächtlichen Gemeinschaft vertrieben, irrt sie ratlos umher. Todwund von Amors Pfeil, an dem sie sich nun verletzt hat, verzweifelt vor Sehnsucht, Trauer und Reue verspürt sie nur einen einzigen Wunsch: Verge- bung zu finden für ihre frevelhafte Neugier. Aber inzwischen weiß auch Venus, daß ihr Sohn der verhaßten Psyche »gut ist«, und ihr Zorn wächst. Sieben Küsse »von Venus in Person« verspricht sie dem, der die Flüchtige einfängt oder nachweisen kann, wo sie sich verborgen hält. Doch unerschütterlich steht Psyche zu ihrer Liebe. Selbst die heftigen Mißhandlungen, die Venus ihr zudenkt, erweisen sich als vergeblich. Die Verlassene bewältigt die vier Prüfungsaufga- ben der Göttin und wird schließlich durch Amors Liebe gerettet. »Cupido«, schreibt Apuleius, »nicht minder von der Liebe zu Psy- che als von der Furcht genagt, seine Mutter möge ihn doch noch der Mäßigkeit übergeben, da ihr Blick auch weiterhin zürnt, nimmt hin- wiederum zu seinen gewöhnlichen Ränken Zuflucht. Er schwingt sich auf rüstigem Gefieder zum hohen Pol des Himmels, klagt da dem großen Zeus seine Not und macht ihn alsbald seinen Wünschen geneigt. – Liebreich, mit der einen Hand ihm sanft den kleinen Mund zusammendrückend, küßt ihn Zeus und richtet väterliche Er- mahnungen an ihn.« Diese gipfeln in der Aufforderung: »Er ver- mähle sich mit ihr diesen Augenblick! In Psyches Umarmung ge- nieße er fortan ewige Fülle der Liebe.« Zeus läßt Nachsicht walten.

Er macht Psyche unsterblich und verheiratet sie mit Amor. Die Tochter der beiden wird den Namen Voluptas: »Wollust«, erhalten.

An Interpretationsversuchen dieser nicht von Ironie freien Geschichte fehlt es, wie gesagt, keineswegs. Überraschen muß es deshalb, daß die, wie Hartmut Erbse es nennt, »schönste aller Szenen der Erzählung, die Schilderung der verhängnisvollen Nacht«, in der auch unser Thema, der Kuß, zu seinem Recht kommt, in den meist detaillierten Beschreibungen und Deutungen des Textes fast durchweg wie ein Stiefkind behandelt wird. Lediglich Serge Laneil zeigt sich bereit, die Entdeckungsepisode, in der Psyche ihrer Neugier freien Lauf läßt, die »wesentlichste« und »zentrale« Episode zu nennen. Wir lassen sie, zur Verdeutlichung, in der Übersetzung von August Rode hier folgen:

Jetzt war es Nacht.

Der Gemahl kam. Nach den ersten Umarmungen der Liebe sinkt er in tiefen Schlaf.

Nun überwältigt Psychen ihr böses Schicksal. Sie, sonst an Leib und Seele gleich zärtlich, ist jetzt stark und kühn genug, Lampe und Messer herbeizuholen. Sie ist kein Mädchen mehr.

Allein, was entdeckt sie, als nun des Lichtes Schimmer das Geheimnis beleuchtet? – Von allen Ungeheuern das holdeste, das liebenswürdigste!

Es ist – Cupido. Der süße Gott der Liebe ist es! Da liegt er in all seiner Schönheit. Auch die Lampe freut sich seines Anschauens und flammt heller auf, und dem Messer tut es weh, daß es so scharf ist.

Psyche stutzt. Es faßt sie Reue und Entsetzen; außer sich, leichenblaß und bebend sinkt sie in die Knie. Verbergen möchte sie das Messer; aber in ihrer Brust. Sie hätte es auch getan, wäre nicht der Stahl aus Scheu vor einem so großen Verbrechen ihrer frevlen Hand entsunken und weit von ihr hinweggeflogen.

Allgemach erholt sie sich wieder von der Schwachheit; denn ihr Auge erquickt sich an der göttlichen Schönheit des Schlummernden, und jeder Blick auf ihn war für sie neues Leben. Ach welch ein Anblick! In der Haare Gold das niedlichste Köpfchen eingehüllt. Ambrosiaduftende Locken in zierlichem Gewirre über Rosenwangen und einen Nacken, weiß wie Marmor, hinab auf Brust und Rücken irrend. Umher Glanz verbreitend, daß selbst der Lampe Licht davor erbleichte. Blendendpurpurne Fittiche an den Schultern des kleinen Fliegers, die Schwingen zwar ruhig, aber die zarten Busen der Federn in zitternder Wallung und mutwilliger Unruhe. Überhaupt ein Leib so glatt, so glanzvoll, so ganz schön, so ganz seiner Mutter, der göttlichen Venus würdig!

Am Fuße des Bettes lagen Bogen, Köcher und Pfeile, des mächtigen Gottes seliges Geschoß. Unstillbares Verlangen ergreift jetzt Psychen; neugierig beschaut sie die Waffen ihres Gemahls, befaßt sie, bewundert sie. Sie zieht einen Pfeil aus dem Köcher und versucht mit zartem Finger dessen Spitze. Noch hatte sich das Zittern der Glieder nicht gelegt, stärker als sie will, berührt sie das Eisen und verletzt sich, daß gleich Tröpfchen rosigen Blutes ihre Hand betauen. Von nun an liebt sie Amor. Ihre eigene Schuld, doch ohne ihr Wissen.

Mit jeglichem Augenblicke wird diese Liebe brünstiger; schmachtend hängt sie eine Weile über ihn hin und verliert sich im Genusse des Anschauens. Endlich sinkt sie sanft auf ihn nieder, heftet ihre Lippen an ihn und berauscht sich in Wollust: ›Ach, daß er noch nicht erwache, daß er noch nicht erwache‹, lallt ihr Herz in unnennbarem Taumel.

Allein indem sie so trunken von Entzücken sich und alles außer ihr vergißt, so weiß ich nicht, war es Meineid oder Mißgunst, was der unglücklichen Lampe anwandelte, oder fühlte auch sie sich hingerissen, solch einen Leib zu berühren und gleichsam zu küssen, genug, sie sprühet einen Tropfen glühenden Öls auf die rechte Schulter des Gottes.

Weh und Fluch dir, verwegene Lampe! Du erfrechst dich, selbst den Urheber alles Feuers zu brennen? Ist das der Dank, womit du der Liebe lohnst? Sie, die dich schuf, ihren Genuß die Nacht hindurch zu verlängern!

Vor Schmerz springt der Gott aus dem Schlafe auf. Er sieht, wie Psyche schändlich wider ihr Versprechen gehandelt hat, und gleich, ohne ein Wort zu sagen, entflieht er aus ihren Armen.

Psyche als Opfer ihrer Neugier. *Curiositas*, nicht als leidenschaftliches Verlangen nach Neuem, nach Wissen, sondern als »Verlangen zu sehen, zu hören und zu berühren mit den von der Natur gegebenen Mitteln« (Serge Laneil). Gefühl der Ungeduld, Gier nach den Dingen dieser Welt. Nichts anderes stehe hinter ihnen als der Geist des Besitzes, des Aneignens. Eine Form der *curiositas*, die an Hybris grenze. Erkenne der Leser des *Goldenen Esel* dies, sei es nicht länger eine Frage, wie das Märchen von Amor und Psyche zu verstehen ist.

Psyche hätte glücklich sein können, wäre sie mit den Nächten zufrieden gewesen, die Amor ihr widmete. Aber sie wollte mehr und anderes: »sehen«. Was treibt sie dazu, ihr »Glück« aufs Spiel zu setzen, um indiskrete Neugier zu befriedigen? Offenbar war dieses Glück doch nicht so vollständig, wie es zunächst schien. Es fehlte, was Sache der Augen bleibt. Ist nicht Psyche eine Sterbliche? So sollte es nicht verwundern, daß sie auch als Sterbliche handelt. Zu ihrer Natur gehört nun einmal eine fleischliche, sinnliche Komponente. In dem verzauberten Palast, der das Leben kontemplativer Versenkung, der »Schau«, symbolisiert, empfindet Psyche Heimweh nach der Welt des Sinnlichen. Trotz der Liebesnächte bleibt ihr Leben seltsam »abstrakt«. Dies drückt sich aus, wie wir sahen, in dem Wunsch, die Schwestern wiederzusehen, ein konkretes »Du« zu haben. Die Neugier, die zum Wesen des Menschen gehört, aber in der Schau zur Ruhe gekommen war, erwacht wieder und führt zum Untergang. Erneut hat Psyche sich der Versuchung des Sinnlichen ausgesetzt und ist unterlegen. Kurz zuvor hatte sie noch versichert: »Und nicht forsche ich mehr nach deinen Zügen, nichts macht mir selbst die nächtliche Finsternis aus: Ich hab doch dich, du mein Licht.« Dieses innere Licht, die mystische Erleuchtung, der Aufschwung, muß offenbar immer neu geleistet werden. Dazu bedarf es des Glaubens und – der Blindheit. Beides kam Psyche unter dem Einfluß der Schwestern abhanden.

Jeder Blick der Augen auf den frevlerisch von ihr enthüllten Körper des Gefährten bedeutete für Psyche »neues Leben«. »Unstillbares Verlangen« ergreift, erfüllt sie. Neugierig betrachtet sie die Waffen des Schlafenden, Pfeil und Bogen, befaßt, bewundert sie und verletzt sich an ihnen: »Von nun an liebt sie Amor.« Pfeilwunde hier wie dort, mit Folgen, die später an jene von Tristan und Isoldes Liebestrank erinnern werden. Hätte Psyche sich also nicht zum Wortbruch hinreißen lassen, wäre ihr die Erfahrung von »Genuß«, »Taumel«, »Entzücken«, »Ekstase«, ja vom »Rausch der Wollust« versagt geblieben. Mit »jeglichem Augenblick« sei ihre Liebe »brünstiger«, »schmachtender« geworden. Psyche sei auf den Geliebten niedergesunken und habe ihre Lippen auf seinen Mund gedrückt, »berauscht in Wollust«. Dann das unerwartete Ende des visuell-taktilen

Experiments. Ein Tropfen glühenden Öls, der ihm auf die rechte Schulter sprüht, bringt das Erwachen des Gottes. Amor entflieht aus Psyches Armen. Zwar sucht die Unglückliche ihn festzuhalten: Sie erhascht ihn mit beiden Händen beim Fuß, aber vergeblich. Er reißt sie mit sich empor, »bis ihr die Kräfte entgehen und sie zur Erde zurückstürzt«. Amor, der Gott, der eine Sterbliche auf unsterbliche Weise liebt; Psyche, eine Sterbliche, die einen Unsterblichen auf sterbliche Weise, ekstatisch, brünstig, schmachtend, sehnsuchtsvoll und wollüstig zu lieben sucht. Ihr sinnlicher Kuß, geküßt, *nachdem* Amors Pfeil sie »getroffen«, faßt dies alles zusammen. Ein Kuß, der einem Gott gegeben wird, aber die Welt im Auge behalten will. Statt des Aufschwungs ein Fall, der nur, wenn der Gott bereit gewesen wäre, sich gleicherweise fallen zu lassen, in einem neuen Aufschwung hätte aufgefangen werden können. Schließt dies aus, wäre an dieser Stelle zu fragen, daß es sich um eine allegorische Dichtung handelt, die zeigen will, wie die Menschenseele nach Irrtum und harter Prüfung zu Gott erhoben wird? Wohl kaum. Hier mag uns Erich Neumanns tiefenpsychologische Deutung des Textes weiterhelfen.

Erinnern wir uns: Durch die Schwestern, die »andern«, wurde Psyche bewußtgemacht, daß sie sich mit einem Ungeheuer, einer Bestie, eingelassen hatte. Mußte sie hierdurch nicht in offenen Konflikt geraten mit ihrer Liebeserfahrung, in der Eros eben nur ihr »Gemahl« war? Und mußte Psyche sich deswegen nicht gedrängt fühlen, die beiden Perspektiven zu versöhnen und die »wirkliche« Gestalt ihres Partners zu erforschen? Nach dem Buch *Amor und Psyche* von Erich Neumann (1971) führt der Gegensatz zwischen einer die Bestie hassenden und einer den Gemahl liebenden Psyche zum Handlungsdrang. Wenn in der Folge Amor verschwinde, lasse er Psyche »erweckt« zurück. Sie hat Amor »erkannt«: Sie liebt. »Im Licht der einbrechenden Liebe erkennt Psyche den Liebhaber als Geliebten und Eros als Gott, der Oberes und Unteres zugleich und in einem ist und der beides miteinander verbindet.« Den matriarchalischen Raum verlassend, schreibt Neumann, erreiche Psyche den seelischen Bezirk, »der als ›die Erfahrung des Weiblichen in der Begegnung‹ die Voraussetzung der weiblichen Individuation ist«. Mit Psyches Liebestriumph, ihrem Einzug in den Olymp habe sich für die abendländische Menschheit ein Prozeß vollzogen, der Jahrtausende nachwirken sollte. Seit zwei Jahrtausenden stehe nun schon die Liebe als »Mysterienphänomen der Psyche« im Zentrum der seelischen Entwicklung und im Mittelpunkt von Kultur als Kunst und Religion. Über die christliche Nonnenmystik und die Liebe der Troubadours, über Dante und Beatrice bis zum Ewigweiblichen Fausts sei diese »mysterienhafte Entwicklung der Psyche« in Frau und Mann nicht zur Ruhe gekommen. Fünfzehnhundert Jahre habe es gedauert, bis es »unter gänzlich neuen Voraussetzungen« wieder möglich und sinnvoll geworden sei, »von einem Wandlungsweg und von einem Göttlichwerden menschlicher Psyche zu sprechen«.

Nun, auch wenn der Kuß im Märchen des Apuleius sich als erweckende sinnlich irdische Gebärde vollzieht – man könnte sagen, als Siegel auf Psyches Erfahrung (weiblicher) Individuation –, griffen die römischen Christen das Motiv auf und bezogen es ein in die Darstellungen auf ihren Sarkophagen. Mit einem Kuß haucht Eros, der Gott der Liebe, der menschlichen Seele nun neues Leben ein. Ein heidnischer Eros als christlicher Gott, mit dem die Seele des Abgeschiedenen sich vereinigt. Versinnbildlicht Psyches Kuß bei Apuleius das (weibliche) Wissen um weltlich-sinnliche Dinge, so der Kuß auf den Sarkophagen oder in den Schriften des hl. Ambrosius das Wissen um das Göttliche schlechthin, die »Anwesenheit des Wortes in der Seele«. Und die Neugier? Augustinus wird sie zum (negativen) Kampfbegriff einfärben gegen die antike Philosophie, sie als Teil der Augenlust verstehen, die für ihn Selbstgenuß des Menschen ist. Seine Verurteilung der Neugier als Vehikel eines sich selbst genießenden Erkenntnisvermögens trifft zugleich den Kuß. Bedeutet nicht auch er »Erkenntnis«, die zugleich Genuß ist?

Brennend in Reinheit:
Auf dem Weg zum »romantischen Kuß«

Vom »romantischen Kuß« sprechen heißt auf das eingehen, was
man später »romantische Liebe« genannt hat. Was ist »romantische
Liebe«? Auch hier müssen wir uns Rat holen in den Lagerhäusern
europäischer Bildungstradition. Das differenzierende Adjektiv »romantisch« wurde im 17. Jahrhundert entlehnt aus dem französischen
romantique, das bereits selber eine Ableitung von französisch *roman*: »Erzählung«, »Roman« darstellte. Wie Roman bedeutete das
Adjektiv zunächst »dem Geist der mittelalterlichen Ritterdichtung
gemäß, romanhaft«, nahm aber, beeinflußt vom englischen *romantique*, den Sinn »poetisch«, »phantastisch«, »wunderbar«, »aben-
teuerlich«, »gefühlsbetont«, »schwärmerisch« und ähnliches an. Romantische Liebe als gefühlsbetonte, schwärmerische Liebe? Die
oder der Geliebte als Schwarm? In der Reformationszeit bezeichnete man die »als Schwarm«, d. h. wie die (schwärmenden) Bienen
sich bewegenden Sektierer als »Schwarmgeister« und gebrauchte
»schwärmen« in der übertragenen Bedeutung »wirklichkeitsfern
denken«, »sich begeistern«. Entrückung also, Ekstase, für die in der
mittelalterlichen Mystik die Verben »entzücken« wie »verzücken«
gebraucht wurden. »Verzückung seines ganzen Wesens«, beschreibt
Flaubert in seiner *Erziehung des Herzens* den Zustand seines Helden
Frédéric Moreau, der die »hinreißende Gewalt« der Liebe kennengelernt hat. Doch während »verzücken« seinen alten Sinn bis heute
bewahrt, wurde »entzücken« in der Barockzeit auf die »Seligkeit der
Liebe« übertragen. An den ursprünglichen Sinn »rauben«, »eilig
wegnehmen« denkt inzwischen niemand mehr.

Erste Spuren dessen, was wir mit »romantischer Liebe« assoziie-
ren, lassen sich im Leben der englischen Puritaner aufspüren. Eine
solche Behauptung mag manchen zum Widerspruch herausfordern.
Ob nicht Zweifel in ihm aufsteigen, wenn er in einem zeitgenössi-
schen Erbauungsbuch mit dem Titel *Eheliche Ehre (Matrimonial
Honor)* der Forderung begegnet, Eheleute sollten »wie süße
Freunde« sein? Auf zweihundert Seiten singt der Verfasser, Daniel
Rogers, ein Loblied der Liebe, einer Liebe, die für ihn »eine liebliche

Verbindung von geistiger Zuneigung und fleischlicher Anziehung«
ist. Natürlich meint Rogers die eheliche Liebe, Verbindung von »Le-
bensgeist und Herzblut«. Meldet sich hier, könnten wir tatsächlich
erstaunt fragen, wirklich ein Puritaner zu Wort? Keine Sorge, wir
haben es kaum weniger mit der Stimme des Puritanismus zu tun als
in dem folgenden Beispiel. Auch wenn abstinent, asketisch und pu-
ritanisch gewöhnlich als Synonyme zitiert werden.

An einem Oktoberabend des Jahres 1720 soll der verwitwete
Richter Samuel Sewall die gleichfalls alleinstehende Mrs. Winthrop
besucht haben, der er ein paar Abende früher einen Kuß »geraubt«
hat. Mrs. Winthrop reicht ihm ihre behandschuhte Hand, und als
Richter Sewall sie in der seinen hält, sagt er: »Würden Sie mich von
Grobheit freisprechen, Madam, wenn ich Ihnen den Handschuh ab-
zöge?« Die Dame fragt ihn schelmisch, weshalb er das tun müsse,
und er antwortet auf schöne, wenn auch eher schlichte Weise: »Es
macht einen großen Unterschied, Madam, ob man eine tote Ziege
oder ein lebendiges Leder anfühlt.« Daß die Dame, leicht errötend
vielleicht, Handschuh und Hand dem Richter überließ, ist kaum zu
bezweifeln. Puritanische Liebe als eine Form der Zuneigung, deren
Wurzeln bis zu den mittelalterlichen Troubadours und zu Castiglione zurückreichen. Liebe rechtfertige Blindheit (»Schwärmen«),
wird es jetzt heißen, entschuldige die Übertreibung der Vorzüge des
oder der Geliebten, des »loving companion«.

Als Dichter des puritanischen Idealismus gilt John Milton. Man
hat diesen von Italien begeisterten englischen Dichter das letzte
Kind der Renaissance genannt. Als Gast des Marquis von Villa, Giovanni Battista Manso, der ein alter Freund von Tasso und ein Gön-
ner von Marini gewesen war, hatte Milton Gelegenheit gehabt, die
Kultur jenseits der Alpen mit eigenen Augen zu studieren. Liest man
die Scheidungs-Traktate dieses als bärbeißig geltenden Republika-
ners, fühlt man sich allerdings eher ins Mittelalter versetzt als in die
Welt der Renaissancekultur. Selten läßt der Dichter eine Gelegenheit ungenutzt, sich in Haßtiraden gegen die Frauen zu ergehen.
Und doch liegt seiner Misogynie ein idealistisches, quasi-romanti-
sches Liebeskonzept zugrunde.

Zwischen zwei Erscheinungsformen menschlicher Sexualität unterschied Milton: einer edlen, schönem und natürlichem Verlangen entspringenden, und einer giftig schwelenden, ausschweifenden und gewöhnlichen, der die Liebe fehle. Sex war auch in Miltons Augen natürlich und gesund. Als »normaler« Mensch unverheiratet zu bleiben und, was für ihn selbstverständlich ist, dann enthaltsam zu leben, hält er für »teuflische Sünde«. Wenn die Katholiken so nachdrücklich für den Zölibat einträten, dann lasse sich diese Verzichtshaltung nur aus dem Einfluß des Antichrist erklären. Liebe als Macht, die Körper und Geist in eins faßt, Mann und Frau »liebende Gefährten« sein läßt und dem Wort »brennen« einen neuen Sinn gibt. Zwar erkläre der Apostel Paulus, es sei besser zu heiraten als zu »brennen«, doch habe er damit nicht unbedingt sexuelles Verlangen gemeint, sondern jenes »reine und eher angeborene Verlangen«, sich »einer passenden und ansprechenden Seele« zu verbinden. In *loving companionship* finden die beiden Partner Trost und Friede, eine Harmonie, deren Ausdruck nun einmal auch der Kuß ist.

Von der Schöpfung des Menschen und dem Sündenfall handelt das Hauptwerk Miltons, das Epos *Paradise Lost*: »Das verlorene Paradies« (1667 bzw. 1674). Der nach Shakespeare bedeutendste Dichter Englands hat keine Bedenken, die Liebesbeziehung von Adam und Eva darin weder durch Zweifel noch durch Schuld getrübt sein zu lassen: Und so zogen sie, heißt es im vierten der zwölf Bücher des Werks (in der Übersetzung von H. H. Meiser), »Ins Innerste der Laube, Hand in Hand, / Und auch von der Entledigung befreit / Der unbequemen Hüllen, die wir tragen, / Legten sie ohne weiteres sich nieder; / Und Adam wandte sich gewiß nicht ab / Von seiner holden Frau, und Eva nicht / Von den Mysterien ehelicher Liebe: / Was immer Heuchler spröde sprechen mögen / Von Reinheit, Unschuld und Gebührlichkeit, / Als unrein schmälern, was Gott rein erklärt, / Und einigen befiehlt, allen erlaubt.«

Wie in der Genesis ißt Eva den Apfel. Doch bei Milton zieht Adam an einem Strang mit Eva, und er tut dies nicht so sehr aus (verbotenem) Wissensdrang als vielmehr aus Liebe zu der Gefährtin. Adam ißt vom Apfel, weil er Eva nicht allein in die Sünde stürzen lassen will. Seine Schuld besteht darin, daß er Liebe und Treue zur Frau höher stellt als den Gehorsam gegenüber Gott.

Hast du dich, Adam, nicht gewundert, wo
Ich blieb so lang? Du hast mir so gefehlt,
Und hatte lange Zeit, wo du nicht warst,
Ein Liebessehnen, wie ich's nie zuvor
Verspürt und nie mehr spüren möchte, denn
Ich möchte nicht ein zweites Mal erfahren,
Was ich voreilig suchte, unerprobt,
Den Schmerz der Trennung, deinem Blicke fern.
[...]
Wie kann ich leben ohne dich? Wie missen
Den süßen Umgang und den Liebesbund
Mit dir, so teuer mir, um einsam wieder
In dieser Waldeswüstenei zu leben?
Schüfe mir eine zweite Eva Gott
Aus einer zweiten Rippe auch, es wollte
Mir dein Verlust nie wieder aus dem Sinn,
Nein, nein! Mich ziehn die Bande der Natur;
Fleisch bist du meines Fleisches, Bein von Bein,
Und nimmermehr soll etwas dein Geschick
Von meinem scheiden, weder Glück noch Leid.

So aß auch Adam vom Apfel, und beide wurden überwältigt von einer neuen Art des Verlangens. Nicht Begehrlichkeit hat zur Erbsünde geführt, sondern die Erbsünde zu Begehrlichkeit. Was nichts anderes heißt, als daß die beiden ersten Menschen die Liebesvereinigung schon kannten, bevor sie vom Baum der Erkenntnis aßen. Ihre Liebesverbindung schafft neue Reinheit, lichtet den Schatten, der durch Übertretung des Verbots auf sie gefallen ist. Das letzte Wort haben nicht länger der hl. Augustinus und seine Kirche.

Nicht nur auf die englische Romantik hat Milton gewirkt, auch auf die deutsche. Welche vermittelnde Rolle die Gefühlsexpeditionen der Empfindsamkeit dabei spielten, ist heute Gemeinplatz des Wissens. Zu diesem gehört, daß die Weltsicht der Empfindsamen aus dem Pietismus schöpft und ihr (männlicher) Freundschaftskult demonstrativem Tränenguß und Kußerweis geradezu rituelle Bedeutung beimaß. Man gefällt sich darin, unter Tränen »heilige« Seelenbündnisse zu schließen und sie mit Küssen zu besiegeln.

Küssen unter Tränen. Wie kommt es zu diesem extravertierten Verhalten, das an Exhibitionismus grenzt? Von der »Schwulentheorie« unserer Tage auf groteske Weise mißverstanden, verdankt es sich einer Befreiung, die zugleich ein »In-die-Pflicht-Nehmen« ist. Der mitleidigste Mensch sei der beste Mensch, meint Lessing (»Brief über das Trauerspiel an Nicolai«). Wir könnten auch sagen: der »empfindende Mensch«. Empfinden, Gerührtwerden – wie tritt es in Erscheinung? Als Gefühlsäußerung. Weil ich gerührt, »bewegt« bin, berühre ich, zeige ich Rührung, Bewegung. Was einst Gottes war, ist jetzt des Nächsten, insbesondere des Freundes. Das 18. Jahrhundert als das Jahrhundert der Freundschaft, des »Freundschaftskults«. Berühmt wurden die Dichterkreise um »Vater Gleim«, den führenden Vertreter der deutschen Anakreontiker. (Freundschafts-)Kuß und Umarmung galten dem unermüdlichen Briefschreiber und Förderer junger Talente als selbstverständlicher Gefühlstribut. In Wort wie in Tat.

»Vergessen Sie nicht, zu mir auf einen Kaffee und auf einen Kuß zu kommen«, schreibt Klopstock an Gleim (16. Juni 1750). Ähnliche, wenngleich freimütigere Worte richtet der junge Idyllendichter Schmidt an den verehrten Nestor Gleim: »Ich habe Sie eigentlich auf einen Kuß von mir eingeladen, und das wird auch einer sein von zärtern als von männlichen Lippen [...].« Handelt es sich wirklich um »Ausartung des Küssens unter Männern«, wie das *Deutsche Wörterbuch* konstatiert? Die Verfasser hätten sich auf den Aufklärer J. T. Hermes berufen können. In dessen Bestseller *Sophiens Reise von Memel nach Sachsen* (1769 f.) steht zu lesen, es sei »entzückend« gewesen zu sehen, wie die beiden Freunde sich grüßten: »diese beiden Männer ließen nichts von jenen schon sehr zweideutigen Freundschaftsbezeugungen sehn: keine Umarmung, keinen Kuß«. Verstand gegen Gefühl? Ja und nein. Denn auch Lessing wandte sich gegen die neue Kußmode, dichtete aber: »Ein Kuß, den mir ein Freund verehret, / das ist ein Gruß, der eigentlich / zum wahren Küssen nicht gehöret: / aus kalter Mode küßt er mich.«

Weltweite Beachtung fand die bewegte Freundschaft zwischen Jean-Jacques Rousseau und Denis Diderot. Als dem inhaftierten Diderot schließlich Park und Schloß von Vincennes als Zwangsaufent-

halt angewiesen worden waren und er wieder Freunde empfangen
durfte, soll Rousseau ihn wie folgt begrüßt haben: »Unaussprech-
licher Augenblick! [...] Nur ihn sah ich: Ein Sprung, ein Aufschrei
der Freude, und ich preßte mein Gesicht an das seine. So eng war
die Umarmung, daß ich kein Wort hervorzubringen vermochte. Tränen und Seufzer waren meine Sprache. Dennoch erstickte mich das
Gefühl von Zärtlichkeit und Freude« (*Bekenntnisse).* Selbst unter
weniger tragischen Umständen gehörte es zum guten, sprich: empfindsamen Ton, sich als »Bewegter« darzustellen und Freunden oder
Bekannten gegenüber an Umarmungen und Tränen nicht zu sparen.
Und natürlich auch nicht an Küssen.

Überhaupt: was wäre die Empfindsamkeit ohne die Anregungen,
die sie Rousseau verdankt? Goethes *Werther* als ihr weithin sichtbarer Höhepunkt. Wir werden auf die beiden Autoren und ihr Kon-
zept der romantischen Liebe zurückkommen. Ehe wir uns in ihrem
Namen dem *baiser âcre,* »dem bittersüßen Kuß«, zuwenden, beansprucht der Kuß als Zeitvertreib, der galante, kokette und »er-
spielte« Kuß zunächst noch Aufmerksamkeit.

Als luftige Creme serviert:
Scherz am Rande der Tragik

Wer behauptet, der Gefühlskult der empfindsamen Stürmer und
Dränger habe die Verstandeskultur der Aufklärung ersetzt, der
greift daneben: Nicht mit Ersetzung haben wir es zu tun, sondern
mit Ergänzung. Gefühls- und Verstandeskultur gehören zusammen.
Die Dichtung der Empfindsamkeit ist nicht weniger der Aufklärung
verhaftet als jene des Rokoko, die ihrerseits Tendenzen der Aufklärung und Züge der Empfindsamkeit verbindet. Vom »absoluten In-
einandergeschmolzensein von Aufklärung, Rokoko, Frühromantik«
spricht der Literaturwissenschaftler Victor Klemperer in seinen *Ta-
gebüchern.* Er ist nicht der einzige, der die Dinge so sieht. Einer der
Grundzüge der Rokokozeit ist bekanntlich das sinnenfrohe Streben,
Leben und Kunst in zierliche, dekorativ graziöse Form einzubrin-

gen. Unter dem Motto »Lebensfreude – Sinnengenuß« gewinnen
Themen wie Geselligkeit, Freundschaft, Lieben – Küssen eine eigene produktive Bedeutung. Küssen als – Spiel? Nicht leidenschaftliche Exklamation, sondern diskretes manierliches Fragezeichen.

Kampf der Langeweile: das Unerwartete soll es sein, das Reizvolle, Anregende, Abwechslung Verschaffende. Wie auch das
Schönheitspflästerchen es verspricht. Leben als Genuß, die Liebe als
Liebhabertheater, auf dem der Kuß als luftige Creme serviert wird.
Man nehme einander, ohne sich zu lieben; man verlasse einander,
ohne sich zu hassen, heißt es im Erzählwerk von Crébillon fils, der
den Libertins der zeitgenössischen vornehmen Gesellschaft den
Spiegel vorhält. Erotik als graziöses Gesellschaftsspiel, der Regel folgend, frei von Leidenschaft. »*Cool*« lautet die Parole, die der neue
Geist ausgibt. Gefühl geht am Gängelband eines Verstandes, der
verhindert, daß es sich zum »blinden Instinkt« der Leidenschaft auf-
bläht, statt artig sich vorgeschriebener Form zu unterwerfen. Mehr
als zwei Jahrhundert sind vergangen, seit Castiglione sein Evangelium verkündete. Die Zeit des Italieners als graue Vorzeit?

Galanterie und Koketterie: Auch das Gefühl besteigt die Schaukel. Tatsächlich kommt die Schaukel erst jetzt allgemein in Mode.
Ihr »kitzelnder Schwindel« habe wie eine Art Aphrodisiakum gewirkt. In der Koketterie der Frau findet die Galanterie des Mannes
ein willkommenes Komplement. Die Wörter »galant« wie »Galanterie« werden im 18. Jahrhundert aus dem Französischen entlehnt. Zu-
rückgehend auf das altfranzösische *gale*: »Freude«, »Vergnügen«
(vgl. »geil«!), bzw. *galer*: »sich amüsieren«, bedeutet »galant« nicht
weniger »höflich«, »zuvorkommend«, »aufmerksam« als »geschlif-
fen« und »taktvoll«. Verfeinerung nicht der Sache, sondern der
Form: Liebeskunst als »Artistik des Amourösen«.

Es ist bestimmt kein Zufall, daß auch »kokett« im 18. Jahrhundert
entlehnt ist. Es bedeutet eigentlich »hahnenhaft« – das französische
coq steht für »Hahn« –, wurde aber schon im 17. Jahrhundert auf die
Frau übertragen. »Kokette« als »gefallsüchtige Frau«, »kokettieren«
als »gefallsüchtig sein«, »liebäugeln«, das wiederum »etwas gerne
haben wollen«, »sich in Gedanken mit etwas beschäftigen« meint.
Galanterie wie Koketterie stehen im Dienst der Eigenliebe, bilden

Teil geistreicher Maskerade. Im Zeichen schöner Täuschung erfährt auch der Kuß ritualisierende Verlarvung. Nicht der wilde, sondern der abgemessene Kuß: auf die Stirn, die Wangen, die Fingerspitzen. Auch ihn begleitet der Spiegel, der dem Rokokomenschen die Realität zur Eigenwirklichkeit verengt. Die Welt als Bühne, deren Perspektive auf eine Heimlichkeit hindeutet, die sich nach Dekouvrierung sehnt.

Vom italienischen Verb *cicisbeare*: »flüstern«, »wispern« abgeleitet sind die Substantive *cicisbea* und, vor allem, *cicisbeo*: »der erklärte Liebhaber« oder »legalisierte Hausfreund«, in Frankreich auch *petit maître* genannt. Als Vorstufe des Cicisbeats, das dem Hausfreund freien Zutritt zu einer verheirateten Frau sicherte, gilt die Institution des *cavaliere servente*, des »Kavaliers vom Dienst«, die ihrerseits ein Relikt des mittelalterlichen Minnesangs darstellt. Erinnern wir uns: Nach den Regeln des Minnedienstes hatte der Ritter die Werbung eines andern Mannes um seine Ehefrau nicht nur zu erlauben, sondern nach Möglichkeit sogar zu unterstützen. Ähnlich verhält es sich mit Cicisbeo und *petit maître*. In ihren Briefen aus Wien berichtet Lady Montague, in der Donaustadt hätte es als schwere Beleidigung gegolten, eine Dame zum Diner zu bitten, ohne ihre beiden Männer, den Ehemann und den offiziellen Liebhaber, mit einzuladen. Wie ein Schatten begleitete der Liebhaber vom Dienst seine »Domina«, in deren Herzen er meist einen gefährlichen Nebenbuhler hatte: das Hündchen. Wir verzichten darauf, dem Bedeutungswandel von »Domina« nachzugehn. Wenn die Bezeichnung der »Herrin« des Minnesängers, Troubadours u. a. im modernen Sprachgebrauch freilich eher auf Masochismus verweist, so lassen sich die Gründe dafür nur allzu leicht erraten.

Gewiß, die Zeiten von Troubadours, Trouvères oder Minnesängern sind lange vorbei. Die erotischen Ausdrucksformen, die damals erschlossen wurden, erwiesen sich indes als höchst (über-)lebensfreudig. Nicht nur der »aktive und passive Flagellantismus« war, wie Egon Friedell in seiner *Kulturgeschichte der Neuzeit* schreibt, vielleicht zu keiner Zeit so weit verbreitet wie jetzt, auch der geistige und seelische, der dem Kuß eine Vorzugs-, wenn nicht gar einmalige Stellung einräumt.

Reinste Verkörperung des Rokoko-Stils in der Dichtung ist die Anakreontik, eine eigene Gruppe innerhalb der Lyrik der Aufklärung. Als Hauptmotiv ihrer *poésies fugitives* und *légères* werden genannt Liebe und Wein. Die neue »Spieltraum-Erotik« ist im Grunde meist nichts anderes als Fluchtreaktion aus Lebensskepsis. Hagedorn gilt als Vorläufer und frühester Vertreter anakreontischen Dichtens; Gleim, Uz und Götz bilden die Kerngruppe. Auch Lessing und Goethe partizipieren an der Rokoko-Lyrik mit reizvollen Arbeiten.

Die Küsse

Als sich aus Eigennutz Elisse
Dem muntern Coridon ergab,
Nahm sie für einen ihrer Küsse
Ihm anfangs dreißig Schäfchen ab.

Am andern Tag erschien die Stunde,
Daß er den Tausch viel besser traf.
Sein Mund gewann an ihrem Munde
Schon dreißig Küsse für ein Schaf.

Der dritte Tag war zu beneiden:
Da gab die milde Schäferin
Um einen neuen Kuß mit Freuden
Ihm alle Schafe wieder hin.

Allein am vierten ging's betrübter,
Indem sie Herd' und Hund verhieß
Für einen Kuß, den ihr Geliebter
Umsonst an Doris überließ.

Friedrich von Hagedorn

An eine kleine Schöne

Kleine Schöne, küsse mich.
Kleine Schöne, schämst du dich?
Küsse geben, Küsse nehmen,
Darf dich jetzo nicht beschämen.
Küsse mich noch hundertmal!

Küß' und merk' der Küsse Zahl.
Ich will dir, bey meinem Leben!
Alle zehnfach wiedergeben,
Wenn der Kuß kein Scherz mehr ist,
Und du zehn Jahr älter bist.

Gotthold Ephraim Lessing

Nie schmeckt ein Mädgen einen Kuß,
Die sich nicht nach dem zweeten sehnte.
Oft wiederholt' ich meinen Kuß,
Daß sie sich bald daran gewöhnte.
Wenn ich sie sah, und sie nicht küßte,
Sprach gleich ihr Blick, daß sie etwas vermißte.

Johann Wolfgang Goethe

Tänzelnder Witz, graziöse Klarheit, Weltklugheit, die nicht ohne ge-
fühlhafte Züge ist. Aus dem *»carpe diem«* wird ein *»carpe osculum«*,
das »im Betrieb der Dichtung« bisweilen bis zur »Ausschreitung« zu
gehen scheint. Von Hagedorn stammen auch die Verse: »O Nacht,
da nur der Scherz sich regt, / da keine Neider lauschen / und nur
Küsse rauschen.« Der Kuß als Opfer des – Reims?
    Damit zurück zum Spiel, zu Kurzweil und Geselligkeit. Das *Deut-*
sche Wörterbuch definiert Gesellschaftsspiele als Spiele: »die mehr
eine spielende Tätigkeit und Übung des Geistes und gewissermaßen
nur eine spezielle Form und eine Steigerung der Konversation sind«.
Dazu zu rechnen seien insbesondere die Rate- und Pfänderspiele sowie die Nachahmungsspiele. Spiel als Antidot gegen Langeweile, oft
aber auch einzige gangbare Brücke zum Du. Ablenkung der Art, wie
sie uns Heutigen auf Schritt und Tritt angeboten, ja aufgedrängt
wird, war damals noch schlicht undenkbar. Spannungsvolle Herausforderung des Unerwarteten, auch in erotischer Hinsicht: Pfänderspiel. In ihm wird der Kuß zum legitimen Mittel, das Pfand auszulö-
sen. Buße und Lohn im dialektischen Wechselverhältnis. »Bei dem
beliebten Pfänderspiel«, kommentiert der Spätaufklärer K. J. Weber
Anfang des 19. Jahrhunderts, »herrscht ohnehin der Kuß, der die
Grundlage macht, oft muß man aber einen gewünschten Kuß teuer

bezahlen durch offizielles Küssen von Nektarlippen, wo man sich lieber ein Glas frisches Wasser ausbäte«.

Kaum seien sie »da angelangt« gewesen, schreibt des jungen Goethe Alter ego Werther, habe Lotte schon einen Kreis von Stühlen aufgestellt und die Vorbereitungen zu einem Spiel getroffen. »Ich sah manchen, der in Hoffnung auf ein saftiges Pfand sein Mäulchen spitzte und seine Glieder reckte. – Wir spielen Zählens, sagte sie. Nun gebt acht! Ich geh' im Kreise herum von der Rechten zur Linken, und so zählt ihr auch rings herum, jeder die Zahl, die an ihn kommt, und das muß gehen wie ein Lauffeuer, und wer stockt oder sich irrt, kriegt eine Ohrfeige, und so bis tausend.« Ein Geschicklichkeitsspiel der einfachen Art. Würde die »Strafe« nicht in einer spontan zu gebenden Ohrfeige, sondern in der Ablieferung eines Pfandes bestehn, hätten wir es wirklich mit einem Pfänderspiel zu tun. Eine deutliche Sprache spricht das »Mäulchen«, das hier gespitzt wird. Goethe macht es dem Leser leicht, zu Pfand »Kuß« zu assoziieren. Daß ein lateinisches Wort für Kuß: *osculum*, »Mäulchen« bedeutet, hatten wir bereits gehört. Ein »Frauenlexikon« der Zeit nennt »Pfand« einen Gegenstand, den der gegen die Regel des jeweiligen Spiels sich Verfehlende einsetzen müsse, um ihn nachher »durch Vollstreckung desjenigen Befehls, der ihm in der Gesellschaft auferlegt worden, wieder einzulösen«. An anderer Stelle steht zu lesen, Pfänderspiele, »durch welche ein muntrer jugendlicher Kreis gesammelt und vereinigt wird«, seien »größtenteils auf Pfänder gegründet, bei deren Einforderung die Küsse keinen unbedeutenden Lösewert haben«.

So einfach lagen die Dinge allerdings nicht. Tiefenkulturell gab es nach wie vor erhebliche Vorbehalte dem Küssen gegenüber. Eine delikate Sache also. J. T. Hermes, der vielgelesene Erzähler der Aufklärungszeit, läßt Sophie, die Heldin von *Sophiens Reise* sich weigern, »in einem Pfänderspiel Parti zu nehmen«. Warum? Sie sieht darin »ein Spiel, welches gar nicht, wenigstens dann nicht geduldet werden sollte, wenn Landmädchen und Städterinnen beisammen sind«. Der verderbliche Einfluß der Stadt? Oder die bäuerliche Ungeschliffenheit des Landes? »Man küßt beim Pfänderspiel, und wird allmählich gewagter«, dichtet der Rokoko-Goethe (»Die Mitschul-

digen«). Unverhüllter sagt es, wie zu erwarten, der geist- und emp-
findungsoffene Wieland im *Oberon*: »Beim Pfänderspiel, da gabs
wohl manchmal auch ein Strumpfband aufzulösen.« Vom »Kurs-
wert« her gesehen, würde diese harmlose Gebärde heute wohl fast
einem Strip entsprechen. Als »lose« wird dann Uhland das Pfänderspiel bezeichnen.

Strafe des einen wird zur Belohnung des andern. Denn der Sieger
im Spiel dekretiert, welche Buße zur Auslösung des Pfands zu leisten
ist. Küssen als Sühneleistung. Wichtig genug, um als »Kußstrafe« le-
xikographisch erfaßt zu werden. »Kußstrafe«, definiert Schottel, sei
eine Strafe, »welche mit einem Kuß kann bezahlt oder versöhnt werden«. Buße als Vorwand: Spiel. Zwei Beispiele für die »lebhaften
Pfand-, Straf- und Vexierspiele«, von denen Goethe spricht, sollen
genügen. Großer Beliebtheit erfreuten sich die »Sprichwortspiele«.
Bei Versagen mußte ein Pfand hinterlegt werden. Wie geht die Sache
vor sich? Der »muntere jugendliche Kreis«, der sich »gesammelt
und vereinigt« hat, schickt einen der Anwesenden nach draußen
und einigt sich auf ein zu erratendes Sprichwort. Der zunächst Aus-
geschlossene kehrt jetzt zurück und beginnt Fragen zu stellen. Aufgabe ist nun, in der Antwort jeweils ein Wort des Sprichworts un-
terzubringen. Aber dies kann nicht kunterbunt erfolgen, sondern
hat sich streng nach Sitz- und Wortordnung zu richten. So könnte
es leicht zu einem Frage- und Antwortspiel wie dem folgenden kommen:

1. Was hältst du von diesem Spiel?
   Ich würde es lieber *morgen* spielen.
2. Hast du es schon einmal gespielt?
   Ja, gerade vor einer *Stunde*.
3. Ist dieses Spiel interessant?
   Vielleicht für den, der es noch nie gespielt *hat*.
4. Findest du diese Antwort gut?
   Nicht alles ist *Gold*, was glänzt!
5. Möchtest du jetzt lieber aufhören?
   Nein, ich sitze gern *im* Kreis.
6. Sollen wir dann gleich noch einmal anfangen?
   Ja, denn unser Sprichwort ist bald in aller *Mund*.

Derjenige, der ins Stocken oder Stottern geriet, mußte, wie gesagt, ein Pfand hinterlegen und es dann später auslösen. Der Grad der Gewagtheit von Pfand und Buße hängt ab von Zeit und Emanzipationsstufe der Beteiligten. Sie definieren die Grenzen. Auch dem Kuß.

Ein anspruchsvolleres, indes nicht weniger beliebtes Gesellschaftsspiel waren die Boutsrimés (»gereimte Enden«). Wie der Name andeutet, wurde es vor allem in Frankreich gespielt, wo ihm ein fester Platz in der Salonkultur gebührte. Bei vorgegebenen Reimwörtern muß unter strenger Berücksichtigung der anfänglichen Wortfolge ein Gedicht verfaßt werden. Bis ins 19. Jahrhundert soll diese Art von Gedankenspiel fortgelebt haben. Berühmt geworden ist der folgende Beitrag Goethes zum Genre.

Dem Tagebuch zufolge beginnt Goethe »Den 15. Junius 1775. Donnerstags morgen aufm Zürchersee«:

> Ohne Wein kann's uns auf Erden
> nimmer wie dreihundert werden,
> ohne Wein und ohne Weiber,
> hol der Teufel unsre Leiber.

Für die Fortsetzung schreibt er einem Begleiter die Reime »Affen, geschaffen, Laus, Schmaus« vor. Der andere ergänzt:

> Wozu sind wohl Apollos Affen
> als wie bouts rimés geschaffen.
> Sie halten oft gleich einer Laus
> in Clios Haar und Pomade Schmaus.

Hat dieses Beispiel auch nicht als Pfänderspiel im eigentlichen Sinn gedient, so deutet es doch an, welche Leistung zu erbringen bzw. als nicht erbrachte zu »bestrafen« und zu »büßen« ist. Im Spiel und als Spiel, und das heißt: eingezäunt von Regeln.

Così saporito:
»bittersüß«, »fatal« und – »romantisch«

Vertreter des Rokoko, dieses vielleicht letzten Stils des Abendlandes mit Anspruch auf Universalität, betracheten die Liebe als graziöses Gesellschaftsspiel. Vernunftregeln bewahrten es davor, abzugleiten in das, worin sie Gefühlsniederungen sahen. Erotik als *l'art pour l'art*. Ein Zeitvertreib für gesellschaftliche Insider, Leute mit *manières*: »Manieren«. Der Ruf nach wirklicher, nicht »gespielter« Sensibilität änderte dies alles. Als bestimmende Kraft im Leben, als edles, alles überragendes und motivierendes Ziel betrachtete die neue Generation die Gefühlsmacht Liebe. Doch je lauter ihre Vertreter deren Preislied sangen, desto scheuer wurden sie im Umgang mit Frauen, gehemmt und zaghaft. Nicht zuletzt fürchteten sie sich davor, zurückgewiesen zu werden. Man umwand das Bild der Liebe mit begeisternden Wortgirlanden, reagierte aber zugleich auf die Eindeutigkeit der Sexualität mit Betretenheit und Zurückhaltung. Nicht der strahlenden, koketten und dem Flirt geneigten Frau sprach man die Palme zu, sondern der scheuen, jungfräulichen. Und sie selbst, schreibt M. Hunt, »gaben sich genauso scheu und fast genauso jungfräulich«. Die Romantik hielt ihren Einzug.

Wörterbücher ordnen das Adjektiv »romantisch« der Rubrik »erregbar«, »empfindsam« – »sensibel« zu. Tatsächlich bezeichnet »romantisch« ein von Gefühl und Phantasie geleitetes Verhalten. Überall in der europäischen Bildungsgesellschaft, besonders dem sogenannten Bildungsbürgertum, verlor das Ideal höfisch-aufklärerischer Selbstbeherrschung, der »Affektmodellierung« (N. Elias) an Popularität und wurde in zunehmendem Maße von jener ungekünstelten (»ungeschminkten«) Haltung verdrängt, die das Wort »Sensibilität« zum Ausdruck bringt. Sensibilität meint eine Gemütsverfassung mit erhöhtem Reaktivitätsniveau. Steigerung der Sinnesempfindlichkeit bedeutet Abbau von Gefühlskühle und »Dickfelligkeit« zugunsten von Dünnhäutigkeit: Empfänglichkeit. Der Begriff des »Interessanten« tritt seinen Siegeszug an. Daß »interessant« einst zugleich »mitfühlend« bedeutet hatte, ist in Vergessenheit geraten. Es wurde Mode, Mattigkeit, Blässe und körperlichen Verfall als Beweis für übergroße Sensibilität zur Schau zu stellen. Daß der Sensibilität manchmal auch wesentlich radikalere Wirkungen zugeschrieben wurden, scheint die folgende Inschrift auf dem Grab einer jungen Frau im englischen Oxfordshire zu beweisen: »Natürliche Schönheit, geistige Unschuld und sanftes Auftreten garantierten ihr die Liebe und Hochschätzung aller, die sie kannten. Aber ihre zarten Nerven waren den harten Erschütterungen und Stößen, denen diese vergängliche Welt jeden von uns aussetzt, nicht gewachsen. Die Natur unterlag: Sie sank und starb als Märtyrerin von übergroßer Sensibilität.«

In einem jeden der europäischen Länder zeigte die Romantik ein anderes Gesicht. Gleich zwei Gesichter waren es in Deutschland. Deren Unvereinbarkeit beschäftigt noch immer die Geister. Jedenfalls tritt im späten 18. Jahrhundert auch die romantische Liebe wieder in Erscheinung. Selbst wenn Folklore und Dichtung sie nicht in einem Atemzug mit Handel und Gewerbe nennen, sondern sie Dichtern, Musikern, Rebellen und Nonkonformisten zuordnen, hatten die Hauptelemente der romantischen Liebe schon im 17. Jahrhundert einen festen Platz im Leben der Mittelklasse außerhalb Deutschlands. Allseits einladender Zufluchtsort im temperierten Klima des Rationalismus. Gewandelt, »moderner«, aber im Kern noch immer dem eigenen Ideal treu, setzt sie Maßstäbe, die dem Gefühl Orientierung geben. Ihre Anhängerschaft wuchs stetig. In Jean-Jacques Rousseau, dem größten »Vorromantiker«, fand sie ihren Apostel und Anwalt. Seine *Neue Heloïse* führt die Tradition der romantischen Liebe zu einem neuen, man könnte sagen »zeitgemäßen«, Gipfel. Apotheose und Evangelium zugleich ist der Roman. Er handelt von einem entflammten, aber reumütigen Mann und einer kühlen, aber gütigen Frau, in deren Liebesbegegnung Sehnsucht und Tränen, Begehren und Schuldgefühl sich auf neuartige Weise mischen. Daß das von Rousseau verherrlichte Ideal im westlichen Denken und Fühlen seinen festen, d. h. bleibenden Platz gefunden hat, braucht kaum erwähnt zu werden. Aufs glücklichste verschmilzt der französische Dichter Wesenszüge aus dem Erbe von Feudalismus, Renaissance und Puritanismus und trägt damit den emotionalen Bedürfnissen der neuen industriellen Gesellschaft Rechnung.

Romantische Liebe findet ihren beredtesten Ausdruck im romantischen Kuß. Kuß-Motiv und Kuß-Metapher, die zuvor in weltlicher wie geistlicher Liebesdichtung und in der Erbauungsliteratur ihren Platz behauptet hatten, werden nun Allgemeingut. Eine wichtige Station auf dem Weg zur Popularisierung bildet nach Perella die Geschichte von Abälard und Heloise, wie die dem Rokoko verpflichtete Versepistel Alexander Popes sie erzählt. Der streitbare neoklassische englische Dichter, der in seinem berühmten *Essay on Man* das Verhältnis zwischen egoistischen und altruistischen Seelenbewegungen mit der Rotation unseres Planeten um die eigene Achse und um die Sonne vergleicht, läßt in *Eloisa to Abelard* (1717) die jetzt zurückgezogen im Kloster lebende Nonne Heloise als Vision ihre letzten Erdenstunden erleben. Abälard ist bei ihr, und als sie das Ende nahen fühlt, möchte sie spontan den einstigen Geliebten auffordern, sie zu küssen und ihre den Körper fliehende Seele mit den Lippen aufzusaugen. Sie verwirft den Gedanken jedoch und drängt den in Mönchskutte an ihrem Lager Weilendes statt dessen, ihr das Kruzifix vorzuhalten, damit sie sterbend den Blick darauf richten könne. Die fromme Gegenwart hat endgültig über die sündige Vergangenheit gesiegt: »Du, Abälard, den letzten traurigen Dienst mir leiste, / ebne den Weg mir zu den Lichtgefilden; / sieh meine Lippen beben, und meine Augen brechen, / saug mir den letzten Atem von den Lippen, fang auf meine fliehende Seele! / O nein – in heiliger Kleidung sollst du stehn; / die geweihte Wachskerze zitternd in der Hand, / halt mir das Kreuz vor das erhobene Aug, / sei Lehrer mir und lern zugleich von mir zu sterben.«

Nach der Vision vom Tode des Geliebten betet Heloise, ganz wie die mittelalterliche Legende es will, daß ihr und Abälard die Gnade erwiesen werden möge, in ein und demselben Grab beigesetzt zu werden. Auf ewig wären sie dann vereint: »Möge *ein* gütiges Grab die beiden unglücklichen Namen verbinden, meine Liebe unsterblich eingießen deinem Ruhm.« »*Suck my last breath, and catch my flying soul!*«, wünscht Heloise sich. »Saugen«, »Auffangen«: letztes oskulares Einssein. Wir erwähnten den Brauch, der Müttern zum Tode Verurteilter gestattete, mit dem Mund die Seele ihrer Kinder aufzufangen. Ein Urthema, intertextueller Assoziation geöffnet noch jetzt.

Und dann also Jean-Jacques Rousseau. Mögen ihm seine Kritiker auch vorgeworfen haben, sein Leben sei eine einzige perfide Komödie gewesen, geschmacklose Pose, ja Heuchelei, die Ideale, die er predigte, wurden bewundert. Vor allem in Deutschland. Ein Franzose, der nach Auffassung Schillers besser diesseits des Rheins geboren wäre. Als Mann, der nicht nur nackt durchs Leben ging, sondern ohne Haut, beschrieb ihn David Hume, Hölderlin wird ihn gar als »Halbgott« feiern. Ein gefundenes Fressen für Psychologen und natürlich Psychiater. Wir wissen, daß der französische Autor eine enge Beziehung auch zur italienischen Literatur hatte und gern Tasso zitierte. Sogar an einer Prosaübersetzung der Olindo-Sofronia-Episode (*Das befreite Jerusalem*) hatte er sich versucht. Zum Feuertod verurteilt, sind die beiden Liebenden auf dem Scheiterhaufen ihres Endes gewärtig. Jeden Augenblick drohen die Flammenzungen nach ihnen zu greifen: »O möge der Tod mir süß, die Qual mir köstlich sein, erreich' ich nur, daß im letzten Augenblick wir aufeinanderfallen, daß unsre Münder sich finden, um das Leben auszuhauchen und die letzten Seufzer zu tauschen.«

Der Kuß als Brücke. Einst und jetzt. Noch Anastasius Grüns Gedicht »Die Brücke«, obwohl mehr als ein Jahrhundert von dem ersten politischen Lyriker des Vormärz gedichtet, werden den Geist dieser Romantik atmen:

Die Brücke

Eine Brücke kenn ich, Liebchen,
Drauf so wonnig sich's ergeht,
Drauf mit süßem Balsamhauche
Ew'ger Frühlingsodem weht.

Aus dem Herzen, zu dem Herzen
Führt der Brücke Wunderbahn,
Doch allein der Liebe offen,
Ihr alleinig untertan.

Liebe hat gebaut die Brücke,
Hat aus Rosen sie gebaut!
Seele wandert drauf zur Seele,
Wie der Bräutigam zur Braut.

Liebe wölbte ihren Bogen,
Schmückt ihn lieblich wundervoll;
Liebe steht als Zöllner droben,
Küsse sind der Brückenzoll.

Süßes Mädchen, möchtest gerne
Meine Wunderbrücke schaun?
Nun es sei, doch mußt du treulich
Helfen mir, sie aufzubaun.

Fort die Wölkchen von der Stirne!
Freundlich mir ins Aug' geschaut!
Deine Lippen leg an meine:
Und die Brücke ist erbaut.

Wir haben vorgegriffen. Die vielleicht berühmteste Anspielung auf Abälard und Heloise brachte Jean-Jacques Rousseaus Briefroman *Julie oder Die neue Heloise* (1761). Die Geschehnisse beruhen allerdings zum Teil auf persönlichen Erlebnissen des Autors. Als eine Art Antipode der aufklärerischen Verstandeskultur widersetzt Rousseau sich der Herrschaft der Vernunft. Seine »Utopie des Gefühls« (Hugo Friedrich) markiert die Gegenposition zur vernunftgeprägten, spontaneitätsfeindlichen, intellektuell verspielten Literatur des Rokoko. Der Bürger Rousseau als Anwalt des unbedingten Gefühls. Julie d'Etanges überläßt sich bedingungslos der Leidenschaft zu ihrem Hauslehrer, dem bürgerlichen Saint-Preux, heiratet aber, im Einverständnis mit dem Geliebten, Monsieur de Wolmar. Im Schutze des Sakraments hofft sie, ihrem Saint-Preux treu bleiben zu können. Nur im Verzicht, in der Erinnerung ist der Genuß der Liebe möglich. »Nimm ihm die Erinnerung, und er hat keine Liebe mehr«, schreibt Monsieur de Wolmar an Julies Cousine Claire über Saint-Preux.

Als eine der spektakulärsten Episoden des Romans gilt die Szene, in der Saint-Preux Julie zum ersten Mal küßt. In der Beschreibung des überwältigenden und verwirrenden Effekts dieses Kusses gebraucht Saint-Preux das Adjektiv *âcre*. Eine neue, doch nicht ganz so neue Spielart des Kußerlebens faßt es: den *baiser âcre*, sprich: »bittersüßen Kuß«. Hatten nicht die Dichter der Pléiade ihm bereits ihre Reverenz erwiesen? *Âcre*: das Wort suggeriert Sinneserfahrung, die sich als beißend, bitter, scharf, feurig beschreiben läßt, und zugleich deren übertragene Bedeutung, glühend, leidenschaftlich, faßt.

»Was hast du getan, ach, was hast du getan, meine Julie?« heißt es im 13. Brief des ersten Teils. »Du wolltest mich belohnen, und du hast mich ins Verderben gestürzt. Ich bin trunken, ja betäubt. Meine Sinne sind verletzt, alles, was ich bin, ist durch diesen tödlichen Kuß in Aufruhr versetzt. Du wolltest meine Leiden mildern! Grausame, du hast sie verstärkt. Gift habe ich von deinen Lippen gesogen. Es erregt, es entzündet mein Blut, es bringt mich um. Und dein Mitleid ist der Tod. – O unsterbliche Erinnerung an den Augenblick der Illusion, des Rauschs und der Verzauberung! Nie, nie wirst du in meiner Seele verblassen. Solange Julies Reize dort eingeschnitten sind, solange dieses aufgewühlte Herz mir Empfindungen und Seufzer liefert, wirst du Qual und Glück meines Lebens sein.« Bitterkeit und Süße – ihr Ausdruck ist der »bittersüße« Kuß.

Die Hand zittert ihm, als er sich an Julies »Rosenmund« erinnert. »Nein, das Feuer des Himmels ist nicht lodernder, nicht zehrender als die Glut, die mich jetzt verbrennt. Alle Teile meines Ich zogen sich zusammen unter dieser köstlichen Berührung. Mit den Seufzern unserer brennenden Lippen strömte das Feuer aus, und mein Herz starb unter der Last der Wollust, als ich dich plötzlich erbleichen sah: Du schlossest die Augen, stütztest dich auf deine Cousine und sankst ohnmächtig zu Boden. So erstickte der Schrekken die Freude, und mein Glück war nichts als ein Blitz. – Kaum vermag ich zu sagen, wie es mir seit jenem fatalen Augenblick ergangen ist. Nie wird der tiefe Eindruck, den ich empfangen habe, wieder verblassen. Eine Gunst? ... Eine furchtbare Marter ... Nein, behalte deine Küsse, ich kann sie nicht ertragen ... Sie sind zu bitter, zu beißend; sie durchbohren, sie brennen bis ins Mark ... Sie machen mich rasend. Ein einziger, ein einziger Kuß hat mich in eine Verirrung gestürzt, aus der ich nicht zurückkehren kann. Ich bin nicht mehr der gleiche, und ich sehe in dir nicht mehr die gleiche.«

Ein Kuß, der wie Feuer ist, glühend, verzehrend – zerstörend.

Der romantische Kuß hat nichts mit *badinage*: scherzhaftem Spiel, zu tun, ist alles andere als Zeitvertreib. Von der Beschaffenheit dieser Art Kuß haben wir deshalb eine so klare Vorstellung, weil Rousseau sich selbst noch an anderer Stelle dazu geäußert hat. In den Anweisungen, die er zu den Illustrationen für die oben zitierte Liebesszene gab, nennt der Dichter ihn auf Italienisch »*così saporito*«: so wohlschmeckend, daß die Sinne schwinden. Damit wissen wir aus erster Hand auch, was Rousseau unter *âcre* verstanden wissen wollte. Den beiden Adjektiven gemein ist die Bedeutung von »herb«, »pikant« (würzig als Gegenteil von fade). Dies legt uns den Gedanken nahe, daß als Geschmacksnuance »bittersüß« gemeint sei. Schwer zu sagen, weshalb Rousseau gerade den italienischen Ausdruck gewählt hat. Für uns entscheidend ist, daß er noch ein zusätzliches Bedeutungselement sichtbar macht. Er faßt den engen Bezug zwischen »schmecken« und »wissen«, »erkennen«. Kants *sapere aude!:* »Wage zu wissen!«, als ein »Wage zu schmecken!« Der Kuß als Erkenntnismittel? Gibt es neben dem »naiven« Kuß auch den »sentimentalischen«? Die Frage stellen heißt bereits, sie beantworten. Erinnern wir uns indessen, daß »bitter« zu »beißen« gehört und »bittersüß« eine Verbindung meint, die, »gemischt«, wie sie ist, eine gesteigerte Sensibilität voraussetzt.

Während der Arbeit an der *Neuen Heloise* geschah es auch, daß Rousseau Sophie begegnete, der Comtesse d'Houdetot. Sie war seine Nachbarin und an jenem Tag ganz in der Nähe mit ihrer Kutsche steckengeblieben. In den *Bekenntnissen* (1765 f.) berichtet der Autor über seine Beziehung zu der dann von ihm lang umworbenen und heißgeliebten Frau. Später wird Rousseau sagen, dies sei die erste und einzige Liebe seines Lebens gewesen. Zunächst freilich wirft er sich vor ihr auf die Knie, berauschende Tränen fließen. Auch sie weint, bricht aus in die Worte: »Nein, nie hat es einen so liebenswerten Menschen gegeben, und nie hat ein Liebender so geliebt wie Ihr! Doch Euer Freund Saint-Lambert hört uns zu, und in meinem Herzen ist nicht Platz für zwei.« Schweigen, Seufzer, Küsse. Und was für Küsse! Aber dabei blieb es. »Ich habe bereits erwähnt, daß es weit war von l'Hermitage nach Eaubonne: Ich wanderte durch die hübschen Weinberge von Andilly. Ich träumte von derjenigen, die ich bald sehen würde, von dem zärtlichen Empfang, den sie mir bereiten würde, von dem Kuß, der mich bei der Ankunft erwartete. Dieser einzige Kuß, dieser fatale Kuß versetzte mein Blut in Aufruhr, noch ehe ich ihn erhielt, und zwar so sehr, daß mir schwindlig und schwarz vor den Augen wurde, die zitternden Knie mir versagten. Ich mußte anhalten, mich hinsetzen. Mein ganzer Organismus befand sich in unvorstellbarer Verwirrung: Ich war nahe daran, ohnmächtig zu werden. Der Gefahr gewärtig, bemühte ich mich beim Abschied, mich zu zerstreuen und an anderes zu denken. Kaum zehn Schritte war ich gegangen, als das gleiche und alles, was damit zusammenhing, mich als Erinnerung überfiel, ohne daß ich vermocht hätte, mich davon zu befreien« [...] Statt des *baiser âcre*, wie Saint-Preux ihn kennenlernt, der *baiser funeste*: der »unheilvolle«, »fatale Kuß«. Hätte der Verfasser der *Bekenntnisse* seine Beziehung zu Sophie konsumiert, vielleicht wäre aus dem *baiser funeste* ein *baiser âcre* geworden.

Jean-Jacques Rousseau fand in der Folge Wege, die Situation zu rationalisieren. »Das Licht einer jeden Tugend schmückte in meinen Augen das Idol meines Herzens«, schreibt er. »Dieses göttliche Bild zu beschmutzen hätte bedeutet, es zu zerstören.« Er habe sie zu sehr geliebt, um dem Wunsch nachzugeben, sie zu besitzen. Wie heißt es doch in einem (nicht abgeschickten) Brief an Madame de Houdetot? »Wie! Nicht länger würdest Du Deine mitfühlenden Augen niederschlagen in jener süßen Scham, die mich mit Wollust berauscht! Nicht länger würden die Küsse meiner brennenden Lippen meine Seele auf Dein Herz senken!« Und nicht länger jenes »himmlische Beben«, das »verschlingende Feuer«, vor dem die Sprache versagt. Hier ist sie wieder, die Metapher vom Seelenhauch im Kuß, das Bild des Verschlingens, das uns auch an anderer Stelle der *Bekenntnisse* in seiner schönen Eindringlichkeit begegnet. Der Verfasser sitzt mit Madame de Warens, seiner geliebten »*maman*«, bei Tisch, und sie hat sich gerade einen Bissen in den Mund geschoben. »Ein Haar«, ruft er aus, und sie legt das Stückchen zurück auf ihren Teller. Gierig greift er danach, steckt es sich in den Mund und schluckt es hinunter. »Mit andern Worten«, fährt der Erzähler fort, »zwischen mir und einem leidenschaftlichen Liebhaber bestand nur ein einmaliger, aber wesentlicher Unterschied.« Welcher? Es ist der gleiche Unterschied, der den Kuß des Goliarden von dem eines Troubadour trennt.

Apotheose des romantischen Kusses

Liebe als *coup de foudre*, als Blitzschlag, Kuß als Liebesband, dessen Fessel nur der Tod zu lösen vermag. Die Erinnerung an den »fatalen Kuß«, klagt Rousseaus Saint-Preux in einem Brief an die Geliebte, halte noch immer sein Herz im Griff und werde den Rest seines Lebens überschatten. Ob er deswegen des öfteren daran gedacht hat, sich den Tod zu geben? Der fatale Kuß, Goethes Werther kennt ihn nicht weniger als den bittersüßen. Wer die frühen Geniestreiche des Franzosen und des Deutschen, *Die Neue Heloise* und *Die Leiden des jungen Werthers* (1774), hintereinander liest, erkennt sofort, daß den beiden Briefromanen mehr gemeinsam ist als Zufälligkeiten. Widerstreit von Leidenschaft und forderndem Zwang der Wirklichkeit. Im übermächtigen Rausch des Empfindens zerstört der Held sich selber. Die Ideale der Aufklärung nahm Werther beim Wort und gab seinem Leben Gesetze, die von den sanktionierten Normen abweichen. An seinem Beispiel wird deutlich, daß der Sturm und Drang wesentlich dazu beitrug, die Aufklärung zu radikalisieren. Gerade die Sensibilität macht Werther zum Vorkämpfer für die Rechte eines Individuums, das seine Möglichkeiten zu realisieren beginnt.

Dichtung als Bekenntnis. Brief fügt sich an Brief, ein Sog entsteht, der auf eine Klimax zuführt: Werthers Kuß. Dazu kommt es erst gegen Ende des Romans und damit auch der Erdentage seines Helden. Werther rüstet sich zum Selbstmord, aber seine Gedanken verweilen bei jenem Kuß, durch den er mit Charlotte für immer verbunden sein würde. Er sieht sich mit ihr nach dem Tod in ewiger Umarmung vereint. Aufs neue Triumph der Intertextualität. Goethes Liebespaar erscheint als (vorläufig letztes) Glied einer Kette, die von Tristan und Isolde, Abälard und Heloise, Paolo und Francesca bis hin zu

Saint-Preux und Julie reicht. Einer Julie allerdings, müssen wir hinzufügen, die nicht den Liebestod stirbt, sondern in Erfüllung ihrer Mutterpflicht den Tod findet.

Wieder übt Literatur einen in seelische Tiefen reichenden Einfluß aus. Werther liest Lotte vor aus »Ossian«, jenen schwermütig düsteren Gesängen eines gälischen Dichters, die damals ganz Europa begeisterten, schließlich aber als Fälschung entlarvt wurden:

> ›[…] Oft im sinkenden Monde sehe ich die Geister meiner Kinder, halbdämmernd wandeln sie zusammen in trauriger Eintracht.‹
> Ein Strom von Tränen, der aus Lottens Augen brach und ihrem gepreßten Herzen Luft macht, hemmte Werthers Gesang. Er warf das Papier hin, faßte ihre Hand und weinte die bittersten Tränen. Lotte ruhte auf der andern und verbarg ihre Augen ins Schnupftuch. Die Bewegung beider war fürchterlich. Sie fühlten ihr eigenes Elend in dem Schicksale der Edlen, fühlten es zusammen, und ihre Tränen vereinigten sie. Die Lippen und Augen Werthers glühten an Lottens Arme; ein Schauer überfiel sie […]

Werther nimmt die Lektüre wieder auf, aber nun ist er es, der nach wenigen Sätzen die Fassung verliert:

> ›Morgen wird der Wanderer kommen, der mich sah in meiner Schönheit, ringsum wird sein Auge im Felde mich suchen und wird mich nicht finden.‹
> Die ganze Gewalt dieser Worte fiel über den Unglücklichen. Er warf sich vor Lotten nieder in der vollsten Verzweiflung, faßte ihre Hände, drückte sie in seine Augen, wider seine Stirn, und ihr schien eine Ahnung seines schrecklichen Vorhabens durch die Seele zu fliegen. Ihre Sinnen verwirrten sich, sie drückte seine Hände, drückte sie wider ihre Brust, neigte sich mit einer wehmütigen Bewegung zu ihm, und ihre glühenden Wangen berührten sich. Die Welt verging ihnen. Er schlang seine Arme um sie her, preßte sie an seine Brust und deckte ihre zitternden, stammelnden Lippen mit wütenden Küssen. ›Werther!‹, rief sie, mit erstickter Stimme sich abwendend, ›Werther!‹ und drückte mit schwacher Hand seine Brust von der ihrigen; ›Werther!‹ rief sie mit dem gefaßten Tone des edelsten Gefühles. Er widerstand nicht, ließ sie aus seinen Armen und warf sich unsinnig vor sie hin. Sie riß sich auf, und in ängstlicher Verwirrung, bebend zwischen Liebe und Zorn, sagte sie: ›Das ist das letztemal,

Werther! Sie sehn mich nicht wieder.‹ Und mit dem vollsten Blick der Liebe auf den Elenden eilte sie ins Nebenzimmer und schloß hinter sich zu. Werther streckte ihr die Arme nach, getraute sich nicht, sie zu halten. Er lag an der Erde, den Kopf auf dem Kanapé, und in dieser Stellung blieb er über eine halbe Stunde, bis ihn ein Geräusch zu sich selbst rief.

So werden Werther und Lotte zu ihrem fatalen Kuß nicht zuletzt verführt durch gemeinsame Lektüre. Einen ersten Höhepunkt hatte ihre sich gerade erst andeutende Beziehung freilich schon erreicht, als sie sich auf dem ländlichen Ball angesichts des abziehenden Gewitters in der Losung »Klopstock« fanden. Eine literarische Reminiszenz an die »Frühlingsfeier«.

Der Tanz war noch nicht zu Ende, als die Blitze, die wir schon lange am Horizonte leuchten gesehen und die ich immer für Wetterkühlen ausgegeben hatte, viel stärker zu werden anfingen, und der Donner die Musik überstimmte. Drei Frauenzimmer liefen aus der Reihe, denen ihre Herrn folgten; die Unordnung wurde allgemein, und die Musik hörte auf. Es ist natürlich, wenn uns ein Unglück oder etwas Schreckliches im Vergnügen überrascht, daß es stärkere Eindrücke auf uns macht als sonst; teils wegen des Gegensatzes, der sich so lebhaft empfinden läßt, teils und noch mehr, weil unsere Sinne einmal der Fühlbarkeit geöffnet sind und also desto schneller einen Eindruck annehmen.

Während man sich im Pfänderspiel die Zeit vertreibt, verzieht sich das Gewitter. »Wir traten ans Fenster«, heißt es weiter im Text. »Es donnerte abseitwärts, und der herrliche Regen säuselte auf das Land, und der erquickendste Wohlgeruch stieg in aller Fülle einer warmen Luft zu uns auf. Sie stand auf ihren Ellenbogen gestützt; ihr Blick durchdrang die Gegend, sie sah gen Himmel und auf mich, ich sah ihr Auge tränenvoll, sie legte ihre Hand auf die meinige und sagte – Klopstock! – Ich erinnerte mich sogleich der herrlichen Ode, die ihr in Gedanken lag, und versank in dem Strome von Empfindungen, den sie in dieser Losung über mich ausgoß. Ich ertrug's nicht, neigte mich auf ihre Hand und küßte sie unter den wonnevollsten Tränen.«

»Anbeten, tief anbeten! und in Entzückung vergehn«, endet die erste Stophe von Klopstocks »Frühlingsfeier«. Später heißt es: »Ergeuß von neuem du, mein Auge, / Freudentränen! / Du, meine Harfe, / Preise den Herrn!« Den unmittelbaren Situationsbezug bringt die zweitletzte Strophe: »Ach, schon rauscht, schon rauscht / Himmel und Erde vom gnädigen Regen! / Nun ist, wie dürstet sie! die Erd' erquickt, / Und der Himmel der Segensfüll' entlastet!« Regen – Gottesgabe wie die Liebe; Bild, das die Symbolkraft von Feuer und Wasser verschmilzt.

Goethes Briefroman war ein Bestseller der Zeit, der es zum überzeitlichen Evergreen bringen sollte. Er traf einen Nerv und trifft ihn noch immer. Wenn Lessing an den Shakespeare-Übersetzer Eschenburg über den *Werther* schrieb: »Glauben Sie, daß je ein griechischer oder römischer Jüngling sich so und darum das Leben genommen hätte?« so spricht dies keineswegs gegen das Werk. An der Frage des *Nathan*-Dichters ist abzulesen, wie sehr die Zeiten sich gewandelt haben. Daß es zur Zeit griechischer oder römischer Jünglinge noch kein Schießpulver gab, ist unerheblich. Worauf es ankommt: Wenn die Anforderungen des Lebens härter geworden sind, so haben doch auch unsere Erwartungen eine neue Dimension erreicht. Träume sind nicht länger Träume: Mit einem Bein stehen sie im Leben. Dennoch: Werther ist dem Leben nicht »gewachsen«. Er empfindet als Romantiker. Goethe »lag richtig« mit seiner Diagnose. Alle erkannten sich wieder in dem Werk. Napoleon soll es sogar gleich siebenmal gelesen haben. Werther habe »mehr Selbstmorde verursacht als die schönste Frau«, sagte Madame de Staël. Sie meint das als Kompliment.

In jeder Epoche und in jedem Augenblick seines Lebens hat der Mensch die Möglichkeit, die Augen zu schließen, von der Welt »abzusehn« und sich in sein eigenes Innere zurückzuziehen. Vielleicht entfacht er den dort glimmenden göttlichen Funken zu heller Flamme, wie dies beim Mystiker der Fall ist. Vielleicht überläßt er sich aber auch bloß seinen Gefühlen und Träumen. Unter »Träumer« verstehn wir im allgemeinen einen »weltfremden« Menschen. Ausschließen der Welt in beiden Fällen. Alleinsein mit Gott oder – ja, mit was? Der Stimme des Herzens, des Gefühls, wie sie zu Werther spricht? Natürlich ist der junge bürgerlich-empfindsame Intellektuelle kein Mystiker. Ein Romantiker ist er, und zwar in jenem Sinn, wie die westliche Welt »Romantik« und damit auch romantische Liebe definiert. Und was für die romantische Liebe gilt, trifft auch auf den romantischen Kuß zu.

Ist Gleichklang der Empfindung der Grund dafür, daß wir beim Küssen die Augen schließen? Die Illusion, uns Lippe an Lippe mit der oder dem Geliebten allein auf einer Insel zu befinden? Glück isoliert. Auch der Kuß. Ihm gleicht Werthers Verhältnis zur Welt. Werther, ein Träumer, der den Gleichklang als Dauerzustand sucht. Von einem überwältigenden, gleichsam religiösen Naturgefühl, einer schwärmerisch unbedingten Liebe fühlt Goethes Held sich getragen. *Seine* Liebe. Aber läßt sich in Worte fassen, mitteilen, was als Unendliches dem Empfinden sich offenbart? Mitteilung als Teilhabe im Sinne dessen, was mit jemandem geteilt wird wie der Kuß. Werther schlägt sich mit einem Problem herum, dem sich, *in nuce*, jeder Küssende gegenübersieht. Läßt sich die Empfindung, deren Siegel, sprich Form *und* Inhalt, der Kuß ist, wirklich mitteilen und solcherart verallgemeinern? Die Kußbegegnung als quasi-religiöses Erleben. Wenn Werther die »Gegenwart des Allmächtigen« lebendig fühlt und die »Wonne eines einzigen großen herrlichen Gefühls« ihn trunken macht, dann denkt er sogleich daran, daß er mit dem Empfundenen allein ist. Im Kuß hätte er es vielleicht vermitteln können. Geschlossenen Auges, versteht sich. Es ist, als hätte Werther als Küssender die Augen aufgeschlagen und die Welt in seinen Kuß einbezogen. Küssen als höchste Form subjektiver Tätigkeit. Oder, besser, da niemand sich selber küssen kann, der Intersubjektivität. Wie zur Liebe gehört zum Kuß nun einmal die Blindheit, die Bereitschaft zur Perzeptionsverweigerung.

Küssen ist symbolische Handlung, die zugleich »reizvoll« ist. Symbol und Reiz, Lustgefühl, sie sind eins. Reizen und Hinreißen gehören zusammen. Der Blitz des Erkennens von Gemeinsamkeit. Im Falle Werthers stellt »übergreifend« Empfindung sich ein, als der Name des Lyrikers fällt, dem die Deutschen die Sprache der Empfindsamkeit verdanken: Klopstock. Unaussprechliches wird Sprache, faßbar – konkret. Doch die Partizipation, die dem Ich Flügel verleiht, ist Funke, hier und jetzt, begrenzt. Symbol also, das im Reiz

Leben gewinnt. Reiz, der im Symbol über sich hinausgreift. Signal, Demonstration, die die Welt auf zwei Schultern verteilt. Ich und Du. Mehr nicht.

So mag die Frage berechtigt sein, was der Küssende empfindet. Er empfindet sich vorab als Küssenden, weiß sich und empfindet im Kuß, was er bereits weiß. Rollenspiel, das einem Ritual folgt, einem Textbuch ohne Worte? Ich denke, daß du denkst, empfinde, daß du empfindest – aber eben doch nur im Spiegelverfahren. Die Vorstellung von Wechselseitigkeit mag ihm den Stachel des Mangels nehmen. Indem der andere auf das Angebot eingeht, mit Eigenempfinden reagiert, rundet sich der die Welt ein- und zugleich ausschließende Kreis. Werther »muß« scheitern. Nicht allein, weil Lotte »vergeben« ist. Sein Kuß sollte der »ganzen Welt« gelten und damit leisten, was nur im Symbol möglich ist. Damit blieb er letztlich »ungeküßt«.

War Werther ein romantisch Liebender? An Definitionen, was unter romantischer Liebe zu verstehen ist, mangelt es nicht. Gedanken darüber scheint man sich vor allem in der angelsächsischen Welt gemacht zu haben. Folgende Wesensmerkmale kennzeichneten den »romantischen Liebeskomplex«: Die Vorstellung, daß es auf der Welt nur eine Person gebe, der man sich auf allen Ebenen verbinden kann; so weitreichende Idealisierung dieser Person, daß die üblichen Schwächen und Narrheiten der menschlichen Natur dem Blick entschwinden; Erleben der Liebe wie ein Blitz, der einschlägt auf den ersten Blick; Einschätzung der Liebe als wichtigste Sache der Welt, einer Sache, der alle sonstigen Erwägungen, besonders materielle, geopfert werden sollten; schließlich die Bewunderung für eine Geisteshaltung, die den persönlichen Emotionen völlig die Zügel schließen läßt, gänzlich ohne Rücksicht darauf, wie übertrieben und absurd das daraus resultierende Verhalten andern vorkommen mag.

Aber zurück zu den literarischen Zeugnissen. Daß es bei ihnen nicht nur um das geht, was die Franzosen mit der Wendung »c'est de la littérature« bezeichnen, nämlich »beliebig Erfundenes« im Sinne von »leere Worte«, mag das folgende Zitat aus einem Brief des als »romantisch« eingestuften Komponisten Hector Berlioz an Harriett Smithson illustrieren. »O was für ein Glückspilz ich doch bin! Mir strahlt die Sonne. Mit ihr werde ich über alles triumphieren! Ja, sie liebt mich! Sie hat das Herz von Julia; sie ist gut, meine Ophelia. Kann ich sie nicht sehen, schreiben wir einander bis zu drei Briefe am Tag, sie auf Englisch, ich auf Französisch. [...] Ganze Stunden knie ich manchmal vor ihr, halte ihre Hände in den meinen und sehe, wie ihre Augen sich mit Tränen füllen, bis zwei Lippen meine Stirn berühren; ich springe auf, ich schluchze vor Glück, fast zerbreche ich sie in meinen Armen. Wir stürmen durch den Salon und preisen laut das seltsame Schicksal, das uns von zwei entgegengesetzten Enden Europas nach Paris verschlagen hat, um uns hier zusammenzuführen.« Zwei Irre? Zwei romantisch Liebende.

»Ihr Kuß machte mich zum Gott!« –
Küssen als Initiation zum Leben?

Sie lasen zusammen eine Romanze und erlagen dabei der Verführung zum Kuß: Die Geschichte von Paolo und Francesca. Ähnliches erzählt der Italiener Ugo Foscolo von Jacopo und Teresa. Zu deren fatalem ekstatischen Kuß kommt es nach einem Gespräch über Petrarcas Liebesdichtung und Jacopos Rezitation von Sappho-Oden. Letzte Station der Reise des Motivs durch die europäische Literatur? Nicht ganz. Thomas Mann wird es in seiner Novelle »Tristan« (1903) noch einmal aufgreifen und im Zeichen Schopenhauers und Wagners gestalten. Zu einem Non-plus-ultra.

Mit dem Klavierauszug von Wagners »Tristan und Isolde« läßt Thomas Mann Gabriele, die »an der Luftröhre« leidende Frau Klöterjahn, und den Schriftsteller Spinell auf »Haus Einfried« »ihre Seelenhochzeit« feiern. »Da setzte«, schreibt der Verfasser der *Buddenbrooks*, »mit jenem gedämpften und wundervollen Sforzato, das ist wie ein Sich-Aufraffen und seliges Aufbegehren der Leidenschaft, das Leitmotiv ein, stieg aufwärts, rang sich entzückt empor bis zur süßen Verschlingung, sank, sich lösend, zurück, und mit ihrem tiefen Gesange von schwerer, schmerzvoller Wonne traten die Celli hervor und führten die Weise fort...« Was geschehen sei, fragt einige Zeilen später der Erzähler. »Zwei Kräfte, zwei entrückte Wesen strebten in Leiden und Seligkeit nacheinander und umarmten sich in dem verzückten und wahnsinnigen Begehren nach dem Ewigen und Absoluten ...« Natürlich darf das »Todesmotiv« nicht fehlen, die Verschmelzung von Ich und Du, Dein und Mein zu »erhabener Wonne«. In einem »betäubenden Brausen maßloser Befriedigung« gipfeln die »trunkenen Gesänge des Mysterienspiels«. »Das Sehnsuchtsmotiv klingt auf, erstirbt, verklingt, entschwebt: Liebestod.« »Du Isolde, Tristan ich, nicht mehr Tristan, nicht mehr Isolde – – –« Er sinkt vor ihr auf die Knie, sie blickt auf ihn, lächelnd, sinnend. Seelenhochzeit: Aufschwung auf den Flügeln der Musik. Sie bedarf des Kusses nicht mehr: Sie *ist* Kuß.

Geküßt wird der Kuß von Jacopo und Teresa in Ugo Foscolos Briefroman *Letzte Briefe des Jacopo Ortiz* (1802), der seinerseits wieder Rousseaus *Neuer Heloise* und Goethes *Leiden des jungen Werthers* verpflichtet ist. Um diese Verwandtschaftsbeziehungen hervorzuheben, hat Foscolo seinem Helden Rousseaus italienischen Vornamen beigelegt. Auch schickte der Autor im Januar 1802 ein Exemplar seines Werkes nach Weimar an Goethe. Die Sendung war begleitet von der Bemerkung, den *Letzten Briefen* habe »vielleicht Ihr ›Werther‹ das Dasein gegeben.« Darüber hinaus steht hinter Goethes wie Foscolos Briefroman die Erinnerung an einen Selbstmord: im Falle Foscolos eines Studenten namens Gerolamo Ortiz aus Padua. Worum geht es? Der im Exil lebende junge Patriot Jacopo Ortiz befreundet sich mit Teresa, der Tochter eines venezianischen Aristokraten. Er verliebt sich in sie, obwohl er weiß, daß sie auf Wunsch ihres Vaters bereits in eine Verbindung mit dem vermögenden Odoardo eingewilligt hat. Mit dem ersten und zugleich letzten Kuß, den Teresa ihrem Freund Jacopo gestattet, verbindet sie die entsagungsvolle Erklärg: »Nie kann ich die Ihre werden!« (14. Mai 1798).

Auch eine Aussprache vermag den Vater nicht umzustimmen. Jacopo denkt an Selbstmord, hofft aber, die Geliebte werde im letzten Augenblick ihren wahren Gefühlen gehorchen. Eine Illusion, die mit der Nachricht von Teresas Heirat zerbricht. Nun hat das Leben für Jacopo endgültig jeden Sinn verloren: »Nichts weiß ich mehr:

Warum bin ich geboren? Was ist die Welt und wer bin ich?« Nach einem Abschiedsbesuch bei Teresa greift er zum Dolch. »Mit dem Fuß in der Grube« stehend hatte Jacopo Ortiz der geliebten Frau in seinem letzten Brief mitgeteilt, alles sei bereit: »Allzu weit ist die Nacht vorgerückt. Lebe wohl. Bald schon wird uns das Nichts oder die blinde Ewigkeit voneinander getrennt haben. Ja – ja!« Woran ist Foscolos Held gescheitert? An der Liebe? Kaum. Nur ein Tropfen ist sie, der das Faß zum Überlaufen bringt. Tieferer Grund für Ortiz' Untergang ist Leiden am Dasein. Andere werden seinen Ruf nach Freiheit, Weltveränderung aufgreifen, die Fackel weitertragen. Und in der Folge, können wir ergänzen, wird auch der Kuß Emanzipation erfahren, die sich kaum noch überbieten läßt.

Als Jacopo Ortiz die geliebte Teresa zum ersten und letzten Mal küßt – es geschieht erst gegen Mitte des Romans –, gerät er in Ekstase. Er beschwört das Bild eines wollüstigen Todes:

Alles, was ich sah, kam mir vor wie ein heiteres Lachen des Universums: Ich blickte dankerfüllten Auges hinauf zum Himmel, und es war mir, als hätte er sich weit geöffnet, um uns willkommen zu heißen. Ach, wäre doch der Tod gekommen! Ich flehte darum. Ja, ich küßte Teresa; gerade in diesem Augenblick strömten die Blumen und Pflanzen süße Düfte aus; einträchtig wehten die Winde; in der Ferne hallten die Ströme. Alles lag in einem hellen Mondschein, den das unendliche Licht der Gottheit erfüllte ... Am ganzen Körper zitternd unmarmte mich Teresa und goß ihre Seufzer in meinen Mund, und ihr Herz schlug an dieser Brust; die großen schmachtenden Augen auf mich gerichtet, küßte sie mich, und halbgeöffnet flüsterte ihr feuchter Mund an meinen Lippen.
Ihr Kuß machte mich zum Gott. Meine Gedanken wurden heller und froher, mein Gesicht heiterer, mein Herz mitfühlender. Und überall Schönheit: das Klagen der Vögel, das Wispern der Brise in den Blättern, sie sind süßer denn je; mir zu Füßen blühen Pflanzen, leuchten Blumen auf in frohen Farben; ich fliehe nicht länger vor den Menschen, und die ganze Natur scheint mir zu gehören. Mein Geist ist ganz Schönheit und Harmonie. Hätte ich diese Schönheit zu schnitzen oder zu malen, ich würde jegliches äußere Vorbild verschmähen und ganz meiner eigenen Vorstellung folgen.

Dieser himmlische Kuß sollte dann auf immer Jacopos Gedanken beherrschen. Noch ein Kuß dieser Art, und er würde an Teresas Lippen sterben. Aber dieses Geschenk bleibt ihm versagt. Die Seele aushauchend denkt er daran, wie »unsere Lippen und unser Atem vermischt waren und meine Seele sich in deine Brust ergoß«. Es ist, als hätte Ugo Foscolo im Kuß von Jacopo und Teresa die ganze oskulatorische Tradition in eine einzige Kurzformel zusammendrängen wollen.

Irren wir uns, oder werden die Küsse tatsächlich jetzt seltener in der Literatur? Mit wie wenigen Küssen doch bereits Goethe, Foscolo oder, später, Flaubert auskommen! So könnte man sagen, die Ausbreitung und zunehmende Beachtung der Hofetikette lasse die Zahl der Küsse in der Literatur abnehmen. Zwar haucht die romantische Liebe auch dem Kuß neues Leben ein, doch latente neoplatonische Einflüsse wirkten »sublimierend« und damit hemmend. Das neue große Thema ist die »Erziehung des Gefühls«: *L'Education sentimentale.* »Erziehung« bedeutet hier »Zähmung«, »Modellierung«, wie Norbert Elias sagen würde. Was Jean-Jacques Rousseau einleitete, griffen Autoren wie Stendhal und Balzac auf und machten es zum prägenden Bestandteil ihrer Romane. Jünglinge werden zu Leben und Liebe erweckt durch »diese schrecklichen Küsse«, die sie einer reifen Frau verdanken. Diese Frau, Expertin in der Liebe, verkörpert die Fülle des Daseins, wirkt als dessen höchste Vermittlerin. Ihr Kuß ist der Kuß des Lebens: Initiation und Befreiung.

Das Preislied der Gefühlserziehung sang Flaubert, der geborene Romantiker, der Byron nahestand, sich für Goethe begeisterte und zum Meister realistischer Sachlichkeit wurde. Letztes Ziel ist in allen seinen großen Romanen die »Zähmung des Gefühls«. Weshalb Romantik bei ihm mehr Sache des Intellekts als des Herzens ist. Der Held seines Liebesromans *Die Erziehung des Gefühls*, Frédéric Moreau, verliebt sich in die reife Marie Arnoux. Sein Kuß, ein einziger nur ist es, erscheint eher als leidenschaftlicher Ausdruck von Madonnenanbetung denn als erster Schritt zu zielgerichteter Herzenseroberung. »Sie glich den Frauen in den romantischen Büchern«, heißt es im Text, »er hätte ihrer Person nichts nehmen noch hinzufügen mögen.« Durch sie lernt der Held die »hinreißende Gewalt«

der Liebe kennen. Alles, was in den Büchern als »übertrieben gescholten« werde, habe er durch sie empfunden: »Ich begreife Werther, der sich durch Lottens Butterbrote nicht ernüchtern läßt.«
»Verzückung« seines ganzen Wesens. »Das Anschauen dieser Frau
machte ihn krank wie der Gebrauch eines zu starken Parfums. Es
durchdrang ihn bis in die innersten Tiefen des Gemüts, beeinflußte
die ganze Art seines Empfindens, verwandelte sein Leben.« Ihre
Dinge werden ihm »bedeutungsvoll wie Kunstwerke, ja fast wie Lebewesen; alles rührte an sein Herz und vermehrte seine Leidenschaft«. Lange tiefe Blicke, »ganz versunken, von Antlitz zu Antlitz«. Wiederholte Versicherungen der Liebe. Küsse auf die Lider.
Dann der Kuß auf den Mund: »Ein Schluchzen der Zärtlichkeit hob
ihre Brust. Ihre Arme öffneten sich, und beide umschlangen sich stehend in einem langen Kuß.« Was bleibt: Liebe, »ohne einander an-
zugehören«. Verzicht? Schwäche? Jedenfalls »Trunkenheit des
Glücks, die wie ein süßes, unendliches Einwiegen war«. Einwiegen –
die mütterliche Geste. Den Kuß zum Füttern in Beziehung zu setzen, wäre Flaubert nicht eingefallen.

Was folgt, ist überwiegend Wiederholung. Immer mehr wird der
Kuß, der in der Welt des Gefühls einer Sonne vergleichbar war, zu
einem Mond. Einem Mond, der sich als Symbol um den Beischlaf
dreht. Nach der Romantik nichts Neues also. Dennoch finden sich
gelegentlich Triumphe der Intertextualität, Höhepunkte, die sich
Prismen der oskulatorischen Bedeutungstradition vergleichen lassen. Besonders eindrucksvolle Beispiele hat der diskrete französische Romancier Marcel Proust hinterlassen. Sein monumentales Erzählwerk *Auf der Suche nach der verlorenen Zeit* (1913 ff.) erkundet
das vielschichtige Labyrinth der menschlichen Seele bis in dunkelste
Winkel. Auch als profunder Kenner der Kußsymbolik erweist sich
der weltgewandte Erzähler. Dies erlaubt ihm, Bedeutungsfacetten,
die in den tiefenkulturellen Bereich abgesunken sind, virtuos in ein
ausgreifendes Bezugsfeld einzuarbeiten.

»Nun war Albertine an der Reihe, mir Gutenacht zu sagen«, heißt
es in einer Variante zum dritten Buch von *Auf der Suche nach der verlorenen Zeit*. »Sie tat es, indem sie mich auf beide Seiten des Halses
küßte. Ihr Haar streichelte mich wie ein Flügel mit scharfen süßen

Federn.« Doch damit hat es keineswegs sein Bewenden. »Albertine«, fährt der Erzähler fort, »schlüpfte sogar in meinen Mund, um mir, wie eine Gabe des heiligen Geistes, ihre Zunge zum Geschenk zu machen. Sie gab mir solcherart die letzte Ölung und ließ mich mit einem Vorrat an Frieden, der fast so süß war wie der Friede meiner Mutter, wenn sie mir in Combray abends immer ihre Lippen auf die Stirn drückte.«

Mit seinen Anspielungen auf Friedenskuß, Heiligen Geist, Kommunion und Letzte Ölung stellt dieser Text eine wort- und bedeutungsgeschichtliche Fundgrube dar. Die offizielle, für die gedruckte Ausgabe bestimmte Version wird dann, überraschenderweise, ein wenig anders aussehen. Sie ist zwar nicht gerade gereinigt, wirkt jedoch erheblich gemildert. Der Erzähler spricht jetzt davon, daß Albertine »jeden Abend sehr spät, bevor sie mich verließ, noch ihre Zunge in meinen Mund schob wie das tägliche Brot, eine stärkende Nahrung mit dem fast geweihten Charakter alles Leiblichen, dem durch Leiden, die wir um seinetwillen erdulden, letztlich eine Art von seelischer Größe zugesetzt wird ...«

War es, als Proust dies schrieb, am Ende noch gewagt, Oskulatorisches, das die Kirche als ihr Eigentum beansprucht, für säkulare Zwecke zu verwenden? Ganz sicher. Auch wenn die Tage solcher Einschränkung schon damals gezählt waren.

Duftstoff der Unsterblichkeit:
»Der Kuß als Wille und Vorstellung«

Daß ein Kuß im Dienst der Unsterblichkeit stehen kann, beweist auf eine gänzlich unerwartete Weise Arthur Schopenhauer. Obwohl das Hauptwerk des Philosophen, *Die Welt als Wille und Vorstellung*, schon 1819 erschien, etablierte sich der Schopenhauerianismus erst in den fünfziger Jahren als Modeströmung. Nach dem Schicksalsjahr 1848 betrachtete das deutsche Bürgertum die Welt eben mit anderen Augen. Der Pessimismus des reizbaren Genies entsprach nunmehr dem eigenen Katzenjammer. Nur *ein* Irrtum sei dem Menschen angeboren, schreibt der in Danzig zur Welt gekommene Schopenhauer: »daß wir da sind, um glücklich zu sein«. Da das Leben nun einmal »eine mißliche Sache« sei, sagte er als Dreiundzwanzigjähriger im Salon seiner Mutter zu Wieland, habe er sich vorgenommen, »es damit hinzubringen, über dasselbe nachzudenken«. Der Philosoph übertreibt keineswegs, wenn er von sich behauptet: »In meinem Werke stecke ich selbst ganz.«

Es heißt, die Geschichte der Philosophie habe kaum ein zweites System aufzuweisen, das so sehr »Abdruck und Siegel« der Persönlichkeit seines Schöpfers wäre. Der Sohn der zu ihrer Zeit weithin bekannten Romanschriftstellerin Johanna Schopenhauer war bekannt als schwieriger Mensch. Überall, wo er unmittelbarem Umgang mit andern ausgesetzt war, soll der zur Schroffheit neigende Theoretiker Anstoß und sogar Abneigung erregt haben. Zur »praktischen Weltfremdheit«, »tragischen Genieeinsamkeit und komischen Hagestolzenversponnenheit«, wie sie ihm nachgesagt werden, scheint zu passen, was der zeitlebens im Junggesellentum Verharrende zu Liebe und Kuß zu sagen hat. Wir fühlen uns an Kant erinnert, von dessen Philosophie Schopenhauers Denken seinen Ausgang nahm. Verdanken wir dem genialen Königsberger Junggesellen nicht die berühmte Definition von Ehe als Vertrag zum wechselseitigen Gebrauch der Geschlechtswerkzeuge? Jedenfalls besteht Grund, ein großes Fragezeichen hinter die Behauptung zu setzen, Schopenhauers Philosophie sei »die tiefste und reichste Blüte der Romantik« (Egon Friedell).

Das 44. Kapitel des zweiten Bandes von *Die Welt als Wille und Vorstellung* ist überschrieben »Metaphysik der Geschlechtsliebe«. Vorangestellt hat Schopenhauer ihm als Motto die fünfte Strophe von Bürgers Gedicht »Schön Suschen«, das, so wir Schiller glauben wollen, nichts als das Produkt einer »grobsinnlichen Muse« ist. In den acht Zeilen wendet das lyrische Ich sich an die »Weisen, hoch und tief gelahrt« mit der Frage: »Wie, wo und wann sich alles paart? Warum sich's liebt und küßt?« Es bittet die »hohen Weisen«, ihm zu erklären, »was mir da«, und »wo, wie und wann, warum mir so geschah?«. Der auf Bürgers Verse folgende Text bietet eine Antwort: Er enthält Schopenhauers Lösungsvorschlag für das Problem des

Warum von Liebe und Kuß. Getreu der Devise: Dem Manne kann geholfen werden. Nach allem, was wir über seine Lebens- und Liebeserfahrung wissen, fällt es uns schwer, dem unbeweibten Philosophen Kompetenz auf diesem unwegsamen Terrain zuzutrauen. Nicht nur Ungebundenheit bedeutet Junggesellenleben, häufig bringt die Einspännerschaft auch Eigenbrötelei und Lebensferne mit sich.

Grundlage für die Argumentation Schopenhauers bildet denn auch eher die literarische Überlieferung als das praktische Leben. Gleich zu Beginn des Kapitels »Metaphysik der Geschlechtsliebe« beruft der Philosoph sich auf *Romeo und Julia*, *Die neue Heloise*, *Werther* oder *Jacopo Ortiz*, Dichtwerke, die auch wir in den Mittelpunkt von Betrachtungen gerückt haben. Seine eher einseitige Berufung auf die Literatur entschuldigt der belesene Philosoph mit dem Hinweis, die Werther und Jacopo Ortiz existierten nicht bloß im Roman, jedes neue Jahr habe wenigstens ein halbes Dutzend von ihnen aufzuweisen. Nur fänden ihre Leiden eben keinen andern Chronisten als den Schreiber amtlicher Protokolle oder den Berichterstatter der Zeitungen. Der Wahlbürger des bedeutenden Handels- und Messeplatzes Frankfurt am Main beruft sich auf den Leser »der polizeigerichtlichen Aufnahmen in englischen und französischen Tagesblättern«: Er werde die Richtigkeit seiner Angaben bezeugen. Noch größer aber sei die Zahl derer, »welche dieselbe Leidenschaft ins Irrenhaus bringt« oder zum gemeinschaftlichen Selbstmord treibe. Unerklärlich bleibe ihm, dem Denker, allerdings, »wie die, welche, gegenseitiger Liebe gewiß, im Genusse dieser die höchste Seligkeit zu finden erwarten, nicht lieber durch die äußersten Schritte sich allen Verhältnissen entziehen und jedes Ungemach erdulden, als daß sie mit dem Leben ein Glück aufgeben, über welches hinaus ihnen kein größeres denkbar ist«. Und müsse es angesichts dieser Bilanz nicht verwundern, daß diese Sache »von den Philosophen bisher so gut wie gar nicht in Betrachtung genommen ist und als ein unbearbeiteter Stoff vorliegt«? Als müßte er sich rechtfertigen für sein Interesse, schreibt Schopenhauer, der Gegenstand sei »von selbst« in den Zusammenhang seiner »Weltbetrachtung« getreten, ja, »aufgedrungen« habe er sich ihm. Für uns kann das nur heißen, daß wir auszugehen haben von der Lehre vom Willen.

Was ist die Welt? fragt Schopenhauer. Seine Antwort: Die Welt ist Wille, d. h. eine Art »Weltseele«, der dumpfe Instinkt zu leben und sich durchzusetzen. Zugleich ist die Welt »meine« Vorstellung, d. h. Objekt für mich als erkennendes Subjekt, dessen innerstes Wesen gleichfalls Wille ist. In diesem Sinn bildet der Wille die Substanz der Welt; in der Vorstellung hat er sich gleichsam »eine Laterne angezündet«. Für uns erkennbar erscheint der Wille zum Leben in der Natur, wo er eine Stufenordnung von Objektivationen (Vergegenständlichungen) bildet: vom Stein als Wille zum Fallen bis hin zum Gehirn als Wille zum Denken. Jeder Mensch finde den Willen im eigenen Innern »vollständig, ja in kolossaler Größe« vor: als *ens realissimum* – »das allerrealste Wesen«. Zweimal gegeben ist der Leib uns mithin: Von innen als Wille, von außen als Vorstellung. Die Welt ist Wille und Vorstellung. Anderswo würde man vielleicht statt von »Wille« von »Natur« oder »Gott« sprechen.

Im Reich des Willens herrschen die Mächte von Schmerz und Tod. Als Hunger, Gier und Rastlosigkeit, Ausgeliefertsein an die Gezeiten des Daseins. Einem Trauerspiel der Langeweile und Leere gleiche das Menschenleben, wo Freuden nichts als Täuschung, Illusion seien. Nur die Liebenden kennen das Glück. Aber Freude und Wohlbehagen sind lediglich »Köder«, lockender Duftstoff aus der Traumküche der Natur. Scheinhaftes Beiprodukt, Mittel, dessen der Wille sich bedient, um sein Ziel zu erreichen. Sein Ziel? Fortbestehen, Selbsterhaltung der Natur, was sich, aus menschlicher Perspektive, als Perpetuierung des Elends darstellen mag. Würden (und könnten) die Liebenden nein sagen, auf ihr (Schein-) Glück verzichten, müßte der Wille erlöschen, »die ganze Not und Plackerei« käme an ihr Ende. Von einer »höheren Warte« aus gesehen, sind Liebende deshalb »Verräter«. Schon ihr Kuß signalisiert Verrat. Doch es ist ein anderer Verrat als jener des Judas und seinesgleichen. Sie sind unschuldig Schuldige, da ihr Verrat sie zwar an der »Idee« schuldig werden läßt, zugleich aber als treue Diener des Lebens bestätigt.

Für den Erzpessimisten Schopenhauer wurzelt alle Verliebtheit, alle Leidenschaft »allein im Geschlechtstrieb«. Betrachte man die Rolle, die der »individualisierte Geschlechtstrieb«, die Geschlechtsliebe, in allen ihren Abstufungen und Nuancen, nicht bloß in Schauspielen und Romanen, sondern auch in der wirklichen Welt spielt, wo sie, nächst der Liebe zum Leben, sich als die stärkste und tätigste aller Triebfedern erweist, die Hälfte der Kräfte und Gedanken des jüngern Teils der Menschheit fortwährend in Anspruch nimmt, das letzte Ziel fast jedes menschlichen Bestrebens ist, auf die wichtigsten Angelegenheiten nachteiligen Einfluß erlangt, die ernsthaftesten Beschäftigungen zu jeder Stunde unterbricht, bisweilen selbst die größten Köpfe auf eine Weile in Verwirrung setzt, sich nicht scheut, zwischen die Verhandlungen der Staatsmänner und die Forschungen der Gelehrten, störend, mit ihrem Plunder einzutreten [...], ja den sonst Redlichen gewissenlos, den bisher Treuen zum Verräter macht, demnach im Ganzen auftritt als ein feindlicher Dämon, der alles zu verkehren, zu verwirren und umzuwerfen bemüht ist, – da wird man veranlaßt auszurufen: Wozu der Lärm? Wozu das Drängen, Toben, die Angst und die Not?

Schopenhauers überraschende Antwort auf diese eifernde Litanei: Der Aufwand, dieses »Treiben« sei der Sache durchaus angemessen. Denn der Endzweck aller »Liebeshändel«, ganz gleich, ob tragisch oder komisch, sei wirklich wichtiger als alle anderen Zwecke im Menschenleben und daher des tiefen Ernstes, womit jeder ihn verfolge, »völlig wert«. Und was für ein Zweck ist das? Wir wissen es bereits: Dasein und Sosein der nächsten Generation – »Wohl und Wehe der Gattung«.

Um an sein Ziel zu gelangen, schreckt der Gattungswille vor nichts zurück. Auch nicht davor, das Bewußtsein des einzelnen zu täuschen, indem er sein Werk unter der Maske von Bewunderung und Liebe vollbringt. Lustgefühl als Seifenblase, Lockspeise – Falle. In Schopenhauers Augen bedeutet Rekurrieren auf solche Vergleiche keineswegs Herabsetzung der Liebesleidenschaft. Im Gegenteil. Da die Geschlechtsliebe und ihr »Plunder« im Dienst eines höheren Zweckes steht, kann es als Aufwertung gelten. In der »wachsenden Zuneigung zweier Liebender«, im »Zusammentreffen ihrer sehnsuchtsvollen Blicke«, der Zärtlichkeit ihrer Berührung, ihrem hingebungsvollen Kuß leuchte bereits der »Lebenswille« des neuen Individuums auf, rege sich sein »Drang, ins Dasein zu treten«. Der werdende Mensch als »Idee«, die nach Erscheinen verlangt und in dem Augenblick, da die (potentiellen) Eltern anfangen einander zu lieben, sich zu realisieren beginnt. Deshalb sei »die Seele einer eigentlichen, großen Leidenschaft« eine Sehnsucht, die »das Maß eines sterblichen Herzens« übersteige. Liebe als Wahn. Eingepflanzt von der Natur, die nur dadurch Ziel und Zweck erreicht. Instinkt also. Er ist es, der die Menschen zueinander treibt, Mund an Mund sich pressen läßt. Die Sorgfalt, mit der ein Insekt eine bestimmte Blume oder Frucht aufsuche, um dort, und nur dort, seine Eier abzulegen, entspreche jener, die einen Mann dazu drängt, eine Frau zu wählen und die Vereinigung mit ihr zu suchen. »Ein wollüstiger Wahn ist es, der dem Menschen vorgaukelt, er werde in den Armen eines Weibes von der ihm zusagenden Schönheit einen größeren Genuß finden, als in denen eines jeden anderen.« Frau ist Frau – Kuß ist Kuß. Freilich auf eine andere, stärker metaphysische Weise als Brecht dies in seinem Stück *Mann ist Mann* so bühnenwirksam demonstriert hat. Das Individuum nicht als Spielball und Versuchskaninchen anderer Individuen, sondern als Werkzeug der Gattung – deren Betrogener, Getäuschter. Wohlgefallen am anderen Geschlecht als »verlarvter Instinkt«.

Entgegen landläufiger Behauptung kennt der Instinkt hier keine Blindheit. Ganz im Gegenteil. Auch der verliebteste Blick, die brennendste Sehnsucht nach Kuß und Umarmung verdankt sich dem prüfenden Auge des Genius der Gattung. Da nicht das Individuum, sondern nur die Gattung »unendliches Leben« habe, sei allein sie »unendlicher Wünsche, unendlicher Befriedigung und unendlicher Schmerzen« fähig. Aber Gefühle dieser Art gehörten immer zu einem Individuum, seien »eingekerkert« in der engen Brust eines Sterblichen: »kein Wunder daher, wenn eine solche bersten zu wollen scheint und keinen Ausdruck finden kann für die sie erfüllende Ahndung unendlicher Wonne oder unendlichen Wehs«. Thema der Verse Petrarcas, Stoff zu aller erotischen Poesie »erhabener Gattung«, Stoff auch zu den Saint-Preux (Rousseaus *Neue Heloise*), Werther und Jacopo Ortiz (Foscolo). Eine Art Krieg also, in dem der (unsterbliche) Genius der Gattung, ein urtümlicher Cupido, dem (sterblichen) Genius des Individuums gegenübersteht, sich als sein Verfolger erweist, der niemals zögert, persönliches Glück zu fördern oder zu zerstören, wenn es darum geht, die »höheren« Zwecke durchzusetzen. Der Kuß als Pfand, Waffe oder Köder im Dienst einer Unsterblichkeit, die nach Schopenhauer, wie gesagt, immer nur die Unsterblichkeit der Gattung sein kann. Dauer im Wechsel statt Dauer als Beständigkeit, als ein Ruhen, wie die Schau der Idee es gewährt, die Sache der Musen und ihres Kusses ist.

»Warum sich's liebt und küßt?« lautet die Frage in dem Gedicht Bürgers, dem Schopenhauer sein Motto entnahm. Der Verfasser der zeitlosen *Aphorismen zur Lebensweisheit* hat sie auf seine Art mit einer Antwort bedacht. Ob dieses Zeugnis voluntaristischer »Weltbetrachtung« wohl den Beifall des »Lenore«-Dichters gefunden hätte? Kaum. Er wußte noch nichts vom Küssen als Leistung in einem (unbewußten) Generationenvertrag.

Logos und Eros –
Wanderjahre eines Küssers

Der »Kußmund« als »Goldmund«. Hermann Hesse hat ihn zum Helden seiner vielleicht schönsten Erzählung gemacht: der »Seelenbiographie« *Narziß und Goldmund* (1930). Ein mittelalterliches Kloster liefert der Handlung Anker und Rahmen. Hinter seinen Mauern beginnt und endet Goldmunds Selbstsuche. Nach Auffassung des gelehrten Kirchenmanns Wilhelm von Saint-Thierry kennt die Welt des Klosters drei Arten von Menschen: empfindsame, vernünftige und geistige. Als »Empfindungstypus« und »Denktypus«, wie wir heute sagen würden, träten sie in Erscheinung. Charaktertypen, denen die Polarität von Logos und Eros entspricht. Hermann Hesse bereichert dieses überlieferte Modell sich verkörpernder Urkräfte um Erkenntnisse, die ihm C. G. Jungs Analytische Psychologie vermittelte. »Animus« und »Anima« als archetypische Prägebilder, kreuzweise im Unbewußten von Mann und Frau angelegt.

Das Kloster ist eine mütterliche Institution. Repräsentantin der Kirche, die für den Christen die Mutter ist. Narziß, der (introvertierte) Geistmensch, genügt sich in ihrer Umarmung. Anders Goldmund. Wie den Alten ist ihm das Mütterliche die Erde, das Leben. Er, der (extravertierte) Gefühlsmensch, sehnt sich nach Schutz, Wärme, Zärtlichkeit, allem, was Mütterlichkeit in weltlich-irdischem Sinn symbolisiert. Zunächst war auch er davon überzeugt, zum Klosterbruder berufen zu sein. Bis sein Glaube auf nachhaltige Weise erschüttert wird und er zu zweifeln beginnt. Ein »scheuer Kuß«, den ein junges Mädchen im Dorf ihm gegeben hat, führt den Sinneswandel herbei. Das verschüttete Bild der Mutter, des »Mütterlichen«, erwacht zum Leben, prägt sein Schicksal. Goldmund erkennt die eigene Berufung und nimmt sie an: Er wird – Goldmund.

Seltsam: Nannte man einst jemanden »Goldmund«, so zollte man damit seinen rednerischen Fähigkeiten Tribut. Um den *orator* ging es, nicht den *osculator*: Redner, nicht Küsser. Goldene Worte, nicht goldene, honigsüße Küsse. Das kam später. Dennoch: Beiden Begriffen, *orator* wie *osculator*, liegt *os*: »Mund«, zugrunde. Spielt der französische Dichter Henry de Montherlant auf diesen Zusammenhang an, wenn er seinen Don Juan vom »Küsser« zum »Schwätzer« degenerieren läßt? Jedenfalls handelt es sich um Gegensätze, die von Gemeinsamem überspannt, in Verwandtschaft geborgen sind. Väterliches und Mütterliches in wechselseitiger Bedingtheit vereint: Lecken, Atem – Hauch.

Nicht der erste seines Namens ist Goldmund. Er träumt von seinem Namensheiligen: Chrysosthomos. »Der hatte einen Mund aus Gold«, heißt es von ihm, »und sprach mit goldenem Munde Worte, und die Worte waren kleine schwärmende Vögel, in flatternden Scharen flogen sie davon.« Worte, die vom Munde flattern wie – Küsse? An solche Analogien werden kaum jene gedacht haben, die Johannes, den Patriarchen von Konstantinopel, nach seinem Tod den Namen »Chrysosthomos«, »Goldmund« beilegten. »Die Fülle seiner Beredsamkeit« sollte der Titel ehren. Der Überlieferung zufolge war der berühmte Kirchenvater tatsächlich ein mitreißender Redner, dessen Predigten die Kirchenbänke zu füllen vermochten. Ob die Rede des zum Schutzheiligen der Kanzelredner Erhobenen wie Honigseim gewirkt hat? Bei seinen Worten an Küsse zu denken, dürfte den wenigsten seiner Bewunderer eingefallen sein.

Anders sein fiktionaler junger Namensvetter. Den Namen »Gold-

mund« trägt er nicht, weil er ein großer Redner, sondern weil er ein
großer Küsser ist. Sein Sehnen gilt der Welt. In die Ferne treibt es
ihn, zu immer neuen Erfahrungen. Berühren, Streicheln, Küssen als
deren Medium. Überhaupt die Frauen. Abenteuer des Leibes: Lust.
Die Frau als Versucherin und – Erlöserin. Stillerin seines Liebesbe-
dürfnisses: Weltvermittlerin, mütterliche Gestalt. »Goldmund öffnete die Augen«, schreibt der Autor. »Sein Kopf lag weich, er lag im
Schoß einer Frau, in seine verschlafenen verwunderten Augen blick-
ten fremde nahe Augen warm und braun. Er erschrak nicht [...].
Nun lächelte die Frau unter seinem erstaunten Blick, lächelte sehr
freundlich, und langsam begann auch er zu lächeln. Auf seine lächelnden Lippen kam ihr Mund herab, sie begrüßten sich in einem
sanften Kuß. [...] Der Frauenmund verweilte an dem seinen, spielte
weiter, neckte und lockte und ergriff zuletzt seine Lippen mit Gewalt und Gier, ergriff sein Blut und weckte es auf bis ins Innerste,
und im langen stummen Spiel gab die braune Frau, ihn sacht beleh-
rend, sich dem Knaben hin, ließ ihn suchen und finden, ließ ihn er-
glühen und stillte die Glut.«

Lehrzeit des Küssens. In der Folge lernt Goldmund Höhen und
Tiefen kennen. Von einer der Frauen heißt es, daß sie ihm manchmal
einen »Kinderkuß« gegeben habe, doch andere Male »küßte sie hingegeben und unersättlich, duldete aber keine Berührung. Einmal,
tief errötend und mit Überwindung, im Willen, ihm eine große
Freude zu machen, ließ sie ihn eine ihrer Brüste sehen; schüchtern
brachte sie die kleine weiße Frucht aus dem Kleide hervor; als er sie
kniend geküßt hatte, verhüllte sie sie wieder mit Sorgfalt und war
noch immer rot bis zum Halse.« Kußvarianten. Unter ihnen der
Troubadourkuß. »Sie legte sich zu ihm, still lagen sie, mit schweren
schlagenden Herzen. Sie ließ seine bewundernden Hände an ihren
Gliedern spielen, mehr war nicht erlaubt. Nach einer kurzen Weile
streifte sie seine Hände sanft von sich, küßte ihn auf die Augen,
stand lautlos auf und verschwand.« Auch Küsse, die »so still und feierlich« empfangen werden wie ein »Sakrament«, finden sich. Und
selbst die Anspielung auf die Taube und ihren Kuß darf nicht fehlen:
»Du hast so tiefe Töne in deiner Kehle, mein Vogel, wenn du zärtlich
bist und gurrst und schwatzest. Ich hab dich lieb, Goldmund.«

Am Ende, nachdem er die verschiedenen Stufen der Selbstfindung durchwandelt, »erfahren« hat, findet Goldmund endgültig seinen Platz im Kloster. Eine klösterliche Gemeinschaft nimmt ihn auf, der »die Mutter« nicht die Welt jenseits, sondern diesseits der Klostermauern ist. Der Kreis hat sich geschlossen: Erotische Begegnung bleibt ihm, dem »Liebe und Wollust« das einzige gewesen zu sein schien, wodurch das Leben »mit Lust erfüllt« werden könne, als nunmehr Altem unerreichbar. Goldmund, »leuchtend und blühend« einst, neben Narziß, dem Freund. Ein ebenbürtiges Paar: Künstler, Verschwender (Kuß: Eros) neben Denker, Asket (Wort: Logos). Verkörperung von Spannung, Gegensätzlichkeit, die jedoch Verwandtschaft, Polarität bedeutet. Gegenseitige Ergänzung zu höherer Einheit. In ihr kommt dem Kuß, als Medium der Erfahrung wie Gründung von Wirklichkeit, ein höchst legitimer Platz zu. Ein *semper idem*, an dem der berüchtigte Zahn der Zeit gleichwohl seine Schärfe erweist. Und damit auch die Richtigkeit des Satzes: Wenn zwei den gleichen Kuß küssen, so ist es dennoch nicht das gleiche. Anders und genauer: Denselben Kuß – nie wirst du ihn ein zweitesmal küssen …

Schule des Küssens? Parzival fragt Pappritz

Stellen wir uns vor, »sie« sage zu ihm, der Kuß gestern, ob »er« sich nicht erinnere, reine Lust sei es gewesen, wenn auch, ja nun, eine Todsünde. Warum sie ihn dann gegeben habe, fragt er zurück. Ihre Antwort: Weil man ohne Sünde, wie er doch sicher wisse, nicht erlöst werden könne. Ein entwaffnender Schluß: Küssen im Dienste der Erlösung. Zugleich ein perfektes Alibi, das zudem die Logik auf seiner Seite weiß. Freilich sind Zweifel angebracht, ob der Befragte überhaupt die rechte Adresse ist für solche Klügeleien. Denn kein anderer als Parzival soll hier an seine Sünden erinnert werden: der reine Tor und liebenswerte Held der Artusliteratur. Daß er nicht gerade den Naturtalenten der Oskulatorik zuzurechnen ist, strenggenommen sogar deren Sorgenkindern, wird jedem klar, der sich über die Anfangskapitel von Wolfgang von Eschenbachs gleichnamigem Epos hinaustragen läßt.

Wer am Hofe des Königs Artus bestehen will, muß lernen, seine Zunge im Zaum zu halten. Bald heißt dies, sie zu courtoiser Konversation zierlich zu lösen, bald, ihr streng ins Wort zu fallen. Auch aufs Küssen muß man sich verstehen in der Welt höfischer Gebärden und minniglicher Litaneien. Trotz Maienseligkeit gilt es, den Schnabelschuh so korrekt und kalkuliert zu setzen wie das, was später »Etikette« heißen wird, es vorschreibt. Ein Tritt nicht zwischen, sondern auf die blumigen Rabatten kann verheerende Folgen haben. Eines der berühmtesten Opfer solcher regelnden Geltungen war Parzival, der spätere Gralskönig. Ein früher Kaspar Hauser, der manches von einem Don Quijote hat. Brutal mißversteht er das Gebot des höfischen Kusses. Folgen seiner Erziehung – eines »Menschenversuchs aus Mutterliebe« (Peter Wapnewski).

Um zu verhindern, daß ihr Sohn den Mannestod des fahrenden und irrenden Ritters sterbe wie sein Vater, zog Königin Herzeloyde ihn auf in der Abgeschlossenheit von Wald und ländlicher Wüstenei. Doch den Rastlosen, zwanghaft nach Ritterschaft Drängenden vermag sie nicht zu halten. Er geht hinaus in die Welt, bricht der Mutter das Herz und richtet ahnungslos großes Unheil an. Als folgenschwer erweist sich nun, daß die leidgeprüfte Herzeloyde, aus einer Art Liebesegoismus heraus, dem Sohn den Weg zu verbauen gesucht hatte. Auf einen erbärmlichen Gaul setzte sie ihn, hüllte ihn ins Narrenkleid und gibt ihm wohlklingende, aber letztlich unbrauchbare Ratschläge mit auf den Weg. Als unbeschriebenes Blatt, naiv und gutgläubig, befolgt der junge Springinsfeld die mütterliche Lehre mechanisch, nimmt er den Gedanken beim Wort, sprich: wörtlich. Im Grund tut Parzival das, was später den Grafen Bobby aus Wien berühmt machen wird. So kommt es, daß er den Satz »Ihr sollt nicht zu viele Fragen stellen« mißversteht. Er ist unfähig, ihn zu relativieren, d. h. den Gegebenheiten von Hier und Jetzt entsprechend auszulegen.

Unter den Ratschlägen, die Herzeloyde dem Sohn als Schutzschild gab, hatte sich freilich, in den Worten von Adolf Muschgs schöner Nachdichtung *Der rote Ritter* (1993), auch jener befunden:

»Wenn du das Ringlein einer edlen Dame gewinnen kannst und ihre Gunst, so greif immer zu. Das hilft gegen Traurigkeit. Laß dich nicht bitten, sie zu küssen, sondern pack sie in deine Arme.« Gefährliche Worte, wie sich bald zeigt. Denn sobald sich Gelegenheit bietet zur Nutzanwendung, kommt es zur Katastrophe. Wenig ritterlich verhält sich der Ritter *in spe.* »Umstände machte er nicht. Er sah ihre Lippen halbgeöffnet; er ließ sich auf die Knie fallen, um sie herzhaft zu küssen. Dabei reckte er die andere Hand nach dem Ringe.« An seinem rücksichtslosen Verhalten zeigt sich, daß jeder Rat leer, jede Lehre hohl bleibt, wenn die Brücke fehlt zur eigenen Lebenserfahrung. Parzivals Kuß bringt nur »Not«, kennt »keine runde Richtigkeit«. Aber vorläufig ahnt der zielbewußte junge Mann, der, wie er glaubt, die Lehre seiner Mutter befolgt, nicht einmal, was er angerichtet hat: daß seine erste (Kuß-)Tat eine Untat war, er das Gebot des höfischen Kusses mißdeutet, dessen Sinn Gewalt angetan hat. Auch später heißt es von seinem Kuß: »Aber dann hob sie den Kopf und hielt ihm ihre kleinen harten Lippen hin, und sein Mund wußte lange nicht, wie er damit fertig werden sollte.« Nun, auch ein Parzival gelangt irgendwann ans (Lern-)Ziel. »Er war von heilloser Unschuld gewesen«, dichtet Muschg. »Durch Belehrung hatte die Roheit ihre Unschuld verloren und entschleierte ihm ihr Gesicht«: »die Tiefe seines Mangels«.

Dabei waren seine Vorschuljahre als künftiger Küsser recht versprechend gewesen. »Und als man an der Brust lag«, heißt es von dem noch namenlosen, lustvoll in Oralität sich übenden Säugling, »probierte man den Mund noch einmal aus: ja, er ließ sich zusammenziehen, ohne daß man gleich zu saugen brauchte. Man brauchte mit dem Mund nicht nur zu trinken oder zu brüllen! Man konnte ihn auch spielen lassen.« Lippenschmeichel, Spiel, unschuldig, roh zunächst noch, dann, nach Not aus Ignoranz oder Mißverstehen, von Regeln des »Anstands« eingezäunt. Hat der Reigen der gesellschaftlichen Küsse begonnen, geziemt es sich nun einmal, die Dame »mit Anstand« zu küssen. Was dem einen Gebot, ist dem anderen Wunsch. Auf die »Manieren« kommt es an, das kostbare Importgut aus Frankreich. Anstand als Programm. Das seit dem Mittelalter gebräuchliche Substantiv »Anstand« ist eine Bildung zu »anstehen«:

»stehenbleiben«, »warten«. In dem Adverb »anstandslos« lebt diese so wichtige Bedeutung weiter. Anstand als »gutes Benehmen«, »Schicklichkeit« (»Geordnetsein«). Gefühl dafür wird »Takt« genannt. Auch dieses Wort haben wir von jenseits des Rheins übernommen. Vorsichtiges Berühren: Rücksichtnahme, Feinfühligkeit gegenüber anderen – Fingerspitzengefühl. »Fingerspitzengefühl« für den Umgang mit Lippen: Genau das hatte Parzival zu lernen.

Wäre Parzival anderes als eine literarische Figur und ein halbes Dutzend Jahrhunderte später leibhaft unter uns gewandelt, er hätte sich gewünscht, bei dem berühmten Freiherrn von Knigge in die Schule gehen zu dürfen. Denn schließe »Umgang mit Menschen« nicht zwangsläufig den »Umgang mit Küssen« ein? Ein Buch, das praktische Lebensklugheit vermitteln will, Lehren, Ratschläge und Maximen bietet, hätte Parzival vielleicht argumentiert, würde gewiß auch ein Wörtchen beim »regelgerechten« – nach Knigge: »regelmäßigen« – Küssen mitreden wollen. Fehlanzeige. Das bedeutendste Erziehungsbuch des 18. Jahrhunderts, unerhört populär und einflußreich noch im 19. Jahrhundert, übt deutlich Zurückhaltung, wenn es um Fragen der leibnahen Praxis geht. Knigges liebevolle Ausführungen zu Ehe- und Familienleben streifen unser Thema nur. Natürlich empfiehlt der Autor Mäßigung, Selbstbeherrschung. Dem Leser rät er, »die körperlichen Bedürfnisse und Begierden nicht zu heftig« werden zu lassen. Wichtig sei es, »Überdruß und Lüsternheit« fernzuhalten, und ohne »ein wenig Erfindergeist« gehe es dabei nicht ab. Schlimm, wenn ein »sonst nicht schlechter Mann« den Kuß, »den er von treuen, reinen und warmen Lippen ehrenvoll und bequem zu Hause erlangen könnte, mit Hintansetzung von Pflicht und Anstand, bei Fremden holt. Hat aber die größere Schwierigkeit und Seltenheit so viel Reiz für den Menschen, ei nun! so suche man auch der ehelichen Vertraulichkeit diesen Reiz der Neuheit zu geben, zuweilen kleine Hindernisse in den Weg zu legen oder durch Enthaltsamkeit, Entfernung und dergleichen das Verlangen darnach zu vermehren!« Nicht übel als Stimme aus dem 18. Jahrhundert. Der zweite Teil, versteht sich.

Auch wenn der Aufklärer Knigge nur einen bescheidenen Beitrag liefert zum Thema Kuß, daß er seine Pappenheimer kennt, ist gewiß.

»Den Verliebten selbst Regeln über ihren Umgang miteinander zu geben«, meint er in dem Kapitel »Über den Umgang mit und unter Verliebten«, »das würde verlorene Mühe sein, denn da diese Menschen selten bei gesunder Vernunft sind, so wäre es ebenso unsinnig, zu verlangen, daß sie sich dabei gewissen Vorschriften unterwerfen sollten, als wenn man einem Rasenden zumuten wollte, in Versen zu phantasieren, oder einem, der die Kolik hat, nach Noten zu schreien. Doch ließe sich einiges sagen, das gut zu beobachten wäre, wenn man hoffen dürfte, daß solche Menschen der Vernunft Gehör gäben.« Bequemlichkeit oder Resignation?

Nicht ein Wort über das Küssen auch da, wo man es noch am ehesten hätte erwarten sollen. Erscheint es ihm am Ende unangemessen, überflüssig gar? Auch in seinem damals weitverbreiteten Roman, der »von den seligen Freuden« handelt, »die der Umgang unter Verliebten gewährt«, *Die Verirrungen des Philosophen oder Geschichte Ludwigs von Seelberg* (1787), hält Knigge sich zurück. Immerhin äußert er sich zur »sonderbaren Sache« der »ersten Liebeserklärungen«: Lasse sich »der entzückte Liebhaber« dazu hinreißen, »dem holden Engel« um den Hals zu fallen und »in Wonne« dahinzuschmelzen, so protestiere die Schöne »feierlich gegen solche Freiheiten« und verlasse sich »überhaupt auf seine Ehre und Rechtschaffenheit«. Sie reiche ihm »höchstens die Backe« dar. Wüßte der Leser nicht, daß sich unter den Zeitgenossen Knigges Geister wie der Marquis de Sade befanden, er wäre versucht, den »deutschen Jakobiner« unter die Befürworter eines oskulatorischen Biedermeier zu rechnen.

Gestehen wir uns also ein: Auch ein Nachblättern in Knigges Evergreen hätte einen um Behebung seiner Ignoranz in Sachen Kuß bemühten Parzival kaum weitergebracht. Vielleicht sollten wir deshalb, in Umkehrung der Konstellation, die Mark Twain seinem Roman *Ein Yankee am Hofe von König Artus* zugrunde legte, einmal der Frage nachgehen, was wohl geschähe, wenn der ungeschickte Gralsritter in unserer Mitte auftauchen würde und, geheilt von einer höfischen Lehre, die ihm weismacht, daß Schweigen allemal Gold sei, seinen aufbrechenden Wissenshunger in Fragen ausmünzte. Würden ihn die »Benimmbücher« von heute »aufklären«? Müßig

4

384

zu erwähnen, daß Werke wie *Kāmasūtra* oder *Duftender Garten* sich kaum in einem Atemzug mit solchen Leitfäden erwähnen lassen. Benimmbücher richten ihr Augenmerk auf den »gesellschaftlichen« Kuß. So die Schwelle zum Privat-Intimen überschritten wird und formale Regeln den frei vereinbarten weichen, wissen sie höchstens Takt und Toleranz anzumahnen. Auch wenn es heiße, an der Bettkante würden Hemmschwellen meist zu Reizschwellen, gelte es, dem Regelwerk des guten Tons nicht den Laufpaß zu geben, sondern es im Sinne der »goldenen Regel« zu überformen.

Je mehr Benimmbücher wir studieren, desto klarer scheint zu werden: zum Küssen fällt ihnen nicht allzu viel ein. Aber vielleicht gibt es gar nichts Weltbewegendes zu sagen. Zumal die oskulatorischen Verkehrsformen sich heute auf Wangenkuß, (symbolhafte) Akkolade und Handkuß beschränken. Ob man den flüchtigen, eher gehauchten Mundkuß dazu rechnen soll, muß offenbleiben. Der Kuß auf rechte und linke Wange, als Zwillingskuß gedacht – bei den Franzosen gar als Drillingskuß – und begleitet von einer richtigen oder nur angedeuteten Umarmung, gilt als Zeichen von Zuneigung und Freundschaft. Jederzeit und überall läßt sich dieses Zeichen setzen, bei Kommen und Gehen vor allem. Unsere westlichen und südlichen Nachbarn rechnen diese Art der Begrüßung oder Verabschiedung der Alltagsprosa des Selbstverständlichen zu. Niemand findet das geringste dabei, wenn Männer einander auf die Wange küssen, eine Gebärde, die in unseren Zonen oft genug mit einem Anflug von Erstaunen registriert wird. In England oder in den USA, wo eine traditionsbedingte, kaum zu übersehende »Körperfeindlichkeit« Berührungsschwund fördert, kommt es nicht selten vor, daß Damen zurückzucken, wenn eine Geschlechtsgenossin Miene macht, sie mit einem Kuß oder einer Umarmung zu bedenken. Auch bei der zurückhaltenden Akkolade, dem »umhalsenden Wange an Wange«, das, der (distanzierten wie distanzierenden) Kußhand verwandt, den Kuß durch ein erst rechtes, dann linkes Wange an Wange ersetzt und die Wangentätigkeit solcherart die Mundtätigkeit symbolisieren läßt, gilt es darauf zu achten, daß es zu den Vorrechten von Seniorität und Gastgeberschaft gehört, die Weichen zu stellen und zwischen Wangenkuß und Akkolade, beides plus oder minus Umarmung, eine Wahl zu treffen. Allerdings steht die Kombination von Kuß und Umarmung für mehr als spielerisches »Doppelt genäht hält besser!«. Umarmung symbolisiert Dazugehörigkeit, Gemeinschaft, kurz: »in« zu sein. Verständlicherweise ist es kaum möglich, die verschiedenen Erscheinungsformen von Wangenkuß und Akkolade gegeneinander abzugrenzen. Wozu auch? Persönlichem Wägen sollte auch hier das letzte Wort vorbehalten bleiben.

In Bayern und Österreich gibt es neben »Kuß« ein lautmalendes »Bussi« und dementsprechend die Diminutivformen »Busserl« und »Bussel«. Davon abgeleitet ist das Verb »busserln« (zu »bussen«, »pussen«). Schon im 16. Jahrhundert findet Buß sich neben Kuß bezeugt. Bei der Akkolade sagt man noch heute »Bussi, Bussi!«, um dem nicht oder höchstens in die Luft gegebenen Kuß verbal Realität zu verschaffen. »Bussi-Bussis« bzw. »Küßchen-Küßchen« sind inzwischen auch unter jungen Leuten in Mode gekommen. Jeder kennt die Regeln: Der Ältere hat die Vorfahrt, d. h. der Jüngere wartet, bis er »gebusselt« wird. Nicht weniger läßt der Mann der Frau oder der »Fremde« dem wie auch immer »Eingesessenen« den Vortritt. Wer Sonnenblumenkerne kaut, unterbricht diese altersfreundliche Tätigkeit. Eine Pause legen auch Kaugummifreunde ein, zumindest küssen sie nicht mit vollem Mund. Alles Regeln, ist man versucht zu sagen, die der vielgeschmähte *Common sense* nahelegen mag.

Ginge es nach Frau Erica Pappritz, »Benimmpäpstin« der Adenauerzeit, hätten unverheiratete Damen ohne Handkuß auszukommen. Vielleicht daß der Wohlgesinnte ihnen, so sie die Würde des Alters erreicht hätten, einen aus Großmut oder Mitleid zum Geschenk machte. A la Altweibersommer. Natürlich schütten solche Regeln das Kind mit dem Bade aus. Längst hat sich diese Art von Diskriminierung erledigt. Als *common practice* ist der Handkuß anerkannt als liebenswürdige Geste hautnaher, doch distanzierter Kommunikation. In ihrem Buch über gutes Benehmen weiß die Amerikanerin Anne Vanderbilt zu berichten, »wenig Handküsse« gebe es in »Skandinavien und Holland, gar keine in England, viele in Österreich«. Und »noch recht üblich« sei der Handkuß »in der deutschen Gesellschaft«. Ob die Herren in den romanischen Ländern tatsächlich so unter Leistungsdruck und Erwartungszwang stehen, daß sie wahllos ausländischen Besucherinnen die Hand küssen, wie Frau Vanderbilt glaubt? Wunschvorstellung.

Zum richtigen Umgang mit dem Handkuß gehörte einst, daß man ihn nie unter freiem Himmel gab. Das Himmelszelt war als Baldachin für den handküssenden Monarchen reserviert; dem gewöhnlichen Sterblichen blieb die Zimmerdecke. Als haltlos gilt es, im Falle der Anwesenheit mehrerer Damen nur einer von ihnen die Hand zu küssen. Wer das tut, betont den abgrenzenden, ja isolierenden Charakter dieser Geste. Stellt sich nicht bereits ein peinliches Gefühl ein, wenn bei einem Vortrag oder einer Diskussion der Veranstalter Gast oder Gäste mit Vornamen und gar unter Verwendung des familiären Du vorstellt? Sofort entsteht der Eindruck von Kungelgemeinschaft. Ausnahmen gibt es auch hier. Nicht das geringste ist dagegen einzuwenden, wenn man die einzige im Raum anwesende ältere Dame mit Handkuß begrüßt oder eine Jubilarin, das Geburtstagskind oder, was naheliegt, die Gastgeberin. Den deplazierten Übertreibungen zugerechnet wird es, wenn die Verehrung, die man einer bestimmten Dame entgegenbringt, dazu führt, daß man deren hingestreckte Grußhand in beide Hände nimmt und dann umdreht, um ihre Innenfläche zu küssen. Diese Zelebration grenzt nicht nur an Showgehabe, sie stellt auch den Unterwerfungscharakter der Berührung auffällig heraus. Von Madame de Genlis, berühmte Hofdame und Schriftstellerin, wird erzählt, sie habe ihren Grußpartner jedesmal auf geradezu unmißverständliche Weise dazu aufgefordert, sie mit dieser Variante des Handkusses zu begrüßen. Einmal gefragt, weshalb sie ihre Vorliebe auf so ungenierte Weise kundtue, soll die in hohem Alter nach attraktive Verfasserin eines Lexikons der Hofetikette geantwortet haben: Solcherart lasse sie sich an die Zeiten erinnern, da die Kavaliere ihr noch »aus der Hand gefressen« hätten.

In den Anekdoten, die das Bild des ehemaligen Stuttgarter Oberbürgermeisters Manfred Rommel umranken, darf der Kuß nicht fehlen. Mehr als nur eine einzige akzeptable Form des Handkusses gibt es für diesen »Vertreter der alten Schule«. Genaugenommen ist der Handkuß nämlich kein Kuß im eigentlichen Sinn, eher eine Verbeugung über der Hand der Dame. Hat der Herr sie ergriffen und leicht nach oben gezogen, steht es ihm frei, sich tiefer oder weniger tief darüberzubeugen, um knapp über dem Handrücken einen Kuß anzudeuten. In der Anekdote, um die es geht, bestimmte offenbar extremer Abstand von Handrücken und Kußmund das Bild. Und dies offenbar zum Mißvergnügen der Dame. Ob sie sich zurückgewiesen, »vom Leib gehalten« fühlte, wissen wir nicht. Auf die leicht schnippisch vorgebrachte Frage, ob ihre Hand denn nicht gut genug zum Küssen sei, soll der so unverhohlen Apostrophierte jedenfalls schlagfertig geantwortet haben: »Im Gegenteil – mehr als das! Nur: zu allem Überfluß roch sie so wunderbar, daß ich Vorsorge treffen mußte, nicht hineinzubeißen.«

Signalwirkung kommt auch der spezifischen Art der Handreichung zu. Der gute Ton will es, daß man abwartende Neutralität wahrt. Es gehört sich nicht, den Wunsch nach Lippenberührung oder -annäherung zum Ausdruck zu bringen. Selbst wenn kein Zweifel besteht, welchen Verlauf die Dinge nehmen werden, läßt man den Partner entscheiden, ob er einem die Hand küssen will oder nicht. Zwanglosigkeit schafft die Illusion von Freiheit. Natürlich kann es vorkommen, daß eine Dame Handküsse nicht mag. Sie braucht dann bloß ihre Hand nach unten zu halten und solcherart zu verstehen zu geben, daß sie den Händedruck vorzieht. Stets heißt es, Diskretion zu üben und Sensibilität zu zeigen. Auf einem noch immer weiten Feld.

Man könnte sagen, im Handkuß verbinde Diskretion sich mit Demonstration. Als anmutige Geste, spielerisch, oft maniriert, in der Andeutung sich genügend, sucht er die Öffentlichkeit, um Verehrung, Zuneigung oder Liebe zu signalisieren. Seine Codegerechtheit, »Korrektheit« sichert ihm einen eigenen Platz im »give and take« menschlicher Kommunikation. Doch auch zum Grenzfall kann der Handkuß werden. Durch die Art und Weise, wie er gegeben wird, mag die feine Linie sichtbar werden, an der Korrektheit in Lokkerheit, Forum unmittelbar in Kemenate übergeht. Nicht ohne Grund gehört »locker« zu lateinisch *luxus*, das »Ausschweifung« im Sinne von »Abweichung vom Normalen«, d. h. »schwelgerisch« bedeutet.

Stellen wir uns vor, eine Dame hielte einem Herrn die behandschuhte Hand zum Kuß entgegen und dieser ergriffe sie, doch –
o Graus! – nicht etwa, um sie zu küssen, sondern – ja, hier beginnt
das Problem, die oskulatorische Grenzsituation. Unser potentieller
Handküsser gäbe sich nämlich keineswegs zufrieden damit, einen
Kuß anzudeuten, über Wolle oder Leder in angemessener Entferung
zu verhalten. Ihn verlangte es nach nackter Haut. Zweifellos könnte
er sich darauf berufen, daß, wenn schon Lippen und Handrücken
zueinander kämen, dies unverhüllt geschehen sollte. Aber die An-
standsregel will nun einmal auch, daß der männliche Partner (als
»Empfänger« der zu küssenden Hand) auf keinen Fall der Dame an
die Haut geht, indem er ihr den Handschuh zurückschiebt.

Als eine Art »zweiter Haut« werden Handschuhe im allgemeinen
nicht störender Verhüllung zugerechnet. So schiebt unser Waghals
mehr zurück als den Handschuh: Er setzt unverhohlen an zu erotischem Vorspiel. Einen Stein bringt er ins Rollen, der zugleich Stein
des Anstoßes ist. Wieder einmal bestätigt sich, daß so gut wie nichts
das ist, als was es uns erscheint. Auch ein Handschuh ist mehr als
eine Handbekleidung, wie Kuß mehr ist als eine schlichte Lippenberührung. Symbol und Bewahrer der Reinheit, verhütet der Handschuh den direkten Kontakt mit der »unsauberen« Materie, Grund
genug, ihn vorzüglich an der linken Hand zu tragen. Dazu weiß unser ungenierter Handstripper, zweiter Parzival, der er ist, offenbar
auch nicht, daß man einer Dame den Handschuh allein schon deswegen nicht »lüftet«, weil man ihr damit Überlegenheit kundtut.
Denn läßt sie es geschehen, signalisiert sie Einverständnis mit der
»Entwaffnung«. Sie ergibt sich. Wie leicht doch Mißverständnisse
entstehen. Synonym von »sich ergeben« ist »sich hingeben«, »sich
überlassen«, weshalb »Ergebenheit« auch »Untertänigkeit« bedeutet. Kurz: alles zu seiner Zeit und am rechten Ort. »Lernen« meinte
ursprünglich »einer Spur nachgehen«, »nachspüren«, und »Erfahrung« sammelt letztlich nur, wer sich auf »Fahren«, »Durchwan-
dern«, sprich: »Reisen« und damit »Wagnis«, »Risiko«, also »Gefahr« einläßt. Wie weiland der Ritter Parzifal, der als echter Romantiker immer »on the road« ist – auf dem Weg nach Hause.

As you like it: Vom Petting zum *Anything goes*: Entmythisierung und Triumph der Technik

»Ihr verliert nichts, wenn ihr mich küßt. Denn der Kuß ist nichts anderes als eine Vereinigung der Geister, eine Sprache der Seele und stumme Rede der Liebesleidenschaft. Was habt ihr also zu befürchten, wenn ihr in dieser Sprache des Herzens und des Gedankens zu mir redet?« Diese Sätze stehen in einem Schäferroman des Franzosen Hélie Decoignée. Mit ihrer Hilfe versucht der Schäfer Elydor eine Nymphe zur Kußpartnerschaft zu überreden. Die Anfang des 17. Jahrhunderts in Europa verbreitete Mode der »Schäferei« ließ den Kuß Leichtgewicht sein. Was als Gesellschaftsspiel der Aristokratie zunächst Teil einer Wunschvorstellung gewesen war, Ausdruck von Unbehagen an der Kultur wahrscheinlich, wandelte sich schließlich von (erträumter) Gegenwelt zum (wirklichen) Spiegel des höfischen Lebens und seiner Sitten. Das zuvor als Utopie Entworfene greift Wirklichkeit, wird zur Konvention. Die Utopie von heute als Wirklichkeit von morgen.

Manchem mag es wie ein schlechter Scherz vorkommen, wenn ihm bedeutet wird, unser 20. Jahrhundert firmiere auch unter dem Etikett »Jahrhundert der Liebe«. Selbst wenn daneben nach wie vor Bezeichnungen wie »Atomzeitalter«, »Zeitalter des Konformismus« oder »Zeitalter der Angst« fortbestehen. Angst oder Liebe? Die Frage ist falsch gestellt. Weniger um Alternative geht es als vielmehr um ein Folgeverhältnis. Wohl zu keiner Zeit unserer Geschichte haben so viele Menschen »Liebe« so hoch bewertet, soviel über dieses Phänomen nachgedacht, ein so unersättliches Informationsbedürfnis über sie an den Tag gelegt. Liebe als Thema der Populärwissenschaft: ihre »Technik«, ein Know-how selbst des Küssens. Aber auch die psychologischen und soziologischen, sprich: anthropologischen Dimensionen dieses »privaten Weltereignisses« (Polgar) sind ein gefragtes Wissensgebiet. Unversiegbare Quelle der Berührungsillusion, Klatsch, Stoff, der sich nie erschöpft. Unsere Zeit als Zeit des Klatsches und des Voyeurismus? Bleibt uns versagt, unsere Träume auszuleben, was offenbar nicht selten der Fall ist, leben wir die ausgelebten Träume anderer nach. Leben aus zweiter Hand also – was tut's. *Anything goes.* Nicht zuletzt im Zeichen von Trial and Error. Die einst von Tabus gegliederte Landschaft ist zum weiten Feld geworden. Die Einladung zum *»Do it yourself!«* wurde zum allgegenwärtigen Slogan.

Dennoch scheint das Liebeskonzept der westlichen Welt im Kern nach wie vor von der romantischen Tradition bestimmt zu sein. Sex ja, aber auch Liebe, Zärtlichkeit – Geheimnis. Selbst wenn das Bild traditioneller Liebe sich auf dem Sockel behauptet, gerät es durch die Kommerzialisierung und Mechanisierung des Sex in immer stärkere Bedrängnis. Aus den Angeboten der Massenmedien spricht ein ans Krankhafte grenzender Voyeurismus, der nicht länger sich mit der Andeutung zufriedengeben will. Einer der Gründe dafür, daß Liebe und Sex enger zusammenrücken? »Warum nicht?« schrumpft zur rhetorischen Frage. Konsens, Partnerschaft macht es möglich. Erst in ihnen verwirklicht sich das *Anything goes.*

Trotzdem blüht die romantische Liebe nach wie vor. Gewandelt, angepaßt. Als Mischung, der ein »komplexes Rezept« zugrunde liegt, wie M. Hunt schreibt. »Ein Teil jugendliches Vergnügen, ein Teil soziales Streben, ein Teil Verliebtheit und Bezauberung, ein Teil konkrete (praktische) Partnersuche und eine Reihe von Teilen, die mit quasi-mystischer Liebeserwartung, Freude und dem Wunsch nach Selbstverwirklichung im Ehebündnis zu tun haben.« Zugegeben, diese von Irrationalismen durchsetzte Mixtur mag nur noch geringe Ähnlichkeit aufweisen mit der Frauenverehrung der Troubadours oder dem Idealismus, wie er bei Rousseau begegnet. Die Hauptquellen der Anziehung haben indessen ihr romantisches Gepräge bewahrt. Ob Liebessehnsucht oder Sexualverlangen, die Erwartung von Bereicherung oder gar Erfüllung gehört dazu. Auch daß es »Liebe« sein soll und die Wahl des männlichen oder weiblichen »Seelengefährten« und »Lebenspartners« sich mit der Forderung verbindet, einen Schritt in Richtung »Vollkommenheit« zu tun. Kurz, romantisches Erbe ist nicht ohne Einfluß auf die moderne Liebesbeziehung. Nur daß wir eben nicht länger wissen, was Schminke ist und was wahres Gesicht. Trotz all der Torheiten, Enttäuschungen, Treulosigkeiten und Scheidungen, die angeblich auf das Konto der romantischen Liebe gehen, spricht nicht wenig dafür, daß Mann und Frau noch immer gerade mit jener einzigartigen, schwierigen und zerbrechlichen Gefühlsmischung einander zu beglücken vermögen, die aus Ingredienzien wie wechselseitigem Besitzer- und Versuchertum, Freundschaft und Liebschaft, schmiegsamer Schwäche und tröstender Stärke besteht.

Es ist schwer zu sagen, welche Rolle dem Kuß in dieser alt-neuen (Liebes-)Partnerschaft zukommt. Betonung des Partnerschaftlichen heißt, jener Art von Kuß den Vorzug geben, die dergleichen betont. Demnach müßte der intime, auf Gegenseitigkeit und Wertgleichheit beruhende Kuß an Boden gewinnen. Daß diese Vermutung zutrifft, bestätigen nicht zuletzt Statistiken wie jene, die sich dem Fleiß und der Ausdauer von Dr. Kinsey verdanken.

Sexuelle Revolution, Enttabuisierung und Entkrampfung bei gleichzeitigem Auftauchen neuer Warnsignale haben dazu geführt, daß erotische Offenheit sich »verfremdet«, »distanziert« gibt. »Beischlaf im Regenmantel« als Diktat des *Common sense*? Dem Kuß kommt damit eine neue Rolle zu. Seine Intimität ist immer »hüllenlos«. Sie kennt keine schützende Verfremdung, aber dafür eine kaum realisierte Ausdrucksskala. Sie reicht von Handkuß und Küßchen beim Flirt bis zum »*osculum intimissimum*« als Extremerfahrung.

Daneben Flirt und Rendez-vous nach wie vor. Als die Kunst, einer Frau in die Arme zu sinken, ohne ihr in die Hände zu fallen, definiert Sascha Guitry den Flirt. Flirten heißt spielen. Ob das Bild vom Spiel mit fremden Zündhölzern schlüssig ist, soll offenbleiben. Im Wörterbuch findet »Flirten« sich der Rubrik »Flattersinn« und »Schmeichelei« zugeschlagen und zwischen »Liebesspiel« und »Galanterie« eingeordnet. Das Verb »flirten«: »den Hof machen«, »kokettieren« wurde im 19. Jahrhundert aus dem Englischen entlehnt. Offenbar gehört es zu französisch *fleur:* »Blume« bzw. *fleureter:* »schöntun«, »schmeicheln«, und *fleurette:* »Blümchen«, »Blütchen«. Die Blüte als Verkörperung von Anfang und Unschuld, Frühling und Jugend. Der (Fast-)Gleichklang der englischen Begriffe *flert, flurt* mit französisch *fleureter* legt die Vermutung nahe, daß beide zur Bildung des Grundwortes beigetragen haben. Auch der Flirt, als Sünde der Tugendhaften und Tugend der Sündigen, kennt einen Kuß: »*the kiss of attention without intention*«. (Max O'Rell) Er macht zwar den Hof, hegt aber nicht die Absicht, ihn zu betreten.

Nicht zuletzt die Rezeptivität der deutschen Sprache für Fremdwörter läßt uns »Dates« haben und auf »Partys« gehen. Das Telefon als »Postillon d'amour«. Oder die »E-mail message«. Vielleicht als »Follow-up« nach einem »Get together« oder dergleichen. Statt der »Einander-Gesellschaft-leisten« genannten »Falle«, wie das 19. Jahrhundert sie kannte, die freie Vereinbarung. Verpflichtung ist das letzte, was sie sucht. Aus dem »Rendez-vous«, dem (heimlichen) Liebestreffen zweier Menschen, wurde das »Date«. (Menschliche) Begegnung als »Datum«, bloßer Eintrag ins Notizbuch? Das französische *se rendre* heißt »zustimmen«, »sich ergeben«, »Ja sagen«. Studentenbälle als Rahmen, das Auto als Ort. Einst. Man schwärmte, d. h. man hatte seinen *crush*, übte sich in *necking* und *petting*. Nicht Konvention und traditionelles Wertbewußtsein markieren heute die Grenzen. Viel eher sind es die Beschränkungen der Körperlichkeit. Das letzte Wort liegt bei deren Bedrohungen.

Wie es »Kuschelbeziehungen« gibt, so auch »Kuschelküsse«. Das Diminutiv des Verbs »kuscheln« signalisiert Nähe, Wärme. »Kuscheln« als »sich zärtlich anschmiegen«. Erst um 1900 wurde das Wort gebildet und in Umlauf gebracht. Offenbar lag ein Bedarf vor. Wie so manches andere Wort unserer Sprache verweist »kuscheln« auf den Jägerjargon. Denn es ist zu »kuschen« gebildet, das »sich lautlos niederlegen« meint und dem Hund gilt. Schon im 17. Jahrhundert wurde »kusch!«, »nieder!«, »leg dich!« als Befehl an den Jagdhund aus dem Französischen übernommen. *Coucher* heißt »sich hinlegen«, »schlafen gehen«. *Coucher avec*: »schlafen mit«, dient wie im Deutschen als Euphemismus. Von *coucher* abgeleitet ist auch »Couch«: »Liegesofa«, das über das Englische ins Deutsche entlehnt wurde. Schroffer Klang und strikter Sinn erscheinen in »kuscheln« geradezu ins Gegenteil verkehrt. Das Verb suggeriert das Bild des Hundes, der es sich, friedlich gerollt, in seinem Korb »gemütlich« macht, es sich wohl sein läßt.

Übertragen wir das Bild auf Menschenverhältnisse, ergibt sich für »Kuschelbeziehung« und »Kuschelkuß« die Vorstellung des Sich-Verkriechens als Rückzug aus der zunehmend fremd und unübersichtlich werdenden Welt in privat-intime Partnerschaft. Zuflucht zu einem Du um der Nähe und Wärme willen. Ohne Beweiszwang, Konkurrenzspannung, frei vereinbart, zeitlich begrenzt. Geregeltes Spiel. Ewigkeit Adieu! Statt des Sturmes die biedermeierliche Windstille. Ruhige Fahrt: nicht als Überfahrt, sondern als Kreuzfahrt. Rückzug, temporär, mit der Uhr in der Hand. Auch der Kuß genügt sich darin, wärmende »homely base« zu sein, ein »Ich küsse, also bin ich!«. Oder, anders gesagt: der »freie Kuß« als (wechselseitiges) »Küß mich, aber leg mich nicht fest!«.

Fortschreitende »Demokratisierung« und »Equalisierung« des Küssens der Praxis ist eine eigene, zeit- und situationsbedingte Sache. Sie hat mit Art und Frequenz des Gebrauchs der Kußmetapher in Literatur und Kunst nur wenig zu tun. Der Verbreiterung der Ausdrucksskala dort, die Hand in Hand geht mit einer entkrampften oskulatorischen Erschließung des menschlichen Körpers, steht hier gegenüber eine Verengung, Verflachung des rhetorischen Umgangs mit dem Kuß, d. h. der Verwendung im uneigentlichen Sinn. Wir könnten auch von Verarmung sprechen, einem »Absinken in Trivialität«, was die alte Weisheit bestätigen mag, wonach Gelebtes weniger die Phantasie beschäftige als Ersehntes, (noch) außer Reichweite Liegendes. In der Hölle bete es sich leichter, heißt es.

Schon in den achtziger Jahren läßt sich in der deutschen Literatur ein Trend feststellen, der auf Abwehr gerichtet ist. Sex findet kaum oder gar nicht statt. Als Trivium bleibt er links liegen. Optimismus in Liebesdingen sucht man vergeblich. »Der entblößte Körper allein«, heißt es bei Botho Strauß in *Der junge Mann* (1984), könne nicht mehr zur Liebesvereinigung verführen. »Anreize« müßten geschaffen werden, »künstliche, oft abwegig erscheinende«. Wie wäre es mit Wiederentdeckung der Zärtlichkeit? In dem Prosaband *Paare, Passanten* (1981) desselben Autors gibt es eine Szene, wo ein junges Mädchen sich dem Erzähler, den es gerade erst kennengelernt hat, ohne Umschweife anbietet. Als dieser mit Zärtlichkeit antwortet, erschrickt sie über die (noch?) unzeitgemäße Reaktion. »Ich bekomme Angst vor dir«, ruft sie aus. Angst vor der Zärtlichkeit? Gleichwohl könnte das »Humanissimum« Zärtlichkeit in den neunziger Jahren einiges an Terrain zurückgewonnen haben.

Kaum in Mitleidenschaft gezogen von Einschränkung und Vorbehalt ist das, was wir den »kulinarischen Kuß« nennen. Auch die Kochkunst kennt ihre Küsse. Wir erinnern nur an den »Baiser«, das Schaumgebäck aus geschlagenem Eiweiß und Zucker, oder an den »Negerkuß«. Zusammen mit dem Wort »Neger« ist »Negerkuß« inzwischen zu einem Historismus geworden. Wörterbücher zögern zwar nicht, von »Negerkapelle« und »Negerchoral« zu sprechen, aber der Negerkuß ist out. Daß er unter verändertem Namen nach wie vor produziert wird, war zu erwarten. Das, was sich hier »Kuß« nennt, ist viel eher »Biß«. Ein Biß in die schwarzbraune Schokolade legt das luftige Weiß der Füllcreme bloß, erschließt sie dem Kuß. Ob Lecken, Saugen oder Schlingen, die Süßigkeit auf Lippen und Zunge bleibt die gleiche. So führt der kulinarische Kuß wie der auf der Leinwand geübte »Kaukuß«, der die vorgeschriebene Minimalberührung durch Kaubewegung überhöht, zurück zu den Ursprüngen der Kußgebärde.

Küsse auf der ganzen Linie also: Formalisiert und ritualisiert in der Öffentlichkeit, praktiziert als *Anything goes* in der Intimität des Privaten. Längst sind Begriffe wie »normal«, gerechtfertigt als Orientierungshilfen, obsolet geworden. Die Verwendung des Mundes als Sexualorgan gelte als »Perversität«, schreibt Freud in den *Drei Abhandlungen zur Sexualtheorie*, »wenn die Lippen (Zunge) der einen Person mit den Genitalien der anderen in Berührung gebracht werden«. Nicht der Fall sei dies aber, »wenn beider Teile Lippenschleimhäute einander berühren«. In der letztgenannten »Ausnahme« liege die »Anknüpfung ans Normale«. Wer die anderen, wohl seit den Urzeiten der Menschheit gebräuchlichen Praktiken als Perversionen verabscheue, der gebe dabei einem »deutlichen Ekelgefühl« nach, das ihn vor der »Annahme eines solchen Sexualzieles« schütze. Häufig beruhe die Grenze dieses Ekels jedoch auf bloßer Konvention. Denn selbst wenn jemand »mit Inbrunst« die Lippen eines schönen Mädchens küsse, werde er »vielleicht das Zahnbürstchen desselben nur mit Ekel gebrauchen können«. Und dies alles, obwohl kein Grund zur Annahme vorliege, »daß seine eigene Mundhöhle, vor der ihm nicht ekelt, reinlicher sei als die des Mädchens«. Küsse als Brücke zum Du: bald Zeichen, zielgerichtetes Signal, bald ausdrucksstarke, lustversprechende und reizgewährende Berührung. Vielschichtig als Bild, elementar als Praxis. Konventionsgesichert beides. Ist es die »wärmende« Konkretheit, was den Kuß in einer Zeit wachsender Abstrahierung und Unübersichtlichkeit so begehrenswert erhält, ja noch begehrenswerter macht? Damit wäre ein Ende erreicht, das keines ist. Als Fazit bleibt die Erkenntnis, daß der Kuß einer unendlichen Geschichte gleicht. Eine Zeitungsnotiz, die wegen ihres kryptischen Titels »Cosa Nostra macht Kuß zur *cosa sua*« ins Auge fiel, könnte sie dennoch wenigstens mit einer Schlußpointe versehen. Touristen, heißt es in dem kurzen, zur Glosse neigenden Bericht, die »dieser Tage« – gemeint ist Mitte Juni – den berühmten Normannendom von Monreale bei Palermo besuchten, hätten sich für ihre Mühen auf höchst überraschende Weise belohnt gesehen. Der Zufall habe sie nämlich zu Zeugen eines gewiß einmaligen Schauspiels werden lassen: einem »Kiss-in«, das Dutzende junger Paare in den Grünanlagen vor der Kathedrale veranstalteten. Der Grund für deren ganz und gar unheilige Demonstration? Sie reagierten mit ihrer Unbotmäßigkeit auf ein vom Bürgermeister erlassenes Dekret, das paarweise Lustwandelnden untersagte, sich im stadteigenen Grünen »unanständig zu verhalten«. Wer dort intensiv schmuse, sprich: knutsche etc., habe sich hinfort auf eine Geldstrafe von umgerechnet zweihundert Mark gefaßt zu machen. Ein eindeutiges Wort. Auch wenn es sich der Drohung mit Höllenstrafe enthielt, durfte es sich, tief drinnen, verstanden wissen.

Kaum hatte das rechtsorientierte Stadtoberhaupt – ein Mitglied der postfaschistischen Partei AN – seinen Säuberungsukas erlassen, als, wie gesagt, das einsetzte, was Reporter beziehungsreich den »Krieg der Küsse« nannten. Hier Kußgegnerschaft, befeuert aus religiöser Tradition, dort ein Recht auf Kuß, das sich auf die (Mutter!) Natur beruft. Besorgnis, die keine ist, mit verstellter Stimme spricht. Von einmaliger Unschlagbarkeit die Argumentation der Sonderungsfeinde: Als ob das *spettaculo* der öffentlich in Quadrolabialität sich ergehenden Paare *per se* nicht schon schlimm genug wäre! Aber das sündige Treiben dann noch im Schatten des Doms! Zuviel sei nun einmal zuviel.

Ganz schön viel Lärm um Küsse. Mundbeatmung zu regelrech-

396

tem Sturm gesteigert. Was dem Ganzen jedoch die Krone aufsetzt –
eine Doppelkrone gar, wie sich zeigen sollte –: Gerüchten zufolge
agierte als Drahtzieher der Antikußkampagne derselbe geistliche
Würdenträger, der bis vor kurzem als Oberhirte von Monreale gewirkt hatte, aber des Betrugs und der Mafianähe angeklagt worden
war. Der Gärtner als Bock! Hüter eines tiefenkulturellen Erbes, das
in seiner Person mit zwei Zungen – predigt. Getreu der altbewähr-
ten Überlegung: »*Olet pecunia?*« – »*Pecunia non olet – osculum
olet!*« Kurz, was dem hohen Herrn stank, war nicht das Geld, sondern der – Kuß. Und zwar nach Schwefel, versteht sich. Rückschlag?
Kaum. Eher Bestätigung.

»Ist nicht der Kuß geheimnisvolles Siegel?« fragt Joseph Beau-
mont in seinem Gedicht »Psyche oder Geheimnis der Liebe«
(17. Jh.). Er sinke nicht ein und mache gleichwohl »tiefen Eindruck«. Als »sanftmütiger Fuhrmann« verdanke er »verschlossnen
Lippen sein verzücktes Selbst«: Ein »Kürzel wahrer Begrüßung, des
Anstands liebreizendste Paarung«. Verse, die nicht den weltlichen
Kuß feiern, sondern den religiösen, von der christlichen Tradition
geheiligten. Erstaunlich: Auch wenn sich diese Tiefendimension
dem Leser von heute nicht mehr ohne weiteres erschließt, hat Beau-
monts Lobpreis des Kusses seine Aussagekraft bewahrt. Selbst der
heiligste aller Küsse ist eben doch ein – Kuß. Bald werden andert-
halb Jahrhunderte verflossen sein, seit der »Schönheitler« und Vertreter des »*l'art pour l'art*-Prinzips« Théophile Gautier einem Kuß
jene Vieldimensionalität verlieh, die von seinen Zeitgenossen als
»Kühnheit« empfunden wurde. Der Erfahrung seiner jungen Liebenden Rosalinde und Orlando (*Mademoiselle de Maupin*) sollte die
Zukunft gehören. Eine Zukunft, die, wie wir sahen, zugleich ein
Stück Vergangenheit ist. In dem Shakespeares Komödie *As you like
it* nachgebildeten romantischen Roman heißt es:

»Hals, Brüste, Schultern, Lippen, Füße, den ganzen wunderba-
rem Leib, der in der Innigkeit der Umarmung fast mit dem seinen
verschmolz, mit einem einzigen Kuß hätte er alles dies umfangen
mögen. Aber was auswählen aus diesem *embarras de richesse*, diesem
Reichtum von Köstlichkeiten?«

Nachbemerkung und Ausgewählte Literatur

Wer sich einläßt auf ein so vielgestaltiges Thema wie Küssen und Kuß, muß bereit sein zu Grenzüberschreitung. Er hat zahllose, näher oder ferner liegende Quellen zu erschließen und zu nutzen. Sie im einzelnen zusammenzustellen, würde einen eigenen Band ergeben. Im Folgenden kann deshalb nur eine Auswahl an Titeln geboten werden.

Zunächst sei allerdings jenen gedankt, deren Arbeiten ich mich am meisten verpflichtet fühle. Ohne die Bücher von Nicolas Perella: *The Kiss Sacred and Profane* (Berkeley & Los Angeles 1969), Norton Hunt: *The Natural History of Love* (rev. & updated ed.: New York et al. 1994) oder Ernest Bornemann: *Ullstein Enzyklopädie der Sexualität* (Frankfurt/Main, Berlin 1990), um nur die wichtigsten zu nennen, hätte diese »Biographie« vielfach der »Grundlage« entbehrt. Nicht zu vergessen auch die Zettelkästen von »Old Nesty« i. e. Jonathan Linklater, dessen Aufzeichnungen zu Sexualgeographie und Sexualmorphologie ich nicht wenige unbezahlbare Informationen verdanke. Mit Dankbarkeit sei zudem vermerkt, daß Kapitel 1 bis 5 von Wolfgang M. Schleidt (wolfgang.schleidt@univie.ac.at) zu dieser Arbeit beigesteuert wurden.

Bei übersetzten Texten ohne Übersetzervermerk handelt es sich um Anonyma oder (Prosa-) Verdeutschungen durch den Verfasser.

Andreas Capellanus: *De amore*. Dt. v. H. M. Elster. Dresden 1924
Apuleius: *Der goldene Esel*. Dt. v. August Rode. München 1961
Ariès, Ph. u. Duby, G.: *Geschichte des privaten Lebens*. Bd. III: *Von der Renaissance zur Aufklärung*, hg. von Ph. Ariès u. R. Chartier. Dt. v. H. Fliessbach. Frankfurt/Main 1991
Ariès, Ph. u. Bejin, A.: *Western sexuality*. Oxford 1985
Dies.: *Geschichte des privaten Lebens*. Bd. V: *Vom Ersten Weltkrieg*

398

zur Gegenwart, hg. von A. Prost u. G. Vincent. Dt. v. H. Fliess-
bach. Frankfurt/Main 1993
Bach, A.: *Geschichte der deutschen Sprache.* Heidelberg ²1965
Baczko, B.: *Rousseau. Einsamkeit und Gemeinschaft.* Wien 1970
Binder, G. u. Merkelbach, R. (Hg.): *Amor und Psyche.* Darmstadt 1968
Blue, A.: *Vom Küssen.* Dt. v. Hartmut Schickert. München 1996
Bombough, Ch. C.: *The Literature of Kissing.* Philadelphia 1876
Cabrol, F.: »Baiser«. In: *Dictionnaire d'archéologie chrétienne et de
liturgie.* Bd. II. Paris ²1925
Carmina Burana. Dt. von Carl Fischer u. Hugo Kuhn. München 1974
Castiglione, Baldassare: *Das Buch vom Hofmann.* Dt. v. F. Baumgart.
Bremen 1960
Chevalier, Jean u. Gheerbrant, A.: *Dictionnaire des Symbols.* Paris
1982 (rev. Ausg.)
Comfort, A.: *Joy of Sex. Freude am Sex.* Dt. v. Willy Thaler. Berlin 1976
Curtius, E. R.: *Die französische Kultur.* Bern u. München ²1975
Dante Alighieri: *Die göttliche Komödie.* Dt. v. W. G. Hertz. Mün-
chen 1978
Darwin, Ch.: *Der Ausdruck der Gemütsbewegungen bei dem Men-
schen und den Thieren.* Dt. von J. V. Carns. Stuttgart 1884
de Waal, F. B.: *Chimpanzee politics.* New York 1982
Douglas, Mary: *Natural Symbols. Exploration in Cosmology.* London
1970 bzw. 1973
Duden: *Das Herkunftswörterbuch. Etymologie der deutschen Spra-
che.* 2., völlig neu bearb. u. erw. Aufl. v. Günther Drosdowski.
Mannheim / Wien / Zürich 1989
Eibl-Eibesfeldt, I.: *Liebe und Haß. Zur Naturgeschichte elementarer
Verhaltensweisen.* München / Zürich 1970
Elias, N.: *Über den Prozeß der Zivilisation. Soziogenetische u. psycho-
genetische Untersuchungen.* 2 Bde. Frankfurt / Main 1969 (Neu-
ausg.)
Ellis, H.: *Studies in the psychology of sex.* Bd. IV. Philadelphia
1914
Fauche, X. u. Noetzlin, Chr.: *Le baiser.* Paris 1987
Fisher, H.: *Anatomie der Liebe.* Dt. v. G. Kurz / S. Summerer. Mün-
chen 1993

399

Flury, P.: »Osculum«. In: S. Krämer u. M. Bernhard (Hg.): *Scire litteras. Forschungen zum mittelalterlichen Geistesleben.* München 1988

Foucault, M.: *Sexualität und Wahrheit.* 4 Bde. Dt. v. U. Raulff/ W. Seitter. Frankfurt/Main 1977f.

Frijhoff, W.: »The kiss sacred and profane: Reflections on a crosscultural confrontation.« In: J. Bremmer u. H. Roodenburg (Hg.): *A cultural of gesture. From antiquity to the present day.* Cambridge 1991

Ganshoff, F. L.: *Was ist das Lehnswesen,* 1944.

Gehlen, A.: *Der Mensch. Seine Natur und seine Stellung in der Welt.* Wiesbaden [12]1978

Goodall, J.: *Wilde Schimpansen – Verhaltensforschung am Gombe-Strom.* Reinbek 1993

Hartog, W. G.: *The kiss in English poetry.* London 1923

Hauser, A.: *Sozialgeschichte der Kunst und Literatur.* 2 Bde. München 1953

Hervez, J.: *Le baiser.* Paris 1923

Huizinga, J.: *Herbst des Mittelalters.* Dt. v. A. Köster. Stuttgart 8/1961

Ibn Hazm, Ali: *Das Halsband der Taube.* Dt. v. M. Weisweiler. Leiden 1942

Jacobs, J.: »Kiss and kissing«. In: *The Jewish Enzyclopedia.* Bd. VII. New York 1904

Johannes (Janus) Secundus oder Joh. Nic. Everardi (Everaerts): *Basia.* In: *Lateinische Gedichte des deutschen Humanismus,* hg. von H. C. Schnur. Stuttgart [2]1987

Karle, B.: »Kuß, küssen«. In: *Handwörterbuch des deutschen Aberglaubens.* Bd. V. Berlin–Leipzig 1933

Kinsey, A. C. et al.: *Das sexuelle Verhalten des Mannes.* Dt. Übers. Berlin u. Frankfurt/Main 1948

Ders. et al.: *Das sexuelle Verhalten der Frau.* Dt. Übers. Berlin u. Frankfurt/Main 1953

Kluge, F.: *Etymologisches Wörterbuch der deutschen Sprache.* Berlin [9]1963

Kroll, W.: »Kuß«. In: Pauly-Wissowa. Suppl. V. Stuttgart 1931

400

Langen, A.: *Der Wortschatz des deutschen Pietismus*. Tübingen ²1968

Lanzenstroem, Selim: *Psittacisms everywhere. On Don Juan*. New York 1937

Leach, E.: *The logic by which symbols are connected*. London 1976

Littré, E.: *Dictionnaire de la Langue Française*. Paris 1863 ff.

Löw, Immanuel: »Der Kuß«. In: *Wissenschaft des Judentums im deutschen Sprachbereich*. Bd. II. Tübingen 1967

Malinowski, B.: *The sexual life of savages*. London 1929

Milton, John: *Das verlorene Paradies*. Dt. v. H. H. Meier. Stuttgart 1969

Moreau, Ph.: »Osculum, basium, suavium«. In: *Revue de Philologie* 52 (1978)

Morris, D.: *Körpersignale. Bodywatching*. München 1986

Nyrop, Chr.: *The kiss and its history*. Übers. aus dem Dän. London 1901 (Reprint Detroit 1968)

Phillips, A.: *Vom Küssen, Kitzeln und Gelangweiltsein*. Dt. v. K. Laermann, Göttingen 1997.

Ploog, D.: »Verhaltensforschung und Psychiatrie«. In: *Psychiatrie der Gegenwart*. Bd. I/1B, hg. von H. W. Gruhle u. a. Berlin 1964

Sarsby, J.: *Romantic love and society*. Harmondsworth 1983

Scerbo, E.: *Il bacio nel costume e nei secoli*. Rom 1963

Schleidt, W. M.: »Tonic Communication: continual effects of discrete signs«. In: *Journal of Theoretical Biology* 1973

Schnur, Harry C. (Hg.): *Lateinische Gedichte deutscher Humanisten*. Dt. v. Hg. Stuttgart ²1987

Solé, J.: *L'amour et la sexualité. Les troubadours et l'amour*. Paris 1976

Tabori, L.: *Kisses*. London 1991

Thomson, O.: *A history of sin*. Edinburgh 1993

Vatsyayana, Mallananga: *Das Kāmasūtra*. Dt. v. R. Schmidt. Berlin ⁷1922

Weber, C. J.: *Sämtliche Werke*. Bd. II: *Democritos oder hinterlassene Papiere eines lachenden Philosophen*. Stuttgart ²1849

Wünsche, A.: *Der Kuß in Bibel, Talmud und Midrasch*. Breslau 1911

Zeldin, Th.: *An intimate history of humanity*. London 1994